EL CAFÉ DEL ÁNGEL

ANNE JACOBS

Escrito como Marie Lamballe

EL CAFÉ DEL ÁNGEL

Un tiempo nuevo

Traducción de
Laura Manero Jiménez y Ana Guelbenzu de San Eustaquio

PLAZA JANÉS

Papel certificado por el Forest Stewardship Council®

Penguin
Random House
Grupo Editorial

Título original: *Café Engel*
Primera edición: octubre de 2022

© 2019 Bastei Lübbe AG
Derechos negociados a través de Ute Körner Literary Agent - www.uklitag.com
© 2022, Penguin Random House Grupo Editorial, S. A. U.
Travessera de Gràcia, 47-49. 08021 Barcelona
© 2022, Laura Manero Jiménez y Ana Guelbenzu de San Eustaquio, por la traducción

Printed in Spain – Impreso en España

ISBN: 978-84-01-02201-2
Depósito legal: B-11.956-2022

Compuesto en La Nueva Edimac, S. L.

Impreso en Liberduplex, S. L.
Sant Llorenç d'Hortons (Barcelona)

L 0 2 2 0 1 2

UNOS AÑOS ANTES

Hilde

Wiesbaden, 22 de marzo de 1938

La primavera llega sigilosa a la ciudad. Las flores del azafrán, amarillas y moradas, empiezan a despuntar en la hierba del parque del Balneario, los narcisos alargan sus hojas verde lima desde el suelo. A esta hora, alrededor del mediodía, apenas hay tráfico en Wilhelmstrasse, los transeúntes pasean ante los escaparates de la amplia avenida y algunos intrépidos ocupan ya las mesas de las terrazas para disfrutar del inicio de la primavera con una taza de café.

—¿Vienes conmigo? —le pregunta Hilde, de doce años, a su amiga.

Gisela se detiene y tira hacia delante de las correas de la pesada cartera del colegio, que se le clavan en los hombros. Lo piensa un momento, pero sacude la cabeza con pesar.

—No, mejor hoy no. Mi madre quiere llevarme a la modista. Van a hacerme dos vestidos nuevos.

—Qué suerte —dice Hilde con un suspiro—. Tu madre siempre tiene tiempo para ti.

—Bah… —suelta Gisela de mala gana—. Si quieres, nos cambiamos: tú vas con mi madre a la modista y yo me quedo con la tuya en el Café del Ángel.

Pero Hilde tampoco quiere eso. Para empezar, la madre

de Gisela es bastante estricta, y además ella no cambiaría el Café del Ángel por nada del mundo.

—Hasta mañana, entonces —se despide de su amiga.

—Hasta mañana. ¿Me dejarás copiar los deberes de cálculo a primera hora?

—Por mí…

Gisela se despide con la mano y sale corriendo en dirección a Webergasse. Se ha quitado la chaqueta azul y la ha colgado encima de la cartera, donde ondea como una vela al viento. Hilde se vuelve hacia el café de sus padres y ve el ángel mofletudo de chapa dorada que se balancea por encima de la puerta con una cafetera en las manos. También allí hay clientes sentados a las mesas que Finchen ha sacado a la acera.

—¡Mira, si es Hilde! —exclama una mujer gruesa, abrigada con pieles—. Dime, ¿ya has salido de clase?

Es la señora Knauss, que tiene bastante dinero, según dice la madre de Hilde, y por eso le ha dado instrucciones de ser muy educada con ella. Aunque le haga preguntas tontas, como por ejemplo ahora.

—Sí, señora —responde, y hace una pequeña reverencia.

La señora Knauss sonríe con displicencia y le comenta a su amiga Ida que los niños de hoy en día ya no aprenden como antes. La amiga, que aferra su taza con aspecto de estar helada de frío, asiente con la cabeza. También el joven que las acompaña comparte esa opinión.

—¿Desean algo más? —pregunta Hilde.

Suena exactamente igual a como lo dice siempre Finchen, la camarera. A Hilde le encantaría servir a los clientes, pero no la dejan.

—Tres cafés con coñac… —pide la señora Knauss, y añade que Hilde es una muchachita muy eficiente.

Ella también lo cree. Antes de entrar en el café por la puerta giratoria, se descuelga la cartera de la espalda. Es importante que lo haga, ya se quedó atascada una vez. Dentro la saludan más clientes, porque el Café del Ángel cuenta con muchos parroquianos habituales. Algunos van a media mañana, se toman un café o un vinito y leen el periódico.

Hilde los saluda y va directa al mostrador de cristal de los pasteles, donde Finchen, está sirviendo dos trozos de tarta de chocolate en platos de postre.

—Tres cafés con coñac para fuera —pide con el deje habitual de las comandas.

Después se sienta a la pequeña mesa que hay justo al lado del mostrador y deja la cartera donde no se vea. En realidad no le permiten hacer los deberes aquí abajo, en el café, porque su madre opina que hay demasiado ruido y Hilde no puede concentrarse. Pero no es verdad. Hilde está convencida de que el Café del Ángel es el mejor sitio del mundo para hacer los deberes. Con el tenue golpeteo de la loza, el tintineo de las cucharillas y los tenedores de postre, las conversaciones, los murmullos y las risas de los clientes se siente a gusto y como en casa. ¡Y esos aromas que llenan el establecimiento! El café recién hecho, el olor a vainilla, almendra amarga y chocolate, el matiz del kirsch o del coñac, e incluso los periódicos y el humo del tabaco… Todo se combina para formar ese aroma maravilloso y vivo que caracteriza al Café del Ángel.

Saca el cuaderno de cálculo de la cartera y busca un lápiz. Sentada a esa mesa, las numerosas tartas del mostrador la protegen de las miradas de su madre, y su padre no se fijará en ella porque justo ahora llegan los cantantes de ópera de su ensayo. Los actores y los músicos del Teatro Estatal van siempre al Café del Ángel, todos son amigos de su padre y aquí sienten que son bienvenidos.

Hilde se retira las trenzas rubias tras los hombros para que no la molesten y empieza a resolver los cálculos. En los ejercicios más difíciles mira hacia el techo de estuco, contempla las onduladas decoraciones y, así, enseguida encuentra la solución. En cálculo es la mejor de la clase, nadie es tan rápido como Hilde Koch. Las redacciones son lo único con lo que se atasca, y a veces tiene que pedir ayuda.

—Vaya, Hilde, ¿sabe tu madre que estás aquí? —pregunta Finchen, que pasa junto a ella con la bandeja bien cargada.

Tres trozos de Selva Negra, dos de pastel de queso con nata. Seguro que son para los actores, que siempre se llenan la tripa. Los cantantes de ópera apenas comen nada a media tarde, para así tener bien la voz por la noche. En cambio, después de la función van al Café del Ángel y se hinchan a ensalada de patata, huevos a la mostaza, salmón ahumado y otras delicias. A esas horas, por desgracia, Hilde ya está en la cama. Solo la dejan estar en el café por la tarde, cuando Marlene trajina en la cocina. Marlene es la cocinera de platos fríos, y buena amiga de Hilde porque siempre le da a probar lo que prepara.

—Tú eres la catadora —le dice—. Tienes que comer un poquito de todo. Si no, no puedo servirlo.

Marlene es menuda y delgada, y tiene los ojos verdes. Cuando trabaja, siempre lleva un pañuelo que le recoge todo el pelo. Ha enseñado a Hilde a preparar los huevos a la mostaza y a cortar el salmón ahumado. Con un cuchillo afilado, haciendo lonchas inclinadas y muy finas…

—Se le da bastante bien —le comentó a Else, la madre de Hilde.

—Lo principal es que no te moleste —replicó esta.

Su madre todavía no lo sabe, pero Hilde está decidida a ser la jefa del Café del Ángel algún día. Ya lo habló con su padre, y él le dijo que estaba de acuerdo.

—Dentro de diez años —asintió—. Entonces serás mayor de edad, hija mía, y podrás hacerte cargo del negocio.

Aunque con él nunca puede estar segura de que al día siguiente no cambie de opinión. Su padre es el mejor padre del mundo, pero lo que dice su madre va a misa. Así son las cosas en el Café del Ángel. Y arriba, en casa, también.

De pronto la situación se complica, su madre acaba de aparecer en el salón del café y mira alrededor. Mierda. ¿Se habrá chivado Finchen? ¡Pero qué mala es! Marlene jamás lo haría…

Sin embargo, su madre ni se fija en ella. Se acerca a la mesa de la ventana, donde su padre está con la gente de la ópera.

—Heinz, si no te importa… Te necesito un momento —lo llama, y sonríe a los clientes para disculparse.

Él está bien enseñado. Se levanta enseguida y va a hablar con su mujer en voz baja junto al mostrador de los pasteles.

—Eso no puedo hacerlo, Else, y menos con Max Pallenberg, que el año pasado murió de una forma tan espantosa…

Hilde aguza los oídos. Conoce al cantante y actor Max Pallenberg por la foto que cuelga en la sala de al lado. Firmada, por supuesto. El Café del Ángel está lleno de fotos con autógrafos. Las hay en todas las paredes, la mayoría enmarcadas en cristal, algunas montadas sobre cartón. Muchas están amarillentas, pero aun así su padre se siente muy orgulloso de ellas y siempre dice que son el mayor tesoro del Café del Ángel.

—La de Pallenberg puedes dejarla —susurra su madre—, pero la de Kortner tiene que desaparecer. Y la de Klaus Mann también. Esa, la primera.

—Eso es oportunismo cobarde, Else. ¿Qué pensarán mis amigos de mí?

—¡Es supervivencia pura, Heinz! Está con todo su séquito ahí mismo, en el pabellón de Kochbrunnen. A tiro de piedra de aquí.

—Es un hombre refinado, Else, y ama el teatro…

Hilde oye la risa de su madre. No suena alegre, sino más bien cínica.

—¿En qué mundo vives? ¿En el de los sueños? Si se le ocurre venir y ve fotografías de artistas judíos, montará en cólera y nos cerrará el café. Así son las cosas.

—Qué dices, Else…

—De momento voy a colgar a Gründgens tapando a Kortner. Encima de Klaus Mann irá Richard Strauss, y August Bebel desaparece ahora mismo.

Su padre se resigna sacudiendo la cabeza. Era de prever.

—Lo de Bebel puedo aguantarlo, Else, pero los demás… ¡Es una vergüenza!

—Tú déjame a mí, Heinz.

Acaricia la mejilla de su marido y él suelta un largo suspiro antes de volver a sentarse con los cantantes. La mirada de su madre recorre la pared de fotografía en fotografía y entonces se fija en Hilde, que está sentada a su mesa, tiesa como una vara, disimulando.

—Y tú ¿por qué estás aquí, Hilde? ¿No te tengo dicho que los deberes se hacen arriba, en casa?

La mejor defensa es la distracción.

—Pero ¿quién está en el pabellón de Kochbrunnen, mamá?

Su madre resopla y Hilde ve que contesta de mala gana.

—El Führer. Adolf Hitler. Está de visita en Wiesbaden.

Ah, sí, Hilde lo recuerda. En el colegio han hablado de ello. El señor Kimpel, su tutor, ha dicho que es un gran honor para la ciudad.

—¿Y va a venir aquí? ¿A nuestro café?

Hilde está emocionada. Si mañana cuenta en clase que el Führer ha estado en el Café del Ángel, ¡se quedarán todos boquiabiertos!

—No es seguro, pero tal vez sí… ¿Dónde se han metido los chicos? August tiene que barrer la acera…

Hilde levanta los hombros, lo cual significa que no tiene ni idea. Y, en efecto, no puede saber dónde están Willi y August en este preciso instante porque han salido con las bicis. Se han ido al barrio de Biebrich, a la propiedad de Rupert Knauss, donde hay un estanque con renacuajos y pulgas de agua. Porque August tiene un acuario.

Por suerte, su madre la deja tranquila y se dedica a cambiar las fotografías de las paredes. Lo hace de una forma muy astuta. Descuelga varias como si tuviera que limpiarlas, pero no vuelve a colocarlas todas. Mientras Hilde está pensando qué hará con los huecos vacíos, oye a Axel Imhoff algo más allá, en la mesa de los cantantes, que exclama:

—¡Lo sabía! ¡Es el día más feliz de mi vida! Cantar el Radamés ante el Führer... ¡Dios mío! No me lo puedo creer...

«Ajá —piensa Hilde—. Si Adolf Hitler va a la ópera esta noche, seguro que después viene aquí, porque estamos justo enfrente». Mira con disimulo hacia los cantantes, que de pronto están exaltadísimos. Esta noche representan *Aida*, de Verdi. Hilde se sabe todas las óperas porque desde pequeña ha estado con la gente del teatro en el Café del Ángel. Addi Dobscher cantará también, pero no el Radamés, porque no es tenor sino barítono. Addi es un hombretón, ya tiene algunas canas y siempre habla como desde dentro de un barril de cerveza, pero es muy simpático y además vive arriba, en la casa.

—Que vaya al teatro o no —comenta alzando la voz—, a mí me da lo mismo.

—No digas eso, Addi —interviene Sofia Künzel—. Goebbels estará con él. Tal vez consigas ir a los estudios de Babelsberg para hacer una película... —Suelta una carcajada y se divierte con el gesto despectivo del hombre.

—Eso solo pasaría si fuera delicado, rubio y... una chica —añade Addi con media sonrisa.

Sofia Künzel también cantará esta noche. Hace de Aida, aunque en realidad es demasiado mayor para el papel. Y está gorda. Sin embargo, cuando sale al escenario y canta, todos creen que es muy joven. Hilde ha estado un par de veces en la ópera porque siempre les regalan entradas. Aquello es magnífico, todo dorado y brillante, y forrado con terciopelo rojo. Su padre le explicó que, antes, el káiser se sentaba en el palco central. Pero Hilde se durmió a mitad de *Los maestros cantores* porque la música no se acababa nunca.

—¡No os entiendo! —se indigna Axel Imhoff—. Se trata de un honor. Poder cantar para el Führer es...

En ese momento, el maestro repetidor Alois Gimpel y el periodista Hans Reblinger entran en el café por la puerta giratoria. Saludan a los cantantes y se quitan el abrigo, dan unas palmaditas a las redondeadas caderas de Finchen y piden un café.

—Haya paz. Se ha vuelto al hotel Rose. Por lo visto quería descansar y cambiarse para la noche, pero el botones dice que se ha pasado todo el rato hablando por teléfono...

«Entonces seguro que no vendrá», piensa Hilde, decepcionada. Pasa junto a la tarta de chocolate y entra en la cocina, donde ve que Marlene ya ha llegado. Vaya, hombre. Y ella todavía tiene que escribir esa dichosa redacción. «Por qué amo mi ciudad». ¿Qué puede decir sobre eso una persona normal? Que Wiesbaden es bonita. Pero Fráncfort también lo es, y cuando van de excursión en coche a las montañas del Taunus, también aquello es precioso...

Pasea la mirada por todo el café. Le llama la atención Hans Reblinger, que discute acaloradamente con el tenor Axel Imhoff, el Radamés de esta noche. Más allá, en el rincón, está sentada la señorita Wemhöner, sola, con un té y una tarta de fruta. Es modista del teatro y confecciona todo el vestuario. También vive arriba, en la casa. Aunque es pelirroja, a Hilde le parece guapísima. Es delicada y tiene unos ojos muy misteriosos. Su padre ha comentado alguna vez que la señorita Wemhöner no nació ayer. Hilde sopesa si pedirle ayuda, pero luego decide que no, seguro que se vuelve enseguida al teatro con los cantantes. Es mejor que pruebe suerte con Eddi Graff. Él es actor, y está en la mesa de al lado, con el periódico ante las narices.

Tras una rauda mirada hacia la sala del reservado, donde su

madre está cambiando fotografías, Hilde saca el cuaderno de la cartera y se va directa a Eddi Graff. Este debe de haberlo intuido, porque deja el periódico antes de que llegue a su mesa.

—¿Y bien, Hilde? —dice sonriendo—. ¿Otra de esas estúpidas redacciones?

—Sí, y esta vez es más estúpida que nunca…

—Pues siéntate conmigo.

Eddi Graff es mayor, tiene casi cincuenta años, pero todas las mujeres de Wiesbaden suspiran por él. Es por sus sienes plateadas, dicen. Y porque sobre el escenario interpreta unos personajes muy sugerentes. A Hilde le parece que en realidad es muy normal y que, si no actuara en el teatro, pasaría bastante inadvertido.

Necesita gafas para poder leer el cuaderno.

—«Por qué amo mi ciudad» —lee en voz alta, y se queda pensativo.

—¿Qué puedo escribir sobre eso? —pregunta ella con un hondo suspiro.

—Ya… —Sonríe—. Piensa en un bonito día de verano. Sin colegio. ¿Qué te gustaría hacer?

—Ir a nadar. Pasear por la orilla del Rin. O construir una cabaña en el jardín. O ir al parque del Balneario a montar en barca…

Perfecto. Ya tiene algunas ideas. Comprar caramelos y piruletas. Pasear con sus amigas por el centro histórico. Montar en bici junto al Rin. Las viñas… El palacio de Biebrich… Ah, sí, y el parque del Balneario con su gran estanque. También Wilhelmstrasse con sus plátanos, claro. Y el Café del Ángel. Eso desde luego. Eso es lo más importante de todo lo que hay en Wiesbaden.

El hombre la ayuda a ordenar un poco las ideas y luego todo va como la seda. Ya tiene una página entera; solo media más. Hilde decide que con eso vale. Cuando se escribe mucho, también se cometen más faltas.

—Gracias —le dice a Eddi Graff con una gran sonrisa—. Ha sido usted muy amable. Ahora sé que amo mi ciudad, y por qué.

—Sí —contesta él—. Afortunados aquellos que pueden considerarla su hogar. —Sonríe con cierta tristeza y se reclina en la silla.

En la mesa de la ventana, los cantantes se levantan y se ponen los abrigos para ir al teatro. Addi Dobscher ayuda a Julia Wemhöner con el suyo, el padre de Hilde le pone a Sofia Künzel la capa de pieles y le escupe por encima del hombro izquierdo.

—¡Suerte, suerte!

Hilde aprovecha para guardar el cuaderno con la redacción a toda prisa en la cartera. En la cocina, Marlene cuchichea con Finchen. Están muy exaltadas y ni se percatan de que ha entrado.

—Me lo dijo ayer —susurra Marlene—. Ya tiene los pasajes para el barco. Pasado mañana zarpa hacia el otro lado del charco. A Nueva York…

—¿Quién? —pregunta Hilde.

—Pues Eddi Graff. Pretendía llevarse a Julia Wemhöner… pero ella no quiere abandonar Alemania.

Hilde no entiende nada. ¿Por qué van a abandonar Alemania? Si él acaba de decirle que se siente afortunado de que esta ciudad sea su hogar.

—Es porque son judíos —explica Finchen—. Los judíos son nuestra desgracia.

—¡No le digas esas cosas a la niña! —la riñe Marlene.

Luisa

Finca Tiplitz, cerca de Marienburg,
Prusia Oriental, abril de 1938

«Este año traerá grandes cambios», eso dijo la abuela en Nochevieja durante el tradicional vaticinio del futuro echando plomo fundido en agua fría. Luego se quedó mirando el fuego de la chimenea con la cara muy seria. Luisa no soporta a su abuela, lo cual es mutuo, pero cree que su predicción es acertada. Es por el cielo. A Luisa nunca le había llamado la atención lo grandioso que puede ser el espectáculo de las nubes en la amplitud del cielo, la belleza de sus colores y sus formas, lo deprisa que pasan sus imágenes cambiantes. Esta mañana temprano, mientras Joschka, el mozo de cuadra, los ayudaba a ensillar los caballos, el cielo parecía hecho de mármol con vetas grises: una masa densa y quebradiza que brillaba rojiza por el este.

—Es como la lava que escupió el gran Vesubio —comenta Oskar, que durante las vacaciones tiene que estudiar porque se juega pasar de curso en el instituto de Danzig—. El volcán cubrió con ella la ciudad de Pompeii, y asfixió y calcinó a todos los que vivían allí…

Le hace una elocuente señal con la cabeza a Luisa y monta. La yegua, Leni, recula un par de pasos y parece a punto de encabritarse, pero Oskar enseguida la domina. Tiene diecisiete años y monta desde pequeño, igual que su hermano mayor, Jobst. También Luisa, que tiene catorce, se subió por primera vez a lomos de un Trakehner con cuatro años. Esos nobles animales se crían desde hace muchísimo tiempo en la finca Tiplitz y, según le contó su padre, los venden por todo el mundo. Su padre nunca sale a cabalgar, si acaso monta alguna vez en carruaje, y solo si el clima acompaña. Él le lleva los libros a la abuela. Cuando alguien lo busca, casi siempre lo encuentra en la biblioteca.

—Se dice Pompeya, no «Pompeii» —señala Jobst, con gesto de desesperación—. Chico... ¡No sueltes semejantes barbaridades en el examen de recuperación!

A Oskar se le oscurece el semblante; es ambicioso y lo pasa mal porque no tiene buena memoria. Sacarse el bachillerato y luego hacer carrera de oficial es una cuestión de honor para un Von Kamm. Aunque lo que él pretendía era, sobre todo, impresionar a su prima Luisa con sus conocimientos de historia, y Jobst ha tenido que estropearlo y dejarlo en ridículo con sus comentarios de tiquismiquis.

—Son pequeñeces sin importancia... —refunfuña.

—Y tú qué sabrás, mocoso.

Mientras, también Luisa ha montado y se ha colocado bien en la silla. Flavia, la hermosa yegua parda, se remueve inquieta y rechaza con un resuello iracundo el torpe intento de acercamiento por parte del castrado Balduin.

Jobst hace retroceder enérgicamente a su montura.

—Que estás capado, amigo —dice con una sonrisa—. No lo olvides.

Luisa va a la cabeza del pequeño grupo y los dos chicos la siguen a poca distancia. La granja es una construcción de tres alas en cuyo centro se encuentra el imponente edificio de ladrillo de la antigua casa señorial. Frente a ella han dispuesto un suave césped con bancos de color blanco, estatuas y parterres de flores por donde las damas de la casa pueden pasear con sus invitados. A la derecha se levantan las caballerizas. El ala izquierda la componen dos cobertizos para los carruajes y los automóviles de la señora, y detrás están las dependencias de los empleados.

Cabalgan por el ancho camino de arena que bordea el césped hasta llegar al muro, donde tuerce a la izquierda y sigue hasta la verja. Los jóvenes contemplan en silencio el veleidoso cielo matutino, que el sol desgarra por el este como si abriera un desgastado telón oscuro. El espectáculo de las nubes es de una belleza arrebatadora, pero a la vez también sobrecogedor, pues parece que alguien hubiese abierto una brecha en la bóveda celeste por la que, de repente, la luz se cuela con un brillo cegador.

—Impresionante, ¿verdad? —comenta Jobst.

Luisa le da la razón. Mientras salen por la verja y toman el camino del lago, la grandiosa pirotecnia de las nubes desaparece y la luz de la mañana invade todo el cielo. Por debajo predomina un paisaje llano. Amplios campos de labranza que se extienden cubiertos ya por los primeros indicios de la primavera, prados de un intenso verde lima y cargados de una humedad que pronto contribuirá a que la vegetación crezca robusta. Al fondo, oscuros bosques copados por hayas, robles y píceas, en los que volverá a tener lugar la cacería de otoño.

Luisa, que sigue encabezando el grupo, espolea a su yegua y la deja galopar un trecho. Siente las miradas de sus primos en la espalda; es una sensación excitante, nueva. Cumplió los catorce en enero, y su cuerpo se ha transformado en pocas semanas. Ahora tiene pechos pequeños y en punta, y la cintura fina. La menstruación, algo que su madre le profetizaba desde hacía años suspirando con pena, por fin le llegó y ella está orgullosa de ser ya una mujer. Es agradable que Oskar y Jobst, que están pasando las vacaciones de Pascua en la finca, la miren con un nuevo y respetuoso interés. Antes se divertían tomándole el pelo a «la mocosa», a veces incluso le gastaban bromas pesadas, y en cambio ahora Luisa siente que tiene poder sobre ambos. Jamás haría un mal uso de ese poder, pero le gusta poseerlo y ponerlo a prueba. Para salir a cabalgar esta mañana no se ha recogido la larga melena negra bajo la gorra; la ha dejado suelta. Ondea al viento como una sedosa bandera fúnebre y, cuando se le alborota, enseguida echa ambas manos a su precioso cabello y lo domeña, aunque sabe bien que el viento volverá a jugar con él dentro de nada.

Por mucho que haya llegado la primavera, todavía hace frío. Ante sus bocas y los ollares de los caballos se forma un vaho blanco, en los surcos profundos de los campos aún se ven los relucientes encajes de la escarcha. Están a principios de abril, y puede que la tierra quede cubierta otra vez de nieve en cuestión de horas. Como para llevar la contraria, en el bosque han florecido numerosas anémonas, una esponjosa nube blanca y primaveral que ha descendido hasta la tierra. Las pequeñas florecillas deben darse prisa, porque en cuanto a los árboles les salgan todas las hojas, en el suelo les faltará la luz.

El río Nogat aparece ante sus ojos, y entonces Luisa detiene a la yegua y se vuelve hacia los dos chicos.

—Has galopado con mucho brío, Luisa… —comenta Oskar sonriendo de oreja a oreja—. El gordo de Balduin está agotado, ¿verdad, Jobst?

Jobst parece algo molesto. Lo cierto es que Joschka ha sobrealimentado al castrado durante el invierno y no le ha sentado nada bien, pues ahora le cuesta seguir el ritmo a sus hijas Leni y Flavia.

—¡Ahí, mirad! —exclama Jobst, que no quiere seguir hablando del cansancio de su caballo—. Están cortando bloques de hielo en el río. Qué trabajo más pesado. Sudan una barbaridad…

El invierno ha sido duro, ha convertido ríos y lagos en gruesas capas de hielo. En primavera, cuando empieza el deshielo, el viento a menudo empuja los témpanos hasta la orilla, donde se apilan y, cuando el agua vuelve a congelarse en las noches frías, forman montañas blancas. La gente de los pueblos se pone manos a la obra con sierras y hachas, entre todos cortan bloques y los llevan a neveros subterráneos, donde aguantan durante meses. El hielo para las fresqueras de las ciudades es un buen negocio en verano. Aquí, en el campo, la vida es árida, los inviernos largos y gélidos, el tiempo para la siembra y la cosecha escaso. Los aldeanos son quienes peor lo tienen, por eso aprovechan cualquier oportunidad para ganar un dinero extra.

Los tres jóvenes se quedan a mirar cómo cortan el hielo, y con las manos se protegen los ojos del sol, que ya ha conquistado el cielo gris tórtola de la mañana. Unas nubecillas blanquecinas se desplazan sobre el paisaje, acarician prados y campos con sus sombras creando formas nuevas y maravillosas sin parar. En la hierba de la orilla se han reunido aves acuáticas: cisnes, patos y gansos. Junto a ellos, una colonia de cigüeñas hace una pausa en su viaje hacia el norte. Pronto llegarán también las grullas. A Luisa le encanta su fuerte griterío, y cuando la despiertan de buena mañana corre a la ventana para verlas surcar el cielo. Vuelan en formación de cuña, una flecha de criaturas aladas que se dirigen a un destino lejano dictado por su instinto. Ya de pequeña, al verlas sentía el deseo de unirse a su viaje. Poco le importaba adónde la llevaran ni cómo se las arreglaría por el camino.

—¿Nos acercamos hasta la orilla? —pregunta a los chicos.

—Por mí, bien —responde Jobst, que por ser el mayor es quien casi siempre decide la ruta de la salida a caballo de las mañanas—. Luego volveremos siguiendo la linde del bosque.

Desde allí se ve la silueta inexpugnable del castillo de Marienburg, una construcción de ladrillo rojizo amablemente iluminada por el sol. Erigida en su día como fortaleza de la Orden Teutónica para frenar los ataques de los paganos, ahora se alza como baluarte de la Prusia Oriental contra los enemigos del este: polacos, checos y rusos. Así se lo explicó a Luisa su padre. Casi todo lo que sabe de geografía e historia tiene que agradecérselo a él. También la enseñó a leer y a escribir en su momento, y a contar, y enseguida le dio libros para que leyera. La abuela solía echar pestes al ver que «el pobre Johannes» invertía tanto tiempo y esfuerzo en algo tan innecesario, porque su padre está enfermo y con frecuencia tiene que guardar reposo. Cuando es el caso, se sienta en su butaca con una manta en las rodillas, aunque a veces debe quedarse en cama. Entonces Luisa tiene prohibido molestarlo. Pero en más de una ocasión se ha escabullido para verlo en secreto y se ha quedado sentada a su lado, callada, como si lo estuviera velando. Una vez la abuela la pilló y, como castigo, la encerró todo un día en la sala alicatada del sótano, donde en otoño despellejan la caza y destripan a los animales. La abuela no es una buena persona. Solo quiere a su hijo Johannes, y quizá a Oskar y a Jobst, sus nietos varones. A su propia hija, la tía Ingrid, la trata siempre con severidad, y a la madre de Luisa como si fuera una sirvienta. No, la abuela es una mujer mala. Seguro que algún día irá al infierno por sus pecados.

No llegan a la orilla del río porque en el camino se encuentran charcos de barro muy profundos y cubiertos por una fina capa de hielo. Antes de hacer girar a los caballos, miran una vez más hacia Marienburg. Una bandera roja con una esvástica ondea en lo alto de un frontón.

—El bastión de la juventud alemana —dice Jobst con tono burlón—. ¡Menuda ridiculez!

—¿Por qué? —quiere saber Luisa.

Hace medio año, con esa pregunta no habría conseguido de Jobst más que una broma tonta, como mucho. Ahora es diferente. Ahora la toma en serio.

—Porque son el populacho —explica, y resopla con desdén—. La plebe, gente inculta. Igual que en el ejército. Es increíble quién puede llegar a oficial de la Wehrmacht hoy en día. Cualquier pelagatos... Basta con demostrar las «convicciones adecuadas».

Escupe a un lado y guía a su castrado para enfilar el camino de vuelta. Oskar lo sigue, Luisa se queda la última. Está pensativa, intenta comprender qué irrita tanto a Jobst. Seguramente vuelve a ser por los nacionalsocialistas, los «nazis», como suele llamarlos la abuela sin ocultar su desprecio. En la familia no están bien vistos. Luisa intuye que es porque no pertenecen a la nobleza. La abuela y todos sus amigos y parientes son de alta cuna y están muy orgullosos de sus antepasados, oficiales de alto rango que dieron su vida por la patria en alguna batalla. Los nobles se mantienen unidos, se casan entre sí y sus hijos llegan a oficiales, o bien heredan la finca familiar. A veces incluso ambas cosas.

«Con el káiser, la nobleza todavía contaba para algo», suele decir la abuela. Luisa le preguntó a su padre qué significaba eso y la respuesta que recibió fue que, en la época del Imperio, los altos cargos del gobierno se otorgaban casi en exclusiva a miembros de la nobleza. También los del ejército, desde los generales hasta los meros tenientes eran siempre nobles.

Si ha comprendido bien a Jobst, ahora otras personas pueden ocupar esas posiciones. Gente de a pie. «El populacho», ha dicho su primo. «La plebe». Luisa entiende que Jobst esté molesto. Este último año ha empezado la formación militar y aspira a una carrera de oficial. Qué desagradable debe de ser encontrarse allí con el populacho. Los nazis son unas personas muy extrañas. Salvo Adolf Hitler; a él, Oskar y Jobst lo admiran porque gobierna con mano de hierro, ha hecho limpieza y ha echado a todos esos partidos del Reichstag. Eso dijo Oskar hace poco, y Jobst estuvo de acuerdo con él.

Ahora el cielo parece más alto, su azul es más oscuro, las

nubes nadan perezosas en él, como lana mullida. De vez en cuando, uno de esos vellones de lana tapa el sol y suaviza un momento la luz resplandeciente de la mañana para luego dejarla brillar de nuevo con toda su fuerza. Todavía se puede ver a través del bosque. Solo las píceas se alzan oscuras contra el sol matutino, a las hayas apenas les brota alguna hojita de las yemas rojizas. Oyen el esforzado repiquetear de un pájaro carpintero. En los prados hay grandes charcos de agua cuya capa de hielo se ha derretido ya. Las ranas celebran la estación, las hay a miles en los riachuelos y los lagos. Por las noches, su croar se oye hasta en la casa señorial.

—Seguro que el año que viene ya seré brigada —le dice Jobst a su hermano—. Mi primer baile de oficiales. Es un gran acontecimiento, y no solo por el baile en sí. Allí se conoce a gente, ¿sabes? Se hacen contactos. Sin eso, no se llega a nada…

—Ay, ojalá me hubiera sacado ya el dichoso bachillerato —comenta Oskar con un suspiro—. La Wehrmacht no me da ningún miedo. La buena raza siempre prevalece, en eso la plebe no tiene nada que hacer…

Sus primos llevan la cabeza muy alta. Los dos se parecen a su padre, el coronel Von Kamm, al que Luisa solo ha visto en dos o tres ocasiones porque rara vez acompaña a su mujer cuando va a la finca Tiplitz para visitar a su madre. El coronel es de estatura media y fornido, tiene el pelo rubio, muy corto, y la nariz ancha. Por lo que Luisa recuerda, es un hombre simpático, solo que no se lleva bien con la abuela. Seguramente por eso suele evitar la finca. El coronel Von Kamm es uno de los pocos visitantes que también saluda a la madre de Luisa con un beso en la mano, para enorme fastidio de la abuela.

Luisa se enfada a menudo con su madre, incluso puede mostrarse terca con ella y montar en cólera, aunque después suele lamentarlo. Pero es que le parece horrible que deje que la traten de ese modo. Sobre todo por parte de la abuela, que es capaz de sermonearla como si fuese una ayudante de cocina, hasta cuando hay invitados en la casa. Más de una vez ha llegado a darle un bofetón. La abuela solo es educada con su madre cuando su padre está en la misma habitación. La mayor parte del tiempo, sin embargo, hace como si no existiera. Su padre quiere mucho a su madre, no le gusta que la insulten, pero como está enfermo y no sale de su dormitorio, de la biblioteca o del salón, no siempre puede protegerla. Incluso el servicio se permite despreciarla y darle malas contestaciones si el señor de la casa no anda cerca.

La culpa es de su propia madre, que es una cobarde y no le planta cara a la abuela. Transige, se resigna, permite que todos la pisoteen. Y como le faltan agallas, también Luisa tiene que aguantar mucho.

—No debes preocupar a papá, Luisa —le dice siempre su madre—. No es bueno para su corazón. Papá tiene el corazón enfermo y ha de tomarse las cosas con calma.

Luisa aprendió pronto a valerse por sí misma. Hay que ser inteligente, ir con cuidado, encontrar el momento oportuno para conseguir tu objetivo. Las chicas de la cocina son tontas, cada una tiene su debilidad y Luisa sabe sacar provecho de eso. A la tía Ingrid le encantan los cumplidos, hay que elogiar su pelo abundante y sedoso, o los modernos conjuntos que se manda coser en Danzig. Sobre todo está orgullosa de Oskar y Jobst; si le hablas con admiración de sus hijos, ya te la has ganado. Tal vez —aunque es un sueño muy atrevido—, tal vez Oskar o Jobst inviten algún día a Luisa a uno de esos grandiosos bailes de oficiales. Ella, en todo caso, aspira a conseguirlo. También quiere ganarse al administrador Jordan, que dirige la finca y come con ellos a mediodía. Es alto y musculoso, apenas habla y asiente a todo lo que dice la abuela. Aun así, sonríe cuando Luisa hace pequeñas bromas en la mesa, y a veces le guiña un ojo.

La abuela es la única a la que no hay forma de conquistar,

pero a Luisa tampoco le da la gana bailarle el agua, como intentan hacer siempre las sirvientas. La abuela ha encerrado su corazón en una caja de acero de la que solo su hijo tiene la llave.

Cuando ven aparecer la granja a lo lejos, el cielo ha vuelto a oscurecerse. En el horizonte han aparecido unos nubarrones grises que se multiplican y se extienden. «¡Ay, que el invierno regresa de nuevo! —piensa—. Pobres anémonas, vuestras flores tendrán que morir bajo el peso helado de la nieve». Jobst pone al perezoso Balduin a un trote ligero, la yegua de Oskar ya se ha adelantado un trecho y también Luisa hace trotar a la suya. Flavia es la más elegante de las hijas de Balduin, cualquiera de sus movimientos tiene estilo, es bello y equilibrado. Cuando trota, parece que flote. Luisa ha oído decir que la abuela quiere venderla dentro de poco con otros Trakehner, pero ella espera con fervor que no sea así. Flavia tiene que quedarse. Durante el desayuno comentará que un animal tan espléndido habría que conservarlo para la cría. Seguro que la abuela no compartirá su opinión, pero su padre la apoyará. Y a lo mejor también el señor Jordan, si es que desayuna con ellos, lo cual no siempre sucede.

En el último tramo del camino dejan que los caballos vuelvan a galopar. Los primeros copos de nieve rozan ya sus rostros, Luisa siente las orejas heladas. Cruzan la verja a toda velocidad, como en plena cacería. Oskar no consigue que su yegua vire a la izquierda a tiempo, así que atraviesa todo el césped al galope y los otros dos animales lo siguen. Ya se han metido en un lío; para la abuela, ese precioso césped es sagrado.

—¡Maldita sea! —exclama Oskar riendo cuando desmontan frente al establo—. No hay quien la pare. Qué tozuda es… ¿Has visto cómo hemos cruzado el césped, Joschka?

El mozo de cuadra atrapa las riendas que le lanza el muchacho y acaricia el cuello de la yegua para tranquilizarla.

—Sí, señorito —contesta—. Pero no hagan mucho ruido cuando entren en la casa.

—¿Por qué? —dice Luisa riendo—. ¿Es que todavía están todos durmiendo?

Joschka la mira de un modo que nunca le había visto antes. Con tristeza. Como a un caballo enfermo. A Luisa le parece irrespetuoso y se molesta con él.

—No, señorita —dice el hombre, despacio—. Nadie duerme. Ustedes entren. Sin hacer ruido, con la debida gravedad…

Los tres jóvenes se miran y se encogen de hombros. Jobst se lleva el índice a la sien y lo mueve en círculos.

—Cada vez está más raro, el viejo Joschka…

Luisa intenta recordar si es domingo, o algún festivo en el que tengan que ir a la iglesia. ¿No será el cumpleaños de la abuela? No, eso es en agosto…

En los escalones de la entrada están Anna y Meta, muy juntas, cuchicheando. Cuando Jobst las mira con cara de pocos amigos, hacen una tímida reverencia y se van corriendo. En el vestíbulo, la tía Ingrid sale a su encuentro con la cara hinchada y un pañuelo de encaje húmedo en la mano. Pasa de largo ante Luisa, como si no estuviera, y toma a Oskar de la mano mientras le pone un brazo sobre los hombros a Jobst.

—Venid… —dice con una voz extraña, quebrada—. La abuela quiere que lo veáis una última vez.

—Pero… ¿qué ha ocurrido? —pregunta Oskar.

No le responde, se lo lleva escalera arriba sin decir palabra. Jobst los sigue. Tras subir unos escalones, se vuelve.

—Luisa… —dice en voz baja—. ¡No! —La voz de la tía Ingrid suena de pronto dura, con un tono parecido al de la abuela.

Luisa comprende que debe quedarse al margen, que por algún motivo no es bien recibida arriba. Se le encoge el pecho, siente un mareo y la invade un mal presentimiento, algo definitivo. Mira a su alrededor, pero está sola en el vestíbulo, las sirvientas han desaparecido en la cocina.

—¡Meta! —llama—. ¡Anna! ¡Mariella!

No acude nadie. Tal vez las chicas no la obedezcan porque hoy su voz suena insegura, y no autoritaria como la de la abuela. Su miedo crece cuando abre la puerta del salón y ve que allí tampoco hay nadie. En la sala del desayuno la mesa está puesta; la mantequilla, el jamón y la mermelada siguen intactos, la cafetera espera bajo su cobertor, no se ha usado ningún cubierto. Pero ¿qué sucede? ¿Dónde están todos?

—¿Mamá?

Las opulentas cortinas y las gruesas alfombras se tragan su tenue exclamación. Jamás se había sentido tan sola. Tan completamente abandonada, tan aislada de todos. Empiezan a temblarle las piernas, le encantaría sentarse un momento en uno de los sillones tapizados, pero sigue camino hacia la biblioteca.

Allí tampoco hay un alma, ni siquiera Mariella, que debería estar ordenando. En la butaca de su padre ve la manta de cuadros tal como él la dejó tirada ayer, antes de subir al dormitorio con su madre. En la mesita de al lado está la bandeja redonda de plata con la botella de agua y los frasquitos marrones con medicinas de los que siempre cuenta gotas en una cuchara. También el libro que leía por la tarde sigue ahí: uno de viajes por el África Oriental alemana, la antigua colonia. Últimamente ha leído muchos libros de viajes a países lejanos y le ha hablado a Luisa de China y de la India…

Se estremece al oír pasos en la escalera, el familiar crujir de los escalones de madera bajo unos contundentes zapatos de hombre. Enseguida regresa corriendo al vestíbulo, donde Meta ayuda a un caballero a ponerse el abrigo. Es el consejero médico Greiner, de Elbing, un conocido de la abuela al que llaman siempre que el padre de Luisa no se encuentra bien. A ella también la ha tratado dos veces, cuando tuvo el sarampión y, poco después, cuando cayó enferma con mucha fiebre por unas anginas. El hombre ha oído cómo abría la puerta, se vuelve hacia ella y aparta a Mariella, que le tiende el sombrero y los guantes.

—¡Luisa! —exclama—. ¡Pobrecilla! Lo siento mucho por ti. Ven aquí, deja que te abrace, pequeña.

Ella no lo entiende, no quiere entender, pero se acerca al hombre y, cuando él la estrecha con ánimo paternal, por unos instantes se siente protegida.

—Las cosas no pintan bien para vosotras, chiquilla —dice con su voz profunda y algo ronca—. Esa vieja dama no tiene compasión. Y menos ahora, que ha perdido todo lo que su frío corazón aún apreciaba. Este ya no es sitio para Luisa Koch y para su madre.

Luisa sigue aferrándose al abrazo del hombre, deja que las palabras resbalen por sus oídos, quiere seguir sin entenderlas. Su padre se encuentra bien, ayer por la noche estaba contento, le habló de esa impresionante montaña, el Kilimanjaro, cuya cumbre está cubierta de nieves perpetuas...

—Tengo que irme, pequeña —dice el doctor Greiner, y la aparta con delicadeza—. Sé fuerte, Luisa. Sé que lo conseguirás. Y cuida de tu madre. Prométemelo, ¿quieres? Te necesita. Sin ti está perdida.

—Sí... Se lo prometo —balbucea ella, sin comprender bien lo que está diciendo.

El hombre le tiende la mano y aprieta la suya con tanta fuerza que le hace daño. Después se pone el sombrero a toda prisa, coge los guantes y sale por la puerta que Mariella le sostiene abierta. Fuera caen gruesos copos de nieve, el césped ha quedado cubierto por una fina capa blanca, los narcisos recién florecidos se inclinan bajo su frío peso. Mariella sigue junto a la puerta, la mantiene abierta de par en par, y Luisa ve un cabriolé que cruza la verja y entra en la finca. Conoce el coche y el caballo.

—Ahora llega el párroco… —le dice Mariella a Meta, que ha salido corriendo de la cocina—. Pero ya es tarde. Qué pena por él. Era un hombre bueno, y también fue un buen señor.

—Pero me alegro de que por fin vayamos a librarnos de esa paleta y de su mocosa ilegítima.

—Eso no había quien lo entendiera. Que un señor noble como él cargara con semejante mujerzuela…

Luisa comprende que hablan con tanto desprecio porque ya no queda nadie en la casa que vaya a reñirlas. Siente un profundo dolor y al mismo tiempo una ira inmensa. Su padre ha muerto y no dejan que ella lo vea. Todos están arriba con el difunto, esperando a que el párroco lo prepare para su viaje final.

Todos menos ella. ¿Y su madre? Seguro que también la han excluido.

Vuelve a oír en su cabeza las palabras del médico. «Cuida de tu madre. Sin ti está perdida».

Luisa inspira hondo y suelta el aire. Reprime el dolor, lo obliga a retirarse a lo más recóndito de su corazón para que no acabe con ella. No es momento de llorar y lamentarse. Es momento de actuar. Tal como ha prometido.

1945

Hilde

3 de febrero de 1945, por la noche

—Esto es el fin —susurra Louise Drews, y abraza con fuerza a sus dos hijos—. Van a arrasarlo todo. No dejarán piedra sobre piedra…

—¡Cállese de una vez! —sisea la madre de Hilde—. ¡Diciendo esas cosas va a atraer la desgracia!

Un fuerte temblor sacude el refugio antiaéreo. La madre de Hilde la estrecha entre sus brazos y le hace bajar la cabeza. Del techo del sótano cae suciedad, las velas Hindenburg titilan. Nadie de los que están apretados sobre cojines y mantas dice nada, solo se oye llorar a un niño de pecho. Han decretado el estado de excepción, llevan horas escondidos en ese refugio, sienten los crujidos y los temblores que sacuden la tierra, creen que en cualquier momento se les vendrá encima el techo. Es grotesco. ¡Una locura! Hilde tiene la sensación de no ser ella misma, de estar viviendo una película. Nadie muere con diecinueve años, y menos aún con un niño en las entrañas.

—¡Siéntese en otro sitio! —le ha espetado hace un rato Louise Drews a Teubert, el vigilante antiaéreo, mientras señalaba a Karl, de dos años, y a la pequeña Sabine—. ¡Si nos alcanza una bomba, caerá usted encima de mis hijos!

Y Teubert, que normalmente es de los que nunca se callan, se ha acuclillado en el suelo sin decir nada y se ha metido los dedos en las orejas.

«Qué raro —piensa Hilde—. Cualquiera creería que la gente dice cosas más importantes o inteligentes cuando ve la muerte de cerca, pero solo suelta tonterías». Gisela, a su lado, reza en voz baja. «Cuatro esquinitas tiene mi cama…», porque es la única oración que se sabe de memoria. Y Julius Kluge, que vive en Webergasse, cuenta una y otra vez que su hijo también es aviador y ha luchado en Inglaterra. Como si a alguien le interesara saber eso.

Horas después, el estruendo y los estallidos de las bombas remiten por fin, solo de vez en cuando cae algo de arenilla desde el techo del sótano. Las velas Hindenburg se han consumido; todas menos dos. Entonces se dan cuenta de que el aire está tan cargado que podría cortarse, no hay quien respire ahí dentro. La vieja señora Knoll ha cerrado los ojos y no dice nada. Gisela susurra que se encuentra mal, que necesita vomitar. Alguien debe de habérselo hecho encima, porque el hedor es espantoso.

Teubert se levanta con cuidado y avanza encorvado hacia la puerta por entre las personas que siguen sentadas, apiñadas. Hilde observa todos sus movimientos. El vigilante desatranca la puerta de acero, tiene que intentarlo dos veces porque no deja de temblar. Después la empuja despacio. Un olor a incendio entra en el sótano.

—Dios mío —susurra la madre de Hilde, que se ha puesto de pie.

Se tambalea y Hilde tiene que sostenerla. Todos se agolpan entonces junto a la salida. Teubert ya está fuera, algunos lo siguen, la corriente de aire apaga las velas.

—¡Las palas! —exclama alguien—. Aquí hay escombros.

Dentro de lo malo, tienen suerte y pueden despejar el camino con unas pocas paladas. Al salir del sótano los recibe un intenso calor y se ven rodeados por un infierno de llamas rojas y amarillentas que salen por los agujeros negros de las ventanas rotas.

Hilde y su madre trepan como pueden por un montículo de cascotes que aún arden y humean. Por todas partes se oye sisear el fuego; caen piedras, los muros se derrumban. Es de noche, una gélida noche de febrero, el sol no saldrá hasta dentro de varias horas. Todo el que aún puede andar sale de entre los escombros al aire libre, llama a sus familiares, recorre sin rumbo la ciudad. Aún caen bombas del cielo, impactan con gran estruendo aquí y allá, los aviones aúllan.

—¿Gisela? ¿Eres tú?

Hilde apenas distingue a su amiga en la oscuridad centelleante. Gisela y su madre, Johanna, contemplan inmóviles el esqueleto incendiado de su casa. Johanna cuelga todo su peso del brazo de su hija. Ya no hay esperanza, Webergasse es un montón de escombros en llamas, los edificios que quedan a izquierda y derecha no son más que ruinas devoradas por el fuego. De vez en cuando ven a alguien que camina sin dirección y trepa por los cascotes buscando la calle que antes estaba ahí. Algunos llevan hatillos y mochilas con todas sus pertenencias, o al menos lo que han podido salvar. Las negras y angulosas siluetas de los edificios destruidos parecen irreales a la luz espectral de los incendios. «Tal vez no sea más que una pesadilla —piensa Hilde—. Si me despierto, todo volverá a ser como antes…».

—Nos vamos a casa de mis abuelos —dice Gisela—. Venid con nosotras.

—Pero a lo mejor el Café del Ángel sigue en pie —arguye la madre de Hilde.

—Ahora no podéis ir allí. Todo está en llamas.

Con los ojos resecos por el calor, miran hacia lo que una vez fue el principio de Wilhelmstrasse. Por doquier hay piedras y muros derribados, no encuentran ningún camino, y

menos ahora, de noche. Hilde sigue empeñada en saber qué
ha ocurrido, porque Addi, Julia y la Künzel nunca van al refugio antiaéreo de Webergasse, solo bajan al sótano del café.
Entonces ve que su madre entrelaza un brazo con el de la
madre de Gisela y comprende que deben ayudarlas. Los Warnecke se enteraron ayer mismo de que el padre de Gisela había caído; hoy, su hogar y todo lo que contenía es pasto de las
llamas. A Johanna Warnecke casi no le quedan fuerzas. Hilde
cede. Si han bombardeado el Café del Ángel, tampoco podrán hacer nada. Arrastran a la mujer medio desmayada por
la ciudad, apenas notan el frío, tienen pánico a que caiga otro
bombardeo. Algo más adelante, en Kirchgasse, los edificios
están intactos. Toman aire y continúan hacia el piso de los
abuelos de Gisela. Llaman a la puerta y tienen que esperar un
buen rato hasta que el viejo matrimonio abre. Poco después
están todos sentados en la minúscula sala de estar. Hablan a
trompicones, no pueden expresar con palabras lo que les ha
caído encima. La madre de Gisela ha vuelto en sí, pero de todas formas parece ausente. Aguantará, no obstante, lo sopor-
tará todo, hasta las penalidades más duras, porque sabe que
Adolf Hitler guiará a Alemania hasta la victoria final. Está
firmemente convencida de ello. Else y Hilde no dicen nada,
también Gisela guarda silencio. La expresión «victoria final»
suena grotesca a la vista de la ciudad en llamas. Solo los parti-
darios más acérrimos creen aún en las palabras de los dirigen-
tes. Todo el que sigue en sus cabales comprende que el final
está cerca. El final de esta guerra que devora personas, y también el final del Tercer Reich. Será duro, los más viejos lo saben
porque vivieron la caída del Imperio alemán y la Gran Guerra.
Aun así, cualquier cosa será mejor que estas terroríficas noches
de bombardeos tras los que la gente mira atónita los escombros de sus casas en llamas o se asfixia en refugios antiaéreos.

No pueden dormir. Todos tienen miedo; en cualquier momento podría volver a empezar. Están aturdidos, por su men-

te cruzan imágenes, sombras que se alargan hasta su alma mientras las sirenas chillan en sus oídos. Solo se dejan caer en la piadosa oscuridad del sueño cuando la fría luz azulada del alba llega arrastrándose hasta las ventanas.

Hilde se despierta y al principio no sabe dónde está. Después se extraña de no sentir náuseas, como todas las mañanas. La abuela de Gisela ha preparado infusión de menta; hace tiempo que el café es solo para gente con contactos. También el pan escasea. Hilde devora media rebanada y tiene mala conciencia porque la abuela de Gisela la mira con ojos encendidos.

—Le pagaremos con marcos. Nuestra casa sigue en pie…

Es una afirmación audaz, apenas una esperanza, pero Hilde y su madre se aferran a ella.

—Tenéis que volver pronto —le dice el abuelo de Gisela a su nieta—. Tal vez quede algo que salvar. Si tardáis demasiado, se lo habrán llevado todo.

—¡Ay, Dios, mamá! —exclama Gisela—. ¡Tiene razón!

Los saqueadores son castigados con severidad, pero en el caos que reina ahora en el barrio del balneario impera el «sálvese quien pueda». Así son las cosas. La guerra divide a las personas entre honradas y canallas, y los canallas son mayoría. Gisela y Johanna Warnecke salen con la carretilla del abuelo y el viejo cochecito de bebé de Gisela, que estaba en el desván. La madre de Hilde ayuda a la mujer a tirar de la carretilla; Gisela entrelaza su brazo con el su amiga, que de pronto vuelve a sentir náuseas. El abuelo quería ir con ellas, pero su cojera le hace ser demasiado lento.

—¡Pobre Alemania! —se lamenta el hombre—. Solo le quedan mujeres y lisiados. Y ahora también envían a los adolescentes a la guerra. ¡«Tormenta del pueblo», lo llaman!

—¡Calla! —le regaña la abuela.

En el barrio del balneario, los escombros todavía se están consumiendo. El humo recubre el horror de un polvillo gris, el olor es espantoso, a quemado: madera, pelo, papel pintado y muebles tapizados. A una época grandiosa y pacífica que ha ardido en llamas y no regresará jamás. Así huele la muerte. El fin. En una de las casas del principio de Wilhelmstrasse todavía se lee una pintada: «¡Con el Führer hasta la victoria final!». Aquí y allá se ven auxiliares con uniforme pardo, muchachos, casi niños, y también ancianos. Parece que no quieren dejar pasar a las cuatro mujeres, dicen que es demasiado peligroso, que caen cascotes por todas partes.

—Queremos ir al Café del Ángel —dice la madre de Hilde.

Los dos uniformados cruzan una mirada insegura. Uno se pasa cuatro dedos por el pelo rubio alborotado. Es muy joven, no tendrá los dieciséis años. Sus rostros están tiznados de hollín. Hilde y su madre esperan, los miran, escuchan los latidos de su propio corazón. Desde ahí no se distingue muy bien dónde han caído las bombas, solo alcanzan a ver que han tocado el balneario y el teatro.

—¿El Café del Ángel?

—El número setenta y cinco. No está lejos de Burgstrasse. —A su madre se le quiebra la voz, está a punto de perder la compostura.

Dios mío, ¿y si todo se ha convertido en un montón de escombros en llamas? Y si Julia, la Künzel, Addi...

—Pasen. Pero vayan con cuidado...

Avanzan con paso decidido sobre los cascotes. Es terrorífico. Por todas partes hay cosas medio carbonizadas entre las piedras, muebles, vajilla rota, un costurero casi intacto, una muñeca de porcelana con el pelo quemado... Muchas personas recorren las ruinas. Escarban con bastones y retiran restos con palas, encuentran objetos, se pelean por una cazuela, por dos trozos de carbón. La confusión es tal que nadie sabe qué escombros corresponden a cada edificio. Un perro con manchas de varios colores se les acerca cojeando, olisquea el abrigo de Hilde y las sigue un trecho. De repente tienen la vista despejada. Hilde se detiene, parpadea, vuelve a mirar para asegurarse.

—¡Creo que sigue en pie, mamá! —exclama en voz baja, temblorosa.

Se acercan más, el corazón les late con tal fuerza que apenas son capaces de hablar. Se quedan mirando la fachada chamuscada. Incluso las letras siguen ahí.

—Santo cielo. ¡Me va a dar algo!

Su madre se detiene y entorna los ojos para verlo mejor. Si no es un espejismo, es que el destino les ha sonreído de verdad. El número 75 es el último de la fila de edificios que han quedado intactos. De la Casa de Modas Schäfer, al lado, solo se ve un trozo de fachada quemada. El rótulo del hotel Kaiserhof ya no existe. Pero el Café del Ángel sigue ahí. Solo que las letras de encima de la puerta ya no son doradas sino negras. El precioso ángel que se balancea con su cafetera cuelga de un solo gancho, torcido, y está todo oscuro. Frente a la puerta aguarda Adalbert Dobscher, el antiguo cantante de ópera, que vive arriba, en dos pequeñas habitaciones de la buhardilla. El pelo blanco, siempre cuidadosamente peinado hacia atrás, le tapa ahora la cara en mechones revueltos. Sus manos sostienen un bastón con una gruesa empuñadura de raíz. Un cliente se lo dejó en el café y nunca volvió a buscarlo, y desde entonces ha tenido una solitaria existencia en el paragüero.

—¿Qué está haciendo ahí? —se extraña Gisela.

—La puerta de la calle está rota —constata Hilde, que tiene buenos ojos—. Le falta el cristal.

—Cielo santo —dice su madre, conmovida—. Addi protege la puerta giratoria. Parece un guerrero loco.

Ríen de alivio, por un momento están contentas, podrían incluso abrazarse. Todo está bien. La casa sigue en pie y Addi la vigila. ¿Qué más quieren? Enseguida vuelven a tirar de la carretilla y el cochecito de niño por entre los escombros, pero tienen que parar y dejar paso a dos jóvenes uniformados que llevan una camilla. Está cubierta por una manta gris. Un brazo desnudo cuelga por un lado mientras los muchachos corren hacia un camión. El bombardeo de esa noche ha dejado numerosas víctimas.

—Ese es Walter, el de delante de la camilla —dice Gisela, angustiada—. También a él lo han reclutado, para la artillería antiaérea.

Walter es el hermano pequeño del prometido de Gisela. A Joachim se lo llevó la Wehrmacht el año pasado, y fue entonces cuando se prometieron a toda prisa. Su hermano Walter tiene tres años menos, acaba de cumplir los dieciséis, pero ahora aceptan a cualquiera. Niños y ancianos. La «Volkssturm», las fuerzas de asalto del pueblo. Que no se lleven también a Addi, que ya tiene sesenta…

Addi monta guardia como un cancerbero ante la puerta giratoria del Café del Ángel. Heinz Koch mandó construir esa monstruosidad en los años veinte y estaba muy orgulloso de ella. Como en los grandes hoteles. Además, en invierno hace que el frío no entre.

—¡Gracias a Dios! ¡Aquí está la señora Koch! Y Hilde también. Empezábamos a preocuparnos… —exclama al verlas, todavía con su imponente timbre de barítono.

—Quedaos aquí —dice Gisela—. Mi madre y yo probaremos suerte en Webergasse. De vuelta pasaremos a veros.

Hilde retiene a su amiga por el codo.

—Podéis venir a vivir con nosotros, Gisela. Tu madre y tú. Hay sitio suficiente…

—Gracias, pero mi madre quiere quedarse con mis abuelos. —Se sorbe la nariz, se frota la mejilla y comprueba que también a ellas se les ha manchado la cara de hollín.

Hilde las mira a ambas con preocupación. Tirar de la carretilla por los escombros es muy cansado. Esa noche ha convertido en indigentes y mendigos a muchos que ayer todavía tenían casas calientes y bonitas. Aun así han salido mejor parados que quienes están bajo los escombros y a los que ya nadie puede ayudar. ¡Esta guerra! ¡Ojalá terminara de una vez! Ojalá su padre regresara sano y salvo junto a ellas...

—Es usted un héroe, Addi —exclama su madre, que se ha acercado a la entrada del café—. De no ser por usted...

Addi ha montado guardia desde primera hora de la mañana porque la puerta está rota y cualquiera habría podido entrar. Tres veces lo han intentado, pero Addi y su bastón no han dejado pasar a nadie.

Hilde y su madre pisan con cuidado los trozos de cristal y entran por la puerta giratoria. Es de madera marrón y tiene incrustaciones de vidrio, pero la decoración no ha sufrido ningún daño. Esa puerta también podía bloquearse con un pestillo, solo que por desgracia la espiga que se introduce en la ranura está rota. Su padre quería repararla, pero no tuvo tiempo.

—Tenemos que hacer algo con la puerta de entrada —dice Else—. Eso es lo más importante, para que por lo menos podamos dormir tranquilos...

En el café todo está como siempre. El mostrador de los pasteles vacío. Las mesas y las sillas. Las fotos de las paredes. El Adolf de encima del piano, con esa mirada de furia y orgullo del vencedor. Ojalá se libraran por fin de él.

El perro de varios colores se ha sentado fuera, ante la puerta. Le da miedo pasar por esos compartimentos de madera y gimotea lastimeramente. Addi deja su bastón en el paragüero, mira al perro por la ventana, se aparta y, tres pasos después, vuelve a mirar.

—¿De quién será?

No obtiene respuesta. Else ha entrado en la cocina y protesta a voz en grito porque se han roto dos pilas enteras de platos y una estantería llena de tazas. Hilde examina la despensa, está muerta de hambre y allí aún debe de quedar un poco de pan tostado. Ya casi está en el cuarto mes y se le nota un poco. Con su madre han acordado hacer responsable a Fritz Bogner, que es un buen chico y está luchando en el frente. Si Dios lo quiere y regresa, ya se lo explicarán. Lo primordial es que los vecinos no hablen, algo a lo que se han aficionado mucho los miembros más acérrimos del Partido, sobre todo Storbeck, que...

—El café está cerrado...

—Han bombardeado nuestro edificio y las autoridades nos han enviado aquí. Usted no tiene nada que decir en esto, señor Dobscher. ¿Dónde está la señora Koch?

Hilde y su madre dejan lo que están haciendo y se miran. Hablando del rey de Roma, o, mejor dicho, pensando en él... Es la voz de Wilfried Storbeck, de una casa vecina. El padre de Hilde, en broma, siempre lo llamaba «Storbo», porque no lo soportaba. Un nazi convencido desde el principio.

—¡Lo que nos faltaba! —se queja Else.

—Mierda —masculla Hilde—. Mierda, mierda...

Tendrán que acogerlos a su mujer y a él, no hay forma de evitarlo. Como tiene buenos contactos, acaba de presentarse con un documento oficial antes de que cualquier otro le quite el alojamiento.

—Después de todo, arriba tienen un apartamento de cuatro habitaciones vacío —oyen decir a Marianne Storbeck.

Siempre habla en voz muy alta cuando su marido está cerca para defenderla. Pero cuando están los dos solos, Marianne Storbeck habla en voz baja y sumisa, o eso contó alguien una vez en el café. Porque teme los arrebatos de ira de él.

La madre de Hilde deja el recogedor dentro del cubo, se yergue y respira hondo. No hay nada que hacer.

—El apartamento es de mi hijo August —les dice a los Storbeck.

—¿Y qué? Su hijo está en el frente y su mujer se ha marchado a casa de sus padres. Ya ve que estoy al corriente de todo. ¿No irá a cerrarles la puerta en las narices a unos compatriotas en apuros? Nos hemos quedado sin techo...

—Claro que no —contesta ella—. Solo lo comentaba. Si August vuelve, tendrán que apretarse un poco. Ahora mismo voy a por la llave. Suban cuando quieran. Por fuera, por el portal. Hilde les abrirá...

Addi sigue junto a la puerta giratoria, observando lo que pasa con semblante adusto.

—Corra arriba —le susurra Else—. Avise a la Künzel para que no se vaya de la lengua. Ya sabe que...

El hombre asiente. Se ha quedado blanco. Se pasa la mano por el cuello de la camisa abierto como si le apretara y luego sale por la puerta de la cocina hacia la antigua escalera del servicio.

—Ahora están como locos —susurra Else—. Al pobre Matze Weber lo colgaron solo porque, al parecer, dijo que ya no podemos ganar la guerra.

«Desmoralización de las tropas», lo llaman, y se castiga con la muerte. Igual que otros delitos. Robar un pan. Llevarse una bicicleta. Infracciones leves por las que antes ponían como mucho una amonestación o un día de arresto. Los miembros del Partido están nerviosos. Exhiben su firmeza, su capacidad de resistencia, su creencia incondicional en la victoria final, cuando, en realidad, ya casi ninguno de ellos cree que Alemania pueda ganar esta guerra. Aun así, nadie puede decirlo en voz alta. El miedo se extiende, los paraliza, los convierte a todos en cobardes. Incluso entre buenos amigos hay que andarse con ojo.

Hilde les abre el apartamento a los Storbeck y se queda en la puerta esperando mientras ellos curiosean. Arrugan la nariz al ver los bonitos muebles antiguos, piden sábanas limpias.

—Están en el armario. Los fogones de la cocina funcionan, pero puede que la tubería del gas esté rota…

La que seguro que está rota es la cañería del agua, porque del grifo solo sale un líquido marrón. Y también hay que airear.

—Arriba hay más inquilinos, ¿verdad? —pregunta Storbeck mientras su mujer inspecciona el armario de la cocina.

—La señora Künzel y el señor Dobscher, así es.

—¿Y alguien más? —quiere saber el hombre.

Casi parece un interrogatorio. Wilfried Storbeck es funcionario municipal, Hilde se siente incómoda.

—Nadie más.

Pero eso Storbeck ya lo sabe, porque vive solo unas casas más allá. Vivía. Hasta ayer. Ahora se está instalando en el apartamento de August. Marianne ya ha sacado sábanas y fundas de almohada del armario. Else las había planchado para su hijo. Porque a Eva, su mujer, no se le dan bien las tareas domésticas.

—Pero todavía hay un tercer apartamento en la buhardilla —dice Storbeck, y se queda mirando a Hilde.

—Ahí no vive nadie. Los inquilinos lo utilizan de trastero porque el sótano lo necesitamos para nosotros. Antes almacenábamos allí las provisiones del café.

Suena convincente. En el fondo es verdad, además. Solo que en el trastero, entre todos los cachivaches, malvive escondida Julia Wemhöner. Si Storbeck descubriera el pastel, podría denunciarlos a todos. A la pobre Julia la primera, pero también a los demás. Por cómplices. Por amigos de los judíos. Y entonces los Storbeck tendrían toda la casa para ellos solos.

—Bueno —dice Hilde—, si necesitan algo háganmelo saber.

Los Storbeck tienen hambre. Un almuerzo no estaría mal, dicen. En estos momentos no tienen marcos, se les ha quemado todo. Hilde promete hacer lo que esté en su mano.

Abajo, en el café, Addi clava tablones en la puerta de entrada rota. Martillea con tanta fuerza que el enlucido casi amenaza con caerse de las paredes. A su lado está sentado el perro de varios colores, lamiéndose el hocico.

—¿Y ese cómo ha entrado aquí? —protesta la madre de Hilde.

Addi sostiene tres clavos entre los labios, la mira con ojos pícaros y se encoge de hombros. Luego sigue clavando.

—¡Otra boca más! —refunfuña Else, enfadada.

Julia

Es una sombra. Un espíritu que recorre la casa de noche y al que nadie debe ver, porque entonces todos caerían en desgracia. Julia Wemhöner solía coser el vestuario del teatro, ropajes históricos pero también de fantasía, y todos decían siempre: «Julia Wemhöner tiene unos dedos de oro». Regordetas sopranos *soubrettes* y valquirias pechugonas, todas confiaban en el arte de Julia con la aguja. También los tenores, que siempre tenían una barriguilla que ocultar. Julia conocía algunos trucos, ponía la tela al bies, cosía un plieguecito aquí y otro allá, dejaba más margen de tela y conseguía que el traje les quedara cómodo a la vez que escondía todas las curvas inoportunas de forma discreta. Y a Reni Kolb, que tenía una maravillosa voz de contralto pero que era plana como una tabla, Julia le cosía los pechos directamente en el vestido. Más adelante trabajó para ella también fuera del teatro, y todo el mundo admiraba a la Kolb por su «bello busto». Sin embargo, cuando supo que Julia era judía, la Kolb ya no le hizo ningún encargo más. Pasaron solo unas semanas y la modista de teatro Julia Wemhöner fue despedida sin previo aviso. En los papeles no se explicitaba la causa, para el director artístico aquello resultaba demasiado desagradable. Le aconsejó que se marchara cuanto antes. A Estados Unidos. O a Israel. O incluso a Inglaterra.

Pero Julia Wemhöner no quería dejar su hogar. Nació aquí, en Wiesbaden, aquí se formó como modista y enseguida empezó a trabajar en el Teatro Estatal. El teatro la atrapó desde niña, no se perdía una representación, coleccionaba fotografías de sus actores preferidos y les pedía que se las firmaran. Con dedicatoria. «Para mi pequeña modista mágica, Julia». «Para la mujer de la aguja de oro». «Para Julia, sin la cual estaría perdido». El teatro es su mundo, siente que es su lugar, allí la necesitan y la aprecian.

Su padre murió hace cuatro años, y su madre lo siguió solo dos meses después. Ambos están enterrados en el cementerio de Nordfriedhof. Julia es cristiana evangélica, igual que lo eran sus padres; no supo que tenía ascendencia judía hasta los dieciséis años, cuando se lo preguntaron al matricularse en la Escuela de Artes Textiles. En aquel entonces, poco después de la última guerra, que fuera judía carecía de importancia. Nadie se escandalizaba por ello.

—Esto pasará —le dijo el director artístico, que le sonrió para infundirle valor.

—Puede —contestó ella—. O puede que no.

Sigue viviendo en Wilhelmstrasse, en el número 75. Antes tenía alquilado uno de los tres apartamentos de la buhardilla. A la izquierda vive la Künzel, que era soprano en el teatro, y en el medio, Addi Dobscher. El apartamento de Julia queda a la derecha, solo que ahora es oficialmente un trastero.

Hace tres años, todos los judíos de Wiesbaden tuvieron que registrarse en la sinagoga. Después los hicieron subir a unos trenes desde la rampa para el ganado del matadero. Julia no estaba allí, y eso tiene que agradecérselo a Addi Dobscher. Él le impidió registrarse. Que se quedara en la casa, le dijo, que entre todos se encargarían de que no la encontrara nadie. Addi le salvó la vida, pero también los demás vecinos, porque si no hubieran hecho causa común, ya hace tiempo que la habrían descubierto. Todos los habitantes de la casa se reunieron en aquel entonces para tomar una decisión, encabezados por Addi y por Heinz Koch, al que la Wehrmacht todavía no se había llevado. Llenaron el apartamento de Julia con trastos viejos del sótano y lo cerraron con llave. En uno de los grandes armarios destartalados, Addi y Heinz instalaron una puerta por la que Julia puede pasar al piso de Addi sin que la vean. En invierno incluso duerme allí; Addi le ha cedido su cama y él se acuesta en el sofá. Durante el día se pasea entre los muebles viejos, las cajas y los cajones de su antiguo apartamento, lee libros, mira el techo, donde las arañas tejen preciosas telas, y remienda la ropa de los habitantes de la casa. Una vez le cosió unos pantalones a Addi. No puede hacer ningún ruido, es silenciosa como un ratoncillo. Debe caminar de puntillas para que los tablones de madera no crujan. Y no asomarse nunca a la ventana, ni siquiera de noche, sobre todo cuando hay luna, aunque de todas formas las ventanas están tapadas con papel para oscurecerlas. Es por los ataques aéreos. Dos veces ha ido la Gestapo a la casa preguntando por ella y ha registrado el trastero. Addi le dijo que se escondiera en una caja de mudanzas enorme, debajo de una pila de maletas. Las dos veces salió de allí medio asfixiada y retorcida de dolor a causa de la incómoda postura cuando Addi pudo liberarla al fin.

—Eres muy valiente —le dijo, y le acarició la mejilla—, pero me temo que volverán.

Fue en agosto de 1942 cuando Julia Wemhöner se convirtió definitivamente en una sombra. Un fantasma nocturno que vive en el trastero. Un ser humano, sí, pero roto y sin color, una mujer de carne y hueso que languidece en la penumbra. Julia Wemhöner tiene cuarenta años. Antes era una preciosidad. No una belleza deslumbrante, puesto que es tímida y parecía insignificante al lado de los artistas pagados de sí mismos del teatro. Pero tenía sus admiradores, también amantes, y muchos amigos. Son sus amigos quienes la han salvado de una muerte segura. Por el momento...

Sobre todo Addi. El barítono Adalbert Dobscher fue hace años su gran amor. Nadie encarnaba de una forma tan grandiosa a Don Giovanni, ese peligroso seductor que hacía temblar a las mujeres. ¡Ay, Addi! Cómo lo veneraba al verlo sobre el escenario siendo Don Giovanni. Después, cuando volvía a convertirse en Adalbert Dobscher, el simpático sinvergüenza sin pelos en la lengua pero incapaz de hacerle daño a una mosca, Julia perdía todo el entusiasmo. Addi Dobscher, como hombre, no tenía nada que ver con el gran seductor del que Julia estaba perdidamente enamorada.

Y sin embargo, Addi le ha salvado la vida. La ama —Julia lo supo enseguida—, pero jamás ha intentado aprovecharse de su apurada situación. Ni siquiera se le ha acercado cuando ella duerme en su cama. Addi ronca en el sofá, en la habitación contigua, y ella sabe que está incómodo porque el mueble es demasiado corto para él. Aun así, no hay manera de que le cambie el sitio. Insiste en que ella debe estar bien, eso es lo importante. Por la mañana llama a la puerta con unos golpes y le lleva una infusión. Casi siempre de menta. A veces incluso café de verdad, que consigue por medios inimaginables a través de Else Koch.

La primera vez que sonó la alarma antiaérea, Julia se quedó arriba, en su trastero. Addi se presentó allí y se sentó a su lado como si pudiera protegerla de las bombas. Luego le dio su viejo abrigo de invierno y un gorro de pieles y la bajó al sótano con él. Al sótano de la casa, para ser exactos, porque Julia no puede dejarse ver en el refugio antiaéreo de Webergasse, al que están asignados los habitantes del edificio. Allí, a pesar del abrigo y el gorro, enseguida la reconocerían. En el sótano de la casa solo están Addi y ella. A veces también la Künzel, y Hilde Koch con Jean-Jacques, el prisionero de guerra francés condenado a trabajos forzados. Él tampoco puede ir al refugio antiaéreo, y como Hilde está tan enamorada del apuesto muchacho, se queda con él cuando caen las bombas. Hacen muy buena pareja: el francés moreno y Hilde, con sus rizos rubios y sus ojos de un gris azulado. A Addi le preocupaba que Jean-Jacques pudiera irse de la lengua, pero nunca lo ha hecho. Al menos hasta enero, cuando de pronto desapareció.

—Ha vuelto a su país —dijo Hilde, y apretó los labios—. Es mejor así. Aquí, aún podría pasarle algo.

—¿Cómo acabará todo esto? —le preguntó Julia a Addi.

—Acabará mal —respondió él—. Pero cuando hayamos pasado lo peor, Julia, serás libre. Entonces podrás pasear por la ciudad, como antes. Con la cabeza alta y sin miedo.

—¿Y eso cuándo será, Addi?

—Pronto.

Él lo dice con semblante adusto, y Julia sabe que le oculta muchas cosas. La trata como a una niña, y eso no le gusta. Aunque, claro, él tiene sesenta años y podría ser su padre.

Esa terrible noche de febrero casi ha tenido que arrancarla de la cama. Son los nervios, esos últimos días ha estado llorando sin saber muy bien por qué. No consigue dormir por la noche y, justamente ahora que por fin se ha amodorrado un poco, tiene que sonar la alarma antiaérea otra vez.

—Déjame —protesta, y se agarra al edredón—. No quiero. Que lancen las bombas... A mí me da igual.

El aullido de las sirenas ahoga las palabras de Addi. La señal advierte de las escuadras de bombarderos en ondas que suben y bajan; un sonido feo que cala hasta la médula.

—No quiero...

Al final Addi la levanta con el edredón y todo y se la lleva escalera abajo. Por el camino se cruzan con la Künzel, que se ha dejado al canario y corre otra vez a su apartamento. Hilde y Else Koch han salido ya hacia el refugio antiaéreo de Webergasse; Heinz se lo hizo prometer antes de que tuviera que marcharse. Después pasan horas agazapados en ese sótano helado, oyendo y sintiendo las bombas más cerca que nunca, convencidos de que esta vez no se salvarán.

—Libre —susurra Julia—. Libre como un pájaro que echa a volar. Como un alma que sube a los cielos sin peso corpóreo, sin dolor ni pena…

—Contrólate, Julia —refunfuña Sofia Künzel—. ¡No dices más que disparates!

Julia calla. Se acurruca contra Addi, que está sentado a su lado como una roca que resiste el embate de las olas, y él le pasa un brazo por los hombros. Tampoco dice nada. Ni siquiera cuando una bomba cae tan cerca que hace temblar el sótano y oyen crujidos y explosiones por encima. El rostro de Addi sigue impasible. De vez en cuando se le estremecen las pobladas cejas grises y levanta la vista hacia el techo.

No se atreven a salir del sótano hasta horas después.

—Túmbate un rato —dice Addi—. Ya ha pasado todo. Te traeré el edredón.

Julia quiere ir a buscarlo ella sola, pero las piernas no le obedecen. Addi la lleva hasta la cama y la tapa con una manta de lana. Más tarde, cuando la arropa con el edredón, ella no se entera. Se da cuenta al despertarse, ya de día. Addi está junto a su cama y la zarandea por el hombro hasta que abre los ojos, pero esta vez no suena ninguna alarma. Es el rostro de Addi el que le dice que algo malo ha sucedido.

—A partir de ahora debes tener más cuidado aún, Julia. No hagas ningún ruido. Recuerda tirar de la cadena del retrete solo cuando Sofia o yo estemos arriba.

Ella parpadea, desconcertada, no entiende su agitación. Nada de eso es nuevo, lo sabe desde hace tiempo.

Pero entonces Addi añade:

—Wilfried Storbeck y su mujer se han mudado al apartamento de abajo. Su edificio ha sido bombardeado y tienen permiso para alojarse aquí... No podemos echarlos.

Julia no sabe quiénes son esos Storbeck. Según le explica Addi, él es funcionario municipal y un nazi convencido. Si descubre que ella está escondida en la casa, sin duda la denunciará.

—No pretendo asustarte —susurra Addi, y le acaricia el pelo alborotado—, pero sería una auténtica lástima que te encontraran ahora. Tan cerca del final...

Ella asiente. Ya nada la asusta. Eso se acabó. Hace tanto que vive escondida que se ha convertido en una sombra, incluso cree que es invisible. Un jirón de niebla. Un hada...

—No te preocupes —le dice a Addi, sonriendo—. Nadie me encontrará.

Ve que es él quien está muerto de miedo, y alarga un brazo para acariciarle la mejilla. Él toma su mano, la sostiene un momento entre sus dedos cálidos y luego la besa con cuidado. Le dedica una sonrisa tímida y le aconseja que duerma un rato más. Cuando baja al café, cierra la puerta del apartamento dos veces.

Ahora Julia está despierta. Se levanta y pega la oreja a la pared para saber si Sofia Künzel está en su piso. Al principio solo oye al canario cantar y trinar, luego el atizador que remueve el carbón del horno. Ajá, la Künzel está, así que ella puede usar el retrete y asearse en el lavamanos. Cuando arriba no haya nadie, tendrá que usar un orinal y tener agua en un cubo para lavarse. A veces se sorprende pensando que tal vez habría sido mejor registrarse en la sinagoga con todos los demás. Así, ahora no sería una carga para nadie. Se pone la bata de boatiné, una prenda cara de los buenos tiempos, y se cuela por la puerta del armario hacia el trastero que antes era su pequeño y acogedor apartamento. Allí hace un frío que pela porque nunca enciende la estufa. «Quizá esta noche vuelvan y lancen más bombas —piensa—. Y tal vez se nos caiga encima el techo del sótano y muramos todos juntos. Entonces sí que seré libre. Porque ya no tendré qué temer».

Sin embargo, por nada del mundo quiere morir sin haber visto el teatro una vez más. El teatro era el epicentro de su vida, tiene que despedirse de él con calma y con todo su amor. Julia Wemhöner se pone a rebuscar en cajas y maletas. ¿Dónde lo puso? Ah, aquí está. ¿Y los zapatos? En otra maleta, claro. Y también el abrigo. Se pone el vestido de noche de seda verde, largo hasta el suelo, nota el suave tacto de la tela sobre la piel y percibe el familiar aroma de un perfume que le encantaba. Diseñó el vestido ceñido a su figura, y en aquel entonces se alegró de que la cara tela le alcanzara para acabarlo. Ahora le queda grande, tendría que meterlo un poco de las caderas y los hombros, pero ya no importa. Se peina la melena, esos exuberantes rizos cobrizos que de niña le parecían espantosos y que luego tanto le alababan. Se la recoge y lamenta no encontrar sus joyas. Tiene unos pendientes de botón de oro y una cadenita a juego, herencia de su difunta madre. Pero sin joyas también valdrá. Al menos ha encontrado los zapatos verdes de tacón y el abrigo dorado que forró con la misma seda del vestido.

Está guapa. La embarga una euforia que casi la marea y le ensancha el pecho, que con los años estaba cada vez más oprimido. Volver a ser libre. Caminar por las calles tranquila y con la cabeza alta. Sin ese miedo que empequeñece, que te mina por dentro hasta convertirte en un cascarón hueco.

Addi ha cerrado su apartamento por fuera y se ha llevado la llave, pero hay una copia que cuelga junto a la puerta. Para emergencias. Está un poco oxidada y cumple su cometido chirriando a regañadientes. Julia inspira con fuerza el aire enrarecido del rellano; huele a incendio. Baja la escalera con porte digno, como una reina, cada paso es un triunfo. Los escalones de madera crujen bajo sus pies, no mucho, solo un poco, porque el delgado cuerpo de Julia apenas pesa. Entonces oye martillazos. Seguro que es Addi, que estará reparando las ventanas, o la entrada del café. También las voces de Else Koch y de Hilde llegan hasta ella. Será mejor no salir por el Café del Ángel, sino por la portería.

Fuera, ya nada es como antes. Se detiene desconcertada, intentando asimilar que eso era Wilhelmstrasse, la hermosa y amplia avenida que pasaba ante el teatro y el balneario. A su izquierda hay enormes montones de piedra y travesaños de madera, muebles destrozados, bañeras, vigas de acero dobladas. Entre todo ello se ve un sinfín de enseres chamuscados, negros y destrozados. Los edificios que había junto al número 75 se han quedado sin fachada, sus habitaciones se pueden ver como si fueran las de una casa de muñecas. Algunas tienen aún cuadros colgados en las paredes, aquí y allá asoman pequeñas llamas titilando entre las ruinas carbonizadas. Julia Wemhöner se levanta el bajo del vestido de noche verde para que no se le ensucie al subir por las montañas de cascotes. Los zapatos no podrán salvarse, pero eso le da igual. Camina sobre los restos de las casas bombardeadas, avanza como si fuera sonámbula, no presta atención a las personas que han acudido con carretillas y revuelven en el caos buscando todo lo que no haya quedado inservible. Un viento gélido le abomba el abrigo dorado, arremolina cenizas y polvo, le confiere un aura fantasmal. Llega al otro lado de la calle y ve el teatro, las columnatas destruidas, toda una parte derrumbada. Un lado del tejado cuelga torcido, las paredes desnudas se desmoronan sobre los jardines abrasados. Julia pasa junto a un apretado grupo de vecinos desahuciados por las bombas que contemplan a la aparición del abrigo dorado sin dar crédito a lo que ven. Llega a la entrada de artistas, que todavía sigue en pie. También los altos ventanales han sobrevivido a la noche de bombardeos.

Por esa puerta entró y salió todos los días durante muchos

años. Hoy está ante ella convertida en una sombra y, aun así, ataviada como si acudiera a ver una ópera del Festival de Mayo.

Nota el viento tirando de su pelo, el abrigo hinchándose alrededor de su cuerpo. No siente el frío. Se acerca un par de pasos más, toca la puerta de entrada con la mano, con mucha delicadeza, como si tuviera miedo de que al magullado edificio pudiera dolerle.

—Hasta siempre… —dice en voz baja, y acaricia la vieja madera con la mano—. Hasta siempre…

Después da media vuelta y busca el camino de regreso al Café del Ángel entre los escombros. Cuando llega, Addi sale por la puerta parcheada con tablones y la mira como si viera a un fantasma.

—Dios mío… —susurra, y se lleva una mano al pecho.

Se queda paralizado, pero Else enseguida pasa junto a él y agarra a Julia de las manos.

—Está congelada —constata—. Menos mal que acabamos de preparar una infusión bien caliente. Pase adentro, la estufa está encendida.

Cuando Julia ya está sentada junto al fuego, temblando de frío y con una cálida manta de lana sobre los hombros, Hilde y Else tienen que tranquilizar a un Addi desesperado.

—¿Quién iba a reconocerla? Cada uno está ocupado en lo suyo.

Heinz

*Campo de prisioneros de guerra de Attichy,
Francia, abril de 1945*

Llueve. Un susurro y un goteo monótono sobre el techo de
la tienda. La lona tiene filtraciones en varios puntos y han
colocado latas para evitar que la paja sobre la que duermen
se moje. Están estrechos, apretados como sardinas en lata, la
tienda es para treinta hombres y ellos son cincuenta. Ayer
llegó un transporte con heridos, lisiados a los que les falta
un brazo o una pierna, pero que no tienen derecho a la tienda hospital porque no están graves. Heinz Koch ha enrollado una de sus dos mantas para ponérsela bajo la cabeza, la
otra se la ha echado sobre el cuerpo. Hace frío y hay mucha
humedad, los ánimos están por los suelos. En la tienda casi
nadie habla, solo en un extremo, junto a la entrada, hay cuatro hombres jugando a las cartas para combatir el abatimiento que se ha apoderado de todos. Antes, alguien ha contado que Maguncia, Fráncfort y Wiesbaden fueron tomadas
por los americanos hace tiempo. Que todo está destruido y que
los yanquis han requisado las pocas casas que quedaban intactas.

—¿Y qué han hecho con sus habitantes? ¿Los han manda-
do a la buhardilla?

—Los han echado —responde alguien—. Tienen que apañárselas como pueden en las ruinas…

Heinz no sigue preguntando porque ha comprendido que ese hombre solo quiere asustarlos. No hay que creer todo lo que se dice. Pero que Alemania se acerca a su final es evidente; todo el mundo lo sabe. Por un lado es bueno, porque los ataques aéreos cesarán de una vez. Y porque se librarán del demencial régimen nazi. Eso sobre todo. Heinz Koch nunca quiso trabar amistad con ellos. Por otro lado, no se sabe qué planes tendrán los vencedores para Alemania. ¿Les permitirán empezar de cero, igual que tras la última guerra? Con muchos contratiempos, con inflación, paro y hambre… Aun así, de algún modo Else y él lograron salir adelante. Ay, pero si las bombas han caído sobre su casa y todos sus seres queridos han muerto y yacen bajo los escombros, ¿cómo va a pensar él en empezar de cero? El joven soldado de su izquierda tose. Cuando Heinz lo mira, el otro se vuelve deprisa, pero ya le ha visto la cara enrojecida y los ojos arrasados en lágrimas. Un hombre no llora, por eso ha hecho pasar su llanto por tos.

—Hay que esperar —dice Heinz en voz baja, y le aprieta el brazo—. A saber si es verdad, ese puede decir lo que quiera.

El joven soldado se llama Anton Stammler y era constructor de órganos en Augsburgo. Se pasa la manga por la cara y asiente con la cabeza.

—La esperanza es lo último que se pierde, ¿no? —comenta con una sonrisa torcida.

—La esperanza no se pierde nunca —contesta Heinz con un tono de firme convicción—. Eso no podrán arrebatárnoslo.

El joven parece algo más animado. Suelta un hondo suspiro, se pone un brazo bajo la cabeza y cierra los ojos. Ayer estuvieron un buen rato hablando sobre la fabricación de órganos y sobre el precioso órgano de la iglesia del Mercado de Wiesbaden, donde Anton no ha tocado nunca. Sobre el teatro, el Festival de Mayo. Richard Strauss, al que Anton admira muchísimo. Y sobre el Café del Ángel, que tal vez ahora no sea más que un montón de escombros. Heinz tiene que hacer de tripas corazón para no caer también en el horror y el llanto. Qué felices eran cuando no sabían lo que iba a ocurrir. Su Else y él, los chicos, el Café del Ángel. Un pequeño paraíso, eso es lo que era. ¿Y ahora? Sus hijos están en algún lugar del este, ni siquiera sabe si siguen vivos. Else y Hilde tal vez hayan muerto a causa de las bombas. La casa destrozada…

Cierra los ojos con fuerza y se avergüenza al notar que le brotan las lágrimas. Y eso que pasa de los cincuenta años y es de los mayores de la tienda. Debe de ser por esa lluvia triste, que mina los ánimos. Se obliga a pensar en otra cosa. Le viene a la cabeza su mujer, Else. Qué contenida estuvo cuando recibieron la notificación de que tenía que incorporarse a filas, mientras que él solo decía tonterías.

—¡Qué te parece! —exclamó sacudiendo la cabeza—. ¡Cincuenta y un años y sigo siendo teniente!

El rango se lo había ganado durante la última guerra, en la que luchó de principio a fin. Entonces tenía veinticuatro años y ser teniente le parecía correcto.

—¿Eso es lo único que te preocupa? —dijo Else, e hizo un gesto de desesperación—. ¿Tener que ir al frente como teniente y no como general?

—¡Claro que no!

Fue entonces cuando comprendió lo ridículo del pensamiento militar que les inculcaron cuando era joven. Abrazó a su mujer y la estrechó con fuerza contra su pecho.

—Regresaré, Else. Siempre lo he conseguido y también lo haré esta vez. Tú solo cuida bien de Hilde. Y del café.

Else siempre ha sido una buena esposa. Cuanto mayor era la necesidad, más fuerte se ha mostrado. Se ha mantenido a su lado, ha colaborado en todo, entre los dos han domeñado el mundo. También aquel día se tragó las lágrimas por no entristecerlo. En lugar de llorar fue a prepararle el petate. Mudas de recambio. Calcetines. Unos calzoncillos largos de abrigo. Los enseres de afeitado. Jabón. Cubiertos. Puros y tabaco. Un salami grueso y un trozo de jamón ahumado. Bizcocho. Él metió también un cuaderno y un lápiz. El mechero que le había regalado Hilde. Una pequeña brújula de latón... Las costuras del petate estaban a punto de estallar.

Caían unos copos de nieve pequeños y helados cuando salió a primera hora de la mañana hacia el punto de encuentro. Else y Hilde estaban arriba, junto a la ventana. Addi y la Künzel se despidieron de él en el rellano. También Julia Wemhöner estaba allí, y él la abrazó una vez más.

—Todo irá bien, pequeña —le susurró al oído—. Esto no puede durar mucho más. Aguanta.

Y entonces empezaron a sonar las sirenas. Un ataque aéreo al alba; esos son los americanos. Los ingleses solo bombardean de noche. Heinz corrió por las calles vacías mientras caían bombas por el oeste, en el barrio de Dotzheim. Las zonas de Bierstadt y Amöneburg quedaron muy afectadas, el Landeshaus y otros edificios recibieron fuertes impactos. No había noche que no tuvieran miedo a esa muerte que viene del aire. En julio tuvieron que cerrar definitivamente el café, tampoco en el teatro había funciones ya, y solo uno o dos cines seguían poniendo las últimas películas de los estudios UFA. Al final, incluso ellos tuvieron que cerrar. Por las bombas.

En el punto de encuentro, junto al ayuntamiento, se encontró con varios conocidos, casi todos de su edad y buenos clientes del Café del Ángel. A menudo los había visto de esmoquin cuando se pasaban por allí después de una representación teatral en compañía de la esposa o una amiga. Les entregaron uniformes de la Wehrmacht, no había botas reglamentarias, así que conservaron su propio calzado. Después les dieron unas breves instrucciones para el manejo de las ametralladoras y a la mañana siguiente los enviaron a la estación, desde donde partirían hacia el oeste. A Alsacia, quizá, por lo visto allí los combates eran encarnizados. Heinz Koch se sentó en el compartimento del tren junto a sus compañeros y contempló cómo iban perdiéndose las casas de su ciudad. Le parecía triste y gris en esos días de diciembre, los frondosos árboles de los alrededores estaban desnudos por el invierno. Por un instante vio la capilla griega, una mancha dorada entre el lúgubre bosque negro. Las naves industriales de Kalle-Albert estaban destrozadas, también las fábricas de Biebrich eran solo ruinas, y la cubierta de cristal de la estación tenía un enorme agujero dentado.

Su intervención militar en las inmediaciones de Zweibrücken fue brevísima, porque la Wehrmacht tuvo que abandonar su posición y retirarse. De camino a su unidad, Heinz cayó en una emboscada con otros once compañeros y fueron apresados por soldados franceses. Se rindieron en el acto; a nadie le apetecía arriesgar la vida por algo que estaba perdido desde hacía tiempo. Ni siquiera los más jóvenes. Se contentaban con ser prisioneros de guerra, así tendrían derecho a un trato digno y hasta cierto punto honroso. Por lo menos aquí, en Francia, donde mandan los Aliados occidentales. Prefiere no pensar en los pobres diablos que acaban prisioneros en el este. Willi y August, sus dos hijos, dieron señales de vida desde Rumanía por última vez. August tiene veinticinco años, Willi acaba de cumplir los veintitrés. Que Dios los asista.

Los soldados franceses los llevaron a punta de pistola hasta un viejo cobertizo. Al cabo de un rato llegó un vehículo de transporte militar americano y los hicieron subir a la parte de atrás. Los apretaron junto a otros prisioneros de guerra. No había sitio para sentarse; cuando tomaban las curvas, tenían que sostenerse unos a otros. El trayecto duró horas y Heinz estaba completamente agotado cuando por fin los dejaron bajar. Pasaron la noche en la nave de una carbonera, sin calefacción, sin mantas. Solo encontraron unas cajas viejas con las que protegerse del frío suelo. Estaban a finales de enero, las temperaturas rondaban los cero grados. Por la mañana les permitieron encender un fuego y preparar café en latas. Para comer había pan blanco seco. Heinz tenía los dedos tan entumecidos que el mendrugo se le cayó al suelo. Un compañero lo recogió y se lo devolvió. Él le dio la mitad, y el joven lo devoró enseguida. Heinz sentía todos los huesos, hacía años que padecía reúma en rodillas y caderas; el dolor estaba montándose una verdadera orgía.

Los condujeron a las vías del tren y allí tuvieron que subir a un vagón abierto de carbón que tenía el suelo cubierto por varios centímetros de carbonilla. Para librarse, al menos en parte, del cortante viento de la marcha había que acuclillarse, pero algunos de sus compañeros se negaron a causa de la suciedad. No les sirvió de nada; al cabo de media hora ya estaban sentados juntos en el polvo negro. Tras varias horas de ese trayecto gélido, algunos se tumbaron en el suelo. No había sitio para todos, así que se echaron superponiéndose unos con otros. De vez en cuando cambiaban de postura y esperaban que el viaje infernal terminara pronto. En los puentes del ferrocarril había mujeres y niños franceses que insultaban a los *sales boches* y les lanzaban piedras. A Heinz una le dio en el hombro y le abrió un agujero en la chaqueta del uniforme, pero por suerte no atravesó la camisa ni llegó a la piel. Aun así, el hombro le dolía bastante.

—¡Eso es Reims! —exclamó alguien—. ¡La catedral! Dios mío… Estuvimos aquí de viaje de novios, mi mujer y yo, hace quince años…

Nadie tenía nada que decir a eso. Se quedaron mirando la silueta de la ciudad al atardecer con los ojos entornados.

Poco después, el tren se detuvo e hicieron noche en la nave de la estación de carga, sobre tablones de madera y con una manta de lana por hombre. Les dieron una sopa aguada.

Heinz cortó salami y repartió el jamón que le quedaba. El bizcocho se lo había acabado el día anterior. También otros soldados compartieron sus provisiones; el que come en secreto y deja que los demás se mueran de hambre es un canalla. Esa noche, Heinz durmió como un tronco, solo se despertó dos veces porque un compañero tenía que salir a orinar y le pisó sin querer en la oscuridad. Al día siguiente por la tarde llegaron a la estación de una pequeña localidad llamada Attichy y bajaron del vagón. Los soldados americanos que tenían a izquierda y derecha les quitaron los petates y se quedaron también con sus relojes. Casi todos poseen ahora solo lo que llevan encima. Tuvieron que realizar una larga marcha cuesta arriba bajo el frío atroz de enero mientras unos jóvenes soldados franceses los azuzaban con las culatas de sus fusiles. El que se rezagaba recibía golpes hasta que podía volver a caminar o se quedaba definitivamente en el suelo. Heinz apretó los dientes y consiguió aguantar.

El campo de prisioneros de Attichy se encuentra en una gran llanura pelada. Consiste en varias hileras de tiendas grises y rectangulares, unas junto a otras, rodeadas por una valla de alambre de espino. Un refugio de barro aquí y allá, torres de vigilancia de madera a intervalos regulares en las que hay soldados apostados. A los prisioneros recién llegados los registran y los rocían a fondo con polvos despiojadores. Después los interroga un oficial americano que habla en perfecto alemán. Es judío, pero se muestra amable, sin odio. Conoce Wiesbaden, también el Café del Ángel. Quiere saber si Heinz ha sido miembro del Partido Nacionalsocialista Obrero Alemán, si tenía algún cargo importante. Él no oculta su pertenencia al Partido; entró en él para conservar la concesión del café. Su interrogador se da por satisfecho con eso y le asigna un lugar en una de las tiendas. Paja, dos mantas de lana por hombre. Las letrinas están en el extremo del campamento. Han cavado agujeros muy profundos. El que se caiga ahí por descuido no saldrá sin ayuda. También han construido, con latas vacías, unas canalizaciones que llevan los orines a los pozos negros. Todo muy bien pensado. Solo que no han calculado el frío terrible y la escarcha que convierten cualquier desplazamiento en una tortura. Sobre todo cuando el suelo está congelado y resbala un poco.

La primera noche no duermen, el hambre no les deja. Por la mañana, poco después de que rompa el alba, les sirven una sopa aguada y dulce, un cuarto de litro para cada uno. La sorben con avidez y se calientan los dedos contra las latas que sirven de plato sopero. Después no hay nada más y el estómago les ruge con dolor. No es hasta la tarde, poco antes de que caiga la oscuridad, cuando les dan a todos una rebanada de pan blanco seco con un cuarto de litro de té. Ni los propios franceses tienen comida, les dicen. Las provisiones se reparten primero entre la población. Sin embargo, en breve llegarán alimentos de Estados Unidos y entonces la situación mejorará.

Y así sucede. Solo que, en los casi cuatro meses que lleva allí, se han repetido varias rachas de hambruna.

—¿Heinz? —Anton Stemmler habla con un hilo de voz.

Le ha dado la espalda a su vecino de la izquierda y mira a Heinz con ojos hinchados y enrojecidos.

—¿Qué pasa? ¿Quieres liarte uno? Todavía me queda tabaco.

Además de jabón, papel higiénico y prendas de ropa cedidas por los soldados americanos, reciben unas escasas raciones de tabaco altamente codiciadas. Heinz, que es fumador de puros, a menudo intercambia la suya por usar los enseres de afeitado de algún compañero. Algunos prisioneros salvaron sus pertenencias, lo cual les supone una enorme ventaja.

—No, gracias —dice Anton en voz baja, y mira hacia Kurt Eisel, el que duerme a la derecha de Heinz. El hombre, sin embargo, tiene las manos cruzadas sobre el pecho y ronca un poco—. Tienes que ayudarme, Heinz. Si no, estoy acabado...

«Maldita lluvia —piensa Heinz—. Abate los ánimos, todo se ve en grises y negros. El muy tonto ya está tramando planes de fuga otra vez».

—Solo estás acabado si tú lo permites, Anton. Si te rindes.

—Eso no pienso hacerlo —asegura el joven en un susurro furioso—. Al contrario, estoy pensando... en el futuro... en que estoy harto de vegetar en este campamento de mierda.

—Ayer hicieron más listas —señala Heinz, porque sabe lo que vendrá después—. Tú también estás en ellas. Dentro de poco todos volveremos a casa.

Anton suelta una carcajada breve, débil y contenida.

—Puede que tú sí, Heinz, porque eres de los mayores. Los heridos serán los primeros en regresar. Los tarados mentales y los amputados... que ya no pueden hacerle daño a nadie, ¿verdad?

Vuelve a reír, en voz baja y entrecortadamente. Suena nervioso y Heinz empieza a preocuparse. El joven podría ser su hijo y, tal como se comporta, está sometido a una enorme presión mental.

—Todos regresaremos algún día, Anton —dice.

—Eso es lo que tú crees, Heinz. Los de allí me han contado que los franceses se llevan a los prisioneros de guerra a África y los ponen a trabajar en las colonias.

Heinz también ha oído ese rumor, pero se niega a creerlo. Además, en caso de que sea cierto, será solo con los más jóvenes. No con los que pasan de cincuenta.

—Tengo que salir de aquí —susurra Anton—. Mis padres y mi hermana pequeña me necesitan. Y Marlies... ¡me está esperando!

Se interrumpe y mira más allá de Heinz, hacia la pared húmeda de la tienda. Tiene los labios apretados, la mandíbula inferior le tiembla. Heinz sabe muy bien qué es lo que tortura al joven. Muchos tienen la misma inquietud, pero pocas veces hablan de ello. No todas las novias están dispuestas a esperar al elegido durante años. Tampoco todas las esposas.

—Te sigue esperando, Anton —le asegura, y se esfuerza por sonar tranquilo y confiado—. Y si no lo hace, es que no te merecía.

—Claro —contesta el otro casi sin voz.

Entonces vuelve a tumbarse boca arriba y guarda silencio.

Heinz suspira. El peligro parece controlado por el momento. Sería una lástima perder al simpático y capaz Anton. Ya han abatido a más de un prisionero a la fuga.

Por supuesto que todos quieren salir de allí lo antes posible, pero últimamente su situación no es tan mala como para otros. Los americanos son muy estrictos con la limpieza, desinfectan siempre, las ollas y los platos metálicos se lavan cuatro veces, los pozos negros se rellenan con regularidad y se cavan otros nuevos. El gigantesco campamento está pensado para cien mil hombres y cuenta con una organización ejemplar. Hay una administración de los propios prisioneros, el toque de diana lo realiza un capitán alemán, enérgico como en tiempos pasados, aunque bajo supervisión de los vencedores. Los muchachos a los que enrolaron como auxiliares de artillería antiaérea están ubicados en el «Baby Camp». Los oficiales, separados de sus hombres. En una de las tiendas hay un cartel que dice «Priests», y también disponen de médicos, de una tienda hospital, e incluso de una «Tienda Cultural» donde los prisioneros pueden organizar conferencias por las que reciben raciones extra de alimentos. Podría irles peor, mucho peor. En Rusia, los prisioneros de guerra alemanes tienen que construir líneas de ferrocarril; dicen que allí han muerto miles, de hambre y extenuación.

Lo único malo es la falta de espacio y la monotonía. Pasan la mayor parte del tiempo esperando. Sobre todo alimentos. La comida se convierte en el punto central de la vida. También la suciedad es molesta. Cuando llueve, el suelo se convierte en una gruesa capa de barro y caminar hasta la letrina es una aventura. En la ropa llevan pintadas las letras «PW», que significan «prisoner of war». Cuando quieren lavar a fondo sus prendas, van desnudos por ahí porque no tienen nada para cambiarse.

Sin embargo, lo que más los aflige es que ya no ven ningún futuro. Muchos de sus familiares han fallecido, sus familias están rotas, han perdido sus posesiones, sus casas han sido bombardeadas, y muchos han quedado tullidos y no saben cómo se ganarán la vida. A menudo tienen conversaciones sobre la guerra y el régimen nazi. Entonces Heinz prefiere escuchar a hablar, porque hay cosas que no está seguro de haber pensado a fondo. ¿De verdad los engañaron, como afirma la mayoría? ¿Es posible que todos fueran tan crédulos? Veían los noticiarios semanales y creían que la guerra era justa. Honor de hombres. Coraje de héroes. Morir por la patria es dulce y honroso. Así lo aprendieron los mayores en la época del Imperio. Ideales prusianos. Todo hombre debe demostrar su valía en la guerra, solo un cobarde podría estar en contra del conflicto. No puede negar que también él lleva parte de esas enseñanzas en la sangre. Sin embargo, hubo otras cosas que le hicieron abrir los ojos muy pronto. Como lo de los judíos. Nadie sabía muy bien qué pasaba con ellos, solo decían que los enviaban a campos de trabajo. Aun así, ni Else ni él se lo llegaron a creer del todo. Porque había rumores. Algunos clientes del café, cuando se hacía tarde y se quedaban a solas con los Koch, contaban historias muy diferentes. Sobre todo los soldados de permiso. Hablaban de hambre y horror, de matanzas calculadas para aniquilar a todo un pueblo.

Al pobre Hermann Lekisch y a su mujer los pillaron en

1941, cuando él regresó de Francia para preguntar ingenuamente por su pensión. Había sido periodista y también había escrito obras teatrales. Cliente habitual del Café del Ángel. Cuántas veces no se rieron de él, por lo agarrado que era.

Las fotografías que colgaron los americanos y ante las cuales tuvieron que desfilar todos dejaron a Heinz muy afectado. Montañas de cadáveres demacrados en campos de concentración. Personas que acabaron convertidas en esqueletos. Hornos en los que quemaban los cuerpos. Por lo menos a Julia Wemhöner pudieron salvarla de ese destino. O eso esperaba.

—¡Adolf Hitler no sabía nada de todo eso! —afirma uno.

—Fue cosa de Himmler, ese cerdo.

—O de Goebbels, el muy cabrón. Y de Göring, ese saco de grasa vanidoso.

—Si el Führer hubiese tenido a gente decente, nada de eso habría pasado.

Heinz los deja hablar y cierra la boca. Adolf Hitler los convenció a todos, incluso a muchos de los que no querían saber nada de los nazis. Un amigo judío le dijo una vez: «Ojalá no fuese judío, Heinz. ¡Hitler sería mi hombre!».

También él cayó rendido a los pies del embaucador durante un tiempo. Incluso Else. Y sus hijos, por supuesto, que llegaron a venerar al Führer. Hilde era la única que, por alguna razón, no podía soportar a Hitler. Por ello tuvo que aguantar muchas burlas de sus amigas. La valiente y cabezota de su hija había acertado por instinto.

A Heinz le duele la cabeza y se prohíbe seguir pensando. No es posible entender en un solo día todo lo que ha sucedido. Es algo que remueve por dentro, que tortura, y no se puede llegar a ninguna conclusión por muchas vueltas que se le dé. Les ocurre a muchos de los que esperan aquí de brazos cruzados hasta el siguiente reparto de comida.

De vez en cuando hay discusiones entre los prisioneros, también peleas, a las que casi siempre ponen fin los propios compañeros de tienda. Los americanos tienen mucho miedo a un motín; en cuanto oyen jaleo, se presentan soldados armados.

—Tienes que ayudarme, Heinz... —vuelve a oír en voz baja desde su izquierda.

Heinz se enfada. ¿Por qué el chico no lo deja en paz? ¿Acaso no están todos en el mismo barco?

—¿Para que te busques una desgracia? No. Quítatelo de la cabeza.

—¡Por favor! Si no me ayudas, me cuelgo.

Heinz mira a la izquierda con precaución para descubrir si la amenaza va en serio. Anton está tumbado con los ojos completamente abiertos, respira deprisa, como si tuviera fiebre. Heinz se pregunta si no estará enfermo, pero justo cuando va a agarrarlo de la muñeca oye fuera los golpes metálicos que anuncian el reparto de comida. Los avisan golpeando un cazo contra un plato de hojalata que cuelga de un cordel. Enseguida se desata una actividad frenética por toda la tienda. Los hombres dejan atrás el profundo sueño y, sin mirar, alcanzan los enseres de la comida, que para casi todos consisten en una lata y una cuchara hecha con un trozo de lata doblado. También Heinz se levanta, pero deja pasar a los demás. Aunque tiene hambre, no le apetece llegar a empujones al comedero, como si fuera un animal. De repente se da cuenta de que la mano de Anton lo retiene. Siente los dedos fríos del joven, que sostiene la muñeca de Heinz con un gesto imperioso.

—Cuando oscurezca, ve a la letrina, Heinz. Luego irá Fritz Köppel, que es amigo mío, y buscará una pelea contigo...

—¡No pienso ni planteármelo! —protesta Heinz.

—Es mi única oportunidad. Si no, me mato.

—Escúchame bien, Anton. Tienen focos que alcanzan entre cincuenta y cien metros de distancia...

—Estarán distraídos con la pelea...

—¡Lo único que conseguirás es una bala en la espalda!

—Otros lo han hecho.

Es cierto. Aunque solo unos pocos, porque a la mayoría los han pillado. A algunos los han llevado de vuelta al campamento días después en un estado lamentable. Salir del recinto es una cosa, regresar a casa cruzando el país del enemigo es otra. Y en la Alemania ocupada, el horror acaba de empezar. Heinz da media vuelta sin decir palabra, coge su lata y su cuchara y se pone a la cola de hombres hambrientos. Llueve a cántaros y todos están calados hasta los huesos, lo cual no ayuda a levantar los ánimos. Hoy dan una sopa de verduras ligera, todavía más aguada por la lluvia, y algo de pan para acompañar. Después, un cuarto de litro de café endulzado con azúcar. Casi todos devoran el pan y la sopa sin moverse del sitio; para el café se retiran a la tienda medio seca. Varios se resbalan y caen en el fango, a uno se le derrama la sopa y sufre un ataque de nervios. Rescata el pan del barro y se lo come. Heinz observa a Anton mientras se bebe el café y, aliviado, comprueba que se comporta con total normalidad.

Más tarde se sientan con otros dos compañeros a jugar al skat de cuatro, aunque casi siempre gana el dueño de la baraja, un tabernero de Colonia. Anton hace bromas, está relajado y juega una buena partida. Después empiezan las carreras a la letrina, pero por suerte ha dejado de llover. Heinz espera a que la mayoría haya vuelto, no le gustan los apretujones en el cagadero. También las conversaciones y los chistes vulgares le resultan desagradables. Es cierto que fue soldado en la última guerra y allí se acostumbró a todo eso, pero aquí es diferente, porque son prisioneros y tienen las miradas de los guardias encima hasta cuando cagan.

Al caer la tarde, confiado, va a las letrinas pisando con mucho cuidado porque el camino resbala. Y entonces ocurre. Se siente idiota, tendría que haberlo imaginado.

—¡Largo de aquí, este es mi sitio!

El que supone que es Fritz Köppel es algo más bajo que

él, pero más joven y ancho de hombros. Se le acerca y le sonríe. «Soy amigo», dice su sonrisa.

Heinz retrocede.

—No... —dice—. No quiero pelea. Para.

Pero el otro parece divertirse. Le da un empujón en el pecho que a punto está de tirarlo al pozo y se ríe. Heinz consigue recuperar el equilibrio e intenta esquivarlo para regresar a la tienda, pero Fritz Köppel le cierra el paso. A la luz de los focos, Heinz puede verle los dientes, pequeños y de un color ceroso, la boca ancha, los ojos achicados y claros. En ellos se ve animosidad, una ira acumulada que busca salida. Odio.

—¡Cuidado! —le grita a Heinz—. ¡O acabarás en la mierda!

Heinz tiene que defenderse, no es ningún cobarde, pero las peleas no van con él. El otro golpea con fuerza, así que encaja algunos golpes hasta que consigue agarrar a su contrincante y tirarlo al suelo. Se debaten en el fango, se acercan peligrosamente al pozo negro, se enganchan, uno quiere golpear y atizar, el otro intenta impedírselo.

Alguien los levanta. Les plantan el cañón de un fusil en el pecho y se los llevan detenidos. A Heinz le martillea la cabeza, ha recibido un puñetazo en la sien, a su alrededor los focos proyectan una luz como de día, en algún lugar se oyen disparos. Unos estallidos fuertes y secos, como de ramas que se parten.

Lo interrogan, lo acusan de haber tramado un complot con los otros para ayudar a huir a un nazi de alto rango. Heinz nunca sabrá qué había de cierto en esa acusación. Tampoco qué suerte corrió Anton Stemmler. Pasa treinta días en aislamiento, en un refugio de tierra donde solo le dan un plato de sopa al día acompañado de un mendrugo de pan. Una mañana, temprano, lo sacan con las manos cruzadas sobre la nuca y lo suben junto a otros treinta prisioneros de guerra a un camión militar. El trayecto los lleva hacia el noroeste.

Hilde

Fue la mayor tontería que ha hecho en toda su vida, pero no pudo evitarlo. No era capaz de dejarlo marchar sin más. Tenía que demostrarle que iba en serio y que no lo enviaba lejos para librarse de él, sino para salvarle la vida. Porque lo ama por encima de todo.

Hilde está tumbada en la cama de sus padres, en la habitación de matrimonio, e intenta contener las náuseas una vez más. Qué desagradables son. Todas las mañanas va corriendo al baño con arcadas, vomita y luego, cuando se mira en el espejo —aunque en realidad no debería—, contempla una cara pálida y con ojeras oscuras que le parece la de una completa desconocida. Mira que tiene mala suerte. Gisela le hizo jurar que guardaría silencio cuando le confesó que se había acostado tres veces con su prometido, Joachim, antes de que se fuera al frente. Porque quería quedarse embarazada de él a toda costa. ¿Y funcionó? Qué va. A Hilde, sin embargo, le salió bien la primera y única vez. Pero a Gisela no se lo ha contado aún. No de momento. Aunque Gisela es su mejor amiga.

—Quizá es que Joachim tuvo mucho cuidado —le dijo Gisela—. A veces me pregunto si lo hizo bien...

—¡Dios santo!

Hilde no tiene que preocuparse por eso. El cariñoso Jean-Jacques, de ojos negros, sabía muy bien lo que se hacía cuando Hilde le dejó entrar en su cuarto la mañana antes de que huyera. No tenían mucho tiempo para estar juntos, pero aprovecharon bien los pocos minutos que consiguieron. Hilde ya casi está en el cuarto mes, las faldas le aprietan en la cintura y tiene que dejar abiertos los últimos botones de la blusa. Un hijo de un prisionero de guerra francés. Si se descubre, en todas partes será la puta de los franceses. La internarán en un centro y le quitarán al niño en cuanto nazca.

Pero lo peor sería que se enterasen de que ayudó a Jean-Jacques a huir. Hilde le preparó una mochila con provisiones y mapas. Su madre anunció a los cuatro vientos que tenía que ir al carbonero y se llevó a Jean-Jacques con ella para que tirara de la carretilla. Regresó ya entrada la tarde, sola. El maldito franchute se había escapado a medio camino, dijo; ella lo había buscado durante horas y al final tuvo que tirar sola de la pesada carretilla llena de carbón. En realidad, lo que hizo fue enseñarle cómo esconderse en el cementerio de Südfriedhof para luego cruzar el puente del Rin de noche de forma segura. «Por ayudar a huir a alguien lo llevan a uno a juicio y lo envían a un campo de internamiento», decía su madre, pero aun así lo hizo.

—Porque también tengo hijos —explicó—. Y porque espero que en algún lugar haya madres que cuiden de mi Willi y de August.

No saben si Jean-Jacques ha conseguido regresar sano y salvo a casa. Es de Nimes, que queda al sur de Francia. Sus padres tienen unos viñedos y producen vino tinto, como la mayoría de viticultores de la región. Jean-Jacques heredará algún día el negocio de su padre, según está establecido. Antes de marcharse a la guerra, se casó a toda prisa.

Cuando Hilde hace una tontería, la hace bien. Un prisionero de guerra francés y, además, casado. No se ha dejado nada. Lo único bueno es que su padre no se ha enterado del final de la historia. Es decir, del embarazo. Sí estaba al tanto del flirteo entre Hilde y el trabajador Jean-Jacques, a quien habían asignado como mano de obra al Café del Ángel y al hotel Kaiserhof, y le advirtió que le pusiera fin. Pero Hilde es cabezota. Hace lo que quiere, sobre todo en cuestiones de amor. Y era amor, sin duda. Su gran amor. Un amor como el que solo se vive una vez en la vida. No, no fue ninguna tontería. Fue el destino. *Coup de foudre* lo llamó él, un flechazo. También Jean-Jacques claudicó, a pesar de los viñedos y de su esposa. Y le prometió que regresará con ella. Cuando la guerra termine y haya arreglado las cosas con sus padres y su mujer...

—¿Y te lo creíste? —le preguntó su madre—. Despierta, hija. En cuanto vuelva a estar en casa con su familia, pronto te habrá olvidado.

Su madre puede ser muy cruel. Ella diría que es realista. Sensata. Hilde vuelve a tener náuseas. Salta de la cama, va corriendo al baño y se inclina sobre el lavamanos. Justo a tiempo. Su madre se ha dado cuenta, claro, entra en el baño y echa agua para aclarar el vómito. Las cañerías siguen sin funcionar bien, tienen que subir cubos de agua de abajo, del café, donde hay una segunda acometida.

—Esto tiene que acabar de una vez —dice Else—. Estás para el arrastre. Cuídate mucho de que Storbeck no sospeche nada. Ni Marianne, su mujer.

—¿Por qué te inquietas? Diremos que es de Fritz Bogner...

Su madre suelta una risa breve y sacude la cabeza.

—Qué valor tienes, hija. Ese pobre se quedará pasmado cuando vuelva...

—Quién sabe cuándo volverá.

Fritz tocaba el violín en el Café del Ángel, y Hilde lo admiraba desde pequeña. Era estudiante de música y quería ser violinista en una orquesta… pero la guerra se lo impidió. A Fritz Bogner lo llamaron a filas nada más estallar el conflicto; nadie sabe dónde estará ahora, o si seguirá vivo.

Hilde se sienta en una silla de la cocina, le cuesta respirar. Desde que Storbeck y Marianne se han instalado en la casa viven con un miedo constante. Sobre todo por Julia Wemhöner. Tras el terrible bombardeo, se quedó conmocionada y salió a la calle con un vestido de noche y caminó por entre los escombros hasta llegar al teatro. Es un milagro que nadie la haya descubierto todavía, pero los nazis ahora tienen otras preocupaciones. Los americanos avanzan, se habla de una batalla decisiva junto al Rin. Hombres de hasta sesenta años y adolescentes medio imberbes son reclutados para las fuerzas de asalto del pueblo. Ojalá se llevaran también a Storbeck, pero él tiene que ayudar en los trabajos de desescombro del ayuntamiento y no está disponible. En cambio, no hace más que pasearse todo el día por el edificio, husmeando. La Künzel lo pilló hace poco con la oreja pegada a la puerta de su apartamento. Addi ha amenazado con que si descubre a ese chivato jactancioso escuchando tras su puerta, lo clavará en la pared por las orejas.

—¡Eso no es ninguna solución, señor Dobscher! —exclamó la madre de Hilde, espantada.

—Lo decía en sentido figurado —masculló Addi con aire sombrío.

—¡Qué pena! —señaló Hilde con malicia.

Julia Wemhöner se disculpó muchas veces con Addi. Le dijo que fue por la conmoción. Por las bombas. Y porque siempre tenía que esconderse. Addi les contó que habló un buen rato con ella, que ya estaba serena y que le prometió solemnemente no volver a hacer nada parecido.

Sofia Künzel ha retomado sus ejercicios de canto y piano. No solo por motivos musicales, sino también porque sabe de sobra que así molesta a los Storbeck, en el apartamento de abajo. Marianne ya ha golpeado varias veces el techo de la habitación con la escoba. No le ha servido de nada. La madre de Hilde, a quien se han quejado, les ha contestado con amabilidad que pueden marcharse si quieren. Que en esta casa los artistas siempre han sido bienvenidos y así seguirá siendo.

Sin embargo, a Storbeck ni se le pasa por la cabeza marcharse. ¿Adónde iría, además? En Wiesbaden hay escasez de vivienda, muchos se han quedado sin techo tras los bombardeos y tienen que alojarse en casa de parientes o conocidos. El que ha podido hacerse con un apartamento vacío, como los Storbeck, está de suerte.

—Ese está aquí nadando en la abundancia —reniega Else—. ¡Y encima usa las sábanas de August y Eva!

—También echa mano del carbón que tenemos en el sótano —informa Addi con rabia.

—Que lo haga —opina Hilde—. Lo principal es que nos deje tranquilos.

Por la noche, cuando están todos reunidos en el café tomando una sopa de cebada con pedacitos diminutos de tocino que ha preparado la madre de Hilde, llaman a la puerta de la escalera. Dejan de comer y se miran.

—Julia Wemhöner... —murmura la Künzel con miedo.

Addi se ha quedado blanco como la pared y aprieta los puños.

—¡Silencio! —ordena Else. Luego pregunta en voz alta—: ¿Quién es?

La puerta se abre un resquicio y aparece el rostro de Wilfried Storbeck y, por debajo, una botella de licor de huevo que lleva consigo.

—No queremos molestar —dice, y sonríe a todos los comensales—. Pero nos gustaría celebrar al fin nuestra llegada a su comunidad.

Termina de pasar y se planta ante ellos con su mejor sonrisa falsa y la botella del brebaje amarillento en la mano. Desde luego, no es ningún adonis. Cara ancha con pómulos angulosos, cejas pobladas y unas greñas rubias y ralas por entre las que brilla una calva rosada. Marianne, que entra detrás de él con una sonrisa parecida y cierra la puerta con cuidado, es una mujer regordeta con un gran busto y el pelo teñido de castaño, y sus rizos son de permanente.

Ahí están los dos, es evidente que no pueden echarlos. Al contrario, tienen que ofrecerles un sitio en la mesa y un plato de sopa, es lo que manda la buena educación. El único que protesta abiertamente es el perro de varios colores, debajo de la mesa. Nada más llegar se llevó una patada de Storbeck cuando quiso colarse en su apartamento, porque olió un delicioso jamón ahumado. Desde entonces le gruñe cada vez que lo ve.

—Caray, ¿qué le pasa al perrito? —comenta Marianne con ingenuidad, y se agacha para acariciar al animal, pero este hace amago de morderle los dedos y ella retrocede, sobresaltada.

—Que con unas raciones tan escasas sigan alimentando a un perro… —señala Storbeck—. Lo respeto, lo respeto. Eso sí que es amor a los animales.

«Si supiera lo de Julia Wemhöner, a quien también alimentamos, seguro que se extrañaría más», piensa Hilde. Más vale ser precavidos. Ese tipo se presenta con su licor de huevo en polvo y leche desnatada y pretende emborracharnos. Quiere tantearnos, el muy sinvergüenza.

—¿Un platito de sopa? —ofrece su madre—. Por desgracia, lleva muy poco tocino. Siempre nos reunimos porque se cocina mejor para todos…

—Muy bien pensado —opina Marianne, y acerca el plato de su marido—. Nosotros también teníamos una comunidad de vecinos muy unida, ¿verdad, Wilfried? Y todo perdido en un único bombardeo…

La madre de Hilde sirve pequeñas raciones en los platos de los Storbeck. Addi la observa con reprobación en la mirada, porque quería reservar un poco para Julia. Se ha vuelto difícil subirle su comida por la noche porque hay que pasar por delante de la puerta de los Storbeck. Su madre la guarda en una fiambrera de latón que puede llevarse en una mano. Addi la tapa con su abrigo o con una chaqueta y nadie nota nada. Solo el perro, que se pone muy pesado y siempre lo sigue corriendo, mirando con ansia hacia la fiambrera.

En la mesa no consiguen entablar ninguna conversación. Los Storbeck prueban la sopa, Marianne elogia el arte culinario de Else y le pregunta qué especias utiliza.

—Las que haya —comenta la madre de Hilde, encogiéndose de hombros—. El año pasado piqué un poco de apio, zanahoria y perejil, y lo puse en salmuera en un bote. Va muy bien para condimentar la sopa…

Marianne quiere que le dé la receta, porque seguro que pronto podrán volver a comprar verdura.

—Ay, sí, dentro de nada estaremos en Pascua. El 1 de abril es Domingo de Resurrección. Qué extraño, ¿verdad?

—Parece una broma pesada… —mascula la Künzel.

Han oído decir que también habrá huevos. Uno por familia. No alcanza para más, en estos tiempos difíciles en los que hay que reunir todas las fuerzas para ayudar a Alemania a conseguir la victoria. Marianne Storbeck habla con furia, tiene las mejillas encendidas, no hace más que mirar a su Wilfried para ver si está contento con su discurso.

«Esta tiene la despensa llena de huevos, mantequilla, jamón y otras exquisiteces», piensa Hilde con envidia, y se muere de rabia por su palabrería hipócrita. Los del Partido tienen acceso a los almacenes de provisiones, y todo el mundo sabe que son los que mejor servidos están. Hoy por ti, mañana por mí. Y los huevos rara vez van de uno en uno. O eso dicen…

—Todos debemos hacer sacrificios —confirma Wilfried Storbeck—, pero hoy queremos celebrar ya la Pascua. La regaremos con esto. Seguro que tiene por ahí unos vasitos de licor, ¿verdad, señora Koch?

La madre de Hilde se ha llevado la olla de sopa a la cocina y ha echado las sobras, donde todavía quedaban bastantes trocitos de tocino, en la fiambrera de latón para Julia Wemhöner. Hilde, que la ha ayudado, suelta un suspiro, saca seis vasitos de licor de la estantería y los pone en una bandeja. No le apetece la bebida dulce, pero tampoco ayuda a nadie siendo descortés. Storbeck, además, ya ha abierto el tapón de rosca y está olfateando con entusiasmo los aromas que salen de la botella. No tarda en servir tres gotitas en cada vaso, levanta uno para comprobar el nivel y añade un gotita más. El licor es demasiado líquido, seguro que lo han hecho con leche desnatada en lugar de con nata. Marianne lo ofrece con jactancia, y todo el mundo acepta un vasito. Incluso Addi, que lo levanta a la luz y entorna un ojo. Else le pisa el pie derecho y él deja de hacer el tonto.

—¡Salud! —les desea Marianne.

—¡Gracias por su generosa aportación! —exclama la Künzel con afectación operística.

—¡Por la victoria final y por nuestro Führer, Adolf Hitler! —entona Wilfried, y levanta su vasito de licor.

Hilde hace de tripas corazón y se traga el líquido amarillento. En efecto: huevo en polvo, pero con mucho aguardiente. Deben de haberlo confiscado en una destilería ilegal y por eso estaba en un almacén nazi.

Marianne Storbeck suelta un suspiro de placer y deja el vaso.

—Qué traguito más bueno —comenta—. Le calienta a uno por dentro, ¿verdad?

—Sin duda —dice la Künzel—. Ya siento que me sube el calor, ¿tú no, Addi?

—Sí, claro —gruñe este—. El aguardiente ahorra carbón.

La madre de Hilde los mira a ambos con severidad. Los Storbeck no deben intuir que se están metiendo con ellos por nada del mundo, pero Wilfried Storbeck, por suerte, no tiene la menor sensibilidad para la ironía fina.

—¿Alguien quiere un poquito más? ¡Hoy me he levantado generoso!

A la Künzel no hay que preguntárselo dos veces, y también Else acerca el vaso. Solo Addi se queda quieto. Hilde vuelve a tener ganas de vomitar. No debería haberse bebido ese maldito licor, que le arde en el estómago. Esta vez Storbeck llena los vasitos casi hasta la mitad; parece que las cuatro gotas de huevo en polvo alcoholizado lo han embriagado. También Marianne sonríe con alegría.

—Deberíamos contenernos un poco —dice Storbeck, que no se percata de que, salvo su mujer y él, nadie comenta apenas nada—. Corren tiempos difíciles, nuestra patria ya no puede seguir alimentando bocas inútiles.

El perro gruñe debajo de la mesa como si se diera por aludido. Addi sufre un ataque de risa que enseguida camufla con una tos.

—Bocas inútiles... ¿Y quiénes son esos? —pregunta la Künzel levantando las cejas con inocencia—. ¿No se referirá al pobre perrito?

—Pero ¡qué dice! —exclama Storbeck haciendo un gesto despectivo con la mano—. Me refiero a los judíos. Y a los gitanos. Pero sobre todo a los comunistas.

—¡Esos, los primeros! —coincide Marianne—. Pero también los desertores...

—¿De verdad? —dice Else, y mira al reloj—. ¡Madre mía, qué tarde! ¡Si ya son casi las diez!

Pero Storbeck no entiende la indirecta sutil... y muy directa. Le da un sorbo a su licor y sigue parloteando. No deja de mirar a Hilde. ¿Por qué lo hará?

—¿Se han enterado de que un prisionero de guerra huido, parece que franchute, se coló en casa de una viuda en Hügelstrasse? Por lo visto amenazó a la pobre mujer y la violó hasta que ella por fin pudo escapar por la ventana para pedir ayuda...

Hilde tiene que tragar saliva porque el contenido del estómago le sube por la garganta. Su madre arruga la frente y comenta que no sabían nada.

—Pues sí, sí —asegura Marianne—. Y no hace tanto que pasó. Fue en enero, ¿verdad, Wilfried?

Él cierra la botella medio vacía y asiente con la cabeza.

—Puede ser. Se lo llevaron al paredón de inmediato. Lo juzgaron allí mismo. Cerdo francés. ¿No se encuentra bien, señorita Koch?

Hilde recupera la compostura.

—De pronto me ha bajado todo el cansancio —explica—. Ya pasan de las diez, ¿no?

Addi suelta un bostezo fuerte y generoso. Piensa en Julia, que estará pasando hambre arriba. La Künzel vuelve a colocar los vasos en la bandeja, la madre de Hilde se levanta y abre la ventana para airear. El frío aire nocturno ahuyenta a los invitados pesados en un abrir y cerrar de ojos.

—Sí, bueno, tal vez deberíamos... —dice Marianne—. Se ha hecho tarde, ¿verdad? Pero ha sido muy agradable charlar un rato juntos.

Wilfried Storbeck se coloca la botella bajo el brazo y se despide de Else con un efusivo apretón de manos. Después de la Künzel, luego de Hilde.

—Eso es lo que pasa cuando uno es bondadoso, ¿sabe? —le dice—. A esos tipos no les puedes dar la mano. Te toman el brazo entero. Qué digo, la mujer entera. No tienen educación, franceses y polacos. Ni disciplina. Bueno... Que pase buena noche, señorita Koch.

Cuando ya ha salido por la puerta con Marianne, Addi corre a la cocina a por la fiambrera de sopa, cruza el apartamento de los Koch, sale a la escalera y sube a su vivienda. Así, adelanta a los Storbeck y no tiene que cruzarse con ellos en la escalera. La Künzel se queda un rato más con Hilde y su madre en la cocina.

—Lo ha dicho adrede —opina Else—. Es un sucio canalla...

—Es una mentira como una casa —le dice Sofia Künzel a Hilde—. Solo quería ver si mordías el anzuelo. Te has mantenido firme, Hilde. Tienes mi respeto.

Ella no añade nada más. Por supuesto que es mentira. Tiene que serlo. Si no, ellas se habrían enterado. Aunque Hügelstrasse no queda lejos del cementerio de Südfriedhof, y las fechas cuadran.

—Jean-Jacques no haría algo así —comenta su madre al acostarse a su lado, algo después—. ¡Jamás violaría a una mujer!

Desde luego que no, eso Hilde lo sabe. Pero la historia también podría haber sido otra. Tal vez solo se ocultó en la casa, la mujer lo sorprendió y montó un escándalo. Y lo de la violación se lo inventaron los nazis. Como advertencia, por así decir, para que a nadie se le ocurra dar cobijo a un prisionero de guerra huido.

—Qué más da —rezonga su madre, y se vuelve sobre el lado del que duerme—. Que Storbeck se quede con la duda. Cuando lleguen los americanos, él y los suyos tendrán muy malas cartas. Y se lo habrá merecido. ¡Vaya si se lo habrá merecido!

Se sabe que los americanos están ya al otro lado del Rin. Maguncia ha caído, no tardarán mucho en llegar a Wiesbaden.

Else se acomoda en su almohada y al cabo de unos minutos está profundamente dormida. Hilde no lo consigue, siempre tarda un buen rato en entrar en la liberadora tierra de los sueños. Es cuestión de práctica, según dice su madre. Hace años, cuando se pasaba las noches haciendo pasteles para el café y durante el día tenía que ocuparse de tres niños, de los clientes, de Heinz y de mil cosas más, aprendió a dormir unos minutos en cualquier lugar y después volver a estar del todo despierta. Lo necesitaba. Si no, no habría aguantado.

Hilde se estira bajo el edredón. Ya tiene el estómago mejor, pero nota algo en la tripa. «No lo pienses —se dice—. Jean-Jacques lo ha conseguido, hace tiempo que está en Nimes, con su familia. Todo va bien». Se queda un rato quieta, tumbada en silencio, escuchando los ruidos de la casa. El perro de varios colores ronca en la sala de estar. Seguro que ha vuelto a subirse al sofá, cosa que siempre logra por mucho que Hilde coloque dos sillas delante. Es un descarado y deberían hacerle bajar de ahí, pero el muy zalamero las mira con sus cándidos ojos color ámbar… No pueden evitarlo.

Hilde siente un dolor tirante y muy fuerte en la tripa. Es por culpa de ese maldito licor de huevo. Ese brebaje aguado… Tiene que contener la respiración un rato, deja de sentirlo y vuelve a respirar con alivio. Puede que empeore por la noche, así que más le vale ir al baño ahora, porque después estará demasiado cansada. Se levanta sin hacer ruido para no despertar a su madre. En el baño se espanta al comprobar que está sangrando. ¡Algo va mal! Asustada, regresa a la cama y duda si despertar a su madre o mejor no. Si se está muy quieta y se tumba tranquila, no se estresa y piensa en algo bonito, tal vez por la mañana todo haya pasado. Se imagina que Jean-Jacques sigue con ellas, lo ve abajo, en el vestíbulo, barriendo el suelo. Es rápido y hábil trabajando. Al verla de pie en la puerta, le sonríe. Es delgado y nervudo, tiene manos fuertes, se nota que ha trabajado en la viña. Su pelo negro se riza en pequeños tirabuzones. Lo lleva muy corto, casi parece pelusilla de lana. Cuando sonríe, los ojos se le achinan y brillan con alegría. «Mademoiselle Ilde», dice. Le cuesta mucho pronunciar la «h» de su nombre…

No sirve de nada. Hilde nota de pronto unos enormes

retortijones. El dolor es muy intenso y dura más que antes. Gime. Se sienta. Sigue sangrando. ¡Mierda! Se levanta rápido de la cama para no manchar las sábanas. Cuando se encuentra ante la puerta del baño se marea, tiene que sentarse en el suelo. No se le pasa. Se retuerce.

—¿Hilde? ¿Qué ocurre? ¿Te encuentras mal? ¿Tienes dolores?

Es su madre, que la ha oído gemir.

—Sí... La tripa...

Else se arrodilla a su lado y, con delicadeza, le aparta de la frente el pelo empapado de sudor.

—Voy corriendo a Schiersteiner Strasse —dice en voz baja—, a buscar a Viviane Krempel. Tiene que venir enseguida.

—¡No! —protesta Hilde—. Ya se me pasa. Mañana estaré bien...

A la comadrona solo se la necesita cuando va a nacer el niño, pero el suyo aún es demasiado pequeño, no podría sobrevivir...

Se retuerce de dolor, tiene fuertes contracciones, corre al retrete, luego otra vez a la cama, gime, maldice, reniega. No llora, aunque le gustaría. Pero no lo hará mientras su madre y la señora Krempel estén con ella, y menos aún con la comadrona toqueteándole la barriga.

—Un aborto natural —dice la mujer—. Todavía durará un rato más, después lo habrá superado. Póngale periódicos debajo...

Hacia el alba, todo ha pasado. El niño la ha abandonado, los dolores han desaparecido, la comadrona ha dicho que todo está bien.

—Pues sí, ocurre muy a menudo. Y más ahora, con tan poca comida y las constantes alarmas antiaéreas. No es grave, muchacha. Podrás tener un montón de niños, con esa constitución tuya...

Su madre quiere pagarle, pero la mujer prefiere medio pan y un trozo de tocino. Se los mete en el bolso y acto seguido emprende el regreso a su casa. Fuera ya se ve luz.

—Al final has tenido mucha suerte —dice su madre, que se tumba junto a ella para dormir una o dos horas más.

Hilde guarda silencio.

No derrama ni una lágrima hasta que Else se ha levantado y ya está ocupada en la cocina. Entonces llora con amargura por el pequeño ser que vivía dentro de ella y al que nunca tendrá en brazos.

Luisa

Stettin, finales de febrero de 1945

—No podemos llevarnos tantas cosas, mamá —dice Luisa—. La maleta no, solo la bolsa de viaje.

Su madre sacude la cabeza. No está dispuesta a dejar atrás los vestidos y los zapatos buenos. Tampoco los manteles, el álbum de fotografías, la ropa de cama. Necesitarán cubiertos. Una olla. El hervidor para preparar té. Y el precioso jarrón azul que compró en Danzig.

—Yo llevo la maleta, Luisa… Podremos con todo.

Es su última noche en el apartamento de Stettin. A primera hora de la mañana irán a la estación, donde esperan encontrar un tren hacia Rostock, o quizá solo hasta Schwerin, pero eso no importa. Lo principal es ir hacia el oeste.

—No son más que habladurías —opina Annemarie Koch—. Los rusos no llegarán hasta aquí.

Stettin ha sido duramente bombardeada, pero está bien defendida. Y saben que en Schneidemühl hay fuertes contingentes de la Wehrmacht que rechazarán los avances del ejército ruso. Por lo menos es lo que han visto en el noticiario semanal. En él, los rusos siempre son vencidos, los alemanes se ríen de ellos, los expulsan del país o los matan. En las conversaciones con conocidos, en cambio, las historias son otras.

Entre susurros se habla de mujeres violadas, pueblos incendiados y alemanes muertos a palos. También les preocupan los numerosos desplazados de la Prusia Oriental y la Pomerania Central que llegan todos los días a Stettin en su marcha hacia el oeste. Casi todos son mujeres y niños, muchos no tienen ni caballo ni carro, van a pie, tiran de una carretilla cargada hasta los topes, y a veces llevan en ella a una viejecita con un niño de pecho en brazos. Es una estampa que despierta compasión, pero también miedo. El peligro del que huyen esas personas es espantoso.

—Cómo me alegro de estar ya por encima del río Óder —dijo la semana pasada una joven de Kolberg a la que dieron cobijo una noche junto a su hijo de cuatro años—. Aquí estamos a salvo, por fin.

Aun así, a la mañana siguiente volvió a ponerse en marcha. Les dijo que mientras los trenes siguieran funcionando, quería llegar lo más al oeste posible. En Hamburgo tenía unos parientes que los acogerían al pequeño y a ella.

Fue entonces cuando Luisa decidió partir también hacia el oeste. Aunque su madre no dejaba de decir que era mejor esperar a la primavera, que todavía hacía demasiado frío. No habían tenido un invierno tan gélido en años, así que no era buen momento para emprender un viaje.

—¿De verdad crees que es necesario, Luisa? —le preguntó al final, con un suspiro—. Aquí tenemos un techo. Nuestros preciosos muebles. La máquina de coser… Y en primavera tal vez podamos volver a abrir el café.

—No, mamá —insistió ella—. Eso se ha terminado para siempre.

Y su madre se resignó, igual que hace siete años, cuando las dos salieron de la finca Tiplitz. Entonces tampoco poseían más que una maleta y una bolsa de viaje, pero se marcharon con la cabeza bien alta.

Solo el viejo Joschka se despidió de ellas con la mano y les deseó buena suerte: «¡Que Dios las asista! ¡A ustedes más que a nadie!».

En el pequeño cementerio familiar se situaron algo apartadas de los nobles para ver a Johannes von Tiplitz descender hasta su tumba. Annemarie Koch y su hija Luisa no fueron invitadas a la recepción en la mansión Tiplitz. Luisa ya había preparado el equipaje días antes y le había dicho a su madre que no pensaba permitir que la echaran, prefería marcharse por decisión propia. Que se lo debían a su padre, porque siempre había sido bueno con ellas y jamás habría querido que las expulsaran de forma vergonzosa. Luisa acababa de cumplir catorce años, pero hizo caso de las palabras del médico Greiner y tomó las riendas. Annemarie Koch no estaba en situación de reaccionar, no cuando lloraba la reciente pérdida de su amado Johannes.

Después empezó una odisea para madre e hija. Con el poco dinero que tenían llegaron a la ciudad balneario de Rauschen, en el Báltico, al norte de Königsberg y no muy lejos del istmo de Curlandia. Allí, los abuelos Koch habían regentado el café en el que Annemarie creció y, más tarde, trabajó. También allí conoció al joven barón Johannes von Tiplitz, que fue a Rauschen a hacer una cura de baños marinos. Para espanto de la madre de él, los dos se enamoraron. Cuando Annemarie le escribió más adelante contándole que estaba embarazada, él insistió en que se trasladara a la finca Tiplitz, y la baronesa tuvo que plegarse por consideración a la delicada salud de su hijo. Sin embargo, durante todos esos años se opuso a que se casaran, como en un principio pretendía Johannes.

La hermosa ciudad báltica de Rauschen resultó una inmensa decepción para Luisa y su madre. El Café Koch se había vendido, los abuelos habían muerto. Madre e hija malvivieron todo un verano gracias a pequeños trabajos temporales, luego Luisa decidió que irían a Danzig. Había estado un par de veces allí con sus padres, de pequeña. Mientras su padre se sometía a un tratamiento médico, Joschka se la llevaba en el carruaje a dar una vuelta por la ciudad. Trabajaron dos años en una pequeña localidad de la bahía de Danzig, en una cafetería con terraza. Annemarie atendía a los clientes y Luisa vendía molinillos de colores que hacía ella misma. Pero tuvieron problemas con el propietario del establecimiento y siguieron camino hacia el oeste. En Stettin arrendaron juntas un café muy pequeño pero que solía estar muy concurrido, sobre todo por las mañanas, cuando los trabajadores del puerto pasaban a tomarse un bocadillo y café caliente. Los intensos bombardeos aéreos destruyeron las instalaciones portuarias casi por completo y terminaron con el floreciente negocio. En los últimos tiempos, Luisa y Annemarie han vivido de trabajos de costura que realizan para amigos y conocidos. Y han tenido suerte, dentro de lo malo, porque de momento el barrio en el que viven sigue intacto.

Annemarie no le habló a su hija de su hermano Heinrich hasta que estuvieron en Stettin. Heinrich Koch había sido soldado en la última guerra, primero luchó cuatro años en Rusia, después en Francia, y tuvo la gran suerte de sobrevivir a todo ello. Sin embargo, en lugar de regresar a Rauschen junto a su familia, se enamoró y escribió a su padre contándole que iba a casarse y que se encargaría del café de sus suegros. Y a pesar de las muchas cartas airadas y suplicantes de sus padres, no permitió que nada le hiciera cambiar de opinión.

—¿Y dónde está ese café? —quiso saber Luisa.

—En algún lugar del Rin. Cerca de Fráncfort, creo. ¿Cómo se llamaba la ciudad? Seguro que luego me viene el nombre.

Más adelante le dijo a Luisa que era una ciudad balneario. Algo con un estanque, o fuentes, o baños... Waldbad... Teichbaden...

Wiesbaden. Eso, Wiesbaden. Con un nombre así, no podía tratarse de un lugar muy grande ni muy famoso. Nunca había entendido a su hermano, porque Rauschen, junto a Königsberg, era una ciudad bonita de verdad, a orillas del Báltico y con un balneario al que acudían numerosos e ilustres visitantes.

Antes de que cayeran las bombas, Luisa iba a menudo a la biblioteca municipal y sacaba novelas y libros de viaje, de esos que tanto le gustaban a su padre. No tenía mucho tiempo porque el trabajo en el café solía alargarse hasta bien entrada la noche, pero le bastó para leer varios volúmenes del escritor francés Victor Hugo, e incluso un libro de un autor ruso, León Tolstói. En la biblioteca descubrió también un librito sobre la ciudad balneario de Wiesbaden del Rin, y se lo enseñó a su madre.

—Mira, tiene un gran balneario y un parque. ¡Y hasta el káiser Guillermo visitó la ciudad!

Annemarie Koch se limitó a mirar las imágenes y se encogió de hombros. No tenía ni punto de comparación con Rauschen, porque le faltaba el mar. En eso Luisa no podía quitarle la razón, pero la ciudad le gustó igualmente. Por lo menos tenía río, el gran Rin.

—¿Sabe tu hermano Heinrich que tiene una sobrina?

Annemarie sacudió la cabeza. ¿Cómo iba a saberlo, si hacía años que no se carteaban?

—¿Tú no volviste a escribirle, mamá? Pero ¿por qué no? Si es tu hermano…

La propia Luisa lo intentó, pero no obtuvo respuesta. Debía de ser porque era ilegítima. Quién iba a querer a una sobrina así.

Por la noche se produce un bombardeo aéreo y tienen que bajar al frío sótano junto con muchos de los desplazados que han buscado alojamiento por toda la ciudad. A partir del día siguiente, también tendrán a su disposición el pequeño apartamento de dos habitaciones en el que Luisa ha vivido cuatro años con su madre. Dejarán los muebles, igual que muchas otras cosas para las que ahorraron con tanto esfuerzo y que no podrán llevarse consigo.

—¡No mires atrás! —le dice Luisa a su madre por la mañana—. Siempre hay que mirar hacia delante. Dame la maleta, mamá. Tú coge la bolsa…

Sin embargo, no puede impedir que Annemarie se vuelva un instante y mire hacia el diminuto balcón en el que aireaban la ropa de cama. Antes tenían allí cajones con geranios de un rojo brillante que se veían desde lejos al bajar por la calle…

El viento gélido traspasa sin esfuerzo sus abrigos de lana. A pesar de los guantes de punto, pronto se les quedan los dedos helados. Esa noche ha nevado y hay que caminar con mucha precaución, porque bajo la nueva capa blanca están los restos de nieve endurecidos de las últimas semanas. Cuanto más se acercan a la estación, más claro tienen que no son las únicas que quieren viajar al oeste. Multitud de personas se aprietan en el vestíbulo y los andenes, el ruido es tal que cuesta entender los anuncios de megafonía. Luisa se dirige a una mujer mayor que lleva un abrigo de astracán y una gorra de lana roja. Junto a ella hay varios fardos atados con cuerdas, y sobre uno de ellos descansa una joven pálida que está en estado de gestación claramente avanzado.

—¿El siguiente tren a Schwerin? —repite la señora—. Si hay suerte, dentro de una hora pasará uno. Dicen que llega hasta Rostock. Nadie lo sabe con certeza, joven. Nosotras hemos pagado hasta Hamburgo y ayer nos quedamos tiradas aquí, en Stettin. En teoría porque tenían que reparar la locomotora.

—Muchas gracias —dice Luisa—. ¿Les apetece una infusión de menta?

—Sería maravilloso. ¡Meta, ven, corre, que esta señorita nos invita a una infusión caliente!

Comparten el termo con las dos mujeres, sobrina y tía de Königsberg, quienes les cuentan que los trenes se ven atacados a menudo en plena marcha por aviones que descienden en vuelo rasante y disparan. Entonces el convoy se detiene y los pasajeros deben bajar para esconderse en los terrenos cercanos. Hasta ahora han tenido suerte, porque han sufrido varios ataques con tiradores de precisión, pero todos los pasajeros han salido con vida. Solo le dieron a un ferroviario, que recibió varios tiros en la espalda y cayó muerto en el acto.

—Ese hombre me ayudó a subir al compartimento en Königsberg —añade la joven con tristeza—. ¿Quién iba a imaginar que moriría tan pronto?

Meta Lewandowski está casada con un soldado que se encuentra en el frente, y el niño que espera vendrá al mundo dentro de dos semanas, como mucho.

—Nos casamos en Navidad —explica—. Fue una ceremonia a distancia, porque a Hans todavía no le daban permiso. El párroco celebró la boda solo conmigo, teníamos una biblia abierta en la mesa y, sobre ella, un casco de acero. Hans también pronunció sus votos matrimoniales sobre una biblia. En su unidad, cerca del frente ruso. Así nos convertimos en marido y mujer...

—Cuando acabe la guerra, celebraremos el banquete —explica la tía, y se termina su infusión.

No les queda más, pero Luisa no lamenta su generosidad. De todas formas pronto se habría enfriado y, además, la señora Lewandowski ha contribuido con dos azucarillos y una galleta casera. Están contentas de poder charlar con alguien mientras esperan, así no se sienten tan solas y desamparadas entre todos esos desconocidos.

Cuando por fin ven a lo lejos el vapor gris de la locomotora, están completamente heladas. Los viajeros empiezan a moverse por el andén, empujan y apremian, las mujeres protestan, los niños pequeños lloran. Los pocos empleados del ferrocarril apenas tienen ocasión de poner un poco de orden. Se limitan a conseguir asientos para los enfermos y los heridos de guerra, al menos.

La locomotora llega resollando y siseando, su monstruosa maquinaria negra expulsa un vapor que envuelve en una nube gris a todos los que están en el andén. Luego entran en acción los frenos y un chirrido ensordecedor les desgarra los tímpanos.

—¡Mamá, no te separes de mí!

La avalancha es indescriptible. A Luisa le estorba la maleta, se queda atrás, su madre ya está en el vagón, pero ella no hace más que retroceder y alejarse. Casi nadie tiene consideración, todo el mundo se ve arrastrado, muchos se encaraman por las ventanillas abiertas porque los pasillos de los vagones están atascados. Luisa comprende que jamás llegará al tren con la maleta. La abandona a su suerte y un empleado la ayuda a trepar por una de las ventanillas. Dentro, los pasajeros van apretados, tanto sentados como de pie. El compartimento está pensado para seis personas, pero lo ocupan más del doble.

Hay dos niños pequeños tumbados en las redes portaequipajes, en los asientos se apiñan más de diez personas, las otras se han sentado en el suelo o sobre las maletas. En el andén, los empleados del ferrocarril intentan contener la riada de gente. Se oyen gritos lastimeros: que su anciana madre, los niños pequeños o el bebé ya están en el tren, dicen, que tiene que subir con ellos. Por fin la locomotora silba varias veces, un vapor blanco oculta a quienes se han quedado en tierra, y el tren se pone en marcha lentamente.

El alivio de Luisa dura poco. Ha conseguido sentarse, pero va aprisionada entre una anciana y un joven con una venda en un ojo, y no tiene ni idea de en qué vagón ha acabado su madre. De pronto lamenta la pérdida de la maleta, en la que había tantas cosas que su madre consideraba indispensables. No podrá reconocer que ha soltado el equipaje a propósito, tendrá que recurrir a una mentira piadosa. No le gusta hacer esas cosas, porque le hacen ver que su madre sigue siendo como una niña, mientras que ella, con veintiún años recién cumplidos, debe ser la adulta. Cuántas veces ha deseado que fuera al revés... Y que su padre estuviera con ellas todavía. A pesar de su enfermedad, siempre fue su maestro y educador, contestaba a todas sus preguntas, cuidaba de ellas e incluso se enfrentaba a la abuela. ¿Adónde habría llegado de no ser por esa fatídica enfermedad cardiaca? Ay, de nada sirve pensar en eso. Si su padre hubiese tenido salud, se habría casado con una joven noble y jamás habría conocido a su madre.

El compartimento resulta sofocante. El aire, sobre todo, se le hace irrespirable. Nunca había tenido un contacto tan cercano con completos desconocidos. El olor a sudor se le mete por la nariz. La transpiración de los cuerpos, de la ropa. También aparecen otros olores; es prácticamente imposible ir al baño porque el pasillo está colapsado. A pesar del frío de febrero, alguien baja la ventanilla, pero entonces la anciana que está sentada junto a Luisa protesta a gritos porque no soporta la corriente.

—¿Y por qué viaja en un tren que corre, si no le gustan las corrientes? —pregunta el herido de guerra de su lado.

Luisa no puede contener una risa. Entablan conversación. El chico acaba de salir del hospital militar y tiene permiso para regresar a casa unos días.

—Pero seguro que enseguida vienen a buscarme —comenta—. Aunque ya no pueda apuntar, por culpa del ojo.

—¿Qué le ocurrió?

—Nos cayó un proyectil cerca y algo me alcanzó. Yo aún tuve suerte, mis compañeros salieron peor parados...

El chico sonríe y ella no sabe qué decir. Durante esos últimos años con su madre ha tenido que buscarse la vida, ha vivido el terror de los bombardeos, el hambre, también ha visto a los muertos y los heridos que sacaban de debajo de los escombros. Pero ¿qué es todo eso comparado con las horribles vivencias de un soldado en el frente?

—En realidad soy músico —dice él, que sigue sonriendo—. ¿Le gusta la música?

Por fin puede corresponder a su sonrisa.

—¡Me encanta la música! —confiesa.

La anciana saca un bocadillo de fiambre, duda un momento y lo parte por la mitad.

—¡Tomad! —dice—. Los jóvenes tienen que comer. Para una anciana como yo, ya no es tan importante...

Aceptan el ofrecimiento y le dan las gracias. Mientras Luisa comparte fraternalmente la comida, está tranquila porque sabe que su madre aún tiene la bolsa. En ella hay panes, un resto de sirope de remolacha, patatas cocidas y un saquito de sal. No pasará hambre, esté donde esté en ese tren. El dinero y los billetes los lleva ella en una bolsita colgada del cuello, también sus documentos de identidad y los cupones que les quedan de las cartillas de racionamiento. Seguro que volverá a encontrar a su madre en la estación de Rostock. Allí buscarán dónde pasar la noche y pensarán qué hacer a continuación. En secreto planea llegar de alguna forma a Wiesbaden para conocer a su tío Heinrich. Pero eso a su madre no se lo ha dicho, por si acaso.

A pesar del fuerte traqueteo, lo oyen: unos espantosos silbidos en el cielo anuncian aviones enemigos. El tren se detiene, todos saben que es mejor bajar y correr lejos de las vías, porque los aviadores apuntarán a la locomotora y los vagones. La pequeña y recién establecida comunidad de emergencia vuelve a deshacerse, Luisa y el joven herido de guerra consiguen salir del tren, bajan como pueden por el terraplén cubierto de nieve, ven la negra escuadra en el cielo y se lanzan al suelo. Un estruendo resuena por encima de sus cabezas, y al cabo de unos segundos llegan los impactos. La tierra vibra, les llueven piedras y tierra. Ella está inmóvil en la nieve, tapándose las orejas. Al cabo de un rato, cuando todo vuelve a quedar en silencio, se atreve a levantar la cabeza. Ahí está el tren, la locomotora suelta un poco de vapor, los primeros viajeros vuelven a subir ya. Ve a una mujer que se levanta con esfuerzo y se coloca el pañuelo de lana azul que lleva en la cabeza.

—¡Mamá! —grita Luisa—. ¡Espérame, ya voy!

Su madre estaba en la nieve, a solo cincuenta metros a su derecha. Ahora corre hacia ella, se abrazan.

—¡Tenía un miedo terrible de que no hubieras venido conmigo!

—Ay, mamá, ya me conoces. ¡Por supuesto que estoy contigo! ¡Siempre! —dice para tranquilizarla.

—He perdido la bolsa, Luisa…

—No pasa nada, mamá. Tampoco tenemos ya la maleta.

Se ríe, toma a su madre de la mano y no la suelta hasta que están de nuevo en el tren. Han perdido el equipaje, pero ella todavía tiene el dinero, las cartillas de racionamiento y la documentación. Lo principal es que están juntas y que ahora todo seguirá su curso. Siempre en dirección al oeste.

Esta vez tienen que ir en el vagón de carga, los de pasajeros están llenos. Allí hace más frío, porque dejan la puerta un poco abierta para que la oscuridad no sea total. Han repartido tablones de madera por el suelo para sentarse; esas son todas las comodidades. Luisa y su madre se aprietan una contra otra e intentan darse calor.

—Tendrías que haberme hecho caso, Luisa. Ahora podríamos estar la mar de bien en nuestra casa, tomando una infusión junto a la estufita caliente…

Luisa se pregunta si su madre no tendrá razón, pero después mira a su alrededor, a las personas harapientas y demacradas que las rodean, con el pánico en sus ojos. Piensa en lo que cuentan de los rusos y está segura de hacer lo correcto.

—Mamá, cuando lleguemos a Rostock tal vez podamos seguir hasta Lübeck. Y luego a Hamburgo. Es la puerta hacia el mundo, según dicen...

—¿Por qué siempre quieres salir al mundo, Luisa? Tendríamos que habernos quedado. Hace años, en la finca, era donde mejor estábamos. Allí seguro que habríamos encontrado nuestro lugar.

—Puede que en la porqueriza, mamá.

—Aun así. Al menos tendríamos un sitio que sería nuestro. Pero tú siempre quieres irte, irte, irte...

Se echa a llorar y Luisa tiene que abrazarla, consolarla como a una niña, susurrarle al oído que seguro que en Rostock encuentran una habitación caliente y una cama mullida. Cuando su madre se tranquiliza, se queda adormecida apoyada contra su hija, pegada a ella. Y entonces todo vuelve a empezar: los fuertes silbidos del cielo. El tren se detiene, a esas alturas todos saben lo que tienen que hacer. Apartarse lo más posible de los vagones, lanzarse al suelo, cubrirse la cabeza con las manos, esperar a que pase el ataque. Luisa lleva a su madre bien cogida de la mano aunque eso le haga ser más lenta, tira de ella terraplén abajo, hacia la vegetación pelada. Allí se agachan, se abrazan con fuerza. Esta vez, una carga mortífera impacta lejos de las vías, en los campos, levanta una enorme cantidad de tierra y deja un cráter en el suelo.

—Más nos valdría habernos quedado en el tren, Luisa.

Annemarie Koch está exhausta. Hace horas que no siente los pies, tiene la espalda entumecida, se queja de dolor de cabeza.

—Pronto estaremos en Rostock, mamá. Solo un poco más. Mira, ya podemos subir otra vez.

Tienen suerte y consiguen entrar en un compartimento. Luisa se sienta en el suelo, su madre en el banco, junto a un matrimonio anciano. La locomotora tarda un rato en volver a tener presión, entonces oyen su silbido y el golpeteo, al principio despacio, después cada vez más deprisa, hasta que todos esos ruidos se funden en el rítmico sonido de la marcha.

Al atardecer, Rostock aparece ante sus ojos. Ven la ciudad cuando el tren toma una curva. Ahí está, en el crepúsculo rosado, con un par de curiosas torres delgadas que sobresalen. El cielo está despejado y en paz.

—¡La iglesia de Santa María! —exclama un hombre mayor, que señala con un dedo—. Todavía está en pie. ¡No han conseguido derribarla!

—Mamá, eso es Rostock. ¡Hemos llegado!

Luisa zarandea a su madre por el hombro, le aparta el pañuelo de la cabeza para darle un beso en la mejilla y entonces, de pronto, el tren se detiene en mitad de la vía.

—¡Fuera! —grita alguien—. Aviones en vuelo raso.

Todos se apresuran a salir. La gente está cansada, tropieza con sus propios pies, los niños lloran, los ancianos se quedan en el tren. Que sea lo que Dios quiera. Luisa tira de su madre, sabe que los proyectiles atraviesan el techo y las paredes de los vagones, tienen que salir si quieren salvar la vida. La claridad del cielo vespertino les juega una mala pasada, los convierte en blanco fácil para los tiradores de los aviones. ¿Por qué lo harán? ¿Qué clase de soldados son esos que persiguen a mujeres y niños por el campo como si fueran liebres?

De repente descubre un paso subterráneo, un estrecho túnel que cruza por debajo de las vías y lleva al campo del otro lado.

—¡Deprisa, mamá! ¡Ahí estaremos seguras!

Su madre deja que la guíe, se cuelga con todo su peso de su brazo, jadea con fuerza cuando se introducen a gatas en el túnel. Se acurrucan muy juntas y escuchan el martilleo de las ametralladoras, que ahí dentro no pueden hacerles nada. Los aviones no tardan en seguir su camino, solo han encontrado un par de víctimas accidentales.

—Quédate aquí, mamá. Voy a ver si está despejado…

El cielo vuelve a estar claro y sin nubes, solo que la luz es más débil, el ocaso se acerca. Algunos pasajeros ya se dirigen hacia el tren arrastrándose con esfuerzo, otros siguen inmóviles, tumbados en la nieve. La locomotora suelta un poco de vapor, las últimas paladas de carbón tendrán que bastar para llegar a Rostock.

—Seguimos, mamá. Ven, que te ayudo a levantarte.

Pero Annemarie Koch no reacciona a la llamada de su hija. Cuando Luisa la agarra del brazo y le pasa una mano bajo la axila para levantarla, es como si tuviera que alzar un peso muerto.

—¿Mamá?

No recibe respuesta. El cuerpo de su madre se inclina hacia un lado. En la espalda, la tela gris de su abrigo tiene varias manchas oscuras. Disparos. La ha alcanzado una salva.

Luisa está sola.

Hilde

Ya han llegado los americanos. Hilde ha colgado una sábana blanca de la ventana de la sala de estar a toda prisa porque su madre ha dicho que sin duda era lo mejor. Más tarde se han asomado con Sofia Künzel a la ventana para ver cómo recorren la calle las tropas de ocupación. Ya han pasado cinco tanques, sus cadenas de acero desmenuzan lo que queda de las aceras. Dicen que están en el ayuntamiento, y que de momento instalarán su «cuartel general» en el hotel Rose. Hacia allí van las tropas de ocupación.

—Los nuestros marchaban con más brío —comenta la Künzel con una sonrisa.

—Con brío hacia la ruina —replica Else, sombría.

Hace semanas que no tienen noticias del padre de Hilde. Heinz Koch pasa de los cincuenta años, y a esa edad un hombre no tiene la velocidad ni la resistencia de un veinteañero. Solo les cabe esperar que fuese una rendición rápida y haya acabado en un campo de prisioneros de guerra de los americanos.

Hilde, con los codos apoyados en el alféizar, piensa si debería estar alegre o triste, en realidad. Alegre, porque la guerra ha terminado. Triste, porque ha perdido el niño. Lo cierto es que siente ambas cosas. O nada de nada. Desde el aborto, hace unos días, vive en una extraña indefinición y se pasea por ahí como una sonámbula, sin sentir alegría ni dolor. Como si alguien le hubiera golpeado la cabeza con un martillo de goma.

—Ya no habrá más bombas —dice su madre con un hondo suspiro de alivio—. Y por fin nos libraremos de ese espantoso papel que tapa las ventanas. Dios mío, menudo jaleo con eso...

—Dormir del tirón —suspira la Künzel—. Dormir una noche entera. Sin alarmas antiaéreas. ¿Cuándo fue la última vez que pudimos hacerlo?

Saluda con la mano y se gana una sonrisa de un joven soldado. Sofia Künzel ronda los cincuenta, ha dejado los escenarios y vive de dar clases de canto, un negocio que durante los últimos años ha ido de mal en peor. Por un lado, por culpa de los constantes bombardeos; por otro, porque faltan futuros cantantes. Ahora, en cambio, ¿por qué no van a educar su voz los soldados americanos?

—Madre mía... —murmura Hilde—. Pero ¿qué es ese olor tan repugnante?

Últimamente es muy sensible a los olores, y el hedor que le entra por la nariz le recuerda al humo de las casas incendiadas. El mismo que en febrero, durante las peores noches de bombardeos.

—Solo puede ser la señora Storbeck —dice Sofia Künzel, molesta—. Ha encendido el horno, y el viento hace que el humo baje. ¡Uf! Creo que ya sé lo que arde...

—¡Y yo! —suelta Else con una risilla—. Esos están asando su pasado pardo en el horno. Los libros del Partido y las banderas que había que colgar para los desfiles.

—Nosotras todavía las tenemos en la despensa —le recuerda Hilde.

—Bah... Todo el mundo las tiene —comenta la Künzel, encogiéndose de hombros.

A eso nadie podía negarse. Las vendieron por todas las casas, y el que se hacía de rogar, acababa teniendo problemas.

—Pero Julia Wemhöner al fin podrá volver a caminar por la ciudad y recuperará su piso —añade Sofia Künzel—. Caray, cómo me alegro por nuestra Julia. ¡Y de que lo hayamos conseguido todos juntos!

Ahora sí: los ojos de Hilde se llenan de lágrimas y tiene que buscar un pañuelo para sonarse la nariz.

—¿Te has resfriado? —pregunta su madre—. ¿No te dije que te pusieras la chaqueta de punto?

—Estoy bien, mamá.

La emoción la ha desbordado. La alegría y un poco también el orgullo de haber conseguido salvarle la vida a Julia. Ay, si su padre lo supiera… Él fue el principal artífice. Hilde se sorbe los mocos y entonces comprende que la indefinición ha acabado. Vuelve a sentirse viva.

Cuando Sofia Künzel sube para ayudar a Addi y a Julia a recolocar los muebles, Hilde se queda a solas con su madre en la cocina.

—Podrías lavar las patatas, Hilde.

Cortan los tubérculos arrugados y los cuecen con piel. Lo único que queda es tocino, aunque también hay cubitos de caldo y un bote de zanahorias en conserva. El pan lo pone cada uno y, para celebrar el día, Else quiere abrir el último tarro de ciruelas confitadas.

—Oye, mamá…

—¿Sí?

—Lo del aborto… Que nadie se entere, ¿de acuerdo?

—¿Acaso piensas que iba a colgar un anuncio en la escalera?

—No, solo me refiero a que… Mejor no decirlo cuando vuelva papá. O Willi y August. A ellos tampoco.

Else expulsa el aire y da un enérgico tirón al anillo de goma del bote de zanahorias.

—No me gusta tener secretos con tu padre, Hilde.

Eso ella ya lo sabe, claro.

—Si te pregunta no vas a mentirle, por supuesto. Mamá, eso no te lo pediría nunca. Solo digo que no se lo cuentes tú porque sí. No queremos que se entristezca, ¿verdad?

—En eso tienes razón, hija —suspira Else—. Ojalá estuviera ya con nosotras...

Su madre deshace el cubito de caldo en la sopa de patatas y añade las zanahorias. No huele nada mal. Hilde, que esos últimos días apenas podía comer nada, por fin vuelve a sentir apetito. Saca una cuchara y prueba con cuidado, tiene que soplar un rato porque la sopa quema. Está rica.

—¿Sabes qué, mamá? Deberíamos abrir el café pronto.

Su madre la mira un momento y sacude la cabeza.

—¡Abrir el café! ¿Y qué ofreceremos a los clientes? ¿Infusión de menta y pan duro?

—Ya encontraremos algo. A lo mejor nos conceden raciones especiales si regentamos un establecimiento...

Else está bastante impresionada por la repentina energía de su hija, pero aun así no se deja contagiar por ella.

—No dudes de que volveremos a abrir el café, Hilde. Más adelante, cuando la situación haya mejorado.

—¡Cielo santo, mamá! ¿Acaso no lo ves? Tenemos que hacerlo ya. Lo más pronto posible. Antes de que otros se nos adelanten.

—Pero ¿quién va a venir al local? La gente tiene muchas preocupaciones como para pasar el rato tomando una menta en un café.

—Vendrán los americanos. Seguro que a ellos les apetece estar en un agradable café alemán comiendo un trozo de tarta de nata o de pastel Selva Negra.

—Pastel Selva Negra... —repite su madre, y no puede evitar reír.

—Conseguiremos que nos den de todo, mamá —insiste

Hilde, que se deja llevar por su propio entusiasmo—. Nata, azúcar, huevos, licor... En cuanto se den cuenta de lo que tienen con nosotros, ¡nos abrirán los almacenes de provisiones!

—¡Ay, chiquilla! —Su madre suspira—. Todo eso no son más que sueños. Además, no puedo cambiar de chaqueta tan deprisa. Estamos invadidos, pero la guerra no ha terminado, Berlín no ha caído todavía, ¿y quieres que en el Café del Ángel les demos ya la bienvenida a las fuerzas de ocupación?

Remueve la sopa de patatas y añade un poco más de sal. Hilde está a su lado, impaciente, le enfada la inmovilidad de su madre. Si su padre estuviera aquí, seguro que apoyaría su idea. Siempre ha sido su padre el que ha tenido la valentía de atreverse a hacer cosas nuevas. Su madre suele aferrarse a lo ya conocido. Hilde está segura de que es mejor aventurarse a hacer locuras que quedarse sentada a esperar junto a la estufa.

—Solo tenemos que limpiarlo todo muy bien y dejarlo bonito, mamá. Colgar un par de fotografías...

A Adolf Hitler ya lo descolgaron anteayer y lo metieron en el horno, que era algo que todos ellos necesitaban. Se habían sentido constantemente vigilados por ese rostro. Sobre el piano han vuelto a colgar a Mendelssohn, que tanto le gustaba a Hubsi Lindner. Pobre tipo, Hubsi. Cuánto disfrutaba tocando con Fritz Bogner... Quién sabe si seguirá vivo.

Su madre no puede decir nada en contra de que ordenen y limpien. A la mañana siguiente se ponen a ello. Después de un frugal desayuno con infusión de menta y pan tostado, madre e hija empiezan a recoger el salón del café y a limpiarlo a fondo. Sobre todo las ventanas. Los cristales tienen un par de grietas causadas por los bombardeos y oscuras telarañas que se extienden por su superficie, pero al menos no se ha caído ninguno, salvo el de la puerta de entrada. Hilde intenta sacarle brillo al ángel carbonizado y, tras mucho esfuerzo, consigue un tono cobrizo mate y con manchas.

—Mejor que negro del todo —comenta, y se sienta en una silla, exhausta—. Abajo, en el sótano, aún tenemos un poco de pintura dorada. Luego le daré una mano.

Su madre ha limpiado todas las ventanas y el agua del cubo ha quedado negra. Con el agua potable hay que ser prudente, todavía tienen estropeada una de las dos acometidas.

—¿Los manteles burdeos? Ni hablar, Hilde. ¿Quién va a lavarlos? Y en el Café del Ángel no tolero manteles sucios. Prefiero que no los haya…

—¡Ay, mamá! ¡Esto está muy soso con las mesas sin vestir!

—¡Que no! ¡Y punto!

Mientras ellas tienen esa bonita discusión, la puerta de la escalera se abre y aparece Julia Wemhöner seguida de la Künzel. Preguntan si pueden ayudar en algo. Hilde y su madre las reciben con gran entusiasmo. Ayer por la noche, a Addi le costó Dios y ayuda convencer a Julia para que bajara al café a cenar con los demás. No se atrevió hasta después de mucho hablarlo, se quedó media horita y apenas pudo comer nada. Todos los ruidos que llegaban de la calle hacían que se volviera hacia la puerta, muerta de miedo. Después Addi la acompañó arriba, por si se encontraba cara a cara con Wilfried Storbeck en la escalera sin querer.

—¡Claro, nos irá bien su ayuda! Vamos a poner el café en marcha otra vez —informa Hilde con audacia antes de que su madre pueda decir que solo están «limpiando un poco».

—¡Qué bien! —dice Julia, y sonríe contenta—. Todo este tiempo he echado muchísimo de menos el Café del Ángel.

—¡Pues manos a la obra! —dice Sofia Künzel, y se desabrocha los puños de la blusa para arremangarse.

Hilde se sale con la suya: sacan del armario los manteles que ponían en los buenos tiempos de paz, también los jarrones de flores y los pequeños servilleteros de metal. Julia se ofrece a reparar los pequeños rasgones y los dobladillos sueltos de los manteles, para que parezcan nuevos.

—¡Ay, qué bonito! ¿Todavía tenemos los lirios artificiales?

—Sí, aquí, en el armario. Y los ceniceros, ¡casi se nos olvidan!

—¿Dónde metimos los cojines de las sillas?

—La bandeja de plata que Finchen siempre sacaba con las copas de champán… ¡Madre mía, si está toda negra!

Finchen trabajó durante años en el Café del Ángel. Con un vestido negro y un pequeño delantal blanco. Un poco rellenita y muy femenina. En el bolsillo del delantal guardaba la libreta y el lápiz, y el gran monedero lo llevaba en una bolsa atada a la cintura, asegurado con una cadena de plata. Nada más empezar la guerra se marchó al campo, a casa de unos parientes.

Else quita una telaraña del techo y suelta un hondo suspiro. Cuánto esfuerzo para algo que no tiene ningún sentido.

—¡Saldrá bien, mamá! Créeme.

Hilde piensa en las provisiones que su padre guardaba en el sótano para el café. Ya no queda casi nada. Harina, medio saquito de azúcar, algo de chocolate para fundir, levadura en polvo, un paquete viejísimo de cerezas de mazapán para decorar pasteles. Pero ¿cómo van a preparar una buena masa de bizcocho sin nata ni huevos? Con el huevo en polvo será difícil, pero tendrá que valer. Su madre es una artista de la repostería, así que lo conseguirá. Y aunque los yanquis no vengan, seguro que en Wiesbaden aún queda alguien que pueda permitirse un trozo de pastel de cerezas y una taza de café de verdad en el Café del Ángel. Todas las damas pudientes de los barrios de las villas, que antes tanto gustaban de frecuentarlo, no pueden haber desaparecido.

Entretanto, la Künzel elige fotografías para colgar en las paredes.

—Gründgens fuera… ¿Y qué hago con Zarah Leander?

—A esos los meteremos en el armario —exclama Hilde.

Quiere hacer una buena limpia entre los artistas. Gründgens, de todas formas, ya le pareció raro una vez que se pasó por el café a echar un vistazo. Antipático y estirado. Rühmann también iba de vez en cuando, era más campechano. Y a Zarah Leander solo la recuerda como una señorona presuntuosa. Al armario con ella.

Sin embargo, a Julia Wemhöner no le parece bien.

—No puedes hacer eso, Hilde —objeta nerviosa—. Todos son artistas y vivieron para su arte, no podemos hacerlos responsables. Además, no quiero que nadie acabe encerrado en un armario. ¡Todos tienen derecho a estar aquí!

Las demás se miran y lo entienden. Hilde piensa en su padre, que nunca descolgó ninguna foto porque tenía un gran respeto por la gente con talento.

—Está bien, la colgaremos en otra parte —dice—. ¿Quiere ayudarme?

A Julia le hace mucha ilusión. Entre otras cosas, porque conoce a este actor o a aquel cantante del Teatro Estatal, ha cosido para ellos y puede deleitarse con su recuerdo. Se sabe los nombres de todos, puede contar anécdotas, y la Künzel, que también colabora, contribuye a la charla con sus propios recuerdos.

—In-necesario, decía siempre ese —comenta con una risilla—. Porque la palabra «innecesario» tiene dos enes y sobre el escenario deben oírse… Y esa clavó un pescado bajo el tocador. Un arenque pasado. Así de bestia era. Se pasaron días desesperados, buscando de dónde venía la peste…

Addi abre la puerta y pregunta por el perro de varios colores. Al ver a Julia en acción, se le ilumina la cara y no permite que nada le impida participar personalmente en la recolocación de las fotos. También él tiene muchas viejas historias que contar, por supuesto.

—Resulta que Eddi Graff buscaba su crítica en el periódico y no la encontraba, y entonces su compañero va y le dice: «Mira a ver en "Delitos y crímenes"».

Cuando llaman a la parcheada puerta de entrada, las carcajadas se les atascan en la garganta. Alguien mira al interior del café por uno de los cristales limpios. Se distingue una silueta de uniforme. Y un casco.

—Los yanquis… —susurra Else, sobresaltada.

La alegría se ha esfumado de pronto. Todos se quedan petrificados. La Künzel todavía sostiene un marco en las manos, Addi le pasa un brazo por los hombros con cuidado a Julia, que está paralizada de miedo. Hilde lleva una bandeja con vasos porque acaba de preparar infusión para todos.

Vuelven a llamar, esta vez con más insistencia. El soldado americano golpea los tablones con el puño. Addi cruza una mirada con Else, luego sale por la puerta giratoria para abrir la de la calle. Las mujeres se reparten en las ventanas.

—Buenos días… *Good morning…*

Fuera hay una veintena de americanos armados, y todos apuntan a Addi. Dos oficiales lo observan y no lo consideran peligroso.

—¿De quién es la casa? —pregunta uno de los invasores en un perfecto alemán.

—De la señora Koch. Es…

No dejan que Addi siga hablando. Uno de los oficiales le da una patada a la puerta giratoria, que se mueve a regañadientes. El hombre sonríe y le dice algo en inglés a su compañero. Los dos ríen; es evidente que esa puerta giratoria con incrustaciones de cristal les ha hecho gracia.

—¿Cuántos vecinos viven aquí?

—Siete —responde Addi.

Hilde oye cómo su madre gime en voz baja. Están requisando edificios, y si la casa está llena hasta los topes pasan de largo, pero siete vecinos son muy pocos para tanto sitio…

Ya están en el salón del café. Primero los dos oficiales, y Addi tras ellos. Fuera esperan los soldados con las armas a punto.

El americano que habla alemán es joven, tiene una cara delgada y agradable, cejas oscuras. Dos hoyuelos a izquierda y derecha de la boca.

—Esta casa queda requisada. Cada uno puede llevarse una maleta —dice.

La madre de Hilde tiene que apoyarse en la ventana. Addi mira al hombre y no se lo puede creer.

—Pero… —balbucea Hilde—. ¿Adónde… adónde vamos a ir?

—Tienen veinte minutos —dice el americano joven, que ni siquiera la mira—. ¡Después despejaremos todo esto!

No hay nada que hacer. *Vae victis*: ¡ay, de los vencidos! Han perdido la guerra y ahora lo pagarán. Tienen que hacer las maletas, dejarlo todo atrás y buscar dónde alojarse.

Julia Wemhöner se echa a llorar al comprenderlo. La Künzel y Hilde están indignadas. ¡Es una injusticia!

—¡No pueden hacernos esto! ¿Por qué precisamente nuestra casa?

Los yanquis hacen pasar a sus soldados, que entran en el café uno detrás de otro por la puerta giratoria. Los oficiales se pasean con curiosidad.

—¿Es un restaurante?

—Un café —informa la Künzel—. El Café del Ángel…

—Ángel… —repite el oficial, y suelta una risa breve y entrecortada—. *Angel Café.*

Hilde está decidida a defender su casa y se le ocurre una idea.

—No pueden echarnos a la calle, señor oficial. Esta mujer es judía. La hemos escondido durante toda la guerra, le hemos salvado la vida. A riesgo de perder la nuestra. ¿Y ahora ustedes pretenden echar de su casa a esta mujer judía, que tanto ha sufrido?

Hilde sabe que resulta atractiva a los hombres cuando se exalta de esa manera, y no le molesta en absoluto impresionar a los dos oficiales. El superior pregunta qué ha dicho la joven.

—*Where is the Jewish lady?*

Quiere saber dónde está la judía.

Addi acaricia a Julia en los hombros para infundirle valor. Julia ha comprendido que ahora depende de ella, y se acerca despacio a los dos americanos.

—Yo soy Julia Wemhöner…

—¿Wemhöner? Su documentación…

Pero Julia no tiene documentación. Tiró su pasaporte, en el que habían añadido el nombre judío de «Sarah». Durante años no ha sido nadie, una sombra en la ventana, un espíritu que vivía en el trastero. Pero conserva sus recuerdos. Tienen colores y están llenos de vida. Más que la propia Julia.

—Esto es un café de artistas, señor oficial —explica con una sonrisa soñadora—. Todos venían aquí, se sentaban a las mesas, charlaban, reían… Todos los grandes del teatro. Los cantantes famosos… Fritz Windgassen… Mire, mire. Aquí, en las paredes. Max Pallenberg… Paul Hartmann… Henny Porten… Käthe Dorsch…

Su entrega, la pasión con la que se expresa, incomoda a los oficiales. Miran alguna fotografía, sonríen, encogen los hombros con lástima. No conocen a esas personas, no les interesa el teatro de la Alemania nazi.

—Tienen diez minutos —informa el joven oficial, y se vuelve hacia Julia—. Usted viene con nosotros, comprobaremos sus datos. Si es judía, le corresponde una vivienda.

—Pero ¿y nosotros? —exclama la Künzel.

También la madre de Hilde ha decidido no retirarse sin presentar batalla.

—Deberían saber que no hay agua, señores. La cañería está estropeada. Además, las vigas quedaron dañadas cuando las bombas alcanzaron la casa de al lado. Si soportan demasiada carga, el techo podría ceder…

Por desgracia, los oficiales están distraídos y apenas la escuchan. El más joven ha cogido una fotografía enmarcada que la Künzel iba a colgar en la pared pero que luego ha dejado en una mesa. La mira entornando los ojos para descifrar con esfuerzo el impetuoso autógrafo.

—Eduard F. Graff… —mascula, y mira a Julia como preguntándole.

—¡Oh! —exclama ella, y sonríe—. Es un actor maravilloso, un actor de carácter. Confeccioné su vestuario en numerosas ocasiones. Era un hombre muy campechano que nunca se impacientaba, siempre estaba conforme con todo. Verá, en realidad los más caprichosos son los «quiero y no puedo». Eduard Graff era un grande. Oberón en *El sueño de una noche de verano*. Napoleón. Mefistófeles… Nos dejaba a todos pasmados con el carisma que tenía cuando subía al escenario. Mágico…

—¿Qué fue de él?

Julia suspira y alza los hombros. No lo sabe. Por desgracia.

—Debió de ser en el treinta y cuatro… No, espere, creo que en el treinta y cinco. Se marchó de Alemania. Verá… era judío…

—Sí —dice el joven oficial—. Era judío.

Sopesa la fotografía en la mano, pasa un dedo por la firma, sacude la cabeza. Después mira a Julia y baja la voz, como si esas palabras solo estuvieran dirigidas a ella.

—Eddi Graff fue a Nueva York, trabajó en una pescadería y murió seis años después en un accidente de tráfico…

—¿Lo conoció?

No obtiene respuesta. Los dos oficiales hablan en inglés, el mayor parece airado, el joven se mantiene firme.

—¡Me llevo la fotografía! —le dice a Julia—. Preséntese mañana en nuestro cuartel general de Bierstädter Strasse. *So long*…

Se van. Uno tras otro, los soldados salen del café por la puerta giratoria, que los escupe de nuevo a la calle, donde aguarda el resto de la tropa. Se reagrupan y siguen hacia el edificio de al lado.

—No entiendo nada... —susurra Julia—. Pero creo que ese joven es buena persona...

Todos siguen atónitos, conteniendo la respiración. No se atreven a moverse, como si el sueño pudiera romperse en mil pedazos en cualquier momento. Oyen los puños de los americanos golpear en la puerta vecina...

¿Es posible que hayan burlado al destino?

Heinz

¡El mar! Heinz todavía recuerda el Báltico, la ciudad balneario de Rauschen, donde creció. En aquel entonces le encantaba el mar, y si lo piensa bien, lo ha añorado todos estos años. Ahora está en la arena, sintiendo en la cara un viento que trae consigo el olor del agua salada, y su mirada se pierde a lo lejos, donde una línea plateada centellea al sol. El mar... Solo que esta vez es muy diferente. Eso debe de ser el canal de la Mancha. Al otro lado está Inglaterra. Si tuviera alas como un albatros, podría desplegarlas y echar a volar sobre el agua. Aunque también es posible que, nada más elevarse, varias balas de fusil le atravesaran el cuerpo. No es posible, es seguro. Los vigilan seis soldados americanos. Se han detenido en un punto solitario de la carretera, para orinar y beber un trago de agua. Enseguida los hacen subir de nuevo a esos horrendos cajones de sudar, los camiones militares, donde van apiñados en el suelo y soportan terribles sacudidas durante la marcha. Todos están hambrientos, no han comido nada desde esa mañana, les ruge el estómago y se les encoge de hambre. Algunos hombres se marean, tienen arcadas y escupen una espuma blanquecina.

También Heinz se siente como si fuera a morir. Igual que

la mayoría, solo piensa en una cosa: ¡en llegar! Llegar por fin a donde sea, tumbarse y descansar.

Se han enterado de que los llevan a un campo de prisioneros de guerra francés, porque los americanos se libran de los alemanes entregándoselos a los franceses. Francia necesita mano de obra para la reconstrucción, así que los asignarán a donde corresponda según sus conocimientos y habilidades. ¿Y por qué no? Heinz no puede evitar acordarse de Jean-Jacques, el prisionero de guerra de Nimes que arrastraba cajas, barría el suelo y cargaba sacos en su café. Qué locura, esta guerra... Primero trasladan a jóvenes franceses a Alemania para hacerlos trabajar, y ahora él, un burro viejo, tiene que deslomarse en Francia para saldar su deuda.

—Si acabas en una granja, puedes considerarte afortunado —comenta otro prisionero—. Allí por lo menos hay algo de comer. O en un taller.

Heinz se pregunta qué granjero lo querría, a su edad, para trabajar en su propiedad. Puede enterrar esa esperanza sin miedo a equivocarse. No sirve para el campo. En fin, si acabara en una panadería o una pastelería...

—Nos meterán en la fábrica de pescado —dice un tipo joven al que han rapado al cero—. Todo el día de pie, destripando peces. Después apestas tanto a pescado que te dan arcadas de ti mismo.

—¡Calla!

—Yo estuve destinado tres años costa arriba, en Morlaix —explica otro que se lleva bien con Heinz. Se llama Paul Segemaier y es de Bonn, donde sus padres tenían una fonda—. Una zona bonita. También Saint-Malo. Allí tenía a una chica...

—Bueno, seguro que te ha esperado con nostalgia y ahora se alegrará de verte —dice el del pelo al rape, burlándose de él.

Paul se ríe también, no pierde el humor. Después cuenta

que los bretones en realidad no soportan a los franceses. Porque la Bretaña antes era un reino libre. Pero de eso hace mucho tiempo.

—Y hasta hablan diferente —añade—. Los franceses apenas los entienden cuando hablan bretón.

—Vaya cosa —comenta uno que era profesor—. Vete a la Baja Baviera o a la Frisia Oriental… Allí tampoco entenderás ni una palabra.

—Pierna de cerdo a la parrilla con repollo —dice alguien con un suspiro desde el fondo del camión—. Y una cervecita de Andechs para acompañar…

—Albóndigas de sémola con setas en salsa de nata.

—Cerdo ahumado…

Heinz teme que empiecen con ese juego de las recetas de cocina que a menudo distrae a los prisioneros del hambre atroz. Se imaginan sus platos preferidos con todo detalle, explican cómo se preparan, cómo huele cuando se corta la carne, qué consistencia tiene el primer bocado cuando se mastica. A algunos les ayuda a pasar el hambre, pero en Heinz esas descripciones tienen más bien el efecto contrario. Por eso se alegra cuando el camión sale de la carretera y se detiene tras un breve trayecto lleno de baches.

Las puertas se abren. Ante ellos hay una especie de campo de labranza acotado por dos hileras de alambre de espino. Ven a unos hombres con uniformes de la Wehrmacht desgastados y mugrientos sentados en el suelo. Más atrás hay un edificio de tablones, alargado, y junto a él un par de tiendas, insuficientes para dar cabida a esa cantidad de prisioneros de guerra.

—*Allez, allez!* —ordenan los guardias, que se han colocado a izquierda y derecha de las puertas y gesticulan con los fusiles.

El que es demasiado lento al bajar recibe un culatazo en la espalda para que se dé prisa.

Una vez abajo, comprueban que el suelo está encharcado por la lluvia. Los pies se les hunden varios centímetros y deben tener cuidado para no resbalar. A Heinz le cuesta caminar después de estar tantas horas encogido en el suelo del camión, el nervio ciático protesta. Paul demuestra ser un buen compañero y ayuda al viejo, le ofrece apoyo para que salte al suelo resbaladizo.

—Nos harán dormir al raso —murmura.

—¿Y por qué no? —comenta Heinz con humor negro—. Si casi es verano.

Los llevan al edificio de tablones, que de cerca parece una antigua cabreriza, y huele en consonancia. Allí les espera la habitual ceremonia de recibimiento para prisioneros de guerra. Un breve interrogatorio. Edad, graduación, profesión, pertenencia al Partido Nacionalsocialista Obrero Alemán y, en caso afirmativo, con qué función. El oficial que los interroga apenas habla alemán, la mayoría de ellos no saben francés, por eso es dudoso lo que salga de la corta entrevista. Heinz chapurrea un poco de francés de cuando estuvo en la Gran Guerra, aunque hace tiempo que olvidó casi todo. Después del interrogatorio los distribuyen. Le dan una manta y lo envían con un grupo de hombres mayores; el grupo de Paul se encuentra al otro extremo del campamento. No los despiojan. Por lo visto, a la dirección le da igual si alguno pilla el tifus.

Heinz está tan agotado que enseguida busca un sitio en el suelo húmedo, entre sus compañeros, se envuelve en la manta y se queda dormido. Como el reparto de comida ya ha terminado no les dan nada, pero él ni se entera. No es hasta unas horas después cuando lo despiertan los rugidos de su estómago, además de la ciática. Es de noche. Sobre él, el cielo negro. A su alrededor, los sonidos de los compañeros dormidos. Ronquidos de todos los registros. Algunos hacen ruido como de comer; al muchacho larguirucho y huesudo que tiene al lado le castañetean los dientes a un volumen preocupante. De vez en cuando alguien sufre un ataque de tos. Es una tos fea que resuena con un soniquete metálico, casi de asfixia, y Heinz se pregunta con angustia si el pobre tipo no habrá pillado una neumonía en ese barro tan frío. Con cuidado, intenta tumbarse de manera que el nervio ciático descanse, lo cual no es fácil porque tiene a su vecino muy pegado a él. No por cariño, sino porque Heinz poseía una de las pocas mantas de lana secas, aunque a estas alturas se ha empapado también. Del oscuro cielo nublado cae una lluvia fina; la humedad, lenta y constante, encuentra camino a través de las mantas y la ropa hasta la piel.

Al cabo de un rato, Heinz comprende que puede olvidarse de dormir. En el campamento de los americanos habían vivido algunas noches gélidas, pero nunca tan miserablemente heladoras como esa fría madrugada. Además, le vienen a la cabeza pensamientos angustiosos, como una bandada de pájaros negros de mal agüero. De nada sirve reflexionar sobre el mal del mundo y el propio destino en la negrura de la noche, y Heinz lo sabe, pero no puede remediarlo, porque esas ideas que durante el día es capaz de reprimir, ahora se le echan encima desde todos los rincones del cerebro.

La más fuerte es lo mucho que añora a Else. La ve ante sí de jovencita, tal y como la vio delante del Café del Ángel mientras él recorría la elegante Wilhelmstrasse andrajoso y hambriento. Era uno de los muchos soldados de la Gran Guerra a los que el destino había librado de la muerte y la mutilación, y que se encontraban de nuevo en su patria. Cuando vio a Else, tan acicalada con su delantal blanco de encaje, enseguida apartó la mirada porque sabía que él parecía un vagabundo. Pero entonces ocurrió el milagro que cambió toda su vida: ella le habló. La bonita hija del propietario del café se puso a hablar con el tipo harapiento que pasaba por allí. Le preguntó si tenía hambre. Y él la tenía, claro, y no poca. Entonces lo invitó a entrar en el café y le preparó dos panecillos con fiambre. Se sentó a su lado y empezó a preguntarle cosas. No hizo caso de las miradas horrorizadas de su madre. Ay, sí, una cosa llevó a otra y al final se quedó con ella. Durante una larga y feliz temporada. Si Else pudiera verlo ahora, tumbado en la mugre y tiritando de frío. No, no, es mejor que no sepa nada.

Eso si es que aún está viva y no ha acabado sepultada bajo los escombros de la casa bombardeada. Esa idea lo atormenta, no lo deja tranquilo, por mucho que intente apartarla de su pensamiento. No tiene sentido invocar fantasmas y, aun así, lo hace. Algunos de sus compañeros, los del este en especial, han perdido a toda la familia y estarán completamente solos en el mundo cuando los dejen libres. Pero son jóvenes. «No pienses en eso. No lloriquees. Un hombre no llora, ni siquiera cuando ha perdido todo lo que significaba la vida para él», se repite.

Como ahora los pájaros de mal agüero acuden a él desde todas partes, piensa también en sus padres. Y en Annemarie, su hermana pequeña, de la que no ha vuelto a saber nada. En aquel entonces no hizo bien en tratarlos así y presentarles los hechos consumados. Claro que bajo ningún concepto habría regresado a Rauschen para hacerse cargo del negocio familiar. Ni hablar. Amaba demasiado a Else, y también le había tomado cariño al Café del Ángel. Pero tendría que habérselo comunicado a sus padres de otra manera. Con tranquilidad. Hacer el viaje para presentarles a su joven nuera, echarles una mano hasta encontrar a un sucesor. Podría haberlo hecho, pero estaba furioso, creyó que tenía que defender a su joven esposa e imponer su decisión vital. Así que acabó en ruptura. No podría haber sido de otro modo, ya que su padre era por lo menos tan tozudo como él. También Annemarie tuvo que sufrir por ello. La hermana pequeña que tanto lo había idolatrado. Era una niña encantadora, siempre dócil, tal vez demasiado buena. Él le escribió dos o tres veces, pero nunca obtuvo respuesta. ¿Quizá no recibía sus cartas porque se había casado y se había marchado de Rauschen? En todo caso, es posible que heredara el patrimonio de sus padres, puesto que él renunció a la herencia cuando le llegó la comunicación oficial de su muerte. ¿Dónde estará Annemarie ahora? Desea de corazón que tanto ella como su familia hayan podido salvarse de los rusos.

Sí, ha hecho muchas cosas mal en la vida. Se tiene bien merecido acabar tirado en la mugre. Tal vez el horror no dure mucho más, tal vez mañana pille una neumonía y tres días después ya esté bajo tierra. Pero eso sería demasiado fácil. No se librará tan pronto. Tendrá que apurar hasta la última gota de ese cáliz.

El Führer se quitó la vida a finales de abril. A principios de mayo, Alemania capituló y se entregó a las potencias vencedoras, para bien o para mal. La guerra ha terminado; la paz será amarga.

Su vecino se pone a toser, escupe un montón de moco y tira de su manta. Heinz la agarra con fuerza; la lucha por la tela húmeda termina en empate, el vecino puede quedarse con una punta. Allá en el este se ve ya un resplandor débil, el nuevo día se levanta pálido y poco prometedor. El tira y afloja por la manta le ha sentado bien, ha ahuyentado sus funestos pensamientos. Solo se trata de sobrevivir lo mejor posible las siguientes horas, el siguiente día, la siguiente noche. Y si Dios quiere, en algún momento volverá a Wiesbaden y verá a su familia. Heinz consigue incluso echar una cabezada, luego empieza su primer día en el campamento de prisioneros de guerra francés, del que ni siquiera sabe dónde se encuentra.

Las semanas siguientes son una tortura continua. Las raciones son minúsculas, algunos días no les dan más que un trago de agua. Las condiciones higiénicas son deplorables. Aun así se sigue una severa disciplina. Varias veces al día tienen que formar para pasar revista. El edificio de tablones sirve principalmente de hospital de campaña y está siempre desbordado. Dicen que el que entra ahí ya no sale vivo. Heinz tiene fiebre desde hace días, tose como un condenado, pero no dice que está enfermo por miedo a diñarla entre los pobres diablos de ese hospital. El tiempo está más seco, el sol brilla en el cielo y él se tumba sobre su manta, decidido a recuperarse sin médico ni medicamentos. Se llena la cabeza de música, escucha sus discos preferidos de memoria, Mozart y Beethoven, los *Conciertos para piano* y la *Quinta sinfonía*, los álbumes en los que el incomparable Caruso canta arias italianas. No consigue recordarlo todo, siempre le falta algún fragmento, y entonces vuelve atrás, lo intenta de nuevo y, sorprendentemente, de pronto encuentra el pasaje que le faltaba.

Cada tanto se llevan a prisioneros de guerra en unidades especiales y los ponen a trabajar en fábricas, en el campo o en la explotación minera. El que resulta escogido tiene la oportunidad de comer mejor, por eso hay una aglomeración cada vez que se hace el llamamiento. Heinz lo intenta siempre, pero ocurre lo que ya se temía: es demasiado viejo y nadie lo ve capaz de realizar esos trabajos. A principios de agosto, cuando ya ha perdido toda esperanza, vuelven a buscar prisioneros para una fuerza de trabajo.

—*Déminage*... ¿Qué es eso? —pregunta Paul, que también está en la cola junto a Heinz.

—Algo que sería mejor que no hicieras —responde este—. Un comando suicida: levantar minas.

—Haré lo que sea con tal de conseguir algo de comer —dice Paul—. Mejor irse al otro barrio que morir poco a poco de inanición en este campamento de mierda.

Heinz lo mira con compasión. Paul tiene la cara chupada, las vértebras le sobresalen, se ha atado el pantalón con una cuerda porque se le cae.

—¿No sabes que la Wehrmacht sembró de minas toda la costa atlántica? —pregunta Heinz—. Esos trastos están por todas partes, en la arena, en las cunetas, también en los campos.

Sí, Paul lo sabía. Muchas personas han saltado por los aires trabajando en el campo. La mayoría han muerto, y el que ha sobrevivido está terriblemente mutilado. Una vez le tocó a una familia entera, unos padres con tres niños pequeños, uno de ellos aún un bebé.

—Necesitan voluntarios para buscar las minas y desactivarlas.

—Uf, qué horror… —se lamenta Paul—. Y hay riesgo de saltar por los aires tú mismo, ¿no?

—Si no vas con cuidado, sí.

Por supuesto, todos los que hacen cola tienen intención de ir con cuidado. Serán muy cautelosos y, con algo de suerte, no les ocurrirá nada. También Heinz se convence de ello, pero al mismo tiempo piensa en los niños que quedaron destrozados por las minas del Reich y se avergüenza de ser alemán. Ocurra lo que ocurra, quiere contribuir a que ese horror desaparezca. Las minas no tienen nada que ver con el honor del soldado en la batalla. Son la maldad más baja y vil, porque se ceban con los inocentes.

Esta vez no lo rechazan. Heinz Koch, de Wiesbaden, es apto como *démineur*, puede recoger sus pocos objetos personales y dirigirse a la salida del campamento junto con los demás. Allí los esperan dos franceses vestidos de civil con un brazalete que les otorga el rango de policías auxiliares. Ambos van armados y miran con desprecio al pequeño grupo de voluntarios para limpiar minas. Emprenden la marcha bajo un calor abrasador y llegan a un tren que los lleva al oeste. Heinz y Paul se han sentado juntos, miran por la ventanilla y ven el mar. Es de un azul verdoso, las olas lanzan pequeños destellos bajo la luz del sol, las gaviotas planean sobre ellas, muy a lo lejos se ve un barco. Quizá sea un pesquero. De pronto Heinz siente una enorme añoranza. La libertad. No seguir estando a merced de los guardias. Poder ir a donde quiera. Cuando era libre no valoraba ese privilegio. Ahora sabe que la libertad es lo más preciado que puede poseer un hombre.

Comme ça pue! ¡Cómo apestan!

En la última estación han subido varias mujeres. Miran con hostilidad a los prisioneros alemanes, fácilmente reconocibles por las letras «PG» que llevan pintadas. Y es verdad que apestan. No es de extrañar, hace meses que no se cambian de ropa. Tienen que levantarse y dirigirse a la plataforma delantera del vagón. *Sales boches!* Alemanes de mierda.

Paul lee los carteles de las estaciones y dice que se encuentran cerca de Dinan, que él conoce la zona. En esos pueblos de la costa antes vivían piratas, y desde allí zarpaban en busca de botines. Más adelante aprendieron a desplumar a los turistas, que era más fácil y menos peligroso. Paul está de buen humor, casi eufórico, así que Heinz empieza a preocuparse. Sin embargo, cuando por fin bajan del tren y siguen camino por las dunas, resulta que el optimismo de Paul está más que justificado. Los llevan a una villa solitaria, un edificio de paredes con entramado de madera, arabescos, pequeños balcones y saledizos acristalados que sin duda algún día fue un hotel. Allí se encuentran con más compañeros de armas: prisioneros de guerra alemanes venidos de diferentes campamentos, todos ellos voluntarios para esa peligrosa tarea.

—Esto es como el cielo —entona Paul cuando los llevan a una habitación de dos camas—. ¡Almohadas! ¡Colchones! ¡Incluso sábanas y mantas de lana! ¡Estamos de vacaciones, Heinz!

Hay agua corriente y una bañera antigua que se sostiene sobre cuatro garras de león hechas de hierro fundido. La llenan y se bañan con agua fría, restregándose a fondo con el trozo de jabón que les han dejado ahí. También se lavan el pelo, que les ha crecido demasiado, y se afeitan con los enseres de Paul. Cuando están de pie frente al espejo, llegan ya los siguientes para el baño, que vacían el agua de la bañera y se parten de risa al ver los bordes negros que han quedado en el esmalte blanco. Después se aclaran la cara con agua fría.

Abajo, en el que una vez fuera un comedor exclusivo, apenas se atreven a tocar las delicadas sillas blancas. La sala está decorada con palmeras artificiales, cortinajes de brocado, unas alfombras rojo intenso que se extienden entre las mesas. Seguro que ese hotel no era precisamente barato, es posible que la alta sociedad de todo el mundo fuera allí a recuperarse con el sano aire del mar.

La comida es grasa y abundante. Una espesa sopa de arroz con trozos de carne, sobre todo casquería: estómago, hígado y corazón. Nutritiva y deliciosa. Comen hasta hartarse, beben un agua clara e incluso les dan un poquito de compota de manzana de postre. Heinz lleva cuidado y se contiene, Paul se pasa la mitad de la noche en el retrete que hay fuera, detrás de la villa, en un edificio adyacente. No es el único al que le ha sentado mal la desacostumbrada abundancia.

Están unos días sin que los envíen a trabajar. Empiezan a conocerse, por las tardes se sientan juntos a contarse cosas de su tierra y su familia; algunos juegan a las cartas, otros han descubierto la sala de billar y echan una partidita. Resulta extraño, pero ninguno piensa en huir, aunque sería fácil saltar por una de las ventanas de la planta baja y desaparecer en la oscuridad. Durante el día lavan la ropa, descansan, comen, duermen, incluso hay tabaco para liar cigarrillos.

El segundo día llega un francés a la villa, los reúne a todos y se presenta como *chef mineur*. Es un hombre mayor, alto y con barba, va un poco encorvado y tiene ojos claros, como los marineros. Apenas habla alemán, pero ha traído consigo una pila de libros en los que hay dibujos de diferentes minas.

Tienen que observar con atención, así sabrán qué es lo que deben hacer.

—Todo muy fácil —dice Paul—. Se sacan los alambres, con eso se desconecta el detonador y ya no puede pasar nada.

Heinz no es tan optimista. Existen muchos modelos, la desactivación de las minas es trabajo de especialistas, no de legos como ellos, que no tienen ni idea. No obstante, su protesta no sirve de mucho porque el *chef mineur* no lo entiende. Es un hombre afable, procedente de un pueblo de la zona, donde es maestro de escuela. Antes de empezar la primera misión, se lleva a los *démineurs* alemanes al mar, deja que se bañen y que naden, que se tumben en la arena, que escuchen las olas y el griterío de las aves marinas. Heinz disfruta al máximo de esa tarde. ¡Qué locura! Tiene la sensación de estar en casa, en Rauschen, junto al Báltico. Salta entre las olas como cuando era crío, se tumba en la arena con los brazos abiertos y deja que el sol le seque las gotas de agua salada sobre la piel. La ciática se le ha calmado, ya no siente nada.

—¡Podría estar así toda la vida! —exclama Paul, tumbado a su lado encima de la ropa—. ¡Me encanta ser *démineur*!

Heinz no dice nada. ¿Por qué va a aguarle la fiesta a su amigo? Es el presente lo que cuenta. Lo que traiga el mañana queda muy lejos y no importa. De regreso se cruzan con una campesina que lleva una cesta grande, parece que va a recoger mejillones. Tiene algo de picardía en la mirada, la buena señora; cuando pasa junto a Heinz, le da una pequeña manzana roja a escondidas.

—¡Esa te ha echado el ojo, Heinz! —se burlan los compañeros—. Una manzana te ha dado… Como Eva a Adán en el Paraíso…

«Entonces también el pecado original está cerca», piensa Heinz. Se come la manzana de todos modos; aunque un poco ácida, está jugosa. Esa noche sueña que vuelve a estar en casa, tumbado en la cama de matrimonio, con Else a su lado, y por la ventana llegan los ruidos de la mañana en Wilhelmstrasse. Un par de automóviles madrugadores, carros de caballos, el barrendero manejando su escoba, el chico de la leche que deja las botellas en el portal. El viento sopla entre los plátanos.

Al día siguiente la cosa se pone seria. El *chef mineur* los lleva a su primera misión, marchan un trecho tierra adentro y llegan a unos campos en los que crece avena, centeno y trigo sarraceno. Allí se internan por los senderos entre las mieses y ya están en la zona de peligro. El *chef mineur* les señala el primer artefacto, una mina de plato que hay en el borde del camino, medio oculta por las malas hierbas. La levanta con cuidado y la deja en el camino para luego desactivarla. Lo han entendido, se ponen a buscar con muchísima precaución y encuentran los dispositivos mortales casi por todas partes. En las cunetas, entre la maleza, bajo los arbustos. Están las minas «de plato», que son más o menos igual de grandes que un molde para pasteles, y también las minas «de recipiente», que parecen cazuelas redondeadas. Las han unido con alambre; si alguien caminara por el prado y tropezara sin darse cuenta con uno de esos cables, provocaría la explosión de tres o más artefactos, que están llenos de balas de plomo, metralla o puntas de aguja.

—Los que idearon esto son unos cabrones —dice Paul—. ¿A quién pretendían cargarse? ¿A los campesinos? ¿A las vacas que pastan por aquí? ¿A los niños del pueblo que vienen a jugar?

También encuentran minas «de caja», que tienen que desenterrar despejando la maleza. Con cada mina que dejan en medio del camino sin que pase nada, su miedo a saltar por los aires disminuye un poco. Solo hay que ser cuidadoso, no hacer ningún movimiento en falso, no tocar el detonador.

Al cabo de unas horas, el *chef mineur* les dice que ya es suficiente, que regresan a la villa.

—¿Y qué harán ahora con esto? —quieren saber.

—Se supone que vendrá un experto de Ruan a desactivarlas —informa uno que habla un poco de francés—. Tenemos que señalar el camino con ramas para que nadie las pise por descuido o circule en coche por encima.

Se disponen a buscar ramas secas bajo los manzanos que hay a lo largo del camino, también parten ramas muertas y las apilan delante y detrás de las minas.

—¿No podríamos llevarnos un par de manzanas? —pregunta Paul—. Mira, ahí hay unas en la hierba… Es fruta caída, seguro que podemos…

Heinz vive los siguientes segundos condensados en movimientos, imágenes y sonidos. Ve a Paul inclinarse hacia las manzanas, oye el grito de advertencia del francés y al mismo tiempo sigue el vuelo de un mirlo que estaba en el manzano y que de pronto se aleja…

—*Pas là! Attention! Ne touchez pas le sol!*

De súbito, Heinz se queda sordo. Ve saltar terrones por los aires, el manzano se agita como en una tormenta, todo se vuelve rojo, el sol del atardecer ha llenado el cielo, caen gotas rojas sobre la tierra, se va a ahogar con esa lluvia roja.

Hilde

Llueve a cántaros. Hilde está sentada a una de las mesas del Café del Ángel, ha quitado el mantel bueno y ha extendido un trapo viejo sobre la madera. Pule con esmero los tenedores de postre y las cucharillas de café, que se han ennegrecido. Después se pondrá con las jarritas para la nata, que también hay que frotar hasta que queden relucientes. En la cocina, su madre le da los últimos toques a un pastel para Julia, que mañana cumple años. Es una especie de bizcocho, con huevo en polvo y una capa del mazapán que ha aguantado toda la guerra en la despensa del sótano. Julia Wemhöner ya se ha presentado en el ayuntamiento, ha dado sus datos personales y ha recibido un pasaporte nuevo, además de una cartilla de racionamiento.

—Allí hay montada una buena —explica con entusiasmo—. Nadie es responsable de nada, nadie encuentra ningún expediente y todo el mundo tiene un miedo terrible a los americanos.

Tras la huida de Piekarski, el jactancioso alcalde nazi, se organizó una administración de emergencia dirigida por el alcalde gestor Gustav Hess. Ahora está bajo supervisión del gobierno militar americano. Las fuerzas de ocupación se despliegan por todos los edificios oficiales reclamando las salas para sí, y por eso algunos funcionarios no están en condiciones de hacer su trabajo. Además, el ayuntamiento fue duramente bombardeado y solo puede utilizarse en parte, muchos despachos están clausurados.

—Ahora les cantarán las cuarenta a esos nazis —se alegra Addi, que ha acompañado a Julia—. Van a comprobar toda la administración municipal, y el que no tenga las manos limpias acabará en el campo de internamiento de Darmstadt. ¡Que yo lo vea! ¡Y a Storbeck también lo llamarán a capítulo bien pronto!

Solo la Künzel comparte el triunfalismo de Addi. Hilde y su madre opinan que lo de los campos tendría que terminarse de una vez, y Julia Wemhöner comenta que más les valdría reconstruir el teatro en lugar de andar encerrando a personas. Con la cartilla de racionamiento que tan generosamente le han concedido apenas puede comprar nada. La mayoría de las tiendas están cerradas, muchos tienen miedo y retienen su mercancía.

—No es el mejor momento para reabrir el café —opina Else desde la cocina—. Toque de queda desde las nueve de la mañana hasta las tres de la tarde. Y a las seis ya hay que estar otra vez en casa. Además de este tiempo espantoso. ¿Has visto al perro?

—Está arriba, en nuestra cama —informa Hilde, breve y concisa, y levanta un tenedor de postre a la luz.

Sigue teniendo manchas negras, el limpiador de plata hecho de carbonilla y bicarbonato no funciona ni de lejos como el Sidol de toda la vida. Solo que ahora no se encuentra. Como tantas otras cosas. Tampoco el correo funciona, hace catorce días que nadie recibe una sola carta. No hay noticias de Willi y August, y menos aún de su padre. Ni siquiera saben si siguen vivos…

Alguien entra por la puerta giratoria y Hilde baja el tenedor. ¿El cartero? ¿Un cliente? ¿O tal vez los Drews, los vecinos, que vienen a pedir una taza de harina?

No, es Gisela, que no aguanta en casa de sus abuelos y de

vez en cuando se pasa a ver a Hilde. Se quita el impermeable empapado y se retira la melena húmeda, que le cae en mechones por la cara.

—¡Qué horror! —se queja—. Esta mañana me he marcado el pelo, pero con este tiempo no aguanta nada. ¿Tenéis una taza de menta para esta pobre alma muerta de frío?

Hilde se alegra de la visita. Deja los tenedores, se limpia los dedos y se sienta con Gisela en la mesa de al lado.

—Claro que tenemos infusión. Incluso nos queda un poco de café de verdad, pero no lo serviremos hasta mañana, que es el cumpleaños de Julia.

Gisela está impresionada. El café es un verdadero lujo, en el mercado negro está por las nubes.

—Julia ha recibido una asignación de los yanquis —dice Hilde—. Es un encanto. ¿Sabes?, ha cosido unos abrigos bien forrados para los niños de los Drews con cosas viejas que tenía en el armario. Y a mi madre le ha estrechado un traje de otoño.

Gisela confirma que Julia Wemhöner es un amor de persona. Aunque un poco rara. O más bien soñadora.

Else sale de la cocina, saluda a Gisela y le sirve una taza de infusión. También le saca azúcar, y una galletita muy pequeña y bastante dura. Le dice que hay que mojarla en el té y así se ablanda.

—¿Cómo está tu madre? ¿Y tus abuelos?

Gisela se encoge de hombros. Sobre ese tema podría contar muchas cosas que es mejor que se queden sin decir.

—Estamos muy apretados en ese piso, por eso hay muchas discusiones. Además, ahora mi abuelo padece del corazón…

—Lo siento mucho. Dales recuerdos. Te prepararé unas galletitas. Aunque se han quedado un poco duras, no están malas…

—¡Muchísimas gracias, señora Koch!

Hilde sabe que Gisela sufre sobre todo por su madre. Johanna Warnecke era y es una acérrima seguidora del Führer, y se niega a aceptar que el imperio milenario haya caído. El cohete V2 aún podría dar un vuelco a la guerra, no para de decir. Y entonces recompensarán a todos los que se hayan mantenido fieles al Führer, y los demás, los disidentes, recibirán el castigo que merecen...

—Si queréis, podéis instalaros arriba, en el piso de August. Los Storbeck no necesitan más que una habitación —comenta Else—. Solo tendríais que compartir con ellos el baño y la cocina...

Gisela bebe su infusión de menta y asiente con educación.

—Gracias. Estaría bien, pero no queremos ser una carga para nadie.

Hilde guarda silencio. Por supuesto que se alegraría de tener a su amiga en la casa, pero comprende que Johanna Warnecke se sentiría fuera de lugar, y con ella solo tendrían problemas.

—¿Hay alguna novedad? —pregunta Hilde cuando su madre vuelve a la cocina a seguir con el pastel.

Gisela asiente. Le cuenta que el gobierno militar americano ha ocupado más edificios en Bierstädter Strasse. Que todo está muy vigilado.

—Tienen miedo de que se les cuele alguien de la organización de defensa Werwolf y cometa algún atentado.

A Hilde le parece una tontería, pero, claro, nunca se puede estar seguro. Todavía quedan bastantes locos que creen en la victoria final. Gisela dice que los yanquis han impuesto unas medidas muy estrictas para no confraternizar. Que incluso tienen prohibido darle la mano a un alemán.

—No les permiten hablar con nosotros ni entrar desarmados en nuestras casas. Sobre todo les advierten contra las chicas alemanas. Porque se supone que somos perversas seductoras al servicio de Adolf Hitler...

Hilde se une a la risa de Gisela. Les parece gracioso que

las fuerzas de ocupación, que han llegado con poderosos tanques y cañones, ahora teman a las chicas alemanas.

—Mientras las cosas estén así, no creo que venga al café ningún cliente yanqui —suspira Hilde—. Y eso que yo tenía muchas esperanzas.

No, por el momento no se puede hacer gran cosa. La Künzel se ha sentado un par de veces al piano y ha tocado música de baile de los años treinta. Algunos vecinos han entrado a escuchar, pero nada más, y Else les ha servido una tacita de infusión de menta gratis. Dos oficiales americanos que recorren Wilhelmstrasse miran el local con curiosidad al oír la música, pero no se detienen.

—Buscan empleados alemanes —dice Gisela—. Nuestra vecina les hace la colada y les plancha las camisas. En las cuerdas de nuestro patio interior cuelgan cientos de calzoncillos y calcetines americanos. A mi madre le da un ataque cada vez que los ve por la ventana.

Se parten de risa, y Hilde quiere saber si los calzoncillos americanos son diferentes a los alemanes. Gisela le contesta que sí, que llevan unas cosas rarísimas, como si fueran peleles de niño, con un montón de costuras.

—También contratan personal de cocina; cocineros y panaderos. Y chicos de los recados. Pero sobre todo mujeres, para limpiar las oficinas y las viviendas de los oficiales.

—¿Y... pagan bien? —pregunta Hilde bajando la voz, y se vuelve hacia la puerta de la cocina para ver si la ha oído su madre.

Pero Else está encendiendo el horno y maldice porque, una vez más, la madera húmeda no quiere prender.

—Pagan en dólares. Y también te dan latas de fruta y de carne. *Corned beef.* ¿Sabes lo que es?

—Algo así como carne de ternera...

—Sí, pero diferente. Como en gelatina, bastante salada. Pero está buena...

Hilde mira a su amiga con admiración. Gisela tiene una bicicleta y se recorre la ciudad, rescata toda clase de cosas útiles de los solares en escombros, descubre dónde se puede conseguir esto y aquello, se entera de todas las novedades. ¡Qué valiente es! Y qué bien que hayan recuperado su amistad. Antes siempre iban juntas, Gisela y Hilde, en el colegio eran inseparables y cometían toda clase de temerarias travesuras. Después Gisela se enamoró de Joachim Brandt y cambió de pronto. Se convirtió en una novia delicada que solo pensaba en su Jo y apenas se ocupaba de su amiga. «Así que eres de esas», pensó entonces Hilde con rabia. Pero al pobre Joachim lo reclutó la Wehrmacht justo al terminar el bachillerato, y hace dos años que Gisela no tiene noticias de él. Entonces las amigas se reencontraron. Solo está el asunto de Jean-Jacques, del que Gisela no sabe nada. Hilde ya no es tan confiada como antes.

—Si sirvierais algo de alta graduación… —reflexiona Gisela—. En el mercado negro se consigue. Le añadís azúcar y un poco de la menta que recogisteis el año pasado en grandes cantidades en el Taunus. Un licorcito de menta. Delicioso. Entonces sí que vendrían clientes…

—No nos permiten vender alcohol —la frena Hilde—. Nos damos por satisfechas con conservar la licencia del café. Los yanquis beben alcohol en sus propios bares.

Eso lo sabe por Sofia Künzel, que ya se ha ofrecido dos veces como pianista de bar para los americanos. Hasta la fecha no ha tenido suerte, prefieren poner discos, pero han anotado su nombre y su dirección. Tal vez lo consiga en algún momento.

—Un licorcito así sería como un digestivo —comenta Gisela casi despectivamente—. Es algo medicinal, no es alcohol…

Hilde capta lo que sugiere su amiga. Se guiñan el ojo, podría funcionar. Tal vez un licor estomacal, así podría echarse también en las infusiones. O en el sucedáneo de café. Eso si lo consiguieran…

—Pero no tenemos dinero… —comenta Hilde—. ¿Sabes a cambio de qué podríamos conseguirlo?

—Lo mejor serían cigarrillos.

También Hilde lo cree, pero tampoco tienen. Como mucho, algún puro de los que su padre había reservado «para después de la guerra».

—Joyas también valdrían. O gafas. Billetes. Hace poco, alguien intercambió la dentadura de su abuelo.

Hilde está dispuesta a sacrificar algo de su joyero. Incluso podría buscar las gafas de sus difuntos abuelos, pero eso tendría que preguntárselo a su madre, y de momento prefiere dejarla al margen.

—Las sábanas están muy demandadas. Cualquier tipo de tela. ¿Conservas alguna cámara fotográfica?

En realidad tendrían que habérsela entregado a los nazis, pero la escamotearon y la escondieron en el trastero. Aun así, la cámara de su padre solo la malvendería en caso de verdadera necesidad. Era el orgullo de Heinz.

—O eso de ahí…

Gisela señala las cucharitas de café recién pulidas. Llevan una pequeña cabeza de ángel en el extremo, un detalle que mandaron grabar sus padres para el café en los años veinte.

—Pero solo un par… Todas, ni hablar.

—Los yanquis te las quitarían de las manos. Como recuerdo. Les gustan esas cosas —comenta Gisela, como si fuera experta—. A cambio te darán cigarrillos, y tú podrías cambiarlos por licor. Así de fácil es…

—¿Incluso con este tiempo?

Gisela sacude la cabeza ante tanto desconocimiento. Cuando llueve hay mejores oportunidades aún, porque los yanquis controlan menos.

En la cocina, Hilde le dice a su madre que Gisela sabe

dónde conseguir azúcar y harina, y que quiere acercarse con ella un momento.

—¿Con el día que hace?

—Me pondré el anorak.

Se ha llevado cinco cucharitas con sus tenedores de postre a juego. ¿Por qué no? Al fin y al cabo, es por el Café del Ángel, se trata de una inversión. Su padre también estaría de acuerdo.

Gisela ha dejado la bicicleta en la escalera, atada con una cadena. Hay que andarse con mucho ojo. Hace poco, según relata, mataron a un hombre solo por un saquito de harina y una bolsa de azúcar. Lo encontraron junto al Rin, bajo un puente.

—No me cuentes esas cosas —protesta Hilde, y se sienta con cuidado en el transportín.

Gisela tiene que pedalear con fuerza para ponerse en marcha. La bici realiza un par de líneas sinuosas, luego toman impulso y a partir de ahí todo va bien. Su meta es Langgasse, donde siempre hay gente con algo que vender.

—¡Pero no pises todos los charcos! —exclama Hilde—. ¡Ya tengo las piernas mojadas de las salpicaduras!

—También puedo hacer eslalon, pero tendrás que agarrarte bien...

—Para o te hago cosquillas... ¡en las axilas!

—Entonces nos caeremos las dos al barro...

Acaban empapadas, aunque eso no les estropea el buen humor. Es como antes, cuando iban al colegio y por las tardes recorrían la ciudad en bici. En verano se tumbaban con sus amigas en la orilla del Rin y se hacían los deberes unas a otras. A veces también iban chicos. Joachim estaba con ellas casi siempre, y su hermano pequeño, Walter.

—Bueno, ahora empieza la cosa. Primero veremos qué tienen para ofrecer los demás.

Gisela frena y desmonta, Hilde salta del transportín. Caminan despacio por la calle empujando la bicicleta. Por todas partes hay personas que se detienen ante los escaparates vacíos y hablan entre sí. Antes de mostrar la mercancía miran alrededor con cautela para ver si hay algún policía o alguna patrulla americana cerca. Después se abren el abrigo o sacan algo de una bolsa a la velocidad del rayo, y cierran el trato.

—Los precios no hacen más que subir —explica Gisela—. Un paquete de cigarrillos americanos cuesta ya cien marcos del Reich.

Les hacen ofertas. Una señora mayor vende jabón, otra busca leche en polvo a cambio de sus cupones de azúcar, un muchacho les ofrece café en grano a un precio desorbitado.

—Los vendedores de licor vienen del campo —comenta Gisela—. Son campesinos que destilan en secreto en algún cobertizo. Lo que más buscan es ropa, porque en los pueblos cuesta conseguirla. Algunos, también joyas. O gafas…

Se intercambian las cosas más insospechadas. Uno tiene un violín, otro ofrece una batería de cocina, alianzas de oro, libros, botones y material de costura, una estola de zorro que ha perdido un montón de pelo.

Al final, Hilde consigue diez cigarrillos por las cucharitas de café y otros diez por los tenedores. El joven que le compra la mercancía se la endilgará a los yanquis con un buen aumento, sin duda, pero Gisela cree que con veinte cigarrillos puede conseguir dos botellas de licor. Tal vez tres.

Ni hecho adrede, justo ha parado de llover. Las casas se ven limpias, allí no hay ni rastro de los bombardeos. En los árboles se adivinan ya pequeñas hojas verde claro.

—Ahí… Ese viejo de los zapatos gastados.

La intuición de Gisela ha vuelto a acertar. El hombre busca unas botas de invierno recias y tiene dos botellas de licor para ofrecer. De las reservas de la Wehrmacht, parece. Hilde calcula que como mucho contienen medio litro, puede que incluso menos. Es evidente que no son las botellas originales, pero aun así…

El trato se alarga porque Hilde regatea como una vendedora del mercado. Cinco por cada botella, o seis. No, diez. Siete. Más de siete, ni hablar. Porque ni siquiera sabe lo que llevan dentro.

—Venga, date prisa… —le susurra Gisela—. Por ahí vienen dos yanquis…

También el hombre con las botas gastadas tiene prisa de pronto. Está bien. Siete por cada una. Eso hacen catorce. ¿No sabrá ella dónde puede conseguir un buen par de botas? Hilde piensa en el futuro y contesta que, si le va bien, podría pasarse por el Café del Ángel. Allí siempre necesitarán licor. Pero ya es demasiado tarde.

—*Let me have a look! ¿Dónde sacar esto?*

Dos soldados americanos se plantan ante ellas, uno le quita una de las botellas de licor recién conseguidas. Gisela quiere ocultar la otra en su chaqueta, pero por desgracia no es lo bastante rápida.

—*You have more? ¿*Tienes más?

—No tenemos nada. Este licor es nuestro. ¡Devuélvanoslo!

La rabia de Hilde choca con una fría impasibilidad. De repente se ha abierto un espacio vacío a su alrededor, los vendedores se ponen a salvo con su mercancía. Los americanos contemplan las botellas, las agitan, uno quita el corcho y huele el contenido. Asiente satisfecho. Vuelve a tapar la botella.

—Mercado negro *is forbidden…* Prohibido. *You know this.* Acompañar.

—¡Pero si no hemos hecho nada malo!

—Acompañar…

Gisela empuja su bicicleta, Hilde camina a su lado. Los otros las observan desde una distancia prudencial con compasión, o con alivio. Algunos ya han vuelto a sus negocios ahora que el peligro ha pasado. Los yanquis tienen a sus víctimas y se largan.

—¿Qué harán con nosotras? —le susurra Hilde a su amiga.

Gisela se encoge de hombros. Es la primera vez que los americanos la pillan en el mercado negro.

—Supongo que nada —masculla—. Como mucho nos encerrarán una noche…

Hilde piensa en su madre, que seguramente se imaginará lo peor si no está de vuelta en el café a las seis. Violada. Raptada. Asesinada. ¡Ay, Dios santo, su madre se volverá loca!

—O puede que nos fusilen —añade Gisela con una sonrisa boba.

A Hilde no le va el humor negro. Ha vendido cinco cucharillas y cinco tenedores de plata de las existencias del café y no ha obtenido nada a cambio. Y encima ahora tendrá toda clase de problemas. Van en dirección a Rheinstrasse, los transeúntes se detienen a observarlas y seguro que entre ellos hay conocidos. Qué vergüenza. Las pasean por la ciudad como si fueran delincuentes. Por otro lado, puede que así su madre se entere de dónde pasará la noche. Seguro que se enfadará, pero al menos no pensará que le han dado una paliza y está tirada entre los escombros de algún solar…

Más arriba, donde Langgasse desemboca en Rheinstrasse, hay un vehículo militar. Tal vez las hagan subir a él. En ese caso, Gisela se verá en un aprieto porque no le permitirán llevar la bicicleta. Y si la deja en la calle, puede estar segura de que no volverá a verla en la vida…

—Mira si ves a alguien a quien pueda confiarle la bicicleta —le suplica a Hilde.

Ella busca con atención, pero no ve a ningún conocido. Los dos soldados americanos se detienen de pronto y saludan a dos oficiales que pasan por allí. Hilde oye una voz que le resulta familiar. Clara pero imperiosa. Una risa breve.

—La señorita Koch…, ¿verdad?

¡Dios santo! Qué bochorno. Tiene delante a ese oficial tan agradable que hace unas semanas impidió que requisaran el café. ¿Cómo se llamaba?

—Sí… —balbucea—. Qué casualidad… Espero que esté usted bien…

¿Sonríe satisfecho el oficial? No, la mira con severidad. Con ese hombre, nunca se sabe lo que está pensando.

—¿No se acuerda?

—Sí, sí… Por supuesto… Usted… Usted conocía a Eduard Graff, el actor…

—Exacto —dice, y se vuelve para hablar con el otro oficial y los soldados. En inglés, desde luego, así que ellas no entienden nada.

—¿Es que lo conoces? —susurra Gisela.

—Sí… —murmura Hilde.

Gisela se agarra con fuerza al manillar de la bicicleta. Las dos esperan de pie intentando comprender qué ocurre. Los transeúntes curiosos las señalan con el dedo, sacuden la cabeza. Hilde tiene la sensación de estar en una picota medieval. Y todo por dos miserables botellas de matarratas casero. ¡Cómo ha podido ser tan tonta!

El oficial se vuelve de nuevo hacia ellas. Las contempla un instante y entonces da la orden:

—Pueden marcharse.

Hilde lo mira con los ojos muy abiertos, casi no puede creerlo. Gisela empuja enseguida su bicicleta para salir de la zona de peligro. El oficial le dirige a Hilde una breve cabezada, después regresa con su compañero. Los soldados los siguen.

—Se han quedado con el licor —protesta Hilde cuando están a una distancia segura—. ¡Pues que les aproveche!

—Sí, pero qué dulce… —comenta Gisela con voz melosa.

—¿El licor?

—¡Qué dices! El oficial. Te miraba muy serio, pero en realidad es un tipo muy apasionado…

—¿Tú crees? —mascula Hilde.

—Y le gustas —añade su amiga.

Ella no la escucha. Está dándole vueltas a cómo se lo va a explicar a su madre. Puede que se haya enterado ya porque algún conocido o un vecino le haya ido con el cuento. ¡Maldita sea! Lo mejor será decirle la verdad.

Luisa

Rostock, febrero de 1945

Está oscuro y hace frío. La luz crepuscular entra por la abertura del paso subterráneo pero no llega hasta ella. Ya nada puede llegar hasta ella.

—¡No puede quedarse aquí! —exclama una voz masculina.

Luisa no responde. Acaricia con cariño la mejilla de su madre, le coloca bien el pañuelo de lana en la cabeza, le frota las manos heladas e intenta calentárselas.

—Se va a congelar, señorita. Por favor, venga conmigo…

¿Por qué la importuna ese hombre? ¿No ve que tiene que cuidar de su madre? Annemarie está desamparada sin su hija. Debe ocuparse de ella, llevarla al oeste, donde los rusos no puedan hacerle nada…

Oye un profundo suspiro de exasperación a su lado. No le importa. Las preocupaciones de ese joven no le incumben. Su única preocupación es…

—¡Tenga un poco de sensatez! A su madre ya no puede ayudarla, ¡pero seguro que ella no querría que muriera congelada a su lado!

Un dolor quiere atravesarla, una flecha mortal intenta cruzar su pecho pero ella la rechaza. Se ha envuelto en una coraza de hielo que nada puede traspasar. Su madre tiene que descansar un poco, nada más. Duerme tranquila, tiene las facciones relajadas. La dejará dormir unos minutos para que recupere fuerzas. Después, las dos se acercarán a la ciudad y buscarán una habitación caldeada. Algo de comer. Una bebida caliente.

—Pronto anochecerá y ya no encontraremos el camino. ¡Venga conmigo! Maldita sea, ¿por qué es tan cabezota? ¡Su madre ha muerto!

La flecha la atraviesa. Entonces se le encara y grita:

—¡No! ¡No está muerta! ¡Mi madre no ha muerto! No... ha muerto...

Su grito desesperado se rompe en sollozos. Se lanza sobre el cuerpo de su madre y lo abraza, llorando. En ese instante lo siente. La vida la ha abandonado. Todavía no está rígida, pero no tiene pulso, no respira. La muerte ha tomado a su madre en brazos hace rato y se ha llevado su alma. Lo que queda es un cascarón vacío.

—No pasa nada —le susurra el joven al oído—. Todo va bien. Ha llegado al final de su viaje, donde no hay sufrimiento ni desgracia. Venga conmigo. ¡Por favor!

La agarra de los hombros y la aparta del cadáver mientras ella intenta levantarse, tiene las piernas casi entumecidas. El joven la estrecha un rato entre sus brazos y le dice que deben marcharse enseguida, que la ciudad se quedará a oscuras para evitar los ataques aéreos, que dentro de unos minutos será noche cerrada y no verán nada.

—Vamos. Apóyate en mí. Eres una chica valiente, juntos lo conseguiremos...

Luisa ve su rostro borroso. La venda blanca del ojo. La boca, de la que salen continuas palabras de consuelo. Que ponga el pie con cuidado, que ahí hay un trecho empinado, con hielo, y es mejor que se agarre a él. Después es más fácil. Un poco más allá está Rostock. No queda lejos. Ahí están ya las primeras casas. Que no se suelte de su mano, pase lo que pase...

Ella pisa la nieve con firmeza y apenas siente los pies. Es

como si flotara. Oye un pitido en los oídos, las rodillas le fallan en un par de ocasiones. Pero él está a su lado, sosteniéndola para que no se caiga en la nieve. Incluso la levanta en brazos y la lleva a cuestas un rato, hasta que ella, con un hilo de voz, dice:

—Ya puedo volver a andar.

La deja en el suelo con delicadeza, espera un momento y le pasa el brazo por la cintura para seguir caminando. Al cabo de poco, Luisa vuelve a sentir el pulso con fuerza y recupera la energía, pero entonces nota un dolor punzante en los pies helados. Tiene que apretar los dientes para no gemir. Seguir adelante. No quedarse atrás. La blanca capa de nieve, que todavía conservaba algo de luz, se vuelve gris con una rapidez terrorífica, se pierde en la creciente oscuridad. Las primeras casas, sombras oscuras y deformes que aparecen ante ellos, resultan ser edificios de la estación bombardeados. No es lugar para pasar una noche de invierno, solo hay montones de piedras, vigas de acero reventadas, maderos partidos.

—Ahí hay un vagón —dice ella—. Quizá esté abierto.

Luisa tiene ventaja, ve mejor que él, que está impedido por sus heridas.

—Mejor no —advierte el joven—. Los bombarderos siempre apuntan a la estación. Avancemos un poco más. Lo conseguiremos. Tiene que haber casas por aquí cerca…

Apenas ven nada en la oscuridad, bajo los pies sienten un camino pavimentado que alguien ha despejado de nieve. Se arrastran con sus últimas fuerzas, deben seguir adelante, no detenerse, no perder el ritmo. Si no, se acabó.

—¡No puedo más!

El joven comprende que está agotada. Tiembla de debilidad, pero él está demasiado cansado para llevarla en brazos. Incluso le cuesta cargar con el petate.

—Ahí delante… Ahí hay algo, ¿verdad?

—Espera aquí… Enseguida vuelvo.

Él desaparece en la noche y Luisa se queda sola. Lucha contra el deseo desesperado de sentarse en el suelo y quedarse dormida. Para no despertar más. No sentir más la flecha que se ha clavado en su pecho. Una flecha mortal. Su madre ha muerto. Y es culpa suya. No ha cuidado bien de ella... ¿Quién dijo que tenía que hacerlo? El viejo médico Greiner, que la abrazó con cariño y luego se marchó a toda prisa.

—He encontrado algo —dice él—. Valdrá para unas cuantas horas. Ten mucho cuidado, hay cascotes por todas partes. Dame la mano...

Trepa por la grava nevada, se le queda el pie atrapado en algo, se habría caído si él no la hubiera sujetado. Entonces palpa una puerta que chirría en sus goznes cuando la abren.

—Espera...

Aparece una lucecita. El joven ha encendido un mechero e ilumina a su alrededor, mira hacia arriba, vuelve a apagarlo. Están en una sala pequeña, hay dos ventanas con los cristales rotos, por todas partes se ven muebles destrozados, una pequeña estufa de carbón... Pero el techo de vigas parece estar intacto.

—Intentaré encender un fuego... Si encuentras madera seca en el suelo, tráemela, por favor.

La perspectiva del calor de la estufa le da nuevas fuerzas. «Qué extraño —piensa Luisa mientras palpa con cuidado el suelo con las manos—. Ni siquiera sé su nombre, pero ya nos tuteamos».

—Aquí también hay papel... Y algo de madera...

Ante ella se ilumina un pequeño cuadrado que chasquea, llamea, desprende un olor penetrante. El fuego arde, Luisa alarga los dedos ateridos de frío hacia la estufa. Le tiembla todo el cuerpo.

—El tiro no va muy bien, es posible que esté atascado —comenta él—. Pero con las dos ventanas abiertas seguro que no nos asfixiamos por el humo...

En el centelleante resplandor de la estufa ve que el joven sonríe. Con la cara enrojecida y llena de hollín, parece un aventurero. También tiene la venda del ojo manchada, el pelo rubio oscuro y liso le cae en mechones por la frente.

—¿Y cómo te llamas?

—Friedrich Bogner… Pero puedes llamarme Fritz. Y tú te llamas Luisa, ¿verdad?

Ha oído que su madre la llamaba así. Esa misma tarde, en el tren. Cuando ella aún vivía…

—Es terrible que se haya quedado tirada ahí debajo, sola…

Él agarra un trozo de madera y piensa un poco antes de decir algo.

—No está sola, Luisa. Tu madre nunca volverá a estar sola. Porque ahora está junto a todos aquellos a quienes amó y se fueron antes que ella…

Ella asiente y se pasa el dorso de la mano por las mejillas húmedas. Entonces piensa que se habrá ensuciado la cara, pero le da igual.

—Mañana buscaremos ayuda —promete él—. Iremos a por ella, para que tenga un entierro cristiano. ¿Quieres, Luisa?

—Sí —susurra—. Fritz, ¿por qué haces todo esto por nosotras? —pregunta justo después.

Él se levanta, va hacia las ventanas y las tapa a medias con unos tablones que ha encontrado. Luego se arrodilla de nuevo ante la estufa y echa más madera. Si tuvieran carbón duraría más, pero de todas formas es maravilloso sentir el calor del fuego. Les entra por los dedos y se les mete en el cuerpo, hace que la sangre vuelva a circular por sus venas, les devuelve la vida.

—¿Por qué? —dice al cabo de un rato, y se encoge de hombros—. No lo sé. Porque sí.

—Me has salvado la vida. Te… te estoy enormemente agradecida…

Ese emotivo arrebato lo incomoda. El joven busca a tientas

por el suelo y encuentra una olla, la levanta al resplandor del fuego y se la da.

—¿Querrías llenarla de nieve? Así tendremos agua caliente. Todavía tengo galletas y un poco de pan en el petate.

Preparan una infusión sin nada y se turnan para beber, comparten el pan y las galletas como hermanos, les parece que la nieve derretida está igual de buena que el auténtico té de Ceilán. Más tarde se construyen un «nido» entre los escombros, justo al lado de la estufa, que se está enfriando poco a poco porque no la han alimentado más. Duermen acurrucados el uno junto al otro, dándose calor, abrazados. Igual que Hänsel y Gretel, que se perdieron en un bosque oscuro donde los esperaban animales salvajes y espíritus malignos.

Las dichosas sirenas los despiertan de un sueño profundo. Hienden el pálido amanecer, anunciando la muerte de todos aquellos que no busquen refugio a tiempo. Ambos saben que no tienen posibilidad de encontrar un sótano donde guarecerse, así que se quedan tumbados, contemplando la azulada luz del alba que se cuela por las ventanas. Aquello debió de ser una sala de estar, en algunos lugares aún se veía el papel pintado, zarcillos de flores y pajarillos. Los saqueadores lo habían revuelto todo, destrozando mesa y sillas, y se habían llevado lo que tenía algún valor. La vieja estufa les resultó demasiado pesada; si no, también la habrían robado.

—¡Mira! —dice Fritz, y señala arriba con un dedo—. Será mejor que salgamos de aquí.

Entonces ella también lo ve. La viga que soporta el techo está combada y ha empezado a astillarse, es un milagro que el techo no los haya sepultado por la noche. Las sirenas suenan sin descanso. Se levantan, se sacuden el polvo de la ropa, se despiden de la pequeña estufa que ha tenido la amabilidad de darles calor.

Fuera los recibe un viento helado, Luisa casi pierde el pañuelo de la cabeza. Ven las escuadras negras en el cielo gris, los proyectiles que lanzan. Oyen los silbidos, los impactos sordos, sienten el temblor de la tierra. Y de fondo, la constante advertencia de las sirenas, que entonan impasibles sus cantos de muerte y destrucción, la desquiciante banda sonora de la aniquilación. Fritz tenía razón; más allá, en las vías, cae una bomba y la onda expansiva es tan fuerte que incluso las ruinas de alrededor se ven afectadas. Se salvan trepando por las montañas de escombros hasta la calle y entonces, tras ellos, la pequeña habitación que les ha dado cobijo durante la noche se viene abajo con un crujido. El ataque no cesa, llegan más aviones que arrojan su cargamento negro y letal sobre la ciudad indefensa. Fritz y Luisa corren por la calle, encuentran un solar en ruinas y se agazapan entre los escombros. Sienten un impacto justo al lado y se abrazan, esperan el final, decididos a enfrentarse juntos a la muerte.

Pero la muerte bélica, que ese día se ha cobrado un preciado botín en la ciudad de Rostock, desprecia a la pareja emboscada, tiene la clemencia de dejarlos a ambos con vida y se cierne sobre otras víctimas.

—Ya ha pasado.

La sirena anuncia el fin de la alarma. Un tono alargado que pide a los supervivientes que salgan de sus refugios, que reparen los daños, que entierren a los muertos. Luisa y Fritz recorren despacio el camino hacia la ciudad, dejan atrás ruinas y solares vacíos hasta que por fin encuentran edificios intactos. Una iglesia de ladrillo conserva todavía el campanario, la nave ha recibido un impacto. Junto a ella hay un par de casas pequeñas, también un grupo de personas que acaban de salir de la cripta, donde se han protegido de las bombas. Entre ellos está el pastor, un hombre delgado de pelo blanco, y también su mujer, que mira a la joven pareja con compasión.

—¿Buscáis donde pasar la noche? La casa parroquial está llena de desplazados, pero os encontraremos sitio.

Conmovidos, le dan las gracias. En medio del horror, también hay personas dispuestas a ayudar aunque ellas mismas pasen apuros. En la casa parroquial les asignan un rincón del desván, una esquina que han separado con telas colgadas de una cuerda de la ropa. En el suelo tienen un colchón, dos mantas de lana, una almohada. Abajo hay un baño, en caso de urgencia deben usar un cubo con tapa y bajarlo después.

La mujer del pastor da por hecho que son matrimonio, por supuesto, y ellos no la sacan de su error. No tienen pensamientos impuros, son hermanos de guerra, deben estar juntos porque el destino los ha unido.

—¿Te molesta si me lavo? —pregunta Fritz.

Ha subido un cubo con agua caliente, también un estropajo y un paño que pueden usar de toalla.

—En absoluto. Después me lavaré yo…

Mientras él se desviste y se frota con el estropajo, ella se tumba en el colchón y no mira para nada al joven desnudo, sino que se queda dormida de agotamiento. Después, él le lleva agua limpia y se marcha enseguida para que pueda asearse a solas. Le dice que quiere hablar con el pastor.

—Gracias… Bajaré en cuanto haya terminado.

Luisa sabe muy bien sobre qué quiere hablar Fritz con el clérigo, y se apresura con la higiene porque en realidad es cosa suya. No puede ser que Fritz se encargue de hacerlo todo por ella, no quiere eso, pero tampoco quiere prohibírselo. Sin embargo, cuando termina y por fin encuentra el despacho del pastor, Fritz ya ha acordado con él lo más importante.

—Iremos a buscarla hoy mismo, Luisa. Un conocido del padre Klein y yo. La traeremos a la iglesia y la enterraremos después, junto a los que han muerto esta noche.

—Os acompaño.

Fritz y el pastor se miran, no les gusta la idea. Aun así, Luisa no da su brazo a torcer. Quiere acompañar a su madre en su último trayecto, debe estar con ella, se lo ha prometido.

A primera hora de la tarde se marchan con uno de los desplazados. Encuentran a Annemarie Koch rígida y cubierta por la nieve que el viento ha arrastrado hasta el paso subterráneo, la colocan sobre una tela y se la llevan a la iglesia. Abajo, en la cripta, hay un pequeño coro lateral donde ya han dejado a otras dos víctimas del bombardeo, una mujer mayor y una niña. Luisa le recoloca el abrigo a su madre, vuelve a atarle el pañuelo en la cabeza y le pone los zapatos, que se le han caído por el camino.

—Me quedo aquí —le dice a Fritz, que le aferra la mano—. Me quedo con ella hasta que la entierren.

Él asiente y la deja sola. Al cabo de unas horas, cuando regresa para llevarle una bebida caliente, la encuentra con una fiebre muy alta. Le duele todo el cuerpo, la espalda, el pecho, siente unos pinchazos constantes en el costado. Tiene la mente confusa, ve campos nevados que relucen al sol, luego cree que está en el tren y nota las sacudidas en todo el cuerpo.

—Estoy muy cansada —murmura—. Me muero de cansancio.

Más tarde, no sabe cómo ha llegado a su rincón del desván. Está acostada bajo dos mantas de lana y da traguitos de la manzanilla que Fritz le va dando con una cucharita. Él le habla en voz baja, responde con paciencia a sus preguntas.

—¿Ya la han enterrado?

—Mañana…

—¿Qué hora es?

—Casi las tres.

—Entonces, pronto oscurecerá.

—No. Son las tres de la noche.

—¿Por qué hace tanto calor?

—Tienes fiebre.

Fritz prepara compresas frías que le pone en las muñecas y las pantorrillas para que le baje la fiebre. Le coloca un paño fresco sobre la frente, que le arde. Duerme a su lado, pero solo a ratos, porque le va cambiando las compresas. En algún momento Luisa oye de nuevo las sirenas, siente que la envuelven en las mantas y la bajan por la escalera. En la cripta de la iglesia están todos apretados, mujeres y niños pequeños, ancianos, algunos tienen a sus animales domésticos consigo, otros solo llevan una mochila con lo imprescindible: los últimos objetos de valor, papeles, una ración de alimentos de emergencia. Las columnas circulares de la bóveda medieval ya han soportado mucho, a veces cae un trozo de revoque de la pared, pero el techo aguanta. En sus sueños febriles, Luisa cree ver que las columnas se mueven. Se balancean, suben y bajan, ondulan y se vuelven finas como varas de hierro. Más adelante está otra vez en el colchón y nota que el corazón le late a una velocidad increíble, respira deprisa y entrecortadamente. Sonríe al rostro preocupado que se inclina sobre ella.

—Bebe otro trago… Tienes que beber mucho, Luisa…

—Estoy bien… Vuelo… Todo es precioso…

—No vueles muy lejos, Luisa. ¿Me oyes? Quédate conmigo.

Alguien le da un beso en los labios. Lo siente con nitidez. ¿O es solo la cuchara con manzanilla? Se tranquiliza, vuelve a caer en un sueño ligero, las imágenes pasan de largo, ve el paisaje primaveral de la Prusia Oriental a lo lejos, va montada a lomos de su yegua Flavia, por delante cabalgan Jobst y Oskar.

—¿Querrías acompañarme al baile de oficiales, Luisa?

Vaya, no tiene vestido para la ocasión, pero seguro que su padre le comprará tela y su madre le coserá uno. Un vestido de seda azul claro, que irá muy bien con su pelo oscuro. Y también unos zapatos de baile, de piel teñida de azul…

Se hunde más en el suave regazo del sueño, donde ya no hay ensoñaciones, solo un crepúsculo dulce y redentor. Ve cómo el ancho y silencioso arroyo fluye a través de la puerta y desaparece por allí, en el reino de las sombras. Contempla la puerta sin miedo, da media vuelta y regresa a la vida.

Hasta ella llegan unos gritos infantiles, unas mujeres que riñen a los niños, alguien que tose. Una olla cae con gran estrépito sobre los tablones de madera. Una voz se lamenta por la leche derramada. Cuando abre los ojos, ve las telas grises que cuelgan. A los pies de su colchón hay una palangana de esmalte, una jarra con agua, un cubo tapado. Todavía le molesta un poco la cabeza, la espalda le duele de estar tumbada, pero consigue incorporarse e incluso respirar hondo. Se siente sana. Junto al colchón hay un taburete, y sobre él, una taza y un plato. Manzanilla y un trozo de pan con sirope de remolacha. Tiene hambre, se come el pan, ha de masticarlo bien porque está durísimo y el sirope se ha secado. Se ayuda a pasarlo con la infusión tibia. Suspira, y cuando va a dejarse caer de nuevo en el colchón descubre el papel doblado que está sujeto por una esquina bajo el plato.

De repente comprende que él se ha marchado. Su hermano de guerra, Fritz, ya no está con ella. Se ha quedado sola. Acerca la mano despacio, saca el papel de debajo del plato, lo desdobla.

> Querida Luisa:
> Me voy a ver a mis padres. No sé lo que ocurrirá después, la guerra no ha terminado y la Wehrmacht necesita hasta al último hombre. Pensaré mucho en ti, Luisa. Tal vez el destino quiera que volvamos a vernos. Mis padres viven en un pueblito del Taunus que se llama Lenzhahn. No está lejos de Fráncfort del Meno. Si tu camino te lleva a esa región, por favor, pásate por allí. Siempre serás bienvenida.
> Un abrazo más, querida Luisa. Me alegro mucho de haberte conocido, porque eres una persona extraordinaria.
> Te deseo toda la felicidad del mundo.
> Tu amigo,
> FRITZ BOGNER

Julia

—¡Pero no puedes pasarte la vida aquí encerrada! Ha salido el sol. Ponte algo bonito. ¡Vamos a dar un paseo!

Julia lanza una mirada a Addi por encima de las gafas con gesto de reproche. Deja caer la mano con el vestido que estaba cosiendo y mira por la ventana. Es cierto, los dorados rayos del sol tiñen los visillos blancos. Es verano, en el parque del Balneario el césped está lleno de flores, las malas hierbas han inundado los jardines con su color, y por las calles y en los patios los niños mascan chicle americano.

Pero Julia, que con tanta temeridad salió hace unos meses y caminó entre los escombros para llegar al teatro, lleva días que no sale de casa, y eso que ahora está libre de persecución. Las compras se las deja a Addi, los conocidos para los que cose van a verla, ella solo abandona su refugio por asuntos oficiales importantes. Cuando camina por las calles de la ciudad, su paso es presuroso, atosigado, no hace más que volver la vista como si le preocupara que pudieran ir tras ella. Julia Wemhöner tiene miedo a la libertad, ha vivido demasiado tiempo siendo una sombra en el trastero para de repente convertirse otra vez en un ser de carne y hueso.

—Es que tengo mucho que hacer, Addi —protesta, y se

concentra de nuevo en el vestidito infantil que ha sacado de una vieja falda veraniega de una clienta.

Lo cierto es que la gente ya le paga su trabajo con dinero. Algunos también le llevan cosas bonitas, como jarrones de flores, marcos de fotos o latas, y los hay que le dan las gracias profusamente y alaban su noble disposición.

—Ya coserás cuando llueva —insiste él—. Pero ahora que hace un tiempo de princesas, tienes que salir a que te dé el aire. Todavía estás muy pálida. ¡Y te han salido ojeras de tanto darle a la aguja!

—Mañana… Tengo que terminar el vestidito, Addi. Lo he prometido…

Le ve la decepción en la cara, por supuesto, y lo lamenta. Addi es un hombre encantador, lo hace de buena fe. Aunque a veces la saque de quicio con sus aspavientos.

—Te estaría muy agradecida si pudieras colgarme estas dos fotografías —le pide, mirándolo con una sonrisa de súplica.

Él suelta el visillo con un suspiro, levanta las fotografías enmarcadas y comprueba los ganchos. Después desaparece en su piso y ella lo oye rebuscar en la caja de herramientas. Hace bastante ruido. Sí, tal vez sea eso lo que más le molesta de él. Todo lo que hace es ruidoso. Ella, en cambio, durante los últimos años se ha acostumbrado a ser silenciosa como un ratoncillo.

Addi se toma muy en serio su tarea, sobre todo porque son los retratos de los padres de Julia. Mide con el metro plegable, consulta por lo menos cinco veces si le parece bien esa distancia o si prefiere que cuelgue a su padre un poco más a la izquierda. Por fin todo queda como ella quiere. Julia le da las gracias y enseguida le pregunta si no le importaría preparar una infusión para los dos.

—Ya sé que solo intentas despistarme —comenta él, y la mira guiñando un ojo de forma divertida—. Pero lo conseguiré. ¡Tarde o temprano saldrás de tu capullo, Madame Butterfly!

Ella suelta una risita. A veces Addi le parece gracioso. Entonces llaman al timbre, Addi recoge enseguida el martillo y el metro y desaparece. No vaya a ser que su presencia le cueste la reputación a Julia. La puerta secreta que conecta sus dos pisos sigue estando ahí, y ambos la usan tal y como se acostumbraron a hacer durante años. Addi le preguntó una vez si prefería que la tapiaran, pero ella no quiso.

—Ay, no. Sería muy poco práctico, ¿no crees?

—Está bien. Pero si alguna vez te molesta, solo tienes que decirlo.

Cuando abre la puerta, se encuentra a Marianne Storbeck con una taza vacía en la mano. ¿No tendría la señorita Wemhöner un poco de leche y una cucharadita de harina?

—Wilfried se pasa el día sentado en la cocina mirando al vacío. Acusa la falta de carne, el pobre. Así que he pensado que podría hacerle una tortita…

Julia sabe que los Storbeck fueron del Partido. Y que él denunció a gente. También a judíos que se habían escondido y a los que fueron a buscar, de manera que no tiene motivo alguno para ayudar a su mujer dándole leche y harina. Por otro lado, la señora le da lástima. Parece empequeñecer por momentos, cada día tiene más arrugas en la cara, el pelo que antes se teñía de castaño lo lleva ahora gris en las raíces, y el resto ha cobrado un extraño tono rojizo. Y esa mirada lastimera…

—Pase, voy a ver…

En la cocina, le llena la taza de leche y echa un poco de harina en una bolsa vacía. Marianne Storbeck se ha quedado en la sala de estar, admirando la decoración. Las bonitas cortinas y todos esos cuadros de las paredes, auténticos tesoros.

—A nosotros no nos quedó nada, lo único que logramos salvar en aquel bombardeo nocturno fue la vida. Después encontré una pequeña foto de mi suegra entre los escombros…

Julia está ante ella con la taza y la bolsa, pero Marianne sigue hablando.

—Todo perdido de la noche a la mañana, imagínese, señorita Wemhöner. Y luego el despido. Wilfried cumplió con su deber durante años, todas las mañanas iba sin falta al ayuntamiento, se deslomaba por Wiesbaden. Y así se lo agradecen…

Los americanos están ocupados «desnazificando» a los habitantes de la ciudad. Todo el mundo debe cumplimentar largos cuestionarios, y después los clasifican entre «culpables principales», «responsables secundarios», «simpatizantes» y «exonerados». Empezaron investigando a los cargos públicos y los funcionarios, y por supuesto hubo «terribles calumnias». Wilfried Storbeck fue uno de los primeros en perder su puesto.

—Bueno —dice Julia, desconcertada—, son tiempos difíciles… para todos…

Marianne asiente y se seca una lágrima de la mejilla.

Julia le pone la taza delante de las narices.

—Aquí tiene… —la apremia.

Ojalá se marche ya esa llorona. Le da lástima, sí, pero es muy pesada. Muy muy pesada.

—Es usted una buena persona, señorita Wemhöner… Si tuviera también un huevo…

—¿Un huevo?

Marianne asiente con ansia y le explica que para hacer tortitas se necesita por lo menos un huevo. Antes siempre les daban tres, pero eso fue en los dorados tiempos de paz. Ahora tendrá que arreglárselas con uno solo. Un huevo pequeño, si Julia pudiera prescindir de él…

Marianne sigue plantada en el mismo sitio. A Julia se le ha quedado el brazo rígido y tiene que bajar la mano con la taza de leche.

—Voy a ver —dice, y regresa a la cocina con la taza y la bolsa.

En lo alto del armario tiene tres huevos. Uno es para Addi, para el desayuno de mañana. Los otros dos quería dárselos a Else Koch, porque siempre prepara algún pastel en el Café del Ángel y para eso necesita huevos y harina. Julia mete el más pequeño en la bolsa de la harina y regresa a la sala.

—He encontrado uno. Espero que le vaya bien…

Marianne está que no cabe en sí, le dice tres veces que es un ángel. Que si Julia necesita cualquier cosa, solo tiene que llamar a su puerta. Porque son buenas vecinas, ¿verdad?

Cuando por fin se marcha, Julia piensa que al menos podría haberle dado un cupón de racionamiento por el huevo. Aun así, no va a salir detrás de Marianne Storbeck por la escalera, o sea que ya puede echar ese huevo a la sartén para Wilfried. Vuelve a sentarse con su trabajo, pero se ha enfadado tanto consigo misma que no logra concentrarse. En lugar de eso, se acerca a la ventana y aparta el visillo. Qué extraño ver en el cielo un sol tan radiante por encima del desolado teatro y las ruinas del balneario. El sol parece reírse de los destrozos, como si nada le importara. Los niños juegan entre los cascotes, se lanzan piedras, corren por encima de los hierbajos que una vez fueron cuidados céspedes. Más allá, en Wilhelmstrasse, hay mujeres y ancianos retirando escombros. Los hombres llenan cubos a paladas, las mujeres han formado una cadena y se van pasando los cubos hasta que la última los vacía en el compartimento de carga de un camión. También Else Koch y la Künzel han tenido que colaborar. A todo aquel que en los interrogatorios ha declarado que era del Partido le han endilgado horas de trabajo. Teubert, que fue vigilante antiaéreo, simplemente mintió y se libró. Ahora trabaja en la cocina de uno de los casinos americanos, y su mujer prepara gulash con la carne enlatada de los yanquis.

—Así son las cosas —comentó Addi con envidia—. Lo mires por donde lo mires, siempre se libran los mismos.

De repente, Julia se da cuenta de que el ambiente de su

salita está muy cargado. Quizá debería abrir la ventana, dejar que entre algo de aire. Y el sol. Al apartar el visillo sigue teniendo la sensación de estar haciendo algo peligrosísimo y prohibido. Dejarse ver en una ventana. Su pelo rojo la delataría al instante…

«Ahora ya no —se dice—. Eso se acabó. Hitler ha muerto. Me han dado un pasaporte nuevo, vuelvo a ser Julia Wemhöner. No tengo que esconderme, puedo caminar por las calles de la ciudad, libre y con la cabeza alta».

Es extraño, pero no le apetece. Tal vez sea porque la vieja Wiesbaden ya no existe. El teatro sigue vacío, las columnatas están en ruinas y el parque del Balneario, que tanto le gustaba, está lleno de malas hierbas porque nadie se ocupa de él. Y por todas partes ve a esos soldados americanos. Se asoma un poco a la ventana para ver la entrada del edificio en Wilhelmstrasse. Y descubre una sombrilla. Está un poco manchada porque ha pasado mucho tiempo en el sótano, pero si han abierto una sombrilla también habrá una mesa. Y sillas. Else Koch ha sacado el mobiliario plegable a la puerta del café. ¡Como antes!

Media horita sí que podría descansar. Además quiere darle a Else Koch el huevo y un tarro de mermelada que le ha regalado una clienta. También quiere llevarle esa cosa que se supone que es mantequilla. Sabe a rancio y ella prefiere comerse el pan seco, pero quizá sí sirva para un pastel.

Se pone los zapatos y se peina, se recoge el pelo con una cinta y comprueba que en su frente han aparecido arruguitas nuevas. Ay, sí, la juventud ha quedado atrás…

Al pasar por delante del piso de los Storbeck huele a tortitas, en efecto. Pero ¿por qué es tan buena? ¿O tan tonta? En fin, así es ella. De otro mundo. Eso le dijo hace poco Else Koch, y no sonó despectivo, sino casi cariñoso. Else Koch y su hija, Hilde… Las dos son tenaces en la vida, y lo que se proponen lo consiguen. Hasta han reabierto el café, y tienen clientes. No muchos, pero bueno… A Julia le encanta el Café del Ángel, que es su segunda sala de estar, por así decir, porque allí se siente a salvo y entre amigos.

Hay muy pocos clientes en el salón del café, la mayoría han buscado sitio fuera, al sol. En el mostrador de los pasteles hay dos bizcochos redondos con un glaseado transparente, y de uno solo quedan dos trozos. Hilde pasa a su lado a toda prisa con la bandeja llena de tazas y la anima a sentarse fuera, le dice que Alois Gimpel ha vuelto y que ya ha preguntado por ella.

—¡Ay! —exclama Julia—. ¡Pero qué alegría!

Antes de la guerra, Alois Gimpel era maestro repetidor en el teatro. Su trabajo consistía en ensayar las partituras con los cantantes, acompañarlos al piano en los ensayos y esperar a que el director de orquesta se pusiera enfermo. Porque entonces le permitían dirigir a él. Julia recuerda que eso solo sucedió en dos ocasiones durante el tiempo que estuvo en el teatro. Los artistas tienen una salud de hierro cuando sienten el aliento de su sustituto en la nuca.

Else, con su delantal blanco, está a los fogones preparando sucedáneo de café; otra vez no queda café de verdad. Acepta agradecida la bolsa con el huevo y la mantequilla, y la mermelada la alegra especialmente. Entonces le pide a Julia que por favor saque dos tazas de sucedáneo de café, porque Hilde casi no da abasto.

—El buen tiempo los ha apartado a todos de la estufa —dice contenta—. Alois Gimpel ha vuelto. Se ha sentado fuera, con Reblinger. Y también está Jenny Adler, la *soubrette*. Creo que ya traman algo para organizar un concierto…

El crítico Hans Reblinger le cae bien a Julia. El hombre pasa de los setenta años. Antes era un pianista muy bueno, pero perdió tres dedos de la mano izquierda en la última guerra, y entonces se dedicó a escribir críticas para el periódico. Julia coloca con cuidado las tazas llenas en una bandeja. El olor delata el licor que Else, por un pequeño suplemento, le añade al café. El alcohol lo trae un hombre de aspecto extraño al que llaman «Wendelin». Casi siempre quiere ropa y zapatos a cambio.

—Para Reblinger y para la señora Knauss. Está sentada justo a la izquierda, bajo la sombrilla, al lado de Ida Lehnhardt...

Julia descubre que le divierte servir a los clientes y ver sus rostros alegres y agradecidos cuando les pone delante lo que han pedido. Los negocios se los deja a Hilde, que cobra, recoge cupones de racionamiento y llega a acuerdos sobre pequeños trueques. A veces incluso fía a clientes especiales y muy apreciados.

—¡Si es Julia Wemhöner! ¡Qué alegría, querida! —exclama Hans Reblinger al verla.

Cuando le deja delante su taza, una exultante expresión de bienestar asoma a su rostro.

—¡El café que sirven en el Café del Ángel es un regalo de los cielos! —añade con un suspiro, y le da vueltas a la cucharilla con deleite.

Más allá, en la otra mesa, ya se están impacientando. Alma Knauss es una de las damas que antes iban al café con asiduidad, siempre acompañadas por un séquito de jóvenes caballeros. Dispone de independencia económica y vive algo más arriba, en una bonita villa de Biebricher Allee, y de vez en cuando le hace llegar alguna cosita a su adorado Café del Ángel. Una libra de café en grano. Azúcar. Latas de nata. También conservas de fruta. Es mejor no saber de dónde saca todo eso, pero como las etiquetas de las latas están en alemán, es de suponer que alguien las escamoteó en algún momento de los almacenes de provisiones de los nazis.

—¡Aquí está, por fin! ¡Mi querida Julia! —exclama la señora Knauss, y le arrebata su taza de sucedáneo de café con licor—. La necesito con urgencia, querida. A usted y sus hábiles deditos. Siéntese con nosotras. ¿Le apetece un café? Oiga, señorita Hilde…

—¡No, gracias! —la interrumpe Julia—. Es muy amable, pero yo solo tomo infusiones. Es por mi estómago…

No sirve de nada, tiene que sentarse con las dos mujeres y oír lo triste que es que la guerra se haya llevado a todos los jóvenes.

—Solo nos han dejado a los viejos —suspira la señora Knauss, que tiene pinta de haberse tomado ya varias tacitas—. Y a los lisiados. ¿En alguna parte queda algún joven que todavía tenga todo en su sitio? ¡Yo no conozco a ninguno!

Ida Lehnhardt se muestra de acuerdo con ella, aunque sin mucho entusiasmo, porque en realidad está ahí sentada por un motivo muy concreto. Julia lo sabe, pues trabaja para ambas. La señora Knauss tiene cuatro o cinco armarios roperos llenos a rebosar. Cuando está de buen humor, deja que la señora Lehnhardt escoja un par de cosas, y entonces Julia tiene que arreglárselas para que le queden bien.

—Y a los prisioneros de guerra de Francia y Polonia los han dejado marchar —señala Alma Knauss, que da el último trago a la taza—. ¡Dios mío, qué figuras más lamentables! Aunque de vez en cuando se veía algo aprovechable…

Hilde le sirve a Julia una infusión de menta y un trocito de bizcocho.

—¡Que aproveche, Julia!

El bizcocho lo han estirado con harina de maíz y sabe un poco raro, pero está esponjoso y también dulce, gracias al glaseado. Julia se lo come con apetito.

—Como aquel Jean-Jacques —dice la señora Lehnhardt bajando la voz—. Ese tuvo algo con la pequeña de los Koch…

—¿Y qué?

La señora Lehnhardt se encoge de hombros.

—Y nada. Que desapareció. Debía de estar casado…

160

—¡Qué dices! Si parecía un crío. Pero con la cabeza bien amueblada. Se le notaba.

Ida Lehnhardt se inclina hacia delante y, para colmo, se tapa la boca con la mano como haciendo sordina.

—Pues dicen que le hizo un angelito a Hilde —susurra—. El angelito del Café del Ángel.

Alma Knauss se encoge de hombros y comenta que esas cosas pasan en las mejores familias.

—Por desgracia tienes razón, querida Alma —concede Ida, siguiéndole la corriente, y enseguida cambia de tema—. Dime, ¿no tendrás todavía aquel conjunto verde de verano? El de la blusa de gasa.

Alma Knauss va a acabarse la taza, pero comprueba que ya está vacía. La deja sobre la mesa, molesta.

—¿El verde con las vueltas de seda en la chaqueta? Te gustaría quedártelo, ¿no?

Ida Lehnhardt hace como si el susodicho vestido le fuese indiferente.

—Sí, el color está bastante bien. Es muy veraniego, y además tiene un corte generoso…

—Ah, quieres decir que a mi edad no debería enseñar tanto escote, ¿verdad? —replica Alma, ofendida.

—Pero, querida… Si tienes un cuerpo perfecto, esbelto y juvenil. Solo digo que el color está un poco pasado de moda…

La jugada surte efecto; la señora Knauss se ablanda y acto seguido le promete a su amiga tres conjuntos de verano y una bata de algodón indio que casi no se ha puesto.

Julia sabe lo que viene a continuación. Tendrá que comprometerse a realizar los arreglos en cuestión de pocos días, y a cambio le darán una tableta de chocolate negro y media libra de café en grano. Días y noches a la máquina de coser por nada, por absolutamente nada, porque el chocolate negro no le gusta y el café le sienta mal. No, hoy ya ha hecho una tontería por pura compasión y porque le cuesta muchísimo decir que no. Para esas dos mujeres que tan mal han hablado de Hilde Koch no quiere dar ni una puntada. Julia Wemhöner se levanta de su silla, recoge su taza vacía y se despide de las dos damas con la cabeza.

—Lo siento, pero tengo mucho que hacer. Que pasen una buena tarde.

Alma levanta la cabeza y mira a la modista pelirroja de abajo arriba. En su mirada se adivina asombro.

—Alto, alto, querida… Si todavía no hemos terminado. Mi amiga Ida le traerá las prendas mañana. Ya tiene sus medidas. ¿Cuándo cree que podrían estar listas?

«Llegó la hora de ser valiente —piensa Julia—. He empezado y no voy a rendirme, pero tengo que ir con cuidado porque es una clienta importante para el Café del Ángel. De ninguna manera puedo ser grosera».

—Querida señora Knauss —dice despacio, esforzándose para que no se note el más mínimo temblor en su voz—, en estos momentos estoy desbordada de trabajo y, por desgracia, no podré tener listo su encargo hasta dentro de cuatro semanas…

Alma Knauss suelta una risa breve y profunda. No se toma en serio a la pequeña modista pelirroja, es evidente.

—Eso no puede ser, querida. A mí me encontrará un hueco, ¿verdad? Digamos que… ¿para el próximo miércoles? O quizá para el jueves. Pero entonces al mediodía sin falta, ¿sí?

Resulta más difícil de lo que pensaba, pero Julia se mantiene firme. Ella es Julia Wemhöner, maestra modista y encargada de vestuario. Los tiempos en los que aún era una sombra en el trastero han pasado.

—Como ya le he dicho, señora Knauss, dentro de cuatro semanas como muy pronto. Les deseo que pasen un buen día.

Da media vuelta y regresa al interior del café. Está ya en la puerta giratoria cuando lo oye. Reconoce claramente la voz de la señora Lehnhardt.

—¡Increíble! Será descarada la judía esta… ¡Antes habrían ido a por ella!

Jean-Jacques

Febrero de 1945

Veinte días ya. Y veinte noches. Cada mañana, cuando el guardia se acerca a la puerta de la celda, cuando oye las botas sobre el suelo de baldosas, el soniquete de las llaves, los resoplidos del hombre y su nariz atascada, piensa que ha llegado el final. Que lo sacarán de la celda. En el patio hay tres cadalsos, y ahí lo colgarán. O lo fusilarán. Es rápido, dicen. Un tiro en la nuca; solo sientes un impacto, la imagen que ven tus ojos se hace añicos, como el cristal de una ventana rota, y caes en la negrura eterna.

Ha sobrevivido a cuatro compañeros de celda. Dos eran alemanes; uno, un desertor, y el otro, periodista. Al desertor, un muchacho rubio, se lo llevaron ya a la mañana siguiente. Se resistió con todas sus fuerzas, pero eran tres y lo dejaron inconsciente de un golpe. El periodista tendría unos cincuenta años, alto y flaco, con mandíbula angulosa. Era un hombre extraño, siempre reía. Tenía una risa de loco que asustaba a Jean-Jacques. Pero era listo el periodista. Por la noche, a veces se ponía a hablar en francés, lo había aprendido en el colegio. Hablaba sobre la guerra, decía que Hitler la había perdido desde el principio porque nadie puede dominar Europa entera. Todos los que lo han intentado han fracasado, todos desde Napoleón Bonaparte, que también sucumbió a la megalomanía. Cuando se llevaban al periodista por la mañana, estaba mucho tiempo fuera. Debían de interrogarlo, porque por la tarde lo devolvían con la cara ensangrentada. Una vez llegó con un ojo hinchado.

—Esto no durará mucho más —le dijo, y soltó su risa extraña—. Todo sigue su curso… Solo la verdad vive para siempre…

Tenía razón, porque a la mañana siguiente se lo llevaron y Jean-Jacques no volvió a verlo.

Los otros dos compañeros de celda eran polacos, un viejo y un joven. No llegó a saber cuál era su crimen porque se entendían con gestos, pero es posible que también estuviesen haciendo trabajos forzados y huyeran. Quizá habían robado algo. En todo caso, se los llevaron tres días después.

Desde ayer está solo en la celda. Tiene la ventaja de que nadie lo molesta cuando duerme; dispone de sitio para dar algunos pasos, puede sentarse y tomarse la sopa tranquilamente sobre la estrecha mesa. Aun así prefería tener compañeros, porque, aunque no hablase con ellos, la presencia de otra persona ayuda a arrinconar el miedo. Y a no darle vueltas a las cosas. Quizá eso sea lo peor, la idea torturadora de haberse buscado él mismo la ruina. Por imprudente. Por tomar la decisión equivocada. Si le hubiera hecho caso a Hilde, ya estaría de vuelta en casa, en Villeneuve.

Hilde, la muchacha rubia que le ha robado el corazón. Al principio le parecía altiva, autoritaria. Cómo le daba órdenes… «Limpia esto. Baja al sótano. ¿No puedes ir más deprisa? *Plus vite?*». Le molestó tanto que empezó a trabajar más despacio aún. Y ella se puso hecha una furia, la pequeña tirana. Gritó, maldijo, dio una patada en el suelo. Él se rio de ella. Y entonces ocurrió. A partir de ese día sintió que lo respetaba. Más aún, que lo buscaba. Que buscaba su cercanía. Y él hacía lo mismo. Siempre pensaba cómo y dónde podría encontrarla. Dónde podrían pasar un rato a solas. Ese fuego ardiente era un asunto peligroso, pero ninguno de los dos podía apartarse del otro.

Es amor. Ella es la mujer de su vida. Valiente. También imperiosa. Luchadora. Con todo, en sus brazos se convierte en otra; él la amansa y ella se vuelve dócil, cariñosa, apasionada. Le pertenece. El amor es como un rayo que cae del cielo, no lo para ninguna frontera. Es una gran suerte haber encontrado un amor así. Él conoció esa suerte y la dejó escapar. Porque es un cobarde asqueroso y detestable. No, no merece a Hilde. Su madre y ella se jugaron la vida por ayudarlo. Else, la madre de Hilde, le mostró el camino hacia la libertad, le explicó que tenía que esperar hasta la caída de la noche y entonces seguir la calle adoquinada. Hasta la orilla del Rin, y luego cruzar el puente. Una vez estuviera al otro lado del río, ya habría conseguido salvar un importante obstáculo para regresar a su hogar, le dijo.

Pero no llegó tan lejos. En el cementerio hacía un frío terrible y temió morir congelado. También estaba la visión de las lápidas, tan lúgubres bajo la luz crepuscular. Él había sido soldado, luchó por Francia y un par de veces miró a los ojos al enemigo. No tenía miedo de morir por la patria. Pero un cementerio, con sus viejas tumbas y en penumbra, es otra cosa. Por allí rondan los espíritus de los muertos, está convencido de ello. Y a los espíritus sí que los teme.

Aguantó un rato, se agazapó tras la lápida de un oficial caído en la Gran Guerra y rebuscó en su mochila. Comió un poco de lo que llevaba, porque con el estómago lleno se tiene menos frío. La nieve se había derretido dos días antes, y eso era una suerte, como dijo Hilde, porque así no verían sus huellas. Sin embargo, al poco volvía a estar muerto de frío, y por entre las hileras de tumbas soplaba un viento gélido. Así que se le ocurrió que podía salir ya, porque cuando fuera noche cerrada, sin la luz de las farolas y con las ventanas cegadas, tal vez no encontrase el puente.

Se echó la mochila al hombro y abandonó aquel desagradable lugar para recorrer las calles en dirección a la orilla del Rin, tal como había visto en el mapa. Todo parecía muy fácil, los pocos transeúntes con los que se cruzaba no se fijaban en él. ¿Para qué? Hacía frío y todo el mundo tenía prisa por llegar a casa. Entonces tuvo mala suerte. Mejor dicho: su imprudencia le pasó factura. De una bocacalle salió un grupo de muchachos, casi unos niños, que en realidad tendrían que haber estado en clase. Solo que estos llevaban uniformes de la Wehrmacht, como vio enseguida. Tal vez no lo hubieran molestado, pero le entró miedo y trepó a toda prisa por la verja de un jardín para esconderse detrás de un seto de tuya. Era un jardín delantero minúsculo, de manera que se quedó a unos metros de la casa y, para su desgracia, alguien lo vio desde dentro.

—¡Ayuda! —gritó una mujer tras él—. ¡Un ladrón! ¡Un asesino! ¡Que alguien me ayude!

No llegó a saber quién era la propietaria de la voz chillona. Se quedó unos segundos paralizado por el miedo y después cometió la siguiente tontería: echó a correr.

—¡Ahí va! ¿Es que estáis ciegos? Se ha ido corriendo hacia la parte de atrás…

Los chicos se lo pasaron en grande. Para ellos debía de ser como jugar a policías y ladrones, a lo que él mismo había jugado tantas veces con su hermano y sus amigos. La guerra es algo maravilloso; uno corre para salvar la vida y otros pueden jugar al pilla-pilla con él. Por desgracia, estos muchachos iban armados con fusiles, de modo que Jean-Jacques decidió entregarse antes de que una bala le atravesara la espalda. También eso fue un error. Habría podido trepar al tejado de la casa por los canalones y tumbarse allí hasta que abandonasen la búsqueda. Pero el pánico no le dejó llegar a esa sencilla solución. Así que se lo llevaron a comisaría, donde enseguida descubrieron que era un prisionero de guerra francés que había huido. En la sala contigua oía a la propietaria de la voz penetrante, que no callaba y sacaba de quicio hasta al policía alemán. Jean-Jacques no comprendía lo que decía, pero se enteró al cabo de poco: que se había colado en su casa para violarla. Ridículo. Era evidente que la mujer sufría delirios. Él aseguró que ni siquiera había pisado la casa. Sin embargo, cuando le preguntaron por la mochila y el mapa, tuvo que inventarse algo. Dijo que los había sacado a escondidas del hotel Kaiserbad. Con eso podían acusarlo de robo, pero le daba igual. Por nada del mundo quería delatar a Hilde y a su madre. Antes prefería estar muerto.

Pues bien, ahora va a morir. Los alemanes prácticamente han perdido la guerra y lo saben, aunque nadie pueda decirlo en voz alta. Están nerviosos, fusilan a su propia gente por los motivos más nimios. ¿Qué vale, entonces, la vida de un francés? Menos que nada.

Esa mañana todo está como siempre. Hay un trozo de pan y una taza de sucedáneo de café, y él se sienta a la mesa a comérselo. Entonces oye las botas del guardia en el pasillo, y también pasos de zapatos de clavos. «Ajá. Vuelvo a tener compañía. ¿De quién se tratará esta vez?», se pregunta.

Son dos jóvenes alemanes, uno con gafas y otro con una herida abierta en la sien. Se tambalea… Jean-Jacques llega justo a tiempo de sostenerlo antes de que se caiga contra la litera de hierro.

—Perrier, Jean-Jacques —dice el guardia—. ¡Acompáñeme!

«Ya ha llegado la hora —piensa—. Se acabó. No hay vuelta atrás, solo puedo seguir adelante hasta encontrar la muerte». Deja al joven alemán apoyado en la cama y coge su chaqueta. Se mueve como un autómata, no nota nada, no siente nada. Recorre el pasillo pelado por delante del guardia como un robot hasta que llegan a una puerta.

El guardia alarga el brazo y llama con unos golpes. Alguien exclama un «¡Sí!» imperioso y breve. Entran.

Un hombre de uniforme está sentado a un escritorio con un expediente delante. Jean-Jacques mira su rostro gris e indiferente y comprende que no es una persona, sino una pieza del engranaje. Cumple con su deber, igual que su superior cumple con su deber, y también el que lo acompañará hasta el patio y le pondrá la soga al cuello. En ese sistema no hay asesinos. Solo hombres que se comportan como es debido.

Está tan distraído por esos pensamientos que apenas oye las pocas palabras que le dirige el del uniforme.

—Clemencia… Minas… Carbón… ¡En marcha!

No entiende nada. Todavía cree que va a morir, pero de pronto lo llevan a la sala contigua. Hasta que alguien le entrega su abrigo, la gorra y la mochila, no comprende que ha escapado del cadalso. ¿Qué acaba de decir el alemán del escritorio? Minas… Carbón…

—*À la mine…* —le dicen—. *Charbon…*

Lo envían a una explotación minera. No lo colgarán, necesitan trabajadores que saquen carbón de las montañas. Para el acero con el que fabrican los tanques. De repente le fallan las piernas, el guardia lo sostiene por las axilas, lo arrastra a un banco y espera a que se recupere.

—¡Venga! —exclama entonces—. A la estación, farsante. Ya puedes darle las gracias de rodillas al Führer por salvarte la vida.

El tren sale de la estación de mercancías y está lleno de rusos. A Jean-Jacques le dan miedo, entre ellos hay mongoles, de esos que tienen los ojos rasgados y parecen animales hambrientos. Todos van sucios a más no poder, muchos no tienen zapatos, solo unos trapos que les envuelven los pies. Seguro que su destino es el mismo, también esos pobres diablos acabarán convertidos en esclavos de los alemanes y serán obligados a trabajar en condiciones infrahumanas. Pero eso no quiere decir que automáticamente sean hermanos. Entre los miserables impera la ley del puño. El débil sucumbe, el diferente es convertido en enemigo y aniquilado. Él, el francés, es el forastero que tiene que salvar el pellejo entre los rusos.

Entonces el cielo llega al rescate. O, mejor dicho, una escuadra de aviones americanos anunciada por una estridente sirena de alarma. Los hombres bajan corriendo del tren, también los guardias se alejan a toda prisa para buscar refugio cerca, porque a los americanos les gusta lanzar bombas sobre las estaciones. Se alegran cuando aciertan en un tren. Poco les importa si dentro está Adolf Hitler desayunando con Herrmann Göring o si van cientos de desgraciados condenados a trabajos forzados de camino a las minas de la cuenca del Ruhr.

Jean-Jacques corre por las vías, sube a los andenes helados, vuelve a saltar sobre los raíles, trepa por entre la maleza seca y marrón de un terraplén, la alarma antiaérea chilla en sus oídos, el pánico ha invadido su corazón. ¡Esta guerra es una locura! Acaba de escapar del cadalso de los nazis y ahora tal vez lo destrocen las bombas americanas. Corre para salvar la vida, le atruena la cabeza, tiene los pulmones a punto de reventar, ya no siente las piernas, se tambalea, se lanza al suelo, intenta tomar aire. Los letales pájaros negros cruzan el cielo, silban, zumban, en algún lugar se oye una explosión. Jean-Jacques se lanza sobre los adoquines, siente un borde afilado, una barandilla de hierro y, cuando los aviones han pasado, comprende que al otro lado de esa barandilla está la orilla del Rin. Gris y fría, el agua del gran río baja deprisa, una gabarra flota perezosa, en la orilla aguardan varios botes anclados. Levanta la cabeza con cuidado, intenta orientarse. A su derecha hay un puente; un puente ancho y firme sobre el Rin. No tiene a nadie cerca. Poco antes del ataque aéreo, la mayoría de la gente ha corrido a los refugios. Jean-Jacques se levanta, se sacude la tierra del abrigo, se recoloca la mochila y se pone en camino. Cruzará el puente hasta el otro lado del Rin. El primer paso, el más importante, hacia su casa.

Cuando la sirena anuncia que el peligro ha pasado, ya ha llegado al puente. Camina erguido, con paso resuelto, deprisa pero sin correr. Como el que tiene su meta ante los ojos y se acerca a ella con decisión. Dos vehículos militares alemanes pasan a su lado por el puente, pero los pasajeros no se fijan en él. No se cruza con ningún transeúnte, solo un anciano en bicicleta lo adelanta con las alforjas llenas. Enseguida está al otro lado, en la orilla correcta, y se sorprende de lo fácil que ha sido. Por encima de la ciudad, en el lado contrario, el sol de la mañana brilla apático por entre las nubes y de vez en cuando hace destellar una ola en el río gris. El viento es gélido, y entonces se da cuenta de que ha perdido la gorra, porque el frío le devora las orejas. Pero eso no es importante, no tiene relevancia. Está eufórico, se marea de entusiasmo. ¡Lo ha conseguido! Dos veces ha estado convencido de que moriría, y dos veces lo ha salvado el destino. Eso tiene que significar algo. Nada en este mundo ocurre sin un sentido. Todavía tiene un cometido que cumplir en la vida, y cree saber cuál es.

Hilde, que lo espera. Ese amor que cayó del cielo y por el que tendrá que atravesar el infierno.

No tiene ni idea de cuál es la situación bélica en el oeste. Sabe que los Aliados han llegado a Normandía y que París ha sido liberado. Eso se lo contó Hilde, cuyo padre escuchaba la radio inglesa a escondidas. Es posible que también se esté luchando ya por aquí cerca, así que será más inteligente ocultarse durante el día y avanzar de noche. Descansa en un bosquecillo pelado, se oculta entre la maleza y rebusca en su mochila. Los mapas y la brújula ya no están. Solo los mendrugos de pan duro, un par de azucarillos y un resto de tocino. Una muda para cambiarse. Un jersey de lana que se pone en ese mismo instante, también el segundo par de calcetines le ayudará a combatir el frío y... Ah, Hilde incluso pensó en una gorra de repuesto. La brújula le sería de gran ayuda, malditos cerdos, *sales boches*, ahora tendrá que orientarse por el sol, y casi nunca se ve. Hacia el sudoeste. Tal vez siga primero un trecho río arriba por el Rin, luego torcerá al oeste. Cruzará la frontera. Hacia su patria liberada.

Cuando llega a Metz ya es marzo, está medio muerto de inanición y completamente congelado. Encuentra alojamiento un par de días en un hospital, puede descansar, le dan sopa caliente y una cama con mantas. Intenta llamar a casa, pero la línea no funciona, no consigue comunicar. Después se sube sin billete a un tren que va a Nancy y le explica al revisor quién es y por qué no tiene dinero. El hombre le deja viajar. Qué maravilloso es hablar de nuevo su lengua materna, que lo entiendan, poder explicar circunstancias complicadas en lugar de tener que chapurrear un idioma extranjero. Durante el trayecto piensa que también podría llevarse a Hilde a Villeneuve. ¿Y por qué no? Solo tiene que formalizar antes el divorcio, a fin de cuentas se casó con Margot por deseo de su padre. Sí, claro, hace cuatro años también él pensaba que estaba un poco enamorado, pero sobre todo se trataba de la tierra y los bienes que ella aportaba al matrimonio. Desde que conoció a Hilde, sabe lo que es el amor de verdad. Una fuerza a la que nadie puede resistirse. Y el que lo intenta, en la vida vuelve a ser feliz.

En Nancy tiene que esperar, los trenes van demasiado llenos. Consigue conexión hasta Dijon, después hasta Lyon. En todas las poblaciones donde se apea lo están celebrando. La gente ha salido a las plazas, bebe vino y se abraza, los jóvenes toman las calles dando voces. Le dan de comer, consigue una cama para esa noche, escucha tristes historias sobre hijos caídos o desaparecidos, explica muy poco de sí mismo. No ha realizado ninguna heroicidad por su país, tuvieron que rendir su posición casi sin presentar batalla porque los alemanes habían rodeado astutamente la línea Maginot y atacaron desde el interior. Le explican que los Aliados están en suelo alemán y que no dejan de avanzar hacia el este. Los soldados franceses que huyeron a Inglaterra se han unido a ellos. Ahora se trata de quién llegará primero a Berlín: si los Aliados o los rusos.

—Por fin ajustaremos cuentas. Por fin pagarán su arrogancia. Creían que eran los amos del mundo, pero no son una mierda...

—Pétain les bailó el agua, el muy traidor. ¡Viva Charles de Gaulle!

El gobierno títere del viejo mariscal Pétain ha huido y ya no tiene ningún peso. Se acabó el humillante armisticio que Pétain acordó con Hitler. Charles de Gaulle ha llegado de Inglaterra y ha reunido a los luchadores de la Resistencia en una fuerza de combate francesa, es el jefe del gobierno provisional en París y no permitirá que Francia acabe en manos de una potencia extranjera. Puede que los Aliados hayan liberado el país, pero Francia es de los franceses. ¡Para eso está Charles de Gaulle!

Jean-Jacques se une a las celebraciones. Brinda por la victoria. Por la derrota del enemigo. Por el final de la guerra. Por la libertad. Por Francia. Pero en realidad está preocupado por Hilde, que ahora se encuentra en la Alemania ocupada. Quién sabe si los americanos y los británicos no harán uso del llamado «derecho de los vencedores». Mejor no pensarlo. Mejor no pensar que tal vez fue un error huir. Que más le habría valido quedarse en Wiesbaden para poder proteger a Hilde...

Cuando baja del tren en Nimes, sopla un viento cálido que trae consigo el aroma de los limoneros. Está en casa; una sensación agradable, maravillosa. Durante el trayecto ha reconocido los pueblitos de la zona, el verde primaveral de los prados, el amarillo brillante de los arbustos de mimosa. También los viñedos que se extienden hacia el sudeste por toda la llanura, hasta llegar a la zona vinícola del Ródano. Aquí se produce vino tinto, el *vin du pays*, y variedades más nobles. Su padre elabora *rosé* con un cariño especial y lo venden en Inglaterra y Alemania, y ahora también en París. La Provenza es una gran región, una tierra bendecida. En ella ya plantaron vino y levantaron ciudades los romanos. Por todas partes se encuentran los restos de la cultura romana, sus acueductos, sus templos, sus anfiteatros. Siglos después, el arte floreció en las cortes principescas provenzales. La poesía y el mester de juglaría se daban bien en el clima del sur, y sin duda el buen vino de la región contribuyó a ello.

Se siente lleno de expectación y disfruta del último tramo de su regreso. Las pocas estaciones que le quedan hasta Villeneuve las hace en el ferrocarril de vía estrecha, y salta de entusiasmo al ver las primeras viñas de su familia. Ahí tuvo que arrimar el hombro ya de niño, podar las vides, atarlas, arrancar las malas hierbas. Y luego la cosecha, cuando su hermano pequeño Pierrot y él recorrían los viñedos con cestos a la espalda, y también sus primos y primas, y a menudo jornaleros de la región.

En el tren lo reconocen, por supuesto. Vecinos y amigos exclaman su nombre, se alegran de verlo, comparten con él una *baguette* y le dan un puñado de aceitunas, dejan que dé un trago de la botella que llevan consigo.

—¡Ahora que nuestros jóvenes regresan, todo irá mejor!

—¡Menuda alegría se van a llevar tus padres!

—Y Margot más...

—¡Qué vergüenza, trabajar para los alemanes cuando aquí necesitamos todas las manos! —dice un viejo viticultor, sacudiendo la cabeza—. ¡Una vergüenza para Francia!

Jean-Jacques no se esperaba la ira del anciano, cuyos hijos

se presentaron voluntarios para ir a trabajar a Alemania bajo el régimen de Vichy del mariscal Pétain. Le asegura que él fue prisionero de guerra y que lo pusieron a trabajar en contra de su voluntad, pero el viejo apenas lo escucha.

—El que abandona su patria regresa siendo extranjero. Así son las cosas…

Se enfada ante la terquedad del anciano, que no quiere entender la diferencia, pero al mismo tiempo se siente aludido. Solo un poco, pero así es. ¿No es justamente eso lo que tiene previsto hacer? ¿Abandonar su patria para irse a Alemania? Peor aún: quiere abandonar a su mujer y su familia. Apenas una semana antes, todo le parecía muy fácil. La idea de vivir su gran amor lo llenaba por completo. Y el amor sigue ahí; ve a Hilde en sueños, oye su voz, siente su cuerpo desnudo, que solo le ha pertenecido una vez. Pero ahora el camino de regreso a ella se le antoja complicado y pedregoso.

Desde la estación de Villeneuve sigue a pie por los prados y los viñedos. Su impaciencia ha disminuido, se mezcla con la sensación de tener que hacer daño a unas personas a las que quiere, a los suyos. De ser un renegado. Alguien que abandona a su mujer y su familia para irse con otra. Eso ha pasado antes en la zona, y el juicio contra ese marido infiel fue duro. Incluso a pesar de que todos sabían que el matrimonio no era feliz. Cuando alcanza a ver la propiedad de sus padres, se detiene un momento para asimilar la imagen: la gran casa de piedra natural gris invadida por la parra y los rosales. La construyó el abuelo y su padre realizó muchos cambios: cerró el pasadizo al establo, instaló el cuarto de baño, hizo la conexión a la red eléctrica. Los edificios adyacentes fueron ampliados y ensanchados. También la gran bodega donde el tinto madura en las barricas. Cuántas veces se sentaron durante la vendimia a beber en una larga mesa al aire libre junto a jornaleros y ayudantes, para justo después irse a dormir, ya que por la mañana había que empezar temprano…

Al perro color crema que le ladra es la primera vez que lo ve, pero entonces la vieja Berthe lo reconoce y suelta un grito enorme. Ve a su madre, que sale asustada del establo con el bieldo aún en las manos. Y en la puerta de la casa aparece también Margot. Ha adelgazado mucho, lleva el pelo rojizo recogido, se ha atado el delantal por delante y se protege los ojos con la mano para ver mejor contra el sol.

—Dios mío... Jean-Jacques... ¿De verdad eres tú?

¿Se alegra? Rompe a llorar, se lleva el delantal a los ojos y solloza. Su madre se acerca y lo abraza, y entonces también sale del establo Jérôme, el marido de Berthe, que mira al hijo pródigo con incredulidad.

—La Virgen ha escuchado mis plegarias —dice su madre, acariciándole el pelo.

Margot se echa a sus brazos llorando, se aferra a él y empieza a decir disparates.

—Lo he soñado. Que volvías. El cielo lo ha querido así. En el sueño te decía: «Jean-Jacques, el cielo lo ha querido así...».

Se sienta a la mesa de la cocina y le sirven un tazón de leche. La cena estará lista enseguida, su padre y Pierrot no tardarán en llegar, están plantando patatas. Este año se han retrasado porque les faltan manos. El vino, los campos, los animales; ha sido duro para todos, y Pierrot tenía que esconderse a menudo y casi no ha podido trabajar. Su hermano pequeño también fue prisionero de guerra, solo que los alemanes lo enviaron de vuelta a Francia porque tenía una herida en la pierna que no quería sanar. En casa, pronto recuperó la salud y se unió a la Resistencia.

—Todas las noches temíamos por su vida —explica la madre, y Margot asiente con la cabeza—. Es muy valiente, Jean-Jacques. ¡Tu hermano es un héroe!

Jean-Jacques guarda silencio. Y su madre también. Su hermano pequeño solo tiene que soltar una ventosidad y ya es un héroe. Él, en cambio, por mil cosas que consiga, apenas recibe un pequeño halago. Claro, ¿qué es un prisionero de guerra en Alemania frente a un héroe de la Resistencia? No tiene la menor posibilidad.

Los dos hombres regresan al fin del campo. Se enteran de la gran noticia ya en el establo, de boca de Jérôme, que se ocupa de sus dos caballos. Como Jean-Jacques suponía, su padre y su hermano van primero a la fuente a lavarse la cara y las manos, se quitan las botas y se ponen los zapatos de estar en casa. Y es entonces cuando su padre se le acerca, se detiene ante él y lo mira con atención, como si tuviera que asegurarse de que es realmente su hijo. Después lo abraza en silencio.

—Me alegro de que hayas vuelto —dice.

Nada más.

Hacía más de tres años que no se veían. A Jean-Jacques le llama la atención lo mucho que ha adelgazado su padre. Sigue teniendo un cuerpo musculoso y brazos fuertes, pero camina algo encorvado y sus ojos parecen más hundidos en sus cuencas.

También Pierrot abraza a su hermano y le da unas palmadas en el hombro.

—¡Ya volvemos a estar todos juntos! Se te ve lozano, hermano. Te ha ido bien por Alemania, ¿no?

—Qué menos, hermano. Los trabajos forzados son unas agradables vacaciones, como todo el mundo sabe —contesta con ironía.

Se sienta a la mesa en su sitio de antes, frente a su padre. A su derecha, Margot; al otro lado, Pierrot y su madre. Bendicen los alimentos, su madre es muy creyente y nunca lo pasa por alto. Mientras comen, el padre empieza a contarle lo que han hecho en los viñedos esos cuatro años. Lo que han construido y cómo han ido las cosechas. Que hay que volver a encalar el establo de los caballos y que ha vendido tres cabritillos.

—¿Me estás escuchando, Jean-Jacques? —se interrumpe, y golpea la mesa con el mango del cuchillo.

Jean-Jacques hace a un lado sus pensamientos y asiente. Claro que lo escucha. Solo que está un poco cansado.

—Quiero que lo sepas todo con detalle —prosigue su padre—. Porque tú, el mayor, te encargarás algún día de esta propiedad y de lo que contiene.

—Sí, padre.

Jean-Jacques siente las miradas de su hermano y su madre, y comprende que la vieja pelea no se ha olvidado. ¿Cómo iba a olvidarse? Su madre siempre ha querido que sea Pierrot el que algún día se convierta en el amo. Su padre, en cambio, quiere seguir la tradición: el hijo mayor debe recibir toda la herencia.

«Cuando Pierrot se entere de mis planes, lo celebrará», piensa Jean-Jacques. Aunque de todas formas se siente mal. Le duele defraudar la confianza de su padre. Pero lo peor viene cuando Margot le pone la mano en el brazo y sonríe, esperanzada. Esta noche volverá a tener a su marido junto a ella, y hará lo que haga falta para complacerlo.

Jean-Jacques no se acuesta hasta tarde. Se queda sentado en la cocina y espera, desea, que Margot se haya dormido ya. No quiere tocarla, piensa en Hilde y en nadie más. Pero su decisión de regresar a Wiesbaden con ella ha empezado a flaquear.

Su granja. Sus tierras. Sus viñas.

Le cuesta mucho cederle todo eso a su hermano pequeño.

Heinz

Sol de septiembre. Un suave juego de luces en los plátanos, sombras oblicuas que caen sobre los adoquines de la calle, los cristales de los coches relucen irisados al pasar. Heinz Koch sirve con brío un carajillo y un café acompañados de dos tartas de licor de huevo y dos vasos de agua. La pareja de la mesa le resulta familiar, intercambia con ellos unas palabras pero no reconoce sus rostros. Más allá, ante el casino del balneario, un motor ruge con un estruendo que se le mete a uno en la cabeza. Espera que no ahuyente a la clientela...

—Llegarán enseguida —dice Else—. Marlene ha preparado ensalada de patata de esa que tanto le gusta a Ida Lehnhardt...

Habla de los actores que tienen ensayo a las dos de la tarde. En el teatro están preparando *El marido ejemplar*, una comedia, Else y él tienen entradas para el estreno. Es divertidísima, según les ha dicho Ida Lehnhardt. Ella interpreta a la protagonista. Su partenaire es Eddi Graff. El actor preferido de Heinz.

Corre para tomar nota en otra mesa, infusión de menta con azúcar de remolacha, y se extraña de esa curiosa petición. La vieja dama del vestido azul y el mandil blanco se parece mucho a su madre. Ahora lo amenaza con el dedo y lo mira tan enfadada que él huye corriendo al interior del café por la puerta giratoria.

Dentro, el ambiente está cargado, la nevera suena con fuerza en la cocina, ¿o son los fogones? Se disculpa con los clientes, sin embargo no parecen molestos por el ruido, sino que comen tarta de nata mientras charlan animadamente. Else está detrás del mostrador de los pasteles y corta el Selva Negra en trozos muy pequeños. Tiene que decirle que no sea tan tacaña, que sus clientes se merecen porciones más generosas. Finchen, la camarera, lleva cuatro platos a la vez y pasa rauda a su lado, meneando las caderas.

—Ahí llegan —dice Else, y señala a la ventana—. ¡Hilde! Ábreles la puerta de la otra sala.

Hilde es una chiquilla de trece años, flaca y pálida, con enormes ojos azules y unos rizos rubios indomables. Todavía a medio hacer. Sale corriendo de la cocina, casi tropieza con Finchen y abre la puerta de la sala de al lado. Allí sigue sentado Fritz Bogner, tomándose con Hubsi Linder el café que siempre les sirve la casa cuando van a amenizar la velada con música.

—Señor Fritz —dice Hilde—. Se le ven las ligas de los calcetines. ¡Son negras y están todas deshilachadas!

El pobre Fritz Bogner se pone rojo de vergüenza y se tira de las perneras del pantalón, que le quedan un poco cortas. No tiene mucho dinero, es del campo y estudia violín en el conservatorio. Un gran talento.

Ahora sopla un viento fuerte que entra en el café y hace ondear los manteles y los abrigos del perchero. Heinz tiene que agarrarse al revistero para no caerse. La puerta giratoria escupe a los actores: a Graff, a Lehnhardt, a Hensel, que se encarga de la dirección, a Ivers, que interpreta un papel secundario. Heinz los saluda y los hace pasar al salón, donde se sientan junto a los músicos, y Finchen corre para allá a informar de que hay ensalada de patata casera...

Los clientes del salón del café se alejan cada vez más, se encogen hasta convertirse en puntos de colores. El rugido no quiere parar. Viene de fuera. Un grupo de camisas pardas pasa marchando por la calle; briosos, marciales, seguros de sí mismos. El ruido se hace tan potente que durante un rato Heinz solo puede luchar contra el mareo y las náuseas. Cuando amaina un poco, oye la voz de Eddi Graff.

—No se puede hacer nada, Heinz. Nos echan de aquí, a uno tras otro.

—Pero a ti no, Eddi... ¡La gente salta de entusiasmo cuando sales al escenario!

Eddi no dice nada y mira por la ventana, donde en ese momento marchan los últimos uniformados. A Eddi Graff se le ha vuelto el pelo gris, pero le queda bien. Con sus ojos oscuros tan expresivos y las facciones proporcionadas, sigue siendo el más adorado por las mujeres. Cuando interpreta el Tovarich de Jacques Deval, hasta las jovencitas suspiran por él.

—Puede que me admiren cuando estoy en escena, Heinz —dice con una extraña sonrisa torcida—, pero si vienen a por mí, nadie me ayudará. No... Tampoco tú, Heinz. Y no te lo tomo a mal. Tienes mujer e hijos, tienes el café. Eso no se lo juega uno tan a la ligera. Seguramente, yo tampoco lo haría.

Heinz siente un amargo desamparo, oye un rumor dentro de su cabeza, en el pecho nota una presión que apenas le deja respirar. Un torbellino se lleva a Eduard Graff, su cuerpo da vueltas a una velocidad vertiginosa con brazos y piernas extendidos, su chaqueta ondea, el pelo se le alborota, se convierte en un proyectil que gira y se pierde en el éter. El estruendo ensordecedor tapa todos los demás sonidos, las náuseas aumentan, un cansancio profundo, abismal, retiene a Heinz en el suelo...

—*Tu as soif?*

Alguien le pone una botella en los labios y nota el agua fría en su boca, también le baja por la barbilla hasta el pecho. Tose, traga, bebe con ansia. Está tan sediento que no puede parar. Entonces lo atraviesa un dolor infernal y grita.

—*On est presque là...* Casi llegamos... *L'hôpital...*

—Mis piernas —se lamenta—. *Mes jambes...*

—*Pauvre garçon...*

Abre los ojos y ve el cielo despejado, de un azul intenso, como en los mejores días de verano. Entonces su mirada capta los tablones de madera del carro de heno, el joven con la gorra roja que va sentado delante y lleva las riendas, la grupa castaña del caballo. Intenta sentarse con mucho esfuerzo. El carro traquetea por el camino rural, le duele mucho, todo su cuerpo parece una herida enorme, pero eso no es lo peor. Lo peor es lo que descubre a su lado. Es tan espantoso que vuelve a dejarse caer al instante.

Junto a él hay un hombre sin brazos. De los muñones le brota sangre a intervalos rítmicos, las piernas dan sacudidas, tiene la cabeza vuelta hacia el otro lado, apartada de Heinz. Él, sin embargo, lo reconoce. Es uno de los compañeros que se presentaron voluntarios a *déminage*.

Ahora vuelve a verlo ante él. Cada movimiento se repite como una lenta tortura en su recuerdo, como si solo hubiera estado allí observando. Cada terrón que salta por los aires, el tronco del árbol que se hace astillas, varias extremidades humanas que salen despedidas, ensangrentadas, como piezas de un taller de muñecas. Un polvo rojo que vuela hacia él, se lo lleva por delante y lo envuelve en su nube. Después ve el camino sobre el que habían dejado las minas y que ahora es una especie de paisaje lunar cubierto de cuerpos destrozados. Poco después llegan corriendo unos hombres, lo tocan y él grita de dolor. Lo suben a un carro con otros que han sobrevivido a la explosión.

—¿Paul? —masculla—. ¿Qué ha pasado con Paul Sege-maier?

Nadie contesta, el herido que tiene al lado está incons-ciente. Heinz casi lo envidia. Cuando lo bajan del carro se retuerce de dolor, tiene la pierna derecha doblada en un ángu-lo extraño, el zapato mira hacia atrás, y la pernera del panta-lón está empapada de sangre.

«Tengo la pierna destrozada —piensa—. La otra quizá también. Nunca volveré a caminar».

Entonces lo llevan a la mesa de operaciones, oye al médico y a las enfermeras hablar en francés pero le da igual lo que hagan con él. Solo quiere que pare de dolerle… El éter es compasivo y lo deja inconsciente.

El despertar es lento y va acompañado de unas náuseas espan-tosas. Vomita varias veces, después vuelve a caer en un estado de semiinconsciencia. Cuando las náuseas empiezan a remitir, el dolor de la pierna derecha se hace insoportable. Gime y re-china los dientes, entonces le administran unas gotas que lo atontan y contienen el dolor. Se pasa días en ese duermevela, apenas se da cuenta de dónde está, lucha contra el dolor y de vez en cuando cae en un sueño intranquilo que lo deja exhaus-to. Más adelante se palpa la pierna, siente vendas e intenta mo-ver los pies. Le duele tanto que lo deja al instante.

En algún momento ve que está en una sala alta y desnuda con cierto parecido a una antigua escuela. Las camas, todas ocupadas por heridos, están dispuestas en hileras, y en el cen-tro hay un pasillo por donde unas mujeres vestidas de blanco van de aquí para allá.

—*Tu as eu de la chance* —dice una de ellas—. *Il te reste tout de même une jambe.*

Él le dirige una mirada interrogante, la mujer busca un par de palabras en alemán:

—Tú… conservar… una pierna.

—*Et l'autre?* ¿La otra?

La mujer ya no es joven, rondará los cincuenta años. Suspira y le da unos golpecitos en la mano para consolarlo.

—*L'autre est perdue…*

—*Perdue* —entiende él.

La ha perdido. Ya no está. Solo le queda una pierna. Es un lisiado. Jamás volverá a servir a los clientes en el Café del Ángel, ni ayudará a Else a decorar pasteles en la cocina. Eso está *perdu*. Es el pasado. Un tributo a la guerra, a su cobardía, a su apatía. Ha pagado su parte de responsabilidad, y al final todavía ha salido bien parado. Tal como ha dicho la enfermera francesa, ha tenido suerte. Otros están peor.

Lo pasan a una camilla y lo cargan en un camión junto con otros cinco heridos. Hace calor, el aire es bochornoso, el trayecto hasta el hospital militar de Ruan es una auténtica tortura. A su lado va un compañero, otro de los *démineurs* que sobrevivió a la explosión. Heinz no recuerda su nombre, pero sabe que es de Hamburgo y que trabajaba en las oficinas del puerto. Ha perdido un brazo y también tiene los ojos afectados.

—Por el izquierdo apenas veo, pero el derecho me ha quedado bien. No es tan horrible, Heinz. Ahora hacen unas prótesis estupendas. Incluso podré tocar el piano…

Ríe, contento de haber salido con vida. Un par de semanas más en el hospital y luego a casa.

—Los lisiados somos los primeros a los que envían de vuelta. Al final, hasta es una ventaja. A otros los trasladan a África, y allí tienen que deslomarse en las colonias francesas, enferman de malaria… Cuando regresan al cabo de unos años, son una sombra de sí mismos…

Heinz pregunta por Paul Segemaier.

—De ese no quedó nada. Estaba justo encima. Esa maldita cosa lo pulverizó…

Paul pisó una mina de plato cuando fue a recoger las manzanas caídas. Estaba cubierta por la hierba, escondida bajo el manzano. Heinz se hallaba a cierta distancia, protegido por el grueso tronco de un viejo sauce. Y el soldado de Hamburgo, que se llama Kurt Eilers, salió bien parado porque se encontraba detrás de un grupo de compañeros. El *chef mineur* francés murió en el hospital la noche del accidente.

La conversación acaba pronto porque el calor apenas los deja respirar. El camión hace una parada y un asistente les da agua para beber. Los que pueden andar, bajan cojeando a orinar, al resto les dan botellas de vino para que lo hagan dentro, y cuando están llenas las vacían en la cuneta. Heinz se siente desamparado como un bebé. ¿Cómo será cuando vuelva a casa y ni siquiera pueda ir solo al baño? ¿Cuando Else tenga que ayudarlo para cualquier tontería? Cuando no pueda vestirse. Ni lavarse. Ni subir y bajar la escalera. Cuando esté abajo, en el café, sentado como un pasmarote, inútil, un estorbo para su familia, un espectáculo lastimero para los clientes. No se resiste a pensar que tal vez habría sido mejor que la mina lo hubiera matado. No desea ser una carga para sus seres queridos.

En el hospital militar instalan a los heridos alemanes en un rincón de la gran sala, todos juntos, y así los que hablan un poco de francés puedan traducir a los demás. El espacio le recuerda a la nave alargada de una iglesia, las paredes son de arenisca roja, hay vidrieras de colores con tracería gótica, una bóveda elevada. La temperatura es fresca y agradable, corre el aire. Heinz da las gracias a los asistentes médicos que lo tumban en la cama y se queda dormido al instante.

Horas después lo despierta un fuerte griterío.

—¡Cuidado! ¡Agárrala!

Desconcertado, mira alrededor y ve cómo una mujer se lleva el plato metálico de su mesilla de noche y se aleja con la comida.

—¡Si te descuidas, te quitan hasta la camisa! —protesta su vecino de cama—. ¡Como la pille, le doy con el muñón!

—¡Qué vergüenza! El que roba a un lisiado no debería encontrar descanso ni en la tumba...

Son las visitas, casi todas esposas o hijas de los franceses, que opinan que los alemanes tienen la culpa de sus desgracias, y por tanto no habría que darles de comer. Los días siguientes, Heinz aprende a dar buena cuenta de la sopa y el pan lo antes posible, antes de que se los roben. Sin embargo, cuando se acerca a su cama algún niño con cara de hambriento, le da la sopa y se conforma con el pan. Comer delante de un pequeño en los huesos sin darle nada... es algo de lo que Heinz no es capaz.

—Te vas a ganar un sillón de honor en el cielo —bromea su vecino de cama—. Y si sigues pasando hambre, ¡pronto te quedarás calvo también!

Aun así, Heinz triunfa. A las enfermeras les cae bien porque es amable y se esfuerza por darles el menor trabajo posible. Tuvieron que amputarle la pierna derecha por encima de la rodilla, y la izquierda presenta heridas musculares profundas, pero están curando bien y tiene los huesos intactos. No tardan en darle unas muletas para que intente volver a caminar.

—Más bien volver a cojear —bromea cuando se deja caer en la cama sin aliento, a causa del esfuerzo.

—*Tu es trop faible. Il te faut manger* —dice una de las enfermeras.

Es la jefa de la unidad, que a partir de entonces se encarga de que Heinz se termine toda la comida. Está demasiado débil, por eso debe alimentarse. Si no, jamás conseguirá caminar con muletas. Cuando reparten los platos, se queda en mitad del pasillo, junto a los alemanes, y vigila con cien ojos que nadie le quite la comida a Heinz Koch.

—Eres un seductor, Heinz —le dicen sus compañeros—. Has domado a la fiera, la tienes comiendo de tu mano. Dile que nos ponga los primeros en la lista para que nos envíen a casa…

En todos los hospitales militares hacen listas con los casos más urgentes para el próximo convoy hacia Alemania, y todo el mundo sabe que a veces hay gato encerrado. También en eso deciden el dinero y los contactos.

—Nos pondrá a todos en la lista —bromea uno—. A todos menos a Heinz. Le gusta tanto que quiere casarse con él…

—Tú no hagas correr esos rumores —dice Heinz, de buen humor—, o Else me cortará la cabeza como se entere.

Y eso que ni siquiera sabe si Else y Hilde siguen vivas. Ni si la casa sigue en pie. Pero como ahora sus compañeros hablan tanto de Alemania y hacen planes para el futuro, no quiere desanimarlos. Es mejor tener esperanzas que llorar de aflicción. Y, de hecho, puede estar agradecido de que sus heridas estén sanando. También el muñón que le ha quedado en la pierna derecha va cerrándose poco a poco. Eso es lo que más le alegra, porque el cambio de vendaje es muy doloroso. Cada vez que se lo hacen, la herida se abre un poco y la enfermera tiene que retirar pequeñas fibras de venda con unas pinzas antes de limpiar con desinfectante y vendar de nuevo. En cada cambio, Heinz se propone no quejarse y soportar el dolor en silencio, como los indios. Por desgracia, solo lo consigue al principio. Muerde un trozo de tela y no hace ningún ruido, pero cuando la enfermera le aplica el algodón impregnado en ese desinfectante que escuece tanto, ya no puede más y «hace música», como lo llama ella.

A finales de julio se presenta un hombre mayor de uniforme y anuncia en buen alemán qué prisioneros de guerra se marcharán con el siguiente convoy. Lee una lista de nombres, y entre ellos están Heinz y sus compañeros. De repente los ánimos se disparan, todos están contentísimos, gritan, golpean los cantos de la cama, ríen. ¡Por fin! A casa. Adiós a esa caja de ladrillos.

—¿Y cuándo será?

—Parece que dentro de dos semanas…

—¿Tanto?

—¿Pero es verdad? La última vez nos jodisteis. Primero mucho anunciarlo por todo lo alto, y luego no pasó nada…

—¡Siempre va por orden! —dice el francés, que es de Alsacia y por eso habla tan bien el alemán.

Es un tipo flaco y serio, su rasgo más característico es un altivo bigote castaño que domina todo su rostro. Cuando se gira para salir por el pasillo central, le gritan desde todas partes, incluso lo insultan con rabia. Son prisioneros de guerra alemanes que, una vez más, no están en la lista y se sienten decepcionados. El francés, sin embargo, sigue su camino sin que el alboroto parezca afectarle.

—Ahora sí que va en serio, Heinz —dice su vecino de cama—. Empieza nuestra segunda vida. Caray, qué ganas de volver a estar en el bar de siempre y tomarme una rubia de barril…

Todos están animados, se pasan la tarde comentando lo que más les apetece hacer cuando estén de nuevo en casa. Ver a su novia o su esposa. A los niños. A sus padres. Ir al bar de siempre. Los amigotes. El sótano con sus herramientas. Una buena cama. Uno tiene ganas de recuperar sus libros, cosa que casi nadie comprende. Heinz cuenta que tiene ganas de ver a su mujer y a su hija. Y que, claro, también espera que sus hijos vuelvan pronto a casa.

—¿No tenías una fonda en Wiesbaden o algo así? —pregunta uno.

—El Café del Ángel. En Wilhelmstrasse.

—Ese es un buen barrio, ¿no?

Heinz explica que Wilhelmstrasse es algo así como el bulevar de la ciudad. El teatro, el balneario, el parque del Balneario, la fuente de Kochbrunnen… Todo queda muy cerca.

—Si es que aún sigue en pie —añade en voz baja—. Han dejado nuestras ciudades reducidas a escombros y ceniza.

Nadie tiene noticias de Alemania, no hay correo postal ni es posible llamar por teléfono. La mayoría tampoco tiene nada decente que ponerse, porque su ropa quedó hecha jirones en la explosión. Llevan prendas donadas y prefieren no pensar en sus anteriores propietarios. Seguramente es la ropa de los desgraciados que han muerto en el hospital. No es una idea bonita… Pero las enfermeras lo han lavado y desinfectado todo, y además es mejor que ir desnudo por ahí.

Al atardecer, cuando la luz de las coloridas vidrieras se vuelve mate y los colores se difuminan en un gris monocromo, los hombres van dejando de hablar. La euforia da paso entonces a la inquietud de que el deseado regreso a casa sea algo muy diferente a lo esperado. Se quedan tumbados con los ojos abiertos, mirando la bóveda que tienen encima, donde los insectos nocturnos realizan danzas extáticas alrededor de las lámparas colgantes. El miedo despierta miles de fantasmas en su imaginación. También Heinz ve el Café del Ángel como una ruina quemada, oye los crujidos del techo del sótano, que se derrumba sobre los habitantes de la casa. Los gritos y los lamentos de los sepultados, que poco a poco se van acallando y al final dejan de oírse.

Si eso es lo que ha ocurrido, no volverá a casa. Ni siquiera como el lisiado que es ahora. ¿Para qué esforzarse? ¿Para quedarse sentado sobre los escombros de su hogar? ¿Para ir cojeando al cementerio donde están las tumbas de sus seres queridos? Se enfada consigo mismo. «Eres un cobarde, Heinz —se dice—. Claro que volverás a casa, aunque lo hayas perdido todo. A fin de cuentas es tu lugar en el mundo». Y si Dios quiere, sus hijos regresarán. Entonces se arremangarán todos y empezarán de cero. No puede salir corriendo como un cobarde, se lo debe a sus chicos…

En efecto, dos semanas después los trasladan en tren hasta

la frontera alemana y los ingresan en un hospital militar provisional cerca de Friburgo. Ahí termina de momento la vuelta a casa, pero al menos están en camas limpias y los atienden unas amables enfermeras, alemanas y francesas. Lo que está por venir, solo el cielo lo sabe.

Ojalá conociera la situación antes de llegar. Aunque fuera mala; siempre es mejor estar preparado. Heinz piensa en enviar un telegrama, su vecino de cama le ha hablado de ello. Dicen que es caro, pero algunos lo han conseguido y ahora tienen noticias.

—¿Y cómo se hace? —pregunta—. ¿Cómo se envía un telegrama si uno no puede ir a la oficina de correos?

—Pues a través de una enfermera. Karl, el muy pillín, tuvo algo con esa morena de pelo corto...

—¿Y ella envió un telegrama a Alemania por él?

—Como lo oyes. Y sin cobrarle nada. Incluso recibió respuesta, pero no fueron buenas noticias, creo. No habló mucho de eso.

No suena demasiado alentador, pero de todas formas es mejor saberlo ya. Si tuviera dinero, le pediría el favor a una de las enfermeras más jóvenes, puede que a la morena de pelo corto. Pero no tiene dinero. El único objeto de valor que le queda es su alianza, que es muy fina y está machacada, y además tampoco puede quitársela porque se le ha atrofiado el nudillo. Debe de ser la artrosis, que no es ninguna suerte pero ha impedido que le roben el anillo. Se pone a girar la alianza y a empujarla hacia el nudillo. Le hace un daño horrible, pero no se rinde. Por momentos cree que el aro de oro se partirá o, lo que sería aún peor, que se le quedará encajado en la articulación por los siglos de los siglos.

«Como se entere Else... —piensa, y lo intenta hasta que empieza a sudar—. Pero tengo que conseguirlo. Siempre podemos comprarnos otros anillos. En algún momento. Y si no, si Else ya no está viva, tampoco lo necesitaré».

Cuando por fin lo logra, tiene el nudillo hinchado y todo magullado, pero el anillo ha salido intacto. La alianza con el nombre de ella, Else Maria Koch, y la fecha del enlace, el 25 de marzo de 1919. Heinz se la pone en el meñique para no perderla y se palpa la articulación hinchada. Aunque está decidido, le entra mala conciencia al pensar que cambiará ese anillo que ha llevado tantos años por un simple telegrama. Tarda un rato en quedarse dormido porque le duele el dedo, oye roncar y resoplar a sus compañeros; en la sala de al lado hay luz, la enfermera de la noche está ocupada con un recién operado. Sus lamentos llegan hasta él.

Por la mañana tiene suerte: la enfermera de pelo corto reparte la sopa del desayuno. Heinz se pone de pie con sus muletas y lleva el plato metálico vacío al pequeño carro de la vajilla. Allí tiene ocasión de cruzar unas palabras con ella.

—¿Un telegrama? Pero eso es caro...

Él saca el anillo. Ella lo acepta y se lo guarda en el bolsillo. Más tarde, cuando él va cojeando por el pasillo, ella le da un trozo de papel y un lápiz. Heinz escribe la dirección. También algunas palabras.

«Vuelvo pronto. ¿Cómo estáis?».

Ya solo le queda esperar que la chica sea honrada. A estas alturas sabe que no es el único que ha entregado su última posesión a cambio de un telegrama a casa. Dos de sus compañeros también lo han hecho, a uno le quedaba una fina cadenita de oro, el otro poseía una navaja que había logrado salvar hasta ahora, el diablo sabrá cómo.

—No es seguro que el telegrama llegue a destino —comenta uno—, porque han dividido Alemania en sectores...

Heinz se desanima. Él está en el sector francés y Wiesbaden queda en el americano. Seguro que no funcionará...

No recibe respuesta.

Hilde

¡Menudo calor! Son las diez de la mañana y el termómetro marca casi treinta grados. Un poco más allá, donde todavía hay cascotes de los bombardeos, hasta la menor brisa levanta nubes de suciedad, no se pueden sacar las mesas y las sillas del café porque las bebidas de los clientes acabarían llenas de polvo. Hilde y su madre se han sentado dentro para tomarse una tacita de infusión de menta fría acompañada de pan con sirope de remolacha. Las cartillas de racionamiento no dan para más de momento, pero dicen que las cosas mejorarán pronto. Una libra de pan, doscientos gramos de carne y 87,5 gramos de manteca recibe cada habitante de Wiesbaden a la semana. Además de eso, cinco libras de patatas y «sopa deshidratada». De no ser por el mercado negro, ya habrían cerrado otra vez el café, porque su madre necesita harina, mantequilla y azúcar para preparar pasteles decentes. Aun así, siempre le falta algún ingrediente, a veces más de uno, y tiene que poner a trabajar su ingenio. Hace poco hizo pastelitos dulces de peladuras de patata procesadas. No estaban nada mal.

—¿Dónde se habrán metido Addi y Julia? —pregunta Hilde—. A estas horas ya suelen estar aquí abajo.

Aparta el insistente hocico del perro de varios colores de su regazo, luego suspira y corta un trozo de corteza del pan. Con sirope de remolacha. El animal acepta el regalo con la punta del hocico; cuando quiere, sabe ser un perro muy delicado.

—Espero que no se hayan asado ahí arriba, bajo el tejado —comenta su madre, suspirando—. Con este calor no hay quien duerma.

Hilde mastica su pan y mira por la ventana. Un hombre harapiento pasa montado en una bicicleta, lleva una caja atada en el transportín, y en ella va reuniendo toda clase de cosas que puedan ser de utilidad. Clavos, tornillos, trozos de hierro, tablas de madera, goma… Hay que proveerse de todo, los talleres escasean. Dos niños siguen al recolector. De vez en cuando se detienen, levantan algo del suelo y se lo dan al hombre de la bicicleta para que lo compruebe. Si asiente, lo echan a la caja.

—Antes, a esta hora siempre llegaba el correo —murmura Hilde—. Y el periódico.

Su madre guarda silencio y se bebe la infusión. Hilde sabe lo que viene a continuación, y se enfada por haber mencionado lo del correo, pero ya está dicho y tiene que asumir las consecuencias.

—¿No pensarás en serio que va a escribirte?

—¿Y por qué no? —replica obstinada—. Si está vivo, lo hará.

Su madre pone los ojos en blanco y gime en voz baja.

—Puede que se enamorase de ti, Hilde, pero ahora está en Francia con su mujer y su familia…

—Eso si ha conseguido llegar —la interrumpe ella a media voz.

Su madre suelta un soplido furioso.

—¿No irás a creerte las sandeces que dijo Storbo? No, no, Jean-Jacques ya está en su casa, y allí se quedará. ¡Me jugaría el Café del Ángel!

Hilde iba a contestar que no puede jugarse el café porque

la mitad es de su padre. Pero lo deja pasar porque tiene un argumento mejor.

—No te entiendo, mamá —señala con reproche—. ¿No pasó lo mismo cuando conociste a papá? ¿No lo recogiste de la calle y lo metiste en el café? Un soldado harapiento como otro cualquiera. ¿Y qué salió de ahí? ¡Un gran amor!

—¡Eso fue diferente! —exclama su madre, sacudiendo la cabeza.

—¿Y por qué, si puede saberse? —replica Hilde con ganas de pelea.

—Porque él no era francés, sino alemán. Y porque... Bueno, porque... Porque se quedó aquí y no volvió a casa con su familia.

¡Así que era eso! Más les habría valido no ayudar a Jean-Jacques a huir a Francia. Arriesgaron la vida, los tres. Y a lo tonto, porque los nazis devolvieron a los prisioneros condenados a trabajos forzados a sus países. Solo que entonces eso nadie lo sabía. Veían que se los llevaban, y todos pensaron que los meterían en un campo y tal vez los fusilarían.

Tendrían que haberse limitado a esconderlo. Así habría podido regresar a su país a arreglar sus asuntos con toda tranquilidad tras la llegada de los americanos.

—Y además, tu padre no estaba casado...

Su madre se queda callada porque en ese momento entra Sofia Künzel en el café. Todavía va en bata, y lleva unas espantosas zapatillas de seda rosa muy cursis, con un poquito de boa de plumas en el empeine. Entre los brazos sujeta en equilibrio tres latas de fruta en conserva y dos bolsas de harina, y de los dientes le cuelga una bolsa de azúcar. Hilde y su madre se acercan corriendo para coger las cosas y lo meten todo en la cocina antes de que llegue algún cliente.

—Si no fuera por usted... —comenta Else con alegría, porque esos regalos garantizan que en el mostrador de los pasteles habrá bizcocho y tarta de fruta una semana entera.

—Ganado con el sudor de mi frente, señora Koch —dice la Künzel riendo, y se ciñe bien la bata, que se le había abierto durante el complicado transporte.

Debajo lleva un camisón de seda rosa palo con encaje amarillo que resalta sus formas. Sofia Künzel tiene poco más de cincuenta años, pero la fuerza de su feminidad sigue intacta. Igual que su carismática voz de soprano, que parece hecha a medida para las partituras de Wagner.

—¿Menta fría? —pregunta, y levanta la tapa de la tetera—. Lo mejor para este calor. ¡Miren lo que tengo!

Se saca una latita del bolsillo y la deja sobre la mesa. *Orange Jam*. Mermelada de naranja.

—Demasiado buena para comérsela —comenta la madre de Hilde, pensativa—. Con eso podría hacer tartaletas…

—Ni pensarlo —se niega la Künzel—. Nos la vamos a tomar para desayunar. Necesito un poco de lujo después de pasarme la mitad de la noche amenizando a los yanquis.

Hace dos semanas que tiene un *job* en un bar americano de Steingasse. Allí le dan de comer en abundancia y también le sirven bebidas alcohólicas, tantas como quiera. A cambio, toca hasta las cuatro de la madrugada lo que le solicitan los clientes para bailar, a veces canciones animadas, otras románticas, o salvajes, o para abrazarse.

—Al principio me llevaba partituras —cuenta—, pero luego vi que les da absolutamente igual lo que toque. Lo principal es que se pueda bailar. Así que me limito a improvisar lo que sea… Funciona de maravilla.

Acaricia al perro de varios colores, que le ha puesto el morro en la rodilla.

—Y a lo mejor hasta consigo un alumno —añade con picardía—. De piano y canto. Diez dólares la hora, he tenido el descaro de pedir…

Abre la lata de mermelada, la huele, pone los ojos en blanco y se la pasa a Else. El aroma a naranja… Madre mía, como en los buenos tiempos de paz. Ahora vuelve a haber paz pero naranjas, por desgracia, no.

—¿Dónde está Addi? ¿Y Julia? —se extraña la Künzel—. ¿Han desayunado ya?

Hilde está a punto de decir que aún no han visto a ninguno de los dos cuando la puerta giratoria se mueve y entra un cliente.

¿O es una aparición? Las tres mujeres de la mesa se quedan mirando con asombro a Johanna Warnecke. La madre de Gisela lleva un abrigo de verano largo, que parece de caballero. En cualquier caso, no lleva medias ni zapatos.

—¿Dónde está mi hija? —pregunta con voz ronca en dirección a Hilde.

Johanna Warnecke antes era una mujer atractiva. Ahora es una caricatura de sí misma, una visión triste y espantosa. Tiene el pelo gris y extrañamente enmarañado, el rostro chupado, el cuello tan delgado que se le marcan todos los huesos. Solo los ojos, aunque hundidos, conservan su viveza y se mueven sin cesar recorriendo toda la sala para volver a Hilde una y otra vez.

—Lo siento, señora Warnecke —dice ella en voz alta para que la escuche la mujer—. Hace días que no veo a Gisela.

—¡Mentira! —grita la otra—. Todos me mienten. Hace tres noches que no pasa por casa. Sale por ahí a alternar, la hija de un oficial alemán, de buena casa…

—Tranquilícese un poco —dice la Künzel—. Gisela sabe lo que se hace. Es una chica lista. No tiene que preocuparse por ella.

—¿Y usted qué sabrá? —se lamenta la señora Warnecke—. Mi hija debe estar en casa por la noche. Así se comporta uno en nuestros círculos. Una muchacha alemana no alterna por ahí, se reserva para su esposo. Quiero que vuelva a casa. Está aquí, estoy segura…

Forcejea con la puerta del reservado, que por suerte está cerrada con llave.

—¡Gisela! —grita con voz ronca—. ¡Gisela, golfa! ¡Sal de ahí! Vuelve con tu madre…

Hilde mira a su madre en busca de ayuda, y Else se levanta para encarar la situación desde una perspectiva práctica.

—Primero nos tomaremos un traguito…

Johanna Warnecke se vuelve y rechaza el ofrecimiento con indignación.

—Yo nunca bebo. Una mujer alemana… Bueno, está bien, traiga…

Vacía el vasito de aguardiente casero que las Koch compran asiduamente a un campesino de Dauborn, y sus facciones se suavizan un poco.

—Ahora vuelva a casa —la convence Else—. Gisela habrá llegado ya y estará allí, esperándola.

—¡Que no está allí!

—Claro que sí —insiste la Künzel—. Seguro que está durmiendo en su cama.

Johanna Warnecke se toma un segundo vasito, luego va haciendo eses hasta la puerta giratoria y desaparece por ella. Da una vuelta entera y entra de nuevo. Mira desconcertada a su alrededor y gira otra vez. Al fin sale por el otro lado.

—Madre del amor hermoso —suspira Else—. Ha perdido la cabeza. Qué lástima. Pobre mujer…

—Pues sí. Si alguien cree todavía en la victoria final, es que le falta un tornillo —añade la Künzel.

A Hilde también le da pena la madre de su amiga. Y Gisela, por supuesto, aunque no es del todo inocente del estado en el que se encuentra su madre. Que su educada hija se pase las noches en un bar americano, bailando con desconocidos, es inconcebible para Johanna Warnecke. Pero Gisela logró entrar en el bar de Steingasse con ayuda de la Künzel y, según parece, ha acabado liada con un soldado americano.

—La chica consigue alimentos para sus abuelos y su madre —comenta la Künzel, que no es muy estricta en cuestiones de castidad y moral—. Café, whisky, cigarrillos, *corned beef*... Todo se lo proporciona su amante, y con ello va a comprar al mercado negro.

Hilde y su madre no dicen nada. Son tiempos duros, cada cual tiene que salir adelante como puede. Gisela ha escogido ese camino, es asunto suyo. Hilde no bailaría ni loca con un americano para luego mendigarle *corned beef* y cigarrillos. Preferiría morirse de hambre. La Künzel se ha terminado su pan con mermelada de naranja, se yergue en su silla, bosteza y dice que necesita unas horitas más de sueño. Al fin y al cabo trabaja hasta muy tarde.

—Cuando llego a casa me han dado las cinco de la mañana. Es peor que dos óperas de Wagner seguidas. No hay que olvidar que ya no soy ninguna jovencita...

Aparta al perro, se recoloca la bata y se marcha arrastrando sus zapatillas de seda.

—Mire a ver cómo están Addi y Julia, por favor —le pide Else desde la mesa.

Hilde ha salido a la calle para evaluar la situación. Bueno, la acera está algo sucia. Habrá que echar dos cubos de agua delante del café, pero con eso bastará. Por suerte, la acometida del local funciona. Con la luz y el gas lo tienen más complicado, porque unos días hay suministro durante unas horas y otros, nada de nada.

Hilde y su madre están abriendo las sombrillas cuando oyen la sonora voz operística de la Künzel en la escalera.

—¡Señora Koch! ¿Dónde se han metido? ¡Necesitamos un médico! ¡Deprisa!

Las dos sueltan a la vez la enorme sombrilla y por poco se les cae. Hilde la sujeta justo a tiempo, ese trasto casi sepulta a una mujer que pasaba con una carretilla.

—Ahí lo tienes —suspira Else—. Ya sabía yo que pasaba algo. Addi siempre es el primero en bajar a desayunar...

La Künzel sigue en bata, pero se ha quitado las zapatillas arriba porque le molestaban para bajar corriendo la escalera.

—Addi está en las últimas —resuella, sin aliento—. Tiene fiebre, le cuesta respirar, siente un dolor en el pecho… ¡Espero que no haya pillado una pulmonía!

Hilde se quita el delantal y le hace una señal con la cabeza a su madre.

—Corro a buscar al doctor Walter.

Mientras sale por la puerta giratoria, oye lamentarse a la Künzel.

—¡Es increíble! Esa muchacha está sentada junto a su cama, aferrada a su mano, en lugar de ir a por un médico. Julia vive en la luna.

Sí, piensa Hilde mientras corre por Wilhelmstrasse en dirección a Rheinstrasse. No quiere ni imaginar que a Addi le ocurra algo. Él siempre ha sido el espíritu protector y la figura paternal de Julia Wemhöner… ¿Qué haría ella sin él?

En el edificio de Rheinstrasse sube las tres plantas y llama a la puerta de la consulta del médico. Espera hasta que oye a alguien acercarse arrastrando los pies y la puerta se abre un resquicio. Hilde ve el semblante pálido de una muchacha, enmarcado por una melena rubia y lisa. Una auxiliar nueva.

—El doctor Walter ha salido a visitar a un enfermo.

—¿Y cuándo regresará?

No lo sabe. Quizá dentro de una hora. Puede que más.

—Un buen amigo está con pulmonía —apremia Hilde—. Tiene más de sesenta años y le ha subido mucho la fiebre…

La muchacha pálida se muerde el labio inferior y parece preocupada.

—Pruebe en la consulta de enfrente, la del doctor Volkmann…

Señala con el dedo, sonríe a Hilde para infundirle ánimo y cierra la puerta. Hilde resopla, enfadada. Siempre tiene mala suerte. Pero antes de que a Addi le pase algo malo, lo intentará con ese tal doctor Volkmann. Debe de ser nuevo allí, porque nunca ha oído hablar de él.

Llama y enseguida le abre una mujer mayor y agradable, con bata blanca, que quiere hacerla pasar a la sala de espera, pero Hilde no tiene tiempo que perder y suelta a toda prisa lo que sucede.

—¿Una pulmonía? —pregunta la mujer, y arruga la frente—. ¿Está segura?

—Bastante. El señor Dobscher nunca se pone enfermo. Si está en cama, es que se encuentra muy mal…

—¿Dobscher? ¿No será Adalbert Dobscher? ¿El cantante del Teatro Estatal?

—¡Sí! —exclama Hilde—. ¡El mismo!

—¡Ay, Dios mío! —dice la mujer, y echa a correr por el pasillo.

Hilde oye una breve discusión. Una soprano enérgica y penetrante contra un bajo reacio. La soprano sube el volumen. El bajo se lamenta. La soprano imprime potencia. El bajo se acalla. La soprano suena estridente. El bajo capitula.

—No creo que yo pueda…

—Por supuesto que puedes. Es Adalbert Dobscher… Lo adoraba… Su Don Giovanni…

—Que se lo lleve el demonio —protesta el bajo.

Justo después, un hombre fornido con una corona de pelo cano alrededor de una calva rosada aparece en el recibidor, alcanza su maletín y se pone un sombrero de paja.

—Soy el doctor Volkmann. Vamos. ¿Es muy lejos?

—No, en Wilhelmstrasse.

El doctor lleva un buen paso, a Hilde le cuesta no quedarse atrás. Seguro que está enfadado con su insistente esposa. Se detienen ante al Café del Ángel y el médico sacude la cabeza al ver a dos mujeres que han tomado asiento bajo la sombrilla.

—Es increíble que haya gente que se permita malgastar dinero en café y pasteles, ¡cuando los demás no tenemos ni pan para comer!

A Hilde le molesta que el tal doctor Volkmann desprecie a sus clientes. Le abre la puerta del portal y lo invita a entrar con un gesto del brazo.

—Por aquí, por favor, doctor.

El hombre sube por la escalera delante de ella, con tanto ímpetu que los escalones de madera crujen y rechinan. En el descansillo de la segunda planta está Marianne Storbeck, mirando con curiosidad hacia abajo. Cuando se acercan, desaparece y se oye el golpe de su puerta al cerrarse.

—¿Más arriba?

—Una planta más.

El médico gruñe algo incomprensible y continúa. Arriba, la puerta del piso de Addi está entornada y se oyen los sollozos de Julia. La Künzel intenta tranquilizarla, pero lo único que consigue es que gimotee aún más.

—¡Puede que ya esté muerto! —señala el médico.

Hilde se arrepiente muchísimo de haber llevado a ese indeseable. ¡Tendría que haber esperado al doctor Walter! ¡El tal Volkmann tiene la sensibilidad de un asno!

Hay que apartar a Julia de la cama de Addi, no quiere dejarlo solo. Hilde se la lleva a la cocina y la abraza, le susurra al oído que Addi es fuerte como un caballo y que seguro que pronto se recupera.

—Yo... he... Siempre lo he... lo he tratado muy mal. —Julia llora en el hombro de Hilde—. Es que él... Porque él es tan diferente a... a Don Giovanni... Y ahora...

Hilde no entiende lo de Don Giovanni, pero sí la desesperación de Julia. Le acaricia la espalda y le repite una y otra vez que todo irá bien. Ni siquiera ella está convencida, pero surte efecto: Julia deja de llorar y busca un pañuelo para sonarse la nariz.

—¡Ahora mismo! —exclama en el dormitorio la voz de bajo del doctor Volkmann.

—De ninguna manera —rebate Addi con la suya de barítono ronco.

—¡Pues se quedará tieso esta misma noche! —augura el bajo.

—Váyase al cuerno —dice el barítono ronco antes de empezar a toser.

—¡Pero, hombre, no sea tan terco! ¡Mi mujer me linchará si no lo llevo al hospital!

La respuesta de Addi queda ahogada por un ataque de tos.

—Es que yo no quiero ir al hospital —grazna como puede—. Allí la gente se muere. Yo quiero quedarme aquí. Aquí, en mi... Aj... Aj...

Entonces se entromete la Künzel, y lo hace con su férrea resolución.

—¡Cierra la boca de una maldita vez, Addi! Vamos a llevarte al hospital del convento paulino, lo quieras o no. Se lo debes a Julia, que está deshecha en lágrimas...

Hilde no logra oír lo que Addi contesta a eso, porque de repente su madre entra en la cocina. Está sin aliento, ha subido la escalera a todo correr.

—¿Ya está aquí el médico? —pregunta, y sigue hablando sin pausa—. Tienes que bajar enseguida al café, Hilde. Deprisa. Tenemos que volver abajo...

—Sí, pero... —exclama Hilde.

Su madre ya está bajando la escalera y pasa por delante de la cotilla de Marianne Storbeck.

—Ya saben cuál es mi consejo —dice el doctor Volkmann en el dormitorio de Addi—. Más no puedo hacer. Me despido, señora. Que tenga un buen día.

—¡Aalto ahí! —exclama la Künzel con teatralidad operística—. No puede desaparecer sin más, doctor. ¡Lo necesitamos! A usted y a su fuerza masculina...

—¿Perdón?

—Tiene que ayudarnos a bajar al señor Dobscher por la escalera.

—¿Yo?

—¿Quién si no?

—¿Y después?

—Después lo montaremos en la carretilla de Else Koch. Más abajo, en Rheinstrasse, ya funciona el tranvía...

—Eso solo puedo desaconsejarlo, señora...

Abajo, la puerta del café se abre de golpe y se oye la voz exaltada de Else, aunque se esfuerza por no gritar mucho.

—¡Hilde! ¿Quieres venir ya, por favor?

¡El día de hoy es un infierno! Hilde cree que la Künzel podrá hacerse cargo del tozudo de Addi y decide que es mejor bajar al café, porque es evidente que su madre necesita ayuda. Le da unos golpecitos en el hombro a Julia para animarla.

—Enseguida vuelvo.

En el café está Gisela, que lleva un vestido de verano muy chic, y junto a ella hay dos jóvenes con uniforme americano. Los primeros clientes yanquis del Café del Ángel. Los tres admiran las creaciones de Else en el mostrador de los pasteles, hechos con harina de maíz, huevo en polvo, azúcar, fruta en conserva y mucha intuición repostera.

—¡Aquí estás, por fin! —exclama Gisela, como si hubiese quedado con ella—. He traído a unos amigos. Este es Sammy, a Josh ya lo conoces. *May I introduce you to my best friend. Mi mejor amiga... Hilde...*

Sammy es un chico larguirucho con cara de niño y una sonrisa enorme e inofensiva. Hilde echa mano de sus escasos conocimientos de inglés y los saluda, dice que está *very pleased*, y los invita a ocupar una mesa. Josh es el teniente Peters, que por lo visto se alegra de volver a verla. Al final Gisela tenía razón y el joven siente debilidad por ella, o tal vez solo sea que le gusta el café. El primer día se llevó la fotografía de Eduard Graff y no parece que tenga intención de devolvérsela. En fin. Botín de guerra.

Gisela elige la mesa que hay junto al mostrador de los pasteles, piden café y tres trozos de tarta de fruta.

—Por desgracia no tenemos nata montada —comenta Hilde—. *We don't have cream…*

—No importa —comenta Gisela, que hace manitas con Sammy—. Pero ¿qué pasa con la música? Pensaba que aquí siempre teníais música de baile, además de café.

—¡Pero no a la hora de la comida! —protesta Hilde.

—Ay, venga —insiste su amiga, y la mirada que le echa dice claramente: «No lo fastidies, Hilde. ¡Que me he esforzado mucho por traeros estos clientes!».

—Iré a ver.

Justo hoy que el pobre Addi necesita ayuda, tienen que presentarse los primeros americanos en el café. Ahora nada puede salir mal, porque perderían su oportunidad. En eso Gisela tiene razón, claro. Hilde se apresura a la cocina, donde su madre está preparando el sucedáneo de café, y le quita el hervidor de la mano.

—Sube y trae a la Künzel, mamá. Tiene que tocar el piano. Tú ocúpate de llevar a Addi al hospital y yo me encargo del café mientras tanto.

Su madre es una mujer de acción, siempre lo ha sido. No pregunta, solo asiente con la cabeza y sube la escalera corriendo mientras Hilde sirve el sucedáneo en tazas. En el Café del Ángel no hay café de verdad; que los yanquis se den cuenta de lo escaso que es el abastecimiento para la población. Tal vez así se muestren más generosos.

Sirve los cafés y las tartas de fruta, luego sale para atender a los demás clientes. Hace tiempo que Alma Knauss no se deja ver por allí, por lo visto ya no le gusta la ubicación del café. O por lo menos eso les ha contado Ida Lehnhardt. Ida está sentada con Jenny Adler y deja que Hilde le sirva una infusión de menta fría. Tendrá que pagar Jenny, desde luego, porque Ida Lehnhardt es una gorrona de cuidado sin un penique en el bolsillo.

Justo cuando Hilde vuelve a entrar corriendo en el café, aparece la Künzel. Se ha puesto un vestido y se ha atado un colorido pañuelo de seda alrededor de la melena sin peinar, lo cual le confiere un aspecto pintoresco.

—Hay que ver cómo os aprovecháis de mí... —protesta—. ¡Se me van a caer los dedos!

Pero por suerte la Künzel es un animal escénico. Se queja, sí, pero jamás dejaría pasar una oportunidad de actuar. Así que se sienta al piano con toda su ceremonia, coloca bien el taburete, levanta la tapa del teclado, retira el guardapolvo de fieltro con un gesto cariñoso y lo deja a un lado. Entonces estira los brazos, mueve los dedos y los posa despacio sobre las teclas. Un par de acordes dubitativos y luego una melodía conocida que va adquiriendo ritmo de swing. Hilde constata que ha aprendido mucho en poco tiempo. Es una mujer asombrosa y, además, incombustible.

El efecto de la música de piano se nota al instante. Gisela y su Sammy se levantan para bailar, Ida y Jenny dejan su mesa bajo la sombrilla y entran para no perderse nada.

—¿Le apetece bailar, señorita Hilde? —pregunta Josh Peters.

Hilde se encuentra en un aprieto. Rechazar la invitación sería muy descortés. Peor que eso, sería malo para el negocio. Sonríe y busca una excusa.

—No es habitual que el personal baile, teniente Peters.

Él está muy serio, como siempre, pero en sus ojos brilla algo que la hace titubear.

—Entonces... ¿no va a hacer una excepción conmigo?

Está claro. Lo mejor sería hacer una excepción para que no se enfade. Pero Hilde no es de las que acepta órdenes. Ni siquiera de un yanqui. Si ha creído que puede mangonearla solo porque los Aliados han derrotado a los nazis, se equivoca.

—Lo siento mucho, teniente Peters, pero ahí hay dos señoras que esperan con ilusión que alguien las saque a bailar…

Se vuelve un poco hacia Jenny Adler e Ida Lehnhardt, que acaban de instalarse en la mesa que hay justo al lado del piano. Sin embargo, Peters no reacciona a su indirecta. Levanta las cejas y la mira entornando los ojos. «Se acabó —piensa Hilde—. La he fastidiado. ¡Y eso que fui yo la que dijo que teníamos que abrir el café para los americanos!».

No obstante, se equivoca.

—Debo disculparme, señorita Koch —dice él, para su sorpresa—. Es posible que haya entendido mal a su amiga.

«Conque es eso. Por eso está aquí. Gisela ha debido decirle que soy una de esas facilonas. ¡Cómo se le ocurre! Ponerme en semejante situación…».

—Lo… siento mucho, teniente Peters —se excusa—. Pero me alegro de volver a verlo aquí, en el Café del Ángel. Me parece que tenemos mucho que agradecerle.

—No tanto como cree. Tenía mis motivos para impedir que requisaran el establecimiento.

—¿Y esos motivos tienen algo que ver con la fotografía de Eddi Graff?

Él asiente y de repente parece otro. Ya no hay tono autoritario, no hay exigencias… Está tranquilo, algo pensativo, e incluso esboza una sonrisa al dirigirle un gesto cortés.

—¿No querría sentarse un momento conmigo? Me gustaría contarle una historia.

Ella cruza encantada el puente que él le ha tendido, y como no hay más clientes a los que atender, se sienta a su mesa.

—No me malinterprete —señala él—. Respeto su postura.

Hilde no está segura de si lo dice en serio o solo quiere

disimular su decepción, pero se siente aliviada. Él sigue siendo igual de amable, y mientras la Künzel toca y Gisela baila muy agarrada a su amigo, el teniente Peters empieza a contar una historia. La de Eduard Graff, el que fue su tío.

—Mis padres tenían una pescadería en Manhattan. Era un trabajo duro, incluso los niños ayudábamos en cuanto aprendíamos a andar. Cuando Eddi Graff se instaló con nosotros, yo tenía quince años y ya era experto en pescaderías. Enseguida me di cuenta de que no encajaba en nuestro mundo, pero precisamente eso fue lo que me gustó. Era un hombre que no pensaba en el dinero y los negocios de la mañana a la noche. Para él eran importantes otras cosas. La educación. La imaginación. La literatura. La belleza. La música. Es extraño, pero nunca habló del teatro. Debía de haberle puesto punto y final a eso.

Hilde lo escucha fascinada. Se acuerda muy bien de Eddi Graff, sobre todo de su último encuentro, cuando el hombre la ayudó con la redacción sobre Wiesbaden y le sonrió con tristeza, porque apenas unos días después se marchaba de Alemania. Eso a ella no se lo dijo, por supuesto. En aquel momento Hilde tenía nueve o diez años.

De repente se oye un ruido en la escalera, y también la voz ronca de Addi, que ahoga incluso a la Künzel tocando el piano.

—Aparta… No me toques, sucio nazi… Quítame las manos de encima…

—¡Cálmese! —grita el doctor Volkmann, furioso—. ¡Este hombre solo quiere ayudarlo!

Ay, Dios mío. Su madre ha avisado a Storbeck para que les eche una mano y ha sido la peor de las ocurrencias, sin lugar a dudas. También Peters ha oído el griterío. Interrumpe su historia y frunce el ceño.

—¿Qué pasa ahí? —pregunta preocupado.

«Para una vez que el Café del Ángel ha de exhibir su mejor cara… —piensa Hilde con tristeza—. Pero, claro, es hoy cuando tiene que montarse todo este jaleo».

—Un inquilino tiene pulmonía. Hay que llevarlo al hospital, pero se niega…

Peters mira hacia la puerta de la escalera y escucha un momento. Se oyen las órdenes de Else y también el llanto de Julia Wemhöner.

—¿Tiene que ir al hospital? ¿Quién lo dice?

Su pregunta suena a reproche. No parece gustarle que lleven a un hombre adulto a un centro hospitalario a la fuerza.

—El doctor Volkmann, de Rheinstrasse…

La mirada del teniente se oscurece, baja las cejas y se reclina en la silla. Contempla a Hilde como si no la hubiese visto nunca.

—¡Se está riendo de mí!

—¿Por qué iba a hacer eso? —contesta ella, desconcertada.

Durante unos segundos la atraviesa con la mirada, después se levanta de un salto y va hacia la puerta. La abre de golpe y sale a la escalera. Sofia Künzel, sobresaltada, deja de tocar el piano y se gira. Gisela y Sammy interrumpen su baile.

—¿Qué le pasa? —pregunta Gisela, y recrimina a Hilde con la mirada.

Su amiga se encoge de hombros, lo cual quiere decir: «No tengo ni idea».

—También podrías haber mostrado algo más de buena voluntad —protesta Gisela—. Te comportas como si fueras una solterona recatada…

—¿Qué le has contado? ¿Que me muero de ganas por acostarme con él? —replica Hilde, indignada.

—¡Pero no te pongas así! Solo quería darle impulso a vuestro negocio…

—¡No tenía previsto abrir un prostíbulo para yanquis!

Están a punto de tirarse de los pelos, pero la voz de Peters desde la escalera interrumpe la pelea incipiente.

—*Sam! Come here...*

Sammy se apresura, obediente. Oyen a Peters dando instrucciones en inglés, y entretanto Addi tose y maldice, Julia habla en voz baja tratando de calmarlo, la madre de Hilde dice algo como «Muchas gracias... Lo siento mucho...».

—Pero ¿qué es lo que pasa aquí? —pregunta Gisela, perpleja.

Hilde la deja plantada y corre hacia la escalera, donde casi se choca con Peters.

—¿Por qué no me lo dijo enseguida? —le suelta a Hilde con brusquedad—. Tenemos el coche fuera, nos lo llevamos al hospital. ¡Y la próxima vez vayan a buscar a un médico de verdad!

Hilde lo mira sin entender nada.

—El doctor Volkmann es veterinario —añade Peters, cortante—. Hace poco trató al perro del coronel Coward.

Luisa

Costa del mar Báltico, abril de 1945

Desde que Luisa ha recuperado las fuerzas, se acerca todos los días al pequeño cementerio para visitar la tumba de su madre. Ahora que hace menos frío puede trabajar el montículo de tierra con un rastrillo, deshacer y nivelar los terrones duros que se levantaron al excavar el hoyo. Ha claveteado dos tablas para formar una cruz y en el travesaño ha grabado el nombre de su madre con un cuchillo. No queda sitio para los años de nacimiento y defunción ni para una cita bíblica, pero en algún momento tendrá dinero y encargará una lápida de verdad.

La carta de Fritz Bogner la lleva siempre consigo, en la bolsita de cuero que le cuelga en el pecho. Le duele no haber podido despedirse de él. Lo echa de menos. Su compañía discreta y al mismo tiempo constante, sus cuidados, su alegría. ¿Qué hizo ella para merecer todo eso? Él le salvó la vida al sacarla de aquel paso subterráneo helado, donde seguramente se habría congelado aquella noche junto al cadáver de su madre. Él la llevó hasta la casa parroquial, donde por ahora está segura. Él la cuidó cuando estuvo enferma. Por las noches, al sentarse en su rincón del desván con una vela, lee su carta una y otra vez. Fritz dice que es «una persona extraordinaria» y que se alegra de haberla conocido.

«Ay —piensa angustiada—. Qué equivocado está. No soy nada extraordinaria. Al contrario, soy una boba y una terca, convencí a mi pobre madre para emprender el desdichado viaje que la llevó a la muerte. Si nos hubiéramos quedado en nuestro piso de Stettin tal vez seguiría con vida».

Sin embargo, no comparte con nadie sus sentimientos de culpa. En lugar de eso, ayuda al pastor y a su mujer a cuidar de los numerosos desplazados que encuentran refugio en la casa parroquial. Algunos solo se alojan una noche y al día siguiente siguen camino. Otros, sobre todo los niños y los ancianos, están tan agotados que se quedan varios días allí. Dos mujeres mayores murieron en la casa y las enterraron en el cementerio, junto a Annemarie Koch. Cada vez es más difícil conseguir mantas y comida para todas esas personas; las instalaciones municipales se han desmantelado, los nacionalsocialistas de la vieja guardia se escabullen y sus sucesores intentan impedir lo peor. Aun así, todo el mundo tiene claro que lo peor aún está por llegar. El Ejército Rojo no deja de avanzar hacia el oeste, las pocas unidades de la Wehrmacht que se les enfrentan se ven muy superadas numéricamente, no pueden resistir el avance de rusos y bielorrusos. Británicos y americanos, además, bombardean constantemente las ciudades alemanas. En marzo tomaron Kolberg, Danzig tuvo que rendirse, hace unos días cayó Königsberg.

—Asesinan e incendian como si fueran demonios —explican los desplazados—. El que cae en manos de los rusos está perdido. A las mujeres las violan hasta que se les mueren.

El miedo a los rusos es enorme. Dicen que en Pomerania han asaltado a las columnas de desplazados, les han robado, los han desnudado, han violado a las mujeres y han fusilado a los hombres. A los niños pequeños les han golpeado la cabeza contra una piedra para reventarles el cráneo.

—Quieren conquistar Berlín —profetiza el pastor Klein una noche que se han sentado en un pequeño círculo—. Y nosotros estamos en su camino.

—Pero los americanos se acercan por el oeste —dice la enfermera de la comunidad Irma Kogler, que ya pasa de los ochenta años pero trabaja sin descanso—. El que llegue hasta ellos se librará de los rusos.

Todavía hay barcos que zarpan desde Rostock hacia Schleswig-Holstein o Dinamarca, pero es difícil encontrar plaza. Y cuesta dinero. También los trenes viajan con una frecuencia irregular. Siempre van llenos, hay quien se aferra desde fuera a puertas y ventanas, o se sube a las uniones entre vagones. Lo que sea con tal de avanzar un trecho más hacia el oeste. Cuando las bombas han destruido las vías, ya no se puede seguir, así que los pasajeros tienen que apearse en campo abierto y continuar a pie.

Luisa ve todos los días el horror de los desplazados, cuida a enfermos y a niños desnutridos, se ocupa de heridos y aprende de las enfermeras de la comunidad a cambiar un vendaje o curar una herida abierta. Tiene que controlarse para superar la repugnancia, porque muchas heridas supuran y hay que limpiarlas en profundidad.

—Tú también deberías ir hacia el oeste —le dice la anciana Irma Kogler mientras descansan un poco y se toman una taza de té—. Una chica joven y guapa como tú no debería caer en manos de los rusos.

Luisa la mira con sorpresa. La anciana sonríe. Está muy delgada y lleva el pelo blanco recogido en un moño en la nuca. Tiene los ojos azul claro y muy despiertos.

—No me gusta decirte esto, Luisa, porque aquí me resultas muy útil —añade—. Pero también tienes que pensar en ti, muchacha.

Ella sacude la cabeza con decisión. No, no quiere marcharse, quiere quedarse donde su madre ha encontrado su lugar de reposo definitivo.

—Si tu madre siguiera viva —comenta Irma Kogler, descontenta—, también te aconsejaría que huyas al oeste.

Luisa lo duda. Seguro que su madre se habría quedado allí. Igual que quería quedarse en Stettin. A Luisa aún le pesa la culpa con respecto a su madre, pero desde que sabe que el Ejército Rojo ha tomado Stettin está algo más tranquila. Es evidente que no fue tan mala idea dejar la ciudad. Por otro lado, ¿qué es lo correcto y qué es lo equivocado? En estos tiempos de locos las reflexiones inteligentes sirven de muy poco. Puedes hacer lo correcto y aun así acabar en el horror. O tomar una decisión equivocada y librarte. Hay que tener suerte, nada más, para salir ileso.

—La hermana Irma tiene razón —oye decir al pastor Klein—. Es mejor que intentes ir hacia el oeste, Luisa.

—¿Y qué hará usted, pastor Klein? ¿Y su mujer?

El hombre sonríe y se sube las gafas desde la punta de la nariz.

—Nosotros somos viejos, Luisa. Ya hemos vivido nuestra vida. Confiamos en que Dios lo arregle todo.

—¡Entonces yo también quiero confiar! —decide, tozuda.

Por la noche está sentada en su rincón, envuelta en una manta, y escucha los ruidos del otro lado de las cortinas. Cuatro familias tienen que compartir el desván, dos de ellas con niños pequeños que siempre están llorando porque tienen hambre. Hay muy poca leche, los niños deben conformarse con sopa de patata aguada, y apenas les queda pan. Tienen manteca y azúcar en cantidades minúsculas. Suele haber peleas porque alguien se ha llevado alimentos que no le correspondían. Las madres de esos niños hambrientos están dispuestas a todo, no se arredran, aunque haya que pelearse con alguien o robar para alimentar a sus pequeños. Aquí arriba, en el desván, se han vivido ya escenas indescriptibles. Luisa ha tenido que bajar a pedir ayuda al pastor en más de una ocasión para separar a dos personas enzarzadas en una trifulca.

De momento parece que todo está tranquilo, así que acerca algo más la vela y saca la carta de la bolsita de cuero. El papel ya está muy desgastado, de tantas veces que lo ha desdoblado y luego lo ha vuelto a guardar. En los pliegues casi no puede leerse lo que hay escrito. Sonríe sin querer. Si Fritz supiera cuántas veces mira esas líneas y piensa en él. Cuántas veces se pregunta dónde estará. Si lo habrán enviado de vuelta al frente, donde arriesgará su vida en una batalla sin sentido. Si los dos sobrevivirán a la guerra y se encontrarán de nuevo, tal como ella querría. Todas las noches Luisa siente cada vez con más claridad que desea volver a ver a Fritz Bogner. Dios lo quiera…

Naturalmente, se puede dejar que Dios decida. Y ella lo hace. Pero también se le puede ayudar un poco. Prepararle el terreno, por así decir. Conducir su decisión en la dirección correcta…

Ese pueblito… ¿Cómo se llamaba? El nombre está en una doblez y se lee muy mal. Benzhain, no. Lenzhain, tampoco. Benzhahn, podría ser. O quizá Tenzhahn. Sí, es Lenzhahn. Qué nombre más extraño. «Lenz», que significa primavera. Y «Hahn», que significa gallo. Está en las montañas del Taunus, cerca de Fráncfort. Seguro que Fritz se refiere a Fráncfort del Meno. Y Fráncfort del Meno no queda muy lejos de Wiesbaden.

«Si sobrevive y regresa del frente, volverá a casa de sus padres», piensa.

Al otro lado de la cortina, un niño se pone a llorar tanto que a Luisa se le parte el corazón y la distrae de sus pensamientos. Ya va siendo hora de echarse a dormir para descansar al menos un par de horas. Las sirenas podrían sonar en cualquier momento, y cuando hay alarma antiaérea ella tiene que ayudar a los desplazados a bajar a la cripta de la iglesia.

A la mañana siguiente brilla el sol y en el cementerio se ven las primeras flores amarillas de las forsitias. En la cruz de madera de Annemarie Koch hay posados dos gorriones. Cuando Luisa se acerca a la tumba, hinchan el plumaje y levantan el vuelo.

La vida sigue, y de pronto le resulta muy sencillo tomar la decisión.

—Te llevo conmigo, mamá —susurra—. A ti y a papá. Me acompañáis siempre, dondequiera que esté.

Prepara su fardo enseguida, ya que casi solo posee lo que lleva puesto. El pastor y su mujer le regalan la manta de lana, y también una muda y calcetines, una botella con té frío, algo de pan y azúcar. Al principio no quiere aceptar el dinero que le ofrece el pastor Klein.

—Te lo has ganado honradamente, Luisa. Y lo necesitarás.

Se deja convencer. No le resulta fácil despedirse del matrimonio, como tampoco de Irma Kogler; esas tres personas encantadoras han sido como una familia para ella.

—Dios nuestro Señor te protegerá, Luisa —dice el pastor—. Ve en paz.

Esta vez prefiere ir a pie, pues recuerda con espanto el trayecto en tren que tuvo un final tan terrible. Para no viajar sola, se une a un grupo formado por dos mujeres y los hijos de ambas. Karin Stumm y Elena von Karst han pasado varios días en la casa parroquial porque una de las hijas de Elena, de cuatro años, tenía una fiebre muy alta. Luisa ayudó a cuidar de la niña, y el carácter tranquilo y sereno de las dos mujeres le gustó. Ambas proceden de una pequeña granja que Karin Stumm heredó de sus padres. Elena se casó con un hombre de los alrededores y vivía en un criadero de caballos, no lejos de allí. Sus maridos están en la guerra; las mujeres y sus hijos han tenido que partir hacia el oeste.

—Fue muy duro dejarlo todo atrás —cuenta Karin—. También a los pobres animales, que no sabían qué iba a ser de ellos.

Soltaron a las vacas, los cerdos y las aves, y la gente del pueblo tomó lo que necesitaba antes de que lo hicieran los rusos. De los caballos se seguía ocupando un viejo mozo de cuadra al que no lograron convencer para que abandonara su hogar. Cuando los rusos lleguen, seguro que se quedarán con ellos.

—Lo único que importa es llevar a los niños a un lugar seguro —opina Elena.

Son cinco. Elena tiene dos hijas de dos y cuatro años; los hijos de Karin tienen seis y ocho años, y tres el menor. Cuando partieron, cargaron varios carros con toldo hasta arriba de ropa, colchones, provisiones, ollas y todo lo que consideraron imprescindible. Cuatro empleados se mostraron dispuestos a escapar con ellas: tres mozos de cuadra que ayudaban como cocheros, y una muchacha que se ocupaba de los niños.

—Uno de los mozos nos abandonó el primer día, y dos días después desapareció uno de los carros con el cochero. El resto lo hemos ido perdiendo poco a poco.

No fueron los rusos quienes las atacaron, sino grupos de vagabundos que se aprovechan de la miseria de los desplazados para enriquecerse. Luisa no se atreve a preguntar si han sufrido alguna violación. Ni siquiera entre mujeres se habla de eso; la vergüenza es demasiado grande. Elena y Karin son alegres, están contentas de haber conseguido traer a sus hijos sanos y salvos por lo menos hasta aquí, y esperan recorrer el último trecho hasta Hamburgo con dos carretas.

Los primeros días les va bastante bien. Se turnan para tirar de las carretas, los dos chicos mayores también echan una mano y, cuando se cansan, Karin se sabe un sinfín de canciones que cantan en voz alta para que no les venza el sueño. El camino los lleva en dirección a Wismar por Bad Doberan y Kröpelin, la carretera está llena de personas y todas van en la misma dirección. Cuando se acercan carros de caballos por detrás, tienen que apartar a un lado las carretas para dejar paso a los afortunados que han podido salvar carro y caballo. En el borde del camino siempre hay desplazados sentados, demasiado agotados para seguir adelante. De vez en cuando, algún carro se detiene para dejar subir a alguien, pero la mayoría los abandona a su destino.

—No mires —le dice Karin a Luisa—. Hay muertos en la cuneta. Nadie tiene tiempo de enterrarlos. Pasemos deprisa.

A mediodía descansan y preparan sopa con pan y lo que les queda de cebada. Las noches las pasan en establos vacíos o a cielo raso, y entonces colocan las dos carretas una junto a la otra y extienden una lona por encima. Las madres duermen bien apretadas contra sus hijos. Luisa se envuelve en su manta y tiembla de frío. Está contenta con la pequeña comitiva que la ha aceptado, pero aun así acusa la soledad. Toda su vida, hasta ahora, ha tenido a su madre junto a ella; se siente sola.

Cuando dejan atrás Kröpelin, el tiempo cambia de pronto. Una tormenta de nieve los obliga a parar y buscar refugio tras las carretas. Un rato después la nieve se convierte en lluvia y la carretera no tarda en llenarse de barro y charcos. Tirar de una carreta sin neumáticos por ese lodazal es extenuante, los niños protestan, el más pequeño tiene anginas y cree que Elena también tiene fiebre. Otros desplazados los adelantan. Maldicen porque se han quedado clavados en el barro y no pueden apartarse. Entonces, para colmo de males, varios camiones se acercan en sentido contrario y tienen que hacerles sitio enseguida. Son soldados con órdenes de reforzar el frente oriental.

—Pobres tipos —dice Karin—. Van directos a la muerte.

Luisa piensa con angustia en Fritz Bogner, al que sin duda habrán vuelto a enviar al frente, donde luchará por una causa perdida. Y aun así, muchos de los soldados de la Wehrmacht que se lanzan contra los rusos salvan la vida a mujeres y niños desplazados, contienen al enemigo un tiempo, el suficiente para que los demás se pongan a salvo. ¿Son héroes esos hombres? ¿O los han engañado? Ay, a Luisa le encantaría rezar por Fritz Bogner, pero le falta la fe inquebrantable del pastor y su mujer. Así que solo le queda la esperanza de que el destino sea clemente.

A última hora la lluvia cae con tal fuerza que deciden apartar las carretas al borde de la carretera y extender la lona para que al menos la ropa y las provisiones que les quedan no se mojen. Tanto los niños como ellas mismas están calados hasta los huesos. Pero resulta casi imposible sacar las carretas de las roderas, porque las ruedas de madera están hundidas en el barro.

—Todo el mundo abajo —ordena Karin—. ¡Los niños también! Luisa, ayúdame. ¡Elena, ocúpate de los pequeños!

Al final, incluso Elena tiene que tirar del carro, aunque está acatarrada y le ha subido la fiebre, mientras los pequeños aguardan al borde de la carretera llorando y ateridos de frío.

De pronto, en mitad de sus esfuerzos desesperados, alguien acude en su ayuda. Un joven aparece bajo la lluvia torrencial y agarra la barra de tracción de una carreta; un fuerte tirón y las ruedas saltan de la rodera. Sin decir palabra, aparta a las mujeres y va hacia la otra carreta, la observa un momento, da unas sacudidas a la barra y se coloca en posición. Cuando ellas ven que el armatoste se mueve, se acercan corriendo a empujar y en pocos minutos tienen las dos carretas en el borde de la carretera; están de barro hasta arriba, pero sanas y salvas.

—¡La lona!

El viento tira con fuerza de la cubierta impermeable; tienen que atar muy bien su preciada posesión a los tablones para refugiarse todos debajo. También hacen sitio al desconocido que las ha ayudado. Se apiñan unos contra otros, Karin y Elena sacan las últimas prendas secas de los niños y cambian a los más pequeños.

Luisa, envuelta en la manta húmeda, está sentada junto al desconocido y lo mira de reojo con curiosidad. Barba corta, castaña, tiene la nariz afilada, los labios carnosos. Le gotea agua del pelo espeso, le baja por la frente. No deja de pasarse la manga por la cara. Lleva la ropa perdida de barro, pero aun así se distingue que es un uniforme de la Wehrmacht, aunque ha cortado todos los distintivos y le ha dado la vuelta. También su calzado lleno de arañazos son botas militares.

—Se me nota, ¿verdad?

Luisa se estremece cuando le sonríe, provocador.

—¿A qué se refiere?

—A que soy un desertor, señorita. Un apestoso cobarde que no está dispuesto a morir como un héroe ahora que el final se acerca. Conseguí huir cuando los rusos aniquilaron a nuestro pequeño grupo, y eso fue todo. Para mí, la guerra ha terminado. Y punto. La consigna es sobrevivir. Como sea…

Ese hombre tiene algo que la incomoda, por eso al principio no contesta. Karin es menos sensible y le da la razón. Si el Führer hubiese accedido a un armisticio a tiempo, les habría ahorrado todo ese sufrimiento. En lugar de eso, no dejaba de hablar de la lealtad de los nibelungos y la batalla final. El que recogiera sus cosas y huyera de los rusos sería condenado por traición al pueblo.

—Quiere que todos los alemanes caigan porque no han podido darle la victoria —dice—. Pero en eso se equivoca. Las mujeres luchamos por la vida de nuestros hijos. ¡Poco nos importa lo que piense Adolf Hitler!

El desconocido asiente. La lluvia repiquetea en la tela encerada y cae a chorros por los costados. A veces el viento se cuela bajo la lona, la hincha y quiere llevársela, todos se mojan y la agarran enseguida para volver a tensarla.

—¿Y usted? —pregunta el desertor, mirando a Luisa—. ¿También tiene hijos?

—No. ¿Usted sí?

—Mi mujer está en Danzig, no sé si todavía vive. Tampoco tenemos hijos.

Lo dice con una extraña indiferencia, como si hablara de un vecino. ¿Es que no quiere a su mujer? ¿O ha visto cosas tan horribles que se ha insensibilizado del todo? A Luisa empieza a darle pena. La guerra no solo daña los cuerpos, también mata las almas de los hombres. Se quedan en silencio un rato, escuchando el sonido de la lluvia, que cada vez es más débil, y las gotas que caen de la lona. Se están helando con la ropa mojada, y además el hambre los tortura. No han comido nada desde esa mañana.

—Creo que está amainando —comenta el desertor, y se inclina hacia un lado para mirar fuera—. Bueno, ¿qué les dije? Todavía hay nubes, pero de momento ha parado.

También las mujeres se atreven a salir de debajo del toldo. Cuando todo empieza a secarse, consiguen encender un fuego y preparar sopa. Aún tienen algo de pan, y Luisa ha conseguido un trozo de tocino en casa de un campesino. La mayoría de los campesinos de la zona prefieren sacrificar a sus animales a dejárselos a los rusos. El único problema es encontrar algo de leña seca u otro material combustible.

—Allí hay un cobertizo —dice el desertor, y señala con la cabeza en esa dirección—. Tal vez quede algo. Me acercaré a ver.

Karin saca la olla y las provisiones, Elena se encarga de que los dos chicos mayores se pongan una camisa seca. Luisa coge una lata y se dispone a buscar los primeros brotes de dientes de león, encuentra también llantén y aliaria, un par de jóvenes ortigas verde claro aquí y allá. Esas hierbas le darán sabor y más sustancia a la sopa. Ya está anocheciendo, el cielo es gris y pesado, pero ella tiene buena vista y descubre más plantas comestibles con las que llenar su lata. Un poco más adelante, un riachuelo serpentea por el prado. Allí hay sauces y alisos, y la vegetación es aún más exuberante junto a la orilla. Luisa celebra ya su abundante recolecta, se agacha junto a la corriente para lavar las plantas y se enfada por no haber llevado la olla consigo, porque necesitarán agua para la sopa. El riachuelo baja revuelto y turbio a causa de la lluvia, pero de todos modos van a hervir el agua, así que no les pasará nada.

—Espera, que te ayudo —dice de pronto la voz del desertor tras ella.

No le da tiempo ni a volverse. Él se le echa encima desde atrás, la agarra con fuerza y rueda con ella sobre la hierba. Luisa se resiste, muerde la mano con la que él le tapa la boca, se retuerce, intenta liberarse de sus garras. La refriega dura poco, él se cansa y decide golpear. Dos, tres veces la abofetea tan fuerte que la deja aturdida.

—¿Qué te creías? —murmura mientras le abre la blusa y le baja la camiseta interior—. Tendrías que ver cómo lo hacen los rusos. Van uno detrás de otro... Diez o doce, incluso veinte...

Luisa ya solo se resiste débilmente, le atruena la cabeza, cree estar viendo una película. No es ella misma, sino otra, una espectadora. Él le levanta la falda y le quita las bragas, le toquetea el sexo, gruñe de ansia y se abre la bragueta. Su miembro es feo, gordo y azulado, ella nunca ha visto un miembro masculino erecto y piensa que no puede ser suyo. Entonces lo siente, ya no tiene fuerzas para defenderse y solo grita en la palma de la mano de él, que sigue tapándole la boca. Se toma su tiempo, empuja una y otra vez, la desgarra, se restriega contra su cuerpo, gime y por fin arquea la espalda. Cae sobre ella con un gruñido de satisfacción.

¿De verdad se ha terminado? Luisa siente que le va a estallar la cabeza. Le sangra la boca, un hilillo le baja por el cuello hasta sus pechos desnudos. Se ha mordido la lengua mientras él embestía.

—No montes una escena —advierte el desertor—. No

vale la pena. Esto les pasa a todas las mujeres en la guerra. Venga, vístete.

Se arrodilla sobre ella y se abotona los pantalones. Se inclina hacia un lado y le lanza las bragas a la cara. Después se aparta, se recoloca los pantalones y se aleja. Más allá, junto al cobertizo, ha dejado un montón de leña y la lleva hasta las mujeres y los niños, que esperan junto a la carretera.

Luisa se queda inmóvil, ahí tirada. No siente nada, ni siquiera dolor, solo oye en el interior de su cabeza un zumbido que amenaza con dejarla sin aliento. La espectadora que ha sido vuelve a fundirse poco a poco consigo misma, comprende lo que ha ocurrido, se siente impotente, humillada, llena de vergüenza ante el horror que ese hombre ha cometido con ella. Nadie le había explicado lo que era una violación. De eso no se habla, nadie le había descrito todas esas cosas repugnantes y degradantes.

«Ya ha pasado —se dice—. Sigo viva, y no soy la única que ha sufrido esto». Ya es casi de noche, ve el resplandor del fuego que han encendido las mujeres con la leña. Alrededor de la hoguera distingue vagamente a Elena y a dos de los niños, el desertor está sentado junto al fuego y va alimentándolo con ramas. Luisa se incorpora despacio. El zumbido de su cabeza ha remitido, pero ahora siente un mareo, una mancha luminosa rojiza y amarillenta baila frente a sus ojos. Poco a poco empieza a ponerse bien la ropa, dentro de lo posible. La camiseta puede subírsela, a la blusa solo le quedan tres botones, la goma de las bragas sigue intacta, por suerte. Se recoloca la falda y permanece un rato sentada con las rodillas dobladas, mirando hacia el fluctuante resplandor del fuego en la oscuridad. Un dolor penetrante se extiende en su bajo vientre.

¿Qué se ha pensado ese? ¿Que ahora irá hasta allí y se sentará con ellos sin más? ¿Como si no hubiese pasado nada? Una violación es algo muy normal en una guerra, no hay que montar escenas por eso... Se lo ha dicho con toda claridad.

A ninguna de las dos mujeres se le ha ocurrido ir a buscarla. Están sentadas junto al fuego, preparando sopa con el tocino que ha comprado Luisa. Piensa en su mochila, en la muda y la cantimplora, en la manta que le regalaron el pastor y su mujer. Pero nada de eso le parece motivo suficiente para regresar.

Da un rodeo para evitar el resplandor de la hoguera, avanza a tientas en la oscuridad, cruza el prado y encuentra la carretera. No la alcanzarán, con las carretas van demasiado lentos. Aún oye un tenue zumbido en su cabeza y le duele la lengua, que se le ha hinchado en la zona donde se ha mordido. Entre las piernas nota algo húmedo y tibio. Mañana, de día, se lavará en el riachuelo y se meterá en alguna casa vacía para dormir un poco. Ahora solo quiere alejarse de ese lugar, de esas personas.

No quiere pensar. No quiere sentir. Quiere seguir viva.

Julia

¿Qué es el amor? Julia se ha pasado la mitad de la noche reflexionando sobre esa cuestión y, aun así, no ha encontrado una respuesta definitiva. Solo está segura de una cosa: hasta ese día no había sabido nada del amor. A lo largo de su vida ha experimentado breves encuentros amorosos, paseos por el parque del Balneario, también noches llenas de pasión que fueron más o menos felices. Cierto, todo eso lo hizo por amor. No solo por deseo carnal, sino también porque estaba enamorada. Sin embargo, ese enamoramiento terminaba casi siempre al cabo de pocas semanas, cuando sus expectativas no se cumplían, empezaba a crecer el rechazo y después las diferencias se hacían irreconciliables. Tras cuatro semanas como mucho, miraba a su amado con otros ojos, más objetivos, y con ello se terminaba el amor.

Si es que puede llamarse amor a esos episodios…

Luego está el amor noble, puro. O lo que ella había entendido como tal hasta ahora. El anhelo por un ser varonil que es del todo inalcanzable. Como una estrella en el firmamento, que se contempla con felicidad y tristeza, pero que nunca se podrá tocar. Un amor así es Hans Albers, por ejemplo, cuando canta «Good bye, Johnny». También algunos miembros de la compañía teatral, como el incomparable Eddi Graff. O el mismo Adalbert Dobscher, cuando hacía de Don Giovanni.

Ella se quedaba despierta en su cama por la noche consumiéndose de deseo, imaginaba un sinfín de historias románticas, situaciones excitantes y maravillosas en las que conocía al héroe de sus sueños y caía en sus brazos. Una embriaguez que cualquiera puede provocar a voluntad, un bonito sueño que cada cual vive en su imaginación y con los sentidos muy despiertos.

Sin embargo, tras reflexionarlo un poco llega a la conclusión de que tampoco esa exaltación tiene mucho que ver con el amor. El amor es algo muy diferente. Algo inexplicable. Sorprendente. Y del todo increíble.

El amor se abalanza sobre ti como un ave rapaz sobre su presa. O como un rayo que cae desde una nubecilla de algodón. El amor te pilla por sorpresa. El amor no puede explicarse con la razón. Ni siquiera con las emociones. Está ahí y punto, plantado ante ti a plena luz del día, es imposible evitarlo, te tiene en su poder. Lo quieras o no.

Desde ayer, Julia ama a Addi Dobscher. Addi, que está envejeciendo, que siempre hace un ruido infernal, que a veces es bastante pesado, y a quien con su pelo blanco y esos ademanes exagerados había considerado un compañero paternal, pero jamás un ser amado. Y un instante cambió todo eso.

La Künzel llamó a su puerta, y ella se despertó y vio que se había quedado dormida.

—¿Cómo es que Addi no se ha levantado? —quiso saber la Künzel.

Las dos cruzaron por la puerta secreta y entonces ocurrió. Addi estaba tumbado en su cama con el rostro enrojecido por la fiebre, su pecho subía y bajaba deprisa, tenía los ojos cerrados. Julia se acercó a su cama y sintió que la invadía un miedo descomunal a que él pudiera abandonarla. Justo en ese momento supo que lo amaba.

Pero ¿qué clase de amor es este? No es una pasión salvaje, no, eso no. Tampoco un arrebato. Ni la veneración a una estrella distante. Es el aire que se necesita para respirar. La calma. La calidez. La seguridad. Cuando tienes todas esas cosas, las consideras normales y las valoras poco. Pero si las pierdes, nunca volverás a ser feliz.

Ay, ella no podía ayudarlo. Julia no es una persona de acción, es una soñadora, y en momentos de emergencia suele hacer disparates. Fueron Sofia Künzel y Else Koch las que levantaron a Addi de la cama y le pusieron chaqueta, pantalones, calcetines y zapatos, lo cual no fue fácil, porque él se resistía. Al final, después de que Addi casi lanzara a Wilfried Storbeck escalera abajo, se lo llevaron los dos oficiales americanos. Seguro que toda esa agitación no fue buena para él. Julia no dejaba de hablarle todo el rato, le suplicaba que estuviera tranquilo, que no se alterara, que no contradijera al médico. Pero él estaba tan furioso, tan jadeante, que no la escuchaba. Cuando se marcharon, Julia se quedó de pie ante la cama revuelta y vacía, y se echó a llorar como una madalena. Porque tal vez no volviera a verlo.

A mediodía ha salido a toda prisa hacia el convento paulino, pero aún no era hora de visitas y se ha quedado sentada abajo, junto a las puertas, a esperar. No la han dejado entrar hasta las dos, y entonces una enfermera joven y muy antipática le ha indicado que no hable con el enfermo y que no lo toque bajo ningún concepto. Porque es posible que tenga algo contagioso. Addi está en una habitación pequeña con otros tres pacientes. Su cama es la del fondo, contra la pared, y Julia ha tenido que abrirse paso esquivando a dos visitantes que estaban sentadas en sendas sillas junto a una de las camas. Están apretados, el ambiente está cargado, las paredes son blancas pero la pintura se desconcha en las esquinas, hay muchos arañazos y rasguños.

Addi está tumbado boca arriba, dormido. Se lo ve muy pálido y su pelo blanco está todo alborotado. Su respiración es más tranquila, pero sigue tosiendo de vez en cuando. En ese momento tuerce el gesto y ella comprende que siente dolor.

—Dicen que tiene tisis —comenta alguien tras ella—. Es increíble que no lo hayan puesto en cuarentena. ¡Con Hitler no habrían permitido algo así!

—Calla... —susurra una apocada voz de mujer.

—¡Bah, pero si es verdad!

Julia tarda un rato en atreverse a acercar una silla y colocarla junto a la cama de Addi. Se sienta con la espalda rígida, mirándole la cara, las manos, que parecen tan extrañas y blancas sobre la manta. En todos esos años nunca había prestado atención a sus manos, pero ahora ve que tiene unos dedos largos y fuertes, y las uñas proporcionadas. Addi tocaba muy bien el piano. Ella entró una vez en una sala de ensayo del teatro y él estaba sentado a uno de cola, acompañando a dos cantantes que ensayaban un dueto de Richard Strauss.

Ya no sabe cuánto tiempo lleva sentada junto a su cama, pero de pronto él parpadea y abre los ojos. Y como la enfermera antipática no está en la habitación, Julia dice su nombre en voz baja. Entonces Addi vuelve la cabeza y la mira. Está algo confuso, seguramente al principio no entiende que está en un hospital y no en casa, en su cama. Sin embargo, como ella le sonríe, se queda tranquilo y esboza una sonrisa también.

—Al final me han traído a rastras... —dice en voz baja, y enseguida le da la tos. Suena con un siseo, como si tuviera los bronquios muy cargados.

—Es solo para que te recuperes, Addi...

—Preferiría recuperarme en casa —protesta.

Julia guarda silencio porque no quiere contradecirle. Luego le pregunta qué le ha dicho el médico.

—Nada más que tonterías. Me han puesto dos inyecciones y quieren retenerme aquí un par de días.

Cuando dice dos frases seguidas se queda sin aliento. Julia teme por él, pero no lo muestra, no quiere angustiarlo.

—Tienes que hacer lo que diga el médico, Addi —susurra—. Vendré a verte todos los días.

Él se alegra al oír esa promesa. Aun así refunfuña que no es necesario, que se quede en casa tranquila, que a fin de cuentas tiene su trabajo de costura y no debe hacer esperar a los clientes.

—Eso no es importante, Addi. Que esperen. Lo principal es que vuelvas pronto a casa. Porque sin ti... hay... hay tanto silencio...

No es fácil declararle tu amor a alguien a quien conoces desde hace tanto tiempo. Porque Addi no se lo espera. Y porque Julia no está acostumbrada a hablar de amor.

—Porque... —tartamudea, y siente más vergüenza todavía cuando él la mira, rebosante de felicidad—. Porque... porque te echo muchísimo de menos, Addi. Tú... siempre has estado conmigo. Y ahora, de repente, ya no...

Ahí se le ha quebrado la voz y ha tenido que carraspear. Le da la sensación de haber empezado de una forma muy boba y torpe. Y, además, en ese momento la enfermera joven entra en la habitación y anuncia que se ha acabado la hora de visitas.

—Son las cuatro. Por favor, despídanse ya. Los pacientes deben descansar...

Bajo la mirada vigilante de la enfermera, Julia se levanta de su silla y sonríe a Addi con inseguridad. Él está muy serio, ella se sobresalta al ver que una lágrima le cae por el rabillo del ojo y resbala hasta la almohada.

—Ha sido lo más bonito que me has dicho nunca, Julia...

Y como Addi no sabe que no pueden tocarse, estira el brazo y le toma la mano. Solo se tocan un instante, se sueltan enseguida.

—¡Si no se atiene a mis indicaciones, le prohibiremos la entrada! —reprende la enfermera a Julia.

—¿Y yo qué? —pregunta Addi con la voz rota—. Yo también quiero que me prohíban la entrada.

—¡Ya le gustaría a usted, señor Dobscher! Ahora le tengo que poner una inyección.

—Pero otra vez en la nalga no…

—Esta vez, en la del otro lado…

De pronto Julia tiene prisa por salir de la habitación, no quiere presenciar esa escena. Qué extraño. No le gusta absolutamente nada que esa persona detestable se ocupe de Addi y le ponga inyecciones en lugares íntimos. ¡Addi Dobscher es suyo!

De camino a casa la aborda un vendedor del mercado negro que le ofrece chocolate y café. A cambio de cigarrillos. Pero ella no tiene; solo lleva los veinte marcos del Reich que le dio Jenny Adler por estrecharle dos vestidos. Tras regatear un poco, consigue una tableta pequeña de chocolate negro y una bolsita de caramelos de menta. Quiere llevárselos a Addi al hospital al día siguiente. Le gustan los dulces, en eso es como un niño. También le cortará un ramo de flores, porque en el parque del Balneario crecen un montón de plantas y malas hierbas, todas mezcladas, y seguro que buscando podrá sacar un arreglo bonito.

Justo cuando se detiene delante del Café del Ángel, pensando si entrar un momento a ver a Hilde y a Else para hablarles de Addi y del hospital, la puerta del edificio se abre y varios hombres salen a la calle. Tres de ellos son soldados americanos, y uno es negro, con los labios abultados y la nariz ancha. El cuarto es Wilfried Storbeck. Lleva un traje al que su mujer le ha dado la vuelta, y unas zapatillas de cuadros. Está pálido, parece que se lo estuvieran llevando al cadalso. Julia se queda quieta mirando fijamente al grupo. Tarda en comprenderlo, pero seguro que han descubierto que Wilfried Storbeck es un antiguo funcionario nazi y delator apasionado. ¿Qué dijo

Else Koch hace poco? Que se los llevan a todos a un campo de Darmstadt. ¡Ay, Dios! Siempre esos campos. Ojalá los cerraran. Por otro lado, puede que el señor Storbeck tenga bien merecido ese castigo. Addi siempre dice que es mala persona. Aunque él lo expresa de otro modo. Un cerdo. Un asqueroso delator. Un cabrón insidioso.

Cuando pasan junto a ella, el soldado negro le sonríe con sus resplandecientes dientes blancos, y Julia se asusta tanto que se tambalea hacia atrás. Hasta ahora solo había visto a los soldados negros de lejos y les tenía un poco de miedo, porque son igualitos a los caníbales de un libro sobre África que sacó una vez de la biblioteca municipal. Storbeck no la mira cuando se lo llevan, va con los hombros encogidos y tiene los ojos fijos en los adoquines. Es de suponer que le resulta muy desagradable caminar por Wilhelmstrasse expuesto a todas las miradas.

En las dos mesas de delante del Café del Ángel están sentados el maestro repetidor Alois Gimpel y Hans Reblinger, que antes escribía críticas teatrales. Junto a ellos aguarda Hilde Koch, sosteniendo una bandeja con las tazas de café que acaba de recoger. Else Koch ha presenciado la sobrecogedora escena por la ventana.

—¿Ha visto eso, señorita Wemhöner? —pregunta Hans Reblinger—. ¡Todavía queda justicia en este mundo! ¡Gracias a Dios!

Ella asiente, reservada, y sonríe. No, por desgracia no tiene tiempo para sentarse con ellos, tiene trabajo atrasado y sus clientes aguardan, debe ponerse a coser enseguida.

—En eso es usted afortunada, querida —comenta Alois Gimpel, y sonríe con amargura—. Un trabajo pagado es algo que casi nadie tiene hoy en día. Y menos aún nosotros, los artistas…

Julia sabe por Else Koch que el señor Gimpel vive de vender sus antigüedades. Heredó de sus difuntos padres una villa en Biebricher Allee que ahora está vaciando poco a poco. Es muy triste que un músico tan excepcional tenga que quedarse sentado sin hacer nada, pero tampoco puede morirse de hambre.

—Ya vendrán tiempos mejores, señor Gimpel.

—¡La esperanza es lo último que se pierde! —exclama él cuando Julia entra en el café por la puerta giratoria.

Dentro está Sofia Künzel tomándose un cafetito antes de marcharse a Steingasse. Huele a café de verdad, del que les trae la Künzel de los americanos.

—Julia, pobrecilla —la llama la mujer—. Siéntate conmigo y tómate una tacita. ¿Cómo le va a nuestro viejo tozudo? Seguro que ya está más calmado, ¿verdad? El pobre. Con un historial de pulmones como el suyo no se puede bromear...

Julia no puede resistirse al olor del café. En realidad ella es más de té, pero ese café recién hecho es sencillamente un regalo de los dioses...

—Le están poniendo inyecciones y quieren que se quede allí un par de días —informa.

Hilde sale de la cocina, donde ha dejado la bandeja con las tazas, y Else saca la cafetera y tres tazas más para esa mesa.

—Un cafetito rápido antes de que Ida Lehnhardt aparezca con Jenny Adler —dice, y mira vigilante hacia la puerta giratoria—. A ellas no les doy café de verdad, es solo para los buenos amigos...

—Un cliente que paga es un cliente que paga —rezonga la Künzel con una gran sonrisa.

—¡Ni mucho menos! —contesta Hilde—. Los nazis que venían por aquí eran clientes que pagaban, pero a esos siempre les servíamos los pasteles más resecos. Lo hacíamos por principios, ¿verdad, mamá?

—Por suerte, eso se acabó —murmura Else Koch, y le acerca una taza llena a Julia—. ¿Y cómo está Addi? ¿Sigue teniendo fiebre? Caray, a ver si lo curan...

Julia reconoce que no sabe nada concreto. Qué tonta ha sido de no preguntarle a Addi cómo se encontraba o si todavía tenía fiebre. En lugar de eso, le ha soltado un montón de tonterías. Y aun así está muy contenta cuando piensa en lo que le ha dicho.

—Si vas mañana, Julia —dice la Künzel—, llévale una lata de *corned beef* y un paquete de pan blanco. Luego te los daré. Para que se recupere pronto.

Julia se acuerda de la enfermera antipática y se pregunta si la dejarán entrar con alimentos en el hospital. Espera que no se lo confisque y el pobre Addi se quede con las manos vacías.

—A Storbeck por fin le ha llegado su hora —comenta Hilde como de pasada—. Sea lo que sea lo que hagan con él… lo tiene bien merecido, el muy canalla.

Julia no acaba de entender por qué Hilde ha puesto una expresión tan dura y hermética al decir eso, pero intuye que hay algo sobre lo que la chica prefiere no hablar. Se toma con placer el café, al que le ha echado una cucharadita de azúcar porque está muy fuerte, da las gracias y le desea a la Künzel mucho éxito esa noche.

—Gracias a ti. No me va mal. Mañana a las diez vendrá mi primer alumno de canto. Un poco tímido todavía, el chico, pero ahí detrás hay sustancia… Un bajo negro, y mucho más…

Julia sonríe sin querer mientras sube la escalera hacia su piso. O sea que Sofia Künzel volverá a dar clases. En el arte del canto y en otras artes… ¿Será eso también una especie de amor? Julia suspira en voz baja y piensa con cariño en el momento en que ha tomado la mano tendida de Addi. La tenía muy fría, pero le ha apretado los dedos con fuerza. Quién sabe qué habría hecho ella si la tonta de la enfermera no hubiera entrado. Busca la llave de su piso en el bolso de mano. Ahora sí que tendrá que darse prisa con la costura, porque ya son casi las siete…

—¿Señorita Wemhöner?

La escalera cruje tras ella. Ay, no, es Marianne Storbeck, lo que menos le apetece en estos momentos. Qué voz de pito tiene… Seguro que quiere desahogarse con ella, pero eso no va a pasar porque Julia tiene mucho que hacer, y además Marianne Storbeck es culpable de sus propias desgracias, al fin y al cabo. Julia saca la llave y la mete en la cerradura.

—Ay, señorita Wemhöner... ¿No tendrá un minuto? Quisiera preguntarle una cosa...

Julia toma aire para resistir la tentación de mostrarse débil.

—No dispongo de mucho tiempo, señora Storbeck...

Marianne ha subido hasta el rellano y está justo detrás de ella.

—Eso ya lo sé... Tiene mucho que coser, ¿verdad? Justamente por eso quería preguntarle...

Julia gira la llave en la cerradura, pero no ajusta bien y tiene que hacer dos intentos. Le ocurre de vez en cuando. Addi dice que no es grave, pero ahora resulta un incordio.

—Había pensado que... —prosigue la señora Storbeck—. Se me ha ocurrido que podría ayudarla. Los dobladillos, por ejemplo, podría coserlos yo. O los ojales. Todo lo que tenga que hacerse a mano. Las cosas fáciles que requieren tiempo y a usted la retrasan, ¿entiende?

Por fin Julia consigue abrir la puerta, pero se queda inmóvil ante ella pensando en lo que acaba de decir. En principio, la propuesta no es mala. ¡Aunque le habría gustado encontrar a otra ayudante que no fuese Marianne Storbeck! Ojalá se tratase de Hilde. O de Gisela, la amiga de Hilde. Incluso Ida Lehnhardt, si no hubiese más remedio. Pero la señora Storbeck...

—Es que a Wilfried le han retirado toda la remuneración, señorita Wemhöner. No me queda nada. No tengo parientes, y tampoco a nadie que pueda ayudarme. Y no puedo vender nada porque lo perdimos todo...

Julia siente el aliento tibio de Marianne Storbeck en la nuca. Es repugnante. Esa mujer es más pegajosa que una cucharada de melaza.

—Vuelva más tarde, señora Storbeck. Tengo que pensarlo. Le diré algo.

Dicho eso, se mete en su piso y cierra tras de sí. Se queda de pie con la espalda contra la puerta, expulsa el aire y escucha. Nada. La señora Storbeck no se marcha. Esa molesta mujer espera ante su piso.

Julia va al baño a lavarse las manos, tal como le enseñaron en sus días de aprendiz de modista: jamás hay que ponerse a trabajar con las manos sudadas. Después se sienta en la esquina de coser, se pone el dedal y enhebra el hilo. Es cierto que los dobladillos son muy pesados de hacer, pero aun así hay que ser muy meticulosa para que no se vea ninguna puntada por fuera. Al cabo de un rato nota que el ambiente está cargado y abre la ventana. Ya oscurece, pronto tendrá que encender la lámpara, porque seguramente se pasará la mitad de la noche ocupada con ese vestido.

Intenta pensar en Addi. ¿Cómo estará ahora? ¿Tendrá fiebre? ¿Podrá dormir? ¿Pensará en ella? Seguro que él le habría soltado una contestación clara y contundente a la señora Storbeck: «Ni pensarlo. Con personas como su marido y usted no queremos tener nada que ver. Así sabrá lo que es que te denuncien. Que vengan a por ti y no haya nadie para ayudarte».

Julia se muerde el labio inferior. Es lo correcto. Es lo más justo. Pero aun así se siente mal. Despiadada. Mala.

Ella no es de las que dan con la puerta en las narices. No le gusta, va en contra de su naturaleza. Marianne Storbeck ha bajado media escalera, se ha sentado en el descansillo y espera allí. Cuando Julia abre la puerta de su casa, la mujer vuelve la cabeza y se le nota que ha estado llorando.

—¿Sabe coser dobladillos? ¿De manera que las puntadas no se vean por fuera?

Marianne asiente.

—Bueno, entonces pase...

Hilde

Cuando se despierta por la mañana, Hilde se da cuenta de que está lloviendo. Las cortinas del dormitorio están echadas, pero oye las gotas que golpean contra el cristal de la ventana. Repiquetean con fuerza; qué lástima, hoy no podrán sacar las mesas. Al menos no al mediodía.

Debería levantarse ya. Su madre está en la cocina, el olor a infusión de menta se extiende por todo el piso. Hilde se estira una vez más y se sienta. Algo le pasa.

«Es este tiempo lluvioso, que abate los ánimos —se dice—. No debes dejar que eso pueda contigo». Decidida, se levanta y se pone las zapatillas para ir al baño. Hoy también bastará con un lavado de gato. La manopla de agua fría con jabón la despierta. Luego se restriega con la toalla, para activar la circulación.

Cuando se presenta en la cocina, vestida y bien peinada, ya se ha quitado de encima el malhumor. Su madre está sentada a la mesa, que ha preparado para ambas, y bajo el cobertor azul de punto de cruz espera la tetera. Hay pan con melaza, ni rastro de mantequilla ni margarina; Else necesita lo poco que consiguen para los pasteles. También la mermelada de los americanos que les da la Künzel acaba siempre abajo, en el

234

horno. La harina de maíz, las patatas y el azúcar, lo mismo. En casa, solo pueden soñar con un huevo pasado por agua.

—Hoy no hay que darse prisa —dice Else señalando la ventana, donde las gotas de lluvia resbalan por los cristales—. Me parece que con este tiempo de perros no vendrá nadie.

—Al menos no tengo que barrer la calle —contesta Hilde.

Su madre comenta que falta poco para el otoño, y le propone ir al campo a por provisiones.

—A Lenzhahn, a casa de los Bogner. Podrías acercarte uno de estos días —sugiere—. Tienen una granja, venden carne ahumada y manteca de cerdo. Leche y mantequilla. Y patatas…

—¿Y me llevo un camión? —replica Hilde con una sonrisa—. Oye, mamá, es que no sé… ¿Y si Fritz…?

Su madre comprende lo que quiere decir. Calla un momento, luego bebe un trago de infusión y se aclara la garganta.

—Tal vez haya tenido suerte —opina, y suspira—. Un joven con tanto talento…

—Sí, mucho…

A Hilde le cae muy bien Fritz Bogner, incluso hubo un tiempo en que estuvo enamorada de ese joven que amenizaba el café con su violín. Tocaba con muchísima entrega, y siempre unas piezas muy emotivas. El *Ave María* de Schubert. La *Plegaria de una Virgen*. O esa pieza tan simpática de Boccherini… Las señoras mayores, sobre todo, se deshacían con él y a menudo le dejaban propina, grande o pequeña. A él le resultaba bochornoso porque el padre de Hilde ya le pagaba por actuar.

—Mira —dice su madre, interrumpiendo sus pensamientos—. Creo que acabo de ver a Gisela. ¿Es que quiere entrar en el café…?

—¿Gisela con su séquito? —pregunta Hilde con una risilla—. ¿Y tan temprano? Bueno, mejor eso que no tener clientes.

Baja corriendo mientras su madre se queda recogiendo la mesa. El gas todavía no ha vuelto, así que utilizan la cocina de carbón; menuda suerte que no se hubiesen pasado del todo al gas, tanto en casa como abajo, en el café. Aunque el material combustible escasea. Addi siempre encontraba madera en los solares de escombros, pero de momento eso se ha acabado.

Gisela está sola. Espera frente a la puerta giratoria bajo un anticuado paraguas negro, hasta que Hilde le abre. Entonces cierra esa cosa monstruosa.

—Seguro que era de tu abuelo, ¿a que sí? —se burla Hilde.

—Ni idea, hace cien años que está en el paragüero...

El abrazo que se dan es breve y superficial. Desde que Gisela tiene trato con los invasores americanos, la amistad entre las dos jóvenes ya no es tan estrecha como antes. Y eso que Hilde tiene que estarle agradecida a Gisela, porque a menudo lleva clientes yanquis al café, sobre todo por la tarde, cuando la Künzel toca piezas de baile durante una horita.

—Menudo día —se queja su amiga, y se sacude el pelo—. Me he puesto los rulos esta mañana, pero con esta humedad parezco una fregona. Esto de la permanente es un horror.

Los rizos de Hilde son naturales, y Gisela la envidia por eso desde que iban al colegio. En aquel entonces Hilde deseaba tener el pelo liso, pero desde que sabe lo caro y laborioso que es hacerse la permanente, se alegra de no necesitarlo.

—¿Tenéis café? Del de verdad, quiero decir, nada de sucedáneo —pregunta Gisela, y se sienta a una mesa.

—Primero hay que encender la cocina... Tarda un poco.

Gisela se reclina en la silla y deja el bolso sobre la mesa. Un precioso bolsito de piel azul claro. Seguro que eso no lo ha heredado de su abuela, está nuevo.

—Pues venga, Hilde —la apremia—. También tengo algo para ti. Está aquí dentro...

Señala su bolso y se pone muy misteriosa. Hilde se molesta. ¿A qué viene tanto teatro? ¿Acaso es una niña pequeña a la que haya que engatusar con sorpresas? Entra en la cocina y enciende el carbón, entonces llega su madre y la releva.

—Vete, ya sigo yo...

En la mesa, Gisela se ha apoyado en los codos y mira por la ventana hacia la calle gris y mojada. Hilde se da cuenta de que su amiga está pálida y tiene ojeras. Tal vez sea por culpa de la luz mortecina, pero también podría ser porque se pasa las noches en el bar de los americanos.

—El café estará enseguida —dice, y se sienta con ella—. ¿Estás bien? Se te ve cansada.

Gisela se encoge de hombros y comenta que ha dormido mal.

—Siempre me montan escenas en casa. Cuando llego, tengo que llamar a la puerta porque mi abuelo ha echado el cerrojo. Entonces vuelvo a oír eso de que soy una persona despreciable que va con hombres por ahí. ¡Ni te imaginas lo harta que estoy!

Hilde sí se lo imagina. Aunque no aprueba la actividad nocturna de Gisela, tiene que reconocer que su amiga se ocupa de su madre y sus abuelos. Eso no es sencillo. Sobre todo porque la madre cada vez está peor.

—Ya se ha escapado dos veces y hemos tenido que salir a buscarla —se lamenta—. Siempre se pone el viejo abrigo de mi padre, y debajo solo lleva la ropa interior. Ahora mi abuelo cierra la puerta con cerrojo para que no pueda salir...

—Ay, vaya —comenta Hilde, compasiva, y le pasa el brazo por los hombros—. ¿Habéis ido al médico? A lo mejor solo necesita medicación.

Gisela hace un gesto negativo con la mano.

—El doctor Walter ha dicho que no hay remedio. Porque físicamente no le pasa nada. Lo que tiene perturbada es la mente. Dice que les ocurre a muchos, ahora, después de la guerra. Que es a causa de las bombas, han perdido el juicio por el miedo y el terror.

—Lo siento mucho, Gisela...

Por un momento recuperan su antiguo vínculo. Gisela se

acurruca contra el brazo de Hilde, deja que la consuele, y cuando Else sale con las tazas de café, ya vuelve a sonreír.

—Menos mal que os tengo a vosotras dos —dice, y da el primer sorbo con placer—. Y sobre todo al Café del Ángel, que es como una isla en el océano. Un lugar cálido y seguro en mitad del mar tempestuoso. No sé si me entiendes…

—Claro. Somos algo así como Honolulu. Solo que sin mar. Y sin falditas de hojas…

El estado de ánimo cambia. Se echan a reír, soplan el café, la vida vuelve a parecerles divertida y ya no se quejan de nada. Gisela alcanza su bolso de mano.

—Regalo de Sammy. Un poco llamativo, ¿no?

—Un sueño. ¡Es precioso, Gisela!

Su amiga abre el bonito bolso y rebusca en su interior.

—Esto le ha llegado por vías complicadas —dice, y saca una carta—. Es para ti, Hilde. De Francia.

El corazón de Hilde deja de latir unos segundos. Coge la carta, la mira por ambos lados. La dirección está incompleta, pero su nombre se lee claramente en grandes letras de imprenta. El remitente, por el contrario, aparece muy pequeño, casi indescifrable. «Jean-Jacques Perrier… 12, Rue Principale… Villeneuve…». Dios mío, está vivo. ¡Su amor sigue con vida! ¡Y le ha escrito!

—¿O sea que sí es de tu francés? ¿Cómo se llamaba? Jean-Jacques. Ese guapo de pelo rizado y ojos oscuros y vivaces…

Por supuesto que Gisela sabe que entre Hilde y el prisionero de guerra Jean-Jacques hubo algo, pero cree que solo fue una aventura. Es posible que no comprenda que sea el gran amor de Hilde. Estos últimos meses su amiga ha cambiado. ¿Pensará todavía en su prometido, Joachim? Hilde prefiere no preguntárselo.

—Bueno —comenta Gisela con una sonrisa satisfecha—, pues será mejor que me vaya y te deje a solas con tu carta. Se te han puesto los ojitos brillantes, Hilde…

Se termina el café y va a sacar el monedero del bolso, pero Hilde se lo impide.

—Estás loca. No pienso dejar que mi mejor amiga pague el café.

—Pues hasta pronto...

Hilde está temblando de expectación. A ver si Gisela sale de una vez por la puerta giratoria con su monstruoso paraguas. Y a ver si su madre se mete en la cocina. Y que por favor no entre ningún cliente en el café. Por lo menos hasta dentro de diez minutos, cuando haya leído la carta...

Rasga el sobre con cuidado y saca una hoja de papel cuadriculado, arrancada de una libreta. Arruga la frente porque la caligrafía es espantosa. ¿La ha escrito Jean-Jacques? Supone que sí, porque su nombre está al final de todo. No conoce su letra, es su primera carta, la primera cosa escrita por él que ve. Hasta ahora siempre se habían comunicado de viva voz... Ay, sí...

Chère amie... Querida amiga...

Tiene que detenerse y tomar aire, porque en su mente oye de pronto su voz.

Je suis arrivé à Villeneuve il y a quelques jours... He llegado a casa hace días... *C'est toi, qui m'a sauvé...* Tú me has salvado la vida, ángel mío. Te estaré agradecido por siempre jamás.

Mi familia está bien... *Nous sommes unis à nouveau...* Volvemos a estar juntos y hay mucho trabajo en la granja...

Mi amor está contigo, Hilde. Hasta el fin de los días. Pero aquí, *je dois accomplir mon devoir...* Debo obedecer, pues la granja pasará de mi padre a mí... Es mi obligación y debo cumplirla... Ese es el motivo por el que tengo que quedarme aquí... *Il faut que je reste ici...*

Je t'aime pour toujours. Te querré siempre. Te deseo lo mejor.

JEAN-JACQUES PERRIER

Hilde apoya la carta en su regazo y mira por la ventana, hacia la lluvia que cae sin cesar. La amarga noticia la cubre como una pesada tela oscura. Él debe quedarse en Francia. Se acabó. Nunca volverá a verlo. ¿Es eso cierto? Tal vez ha entendido mal alguna línea. Vuelve a leer la carta. ¿Cuándo le ha escrito todo eso? No hay fecha. Lee los renglones varias veces, los interpreta, intenta encontrar algo que le dé un poco de esperanza. Pero la cosa está clara. Él quiere quedarse con su familia. Es el heredero de la propiedad, no desea renunciar a eso. Así es la vida, Hilde. Cuando uno está lejos de casa puede hacer promesas con facilidad, pronunciar apasionados juramentos de amor. «Volveré contigo, *mon trésor.* Solo tengo que arreglar mis asuntos y luego vendré a por ti, *ma petite colombe*». Palabras vacías. ¿Cómo pudo ser tan tonta para creérselas?

Se le saltan las lágrimas, arruga el papel, también el sobre, se levanta para tirarlo todo a la estufa de carbón que calienta el salón del café. Pues ya está. Ese fue su gran amor y se ha terminado. Así, al menos, no tiene por qué seguir triste por haber perdido al niño. La pobre criatura habría crecido sin padre…

Recordar su aborto natural y su pena por el hijo malogrado consigue que se derrumbe. Empieza a sollozar y corre deprisa a la sala de al lado para que su madre no la vea llorando. Aprieta la frente contra los azulejos fríos de la estufa e intenta ahogar sus gemidos. Nadie debe enterarse de esta desgracia, ni siquiera Gisela o su madre. Hilde es de las que superan solas esas cosas. Después de echarse una buena llorera para sacar todo el dolor, estará bien. Habrá pasado. Subirá un momento a casa y se pondrá un paño frío en la cara. Eso hará.

Por desgracia, Ida Lehnhardt y Alma Knauss llegan al café justo cuando Hilde va a entrar en la cocina para subir a su casa.

—Ay, Hilde —exclama la señora Knauss al verla—. Pero ¿qué te pasa? Tienes la cara roja...

«Será imbécil —piensa Hilde—. No se deja ver por aquí en semanas y ahora se presenta en el peor momento».

—Se me ha metido algo en el ojo... —miente—. Siéntense, enseguida voy.

—¿En el ojo? —dice la señora Lehnhardt elevando la voz—. Ay, Dios. Espero que no sea una esquirla de cristal...

Hilde entra sin decir palabra en la cocina, donde su madre está decorando las tartaletas de mermelada.

—Hay clientes —dice al pasar de largo.

Un instante después ya está en la escalera.

—¿Hilde? —llama su madre desde abajo—. Hilde, ¿qué te ocurre?

—Tengo algo en el ojo...

Fantástico. Más le valdría haberse colgado un cartel: «Acabo de llorar a mares, pero que nadie se entere». Se refresca varias veces la cara en el baño, se mira en el espejo y no está satisfecha con el resultado. Todo por ese... ese... ¡tipejo! En la vida volverá a dejarse llevar por un «gran amor». Se peina, utiliza la polvera de su madre para maquillarse la nariz y la frente, y vuelve a bajar al café.

—Imagínate, mamá —comenta como si nada—. Ahora los abuelos de Gisela tienen que encerrar a su madre porque se escapa y luego no sabe encontrar su casa. ¿No es terrible?

Else la mira un instante, escrutándola. No intercambian ni una palabra, pero sabe que su madre la ha calado. Tiene un sexto sentido para adivinar el estado anímico de sus hijos.

—Una tragedia —dice—. Era una mujer muy bella y orgullosa. Trae, acércame la bandeja. Qué bien que la señora Knauss haya vuelto. Al menos es una clienta a la que no hay que fiar todo el tiempo.

La señora Knauss está muy espléndida hoy. Sucedáneo de café y tartaleta de mermelada. La lluvia ha remitido un poco, pero hay charcos por todas partes y tienen que extender un felpudo junto a la puerta giratoria para que los clientes se limpien los zapatos. Hilde se consuela con el trabajo, atiende con esmero, es exageradamente amable, se ríe a carcajadas con los chistes sosos de la señora Lehnhardt y le echa a Hans Reblinger un chorrito extralargo de licor en su aguachirle. En cierto modo, Gisela tiene razón. El café es una isla, un lugar protegido, un refugio. Los murmullos, las voces de la sala, los paraguas mojados en el paragüero; todo eso, que Hilde conoce desde pequeña, mitiga la decepción infinita de su primer gran amor.

Por la tarde, Gisela aparece con Sammy justo a tiempo de pedir los dos últimos trozos de bizcocho.

Se sientan muy juntos y hacen manitas por debajo de la mesa, lo cual a Hilde le parece de lo más tonto. «Qué tipo más infantil es ese Sammy», piensa. Gisela lo tiene dominado: él le paga los pasteles, le hace regalos y, además, le da toda la comida que quiere. Claro que eso tiene un precio, pero ¿por qué no? Si es un buen chico… Los tiempos en que la mujer tenía que reservarse para su marido hace tiempo que pasaron.

—¿Irás a bailar esta noche también? —le pregunta a Gisela como quien no quiere la cosa.

—Puede ser —responde, y mira a Sammy para preguntarle—: *Shall we dance tonight, darling?*

Darling está de acuerdo. Hilde deduce que ese inofensivo niño grande hace más o menos todo lo que le pide Gisela.

—¿Crees que podría entrar yo?

Gisela la mira con asombro y luego entorna los ojos mientras ata cabos. Su amiga no es tonta.

—Necesitas distraerte un poco, ¿no?

Hilde se encoge de hombros. No le apetece dar explicaciones.

—Puede ser…

—Pero no es del todo seguro —advierte Gisela despacio—. Si tienes mal de amores, es mejor que lo dejes estar.

Madre de Dios… ¡Cuánto sabe su amiga! Ahora es experta en cuestiones y penas de amor. Hilde vuelve a enfadarse porque no soporta que nadie le diga lo que tiene que hacer.

—¡Sé lo que me hago!

—Pues muy bien. Pasaré por aquí sobre las nueve… Ponte algo bonito, y lleva el pasaporte. Lo que no sé, claro, es si te dejarán pasar. Pero podemos intentarlo.

Ha sido algo espontáneo, la propia Hilde no está muy segura de si es una buena idea o una tontería. De todos modos ya no hay vuelta atrás, tampoco quiere desdecirse. Esta noche saldrá a bailar, ¿por qué no? Siempre se queda en casa, ayudando a su madre con los pasteles y la limpieza, remendando sus vestidos o leyendo algún libro. En todo Wiesbaden no hay una chica tan buena y hogareña como Hilde Koch.

—¿A bailar? ¿Con los yanquis? ¡No lo dirás en serio, Hilde! —se enfada Else.

Hilde no está dispuesta a mentirle, pero tampoco a cambiar de planes. Su madre acaba de arreglarlo comentando que seguro que no haría algo así si su padre estuviera con ellas.

—¡Dios santo, mamá! Voy a bailar, no a una orgía salvaje. No pasará nada. Y a lo mejor ni siquiera me dejan entrar…

—Sin duda eso sería lo mejor —dice su madre, y se sienta en el sillón de cuero—. Pero ya eres mayorcita. ¡Tú sabrás lo que haces!

Poco después de las nueve, Gisela llama a la puerta del piso. Lleva un colorido vestido de verano con falda de vuelo, el pelo arreglado y unos zapatos blancos de tacón. «Lo que hace el mercado negro», piensa Hilde.

—Así, ni hablar —dice sacudiendo la cabeza cuando pasa revista a Hilde—. Vamos un momento al baño.

Allí, Gisela la maquilla. Pintalabios muy rojo, una línea

negra perfilando los ojos, máscara en las pestañas. Según ella, con un poco de saliva queda mejor.

—Qué horror —espeta Hilde al verse en el espejo—. Parezco un indio en pie de guerra.

Gisela suelta un hondo suspiro y comenta que está visto que ha malgastado su caro maquillaje en alguien que no lo merece.

Salen sin despedirse de su madre, que está sentada en su sillón de la sala de estar, pasando en silencio las páginas de un libro. Las dos muchachas recorren las calles sin prisa. Aunque el toque de queda nocturno sigue en vigor, ya no se aplica de una forma tan estricta. Se cruzan con otras personas un par de veces, casi todos americanos con chicas jóvenes, pero también con algún que otro alemán; se les reconoce porque van con más cautela y se esconden en los portales de las casas.

El bar americano de Steingasse solo se distingue desde el exterior porque en la puerta de entrada tiene un farol a cada lado. Las ventanas del antiguo restaurante están cubiertas, pero la música llega hasta la calle. Son discos de swing y jazz, trompeta, saxofón y bajo. También cantan, pero no se parece a lo que Hilde ha oído en la ópera. Suena fascinante, de todos modos, y a la vez es algo… pecaminoso. «Música negra», decían siempre sus padres del jazz, que por lo visto también se tocaba en Alemania en los años veinte. Con los nazis estaba muy mal vista.

Gisela se acerca a la puerta y llama. Un afroamericano abre, comprueba su pasaporte y asiente.

—*I brought my girlfriend with me…* Vengo con mi amiga… —dice Gisela—. *Please ask if she is allowed to join us…* Pregunte si puede entrar…

El hombre examina a Hilde con la mirada, sonríe amablemente y desaparece con su pasaporte.

—¿Y ahora? —susurra ella, nerviosa.

—Va a preguntarle al oficial si puedes unirte a nosotros.

Se quedan un rato en la pequeña antesala, donde hay unos cuantos paraguas, un abrigo olvidado y dos pares de botas. Detrás de la puerta de la izquierda, de donde proviene la música, está el bar con la pista de baile. Por desgracia, solo pueden echar un vistazo rápido cuando sale alguien para ir al lavabo. Casi todos los que pasan por delante saludan a Gisela como si fuera una buena amiga, le preguntan cómo está y dejan que les presente a Hilde. Al cabo de unos minutos llega Sammy y saluda a su Gisela con un besito. Y por fin vuelve a aparecer el portero negro con un oficial pelirrojo muy fornido. Hilde no sabe cuál será su rango, los uniformes americanos no son fáciles de diferenciar, pero es evidente que tiene algo que decir. Estudia un momento a Hilde, luego quiere saber si estuvo en el Partido Nazi.

—No —contesta ella.

—*Okay!* —Le devuelve el pasaporte—. *There are some guys waiting for girls like you...*

—¡Vamos! —susurra Gisela—. Ha sido muy fácil. Dice que hay algunos soldados esperando chicas como tú.

Entonces la puerta se abre para ellas. Un aire cálido, cargado de alcohol y de la transpiración de los que bailan, las recibe. La sala no es demasiado grande, ocupa el antiguo comedor del restaurante, de donde han sacado la mayoría de las mesas para dejar una pista en el centro. Alrededor ve a chicas jóvenes muy maquilladas y sentadas en grupitos con sus amigos americanos. Hablan a voz en grito y se ríen, todos beben cerveza y whisky, o algún combinado, el ambiente parece desenfadado. La luz es tenue. Al otro lado, medio oculta por los que bailan, está la barra, ante la que hay algunos jóvenes sentados en taburetes. La música suena alta y algo distorsionada, lo cual seguramente se debe al gramófono. Gisela los lleva hasta tres sillas vacías, Sammy pide tres manhattans. «A ver qué es eso», piensa Hilde.

—Después tocará la Künzel —explica Gisela, y señala al

piano negro que hay a la izquierda de la barra—. Entonces es más divertido bailar, ¡porque eso sí que es swing de verdad!

La idea de que la Künzel la vea allí no le agrada demasiado, pero contaba con ello, y además es una mujer sin prejuicios. Cuando Sammy se lleva a Gisela a la pista, Hilde se queda sentada en su silla, dando sorbitos a su bebida. Puaj, ese mejunje no le entra. No soporta el vermut. Deja la copa y mira a su alrededor con curiosidad. Ajá, ahí llega el primero. Y el segundo detrás...

Los dos americanos se le acercan sin prisa y la saludan con un simpático *Hello*. Luego le hacen las preguntas que ella esperaba. Si es alemana. Si es nueva aquí. Si quiere bailar. Hilde los invita a sentarse con ella y se esfuerza por formular un par de frases en inglés más o menos comprensibles.

—*I would like to talk first...* Primero hablemos... *From which part of America are you?* ¿De qué parte de América eres? ¿Del sur?... *From the South? Your parents have a cotton farm?* ¿Granja de algodón? *No? That's good...*

Da dos tragos más a su bebida e intenta entender lo que le cuenta el joven sureño. Sin embargo, el chico parlotea de una forma tan incomprensible que ella decide que, en lugar de charlar, será mejor bailar con él.

—*You like dancing?* ¿Bailas? —lo interrumpe, y lo mira como invitándolo.

—*Oh yeah, Fraulein!* —exclama él, y se levanta.

—*Wait a minute!* ¡Alto! —dice entonces una voz que a Hilde le resulta familiar.

Un tercer americano ha aparecido ante ella. El teniente Josh Peters. Vaya, hombre. Parece que está en todas partes.

—¿Tiene usted permiso para estar aquí, señorita Koch? —pregunta.

Su tono es más que antipático, como si fuera el jefe de una redada policial que acabara de desenmascarar a un miembro de una banda del mercado negro.

—Por supuesto —contesta Hilde, y le sonríe desafiante—. El oficial al mando ha comprobado mi pasaporte y me ha invitado a entrar.

Los rasgos de Peters permanecen impasibles, como casi siempre, pero Hilde tiene la impresión de que una sombra ha cubierto su rostro.

—Tengo que comprobarlo. ¡Sígame, por favor!

—Pero...

—¡Por aquí, por favor, señorita Koch!

Josh Peters tiene algo que hace difícil llevarle la contraria. Y es hijo de un pescadero de Manhattan. Increíble. Hilde ve que sus dos nuevos conocidos reculan; no deben meterse con un oficial de rango superior. Se levanta, molesta, y sigue a Josh Peters, que ya casi ha llegado a la puerta y en ese momento se vuelve hacia ella.

—¿Ha traído abrigo?

—No. ¿Por qué quiere saberlo?

—Porque voy a acompañarla a su casa ahora mismo.

Hilde lo mira fijamente sin entender nada.

—¿Quiere...? Pero ¿por qué? Yo no quiero irme...

Él se mantiene tranquilo y sereno, algo a lo que Hilde empieza a acostumbrarse. Seguro que si ella gritara, chillara, lloriqueara o pataleara... no perdería esa frialdad.

—Por favor, acompáñeme —insiste, y le ofrece el brazo para llevarla a la salida—. Este no es lugar para usted.

Hilde retrocede. Está a punto de estallar de ira. ¡Cómo odia a ese hombre! ¿Con qué derecho la está echando? ¡Llevarla a casa como si fuera una niña pequeña! Oh, cómo le gustaría soltarle una contestación que le parase los pies. Que él no es quien decide aquí. Que le importa un pimiento su opinión. Que esta noche necesita bailar, beber alcohol, divertirse con hombres...

Pero por desgracia el teniente Peters es uno de los mejores clientes del Café del Ángel, y en estos momentos dependen de todos y cada uno de los clientes que pagan. Así que, muy a su pesar, se contiene.

—Si tanto le importa a usted… —dice—. Como guste. Pero no tiene por qué acompañarme, puedo regresar sola.

Debería haberse imaginado que a él no le parecería bien. Peters niega con la cabeza y sale a la calle. Cuando ella lo sigue por la puerta del bar, se lo encuentra pegado a la entrada, encendiendo un cigarrillo.

—Una cosa más —añade, y tira la cerilla—. Deje de maquillarse la cara. No lo necesita, señorita Koch.

¿Qué clase de persona dice algo así? ¿Quiere sacarla de quicio? ¿Humillarla? ¿Denigrarla? No acaba de entenderlo.

—Gracias por el consejo —contesta con ironía—. ¿No tendría otro cigarrillo para mí? ¿O tampoco puedo fumar?

Él tuerce el gesto con una diminuta sonrisa. Pero sincera, no es forzada.

—Sírvase usted misma —dice en voz baja, y le tiende la cajetilla.

Luisa

Morir sería una liberación. Las subidas y bajadas del casco del barco, los bandazos y las sacudidas del pequeño vapor de la marina mercante en el agitado mar Báltico... son un infierno. Luisa está tan mareada que casi todo lo que le rodea le es indiferente. Las apreturas entre desconocidos, la transpiración, el vómito que cubre el suelo a su alrededor. Ya nadie tiene fuerzas para subir la empinada escalera e inclinarse sobre la barandilla. Además, con una mar tan gruesa no es posible, la tripulación lo ha prohibido.

Solo hay una cosa que Luisa, a pesar del suplicio, no olvida: le preocupan los dos niños que se unieron a ella en Wismar. Jobst, de cuatro años, y Elke, de cinco. Son de Stolp, en Pomerania, y perdieron a sus padres mientras intentaban escapar.

—Quédate aquí tumbada —murmura, y abraza con fuerza a la niña, que quería arrastrarse hasta la escalera sorteando a varias personas echadas en el suelo.

—Me encuentro muy mal...

—No puedes subir a cubierta, Elke. Está prohibido.

Estrecha a la pequeña contra sí, la acuna en la curva de su

brazo y mira con preocupación a su hermano, que está a su lado, completamente inmóvil y pálido como un cadáver. Cada movimiento, incluso hablar, requiere un esfuerzo sobrehumano. Luisa tiene náuseas, vomita en su pañuelo y se tumba boca arriba. La niña llora y llama a su madre.

—Quiero… irme a casa… a casa…

Luisa ha cerrado los ojos, pero vuelve a abrirlos porque el zarandeo del barco es aún más desagradable con ellos cerrados.

—Pronto llegaremos, Elke. Entonces nos sentiremos mejor. Solo media hora más…

—Tengo sed…

—Después… —susurra Luisa, que lucha ya contra las siguientes arcadas.

Los dos pequeños estaban sentados en el borde de la carretera en Wismar, mendigando pan. Luisa había visto a muchos niños desplazados, la ciudad estaba llena de personas desesperadas que huían de los rusos en dirección al oeste. Por qué precisamente esas dos criaturas le llegaron al corazón es algo que no sabría explicar. Estaban sucios, tenían los ojos hundidos en las caras pálidas. La niña partió en dos el trocito de pan que le dio Luisa para compartirlo con su hermano pequeño. Y se quedaron así, sentados uno al lado del otro, agarrados de la mano mientras masticaban despacio, dos pequeños seres abandonados entre un sinfín de personas desarraigadas. Tal vez fuera porque el dolor de la pérdida de su madre todavía estaba muy vivo en ella y comprendía bien la pena de los dos pequeños. Es terrible verse solo en este mundo cruel y desquiciado.

—Venid conmigo —les dijo—. Iremos al puerto. Tal vez vuestros padres estén allí…

Confiaron en ella y la siguieron. En el puerto no los soltó

de la mano por temor a perderlos arrastrados por la muchedumbre. Mujeres y niños se empujaban; también había hombres, harapientos y consumidos, quizá prisioneros de guerra huidos, o presos. A Luisa le dan pavor. Fuera cual fuese su historia, criminales o víctimas, todos están llenos de odio y desesperación, y cada encuentro con ellos es peligroso. Ha conseguido reprimir el recuerdo de la violación, pero sigue llevando el miedo dentro.

De vez en cuando, uno de los niños gritaba que había visto a su madre o a su padre, pero siempre resultaba ser una equivocación. Luisa tuvo que consolarlos y se vio sobrepasada, pues no tenía ni idea de cómo iba a cuidar de esos dos niños. Si apenas tenía nada… Sin embargo, su apresurada decisión resultó ser una gran suerte.

—¡Eh, joven! Sí, la de los chiquillos. Venga, la acercaremos hasta Neustadt…

El hombre que le hablaba así era de mediana edad y vestía uniforme de marinero. Miraba con una sonrisa de amabilidad a Luisa, que sujetaba a Elke y al pequeño Jobst de la mano: la imagen de la joven madre con sus dos pequeños le había llegado al alma.

—¿Puede llevarnos a Neustadt? ¿De verdad?

—Claro. De no ser así, no se lo habría dicho. Vengan, deprisa… Vamos bastante llenos, pero cabrán…

El Nörderkamn, un pequeño vapor de la marina mercante, esperaba en un amarre algo apartado y a bordo no llevaba mercancías, sino solo desplazados. Tendría sitio para veinte personas con comodidad, pero había por lo menos tres veces más, y cuando se alegraron de encontrar un rincón bajo cubierta, Luisa no imaginaba que sería el peor viaje de su vida.

Cuando bajan a tierra en el puerto de Neustadt, a Luisa le tiemblan las piernas. Le cuesta mantener el equilibrio sobre la estrecha pasarela con Elke de la mano. Uno de los marineros lleva al pequeño Jobst en brazos y lo deja en el regazo a Luisa, que se ha sentado en un murete, agotada.

—Pronto estaréis mejor —dice a los niños el marinero rubio y de mejillas rosadas, que no parece conocer la palabra «mareo»—. Y vuestra mamá también. ¡Que tengáis suerte!

Les da una bolsa con medio pan, un trozo de queso seco y una bolsita con azucarillos. Después regresa al vapor para ayudar a otros a desembarcar, y Luisa se queda sola con sus protegidos.

—Ah, qué bien este aire... —suspira Elke—. Ya no estoy mareada.

El pequeño tarda más en recuperarse. Luisa tiene que llevarlo en brazos porque está demasiado débil para caminar y vomita todo el rato. Siguen la corriente de personas que van del puerto a la ciudad, se sientan un rato en la acera porque Luisa tiene que descansar, después se extiende el rumor de que pueden alojarse en un albergue, así que se levanta enseguida para seguir andando.

—Tengo hambre —dice Elke en voz baja—. Y sed...

—Sed... —repite su hermano, y Luisa prueba a dejarlo en el suelo.

Puede caminar, menuda suerte, porque ella se estaba quedando sin fuerzas.

La ciudad ha sido bombardeada, igual que Wismar y Rostock, y todavía hay peligro de ataques aéreos porque esta guerra que han perdido hace tiempo se resiste a terminar. Los desplazados vagan por la ciudad, los pocos vecinos que Luisa consigue ver los miran con ojos furiosos, algunos los insultan tachándolos de «gentuza» y los ahuyentan de sus casas. Luisa tiene que pedir tres veces un vaso de agua para los niños antes de que una mujer se apiade y les dé algo de beber. Por la tarde, cuando ya está pensando en buscar refugio para pasar la noche en un solar de escombros, llegan a un recinto en el que hay barracones de madera. Un campamento. Todavía se ve la valla de alambre de espino que lo rodea, pero sin llegar a cerrarlo. ¿Quieren hacinarlos ahí? ¿Porque la gente de la ciudad les tiene miedo?

Está demasiado cansada para pararse a pensar. Así que intenta encontrar sitio en uno de los barracones, lo cual resulta complicado porque están hasta los topes. No la aceptan en ninguno hasta que llega al fondo del todo, donde hay varios edificios pequeños de madera. Es un alojamiento muy rústico, pero al menos tienen un techo sobre la cabeza. Y una cama, aunque tengan que compartirla los tres. Lo que no hay son colchones ni mantas, se los han quedado los que llegaron primero. Luisa está tan agotada que, sin preguntar demasiado, se tumba en la madera dura con los dos pequeños. Ellos se acurrucan y los tres caen en un sueño profundo y sin ensoñaciones.

En algún momento de la noche, Luisa se despierta porque alguien la ha tocado en la oscuridad. Una mano le palpa las caderas, le tira del abrigo y de la cuerda que se ha atado a la muñeca. De esa cuerda cuelga la bolsa con las provisiones que les dio el marinero. Se lleva un susto de muerte. Grita, agarra la bolsa y no la suelta. También los niños se despiertan y empiezan a llorar.

—¿Qué está pasando aquí? —exclama una voz de hombre—. Aparta, urraca ladrona. ¡Largo, o te doy un tortazo! Robarles el pan a unos niños…

Alguien enciende una lámpara de petróleo, y junto al resplandor amarillento Luisa ve la cara de un hombre con barba. Se acerca a la cama, sostiene la lámpara sobre ella y entonces ve a la mujer que todavía tiene los dedos sobre la bolsa de provisiones. Es joven, pero está esquelética, le faltan los dientes, unas sombras oscuras rodean sus ojos. Es una visión sobrecogedora, pero también espantosa, porque la mujer se echa a reír de una forma extraña y maligna, y se arrastra retrocediendo desde la cama de Luisa.

—Si solo quería acariciar a los niños… Son dos angelitos preciosos…

—¡Largo de aquí! —dice el de la barba—. ¡Como vuelvas a hacer algo así, sales del barracón volando!

Tiene una voz rotunda y parece acostumbrado a dar órdenes. Luisa estrecha a los niños contra sí y les susurra para tranquilizarlos. La mujer no quería hacerles nada, solo tiene hambre.

—Tengo ganas de ir al baño… —dice Elke—. Y Jobst también. Si no, se lo hará en los pantalones…

Su barbudo protector sigue iluminándolos con la lámpara. Observa a Luisa con atención, y ella comprende que la está evaluando. El hombre tiene los ojos claros y la nariz estrecha y algo torcida. «No parece el típico desplazado», piensa. ¿Un antiguo terrateniente? ¿Propietario de una fábrica? ¿Alcalde?

—Será mejor que les acompañe… —dice—. No se preocupe, no está lejos.

Luisa se lo agradece, sin su ayuda no habría encontrado las letrinas. Aquí no hay ningún lujo, solo un cobertizo con tres compartimentos, cada uno con un agujero en el suelo sobre el que han colocado una tabla para que nadie se caiga al pozo negro. Las puertas llegan a media altura, las bisagras chirrían, no hay forma de cerrarse. El viento nocturno entra con libertad y dispersa los malos olores.

—Quédese la lámpara —dice el hombre cuando ya están ante la letrina—. Yo puedo regresar sin ella.

Más tarde, cuando vuelven a estar en la dura cama, Luisa comparte el pan y el queso con los niños y guarda solo un poco para el día siguiente. «Lo que tienes en el estómago no te lo pueden robar», se dice. Después duermen tan profundamente que ni una alarma antiaérea podría haberlos despertado.

La mañana se abre camino poco a poco en la consciencia de Luisa. Oye pasos, personas que tosen, hablan, maldicen. Un cubo metálico golpea la pared de madera con estrépito, la puerta de entrada cruje y rechina sin parar. Luisa abre los ojos de mala gana. La luz del día es apagada, por la pequeña ventana ve flotar copos de nieve. Ay, no, una ola de frío. Los niños están encogidos y entrelazados a su lado, tienen las caritas rosadas por el sueño. «Qué guapos son», piensa conmovida. Elke tiene el pelo rubio oscuro y muy rizado, y una naricilla respingona. Sus pestañas son oscuros semicírculos de seda contra la piel clara. El niño tiene los rasgos de un ángel dormido, la boca es pequeña y con forma de corazón, las rubísimas cejas le tiemblan de vez en cuando.

A su alrededor ya hay movimiento. Sus compañeros de barracón salen de debajo de las mantas, rebuscan en fardos y bolsas que han dejado sobre las camas, varios se han sentado a una mesa raquítica y hablan en voz baja. En esas seis literas han dormido sobre todo mujeres, también algunos niños. Luisa cuenta solo tres hombres, uno de los cuales es su protector barbudo.

—¿Han descansado bien? —pregunta desde lejos al darse cuenta de que está despierta.

—¡Sí, gracias!

El hombre se levanta y se acerca, se sienta sin ningún reparo en el borde de la cama y mira sonriente a los niños, que todavía duermen. Sus ojos son de un azul muy claro, la pupila nada en él como un punto negro.

—Un sueño así solo se disfruta de niño, ¿verdad? Es envidiable —comenta en voz baja—. Soy Karl Brenner, y me ocupo de mantener el orden en este barracón. Alguien tiene que hacerlo, ¿no le parece?

Luisa asiente. El hombre le resulta demasiado enérgico, demasiado decidido, quizá pretende transmitirle confianza, pero seguro que es mejor no provocar su enfado.

—Me llamo Luisa Koch —se presenta—, y estos son Elke y Jobst. Son de Pomerania y perdieron a sus padres cuando huían.

La mirada de él se suaviza. Es evidente que le gusta que se haya ocupado de unos niños desconocidos en medio de este caos.

—¿Y usted? ¿También es de Pomerania?

—De Stettin.

Él asiente y comenta que ha hecho bien en huir hasta aquí.

—Si tenemos suerte —añade en voz baja—, en unos días llegarán los británicos o los americanos. Seguro que no será un paseo, pero sí mejor que tener al Ejército Rojo encima.

—Yo solo deseo poder vivir en paz en algún lugar —responde Luisa—. No me importa dónde ni bajo el gobierno de quién.

—Un deseo piadoso —opina él, y levanta las cejas—. Pero en este mundo convulso no es fácil. En el campo, quizá... Lejos de todo, en algún pueblito donde las fuerzas de ocupación solo estén de paso, revisen la documentación de los habitantes y sigan su camino...

—Sí —dice ella, sonriendo—. En el campo, con gente buena. Allí también hay leche para los niños, y patatas...

—Un sueño precioso —dice él—. Por desgracia, de momento tenemos que quedarnos aquí.

La vida en el campamento resulta complicada. No dejan de llegar desplazados que se meten en unos barracones ya saturados. Hay que apretarse. En el edificio pequeño donde encontraron sitio Luisa y sus dos protegidos pronto se hospedan más de veinte personas que tienen que repartirse en doce camas. No hay intimidad de ningún tipo, todo sucede a ojos de todos. Las mujeres se lavan al aire libre, tienen grifos en los que pueden llenar cubos, pero casi no hay ningún lugar protegido de las miradas de los hombres. Ninguna se desnuda del todo para lavarse, solo se quitan la blusa y la camiseta, se bajan la ropa interior con la falda por encima y se asean con un paño. Algunas tienen un trozo de jabón y lo protegen como si fuera oro. Luisa lava a los niños todas las mañanas, frota bien en agua fría la ropa que pueden quitarse y la cuelga a secar en una cuerda. Una vez al día reparten sopa de harina y cebada, aunque casi nunca alcanza para todos. También un pan duro y a veces enmohecido, y melaza. Pese a que tienen prohibido abandonar el campamento, muchas mujeres salen a explorar por los alrededores. Regresan con pollos robados, trozos de tocino y lecheras llenas. Hace unos días se presentó la policía de la ciudad, cerró la valla de alambre de espino y desde entonces vigilan el campamento.

Luisa lleva meses pasando hambre, lo cual no hace que sea más llevadero, en absoluto. Aun así soporta peor ver pasar hambre a los niños. No solo a Elke y Jobst, también a los otros pequeños que viven en el campamento y están malnutridos. Muchos han enfermado, tienen fiebre o diarrea, algunos se ponen malos por comer astillas, hierba o tierra. A pesar de todo, cuando hace buen tiempo juegan juntos fuera, frente a los barracones, se ríen y pelean, y cuando Luisa ve a sus dos protegidos dormir por las noches, la sonrisa confiada de sus rostros infantiles la conmueve. Los dos han acabado por llamarla «Lu», y aunque su vida no sea más sencilla con esta nueva responsabilidad, gracias a ella ha recuperado un poco de la energía vital que perdió tras la muerte de su madre. Tiene que ser fuerte porque debe ocuparse de ellos.

A finales de abril, varios desplazados enferman de diarrea, y algunas mujeres mayores y dos niños mueren a causa de ello. Los entierran en el cementerio que han creado cerca del campamento, y un pastor de pelo blanco, desplazado también, oficia los funerales. Entre los desplazados se rumorea que han muerto de tifus.

—Esto es solo el principio —comenta la señora Martens, que ocupa la cama de encima de Luisa—. La epidemia se nos llevará a todos por delante. ¡Así, los tacaños de esta ciudad ya no tendrán que darnos de comer!

—¡Frena un poco! —la reprende Karl Brenner—. ¡No hagamos correr rumores falsos!

—Entonces, ¿por qué echan el cerrojo al barracón de los enfermos? Ya nadie puede entrar a visitar a sus parientes.

—Medidas de prevención, nada más. Así es como hay que hacerlo.

Karl Brenner se ocupa de mantener el orden en el pequeño barracón y de que la relación entre sus ocupantes sea buena. Para Luisa, el hombre sigue siendo un misterio, desvela muy poco sobre su pasado. Afirma que huyó de Pomerania, pero cuando ella le pregunta de qué ciudad, cambia de tema. De todos modos parece que Luisa le gusta, porque se encarga de que los niños y ella no se queden con las manos vacías en el reparto de sopa, lo cual no sería raro habiendo tanta gente. Muchas veces se hace con una ración extra y luego se la da a alguien del barracón que no haya conseguido la suya. No siempre es Luisa, pero los mira primero a ellos, y solo si los niños y ella están comiendo le ofrece la ración a otra mujer. A veces sale a jugar con los pequeños, se inventa divertidas apuestas en las que se juegan piedrecitas o trocitos de madera, y pone premios. Un pedazo de cuerda, una caja de cerillas vacía, un cuchillo que ha tallado en madera. En esos momentos, Luisa lo mira y piensa si antes no sería profesor.

Mientras las habladurías sobre una epidemia de tifus corren por el barracón, él va a ver a Luisa, que está tendiendo la ropa, y le hace unas preguntas algo raras.

—Si quisiera retirarse a algún lugar del campo…, ¿adónde iría?

Luisa ríe sin querer. Sin embargo, al ver la expresión seria de sus ojos, tiene un mal presentimiento. Karl Brenner suele tener una intención cuando dice algo.

—Ya que me lo pregunta —contesta con ciertas dudas—, creo que me gustaría vivir en el Taunus. Hay un pueblito donde me recibirían con los brazos abiertos.

—¿De verdad? ¿Ha estado alguna vez allí?

—No, pero es donde viven los padres de un buen amigo…

Hace una pausa y se agacha para sacar una prenda mojada del cubo. No quiere revelar a este hombre curioso su estrecho vínculo con Fritz Bogner. Y menos el anhelo que todavía la atormenta.

Pero a Karl Brenner no le interesan esos sentimientos tan privados. En cambio, le pregunta si no le inquieta la posible epidemia de tifus.

—Desde luego —admite ella—, pero ¿qué podemos hacer? No nos permiten salir del campamento.

Él la mira sin decir nada, la atraviesa con sus ojos claros e inteligentes. Entonces da media vuelta y se aleja. Luisa comprende que ha planeado algo, se pone nerviosa y siente que el corazón se le acelera. Ahí vuelve a estar esa sensación de querer hacer lo correcto y, al mismo tiempo, el miedo a equivocarse. De estar en manos del destino, a pesar de todas sus precauciones. Pero ¿quién puede evitar la desgracia? ¿Y si mueren todos de tifus en el campamento?

Karl Brenner no le da opción a pensárselo mucho. Esa misma tarde, cuando Luisa acarrea un cubo de agua en dirección al barracón, él se acerca y la ayuda con el cubo. También le susurra unas palabras:

—Esta noche, cuando todos duerman, vaya con los niños a la letrina y lleve todas sus pertenencias. La estaré esperando.

—¿Y luego? —quiere saber ella.

—Al Taunus.

—¡Eso es imposible!

—¡Sí o no!

Luisa toma aire y se queda quieta. Él le tiende el cubo de agua y espera, mirándola con sus ojos claros. No con exigencia, sino con esperanza, como rogándoselo. «Ayúdame y yo te ayudaré a ti», dice esa mirada.

—¡Está bien! —murmura ella.

Desafiar al destino una vez más. Lanzarse sin saber cómo acabará, una vez más. La esperanza es lo último que se pierde. Solo con que los niños sigan con vida, ella se dará por satisfecha.

Huir de noche es más sencillo de lo que había imaginado. El único peligro son los potentes focos que han instalado para facilitar el trabajo de los vigilantes. Karl los lleva por las sombras de los barracones hasta un lugar donde ha cortado el alambre de espino y luego lo ha unido provisionalmente. Parece que lo tenía bien preparado. Luisa lleva a Elke de la mano; Karl va delante y carga con Jobst, que está dormido, y al mismo tiempo consigue separar la alambrada. Corren campo a través en silencio, después se internan en un bosquecillo y toman aliento. Karl mira por entre las ramas hacia el campamento, que a la luz de los focos parece una pila de ladrillos negros y feos. Allí no se mueve nada, de momento nadie se ha percatado de su huida.

—Sigamos… —susurra, y se pone en marcha.

A Luisa le cuesta ir tras él en la oscuridad. Las nubes solo dejan ver la luna de vez en cuando, y entonces distingue la silueta negra de Karl entre las sombras de los árboles. A veces se detiene para orientarse, luego sigue avanzando con el niño dormido bien sujeto en sus brazos. Cuando Luisa le pide que vaya más despacio porque Elke no puede seguirle el paso por ese sendero tan irregular, apenas reacciona.

—Solo unos metros más… Cruce los dedos para que todavía esté ahí… O rece. Parece usted de las que rezan, Luisa…

De pronto se detiene de una forma tan abrupta que Luisa choca contra él. Karl la sostiene con el brazo libre, deja al niño en el suelo y les ordena que esperen. Sí, está acostumbrado a dar órdenes y lo hace casi con cada frase que pronuncia. «¿Dónde me he metido? —piensa ella—. A lo mejor está loco. No sería el primero que pierde el juicio en el caos de esta guerra».

—¿Qué está haciendo Karl? —pregunta Elke.

—No lo sé.

—Creo que construye una cabaña para nosotros.

Se oyen crujidos de ramas, susurros de follaje marchito. La luz de la luna ilumina el bosque un par de segundos y Luisa no cree lo que ve. Tiene que ser una aparición. Una escena sacada de una película. Quizá ella tampoco está bien de la cabeza.

—Es un coche —dice Jobst. Está sentado en el suelo y señala con el brazo extendido—. ¡Brrrummm, brrrummm!

En ese mismo instante se enciende un motor que gime, tose y se apaga. Escuchan una maldición. El siguiente intento falla también, pero luego el motor se pone en marcha y petardea en el silencio del bosque, dos faros aparecen en la oscuridad, y en sus conos de luz Luisa ve al pequeño Jobst con su chaqueta azul y a Elke con el abrigo rojo y raído. La niña se tapa los ojos, deslumbrada por la potente luz.

—¿A qué espera? Suban… Suban… —ordena Karl desde el asiento del conductor.

Al menos Luisa ahora comprende cómo se le ocurrió la idea de llegar al Taunus desde Neustadt. Todo lo demás sigue siendo un misterio, por el momento.

—¿De dónde ha sacado este coche? ¿Quién lo ha dejado aquí?

Se sienta atrás con los niños, durante el trayecto lleno de baches se agarra al asiento delantero e intenta preguntarle lo que puede, pero el ruido del motor es demasiado fuerte. Karl se vuelve hacia ellos de vez en cuando, y Luisa ve que sonríe con satisfacción. Como si acabara de dar un golpe maestro. Viajan toda la noche, llegan a los alrededores de Lübeck y por la mañana buscan un lugar para ocultarse entre la vegetación y descansar durante el día.

—Ocúpese de los niños, yo voy a echar un vistazo…

Y se marcha. A pesar del cansancio, Luisa examina el vehículo. Es un sedán negro de cuatro plazas, por lo que el asiento de atrás es bastante estrecho. Casi ningún particular dispone de un coche como ese, todos tuvieron que entregarse a la Wehrmacht.

«Es uno de ellos —piensa—. Seguramente era un alto cargo, ¿quizá de las SS? Pero ¿cómo acabó en ese campamento de desplazados? ¿Tuvo que esconderse? Los nazis siguen en el poder, pero saben que no durará mucho…». Mientras les da a los niños lo que queda de pan y algo de té de una botella que ha llevado consigo, sigue cavilando sobre su extraño protector. «¿Cómo es que no se ha marchado solo con el coche? ¿Por qué ha decidido llevarla con él y acompañarla hasta el Taunus?».

De repente se siente demasiado cansada para seguir pensando. Hace un cálido día de primavera, el sol se cuela entre la vegetación y calienta el interior del vehículo. Luisa nunca había montado en un coche tan impresionante. Qué cómodos son los asientos, qué brillo tienen las molduras. Al cabo de un rato, sin embargo, el ambiente en el interior empieza a ser bochornoso, así que baja las ventanillas. Los niños se han quedado dormidos en el asiento de atrás, pegados uno contra otro. Un abejorro entra volando por una ventanilla, se posa en el volante de madera y se limpia las alas. Luisa estaba a punto de cerrar los ojos, pero entonces oye crujidos en la maleza.

—Un coche bonito, ¿verdad? Es un Hanomag Garant. Del treinta y seis. Fabricado justo antes de la guerra. El motor funciona como un reloj.

Karl lleva un saco de arpillera a la espalda, abre la puerta del copiloto y deja la carga en el regazo de Luisa. Cuando ella mira dentro, encuentra pan, un recipiente con mantequilla, un trozo de jamón con mucho tocino y una botella con un líquido claro. ¿Licor?

Karl saca una navaja de bolsillo, la abre y reparte la comida con generosidad. El contenido de la botella resulta ser zumo de manzana.

—¿De dónde ha sacado esto?

—Lo he encontrado…

Luisa mastica un rato el tocino, luego decide que él debería ser del todo claro con ella. A fin de cuentas, van en el mismo barco. En el mismo Hanomag, mejor dicho.

—¿Quién es usted en realidad?

Karl debía de esperar esa pregunta, porque no se inmuta.

—Cuanto menos sepa, mejor para usted… En cualquier caso, soy un amigo que se ocupa de usted y de los niños. ¿O no?

Eso Luisa no puede negarlo. Los pequeños vuelven a estar despiertos y mastican con ansia el pan y el tocino, beben zumo de manzana y están contentos. Después de guardar el resto de las provisiones en el maletero, Karl juega un rato con los dos, les enseña las alargadas flores del avellano, descubre un lugar donde todavía hay un par de anémonas blancas y, por último, deja que Jobst ponga en marcha el motor del coche. Luisa, mientras tanto, echa una cabezada. Qué bien se lleva con los niños. ¿Tendrá hijos? Le echa unos cuarenta años, no tiene arrugas, pero en su barba asoman un par de canas. Quizá se haya dejado crecer esa barba tan cerrada para que no lo reconozcan. ¿Es esa la razón por la que quiere ir al Taunus? ¿Porque allí nadie lo conoce?

«Por supuesto —piensa Luisa—. Qué tonta soy. Tiene las manos manchadas y debe desaparecer. Y como yo le he hablado del pueblito del Taunus donde me recibirán con los brazos abiertos, espera que, siendo un buen amigo y protector, también lo acojan a él. Tiene que ser eso. Nos necesita a los niños y a mí para encontrar refugio en alguna parte».

—Ahora papá tiene que dormir un rato —le oye decir.

Después cierra el capó y se sienta a su lado. Elke y Jobst, obedientes, se acomodan en el asiento de atrás, susurran entre sí, sueltan risillas y encuentran la postura para quedarse dormidos.

—Cuatro o cinco noches —dice Karl, y echa el respaldo hacia atrás para dormir mejor—. Y habremos llegado. ¿Contenta con el transporte, jovencita?

La mira de soslayo y ella tiene la impresión de que espera un halago.

—Ha sido una sorpresa… —admite—. Pero muy grata.

Él sonríe satisfecho y se frota el mentón bajo la barba. «Quizá le pica porque no está acostumbrado a llevarla tan crecida». Luisa se descubre pensando qué aspecto tendrá sin ella.

—Bueno —comenta él, alegre—, les llevaré a usted y a los dos diablillos con esos amigos suyos, y allí usted me recomendará como mozo de labranza. ¿Le parece?

De manera que ella estaba en lo cierto. Lo que sea que hiciera, si mató a alguien, dictó sentencias de muerte, mandó deportar a judíos u otras personas…, no se lo confesará. Quizá no hiciera nada de todo eso, simplemente estaba en primera línea y ahora teme que los británicos vayan a fusilarlo.

—Está bien —accede—. Hoy por ti, mañana por mí.

Él le sonríe, y ella constata, turbada, que puede resultar atractivo cuando quiere.

—Desde el principio supe que nos pondríamos de acuerdo. Es usted una mujer especial, Luisa. Me gusta, y por eso quiero ayudarla todo lo posible.

Ella gira la cabeza hacia un lado, cohibida, y se pregunta si no tendrá otras intenciones. Además, ¿por qué cree que es especial? También Fritz se lo escribió en su carta, esa que todavía lleva en la bolsita colgada del cuello. Pero ella no es especial. En todo caso, especialmente cándida. Sí, eso sí que lo es. Si no, no estaría sentada junto a ese hombre impenetrable ni se dejaría arrullar por sus promesas.

Karl se queda dormido en su asiento, con los brazos apoyados en el volante. En cuanto algo se mueve en el coche, se despierta de golpe, mira alrededor, se asegura de que no los amenaza ningún peligro y vuelve a dormirse al instante. Por la noche siguen camino en dirección al sudoeste por carreteras secundarias. Luisa tiene un mapa y una linterna en el regazo, de vez en cuando le dice el nombre de una localidad por donde deberían pasar, él asiente y sigue conduciendo. Tiene el sentido de la orientación de un ave migratoria y no pierde el rumbo ni en la intrincada red de carreteras comarcales. Al alba se han quedado casi sin gasolina, pero logran llegar a un surtidor en un recinto de la Wehrmacht. Nadie les impide llenar el tanque. Allí ya no quedan tropas, los edificios están vacíos y fantasmales, en algún lugar se oye una puerta que golpetea con el viento.

—Ahora es cuando se complica —dice él—. Los Aliados podrían estar cerca.

La tercera noche, de madrugada, llegan a los alrededores de Kassel. Están buscando un escondite apropiado cuando de repente ven faros y vehículos militares delante de ellos.

—¡Maldita sea!

El frenazo es tan brusco que los niños se caen del asiento de atrás. La calzada es demasiado estrecha para dar la vuelta con ese coche tan grande, Karl apaga los faros y recula a toda velocidad para meterse por un camino lateral. Sin embargo, su acción no pasa desapercibida. Oyen voces, varios vehículos se ponen en marcha, un jeep va directo hacia ellos. En el lado del conductor se ve un destello y justo después un proyectil atraviesa su parabrisas.

—¡Agáchese! —dice Karl.

Tira de Luisa y los dos se quedan tumbados en los asientos delanteros. De pronto una luz cegadora inunda el coche, el jeep se ha detenido justo delante y los enfoca con los faros.

Luisa está paralizada sobre el tapizado. Su único pensamiento es que el proyectil podría haber alcanzado a alguno de los niños.

—Quedaos tumbados —dice—. ¡No os mováis por nada del mundo!

Oye que los dos lloran y casi siente alivio. Al menos están ilesos.

Justo después, alguien abre la puerta del copiloto y el cañón de un fusil se mete en el coche. En el otro extremo distingue a un soldado. ¿Americano? ¿Inglés?

—*Hands up!* ¡Manos arriba!

Cuando comprueba que se trata de una mujer y dos niños, aparta el arma.

—*Where is the driver?...* ¿Conductor?

El asiento que hay junto a Luisa está vacío, la puerta del conductor abierta. Oye varias salvas de ametralladora, aunque se ha tapado los oídos con las manos.

Heinz

Wiesbaden, agosto de 1945

«Un hatajo de lisiados —piensa—. Un cargamento de hombres destrozados. Sin brazos, sin piernas. Ciegos y sordos. Y locos. Despojos de la guerra que no le sirven a nadie».

Va sentado en un camión, al fondo del todo, junto a un compañero al que le faltan el brazo derecho y un pie, pero que al contrario que Heinz todavía es joven y está lleno de optimismo.

—Las cosas se arreglarán, Heinz. Lo principal es que tenemos la cabeza en su sitio. Todo lo demás puede remplazarse, pero la mollera no...

El pequeño camión está al servicio de la Cruz Roja y los lleva a la otra orilla del Rin por un puente provisional, luego seguirán camino hacia Wiesbaden, donde de momento los dejarán en el convento paulino. El camino está lleno de baches, soportan las fuertes sacudidas y el viento sopla sobre ellos en la zona de carga abierta. No pueden ver mucho porque los laterales son demasiado altos y, además, les han prohibido ponerse de pie durante el trayecto. «Menudo chiste —piensa Heinz con sarcasmo—. ¿Quién de nosotros conseguiría levantarse para mirar el paisaje con este traqueteo? Quizá los que solo tienen un brazo, pero perderían enseguida el equilibrio porque no podrían sujetarse bien». Se da cuenta de que está amargado e intenta pensar en otra cosa. Durante un rato consigue cantar mentalmente la *Quinta sinfonía* de Beethoven, pero de pronto le falta un fragmento y vuelve a darse de bruces con la realidad.

—Caray, huelo el agua del río —dice alguien—. Debemos de estar cerca del Rin. El viejo Rin, que tantas guerras ha vivido ya...

—Si estuviéramos en el Rin, olería a vino y no a agua, ¿no? —comenta otro, alegre.

Carcajadas. La mayoría están de buen humor porque al fin regresan a casa. Solo unos pocos, entre los que se encuentra Heinz, están absortos en pensamientos oscuros y permanecen callados.

Que un telegrama quede sin respuesta puede deberse a diferentes motivos. Es posible que no lo enviaran. En caso de que sí lo hicieran, podría no haber llegado a destino. Por culpa de los malditos sectores en los que han dividido la Alemania ocupada, por ejemplo. O simplemente porque alguien escribiera mal la dirección. Aun así, aunque el telegrama se enviara, también cabía la posibilidad de que no fuese entregado en Wiesbaden. O que se lo entregaran a la persona equivocada. Que se perdiera. Que no hubiera nadie en casa para recibirlo... Los motivos por los que su telegrama puede haber quedado sin respuesta son incontables. Causas del todo inofensivas. Coincidencias. Descuidos. Distracciones. Dejadez.

Pero también es posible que la dirección ya no exista y que los destinatarios estén muertos. Eso es incluso muy probable, porque ha oído que la zona del teatro y el balneario sufrió muchos bombardeos. No sería el primero de sus compañeros, y Dios sabe que tampoco el último, al que ya no le espera nadie en casa. Todas esas disquisiciones son para volverse loco. ¡Ojalá no hubiese escrito el maldito telegrama!

Sacrificó su alianza por él, ¿y qué ha conseguido? Perder un pedazo de esperanza.

—Han volado todos los puentes del Rin —dice el que está a su lado—. Menuda locura. Se tardará mucho en reconstruirlo todo.

—Así, los de los ferris harán el agosto —comenta otro—. Y también todo el que tenga un bote de remos o una barcaza…

—Pisa el acelerador, caray. ¡Menuda tortuga! —exclama uno desde el rincón izquierdo—. Que mi Leni y los chicos me están esperando.

—A mí me espera la suegra con el rodillo. Por haber estado fuera tanto tiempo —bromea otro.

Heinz sonríe con sus bromas. Algunos han tenido suerte y han recibido respuesta a sus telegramas. No envidia su alegría porque sabe muy bien lo que han sufrido. Son chicos jóvenes que tienen toda la vida por delante, y la guerra ya los ha convertido en lisiados. ¿No debería alegrarse él de que no le haya tocado hasta ahora?

El camión toma una curva interminable y ellos caen unos sobre otros. Entonces por fin se detiene y el conductor abre la compuerta trasera. Dos enfermeras de la Cruz Roja están preparadas para ayudar a los heridos de guerra a apearse; para los que no pueden andar hay una camilla. Les prometen que recibirán prótesis adecuadas lo antes posible y les dicen que se asombrarán de lo deprisa que se acostumbra uno a una extremidad artificial. Bueno…

Heinz consigue bajar prácticamente sin ayuda, las enfermeras solo lo sostienen de los brazos hasta que, apoyándose en su pierna, coloca las muletas en posición.

—Ya está —dice, y parpadea varias veces porque se ha mareado a causa del esfuerzo—. Muchas gracias, señoras. Ya puedo yo solo…

Ellas lo miran con escepticismo porque ven que se tambalea, pero hay otros que están peor y necesitan su ayuda.

—Vaya por ahí, a la entrada del hospital... Y tómese su tiempo...

Heinz da un par de pasos y se pone en marcha. Ha practicado con las muletas siempre que ha tenido ocasión, ha reforzado la musculatura de los brazos y ha vuelto a ejercitar la pierna sana, que de estar tumbado se le había debilitado mucho. Aun así, el esfuerzo de avanzar sobre tres apoyos es descomunal. Una pierna humana y dos muletas de madera. Camina un poco y enseguida se cansa. Es un caluroso día de verano, de principios de agosto, el cielo se ve azul pálido y el sol cae a plomo. Con la gruesa chaqueta que le dieron en Francia empieza a sudar.

En lugar de ir a la entrada del hospital pasa junto al camión y cruza el patio. Entonces se detiene, le gustaría enjugarse el sudor de la frente, pero para eso tendría que soltar una muleta y no terminaría bien. Seguro que en el hospital le espera una cama recién hecha y una mesilla con un orinal metálico en el estante inferior. Ya está harto de eso. Ni siquiera le atrae la perspectiva del plato de sopa de cebada con tocino que les han prometido. Heinz Koch necesita certezas. No aguanta ni una noche más debatiéndose entre la esperanza y la desesperación.

No está demasiado lejos. Media hora para un transeúnte ágil. Para un lisiado con tres piernas, bastante más. Mucho más. Es posible que ni siquiera lo consiga y que se caiga por el camino, pero le da igual. Ya no mira a su alrededor, va directo a la entrada del patio del hospital y sale a Schiersteiner Strasse forzando la pierna. Se siente como un insecto saltarín de patas rígidas. Al cabo de un rato se le agarrotan los brazos y tiene que parar un momento. La enfermera le ha dicho que vaya despacio. Una chica lista. Pero el burro viejo ha tenido que salir al trote, y ahora se ha quedado sin aliento. Así que le toca descansar un poco, relajar los brazos y luego seguir, pero a la mitad de velocidad. Es por la tarde, la ciudad está ocupada por los invasores y aun así la nota viva. Ve a muchachas con vestidos veraniegos, a chiquillos que juegan al fútbol. Dos mujeres mayores sentadas en un banco lo siguen con la mirada. Heinz tiene muchos conocidos en Wiesbaden, es un hombre afable al que le gusta charlar. Pero hoy no. Ya no, ahora es un tullido miserable que cojea por las calles. Tampoco quiere preguntar a nadie por el destino de sus seres queridos, no desea enterarse por boca ajena de lo que ha pasado en su ausencia. Quiere verlo. Plantarse ante los escombros. Descubrirlo por sí mismo.

Ahora camina mejor, solo le duelen los brazos, pero eso no importa mientras cumplan su función. Observa los escombros de Oranienstrasse. Han retirado la mayoría, un anciano carga piedras en una carretilla, en algunas de las casas dañadas han hecho arreglos provisionales y han sustituido las paredes reventadas por madera y chapa ondulada. En las cuerdas de la ropa cuelga la colada, vigilada con desconfianza por sus propietarios. La ropa es valiosa, y una cuerda de tender se vacía enseguida. En Adelheidstrasse hay varios grupos de mujeres y adolescentes llenando cubos de escombros para cargarlos en un camión. Por todas partes hay vigas de madera caídas del armazón de los tejados que están llenas de cartelitos. Heinz se detiene e intenta descifrar las palabras escritas a lápiz.

«Elisabeth Söhnke está en casa de su abuela».

«Klaus Hinrichs busca a su familia».

«Martha Günter y sus hijos viven ahora en Rheinstrasse 29».

«Peter Lermann busca a Klara Koop. Antes en Schwalbacher Strasse 3».

Por un momento espera encontrar una nota de Else, pero con las muletas no puede subir por los montones de escombros, así que no consigue leer muchos de los mensajes. «Sigue andando —se dice—. No te pares mucho, eso solo te quita las fuerzas. Tuerce a la izquierda por Oranienstrasse y luego sube hasta Rheinstrasse. No muy lejos, a mano izquierda, está Wilhelmstrasse».

En Oranienstrasse se percibe un olor extraño en el aire. Desagradable. ¿Serán las alcantarillas, destruidas por las bombas? O quizá… Le vienen recuerdos de la última guerra, la primera vez que notó ese hedor. Se estremece. Bajo los escombros hay muertos a los que todavía no han rescatado. Ya casi no siente los brazos, la pierna le tiembla, pero él lucha por continuar. Quiere saberlo. Quiere verse ante su casa. Aunque sea lo último que haga.

En Rheinstrasse se cruza con un grupo de soldados americanos. Y más adelante, en la esquina de Wilhelmstrasse, patrullan las fuerzas de ocupación con sus uniformes verdes. Se alegra de encontrar un banco, tiene los brazos entumecidos, necesita descansar un momento o acabará cayéndose. Sentarse es un asunto peligroso, porque es probable que luego no pueda levantarse solo, pero tiene que hacerlo. Estira la pierna con un gemido, apoya las muletas en el asiento y se frota un brazo con el otro. «Déjate de tanto teatro —se recrimina—. Tienes cincuenta años, no ochenta. Has pasado demasiado tiempo sentado en el mullido sofá del café, has comido bien y bebido aún mejor. Eres un blando. Ya no te quedan fuerzas ni tesón. Un paseíto de nada… y estás hecho polvo».

Pero es el miedo lo que mina sus fuerzas. Desde donde está, atisba un tramo de Wilhelmstrasse. Las casas que alcanza a ver siguen intactas. Son construcciones de tres o más plantas, de estilo guillermino, el barroco de la ciudad balneario con lujosos arabescos, balcones provistos de barandillas de hierro fundido, ventanas con dinteles sostenidos por esculturas. Algunos comercios están abiertos, hay clientes que entran y salen con bolsas y cestas, y ante una tienda de alimentación se ha formado una cola. Todo sigue en pie, esos habitantes pueden considerarse afortunados. Piensa con nostalgia en lo orgullosos que se sentían siempre Else y él de la buena ubicación de su café. Frente al balneario y el teatro, justo al lado de las columnatas y muy cerca del parque. Y es esa ventaja lo que tal vez ahora se haya convertido en su perdición. Esos bárbaros han arrasado el barrio del balneario con sus bombas. Querían destruir el corazón de la ciudad para que Wiesbaden no levantara la cabeza en mucho tiempo...

—¿No tendrás una moneda para darnos, abuelo?

Sale de sus cavilaciones y ve que está rodeado de un grupo de niños. Van sucios, seguramente estaban rebuscando entre los escombros de los solares en ruinas. Una niña tiene un feo rasguño en la mejilla derecha, casi todos ellos llevan pantalones cortos y tienen las rodillas llenas de costras.

—¿Una moneda? No sé...

Busca en los bolsillos de su chaqueta, pero solo encuentra un pañuelo usado, una navaja de afeitar plegada, dos botones de pantalón y un trozo de glucosa que les dieron en el hospital de Friburgo.

—Me temo que no tengo dinero, pero quizá os guste esto...

Rompe el pedazo de glucosa blanca en trocitos pequeños y se los ofrece a los chiquillos en la palma de su mano. Ellos aceptan enseguida, pero la niña duda.

—¿Es goma de mascar? —pregunta con recelo.

—Es glucosa. Como si fueran caramelos.

—Ah —dice decepcionada, pero aun así alarga la mano y se hace con el último trozo.

—¿Os gusta? —pregunta Heinz.

Los niños asienten con la cabeza. No parecen entusiasmados, su regalo es demasiado insignificante.

—¿Tienes más?

Heinz niega con la cabeza, lamentándolo. Siente no tener nada más que darles, pálidos y flacos como están.

—Los yanquis siempre nos dan goma de mascar —explica uno de los niños—. La puedes estirar hasta hacerla muy larga y luego metértela en la boca otra vez. Por la noche siempre la dejo en la mesilla, y por la mañana vuelvo a mascarla…

—¿De verdad?

—Sabe a menta. También tienen chocolate. Y galletas. Son muy simpáticos, los americanos…

Heinz agradece las confidencias de los chiquillos, que le ayudan a mantener su angustia a raya. Otros se atreven a acercarse y le cuentan más cosas.

—Mi madre me envía al cuartel al mediodía, y allí me dan una olla de sopa.

—Yo suelo ir por detrás, donde tienen esos bidones metálicos tan grandes. Allí hay mucho pan, y queso, y recipientes con restos. A veces nos echan, pero casi siempre nos dejan en paz.

«Hurgan en la basura de las fuerzas de ocupación buscando alimento —piensa Heinz, abatido—. Qué horror. Tan bajo hemos caído que rascamos los restos enmohecidos de los contenedores americanos. Los viejos nos lo tenemos bien merecido, ¡pero los niños no! ¿Qué han hecho ellos? Nada. Los inocentes pagan por nuestros errores».

—¿Solo tienes una pierna? —pregunta la niña sin reparo.

—Sí —responde él—. La otra se quedó en Francia.

—Mi tío ya no tiene piernas —añade un niño.

—Y el mío perdió un brazo —exclama un pequeño desde atrás.

—Bah… —suelta la niña, despectiva—. Solo un brazo. A mi primo lo fusilaron.

—¿Me hacéis un favor? —dice Heinz, e interrumpe su macabra competición.

—¿El qué?

—Ponerme de pie. No puedo levantarme del banco yo solo. Vosotros sois fuertes, ¿verdad?

Algunos niños asienten, también la niña dice que sí. Solo los más pequeños dudan de tener suficiente fuerza.

Heinz confía sus muletas a dos de los pequeños, después extiende los brazos y deja que tiren de él, apuntala la pierna sana en el suelo y tensa todos los músculos. Por un momento hace equilibrios, la pierna le tiembla tanto que teme caerse, pero enseguida alcanza las muletas y logra apoyarse en ellas.

—¡No te caigas! —le aconseja la niña—. O ya no podrás volver a ponerte de pie.

—Porque solo tiene uno... —dice un niño.

—¡Gracias por el consejo! —contesta Heinz—. Bueno, me marcho ya...

La pandilla camina tras él un rato, luego la niña silba con dos dedos y todos salen corriendo en dirección al Museo de la Ciudad. Heinz cojea hacia Wilhelmstrasse, doblemente abatido. Los niños, que siempre dicen la verdad, le han expuesto su situación sin zalamerías y con total sinceridad: es un lisiado que ni siquiera puede levantarse de un banco sin ayuda, y a quien medio kilómetro lo deja al límite de sus fuerzas. Desalentado, lucha por llegar a su calle y enseguida descubre los primeros escombros, aunque están lejos, al final del todo, pero se ven claramente porque Wilhelmstrasse es una recta, sin curvas que puedan ocultar el desastre a sus ojos. Solo los plátanos, que en esta época del año crecen bastante lozanos, le tapan un poco la vista. Se obliga a no mirar a la izquierda, donde está el Café del Ángel, sino hacia los edificios de ladrillo rojo del lado derecho, todos ellos de estilo Gründerzeit, del «periodo de los fundadores». Entonces ve el teatro dañado, y detrás las columnas caídas de las columnatas. «Un par de pasos más —se dice—. No mires hasta que estés delante, cuando ya no puedas seguir imaginando ni albergando esperanza porque lo tendrás ante tus ojos».

Está jadeando, el sudor le gotea por la frente. «Ahora. Quieto. Las muletas bien clavadas en los adoquines. Vista a la izquierda, compañero. Y adviértele a tu corazón que no haga ninguna tontería».

La imagen tiembla ante sus ojos, salta arriba y abajo, se emborrona. Parpadea y mira otra vez. Lo que ve le parece inconcebible. Una locura. Dos mesas en la acera con clientes bebiendo café. Las sombrillas están abiertas. Santo cielo, las conoce muy bien porque las compró él mismo. Entonces se atreve a mirar hacia arriba. El edificio sigue en pie. El Café del Ángel. Sano y salvo. Las casas que tiene a la derecha son solo ruinas; a la izquierda, donde viven los Drews y los Brand, todo sigue intacto. Ahora sí que corre un gran peligro de caerse al suelo, porque las lágrimas le cubren las mejillas y empieza a sollozar. «Contrólate —piensa—. Aunque la casa siga en pie, puede que a Else y a Hilde les haya pasado algo…».

Pero no lo cree. Los clientes están sentados ante el café, igual que antes. La puerta giratoria, en la que se gastó un dineral y por la que todos le envidiaban, sigue ahí. Tiene que respirar hondo varias veces, y después avanza despacio con sus tres piernas. De repente le resulta muy fácil caminar, ya no siente dolor, la alegría lo empuja. La alegría y la esperanza.

Reconoce a Hans Reblinger y al maestro repetidor Gimpel, que charlan al abrigo de una sombrilla. Cuando se acerca, oye una música de piano que sale del interior del café. ¿Habrá regresado a casa Hubsi Lindner? No, no parece Hubsi porque es música de baile moderna, de la que a él no le gusta. Swing, lo llaman. Hubsi no sabría tocar algo así, de manera que será la Künzel. Sofia Künzel no tiene prejuicios, toca cualquier porquería. ¿Qué estarán haciendo ahí dentro? ¿No estarán bailando? ¿Por la tarde?

¡La puerta giratoria! Era su orgullo y de pronto se ha convertido en un maldito obstáculo. ¿Cómo va a entrar con las muletas? Vuelve la mirada hacia Hans Reblinger y Alois Gimpel, pero no parecen haberse fijado en él.

«No me reconocen —piensa abatido—. No me extraña. He cambiado bastante».

—¿Quiere entrar en el café? —pregunta Reblinger—. Le será difícil con esas muletas. Tendrá que ir por el portal. O siéntese a una mesa aquí fuera…

La puerta empieza a girar, los cristales relucen al sol, Heinz ve a una joven rubia, vestida de oscuro y con delantal blanco. En una mano lleva una bandeja en equilibrio con mucho arte, con la otra empuja la puerta y enseguida está fuera. Se detiene y se lo queda mirando. Son solo dos segundos, después se produce un estrépito. A Hilde se le ha caído la bandeja con dos tazas de sucedáneo de café y dos trozos de bizcocho.

—Papá… —susurra.

—Hilde… Mi pequeña Hilde…

Entonces ella grita un «¡Papá!» que deben de oírlo hasta en el ayuntamiento. Salta por encima de los añicos y va a lanzarse a sus brazos, pero se contiene, se queda quieta y mira las muletas con horror.

—¿Estás…? ¿Has…?

—He perdido una pierna. De la rodilla para abajo, pero lo demás sigue bien.

Hilde se acerca despacio y le rodea el cuello cariñosamente con los brazos. Le besa en ambas mejillas con unos sollozos que parten el corazón.

—Nooo… ¡Pero si es Heinz Koch! ¿Es que estoy ciego? No lo había reconocido —oye decir a Hans Reblinger.

—Tampoco yo —dice Gimpel—. Cielo santo, tengo la vista cada vez peor. Bueno, pues… ¡bienvenido a casa, Heinz!

Los transeúntes se detienen en plena calle para contemplar la escena con una sonrisa. El crítico Reblinger y Alois Gimpel sostienen a Heinz por las axilas y cruzan con él la puerta giratoria. Hilde se queda fuera, se seca los ojos y recoge las muletas que Heinz ha dejado caer.

Dentro, mesas y sillas están apartadas a los lados de modo que en el centro quede sitio para bailar. Allí hay dos parejas, que no saben muy bien qué hacer porque la Künzel ha dejado de tocar el piano de repente al oír el grito de Hilde. Heinz, que no sale de su asombro, se fija en que los dos jóvenes llevan uniformes americanos. Luego ve a Else en la puerta de la cocina. Está callada, solo lo mira con los ojos muy abiertos. Le tiemblan los labios.

—Dejad que me siente… —pide él.

Qué horror. Ni siquiera puede abrazar a su mujer porque sin muletas no se tiene en pie, y con Reblinger y Gimpel a izquierda y derecha tampoco quiere hacerlo.

—Mamá, ha perdido una pierna —oye decir a su hija—. Pero solo de la rodilla para abajo. No es grave, puede conseguir una prótesis…

Sin embargo, Else no está mirando la pierna tullida. Sus ojos están fijos en los de él, y se le acerca despacio. Se inclina hacia su marido y lo abraza. ¿Está llorando? Heinz intenta verle la cara, pero ella la ha enterrado en su hombro, solo ve su pelo corto y rizado, que ya es más gris que rubio. Pero ahí está su olor, el aroma de su piel, de su ropa, que siempre huele a limpio y a pasteles. A Else.

—Lo sabía —dice ella en voz baja—. Sabía que volverías.

—¡Pero si os envié un telegrama!

—¿Qué telegrama?

No lo han recibido. A saber por qué. Ahora ya no importa. Else lo besa en la boca sin ningún pudor, no puede parar, y él la sostiene y corresponde a sus besos. La pasión lo enciende de pronto; le falta una pierna, cierto, pero por lo demás está sano, sigue siendo un hombre. Aunque tenga cincuenta años.

—Será mejor que dejemos a la parejita a solas… —dice la Künzel, complacida—. Me temo que esto acabará siendo indecoroso.

Else se aparta de su marido y se pasa una mano por el pelo revuelto.

—¡Que lo diga precisamente usted…! —le contesta a la

Künzel—. Siga tocando, iremos a la sala del reservado. ¿Has comido ya, Heinz? Antes de nada te prepararé unas patatas con tocino…

Heinz dice que primero tiene que ir al baño, y rechaza la generosa ayuda de Reblinger.

—Me las apañaré solo…

El lavabo de los clientes es muy estrecho, pero eso también tiene sus ventajas, porque así puede apoyarse en las paredes. Deja las muletas en un rincón y se asegura de que no se caigan, o tendrá serios problemas. Todo sale a pedir de boca. Está lisiado, sí, pero la cabeza todavía le funciona. La cabeza es lo más importante. ¿Quién decía eso? Ah, sí, el tipo joven del camión. «La mollera», dijo. Confía en que le vaya bien, era un muchacho simpático.

Cuando entra en el reservado ya lo están esperando Addi y Julia Wemhöner; también está Gisela, la amiga de Hilde. Hasta ahora, de pura agitación, no la había visto. Todos lo abrazan, Julia le da un beso en la mejilla y solloza al decirle que le debe la vida y que ha rezado mucho por él. Addi está bastante pálido y también más delgado que antes, y entonces le cuentan que acaba de recuperarse de una pulmonía.

—Ahora todo irá a mejor —dice el hombre, que le estrecha la mano con fuerza—. Ahora que vuelves a estar con nosotros… ¡Caray, si esto ya es como en los viejos tiempos!

Else aparece con un buen plato de patatas salteadas con tocino, y él se siente miserable porque los demás no tienen nada. Pero todos dicen que ya han comido y que Heinz tiene derecho a unas patatas salteadas de bienvenida. También Hans Reblinger y Alois Gimpel se han sentado con él a la mesa, solo Hilde entra y sale todo el rato, porque está atendiendo a los clientes, y la música de baile que toca la Künzel se le mete a uno en los oídos.

Heinz está sentado junto a su mujer y le aprieta la mano con fuerza, la acaricia una y otra vez y siente cómo el cansancio va haciendo mella en él. Else ha puesto una botella de aguardiente de frutas en la mesa para celebrarlo, Julia ha repartido los vasos. A Heinz le entra la tos con el primer trago… Madre de Dios, sí que está fuerte. Sabe a ciruela, tal vez a pera también. Y a alcohol de alta graduación; eso podría tumbar a un elefante. Deja que le sirvan dos tragos más, se bebe el líquido transparente y entonces el cansancio ataca con toda su potencia. Ha explicado breve y claramente lo que pasó con su pierna, ahora ya solo escucha e intenta comprender, pero se le mezcla todo. La mujer de Storbo vive en el piso de August, Julia cose abrigos de pieles para la señora Knauss, Addi está furioso con una tal Marianne… Y entonces entra un perro de varios colores, se sienta bajo la mesa y deja que le dé patatas salteadas.

—¿Es nuestro? —le pregunta a Else.

—Es mío —responde Addi.

—De los dos —confirma Julia.

Heinz está demasiado cansado para hacer más conjeturas. Quiere meterse en su cama, necesita dormir o se caerá de la silla allí mismo.

—Te ayudaremos a subir la escalera —se ofrece Addi.

—No… Dejad, puedo yo solo.

Se sienta en la escalera y va subiendo con el trasero. Es un buen sistema, puede apoyarse en los brazos y ayudarse con la pierna. Aunque está algo ridículo, le da igual. Arriba, Else le ayuda a ponerse de pie, le da las muletas y entra antes que él en el piso.

Y entonces, por fin, están solos. Después de ocho meses de separación, después del miedo y la esperanza, después de la terrible incertidumbre y una nostalgia interminable, vuelven a tenerse el uno al otro.

Ella lo lleva a la cama, le quita la ropa, acerca una palangana con agua caliente y, con mucho cuidado, lo lava con un paño enjabonado. Lo seca. Lo besa. Saca un pijama del armario y él inspira el aroma a bergamota.

—Quédate aquí —le pide a Else, y ella se tumba a su lado.

Se desnuda en la cama y se acurruca junto a él. Piel con piel. Juntan sus labios. El mundo ya puede venirse abajo. La Tierra ya puede dejar de girar. Todo les da absolutamente igual, porque vuelven a estar juntos. Porque se sienten el uno al otro, cálidos y unidos como no lo estaban desde hacía muchísimo tiempo. Ya está en casa. El hogar es donde tu amor te ha esperado. El hogar es Else.

Jean-Jacques

Villeneuve, agosto de 1945

Las mañanas son lo peor. Porque cuando la luz del alba se cuela por entre las cortinas del dormitorio y comienza a despertarse, algún demonio le envía mil sueños dulces. Entonces la ve, a ella, solo a ella, en miles de poses seductoras, casi siempre desnuda, como aquella única vez que la vio en la realidad. Oye su voz, ese tono autoritario que solía sacarle de quicio, que le daba ganas de demostrar que él no era de los que se dejan mangonear. Su voz le gustaba especialmente, porque no era clara como la voz de una niña. Era imperiosa, más bien profunda cuando se enfadaba, y capaz de gritar, vociferar y alborotar por la escalera. Luego volvía a ser suave, dulce, también un poco ronca cuando le susurraba toda clase de cosas incomprensibles y aun así excitantes al oído.

La lleva dentro, no puede sacársela de la piel. Ni de los dedos. Menos aún de su cerebro. ¿De qué sirve la carta que le entregó a un compañero de Nimes? ¿Que haya renunciado a ella? ¿Que haya jurado olvidarla? No sirve de nada. Cada día que pasa la añora más.

Las primeras noches en casa, en la cama con Margot, estuvieron llenas de silencio y sentimientos de culpa. Él sabía que su mujer permanecía a la espera, pero no podía tocarla, cumplir con su deber conyugal. Al principio puso como excusa que había pillado una enfermedad, porque en el campamento había mucha suciedad y todos los colchones estaban llenos de parásitos. Fue dos veces a Nimes, dijo que para ver a un médico, pero en realidad se quedó merodeando ante la oficina de correos, cavilando cómo enviar una carta a Wiesbaden. Una carta de amor. Entonces todavía tenía la cabeza llena de pájaros y seguía con la idea de hacerla ir allí para casarse con ella. Hilde no sería mala viticultora; es prudente, tiene cabeza para los negocios y sabe lo que implica una empresa familiar. Pero después cayó en la cuenta de que su familia jamás aceptaría que se casara con una alemana. Tres de sus primos habían perdido la vida en la guerra a manos de los alemanes, y eso no se olvida así como así.

Al final no le escribió ninguna carta de amor. Tampoco redactó la carta de despedida hasta que discutió con Margot y su padre quiso hablar con él. Ella había esperado pacientemente todo un mes, luego empezó a preguntarse cosas, quería saber si lo que decía él en sueños, si ese «Ild… Ild…», significaba algo en alemán.

Jean-Jacques se sobresaltó, no tenía ni idea de que hablara en sueños, y le gritó que dejara de espiarlo. Una cosa llevó a la otra y ella le echó en cara que era un mentiroso y un cobarde, le dijo que sabía que estaba sano, que lo había comprobado cuando estaba dormido. También se había percatado de que se daba placer a sí mismo mientras ella estaba tumbada a su lado, esperándolo. Esos reproches, que por desgracia estaban justificados, le sacaron tanto de quicio que estalló y le dijo que no quería verla más, que le resultaba repulsiva, que siempre había sido así y que solo se había casado con ella por sus tierras.

Se gritaron mucho. No es de extrañar que Pierrot y sus padres se enteraran de todo, las paredes de la casa no son tan gruesas. Margot hizo dos maletas, decidida a regresar con sus padres, pero abajo, en la cocina, su suegro le cortó el paso.

—Espera un poco. Deja que hable antes con él…

Jean-Jacques seguía aturdido, le costaba creer que se hubiera dejado llevar de esa manera y hubiera dicho cosas tan espantosas. Cuando bajó la escalera, Margot estaba sollozando en el banco de la cocina, junto a la madre de él. La mujer rodeaba a su nuera con un brazo y le lanzó a su hijo una mirada llena de reproche.

Su padre salió con él al granero porque no quería que todos oyeran lo que tenía que decirle a su primogénito. No es un hombre de muchas palabras, por eso la conversación duró apenas unos minutos.

—¿Qué ocurre?

Jean-Jacques mintió, porque la verdad no le habría servido de nada a nadie. Quiere quedarse con la viña y la granja, ese es su sitio, y aquí su amor por Hilde no tiene ninguna oportunidad. No a los ojos fríos e inquisidores de su padre.

—No puedo acostarme con ella, por eso está furiosa.

—¿Por qué no?

Balbuceó algo sobre la guerra, sobre las cosas terribles que había visto, y que necesitaba tiempo para olvidar esas imágenes, pero Margot estaba impaciente y por eso se habían peleado. Él había dicho cosas horribles y lo lamentaba.

—¿Es eso todo?

—Sí, padre…

—¿Cuánto tiempo más vas a necesitar?

Tragó saliva. ¿Qué clase de pregunta era esa? Pero así era su padre, planificaba con antelación cuándo iba a plantar, y calculaba y recorría todos los días los viñedos para comprobar las uvas y que no se le pasara el momento idóneo para cosecharlas.

—Un mes… O dos… Por lo menos eso espero…

La mirada de su padre le llegó muy adentro, inquisitiva, desconfiada, descontenta. Se sintió mal.

—Margot es una buena mujer, Jean-Jacques. ¡Quiero que tengáis hijos!

—Los tendremos, padre.

Aunque arrepentido y avergonzado, no fue capaz de pedirle perdón a Margot. En lugar de eso, esa misma noche le escribió una carta de despedida a Hilde y, cosas del destino, a los dos días se presentó de visita Justin, un antiguo compañero del colegio. Se había presentado voluntario y lo enviaban a Maguncia con las fuerzas de ocupación. Quería convencer a Pierrot para que también se alistara, pero este ya estaba más que harto del ejército. Jean-Jacques enganchó la yegua al carro y por la noche llevó a Justin a su casa, ya que su amigo había bebido vino con demasiado entusiasmo. Al despedirse, le dio la carta y le pidió que la hiciera llegar a Wiesbaden de alguna manera.

—*Oh, là, là!* —se burló Justin—. Una chica alemana, ¿eh? ¿No te da vergüenza, Jean-Jacques? ¡Con una puta alemana te acuestas, pero luego no le escribes cartas!

—¿Eres mi amigo o no?

Justin prometió portarse como un buen amigo. Dos semanas después le envió una bonita y colorida postal desde Maguncia mandando saludos cordiales para todos y añadió: «La carta está de camino». Todos creyeron que se refería a una carta para su amigo Jean-Jacques, aunque —¡qué lástima!— nunca llegó.

A esas alturas, Margot ya se había reconciliado con él, y sus padres estaban satisfechos. Su padre habló con ella, y Margot se mostró razonable y le dio un plazo a su marido. Este transcurría despacio, sin que Jean-Jacques lograra superar sus reticencias a tocarla. Sin embargo, Margot ya no lo presionaba, era amable con él y, cuando estaban en la cama por la noche, hablaban con naturalidad sobre los acontecimientos del día. Después, cada uno se volvía hacia un lado para dormir, y al poco se oían sus respiraciones tranquilas.

Para escapar de esos intensos sueños del alba, Jean-Jacques siempre se levanta el primero y baja a lavarse en la fuente del patio. El agua fría ahuyenta los pájaros de su cabeza. Se seca con una toalla y se afeita con esmero. Luego, cuando vuelve a subir al dormitorio para vestirse, Margot ya está en el cuarto de baño, la oye hacer gárgaras y salpicar con el agua al lavarse. Después se sientan todos a desayunar a la larga mesa de la cocina, toman un café y dan un bocado mientras el padre reparte el trabajo del día. Los tres hombres suelen salir a los campos o los viñedos, y las mujeres se ocupan del huerto, ordeñan las cabras y hacen queso. Pierrot estuvo enfermo una temporada, ahora vuelve a resentirse de la pierna, pero lo cierto es que está mejor. Jean-Jacques piensa a menudo en qué será de su hermano, que no da muestras de querer buscarse algo propio.

—Eres un tipo apuesto y sabes de viñedos y de agricultura —le dijo una vez—. ¿Por qué no te buscas una esposa? Una que tenga alguna posesión, donde puedas ser el señor de la casa.

—Igual que tú te buscaste a Margot, ¿no? —replicó Pierrot con sorna—. La aceptaste por sus tierras, eso se lo dejaste bien clarito. Yo no soy como tú, Jean-Jacques. Cuando me case con una mujer, me dará igual que sea rica o pobre. Lo único importante será que nos queramos.

Esa respuesta golpeó a Jean-Jacques como una bofetada. Cuánta razón tenía su hermano pequeño… Aunque, naturalmente, no podía admitirlo, así que en lugar de eso se enfadó con ese listillo que le restregaba la verdad por la cara con malicia.

—¡Siempre has sido un iluso, Pierrot!

—¡Y tú siempre has sido el preferido de padre!

No se puede hablar con él, ni antes ni ahora. Nunca se han soportado, Pierrot le ha tenido celos desde el principio. De niños se pegaban a menudo, a veces se hacían daño y su madre tenía que separarlos y los castigaba. Ella quiere a Pierrot más que a él, y lo demuestra sin reparos en cuanto tiene ocasión. Tal vez sea ese el motivo por el que Pierrot no está dispuesto a irse. Sigue inmóvil como una piedra en la propiedad que algún día será de su hermano y, por lo que parece, tiene la intención de pasar el resto de su vida aquí. Cierto, Pierrot es un buen trabajador, sabe lo que hace y, a pesar de su pierna enferma, es fuerte y habilidoso. Pero se ve venir que entre ellos dos habrá trifulcas, y eso no le beneficia a un negocio familiar.

Hoy es domingo, así que no hay desayuno, porque se van todos a la feria de Villeneuve y no comerán algo hasta llegar allí. Su padre y él enganchan a la yegua, su madre espera vestida de domingo junto a la puerta de la casa, Pierrot está a su lado. Con su sombrero de paja y ese bigotito que se ha dejado, se le ve muy atrevido. Margot es la última en subir al carro. Está pálida y muy callada, desde hace un tiempo le pasa a menudo. Cuando están todos instalados, Jean-Jacques toma las riendas y oye que Pierrot y su madre hablan en voz baja.

—¿Es eso cierto, Pierrot?

—Claro que sí, mamá. Te lo estoy diciendo…

—Gracias a la Virgen.

—Sí, tendríamos que encender una vela…

Será un día caluroso, se ve por el vapor que pende ya sobre los campos y que se va dispersando poco a poco. El cielo está despejado y es de un azul intenso, el sol brilla con suavidad sobre campos y prados. Luego, cuando regresen de la iglesia, abrasará sin compasión los terrenos secos y los caminos, y el polvo envolverá el carro y al caballo. Por la tarde, las mujeres tendrán cosas que hacer en la casa, y él dará una vuelta con su padre por los viñedos. Nadie de la región trabaja el campo en domingo. Como mucho en otoño, cuando se cosecha la uva, puede que un festivo se convierta en laborable. Pero eso es un pecado venial, ningún cura le pondría penitencia a un viticultor por ello.

En la iglesia tienen sus sitios fijos desde hace generaciones. La familia Perrier se sienta en la tercera fila; los mayores en el extremo, los jóvenes más hacia el centro. Eso tiene un sentido oculto, ya que los pequeños deben estar sujetos a la mirada del cura y la comunidad, para que se porten bien y no hagan tonterías. Jean-Jacques recuerda con angustia los años que tenía que sentarse allí junto a su hermano ante los ojos de la gente del pueblo, y todos se fijaban en si los hermanos Perrier decían bien sus oraciones y se arrodillaban cuando tocaba. Hoy se sienta más hacia el extremo, justo al lado de su padre, y su madre, Margot y Pierrot ocupan los sitios centrales.

Mientras esperan en silencio a que empiece el servicio, descubre a su madre sonriéndole. Le sorprende tanto que no le devuelve la sonrisa, permanece serio. Pero se alegra, y a la vez le avergüenza. Ya no hay discusiones, Margot está amable y paciente, su padre satisfecho, y su madre incluso le sonríe, lo cual no hace casi nunca. Todo ello debe agradecérselo a la benevolencia de su esposa, porque él sigue sin tocarla.

«Ya va siendo hora de que me ponga a ello —piensa—. He decidido hacerme cargo de la propiedad y tengo que quitarme a Hilde de la cabeza de una vez por todas. Margot no se merece que la siga teniendo desatendida. Y además hay que perpetuar la familia, tenemos que traer niños al mundo». Se propone acostarse con Margot esa misma noche. Aunque no espera obtener placer. Siempre puede cerrar los ojos cuando la posea, pero de ninguna manera debe pensar en Hilde. Eso sería engañarla, y es algo que no puede hacerle a su mujer ni a sí mismo. Es tan serio en su intención, que durante la oración final ruega a la Virgen que lo asista, porque quiere volver al buen camino.

Sale de la iglesia al lado de Margot, charla un poco con amigos y vecinos, y cuando suben al carro le ofrece la mano para ayudarla. Ella parece sorprendida porque no está acostumbrada a recibir tanta atención, está más pálida aún que por la mañana, la nariz le sobresale puntiaguda del rostro enjuto, su mano está húmeda de sudor. Jean-Jacques siente lástima por su fealdad. «Aunque no sea atractiva —piensa—, me casé con ella y quiero que traiga al mundo hijos conmigo». Un matrimonio no siempre es fácil, supera pruebas y crisis, pero es importante que permanezcan unidos. En el viaje de regreso le cede las riendas a Pierrot y se sienta junto a su mujer. De vez en cuando intenta entablar conversación con ella, pero Margot contesta con monosílabos, y el traqueteo y los bandazos del carro también dificultan la comunicación.

Cuando llegan a casa, desengancha la yegua con Pierrot y la dejan en el prado. Luego entran en la casa para cambiarse, ya que la ropa de la iglesia hay que reservarla. Para su sorpresa, ve que su padre sigue endomingado en la cocina, ha descorchado una botella de su mejor vino tinto y les sirve a todos.

—Para celebrar este día —dice, y le alcanza a Jean-Jacques un vaso lleno—. ¡Y por el futuro de la familia Perrier!

El hombre está radiante de felicidad, le tiende un vaso también a Pierrot, luego a su mujer y a Margot.

—¿Qué se celebra? —se extraña Jean-Jacques—. ¿Me he perdido algo?

Todos ríen. De hecho, la cocina se llena de carcajadas. Incluso a su padre le hace gracia la pregunta, y Pierrot lo encuentra muy divertido. Curiosamente, solo Margot sigue seria y lo mira casi con miedo.

—¿Es que todavía no te lo ha dicho? —pregunta su madre.

Él niega con la cabeza. No entiende nada. Se siente como un idiota.

—¡Tu mujer espera un niño!

Todos vuelven a reír, les parece graciosísimo verle ahí plantado como un pasmarote, con el vaso en la mano y los ojos como platos. Entonces su madre se le acerca, lo abraza y le da un beso en la mejilla, luego estrecha a Margot contra su pecho maternal y le dice todas esas cosas que se dicen las mujeres en estos casos. Jean-Jacques sigue atónito, pero su padre brinda con él por el futuro, y luego Pierrot acerca su vaso de vino y lo felicita.

—De un trago, hermano —dice exultante—. Estás más pálido que la pared. Una sorpresa como esta lo deja a uno pasmado, ¿no?

¿Es victoria lo que ve en los ojos de su hermano? ¿Malicia? ¿Se está riendo del desconcierto de un hombre al que le han puesto los cuernos? Oh, sí: Pierrot sabe muy bien que él no es el padre de ese niño. Jean-Jacques empieza a comprender, descubre el juego. Por eso estaba Margot tan apaciguada. Tenía a su amante en la misma casa, a solo dos habitaciones. ¿Cuántas veces habrá yacido con su hermano de noche, mientras él dormía? Y cuando Pierrot guardaba cama, supuestamente enfermo, ¿cuántas veces le llevó ella la comida o encontró algún otro pretexto para meterse bajo las mantas con él? ¡A saber si esos dos no estarían liados incluso antes, cuando él era prisionero de guerra de los alemanes! Margot, la dulce y paciente Margot, no nació ayer. Se casó con uno, y se acuesta con el otro. Y él, ¿se lo merecía? ¿Que su esposa lo engañara y le mintiera con tanta maldad?

Sí, se lo merecía. Aunque no le guste reconocerlo, se lo ha ganado a pulso. ¿Qué debe hacer? ¿Poner el grito en el cielo y dejar bien claro que le han jugado una mala pasada? Es lo que más le apetece. ¿Por qué no? Podría exigir el divorcio, echar de la propiedad a su hermano y a su esposa infiel. Está exaltado, en ese momento se le pasan toda clase de locuras por la cabeza. Dejarlo todo y marcharse a Wiesbaden. Empezar una nueva vida con Hilde. Ser sincero y honesto al fin, casarse con la mujer que ama y estar a su lado. ¿Qué le importan a él la propiedad y los viñedos, si el precio que ha de pagar es una vida llena de mentiras y humillaciones? No necesita nada de eso, lo único que necesita es a su gran amor. Ella le dará fuerzas para superar las pruebas que le ponga la vida.

«Se acabó —piensa—. Quítate este yugo. Di la verdad y sé un hombre libre».

Pero es un cobarde. Brinda con todos y vacía el vaso de buen vino, sonríe como un tonto y finge que tiene que digerir aún la buena nueva. Después entra en el dormitorio para cambiarse, se pone los pantalones y una camisa de diario y se sienta en la cama.

«No puedo —se dice—. Estoy demasiado metido, nunca podré salir. Aunque diga que el niño no es mío, a mis padres no les parecerá motivo suficiente para un divorcio. Aquí en el campo, esas cosas quedan dentro de la familia, se tapan, y se cría a los niños. Dirán que es de nuestra sangre, uno de los nuestros. Que si no hubiese desatendido a Margot, no habría caído en la tentación. Y que todavía podemos tener un montón de niños más, si yo quiero».

No, tiene la soga al cuello. Si se marcha, su hermano se quedará con la propiedad. Su hermano, que ha dejado embarazada a su mujer a sus espaldas. Se casarán y sin duda tendrán más hijos, y él, el primogénito, lo habrá perdido todo. Tendría que marcharse a Wiesbaden con una mano delante y otra detrás, y todavía está por ver lo que le aguarda allí. Seguro que nada bueno. Le escribió a Hilde que todo había terminado... ¿Por qué iba a estar ella esperándolo? ¿Qué necesidad tiene de lamentar la pérdida de un hombre que primero le hizo grandes promesas y luego le dio la espalda de la manera más mezquina, en una breve carta? Oh, no, Hilde no es así. Es muy probable que tenga a otro desde hace tiempo. Es guapa y muchos hombres la desean, él lo sabe bien. Y así lo quiso, además; la dejó libre, y ella tiene todo el derecho del mundo a buscarse a otro. Se imagina llegando a Wilhelmstrasse sin un céntimo en el bolsillo, se detiene ante el Café del Ángel. Por la ventana ve a una pareja joven fundida en un cariñoso abrazo. El pelo rubio de Hilde resplandece y quema sus ojos como una cegadora mancha solar.

Ni hablar, no piensa interpretar ese papel tan lamentable. El pobre chico que llega demasiado tarde y encuentra a su novia en los brazos de otro.

Es para volverse loco, pero, por más vueltas que le dé, lo más inteligente será dejar que las cosas sigan su curso. Encajará la jugada, lo aceptará y será el señor de la propiedad. Sí, así son las cosas. Conservará la calma, no hará ninguna tontería. Oficialmente y a ojos de todos, él es el padre de ese niño, y ya verá Pierrot en qué lugar queda.

Se odia por ello. No es así como había imaginado su vida, llena de mentiras e intrigas. Lo ha hecho todo mal. Ha perdido a Hilde y también a Margot. Lo único que le queda es la tierra, y se aferrará a ella porque ya es lo único que puede mantenerlo vivo.

Hilde

Wiesbaden, septiembre de 1945

Las cosas ya no son como antes. Hilde no sabe si tiene que estar triste o alegrarse. El tiempo no se detiene, a fin de cuentas, y ella se ha hecho mayor, ha tenido experiencias; es normal que ya no sea la niñita de papá. Sin embargo, siente que la están metiendo otra vez en ese papel a la fuerza.

—Mamá, me marcho ya. Necesitamos azúcar y cacao. Tampoco nos vendría mal algo de manteca, que casi no queda…

—¿Vas al mercado negro? No, Hilde. Tu padre no quiere.

Pone cara de exasperación. Su padre otra vez. ¿Es que pretende prohibírselo todo? ¿No sabe acaso quién presionó para reabrir el café? Fue ella, Hilde. No su madre, con quien ahora está de acuerdo en todo.

—¿Y qué piensas ofrecer a nuestros clientes, mamá? También necesitamos café…

Else está de mal humor. Sabe que se encuentra en medio, entre Hilde y su padre, y tanto negociar y calmar los ánimos empieza a sacarla de quicio.

—Julia nos traerá un poco de café esta tarde, y ayer la Künzel nos dejó varias latas y un kilo de harina de maíz en la cocina.

—Café en grano y harina de maíz —protesta Hilde—. Con eso no puedes hacer bizcochos. Y las latas son de *corned beef* y pollo asado.

Su madre deja un montón de platos sucios en el fregadero y retira del fuego el hervidor con el agua caliente para verter un poco en la pila. Se le ha olvidado poner el tapón, cómo no, así que el agua desaparece por el desagüe.

—Ahora déjame en paz, Hilde —protesta—. Tengo mucho que hacer. ¡Tu padre no quiere que vayas al mercado negro y punto!

Hilde sale de la cocina. Limpia las mesas del café, recoge los jarrones para cambiar las flores. A ella misma le parece tonto que se le escapen las lágrimas mientras lo hace. Es estupendo volver a tener a su padre con ellas. Se alegró tanto cuando apareció de repente, no cabía en sí de felicidad… Y es natural que ahora duerma en su habitación de antes, porque su padre comparte la cama de matrimonio con su madre. Aun así, Hilde echa de menos las conversaciones que tenía con su madre por las noches y por las mañanas. Pero eso son pequeñeces, a fin de cuentas ya es mayor.

Lo que de verdad le molesta es que su madre ya no comenta con ella todo lo relacionado con el negocio, solo con su padre. Eso no está bien. Durante ocho meses ha sido la persona de confianza de su madre, han compartido la responsabilidad del café y también de los inquilinos; lo hablaban todo, y Hilde aportaba buenas ideas. Ahora eso se acabó. Desde que su padre ha vuelto, todo funciona a medio gas. Las sesiones de baile que antes celebraban tres veces por semana ya solo tienen lugar el domingo por la tarde. Su padre también ha acabado con el chorrito de licor del que disfrutaban muchos clientes por temor a los controles de alcohol de los americanos. Y eso que son los propios yanquis quienes gustan de tomarse una infusión aderezada con algo cuando van a bailar. Y para colmo, su madre tiene que prescindir de los extras que conseguían en el mercado negro para los pasteles, como mermeladas, pasas, chocolate y cacao... Solo por no discutir. A su padre le aterra que los americanos puedan llevarse a su hijita y encerrarla en la cárcel.

—Tú deja las mesas bien bonitas, Hilde —le dice con paternalismo—. Y mientras nuestra Finchen siga desaparecida, puedes atender a los clientes. Lo haces muy bien, hija mía...

Su padre tiene el detalle de no mencionar que también le permiten fregar los platos, levantar las sillas todas las noches para barrer, fregar el suelo tres veces a la semana... Por lo visto eso es algo que se sobreentiende cuando se es dueño de un café. Antes había una empleada que se encargaba de esas cosas, pero ahora tienen que estirar el dinero y no pueden permitirse contratar a nadie. Casi siempre la ayuda su madre, y también Julia Wemhöner echa una mano. Aunque Julia, más que ayudar, les entorpece el trabajo. Pero lo hace con buena intención y, además, ya le ha cosido a Hilde dos vestidos de verano preciosos. Ojalá siga haciendo buen tiempo para que pueda lucirlos un poco más.

Y entonces se pregunta para quién va a arreglarse. No le gusta ninguno de los americanos que van allí a bailar. Alois Gimpel le pone ojitos, y sin duda es un músico de talento, pero cuando se imagina dándole un beso se le revuelve el estómago. Luego están los dos jóvenes yanquis que supuestamente reciben clases de canto de la Künzel. Se turnan durante la semana, van sobre las once, y se quedan arriba dos horas largas, de las cuales se oyen ejercicios de voz durante media hora como mucho. Los dos son muchachos guapos, de pelo negro, fuertes; uno tiene los ojos tan azules que podrías perderte en ellos. La Künzel siempre ha tenido buen gusto, pero a Hilde no le apetece meterse en jardines ajenos. Y al teniente Peters deben de haberlo trasladado; hace semanas que no tiene noticias suyas. Una lástima. Era el único que le atraía. Aunque aquella vez, cuando fue con Gisela a bailar al bar de los americanos, se comportara de una forma tan extraña. Más que extraña. Esa noche se enfadó bastante con él, pero tiene algo que le gusta. Cuando Addi estuvo tan enfermo, Peters los ayudó sin pensárselo dos veces. Sí, quizá sea eso. Josh Peters es un hombre de acción; no habla mucho, actúa. Aun así, tampoco ha acabado de calarlo.

Hilde no ha vuelto a ese bar. Por un lado porque no le gustó mucho, pero también porque teme que la echen. Y ahora que su padre vuelve a estar en casa, ya puede olvidarse de las salidas nocturnas.

Su padre ha conseguido una prótesis provisional, pero no se maneja demasiado bien. Sigue cojeando por el vecindario con sus muletas y reniega porque la prótesis le ha abierto la herida que ya se le había curado. Hilde todavía no ha conseguido ver el muñón. Su padre solo se lo enseña a su madre, que también está preocupada por la herida. Durante el día se sienta abajo, en el café, rodeado de clientes y amigos que llegan de todas partes de la ciudad para saludar a «Heinz, el del Café del Ángel». Tiene una auténtica corte, y los de la farándula también han vuelto, aunque solo pueden permitirse una infusión de menta, si acaso. Con eso no ganan ni un céntimo, porque encima su padre tiene la bondad de fiarles. O invita a una ronda de sucedáneo de café y reparte galletas.

Hasta la Künzel comentó hace poco que Heinz Koch va camino de regalar todo su patrimonio, y que ya ha visto a la quiebra rondar por el tejado. Pero a su padre le da igual. Escucha entusiasmado a sus amigos, que hacen planes para futuras representaciones teatrales o hablan de organizar un concierto de Nochebuena en alguna iglesia.

—Seguro que nadie tiene dinero para una entrada de concierto —opina Alois Gimpel—, pero se puede pagar con otras cosas. Un poco de madera para la estufa, combustible o un bote de mermelada. Eso también vale. Ojalá volviéramos a tocar música navideña.

«Los artistas son unos soñadores —piensa Hilde—. Están dispuestos a soportar el frío que hace en la iglesia y tocar el violín o el clavicémbalo con los dedos congelados a cambio de un botecito de mermelada...». Pero en estos tiempos, tal vez sean necesarias personas que llenen el mundo de luz y belleza. Aunque solo dure una hora y después haya que regresar a casa con las extremidades entumecidas y un principio de catarro.

Lo que menos necesita Hilde son las periódicas visitas de su amiga Gisela al Café del Ángel. Casi siempre va con Sammy, que bebe los vientos por ella y la sigue como un perrito. A veces, sin embargo, se presenta sola, se sienta a la mesa que hay junto al mostrador de los pasteles y espera con total naturalidad a que Hilde le sirva. Pero ella solo lo hace cuando no tiene otros clientes a los que atender. Su padre, que está instalado junto a la ventana, saluda a Gisela con educación, pero no la soporta y ya ha regañado a Hilde más de una vez porque no está bien que la camarera se siente a charlar con una clienta.

Hoy Hilde está sola en el café, la señora Knauss ha llevado a sus padres al hospital en coche. Por fin van a darle una prótesis adecuada a su padre, y su madre tiene que aprender cómo ayudarle a colocarse la pierna postiza. Como si se lo hubiera olido, Gisela aparece por la puerta. Lleva un traje de verano azul claro, con zapatos de tacón a juego y medias de nailon con costura. Sobre los rizos recién arreglados se ha puesto una gorra de fieltro azul con una onda a la derecha, una preciosa creación de los días previos a la guerra que sin duda ha conseguido en el mercado negro.

—¡Ay, Hilde! —exclama, y se sienta a su mesa preferida—. Estoy que no me tengo en pie. Tráeme un café, ¿quieres? Uno de verdad. ¿Tenéis pastel? El último no estaba bueno. Desde que tu padre ha vuelto, vuestro bizcocho es como un ladrillo...

Hilde no está muy emocionada con la visita, y lo del ladrillo le parece exagerado. Aunque un poco duro sí que estaba... No es de extrañar, porque a su madre solo le quedaba un resto de huevo en polvo.

—Tengo que salir a atender —dice escueta—. Siéntate, por favor.

Es un pretexto, ya que fuera solo está Hans Reblinger con su sucedáneo de café habitual, al que Hilde, sin que haya tenido que decirle nada, le ha echado un chorrito de licor. Sus padres no están, a fin de cuentas. No espera que lleguen más clientes, porque el tiempo no acompaña. Sopla un viento frío y es posible que llueva.

—Estás muy blanca, Hilde —comenta Gisela cuando le sirve su café—. Te pasas todo el día aquí metida, atendiendo a los clientes... Eso no es vida. Tienes que salir, chica. Si no, te marchitarás.

Hilde se encoge de hombros. Para su amiga es fácil decirlo, porque hace lo que quiere, y no permite que sus abuelos ni su madre le digan nada.

—Pues tú pareces agotada —replica—. ¿Cómo es que no te tienes en pie?

Gisela bebe primero un sorbo de café, luego deja la taza con cuidado y se reclina en el respaldo de la silla.

—Es por todo el papeleo, ¿sabes? Un certificado por aquí, un sello por allá. Hay que ir tres veces a cada sitio porque nadie es responsable de nada, y cuando das con la persona adecuada, resulta que ha salido a comer... ¡Es para volverse loca!

Extiende los dedos de la mano izquierda para que la sortija de oro se vea mejor. Con brillante. De tres quilates. Cómo no. Hilde conoce el anillo porque Gisela se lo restriega por las narices al menos tres veces a la semana, así que esta vez ni lo mira.

—Verás, queremos casarnos aquí, en Wiesbaden. Y cuando Sammy haya acabado su servicio, iremos juntos en avión a conocer a sus padres.

Que quieran casarse es nuevo, pero era de esperar. Hilde no siente envidia. Solo el cielo sabe si Gisela será feliz en Estados Unidos con ese muchacho tan simpático pero terriblemente infantil. Hilde opina que su amiga le ha sorbido el seso al pobre chico para salir de Alemania.

—¿A Los Ángeles?

—Claro. Te enviaré una postal de Hollywood, Hilde. Al principio viviremos con sus padres, que tienen un restaurante o algo así. Pero Sammy quiere buscarse algo propio, y yo lo apoyaré en todo, por supuesto...

—¿Y qué pasará con tu madre?

Hilde no puede callarse la pregunta, aunque sabe que a Gisela no le gusta hablar de eso. Pone los ojos en blanco y hace como si fuera un detalle del todo superfluo.

—¿Y qué quieres que pase? —replica disgustada—. Mis abuelos se ocuparán de ella. Está todo el día en la cama, Hilde. Tenemos que alimentarla como si fuera un bebé. ¿Tú crees que quiero pasarme todo el santo día cuidando de mi madre mientras se me escapa la vida? Nooo... Eso ni pensarlo. Además, ya ni siquiera me reconoce. Solo habla con mi padre y hace unos gestos rarísimos con las manos...

Oculta la cara tras la taza de café, pero Hilde ha visto que se le saltaban las lágrimas. Su amiga no es tan fría como finge. Nunca se ha llevado bien con su madre, pero le duele que tenga un final tan triste.

—Lo siento mucho, Gisela... —dice, y le acaricia el hombro—. Ojalá no sufra mucho tiempo y se quede dormida en paz.

Gisela asiente, luego se aclara la garganta, saca un pañuelo del bolso y se suena.

—Nos casaremos en octubre. Será por lo civil, claro. La

ceremonia por la iglesia la haremos allí. Los padres de Sammy son de una comunidad cristiana y celebran las bodas con más de cien invitados. Imagínate, me enviarán raso blanco y Julia Wemhöner me coserá el vestido de novia... ¿No es genial?

Ahora Hilde sí que está algo celosa. Un vestido de novia es algo muy especial, solo se lleva una vez en la vida. El día más feliz de la vida de una mujer, dicen. Ese día es la reina y recibe la admiración de las demás mujeres. Ay, sí, si Jean-Jacques no fuera tan canalla y tan cobarde, también ella hubiera ido al registro civil vestida de blanco. De todos modos habría sido una boda más bien modesta, porque ahora en Alemania falta de todo. Organizar un banquete nupcial... ¿Quién puede permitírselo?

—Verás, a Sammy y mí se nos ha ocurrido que después de la ceremonia podríamos celebrarlo aquí, en el Café del Ángel —dice Gisela, como pensando en voz alta—. No seríamos muchos. Solo un par de amigos de Sammy y tres o cuatro chicas a las que conozco bien.

«Lo que faltaba —se dice Hilde—. Que la feliz pareja lo celebre en el Café del Ángel, justo delante de mis narices. Ni hablar, que no cuenten conmigo». Pero entonces comprende que Sammy pagará bien y conseguirá provisiones. Los negocios son los negocios, y Hilde lleva toda la vida anteponiendo el bien del café.

—Hablaré con mi padre —dice con cautela—, pero no creo que haya ningún impedimento.

Gisela ya ha notado que soplan otros vientos desde que el padre de Hilde ha regresado. Ella promete traer café de verdad, pan blanco y latas de salmón, *ragout fin* y otras exquisiteces. Un par de cosas para picar, también cuenta con los famosos rollitos de nata con cobertura de chocolate de Else, y por supuesto habrá algo «decente» para beber. Champán y algún licor más fuerte, porque los amigos de Sammy están acostumbrados a eso.

A Hilde se le hace la boca agua solo con oír la descripción del menú. Salmón. *Ragout fin*. Pan blanco. Nata. Como si estuvieran en el paraíso.

—Pues ya está arreglado —se alegra Gisela—. ¿Y a ti qué te pasa? ¿Cómo es que aún sigues sola?

Hilde se encoge de hombros y finge indiferencia, pero es evidente que no engaña a su amiga.

—¿Y el teniente Peters? Te gustaba, ¿verdad? Si no me equivoco, tú también le gustabas a él.

—Ni idea… Hace siglos que no lo veo.

Gisela no se creyó que no hubiera pasado nada aquella vez, cuando la acompañó del bar a casa. «O es mariquita o tiene intenciones serias de verdad», fue su comentario.

—A lo mejor necesita un empujoncito —reflexiona ahora—. Ya me encargo yo, Hilde. No puedo quedarme de brazos cruzados viendo cómo te marchitas de soledad. Ya verás, achucharé un poco al paradito Josh.

—Pero no te pases —advierte Hilde, que teme el ímpetu de Gisela—. También estoy bien sin él.

—¡No digas bobadas! Hay que aprovechar mientras se pueda. ¡Cuando lo trasladen al quinto pino ya será demasiado tarde!

Se levanta, abraza a Hilde como una hermana y deja un paquete de cigarrillos en la mesa con elegancia, en pago por el café. Ha empezado a llover, Hans Reblinger entra con su taza por la puerta giratoria y Gisela toma prestado uno de los paraguas que siempre están en el paragüero, olvidados por alguien. Hilde sale con ella para salvar los manteles y las sombrillas de la lluvia.

Sus padres no regresan hasta por la tarde, y al principio no están para escuchar las novedades de Hilde. En el hospital han tenido que esperar horas, luego ha habido problemas con la pierna postiza porque habían medido mal y era dos centímetros más larga de lo debido. Tras muchas y penosas pruebas, unos arreglos en la prótesis y más pruebas, por fin su padre ha podido dar un par de pasos, aunque no sin dolor.

El médico ha dicho que tiene que acostumbrarse a ella: «Le pasa a todo el mundo. Dolores fantasma. En algún momento desaparecen».

Sin embargo, su padre no tiene dolores fantasma sino dolor de verdad, porque la prótesis le aprieta y le roza en la cicatriz. Su madre está bastante nerviosa, las horas de espera y las quejas de su amado esposo la han afectado mucho. Hilde puede entenderlo. Su padre es un hombre alegre y sociable. Cuando está sano, derrocha buen humor; sentado con sus amigos artistas, es un proveedor de ideas, un consolador de almas y un mecenas de las artes. Pero cuando padece un simple catarro o le duele la espalda, entonces lloriquea y su madre tiene que hacer de enfermera. Ahora que se encuentra bastante mal no hace más que protestar.

—Y hay casos mucho peores —le dice su madre después de acompañar juntas a su padre arriba, para acostarlo—. Jóvenes que han perdido los dos brazos. O con la cara destrozada. O ciegos... Ay, qué horror nos ha traído esta maldita guerra. Se sientan un poco más allá, en Wilhelmstrasse, a mendigar...

Las dos piensan lo mismo, pero ninguna lo dice. Siguen sin noticias de sus hermanos. Quién sabe qué habrá sido de August y Willi.

—Y aun así —dice su madre en voz baja—, solo con que regresaran...

Hilde espera un poco antes de exponer la petición de Gisela. En el café no hay mucho que hacer porque la lluvia espanta a los clientes, y además su madre no ha podido preparar ningún pastel porque no tienen azúcar ni harina blanca. También se ha acabado el huevo en polvo. Hilde no dice nada de la falta de existencias; que sean sus padres los que comprendan que el café no puede seguir abierto sin el mercado negro.

Más tarde baja Addi a verlas, se toma una infusión y mira el interior de la taza con ánimo avinagrado. Desde que regresó del hospital tiene constantes roces con Julia Wemhöner. Es una lástima, todos pensaban que ahora los dos serían una pareja de verdad. En lugar de eso, no hacen más que discutir. Julia casi siempre está metida en su piso cosiendo, mientras Addi se pasea por ahí como un alma en pena. Hilde se ha fijado en que lo mejor es encargarle alguna tarea. Arreglar el marco de una ventana. O sujetar bien la barra de las cortinas. Reparar la mesa plegable en la que su madre se pilla el dedo. A su padre no pueden encomendarle nada de eso porque es un manazas.

Hilde espera con paciencia a que su padre se levante de la siesta. Entonces lo ayudan a bajar por la escalera y se sienta junto a la ventana. Hilde, solícita, le sirve una taza de café de verdad, y se guarda el comentario de que por desgracia hoy ya no queda bizcocho.

El café caliente y aromático consigue que se le quite la cara de pena.

—Qué lástima que esté lloviendo —comenta—. Alois quería venir con Ida y con dos cantantes. Íbamos a ensayar un par de arias... para el concierto de noviembre en la iglesia del Mercado...

Hilde se sienta con él y le dice que le hace mucha ilusión ese concierto. No es cierto, porque no le gustan las arias religiosas, y menos aún la música de órgano, pero eso se lo calla.

—Gisela ha venido antes, papá. Imagínate, va a casarse con su prometido americano.

Heinz levanta las cejas y pregunta si se trata de ese joven pelirrojo y flaco con orejas de soplillo.

—Sammy es muy buen chico, papá. Sus padres tienen un restaurante en Los Ángeles. Cerca de Hollywood, donde viven las grandes estrellas de cine...

Justo entonces su padre siente un pinchazo de dolor en la pierna que destroza el buen ambiente. Él tuerce el gesto y cambia de postura, pero no sirve de mucho.

—¿No estaba prometida con Joachim Brand? —quiere saber.

—Sí… Pero creo que eso fue un amor platónico…

Una mentira como una casa, porque Hilde sabe lo que Gisela hizo con él en la cama. Lo de su amiga con Joachim no fue platónico. Más bien tibio. No fue un gran amor, solo se prometieron porque las cosas salieron así…

—No es decente por su parte que ahora se case con otro —opina su padre, y se frota la rodilla—. ¿Qué pasará cuando Joachim vuelva?

—Ay, ya encontrará a otra, papá. Hay muchas chicas que esperan a su Joachim…

Su padre no dice nada, solo mira por la ventana, hacia la calle mojada y gris. Frente al teatro hay un grupo de fuerzas de ocupación y parece que van a peinar el edificio, porque dentro siempre se instalan personas que no deberían ocuparlo.

—A Gisela le gustaría celebrar un pequeño piscolabis aquí después de la ceremonia en el registro civil. Algo informal. Con un par de amigos y amigas…

Heinz ni siquiera la mira.

—¿Aquí, en el Café del Ángel? —pregunta.

—Sí. Ellos traerán las provisiones, por supuesto. Pan blanco y salmón, y todo lo que necesite mamá para hacer rollitos de nata…

—No puede ser —dice su padre, y niega vehemente con la cabeza—. ¿Qué van a pensar nuestros amigos si organizamos aquí una celebración para los yanquis? Ya es suficiente con aguantar que vengan a bailar los domingos. Seguro que querrán beber whisky, ginebra y todo eso que tenemos prohibido servir. Nooo, nooo… Perderíamos la licencia en un abrir y cerrar de ojos…

Parece que la idea se ha ido al traste. Hilde se levanta y va a la cocina, sabe de sobra que ahora es imposible razonar con su padre.

Su madre está a los fogones, preparando la sopa de esta noche: cebada, verdura y cubitos de caldo. Las latas que ha traído la Künzel tienen que durarles toda la semana, así que no las ha abierto.

—¿Es eso cierto? —quiere saber su madre—. ¿Pan blanco, salmón y todo lo demás? ¿Y nata?

—Y *ragout fin*. Gisela me lo ha prometido…

—Entonces hablaré con él…

—¡Pues mucha suerte!

Hilde sube a casa y cierra dando un portazo. Ya tiene bastante por hoy. Gisela de novia feliz. Las quejas y la tozudez de su padre. Esa maldita lluvia, y no se le quita de la cabeza ese estúpido comentario de su amiga: que se está «marchitando de soledad». Y una mierda.

Pero Gisela está en lo cierto, Hilde se desloma en el café y nadie le da las gracias. Pues se acabó, también ella quiere vivir. Divertirse un poco. Coquetear. Salir a dar un paseo con un joven. No va a esperar a que le salgan arrugas para hacerlo.

«El próximo hombre más o menos guapo será mío —se dice—. Porque me apetece. Para saber si todavía estoy viva».

Julia

Wiesbaden, julio/agosto de 1945

Trabajar con Marianne no resulta fácil. No es que cosa mal, no; se esfuerza mucho y sus dobladillos son aceptables, aunque no perfectos. En la escuela de modistas, a Julia le habrían tirado una labor así a la cabeza, pero lo más importante es el cometido que cumple la pieza de ropa, a fin de cuentas. Julia ha tenido que cambiar su forma de pensar. Si en el teatro era cuestión de diseñar un vestuario que transformara a los artistas en sus personajes, ahora tiene que hacer remiendos, girar telas, sacar de la americana buena del padre todo un traje con chaleco para el hijo de diez años. La gente está muy satisfecha con su trabajo y no hay forma de evitar nuevos encargos. Pero eso también se debe a que no tiene valor para poner un precio fijo. Acepta lo que le ofrecen, y a menudo son solo unos cuantos marcos del Reich, que ya apenas tienen valor. Las clientas más pudientes, sin embargo, también le llevan café, cigarrillos o alimentos.

—Se lo digo por enésima vez, querida señorita Wemhöner: es usted demasiado barata. Un vestido de verano con sombrerito y cinturón a juego a cambio de tres marcos del Reich y una bolsita de leche en polvo. Así no llegará a nada en la vida. Mi cuñado, en Hamburgo, tiene una hermana y su amiga cose igual de bien, pero ella pide...

Ya empieza con su parloteo incesante, sin pausa, aburridísimo. Marianne Storbeck no sabe coser sin hablar, y cuando las compuertas de su cháchara se abren, por ellas se vierte un océano de tonterías. Que si su extensísima familia, a la que siempre le crecen nuevas ramificaciones. Que si el sufrimiento de las mujeres. Que si sus antiguos vecinos de Webergasse. Aquel terrible momento en el que estaban en el sótano y comprendieron que el edificio había recibido un impacto directo...

—No se hace usted una idea de lo que se siente, señorita Wemhöner. Cuando crees que te ha llegado la hora...

Julia nunca responde a esas frases. Solo se extraña de que Marianne hable siempre de sus propias desgracias y, por lo visto, haya olvidado que otras personas también han vivido el horror de esta guerra, y han pasado miedo y necesidad. Solo hay que mirar por la ventana para ver a los lisiados que mendigan en Wilhelmstrasse. Y Julia prefiere no pensar siquiera en los judíos deportados, porque se siente culpable de haber tenido la suerte de escapar a ese terrible destino. Gracias a sus buenos amigos. Sin ellos habría estado perdida.

La cháchara de Marianne le resultaba especialmente cargante cuando Addi todavía estaba en el hospital luchando contra la pulmonía. Tres veces a la semana, por la tarde, tenía hora de visitas y ella iba a verlo. Le llevaba cosas deliciosas que compraba en el mercado negro y sentía una enorme decepción cuando él afirmaba que no tenía hambre. Solo comía a condición de que ella también ingiriese algo. Menudo cabezota. Después, cuando se sentaba a coser sus encargos, pensaba en él, en su nueva relación, inesperada y tierna, en ese amor incipiente. Y mientras estaba ocupada con esos pensamientos, nada le molestaba más que la verborrea incontenible de Marianne.

A finales de julio tuvo dos días de respiro porque la señora Storbeck se fue a Darmstadt a visitar a su marido en el campo de internamiento. Coincidió con que Addi empezó a estar mejor de salud y le dejaron levantarse de la cama y caminar un poco. Incluso podía pasear por el parque porque hacía buen tiempo, y Julia lo acompañaba, por supuesto. Había perdido mucho peso y caminaba distinto, muy despacio y con las piernas rígidas. Cada poco se detenía y miraba alrededor.

—Qué bonito es esto —comentaba—. El ancho cielo. El verde intenso de los árboles. Y tú, que estás conmigo...

Decía que le habían regalado una segunda vida, y Julia se emocionaba y contestaba que a ella le pasaba lo mismo.

—Ojalá estuvieras ya en casa, Addi...

—Solo unos días más, ha dicho el médico... Porque todavía se oye un ruido en mis pulmones. Silban como si fueran el cañón de una estufa...

Ahora que Marianne vuelve a estar sentada con ella, cosiendo dobladillos y bebiéndose su café, Julia tiene que pagar por ese par de días silenciosos, porque la mujer está terriblemente alterada.

—¡Ni se imagina las condiciones en las que viven! Suciedad por todas partes. Parásitos. Un hedor como de pozo ciego. Tuve que contenerme para no llorar cuando vi a Wilfried en ese estado...

Julia no quiere escuchar la detallada descripción que sigue, pero Marianne ha tomado carrerilla y no le ahorra nada. Y eso que ni siquiera estuvo en el barracón donde está alojado su marido, sino en el edificio donde reciben las visitas. Pero Wilfried le relató sus desgracias con pelos y señales, y estaba tan demacrado y harapiento que despertaba compasión.

—Una persona que se ha rendido —dice la señora Storbeck con un suspiro mientras enhebra la aguja—. Si le hubiera visto los ojos, señorita Wemhöner. Tan débiles y desesperanzados, como si ya se viera en su lecho de muerte...

Julia recuerda muy bien los ojos de Wilfried Storbeck,

pero sabe que antes estaba en la tesorería municipal y que perdió su puesto cuando llegaron los americanos.

—Ay, señorita Wemhöner… Usted es una persona compasiva —parlotea Marianne, y sigue cosiendo el dobladillo del traje de otoño que Ida Lehnhardt ha heredado de la señora Knauss—. Sabe cómo me siento, ¿verdad? Solo tengo a Wilfried, es lo único que me queda en este mundo…

De repente ya no se acuerda de su extensa familia. Ahora le habla de su noviazgo, de cómo Wilfried le propuso matrimonio y de su viaje de novios a Rüdesheim del Rin. Wilfried Storbeck, un muchacho tímido y luego un esposo cariñoso… A Julia le cuesta creer lo que oye.

—Me ha entregado una nota, señorita Wemhöner. Si quisiera usted suscribir lo que dice y poner su firma… Son solo un par de palabras… Dios mío, con eso estaría salvado. Así no tendría que pudrirse en ese horrible campo…

Se saca un papel doblado del bolsillo de la falda. Se nota que lleva tiempo ahí guardado. Julia lo coge y lo deja a un lado, ya lo leerá después con más tranquilidad.

A lo largo de la tarde y con interminables variaciones sobre el mismo tema, Julia tiene que escuchar que Wilfried Storbeck era un idealista, que creyó en el nacionalsocialismo con seriedad y honradez. Entregó sus mejores años a la causa y ahora lo consideran un traidor e incluso lo han tildado de criminal. Qué injusto es el mundo, las cosas no deberían ser así…

Julia siente un enorme alivio cuando Marianne se marcha por fin sobre las diez, no sin antes comentar una vez más que su destino, y sobre todo el del pobre Wilfried, están única y exclusivamente en sus manos.

Cuando la mujer sale por la puerta, desdobla el papel y lee su contenido:

Por la presente, yo, Julia Wemhöner, judía, corroboro que Wilfried Storbeck tenía conocimiento de mi escondite en el número 75 de Wilhelmstrasse durante el régimen de los nacionalsocialistas, pero nunca me delató.

JULIA WEMHÖNER, antigua modista
del Teatro Estatal de Wiesbaden

Julia Wemhöner es una criatura soñadora... pero no tonta. Comprende que quieren que ayude a Wilfried Storbeck, delator y miembro ferviente del Partido, a salir del campo de internamiento. Y eso no le parece nada bien. No soporta a Storbeck, y si la mitad de lo que Addi le ha contado sobre él es verdad, se ha ganado a pulso una larga temporada en ese campo.

Por otro lado, ¿quién es ella para decidir el castigo que debe recibir una persona por sus crímenes? Julia no es devota; ni la fe cristiana a la que se convirtieron sus padres ni la religión judía la marcaron demasiado. Sin embargo, opina que el mal del mundo no se erradica desquitándose con más mal. El que lo hace se pone al mismo nivel que el malhechor. «Hay que acabar con los campos —piensa—. Ni para unos ni para otros. Esto debe terminar de una vez».

Además, también Marianne se ve perjudicada. Julia no le tiene especial simpatía, pero la mujer nunca le ha hecho nada malo, y su desesperación la conmueve.

Coge de nuevo el papel, lo alisa, lo lee otra vez, vuelve a dejarlo. Entonces recuerda que mañana tiene que arreglar con Else el piso de Addi, porque él regresará pronto. Un luminoso sentimiento de felicidad crece en su interior.

«Qué pierdo con ello —piensa—. Tal vez Storbeck sí estuviera al tanto, quién puede saberlo. No soy de las que buscan venganza. No puedo, y además no quiero».

Busca su papel de cartas, destapa la estilográfica que le compró su padre hace años y empieza a escribir. Pone la fecha y firma con mano enérgica. Ya está. Mañana se lo dará a Marianne y le pedirá que no hable del asunto. Eso sobre todo. Le resultaría embarazoso que los demás inquilinos se enteraran. Por la noche duerme en paz y satisfecha, tiene la conciencia tranquila a pesar de la mentira, ya que ha ayudado a una persona en apuros.

Una semana después, Addi aparece ante la puerta de su casa y sonríe de oreja a oreja cuando ella lo mira sorprendida. Tenía pensado ir a buscarlo, caminar a su lado, llevarle la bolsa para que él no hiciera esfuerzos innecesarios.

—Me encuentro estupendamente —afirma Addi, y tose—. He venido en tranvía, que ya vuelve a funcionar.

—Pero… Es que yo quería cocinar algo para ti… Tampoco he aireado tu piso…

—Nada de eso importa. ¡Deja que te salude como es debido, pequeña!

La abraza y, mientras la estrecha contra sí, mira hacia la sala de estar por encima de su hombro y descubre a Marianne, que sonríe azorada.

—Ah, tienes visita —constata a disgusto—. Buenos días, señora Storbeck. ¿Todavía sigue viviendo en la casa?

—Pero, Addi… —susurra Julia.

Marianne se pone nerviosa y se le caen las tijeras al suelo.

—Buenos días, señor Dobscher…

—Me ayuda con el trabajo —le explica Julia—. Sin Marianne no podría acabarlo todo…

—¡Vaya! —exclama Addi—. Pues no quiero molestar. Luego, si tienes un momento, pasa a verme. Tengo que contarte una cosa.

—Sí, claro. Enseguida voy.

Cuando Julia cierra la puerta, se siente decepcionada. Había imaginado un recibimiento bonito. Quería preparar la mesa, colocar un jarrón con flores y cocinar algo bueno, o por lo menos tener un trozo de bizcocho de Else. Quería que él supiera que posee talento como ama de casa, aunque no suela demostrarlo. Quería esforzarse. Por él.

—Espero que el señor Dobscher no se haya enfadado con usted —comenta Marianne—. Sé que tiene algo en contra de Wilfried...

—No piense nada raro —dice Julia, distraída—. Todo va bien. Enséñeme ese dobladillo... Sí, bueno... Ahí ha traspasado la tela, ¿lo ve? Por desgracia va a tener que deshacerlo y coserlo de nuevo...

Mete en una bolsa unas cuantas cosas que había apartado para cuando regresara Addi: jabón, café, chocolate, hojas de afeitar nuevas. Luego deja a Marianne trabajando sola y pasa a verlo.

Él, entretanto, ya ha puesto la mesa como si fuera fiesta. Incluso ha metido unas cuantas flores que ha cogido en el camino en un vaso con agua, y huele a café. También hay galletas; se las guardó de las que le daban en el hospital.

—Siéntate, Julia. Enseguida estoy contigo, voy a por la cafetera.

Ella está un poco abrumada, pero por nada del mundo quiere que se enfade, así que se sienta en la silla que le ha asignado y deja que le sirva.

—Tenía unas ganas locas de hacer esto —dice Addi—. De estar aquí los dos, tomando café con galletas. Sin ninguna de esas tiranas interrumpiendo con sus gritos. Te diré una cosa, Julia: las enfermeras nacieron para sargento mayor.

Ella se ríe y le dice que tiene razón. Después abre su bolsa y espera que él se alegre por los regalos, pero Addi solo le da las gracias de pasada y con cierta tibieza, lo deja todo en la cómoda y le acerca el plato de galletas.

—No tienes que comprarme tantas cosas, Julia. Y cigarrillos, además...

—No son para que te los fumes, Addi. ¡Son para cambiarlos!

—Mejor compra algo para ti.

De nuevo se siente decepcionada. Ella quería demostrarle

lo mucho que le importa, quería mimarlo y agasajarlo, pero siente que él la rechaza.

—Verás, me gano muy bien la vida con la costura. No es solo dinero, también me traen comida y otros artículos, como jabón o perfume. Aunque muchas de esas cosas las llevo abajo, porque Else cocina para todos. Y además les debo la vida, claro...

Addi tamborilea con los dedos de la mano derecha en la mesa y comenta que se alegra mucho de que le vaya tan bien.

—Pero no deberías cargarte demasiado, Julia. Todo el santo día cosiendo vestidos... Eso no puede ser bueno para la vista. Como ahora vuelvo a estar por aquí, tú puedes relajarte un poco, porque me ocuparé de ti...

Julia sabe que Addi recibe una renta, pero eso no alcanza para mucho en estos momentos, porque el dinero apenas tiene valor. Si Else no cocinara para todos, incluso tendría dificultades para llegar a fin de mes. Aun así comprende que es mejor no restregárselo por la cara.

—Y otra cosa, ya no necesitarás a esa Storbeck —sigue diciendo él—. No me gusta nada que esa bruja se te haya metido en casa. Que se vaya a gorronear a otra parte. Lo mejor es que se lo digas mañana mismo, que ya no la necesitas.

Esta vez Julia piensa que el bueno de Addi se ha pasado de la raya.

—No puedo hacer eso, Addi. He aceptado encargos y tengo que acabarlos, y para eso necesito la ayuda de Marianne, que me quita las labores más pesadas y que requieren más tiempo...

Él resopla, descontento, y comenta que antes, en el teatro, se las ingeniaba muy bien ella sola.

—Allí éramos tres, y disponíamos de aprendizas, Addi. Además, Marianne no tiene ingresos...

—Ah, ¿y encima le pagas? Si ya se bebe tu café.

—Pues claro que le pago. Es mi empleada, ¿por qué iba a trabajar gratis?

Todo esto es demasiado nuevo para Addi. Durante años, Julia ha sido su protegida, una sombra en el trastero, amparada y defendida por él. Ahora, de repente, es una empresaria independiente que incluso tiene una empleada. Julia entiende que no le guste esa transformación. Addi se bebe su café en silencio y mueve el plato de galletas de aquí para allá. Julia, por decoro, se decide a comer una galleta de hospital. Solo para que él no se enfade.

—Bueno, si las cosas están así —refunfuña al cabo de un rato—, entonces yo soy innecesario, ¿no?

—¿Cómo se te ocurre decir eso?

—Pues porque te va muy bien sin mí...

Ahora ella debería decirle que lo ama. Que lo necesita, que sin él no quiere vivir y que ha temido por su vida de un modo horrible. Pero las palabras no salen de sus labios. Tal vez porque él la mira con ojos desafiantes.

—No por eso eres innecesario, Addi —dice, y se da cuenta de que ha sonado irritada.

«Será mejor que me marche ya —piensa—. Si no, nos pondremos a discutir».

—Tengo que irme... El abrigo de la señora Klüsebeck...

Addi no consigue ocultar su decepción, pero dice que por él, bien.

—Aprovecharé para bajar un rato. Todavía no he visto a Heinz desde que ha vuelto.

«Así es el amor», se dice Julia, afligida, cuando se sienta frente a la máquina de coser y la verborrea de Marianne vuelve a caer sobre ella. Qué pena. De repente la habitación le resulta oscura y tiene que encender la lámpara.

Los días siguientes intentan no coincidir. Addi se sienta con Heinz Koch en el café, y allí hablan sobre conciertos en iglesias y sobre el teatro, que hay que reconstruir para que vuelva a funcionar. Julia se pasa casi todo el tiempo en su piso, ante la máquina de coser. Recibe a clientas, hace pruebas, acepta nuevos encargos. Entre ellos, uno muy especial y del que está muy orgullosa. Tiene que coser un vestido de novia en raso blanco para la amiga de Hilde, Gisela Warnecke. Ya ha dibujado varios diseños, solo les falta ponerse de acuerdo en la longitud de la cola.

Cuando Julia baja al café a cenar, echa una mano poniendo los vasos en la mesa o repartiendo las cucharas. Addi se sienta con cara pesarosa junto a Heinz Koch, que tampoco está contento porque lo de su prótesis no acaba de marchar bien. Las que más hablan son Hilde y Sofia Künzel, también Else suele tener algo que contar, y el perro se sienta bajo la mesa para no perderse nada. Julia casi siempre ayuda a fregar los platos, para que Hilde pueda descansar un poco después de pasarse toda la tarde atendiendo en el café. Cuando termina y sube a su piso, muchos días Addi sigue sentado con Heinz y con Else, pero hoy, cosa rara, se cruzan los dos en el vestíbulo.

—Tienes mucho que hacer, ¿no? —pregunta él.

—Sí, la gente necesita ropa de abrigo para el inv…

De repente se oye un fuerte ruido en la escalera. Alguien golpea la barandilla de madera con los puños y el temblor se siente abajo del todo. Ambos se interrumpen, sobresaltados, y miran arriba.

—Solo te lo diré una vez, Hilde. Mételo en la cabeza: ¡no toques mis chicos! ¡De lo contrario, se acabó nuestra amistad!

Es la Künzel. ¡Madre de Dios, está hecha una furia! Hilde, que suele ser muy ingeniosa, suena muy apocada esta vez.

—No sé por qué dice eso… ¿Es culpa mía si me invita a un café?

—¡Ya lo creo que sí! —espeta la Künzel con toda su potencia de soprano dramática—. Te paras en el hueco de la escalera para que se te vean los pechos, te levantas la falda para enderezarte la costura de la media… Me conozco todos los trucos, chiquilla.

—¡Qué cosas se imagina! —se indigna Hilde—. ¿No creerá que me interesa ese pardillo? ¡Por mí puede quedárselo!

La puerta del piso de los Koch se cierra con un portazo, después se oyen los enérgicos pasos de la Künzel, que sube a su apartamento. Julia se queda muy conmocionada por la fuerte discusión, pero entonces ve que Addi se está riendo.

—Digno de un escenario —dice—. Las mujeres pueden ser arpías. Mmm, hienas. Y Sofie Künzel no es de las que se dejan quitar la mantequilla del pan. Ja, ja...

Como él se toma el asunto a la ligera, Julia también se relaja. Se le escapa una sonrisa. Durante unos segundos se miran a los ojos, y de pronto Julia siente que lo suyo no se ha acabado. Es más, puede ser que estén de nuevo al principio. Al principio del amor.

—Creo que me iría bien un poco de aire fresco... —dice en voz baja.

—A mí también —contesta él—. ¿Salimos juntos?

Ya pasan de las ocho, fuera está oscuro y sopla un viento frío que empuja las primeras hojas secas. No todas las farolas de Wilhelmstrasse funcionan, los edificios quedan envueltos en sombras y, con algo de fantasía, se puede imaginar que todo es como antes. El parque del Balneario, la fuente de tres escalones, el balneario blanco con su inscripción, «Aquis Mattiacis», y las hileras de columnas de las columnatas. El crepúsculo recorta el contorno del Teatro Estatal y oculta caritativamente los daños de las bombas.

Caminan uno junto al otro y hablan con la naturalidad de antes, cuando ella cosía el vestuario de él, y él, ahora lo reconoce, ya la adoraba en secreto.

—Era muy raro verme en ropa interior delante de ti, mientras me envolvías con la cinta métrica...

Ella suelta una risilla, pues por entonces también estaba un poco enamorada. De Don Giovanni. Y más adelante también de Hans Sachs, aunque de ese estaban enamoradas todas, las jóvenes y las señoras mayores del público. Le lanzaban flores al escenario y le llevaban regalos al camerino.

—¿Por qué nunca me dijiste nada? —quiere saber Julia.

Él duda, la aparta de una farola y la lleva bajo uno de los plátanos porque ha visto que se acerca un grupo de soldados. Esperan en silencio hasta que la patrulla pasa de largo y Julia se da cuenta de que Addi la toma de la mano.

—No me atrevía —confiesa—. Ya entonces me veía demasiado viejo para ti. Siempre te he visto como una niña pequeña, y todavía hoy sigue siendo así…

Ella quiere contestar que hace mucho que dejó de ser una niña, pero no le da tiempo porque él la abraza y le da un beso en la boca. Addi Dobscher se ha atrevido a besarla. Y, oh, milagro, cuando Julia siente sus labios y su lengua, en su imaginación se convierte en el gran seductor. No es Addi quien la besa, sino el infame mujeriego Don Giovanni. Un beso que despierta su pasión y remueve el erial de su deseo.

—Perdóname… No pretendía asaltarte —le susurra al oído.

—Me encantan tus asaltos —musita ella—. Hazlo otra vez, por favor…

Esa noche se acuesta con dos hombres. Primero con el seductor Don Giovanni, y luego, al alba, otra vez con Addi Dobscher. ¿Por qué no? A fin de cuentas tiene mucho que recuperar.

—Eres una chiquilla salvaje —le susurra Addi al oído.

Don Giovanni lo formuló de una forma más respetuosa anoche. «La señora tiene un temperamento tan fogoso que uno casi no puede resistirse…».

Pero, evidentemente, es Addi Dobscher quien le hace una proposición de matrimonio por la mañana. Es la primera de su vida, y ella está emocionada.

—¿Antes de Navidad? ¡Pero si no tengo vestido!

—Pues te coses uno… Por mí, como si es con sábanas. Y la cortina te serviría para hacer un velo largo y precioso…

Ella, riendo, promete hacerle un traje con sacos de carbón,

pero él lo rechaza porque todavía conserva su esmoquin bueno en el armario.

Preparan juntos el desayuno: Addi hace café, Julia pone la mesa y corta lo que queda de pan. También tienen mantequilla y mermelada de naranja de las provisiones de Julia. «Qué sencillo es todo —piensa ella—. ¿Por qué discutíamos? ¿Por qué hubo malentendidos? Era innecesario. Lo único importante es que nos queremos. El amor lo arregla todo».

Addi se viste para ir al registro civil. No quiere medias tintas. Llaman a la puerta; debe de ser Marianne, que viene a trabajar. Él tuerce un poco el gesto, pero ya se ha hecho a la idea de que Julia tenga una ayudante de costura.

Sin embargo, no es Marianne quien está ante la puerta de Julia, sino Wilfried Storbeck. Está pálido, casi calvo, y tiene las mejillas hundidas. En la mano lleva una bolsa con una cinta azul y parpadea porque los ojos le lagrimean de emoción.

—Con todo mi corazón —dice, y le entrega la bolsa—. Su escrito me ha salvado. Nunca olvidaré lo que ha hecho por mí, señorita Wemhöner. ¡Jamás!

Entonces ve a Addi, que aparece en el recibidor detrás de Julia, y se queda sin palabras. Retrocede un par de pasos y corre escalera abajo.

Addi se queda mirando la bolsa con la cinta azul, luego mira a Julia. Ella ve cómo se le hincha la vena azulada de la sien.

—¡No me lo puedo creer! —espeta Addi.

—Es que… necesitaba ayuda… —balbucea ella.

Él se lleva las manos a la cabeza y gira sobre sus talones.

—¡Como se puede ser tan tonto! —exclama.

Dicho eso, entra en su piso y cierra de un portazo.

—¡Cómo se puede ser tan despiadado! —replica ella, furiosa.

Después se sienta en su silla de coser y solloza en su pañuelo, otra vez decepcionada.

Luisa

No la creen. No dejan de interrogarla una y otra vez, le hacen siempre las mismas preguntas y esperan que se contradiga. Lo cual sucede a menudo. No porque mienta, sino porque está demasiado cansada y ya no sabe ni lo que dice.

—De modo que es usted de Marienburg. ¿No era de Stettin? La última vez dijo que de Stettin...

—En Stettin viví varios años. Nací en Marienburg...

—¿Dónde está eso?

—Cerca de Danzig...

—¿Por qué ha dicho entonces que nació en Stettin?

—Yo nunca he dicho eso...

—Está aquí, en el acta, señora Koch.

La sala se difumina ante sus ojos. También la mujer de pelo gris y cara enjuta parece balancearse ante ella; solo su voz, que es monótona y algo ronca, resuena en sus oídos. Preguntas, más y más preguntas.

Tiene la cabeza embotada, confunde las cosas. Ojalá la envíen de nuevo a la celda.

—Describa la casa de sus padres. ¿Vivían de alquiler? ¿Tenían una casa en propiedad? ¿Dónde está? ¿Cuál es la dirección?

Al principio no entendía por qué le preguntaban eso, pero luego ha comprendido que no la creen. Piensan que su documentación es falsa, o que la ha robado, y que en realidad es la amante del hombre que decía llamarse Karl Brenner. Que puede contarles muchas cosas. Según parece, él sigue vivo, lo tienen preso en alguna celda y espera su juicio. Luisa no pregunta por él porque teme que pueda perjudicarla.

—Nací en una finca. La finca Tiplitz, cerca de Marienburg. Está al oeste del río Nogat, una gran propiedad donde se crían caballos.

Su respuesta es tomada al dictado por un joven con una máquina de escribir. La mujer de pelo gris que está sentada al otro lado de la mesa lleva uniforme, pero no tiene rango de oficial ya que se ha presentado como «Mrs. Marshall». Es la cuarta persona que la interroga. Antes que ella han hablado con Luisa dos oficiales jóvenes y uno mayor. Ya deben de tener montañas de actas de su interrogatorio, pero el expediente que siempre está sobre la mesa no crece ni decrece.

—La finca Tiplitz, junto a Marienburg. Bueno, podemos comprobarlo, señora Koch. Seguro que esa finca existe todavía…

Mrs. Marshall hojea el expediente y escribe una nota a bolígrafo. Después mira a Luisa con sus ojos azul claro. Son ojos de profesora. O de inspectora de la Policía Criminal. Es una persona muy inteligente, no cabe duda, persigue su objetivo valiéndose de diferentes medios y está decidida a sacar la verdad a la luz.

—Sí, seguro que existe todavía… —dice Luisa, pensativa—. Si los rusos no la han quemado…

Los ojos despiertos de su interlocutora se entornan un momento. Ay, no, habría sido mejor no decir eso. Ahora Mrs. Marshall pensará que espera que hayan incendiado la finca para que no puedan averiguar nada más. Aun así está segura de que la mujer va de farol. Los americanos no podrán comprobarlo, solo lo dice por decir.

Mrs. Marshall es muy hábil, siempre consigue acorralar a Luisa. Hay días en los que es amable y le ofrece café y cigarrillos, y hace como si solo quisiera charlar con ella. Esos días debe tener mucho cuidado con lo que dice.

—¿Que por qué hablo tan bien el alemán? Bueno, crecí en Alemania y fui al colegio aquí...

Le cuenta que vivió en Hannover y que de niña corría por los Jardines de Herrenhäuser. Con el tiempo consiguió la nacionalidad americana y contestó a un anuncio para servir en Alemania. El ejército estadounidense buscaba con urgencia a personas que hablaran bien el alemán.

Luisa no le pregunta por qué emigró a Estados Unidos en su momento. Tal vez no tuviera nada que ver con el Tercer Reich, pero también puede que sea judía y que algún miembro de su familia acabara en un campo de concentración. En ese caso odiará profundamente a los alemanes. Y con toda la razón.

Aquí, en el campo de prisioneros, hay un barracón en el que han expuesto fotografías de la barbarie. Los guardias se han ocupado de que todos las vean. Imágenes espantosas, inconcebibles. Cuesta creer que se correspondan con la realidad, pero los soldados americanos las tomaron en los campos de concentración alemanes. Luisa está aturdida. Cuando la devuelven a su celda, se tumba en la cama y se echa a llorar.

—Eso es un montaje —oye que dice una de sus compañeras—. No hicieron nada semejante. Son imágenes de Rusia. Los rusos sí que hacen eso, pero nosotros ni hablar...

Maria Lauer fue jefa de la Liga de Muchachas Alemanas, preparaba a las chicas como futuras esposas y madres, cantaba y hacía ejercicio con ellas, celebraba fiestas y al final las envió a la guerra como auxiliares de artillería antiaérea. Cuando Luisa confesó que nunca se había apuntado a la sección local de la Liga en Stettin, Maria se indignó muchísimo.

La tercera en la celda es Ortrud Hilsch, que fue vigilante en un campamento de presas polacas condenadas a trabajos forzados. Es de Westfalia y habla muy poco, casi siempre está sentada en su cama, mirándose las manos. Ortrud es una mujer robusta, tiene manos grandes y toscas como las de un campesino.

—Puede que sea cierto... —dice despacio, al cabo de un rato—. Oí hablar de ello... De que mataban a los judíos con gas. También a los enfermos mentales...

Maria no se lo cree. Dice que son rumores. Propaganda contra la Alemania derrotada, porque los vencedores buscan un motivo para pisotear a los alemanes.

—En esos campos los judíos tenían que trabajar. Se podía leer en los periódicos. Publicaban fotografías de los campos de trabajo. Todo estaba limpio y bien iluminado, y les daban bastante de comer...

Ortrud no añade nada más, así que Maria se vuelve hacia Luisa. Le da un golpe en el hombro y le pregunta por qué se pone así.

—El que cree esas mentiras ofende al pueblo alemán. Deja de lloriquear, Luisa. ¿No te das cuenta de que con eso solo quieren doblegarnos?

—¡Déjame en paz, por favor!

Los días normales, Luisa se lleva bien con las dos mujeres. Ortrud es ruda, pero también bonachona. Maria actúa como si estuviera al mando, pero en el fondo es insegura y necesita que la animen. Los americanos han construido el campamento en el que están retenidas junto al bosque. Consiste en una hilera de barracones de chapa ondulada que parecen gigantescas latas de conserva cortadas a lo largo. En verano, el calor era insoportable; ahora que hace más frío, se está algo mejor. En caso de que tengan que pasar el invierno aquí —aunque esperan que eso no suceda—, se congelarán porque no hay estufas. Apenas tienen queja sobre el trato que reciben: pueden ducharse cada dos días, y les dan jabón y champú, reparten ropa interior y las prendas necesarias. La comida no está mal, aunque Maria siempre le ponga pegas. Pero ni Maria ni Ortrud han tenido que pasar hambre, solo Luisa valora lo que es llenar el estómago todos los días.

Lo peor es la incertidumbre. Esperar sin saber qué decidirán hacer con ellas. Todo es posible. Pueden dejarlas libres mañana mismo o llevarlas ante un tribunal. Pueden sentenciarlas a veinte años de reclusión en un correccional o a tres años en la cárcel. O a la pena de muerte. ¿Quién sabe?

Si no consigue demostrar que es Luisa Koch y que no tiene nada que ver con ese hombre que decía llamarse Karl Brenner, seguramente le irá mal. Cuando la detuvieron le quitaron a los niños y los interrogaron aparte. Más tarde le comunicaron que se habían llevado a Elke y a Jobst a un orfanato. Durante semanas siguió oyendo los gritos desesperados de Elke en el momento en que los separaron. El pequeño Jobst se aferró a su hermana y escondió la cara en su abrigo. Luisa se repite una y otra vez que es mejor así. La cárcel no es lugar para dos niños, y en un orfanato seguro que cuidarán bien de ellos. Sin embargo, les había cogido mucho cariño y se arrepiente de haber aceptado la demencial propuesta de ese hombre. Si se hubieran quedado en el campamento de desplazados, ahora estarían juntos y tal vez le habrían dado la oportunidad de ir con ellos a una granja. Ay, ya sospechaba ella que volvería a meter la pata, y así ha sido.

—¿Le dice algo el nombre de Erich von Hürth?

Esa fue la primera pregunta que le hicieron aquí. Observaron atentamente su reacción, por supuesto, y la consideraron sospechosa. Al intuir que ese era el verdadero nombre de Karl Brenner, no lo negó enseguida, sino que dudó un instante. De manera que dieron por hecho que mentía. En los numerosos interrogatorios ha ido sabiendo cada vez un poco más sobre ese Erich von Hürth. No es que nadie le cuente nada, pero ha sacado algunas conclusiones por las preguntas que le hacen. Al parecer tenía algo que ver con la propaganda nazi, organizaba grandes actos y daba discursos, también proyectaba películas. ¿Protagonizaría enérgicas arengas, como Josef Goebbels, y enviaría a la gente a la batalla final cuando todo estaba ya perdido? Por lo menos en el norte de Alemania debía de ser muy conocido, porque recorrió la zona. Así que esa era la razón de que no pudiera esconderse allí. Pero ¿por qué acabó en un campamento de desplazados con un nombre falso, en lugar de huir con el coche que tenía preparado en el bosque? No lo entiende. Sobre todo porque en esos momentos Neustadt todavía no estaba tomada por los británicos.

En septiembre, cuando lo peor del calor ha pasado, de pronto pierden interés en ella. Los interrogatorios son cada vez más espaciados, Mrs. Marshall es sustituida por un joven que la envía de vuelta a la celda tras unas pocas preguntas. Maria es puesta en libertad, a Ortrud la trasladan a otro campamento. Luisa se pasa todo el día sola en la celda, esperando. Echa alguna cabezada, intenta dormir pero se sobresalta con el menor ruido. «¿Por fin se han olvidado de mí? —se pregunta—. ¿O no es más que otro truco? Aislamiento para ablandarme». De repente añora la presencia de sus dos compañeras de celda, su respiración por la noche, las conversaciones sobre tonterías y, sí, incluso las discusiones. Empieza a caminar de un lado a otro del pequeño espacio, pasa las manos por las paredes y los postes de hierro de las camas, se queda largos ratos bajo la ventanita que se abre en la curvatura del techo, por encima de ella, y contempla la luz.

«Creo que me estoy volviendo loca», piensa con pánico. Se lleva las manos a la cara y empieza a girar en círculo, cada vez más deprisa, hasta que se tambalea y se cae al suelo. Se queda ahí sentada hasta que se le pasa el mareo. Entonces se tranquiliza, se acurruca en su cama y se queda dormida.

Por la mañana le dan el desayuno en una bandeja metálica, como siempre: té, pan blanco con mermelada y un huevo duro. Todavía no ha acabado de comer cuando la llave rechina en la cerradura.

—¿Luisa Koch?

Dos soldados con uniforme americano se plantan ante ella con la supervisora detrás. En ese instante Luisa lo ve todo negro. Se la llevan. A un tribunal. Sentenciada y fusilada…

—Sí… Soy yo —dice con un hilo de voz.

—*Come along…* Acompáñenos.

«Un interrogatorio —piensa mientras recorren el camino habitual—. Otro interrogatorio, nada más. Quizá una cara nueva al otro lado de la mesa».

En efecto, la llevan ante un oficial al que no conoce y que la mira con indiferencia a través de unas gafas redondas con montura de acero. El hombre comprueba la fotografía del expediente que tiene ante él.

—¿La señorita Luisa Koch?

—Yo misma…

Normalmente le ofrecen una silla para el interrogatorio, pero esta vez no.

—Vamos a devolverle su documentación. Por favor, compruebe que no falta nada.

Cree que lo ha oído mal.

El oficial empuja los documentos arrugados sobre la mesa, los de ella y los de su difunta madre, también la bolsita de cuero manchada que llevaba al cuello. Dentro está la carta de Fritz Bogner, además de su último par de billetes. Está tan nerviosa que la bolsita se le resbala de las manos y cae bajo la mesa.

—Perdón… *Sorry…*

Él se inclina y la recoge, le sonríe y se recoloca las gafas, que se le han movido.

—Es usted libre, señorita Koch. El asunto se ha aclarado, no tenemos nada contra usted. Lamentamos mucho que haya tenido que permanecer retenida, pero las circunstancias nos han obligado. Nuestra labor es localizar a los criminales del régimen nazi para darles su merecido castigo.

—Sí... Sí, desde luego...

Dobla su documentación y la guarda en la bolsita con torpeza. Tiene los dedos fríos y rígidos a causa de la agitación.

—Le devolverán sus objetos personales y la llevarán a la ciudad. ¿Tiene usted familiares o amigos en Kassel?

¿Qué ha ocurrido? ¿Un terremoto? ¿Un milagro? Ahora ese hombre incluso se preocupa de dónde va a alojarse. Por un momento cree que no es más que una trampa, que la seguirán para descubrir si se reúne con personas sospechosas. Después se impone el sentido común. Qué disparate. ¿Quién es ella para dedicarle semejantes esfuerzos?

—¿En Kassel? No, por desgracia no. Iba de camino al Taunus. Una región que está junto a Fráncfort del Meno...

—¡Exacto! —dice él, y hojea su expediente—. A un pueblito llamado Lenzhahn. Entonces ¿sigue queriendo ir allí?

—Si es posible... ¿Hay trenes hacia Fráncfort?

Él niega con la cabeza. Las líneas férreas están cortadas, solo se puede viajar un par de estaciones en cada trayecto, luego hay que apearse y seguir a pie.

—Espere, tengo una idea... —Se levanta de un salto y abre la puerta, pregunta algo en inglés al soldado que hace guardia y regresa—. Ha tenido suerte, señorita Koch —comenta sonriendo—. Esta tarde sale un convoy con alimentos hacia la región de Fráncfort, le buscaremos un sitio en él.

Cuando ha recogido los pocos objetos personales de su celda, todavía no se lo cree. Tras ella espera la supervisora, que vigila para que no se lleve nada que no le pertenezca. De la cadera de la mujer cuelga el manojo de llaves, podría volver a encerrarla en la celda en cualquier momento. Pero no lo

326

hace, sino que la conduce por entre los barracones de chapa ondulada hasta un edificio alargado de madera. Allí le devuelven su mochila, la que encontraron en el coche. También esta vez debe comprobar el contenido: la manta, la botella tapada con corcho que usaba para el agua, una cuchara de chapa, un poco de cordel, un par de calcetines, un trocito de jabón. Eran todas sus pertenencias. A eso le añaden un conjunto de ropa interior de las existencias americanas, una chaqueta de abrigo y un vestido de tela verde que le queda muy ancho. También los zapatos abotinados marrones que calza son una donación de ultramar. El caso es que su mochila está llena, lo cual se debe sobre todo a la chaqueta y la manta de lana.

Tiene que esperar, se sienta en el barracón sin hacer nada e intenta entender las conversaciones de los soldados americanos, aunque no lo consigue. Los pocos años que estuvo en la escuela de Stettin aprendió alguna palabra de inglés, pero no le sirve de nada porque los soldados hablan de una forma muy rara, como si tuvieran la boca llena de goma de mascar. Y entonces, por fin, la acompañan a la verja, donde aguarda una hilera de vehículos: dos camiones custodiados por tres jeeps con soldados armados. Le ceden un asiento en uno de los jeeps, entre dos soldados negros, y ella se encuentra incómoda. Los dos llevan uniforme de batalla y van armados, aunque al mismo tiempo parecen estar de muy buen humor. Charlan y cuentan chistes que Luisa no entiende. Disimuladamente observa la inmaculada piel oscura, y constata que tienen las palmas de las manos claras. ¿Pasará lo mismo con los pies?

Uno se vuelve hacia ella y le dice algo que, para Luisa, suena como si estuviera masticando una albóndiga de patata. El soldado le ofrece un paquetito de colores. Goma de mascar. Esa cosa que se mastica pero que no hay que tragarse. Saca con cuidado una de las tiras envueltas, le quita el papel y se mete la extraña golosina en la boca. Sabe dulce, y a menta, la mastica y ve que el soldado negro le sonríe. Entre sus dientes asoma también un pegote de *chewing gum*. Lo empuja con la lengua, sopla y hace un enorme globo blanco que explota enseguida.

—*You like it?* —pregunta con una sonrisa.

Eso sí que lo ha entendido, le pregunta si le gusta. Está impresionada y asiente con la cabeza.

—*It is my first gum...* —chapurrea—. Mi primer chicle.

Los dos soldados se ríen y aplauden como si se tratara de una heroicidad. También ella se ríe; han roto el hielo. Durante el trayecto se entienden en inglés y alemán, pero sobre todo con las manos y los pies. A los soldados negros les parece que Alemania es bonita, que los nazis son malos, que hay que reconstruir las casas, y que a los americanos, sobre todo a los *black Americans*, les gustaría quedarse aquí. Luisa no sabe si lo ha entendido todo, pero la conversación es tan animada y alegre que los hombres que están sentados delante se vuelven continuamente para hacer algún breve comentario. Sin embargo, esos Luisa no los entiende, y tiene la vaga sensación de que es mejor así.

Al final de la tarde llegan a una ciudad grande, el convoy recorre las calles y Luisa comprueba que, a pesar de los daños causados por los bombardeos, casi todo sigue en pie. Los vehículos se detienen delante de un cuartel que debía de pertenecer a la Wehrmacht, pero que ahora utilizan las fuerzas de ocupación.

Se oyen órdenes imperiosas, los soldados saltan de los jeeps, otros salen de los edificios y ayudan a descargar las cajas de los camiones. Luisa se encuentra de pronto sola en el gran patio, aferra su mochila con fuerza y sigue mascando el chicle, que a esas alturas ya no es dulce ni sabe a menta. El hecho de masticar algo resulta relajante, aunque también es muy raro.

Al final se dirige a uno de los oficiales que supervisan la descarga de los camiones.

—*Frankfurt?* —pregunta insegura, y hace un gesto con el brazo hacia los edificios de más allá—. ¿Esto es Fráncfort?

—*Frankfurt? Oh, no. This is Wiesbaden!*

—Wiesbaden —repite ella—. ¡Wiesbaden!

El oficial sigue hablando y ella entiende que le ofrece pasar la noche en el cuartel, pero que al día siguiente tiene que seguir su propio camino.

—*Thank you...* —dice Luisa, y asiente con amabilidad—. *Thank you very much... Wilhelmstrasse? You know Wilhelmstrasse in Wiesbaden?* ¿Sabe dónde está Wilhelmstrasse?

Él la mira con sorpresa, luego señala a la izquierda.

—*This direction...* Por allí.

Luisa le da las gracias otra vez y se echa la mochila al hombro. Wiesbaden. El destino así lo ha querido, de modo que buscará Wilhelmstrasse, donde espera encontrar el Café del Ángel. También espera más cosas: que ese café siga siendo de su tío, y que su tío haya sobrevivido a la guerra.

«He hecho tantas tonterías, he tomado tantas decisiones equivocadas y he cometido tantos errores, que uno más ya no importa», piensa mientras sigue la dirección que le han indicado.

Está anocheciendo, las farolas se encienden, en las casas se ven ventanas iluminadas. Luisa evita las zonas que quedan a oscuras porque ahí es donde hay edificios bombardeados y las farolas no funcionan. Dos veces tiene que preguntar por el camino. En Langgasse se topa con vendedores del mercado negro y escapa por una calle lateral. Ahí ve a dos adolescentes que van con una bicicleta cargada.

—Disculpad, busco Wilhelmstrasse. El Café del Ángel...

—¿El Café del Ángel? —dice uno—. Justo al volver la esquina, a la izquierda. Pero ahora ya está cerrado.

—Muchas gracias...

Está tan nerviosa que se tropieza con el bordillo y casi se cae de bruces. Wilhelmstrasse es una calle muy ancha y solo está iluminada en algunos tramos. Luisa distingue árboles, seguramente plátanos, así que es una avenida. Detrás de los plátanos todo está oscuro, los primeros rectángulos de ventanas con luz no se ven hasta un trecho más allá, a la derecha. Ahí están los edificios donde vive la gente. Pero ¿dónde queda el Café del Ángel? «Justo al volver la esquina, a la izquierda», ha dicho el chico. Allí se ven luces, en efecto, varias ventanas y un rectángulo alto y oscuro en el centro. Una puerta de entrada reparada con tablones. Sí, podría ser un café. Se acerca despacio y entonces se asusta porque un animal la adelanta muy pegado a ella. Es un perro. Le llega a la altura de las rodillas y tiene muchas manchas, morro redondeado, orejas caídas y castañas. El animal se sienta bajo una de las ventanas iluminadas y la mira como animándola a entrar. Luisa ve que en el interior del café hay gente sentada a una mesa. ¿No le ha dicho el chico que ya habrían cerrado?

El perro gime y rasca la puerta, pero no tiene éxito. Se sienta con impaciencia, empuja los tablones con la espalda y mira a Luisa con sus ojos color ámbar. «Venga, llama a la puerta. Si te abren, yo me cuelo», dicen esos ojos. Luisa se detiene junto a la ventana pero no sabe qué hacer. ¿Entrar sin más? Observa qué hacen las personas de ahí dentro y llega a la conclusión de que están cenando. Ve a dos hombres, con bastantes años encima. Una de las mujeres tiene una melena pelirroja y brillante, otra lleva una especie de turbante en la cabeza y gesticula mucho al hablar. La tercera reparte la sopa, lleva un delantal blanco y es de mediana edad. La rubia que está a su lado todavía es joven, podría tener su misma edad.

«Esos no son clientes —se dice—. Es una familia. Uno de los dos hombres mayores podría ser mi tío».

Tiene frío y está muerta de hambre, pero no tiene valor para llamar a la puerta. ¿Y si se trata de otra gente? Su tío podría haber vendido el café. Además, de repente le resulta poco apropiado interrumpir esa reunión familiar, harapienta como va y con su mochila a la espalda. Evita la mirada insistente del perro y se sienta en el suelo. El animal se levanta y la olisquea. Le lame las manos. Se sienta con ella y gime. «Venga, que aquí no hacemos nada. Llama antes de que los de ahí dentro se lo coman todo», parece decir.

Qué animal más listo. Luisa comprende que tiene razón. Al fin y al cabo no puede quedarse toda la noche ahí sentada. Y aunque se equivoque y no sean familiares suyos, podría pedirles un sitio donde dormir...

Entonces uno de los hombres se levanta. Es alto, tiene el pelo blanco y las cejas oscuras. Atraviesa una puerta giratoria y abre la puerta de entrada.

—Venga, adentro, chucho... —le dice al perro.

El animal entra como el rayo y espera a que la puerta giratoria se ponga en movimiento.

—¿Hola? —le dice el hombre a Luisa, que está pegada a la pared de la casa—. ¿Espera a alguien?

—Sí... —dice—. Bueno... En realidad no...

El hombre se acerca unos pasos y la observa con atención.

—¿Puedo ayudarla en algo?

—¡Sí! —exclama ella, y hace acopio de valor—. Busco a un hombre que se llama Heinrich Koch. ¿Lo conoce?

—Heinrich Koch —murmura, y se rasca la nuca—. Pues no, aquí no hay ningún Heinrich. Pero Koch sí, y unos cuantos. Else Koch, Hilde Koch y Heinz... Anda... Claro, puede que sí... ¿Qué quiere de él?

Luisa había perdido la esperanza al oír el «Pues no». De pronto se lo juega todo a una carta. Heinz o Heinrich, da igual, lo importante es que se apellida Koch.

—Soy su sobrina... De Stettin. No, de Marienburg. Bueno, no, de Rauschen...

Madre mía, otra vez lo ha estropeado pero bien. El hombre baja las cejas oscuras y la mira con desconfianza, pero como ella le sonríe, vuelve a dudar. Se rasca otra vez la nuca, mira a su alrededor y al final dice:

—Bueno, pues entre. Cuidado, que hay una puerta giratoria. Yo pasaré antes… Oye, Heinz, aquí hay una chica que dice que es tu sobrina de Stettin…

—Yo no tengo ninguna sobrina —contesta una voz masculina—. Y menos aún en Stettin…

Jean-Jacques

Su hermano pequeño ya puede esperar sentado. Él no está dispuesto a mostrar debilidad, no lo verá perder los estribos. Por mucho que Pierrot le lance pullas tan viles, haga comentarios mordaces durante las comidas y no pare de retarle, él no dirá nada del engaño. El hijo es suyo, como la granja, los viñedos y todo lo demás. Han cambiado las tornas, él ha pasado de ser el perdedor, el marido cornudo, el ridículo engañado, a ser el ganador.

No le resulta fácil. Pero el odio le da fuerza. La ira por la dolorosa traición, la rabia hacia su hermano, que no pierde ocasión de hacerle daño. A Pierrot le está bien empleado verse con menos ánimos cada día que pasa, ha entendido que ha errado en sus cálculos. No habrá divorcio ni escándalo ni disputas familiares. Jean-Jacques no va a cederle su lugar.

Cuando no puede dormir y sus pensamientos se vuelven oscuros, se siente como un prisionero, atado a la casa paterna con tanta fuerza que apenas puede respirar, y necesita salir de la cama para abrir la ventana. Se queda ahí, aspirando el aire, con la sensación de llevar una pesada carga a cuestas, un edificio de piedra y hormigón, una construcción de mentiras. Él interpreta el papel del traicionado, cuando es a su vez un estafador.

Su engaño persiste porque es incapaz de olvidar a Hilde. Esté donde esté, haga lo que haga, ahí está ella. Oculta entre las vides, se ríe de él, la ve sentada en la cocina junto a los fogones, se cuela en el granero como un ratoncillo, de noche se acuesta entre él y su mujer. Él hace todo lo posible por ahuyentar al fantasma, pero su amante persevera, siempre encuentra nuevas vías para llegar a él, no puede luchar contra eso.

Margot le da pena. Aquel desgraciado domingo, tras conocer su desgracia, por la noche están solos en el dormitorio y ella saca el tema. Él aún está alterado, le dan ganas de enviarla con Pierrot, pero no es capaz de hacerle algo así a una mujer, y Margot nunca se iría por voluntad propia.

—Lo siento... —dice entre sollozos.

Él no contesta. Se quita los zapatos y los calcetines y lanza la camisa a la silla.

—Fue solo porque tú... porque tú no me deseas... Estaba tan desesperada y me sentía tan fea, tan humillada...

Sigue demasiado furioso para ver que no le falta razón. No se desnuda del todo, estira un brazo para coger el pijama. Desde ese día le molesta que lo vea desnudo, pero no se puede evitar. Son matrimonio.

—Tu hermano me encontró fuera, junto al granero. Yo busqué un sitio donde estar sola, necesitaba llorar. Entonces apareció de pronto a mi lado y me estrechó entre sus brazos...

—¡No quiero saberlo!

Él mismo se asusta de su tono. Margot enmudece por un instante. Luego sale corriendo y la oye vomitar abajo, en la cocina.

«El embarazo —piensa él—. Es algo normal. No es culpa mía. Dios sabe que no es culpa mía».

Cuando Margot regresa, él ya está acostado, pero con la luz de la mesita de noche encendida. Se ha tumbado de lado, de espaldas a ella para no tener que verla, pero oye cómo se desnuda y se pone el camisón. Se mete en la cama muy despacio y con cuidado, él apenas nota el movimiento.

—Si quieres, Jean-Jacques, hago que me lo quiten. Aún estamos a tiempo. Hay un médico en Nimes…

Está tan sorprendido que es incapaz de reaccionar enseguida. «Pero ¿qué locura es esa? —se dice—. ¿Cree que va a borrar lo ocurrido matando a la personita que crece en su interior? ¿Quiere tapar un pecado con otro?».

—¡De ningún modo! ¡Cómo se te ocurre algo así!

—Perdona —susurra—. Estoy tan desesperada que incluso he pensado quitarme la vida. No, no te preocupes. No voy a hacerlo. Eso no…

De pronto le da miedo que todo ese embrollo acabe en una desgracia mayor, y se vuelve para mirarla. La palidez de Margot asusta, está de perfil y la luz resalta su larga nariz, tiene los labios descoloridos.

—Prométeme que no vas a hacer algo así, Margot —le exige con suavidad—. Quiero que viváis los dos. Tú y ese niño, que es completamente inocente.

Ella traga saliva, luego asiente varias veces.

—Te lo prometo, Jean-Jacques. ¡Lo juro!

—Con tu promesa me basta —dice él—. Y ahora vamos a dormir.

—¿Qué vas a hacer? —susurra ella, temerosa—. ¿Se lo dirás a todo el mundo?

La ira vuelve a encenderse en su interior, pero se controla. Margot tiene castigo suficiente, el sinvergüenza es su hermano pequeño, que se ha aprovechado de la necesidad de Margot para convertirlo a él en un cornudo.

—Aún no lo sé —dice en voz baja—. Pero, decida lo que decida, serás la primera en saberlo.

No obtiene respuesta. Durante un rato se impone el silencio, él escucha su respiración, al principio rápida, al poco más calmada. Luego apaga la luz.

—Te quiero, Jean-Jacques —susurra ella en la oscuridad—. Ya te quería cuando no era más que una niña, y ahora te quiero más que antes. Haré todo lo posible por compensar esta desgracia.

No es eso lo que quiere oír, porque refuerza su mala conciencia. Ella le quiere, y él no puede olvidar a otra mujer. Ahí radica todo. De no haberse enamorado de Hilde, Margot seguramente llevase un hijo suyo en las entrañas sin necesidad de tanto sufrimiento.

—Las cosas son como son, Margot —dice—. Tendremos que vivir con ello. ¡Ahora a dormir!

Lleva todo el día dándole vueltas, lo ha sopesado a conciencia mientras trabajaba, ha estudiado la situación por un lado y por otro, y por la noche toma una decisión.

—¿Quién lo sabe aparte de Pierrot, tú y yo? —pregunta a Margot cuando están acostados en la cama.

—Nadie —susurra ella.

—¿Estás segura?

—Del todo.

Él respira hondo. La decisión es para toda la vida. No solo para él, también para el niño y para Margot. Sobre todo para ella, pues es importante que se mantenga firme a su lado.

—Entonces escucha, Margot: nunca ha habido un paso en falso. El niño que llevas dentro es nuestro, lo criaremos y nos ocuparemos de que tenga hermanos.

Ella calla y él la observa tratando de interpretar cómo se toma la propuesta. Margot tiene los ojos cerrados, pero le tiemblan los párpados.

—¿Estás de acuerdo? —pregunta—. ¿Lo hacemos así?

—Sí —susurra ella—. Aceptaré lo que decidas.

Tanta sumisión empieza a sacarle de quicio. Se siente culpable, y eso no le gusta. Piensa sin querer en qué habría hecho Hilde en esa situación. Se la imagina soltándole una buena reprimenda, maldiciéndole, le habría montado un número y habría intentado atribuirle toda la culpa. Él no había asumido toda la responsabilidad, pero prefería una pelea para soltar toda la rabia de golpe que la dulzura autodestructiva de Margot.

Pero Margot es su mujer, se casó con ella y con ella vivirá. Se acabaron esos pensamientos insanos sobre Hilde. Ella aquí no tiene lugar. No en su dormitorio, no en su cama.

—Prométeme que nunca volverás a ceder ante Pierrot. Sé que puede ser muy adulador, Margot…

—Nunca más, lo juro. Por todos los apóstoles y la Virgen…

—Tú solo prométemelo y yo te creeré.

Durante los días siguientes, él procura mantener la calma, dejarle claro que la ha perdonado. Se siente un miserable porque también la ha engañado, pero nunca se lo confesará. Para qué, solo serviría para arruinar ese cauteloso acercamiento que se estaba produciendo entre ellos. De día es amable, a veces incluso se muestra cariñoso con ella, finge ser el padre feliz que se alegra de la llegada su primer hijo. De noche charlan, piensan dónde debe ir la cama del niño, si deben llamar a la comadrona o mejor ir a la clínica de Nimes cuando llegue el momento. Margot se va soltando poco a poco, habla de la época en que él y Pierrot estaban en la guerra y ella se hizo cargo junto con sus padres de todo el trabajo. También le cuenta el miedo que pasó por él. De su alegría al recibir la primera carta que envió desde Wiesbaden. Quiere saber si tuvo que trabajar duro allí, y él le habla un poco del hotel donde arrastraba maletas y limpiaba suelos. Del Café del Ángel y de todo lo relacionado con él no dice nada.

Jean-Jacques necesita varios intentos, hasta que la acaricia con cuidado y le sorprende lo pronto que se deja llevar. Ya no hay obstáculos entre ellos, ni pensamientos molestos sobre otra mujer, está acostado con su esposa y hace lo que suele hacer un marido. Incluso se entrega con pasión, pues lleva tiempo sin tener relaciones. Margot se aferra a él, aprieta los dientes para no proferir un grito, y él saborea sus lágrimas cuando la besa.

Se siente satisfecho consigo mismo. Ha recuperado a Margot, sus padres se alegran de la felicidad conyugal de los jóvenes y Pierrot ha perdido su baza. Es el tercero en discordia, el que sobra, aquí no tiene lugar, y Jean-Jacques pone todo su empeño para echarlo. Que vaya a buscar su felicidad a otro sitio, que aprenda un oficio, que consiga tierras con un matrimonio. Pero Pierrot es obstinado. Pese a ver que su plan ha fracasado, no quiere rendirse.

A principios de septiembre, cuando ya han vendimiado y prensado una parte de los viñedos, empieza a llover. La humedad se instala durante días. Es veneno para las uvas que aún no se han cosechado por no estar lo bastante maduras, y ahora pueden pudrirse y atraer a los parásitos. Llevan días de brazos cruzados, mirando esperanzados el cielo, que sigue encapotado sobre los campos y les regala más precipitaciones. El padre camina a diario bajo la capa de agua entre los viñedos. Hoy lo acompaña Pierrot, Jean-Jacques ha enganchado la yegua para llevar a su madre a Villeneuve a hacer la compra. Margot se ocupa entretanto con Berthe de la casa y prepara la comida.

Mientras la madre recorre las tres tiendas que hay en Villeneuve, Jean-Jacques se sienta en el bistró, se toma un café y lee la prensa. Sabe que su madre tardará en regresar porque se encuentra conocidos y parientes por todas partes con los que comenta las últimas novedades familiares. La espera resulta pesada, sus pensamientos siempre se desvían y evocan imágenes que prefiere olvidar. Se sorprende imaginando que tras la barra no está la morena Solange sino su Hilde, acicalada y vestida de negro, con un pequeño delantal blanco de encaje atado por delante que resalta su estrecha cintura. Irritado, sacude el periódico y se concentra en el editorial. Por fin Japón se ha rendido, el último aliado de los alemanes ha caído. Con la fuerza destructora de las bombas atómicas no ha crecido ni una hierba, Hiroshima y Nagasaki han sido arrasadas. No quiere ni pensar qué habría ocurrido si el demente de Hitler hubiera tenido semejantes armas. Seguramente media Europa y América serían ahora un desierto despoblado.

En la prensa también dicen que a todos los alemanes que se encuentran en zona americana se les entregan mil calorías al día. No es mucho. De nuevo su pensamiento se desvía y le preocupa que Hilde y su madre pasen hambre o mueran de gripe. Si no han muerto en los bombardeos de los últimos días de la guerra. ¿Por qué no lo ha pensado hasta ahora? Cabe la posibilidad de que Hilde ni siquiera siga con vida. Nota un dolor punzante en la sien izquierda. «No, no puede ser. Hilde está viva, es de las que sobrevive a todo», se dice. Aunque jamás vuelva a verla, espera que le vaya bien, que no se vea en la necesidad de pasar hambre y que su padre regrese de la guerra sano y salvo. ¿No ha leído en un apunte que los americanos estaban entregando en Le Havre a los primeros prisioneros de guerra? Bueno, a nadie le interesa alimentar a esos hombres en Francia. Los devolverán a su país. ¡Eso seguro!

Cuando mira a través de los cristales mojados por la lluvia, comprueba que el cielo se ha despejado. El sol brilla resplandeciente en los charcos y convierte las gotitas del vidrio en fuegos artificiales de colores. Al otro lado de la calle está su madre, que le hace un gesto. Por lo visto no tiene ganas de entrar en el bistró a tomar un café, quiere irse ya a casa. Muy bien. Dobla el periódico y lo deja en su sitio, paga y se pone la capa de lluvia húmeda sobre los hombros.

Su madre ha comprado bastantes cosas, él coloca los fardos y las bolsas en el carro, pone con cuidado la lona encima y la ayuda a subir.

—Si el tiempo cambia ahora, aún podremos sacar algo de la cosecha —comenta él cuando ya están sentados y la yegua inicia el camino a casa—. Me parece que el mistral no está lejos.

Su madre coincide con él. El mistral, el temido viento frío de la Provenza, suele anunciarse días antes. Las personas sensibles al tiempo notan dolor de cabeza o se sienten abatidas y enfermas. Jean-Jacques ha heredado ese mal de su madre, y puede predecir el mistral.

—Tres días y llegará —dice ella, y se ajusta bien el pañuelo de la cabeza.

Con dolor de cabeza o sin él, para los viticultores el mistral es una bendición, pues elimina toda la humedad de las uvas y evita la podredumbre.

—Si padre está de acuerdo —comenta Jean-Jacques—, el año que viene podríamos comprar un coche. Ahorra tiempo y simplifica el trabajo.

Su madre está en contra. No le gustan los apestosos motores de gasolina, y seguro que nunca aprenderá a conducir un vehículo de esos. La yegua es buena y hace casi diez años que tira del carro, puede hacerlo unos cuantos más.

—Hay algo que quiero decirte, Jean-Jacques —dice cuando ya ven la granja—. Tal vez no te guste, pero ya lo he decidido.

Él se sorprende, pues su madre nunca toma decisiones sola, siempre junto con su padre.

—Voy a poner La Médouille a nombre de tu hermano.

Jean-Jacques necesita unos segundos para comprender el alcance de esa noticia. La Médouille es un viñedo no muy grande, pero el suelo es bueno y las mejores variedades crecen allí. Jean-Jacques sabe que La Médouille pertenece a la herencia de su madre, aportó ese terreno al matrimonio, y su padre estipuló que siguiera siendo suyo y que solo ella podía disponer de él. Y ahora su hermano va a recibir esa tierra. Es increíble.

—¿Hay algún motivo para que me excluyas de la herencia a mí, tu primogénito? —pregunta, pero le cuesta dominarse.

—Sí.

Va sentada a su lado, envuelta en la capa de lluvia, el pañuelo de colores revolotea con el suave viento en contra. Su madre, una mujer menuda, amable y siempre cariñosa. Y sin embargo ahora, al mirarla, su rostro parece de piedra.

—¿Y cuál es?

Sigue sin pestañear. Ningún remordimiento. No duda, se mantiene firme.

—Quiero que mi hijo Pierrot se quede con nosotros en la granja. Nadie tiene derecho a expulsarlo, por eso le doy el terreno en vida.

Como de costumbre, la yegua ha apretado el paso al ver el prado de la casa, así que ya están en la entrada a la granja. Es tarde para seguir discutiendo. Además, sabe por experiencia que no es fácil hacer cambiar de opinión a su madre. Jean-Jacques calla, disgustado, y desengancha la yegua mientras Pierrot y Margot se acercan corriendo para descargar el carro.

¿Se equivoca o su hermano acaba de lanzarle una mirada triunfal? No está seguro, pero si es que sí tiene motivos. Mientras comen la sopa del mediodía y beben vino mezclado con agua, Jean-Jacques nota cómo crece en su interior la ira hacia Pierrot, que ha sabido aferrarse a su madre con astucia. Sí, ella siempre ha estado de parte del hermano pequeño, no le habrá costado convencerla. Ahora Pierrot se quedará aquí y arruinará el sueño de su hermano, pues como propietario tiene derecho a intervenir en todas las decisiones que afecten a la granja.

Una jugada maestra. Jean-Jacques pretende comentar la situación con su padre en un momento de tranquilidad. Tal vez él pueda influir en su madre y hacer que se replantee la decisión. Dos hermanos peleados no pueden llevar juntos una granja, eso es evidente. Si la cosa sigue adelante, el futuro de la propiedad será aciago.

Tras el almuerzo, las mujeres se ocupan de la cocina y el padre se va con Jérôme al pasto de los caballos porque ha visto que el potro negro cojea. Jean-Jacques se plantea si ir con ellos, pero decide posponer la conversación. Sufre un fuerte dolor de cabeza, tiene las manos frías, le lloran los ojos. Maldito mistral, cuando por fin sople se encontrará mejor.

—Túmbate un poco, Jean-Jacques —le dice Margot en voz baja—. Te duele la cabeza, ¿verdad?

Pese a todo, está demasiado furioso para meterse en la cama, así que se pone una chaqueta y sale a caminar. Le sentará bien andar un poco, respirar aire fresco, notar el suave viento de septiembre en el pelo. Cuando llega el frío mistral, los postigos golpetean y todo lo que no está bien atado sale volando. Sin ser consciente, desvía sus pasos hacia el consabido viñedo llamado La Médouille. Ahí crece uva garnacha, que en las buenas añadas produce un vino blanco extraordinario. Antes de la guerra él mismo trabajó para ennoblecer el vino, añadió bourboulenc y el resultado lo dejó muy satisfecho. Tenía planes para la uva de esa viña, pequeña pero valiosa, por eso sería una verdadera lástima que su hermano se entrometiera.

Ahora que ha salido el sol, la humedad asciende en forma de fina niebla desde las vides. Jean-Jacques se para y disfruta de las vistas, respira hondo para mitigar el molesto dolor de cabeza.

—¿Te estás despidiendo? —pregunta detrás de él la voz burlona de su hermano.

Se da la vuelta y se encuentra frente a Pierrot. Debe de haberle seguido a hurtadillas todo el tiempo.

—¿Por qué iba a hacerlo?

—¡Porque este viñedo pronto será mío!

Jean-Jacques suelta un bufido de desprecio. La sonrisa

sarcástica de su hermano enciende su rabia, le hace decir cosas que sería mejor callar.

—¡El niñito de mamá! Pero no te saldrás con la tuya, Pierrot.

Sin querer, ha cerrado los puños y Pierrot se pone a la defensiva. Están frente a frente como cuando eran niños, a la espera de que el otro cometa un error para contraatacar enseguida.

—No vas a deshacerte de mí, hermanito —se burla Pierrot—. Te perseguiré hasta en sueños. Hasta el lecho conyugal. Hasta tus pensamientos pecaminosos con esa alemanita...

Se ha pasado de la raya. Jean-Jacques no tiene un buen día, cae en la provocación y es el primero en pegar. El menor esquiva el puño y al mismo tiempo le golpea. Jean-Jacques recibe un fuerte impacto en la barbilla, se muerde la lengua y se tambalea hacia atrás. Nota la sangre caliente en la boca, tiene un sabor metálico, escupe y se limpia con la manga pero no para de salir.

—Te quedaste con Margot porque eres el heredero de la granja —le reprocha Pierrot entre dientes—. Solo por eso la casaron contigo. A nadie le interesa que yo la quiera. Pero tarde o temprano será mía, porque tú no la mereces.

Está tan pendiente del dolor de la boca que apenas le oye. ¿Qué parlotea Pierrot? ¿Que quiere a Margot? ¿Está loco?

—Esperaba que no regresaras de la guerra —sigue diciendo Pierrot—. Todo habría sido más fácil, pero ahora que estás aquí tendrás que cargar conmigo. Me quedo aquí, Jean-Jacques. Soy tu espíritu maligno, tu Horla, tu sombra, te perseguiré hasta que...

Ahora es Jean-Jacques quien lleva ventaja, pues llevado por su pérfido discurso Pierrot baja la guardia. Se abalanza sobre él y lo tira al suelo, ruedan entre las vides, jadean y sueltan maldiciones, se escupen y se golpean hasta que finalmente el mayor se impone.

—¡Ríndete! —exige Jean-Jacques, sentado a horcajadas sobre el pecho de su hermano, sujetándole las manos.

—¡Vete al infierno! —masculla el vencido.

—¿Te rindes?

—¡Jamás en la vida!

Tras unas cuantas bofetadas de las que Pierrot ya no puede defenderse, por fin capitula. El mayor lo deja en libertad.

—¡Levántate, y desaparece de mi vista!

Pierrot se pone en pie, se queda encorvado y tose, saca el pañuelo del bolsillo para limpiarse la sangre de la barbilla, tiene el labio inferior partido. Lo que antes era la lengua de Jean-Jacques ahora es una gruesa protuberancia en el interior de su boca. Se da la vuelta, se sacude los pantalones y la chaqueta y se va sin decir nada, sigue el sendero que transcurre entre las vides y se detiene una y otra vez para limpiarse la sangre con la manga de la chaqueta.

El golpe en la nuca lo pilla por sorpresa. Le parece ver mentalmente un cristal que se rompe en infinidad de añicos, luego la oscuridad lo arropa entre sus brazos.

Hilde

Wiesbaden, septiembre de 1945

—¿Hilde? ¿Qué te pasa?

Su madre está en camisón en la puerta de la habitación y la mira asustada. Hilde está sentada en la cama y tose.

—Nada, mamá... tenía un mal sueño...

Else se apoya en el marco de la puerta, aliviada.

—Gritabas tan fuerte que pensaba que estabas enferma...

—No, no, no pasa nada, mamá... solo era una pesadilla.

—Bueno, gracias a Dios —dice su madre, y baja al café a buscar un cubo de agua para llevarlo al baño. Son las seis, hora de levantarse.

Hilde se deja caer sobre la almohada, exhausta. Aún tiene en mente esa imagen horrible: una fila de soldados con las armas a punto, delante de ellos un hombre con los ojos tapados y las manos atadas en la espalda. Ve el pelo negro rizado, la boca que tan bien conoce, sabe que es su amante, que en unos segundos será atravesado por infinidad de balas. Su amante, que la ha abandonado, el cobarde traidor al que en realidad odia. Sin embargo, en sueños corre hacia él gritando, lo estrecha entre sus brazos, quiere protegerlo de las balas con su cuerpo...

—Loca de remate —murmura—. Hay que ser tonta...

Se seca las lágrimas y se enfada por haber gritado por él en sueños. ¿Cómo es posible? Pero si lo había olvidado, ¿o no? No merece otra cosa, Dios lo sabe, ese canalla que falta a su palabra. Olvidado y enterrado. Punto. Final.

Debe de ser porque ahora mismo lo tiene todo en contra. Se ha peleado con la Künzel, Addi solo se comunica con monosílabos y gruñe a todo el mundo, Julia apenas sale de su casa y, para colmo, está esa chica que ha irrumpido sin más en la familia.

¡Su prima Luisa! No hay quien se la crea. Anoche estaba dando vueltas por delante del café y miró por la ventana. Como estaba iluminado, pudo ver que todos cenaban. Y entonces se le ocurrió que era un lugar bonito y cálido donde la podían alimentar durante el invierno. A su padre se lo ganó desde el principio, aunque tampoco cuesta mucho, porque es un ingenuo y tiene buena fe. Su sobrina, la hija de su hermana Annemarie. De Rauschen, en Ostseebad, sí, ahí se derritió su padre. La estrechó entre sus brazos y la invitó a sentarse a la mesa. Le sirvieron el resto de la sopa de sémola y un pedazo de pan. Y luego galletas y sucedáneo de café. Comió hasta quedar bien saciada. Habló de los abuelos, que tenían un café en Rauschen. Sí, sabía un montón de cosas que eran ciertas, pero aun así Hilde está casi segura de que es una impostora. Pero muy astuta, de lo contrario no le habría tomado el pelo de esa manera a su padre.

¡Y qué pinta traía! Con esa extraña ropa que por lo visto le habían dado los americanos. Era evidente que llevaba semanas sin lavarse el pelo, y la mochila apestaba. Hilde no entiende que nadie sospechara de ella, ni siquiera la Künzel, que tiene bastantes luces. A todos les pareció que la impostora era una chica encantadora que lo había pasado muy mal. Y cuando contó que su madre había fallecido en un ataque aéreo a vuelo rasante, todos se conmovieron hasta las lágrimas. Su pobre padre, que esperaba volver a ver a su hermana Annemarie algún día, se llevó un disgusto.

Si lo de su madre fuera cierto, entonces no duda de que lo ha pasado fatal. A Hilde le daría muchísima pena, pero ella opina más bien que se lo ha inventado todo. Era muy práctico que su madre haya muerto, así queda fuera de la ecuación. ¿Acaso había enseñado algún papel que demostrara quién es? No. Perdió la documentación en la huida, según ella. Así de fácil. Mañana tiro mi pasaporte y cuento que soy la nieta del emperador Guillermo. O la bisnieta de Rockefeller.

El caso es que su supuesta prima se presentó como Luisa von Tiplitz. Por lo visto la hermana de su padre, Annemarie, conoció en Rauschen a un tal barón Johannes von Tiplitz y se casaron. Su prima de alta cuna se crio en una finca en Danzig. Por supuesto, tuvieron que huir cuando llegaron los rusos.

—Mi hermanita… —no paraba de decir su padre, con lágrimas en los ojos—. Annemarie. Mi pequeña Marie. Mira qué matrimonio. Un barón Von Tip… ¿cómo se llamaba? ¿Tiplitz? ¿Un noble prusiano?

Pero también había fallecido, en eso la astuta Luisa no tuvo escrúpulos. El pobre barón Johannes von Tiplitz padecía del corazón. Dejó solas a la esposa y la hija muy pronto. Cómo es la vida…

El caso es que tiene algo que agrada a todo el mundo. A todos les cae bien, la compadecen, quieren ayudarla, la animan. Sobre todo su padre, con su corazón blando; con él lo tuvo fácil. La siguiente en picar, conmovida por las horribles vivencias de la pobre Luisa es Julia, que se ofrece a coserle vestidos. También tiene zapatos, muchos, qué suerte que ella y Luisa calcen el mismo número. Al principio Addi se contiene, pero Hilde ve que también ha caído en la trampa de la señorita baronesa.

—Pobre chica, tan buena —dice cuando su madre acompaña arriba a Luisa—. Lástima que tenga que vivir en casa de los Storbeck. Si ese granuja la toca, ¡se va a llevar una buena en los morros!

—Bah, tonterías —comenta Julia—. Storbeck ha cambiado mucho desde que ha vuelto del campo de prisioneros. Me lo ha contado Marianne.

Addi no contesta, se limita a mirar con gesto sombrío su plato de sopa vacío y con la mano derecha toca el piano en el mantel.

—Además, pronto le darán un puesto…

En ese momento Addi levanta la cabeza y mira a Julia con cara de pocos amigos.

—¿A Storbeck? ¿Le van a dar un empleo?

Julia asiente con ímpetu, luego no dice nada más porque Addi la mira colérico.

—¿Volverá al ayuntamiento? ¿A su antiguo puesto de tesorero municipal?

—¡Claro que no! —exclama Julia—. Como revisor de tranvía en el servicio público de transporte. Pero dice Marianne que aún no es definitivo.

Addi niega con la cabeza, se pone en pie y se dirige hacia la puerta.

—Algunas personas nunca serán sensatas —dice en dirección a Julia. Luego abre la puerta y se oyen sus pasos pesados en la escalera.

—Como el perro y el gato, ambos —dice la Künzel—. Y eso que hace nada parecía que iban a ser pareja. Ay, el amor tiene alas de colores…

Lo dice al tiempo que lanza una mirada desafiante a Hilde, que enseguida gira la cabeza porque no tiene ganas de discutir con ella. Antes no estaba coqueteando, ni mucho menos se estaba colocando la liga. Solo limpiaba la barandilla de la escalera con un trapo y se agachó un poco. ¿Cómo podía evitar que el yanqui posara sus bonitos ojos azules en ella? Que hubiese mirado para otro lado…

—Las dos tenéis la misma talla, Luisa y tú —dice su padre, que no se ha percatado de la tirantez entre la Künzel y ella—. Seguro que en tu armario encuentras unas cuantas prendas bonitas que le vayan bien.

Lo que faltaba, tener que darle sus vestidos cuando apenas tiene qué ponerse. Sobre todo echa de menos prendas elegantes para ir a la ciudad con Gisela. Ocurre pocas veces porque la necesitan en el café, pero cuando tiene una tarde libre, siempre se queda confusa frente al espejo. Los dos vestidos de verano son demasiado finos, y si se pone encima una chaqueta de punto parece una abuela anticuada. O la típica madre y esposa alemana de camino a la tertulia de la Organización de Mujeres Nacionalsocialistas. Puaj.

—No sé... —murmura—. A lo mejor una chaqueta de punto...

Durante las semanas siguientes, su nueva prima consigue engatusar a todo el mundo. La Künzel deja que le peine el cabello y le regala unas medias de seda que le ha sacado a los americanos.

—Qué chica más dulce —dice—. Es muy hábil. Me deja el pelo justo como lo quiero. ¡Aquí nos faltaba alguien así!

¡Será bruja! Hilde se ha fijado bien: a los alumnos de canto se les ponen los ojos como platos cuando ven a Luisa, pero de eso no se da cuenta Sofia Künzel, porque jamás se le ocurriría que la pobre Luisa pudiera seducirlos.

El mundo es injusto. Luisa se entiende bien con los Storbeck, se sienta con Addi en el café y habla en voz baja con él, y Julia le ha regalado un precioso vestidito otoñal. Justo como el que le gustaría tener a Hilde. También ha conquistado a su madre, que al principio se mostraba escéptica. Por lo visto sabe algo de cocina, así que es posible que lo del café en Rauschen sea cierto. En todo caso, Luisa le echa una mano con los pasteles. Incluso ha conseguido hacer algo parecido a un bizcocho con harina de maíz y huevo en polvo.

Es desesperante. Hilde se siente cada vez más desplazada, ahora defiende su último bastión: el servicio a los clientes. Ese es su terreno, ahí Luisa no tiene nada que hacer. Y si a su padre se le ocurre disponer otra cosa, está resuelta a dejarlo todo. A ver cómo se las arreglan sin ella.

Sin embargo, ocurre algo que lo cambia todo, y es gracias a Gisela. Es su única y mejor amiga, aunque no siempre estén de acuerdo. Es lunes por la tarde y el cielo está encapotado, en el café no hay casi nadie y su padre está sentado a la mesa de la ventana con un libro. Hilde limpia el mostrador de pasteles con un trapo húmedo cuando se mueve la puerta giratoria y entra un cliente. Casi se le cae el trapo sobre el bizcocho de Else: es Josh Peters. En persona.

—Buenos días —saluda, y se quita la gorra—. Hace un tiempo horrible, parece que el otoño llegará pronto.

Ella recobra la compostura. Le sonríe y dice que por ella el otoño puede esperar tranquilamente.

—¿Puedo servirle algo, teniente Peters?

—Café y un trozo de su excelente bizcocho, por favor.

—Ahora mismo…

Mientras corta el pastel, ve el gesto avinagrado de su padre. No soporta a los americanos, aunque hayan venido como libertadores y tengan un trato cordial. Su padre está chapado a la antigua: odia la música que traen, el swing y el jazz, la goma de mascar le parece asquerosa y no entiende el entusiasmo de los niños y los jóvenes por esos Estados Unidos «sin cultura». Hilde coloca el café y el pastel en una bandeja, añade una cucharilla, un tenedor de postre y una servilleta y se lo sirve al teniente.

—Que aproveche…

—Muchas gracias.

¿Está sonriendo? La mirada que le dedica es amable. Más que amable. Cuando quiere puede ser muy simpático. Toma un sorbo de sucedáneo de café, pero aún no toca el pastel.

—Me han dicho que su padre ha vuelto tras ser prisionero de guerra —dice—. Me alegro por todos ustedes.

—Sí, estamos muy contentos. ¿Me permite presentarle a mi padre? Está sentado en aquella mesa. ¿Papá? Este es el teniente Peters. Sobrino de Eddi Graff...

Al escuchar el nombre de Eddi Graff, su padre cambia el gesto malhumorado.

—¿Sobrino del gran mimo Eduard Graff? —dice, y se incorpora en la silla para observar mejor a Peters—. ¿Es posible?

—El mundo es un pañuelo, señor Koch —contesta Peters—. Eduard Graff llegó a mediados de los años treinta a casa de mis padres en Manhattan...

Su padre mira un momento hacia el techo, intenta recordar cuándo se fue Graff de Alemania. Cierto, fue en 1935.

—No sabe cómo lo admirábamos todos —exclama—. Era uno de los grandes. Cuando él actuaba, se vendían todas las entradas, y en el Festival de Mayo era la gran atracción. Tenía una fotografía firmada por él, pero por desgracia ha desaparecido...

—Ah —contesta Peters, y se lleva la mano derecha al pecho—. Me la llevé yo, señor Koch, porque era la única imagen de mi tío en sus buenos tiempos. Pero se la devolveré...

—Dios mío —dice conmovido—. Quédesela, joven. Es su tío. Podría estar horas hablando de él. ¡Mi mujer y yo estuvimos en todas sus actuaciones!

—Por supuesto, me interesaría muchísimo, señor Koch...

Entonces sucede. Hilde ya se lo imaginaba, y sale bien. Su padre invita a Peters con un gesto del brazo a sentarse con él a su mesa.

—Esta maldita pierna de madera no me permite ser tan rápido con los pies como antes, teniente. Así que venga usted aquí. Hilde, trae su consumición... y para mí un café, si eres tan amable...

Peters coge su taza de café, Hilde solo tiene que llevarle el plato del pastel.

—¿No quiere sentarse con nosotros, señorita Koch?

—No puedo, teniente, estoy de servicio —dice ella entre risas, y luego hace el saludo militar—. En eso mi padre es muy estricto.

Los deja con su charla y termina de limpiar el mostrador de los pasteles. Luego le van pidiendo que les lleve esta fotografía o aquella de la pared. Al cabo de un rato aparece Addi, que aún deambula con gesto trágico, y después Luisa. En ese momento a Hilde le da un poco de rabia tener que servir las mesas y no poder sentarse con ellos. Además, Peters observa con atención a Luisa y le dirige algunas frases. Ella le contesta con calma y amabilidad, y sonríe con ese aire tímido que todos encuentran encantador.

«Ya está haciéndose otra vez la pobrecita —piensa Hilde con envidia—. Sabe que siempre le da resultado. Pero cuidado, querida. Si crees que puedes quitarme al teniente, tienes todas las de perder».

Su madre también aparece, ha hecho la compra y ha intentado conseguir algunas cosas en Feinkost Gold sin cupones. A juzgar por su cara no ha tenido mucho éxito. «No, no os vais a librar del mercado negro, queridos padres —piensa Hilde—. De lo contrario pronto tendréis que cerrar el café».

—Pero si ese es... —dice su madre.

—Exacto. El teniente Peters.

—Qué amable —comenta Else—. Guarda las cosas en el armario, Hilde.

Sabe perfectamente lo que pretende su madre. Entra en la sala, saluda a Peters y se sienta con ellos. Enseguida le contará a su padre que el teniente Peters la protegió del acuartelamiento, y Addi lo confirmará. Sin Peters ahora tendrían la casa habitada por varios oficiales americanos, y algunos se habrían llevado a la mujer y los niños. Else hace todo lo posible por curar a Heinz de su odio hacia los americanos porque perjudica al Café del Ángel. «Bien —se dice Hilde—. Todo va sobre ruedas, salvo que mi prima de alta cuna estropee mis planes».

Sin embargo, al cabo de un rato Luisa, como si se hubiera percatado del disgusto de Hilde, se levanta y se despide.

—Julia me está esperando arriba...

A Hilde ya no le importa que Julia le haya regalado un vestido de otoño, solo quiere que desaparezca. En ese instante la puerta giratoria escupe a Gisela y a su incondicional Sammy, seguidos por el perro de colores que vuelve a colarse en el café. Hilde saluda a su amiga con besos y un abrazo, también a Sammy; se alegra de que los dos aparezcan de nuevo por el café, tenía mala conciencia por la negativa de su padre. No obstante, Gisela no parece en absoluto ofendida, está de buen humor y, mientras Sammy conversa un momento con Peters, le susurra a Hilde al oído:

—Atenta, hemos planeado algo para ti...

—¿Qué clase de...?

—¡Chist!

Hay que acercar una mesa, pues su madre invita a los recién llegados a que se unan al gran grupo. Su padre está tan enfrascado en la conversación con Peters que no se da cuenta de nada. Peters le ha contado que Eduard Graff nunca subió a un escenario en Nueva York, y que poco antes de finalizar la guerra perdió la vida en un trágico accidente de tráfico. Le causa una profunda impresión, y Peters se esfuerza por consolarlo.

—Siéntate tú también, Hilde —le indica su madre—. Voy a preparar té y unos canapés. Estamos en confianza.

En efecto, el ambiente es muy familiar. Gisela sirve los canapés, Addi lleva la tetera grande y Josh Peters ayuda a Hilde a sacar las tazas de té y el azucarero. Cuando se quedan un momento a solas en la cocina, le pregunta en voz baja:

—¿Aún está enfadada conmigo, señorita Hilde?

Sabe que se refiere a la noche que fue a bailar a Steingasse, y, por mucho que estén en el Café del Ángel, no tiene intención de hacer como si todo estuviera perdonado y olvidado.

—Me enfadé con usted, teniente. Fue irrespetuoso y me trató como a una niña.

—Es cierto —admite compungido—. Me preocupaba que pudiera caer en malas compañías.

A Hilde se le va la mirada hacia la puerta, su madre se ha sentado junto a su padre, así que no volverá a la cocina.

—¿Por lo menos lo siente? —pregunta.

—En parte, sí —confiesa—. Debería haber sido más educado. Más encantador, si quiere. Pero por desgracia, a diferencia de mi afamado tío, no soy hombre de besar por donde pisan las mujeres. Soy directo y a menudo resulto rudo.

No esperaba una confesión tan larga. La conmueve. Y eso que no puede ser más serio, incluso le cuesta sonreír, pero tal vez le guste precisamente por eso. No necesita más mentirosos encantadores, ya se ha dejado engañar por uno y aún sufre las consecuencias.

El teniente se planta delante de ella y sujeta bien la bandeja con las tazas de té y los platitos. Hilde añade con cuidado el azucarero y luego levanta la vista hacia él. La mira con una mezcla de esperanza y tristeza.

—¿Sabe? —dice ella con una sonrisa de satisfacción—. Esos hombres que besan por donde pisan las mujeres no son para mí. Prefiero a alguien que sea sincero y no haga teatro. Por mí puede ser brusco, lo entiendo.

Él no sonríe con la boca, pero sí con los ojos. Hilde está fascinada con lo cálida que es su sonrisa.

—Me alegro mucho —dice él.

Cuando van a la sala y Hilde reparte las tazas, ve la mirada triunfal de Gisela. «¿Ves? —parece decir—. He cumplido mi palabra y lo he traído. Lo demás depende de ti».

El ambiente es distendido, Gisela y Peters se esfuerzan por traducir a Sammy las conversaciones, aunque comprende algunas palabras en alemán. Más tarde la Künzel se sienta con ellos y comparte anécdotas de los buenos tiempos en la ópera, hasta Addi cuenta la historia de cuando Eddi Graff olvidó el texto y se acercó en plena escena a la concha del apuntador para atarse los cordones de los zapatos, o eso parecía. Ya cae la tarde cuando Peters se despide. El padre de Hilde se levanta solo para darle un amistoso apretón de manos y mirarlo a los ojos.

—Encantado, teniente. Espero que volvamos a vernos pronto.

Peters lo promete y cuando ya se está poniendo la gorra se para.

—Me gustaría pedirle un favor, señor Koch. ¿Puedo arrebatarle a su hija una tarde? Mi amigo Sammy y su prometida desean ir de excursión a la cordillera del Taunus y me han preguntado si voy con ellos. Y se me ha ocurrido invitar a su hija…

Para Hilde es una sorpresa. Ahora entiende a qué se refería Gisela. ¡Ay, Dios mío, eso no pasará nunca! Toda una tarde, dos parejitas en el romántico Taunus. Seguro que su padre le pone freno…

—Bueno… —dice Heinz, dubitativo—. Por mí, bien. Pero que esté de vuelta a las siete como mucho.

Lanza una mirada severa a Hilde de las suyas, como antes de la guerra, cuando quería ir al cine con Gisela. Hilde se aclara la garganta.

—¿Y nadie quiere saber mi opinión? —dice entre ofendida y divertida.

—Disculpe —dice Peters muy serio—. Primero quería aclarar la situación y luego preguntárselo. Espero que no se lo tome a mal.

«Cómo no —piensa ella—. Si estuviéramos a solas te llevarías una buena. Incorregible».

—¡Ahora no digas que no quieres venir! —se indigna Gisela—. ¡Con lo que nos hemos alegrado por ti!

—Claro que voy con vosotros. Me hace mucha ilusión... ¿cuándo es?

—El jueves —dice Gisela—. Y abrígate. Zapato recio. Lleva algo para la lluvia. Queremos caminar un poco.

«Ay, Dios, una caminata —piensa Hilde—. Por prados embarrados y bosques húmedos. Muy romántico. Pero por lo menos no necesito un traje elegante de otoño».

Luisa

Está en casa. Ha encontrado el hogar, el paraíso. Jamás habría imaginado que en esta vida volvería a sentir esa calidez, esa sensación de protección. Desde que tuvo que abandonar la finca de su padre a los catorce años se ha valido por sí misma, además de pensar en su madre y ocuparse de ella. Ahora es consciente de lo mucho que se ha exigido, de lo dura que ha tenido que ser consigo misma y cómo añoraba el calor de un hogar.

Sobre todo ha encontrado a un segundo padre. Su tío Heinz conquistó su corazón desde el primer momento. Es un tesoro de persona: bondadoso, cariñoso, compasivo. Cuando se sienta con él a hablar, la mira con sus ojos tiernos y ella se siente comprendida. ¡Son los ojos de su madre! Fue lo primero que le llamó la atención de su tío: tiene los mismos ojos color turquesa y las cejas oscuras y arqueadas, aunque las de su tío son más pobladas. Cuando frunce el ceño parece muy malvado, pero no lo es. No sabe enfadarse de verdad, aunque haga aspavientos y dé golpes en la mesa. Su enfado pasa como una tormenta de verano, y la mayoría de las veces luego se arrepiente.

Le ha mentido un poco, eso no está bien, pero lo ha hecho

por su madre. Su familia de Wiesbaden, y sobre todo su tío, no debe saber que Annemarie Koch tuvo una aventura con un noble y dio a luz a una hija bastarda. Que pasó trece años en la finca Tiplitz como amante del señor de la propiedad para luego ser expulsada cuando él falleció. No, quiere que su familia piense en su difunta madre con amor y respeto, y que no se compadezcan de ella por ser una niña infeliz, caída en desgracia. O incluso que la desprecien. Luisa va a quemar la documentación que con tanto cuidado ha logrado salvar durante su huida. En cuanto esté caliente la estufa del piso lo hará.

Vive en una habitación que en realidad es un comedor, una habitación de paso, pues hay una puerta que da a la cocina y enfrente otra que da a la sala de estar. Luisa duerme en un sofá y ha guardado sus escasas pertenencias en una cómoda donde se guardaba la vajilla, pero cuando llegó estaba vacía.

—Es increíble —murmuró la tía Else cuando le enseñó la habitación—. ¡Esa panda de ladrones! Han robado todo lo que han podido y lo han malvendido en el mercado negro.

Luisa le preguntó asustada a quién se refería con la «panda de ladrones», pero la tía Else se limitó a negar con la cabeza y le dijo que no se preocupara por eso.

—Ten cuidado con tus cosas, niña —añadió.

Eso fue la primera noche, cuando llegó al Café del Ángel. Entonces aún la llamaba «señora Koch», pasados unos días su tía le pidió que se tutearan. Enérgica y un tanto brusca, como es ella.

—Para ya con esa tontería de señora Koch. Soy tu tía Else, ¿queda claro?

—Gracias —balbuceó ella—. Y yo soy Luisa…

—Ya lo sé. Puede pasar que en el fragor de la batalla alguna vez te llame Lieschen, ¿te parece mal?

—No, claro…

No le parece mal, pero a Luisa se le saltan las lágrimas porque así es como la llamaba su madre. Su madre y nadie más en el mundo. Su padre siempre la llamaba Luisa.

La tía Else es una persona pragmática, lo notó enseguida, y por eso confió en ella.

—¿Hay llave para las puertas de mi habitación, tía Else?

Su tía está añadiendo harina a la masa y sigue concentrada en su trabajo para que no queden grumos.

—¿Ha estado fisgando? Es un mal bicho, esa Marianne. Siempre se hace la inocente, pero a mí no me la da. En algún sitio tiene que estar la llave, luego la busco. Dame el molde cuadrado. ¿Lo has engrasado? Bien...

Luisa es prudente, no le gusta acusar a nadie antes de tiempo, pero han sacado y vuelto a poner las pocas prendas de ropa y la ropa interior que guarda en la cómoda. Lo ha notado porque ahora están en el orden inverso. El jersey que Else le regaló está arriba del todo, la chaqueta de punto verde de Hilde debajo. Solo puede haber sido Marianne Storbeck, que intenta parecer inofensiva y parlanchina, con esa sonrisa tan falsa. A Luisa no le cayó bien desde el principio, pero ha sido amable con ella y lo ha disimulado. Wilfried Storbeck es como mínimo igual de desagradable que su esposa, pero de otra manera. Ya ha entrado tres veces en su habitación sin llamar, por supuesto por la noche, cuando ya estaba acostada. Desde que apareció de repente en el baño mientras ella se estaba lavando, nunca se olvida de cerrar la puerta.

Los Storbeck son la nota amarga que enturbia su felicidad, pero está decidida a llevarse bien con ellos, tanto como le sea posible. Pero tiene que hacer desaparecer su documentación o al final Marianne Storbeck la encontrará y quién sabe lo que hará con ella.

Lo más bonito son las noches que pasan todos juntos, sin los Storbeck, sentados en el café, comiendo lo que ha preparado la tía Else. En Wiesbaden también escasean los alimentos, lo que reciben con la cartilla no es suficiente, por eso es muy inteligente que todos aporten lo que tienen y Else prepare a diario la cena. Suele ser una sopa espesa de arroz o cebada, a veces lleva zanahorias o cebolla, otras maíz de lata o guisantes. A veces hay jamón, entonces toda la casa huele que alimenta y se te hace la boca agua cuando Else lo pone en la sartén. A menudo echa ternera en salmuera en la sopa, se la consigue Sofia Künzel de los americanos. Toca el piano para ellos cuatro veces por semana.

Cuando la tía Else reparte la sopa, Luisa siempre mira por la ventana. Se acuerda de la noche que estuvo ahí fuera, mirando con envidia a la gente que estaba sentada a la mesa riendo, charlando y comiendo sopa. ¡Cómo deseaba ser una de ellos! Y ahora se ha hecho realidad: unas semanas antes no habría creído posible tener tanta suerte. En su fuero interno tiene miedo de que no dure. Cree que volverá a meter la pata y la suerte se le escapará entre los dedos como si fuera arena.

En toda la casa solo hay una persona a la que tema de verdad. Hilde. Su prima Hilde, solo dos años menor que ella. Desde el principio le ha demostrado que no tiene intención de ser su amiga. La mirada de sus ojos azul grisáceo es fría, de desprecio, y hace que Luisa mantenga las distancias. «Ten cuidado —dicen esos ojos—, no me fio un pelo de ti. No eres de los nuestros, eres una extraña en mi familia, no te quiero aquí». Luisa no tiene ni idea de qué puede haberle hecho a Hilde, pero comprende que debe andarse con ojo para no reforzar ese rechazo instintivo.

Y eso que Hilde le gusta mucho, la admira por ser tan distinta a ella. Hilde se parece a su madre, tiene los pies en el suelo y es trabajadora, pero no tiene pelos en la lengua. Sobre todo eso: su prima Hilde puede escandalizar con las cosas que suelta por la boca, pero también es graciosa, da respuestas ingeniosas y su risa es tremendamente contagiosa. Transmite energía en todo lo que hace, ya sea bajar la escalera o caminar por el café con la bandeja y servir a los clientes, a Luisa siempre le parece como si soplara un viento fresco por la sala. Aunque lo que más le llama la atención de ella es que sabe flirtear, algo que Luisa jamás aprenderá porque es demasiado tímida. Hilde no teme a nadie, se ríe de todo el mundo y desafía a los hombres. Y, oh, sorpresa, ese descaro agrada a los caballeros. Encuentran a Hilde «encantadora», también «emocionante» o «fantástica», y si la guerra no se hubiera llevado a tantos chicos jóvenes, seguro que tendría a diez a sus pies, uno por cada dedo.

Luisa observa a menudo a Hilde sin que se dé cuenta porque hay cosas que no entiende del todo. Su desasosiego, por ejemplo, esa costumbre de ir corriendo a todas partes, como si buscara algo. Está ocupada en la escalera, en la cocina, en el reservado, en el salón del café. Luego baja corriendo al sótano a comprobar las provisiones, o se pone a limpiar el mostrador de los pasteles aunque esté impoluto. ¿Lo hace para darse importancia? ¿Para que todo el mundo sepa que tiene muchas cosas que hacer? Tal vez. En todo caso lo sensato es no cruzarse en su camino, de lo contrario puede ponerse gruñona.

—¿Es necesario que toquetees el mostrador de los pasteles con los dedos grasientos? —reprendió a Luisa hace poco—. Fíjate: ¡huellas por todas partes!

—Lo siento…

Hilde la imita.

—Lo siento… lo siento… ¿Y si la señora baronesa tuviera más cuidado? ¡Esto no es un palacio, noble dama!

—¡Hilde! —le gritó el tío—. Contrólate, ¿quieres? Luisa se ha disculpado.

¡Vaya! Hilde torció el gesto y Luisa comprendió de pronto que está celosa. No le gusta que su padre se ponga de su lado, probablemente tampoco que sea tan afectuoso y bueno con ella. Pero para Luisa el afecto de su tío significa muchísimo.

—¡Pareces un buzón de reclamaciones! —le ha espetado hoy Hilde cuando se la ha encontrado en la escalera.

Al principio Luisa pensaba que Hilde se estaba burlando de la chaqueta de punto verde que se ha puesto sobre la blusa. Y eso que se la había regalado la propia Hilde.

—¿Un buzón de reclamaciones? ¿A qué te refieres?

Hilde pone cara de desesperación para hacerle ver que es una pregunta tonta.

—Pues eso, un buzón de reclamaciones, donde todo el mundo mete sus quejas. Eso eres tú, ¿no?

Luisa está consternada por el tono de burla de Hilde. ¿Por qué insiste una y otra vez en ofenderla? ¿Qué ha hecho?

—Si tú lo dices… —contesta, y hace amago de pasar por su lado, pero ella le bloquea el paso y la fulmina con la mirada.

—Vienes de casa de Julia y has escuchado sus penas, ¿verdad? Y ahora bajas a la cocina, donde mi madre se quejará de que otra vez se ha terminado la harina. Luego te sientas con Addi y escuchas sus problemas amorosos, y si hace buen tiempo darás una vuelta con mi padre por Wilhelmstrasse, y se lamentará de que la pierna le vuelve a doler. ¿Entiendes? Eres el buzón de reclamaciones de todo el mundo. ¡También podría llamarse cubo de basura!

La ira se enciende en el interior de Luisa. Eso no puede permitirlo. No de alguien como Hilde, que se pasa el día dándose importancia y no tiene oídos para las preocupaciones de los demás.

—En ese caso, tú también deberías acudir a mí de vez en cuando —dice mordaz—. ¡Escucharé con paciencia tus problemas y te daré buenos consejos!

La cara de Hilde es un poema. Al principio se queda anonadada, luego parece que se va a echar a reír pero al final se enfada.

—Puedes esperar sentada a que caiga en tu trampa, falsa

consoladora de almas. ¡Algún día se descubrirá tu juego, ya me ocuparé yo!

Luisa reacciona con miedo, cree que Hilde sabe lo de la documentación. ¿Y si no fue la señora Storbeck sino Hilde la que hurgó en sus cosas? Pero ¿cómo iba a entrar en el piso? ¡Claro, con una segunda llave! Los propietarios siempre tienen una copia de las llaves de todos los pisos, por si alguien se encuentra en apuros. ¿Y si le confiesa la verdad a Hilde? Así podría explicarle también por qué ha recurrido a esas mentiras piadosas. No porque quisiera presentarse como hija del señor de una mansión, de eso más bien se avergüenza. Era para que nadie pensara mal de su madre. Sin embargo, con lo furiosa que está Hilde ahora mismo, no se atreve a dar el paso y prefiere esperar.

En efecto, parece que el mal humor de Hilde se ha desvanecido. En el café saluda a Luisa con un «¡Buenos días!» e incluso le suelta una frase amable:

—¡El bizcocho de ayer estaba delicioso!

Luisa no osa responder porque teme que el elogio sea irónico, pero Hilde no le presta más atención, quita los manteles y limpia las mesas.

—A finales de noviembre tendremos manteles nuevos, papá —exclama con alegría—. De color rojo vivo, perfectos para la Navidad. Y haré centros de mesa con hojas de abeto. ¡Las cogeré en el parque del Balneario!

El tío Heinz ya está sentado junto a la ventana, con varias octavillas delante de las que reparten constantemente los sindicatos y los partidos. Alemania tiene que convertirse en una democracia, todo el mundo está llamado a sumarse. El tío Heinz se muestra escéptico, a fin de cuentas ya la tuvieron con la República de Weimar y la cosa acabó mal.

—Tú ten cuidado de que no te pillen, Hilde —le advierte con una sonrisa de satisfacción.

—Bah, papá —replica ella, confiada—. Lo hace todo el

mundo. Pero Julia es genial. Hacer manteles con los viejos estandartes de la cruz gamada, ¡qué ocurrencia!

—Ay, Dios mío —exclama la tía Else desde la cocina—. Pensaba que hacía tiempo que habíamos tirado esas cosas.

Hilde se ríe para sus adentros, incluso lanza una mirada divertida a Luisa, que no sale de su asombro. Luisa no es tonta, lo piensa un momento y entiende a qué se debe el extraordinario ánimo de Hilde. Tiene que ver con el teniente americano que estuvo ayer en el café. Estuvo conversando largo y tendido con el tío Heinz sobre un actor llamado Eddi Graff, con el que le unía algún parentesco. Y durante la cena la tía Else habló de las bonitas excursiones familiares que antes hacían al Taunus. ¡Los dos chicos se divertían tanto! August metía renacuajos en un bote de mermelada, y Willi chocó contra un árbol y se rompió dos dientes de leche.

—Te sentará bien un poco de aire del Taunus, Hilde —dijo la tía Else—. ¡Pero no nos traigas un novio americano a casa!

—¿Un yanqui? ¡Jamás en la vida, mamá! Como mucho un millonario que al mismo tiempo sea pastelero y repostero…

Si Luisa no recuerda mal, la víspera Hilde se había comportado como una boba, hizo chistes tontos sobre el teniente al tiempo que insistía en que era un tipo decente. ¿Está enamorada de él? Da esa impresión, aunque a Luisa le parece que su prima Hilde, pese a que puede ser muy mala persona, merece un marido mejor. Ese teniente Peters carece de sentido del humor, no se rio ni una sola vez mientras estuvieron juntos la noche anterior.

Sin embargo, todo indica que sí. Donde cae el amor, todo se ve bonito. Que Hilde sea feliz con su teniente, así quizá selle la paz con su prima. Ay, eso sería un gran alivio para Luisa. No lleva nada bien las disputas.

Entretanto, el tío Heinz ha entendido lo de los manteles y pone cara de alarma.

—¡Pero cómo hace eso! ¡Se darán cuenta! Todo el mundo conoce el tejido y ese rojo chillón. Qué pensarán nuestros clientes…

Se interrumpe porque en ese momento se mueve la puerta giratoria y entra un cliente matutino. Un tipo larguirucho con abrigo militar marrón, con los bordes de los pantalones deshilachados y un sombrero de estilo tirolés en la cabeza que ha visto mejores tiempos.

—Buenos días —dice, y se quita el sombrero—. ¡Aquí estoy de nuevo!

Luisa da un respingo del susto cuando su tío, su tía y Hilde gritan a la vez.

—¡Hubsi! Nuestro Hubsi ha vuelto… Siéntate, viejo amigo. Quítate el abrigo, es de las reservas de la Wehrmacht. Ahora mismo te traigo un café. Uno de verdad. Solo para los buenos amigos… Vaya, Hubsi, ¡has vuelto!

Los tres le hablan a la vez, la tía Else le quita el abrigo, Hilde corre a la cocina a preparar un café y el tío Heinz se ha puesto en pie para darle un abrazo. Por supuesto, con lágrimas en los ojos; con Heinz Koch siempre es así. Finalmente le presenta a «Luisa, el nuevo miembro de la familia», «mi sobrina de Prusia Oriental», como dice el tío Heinz. Ella le tiende la mano al hombre al que llaman Hubsi y observa que le falta el dedo índice de la mano derecha.

—Es Hubsi Lindner, nuestro pianista —dice la tía Else—. Bueno, en realidad se llama Hubert, pero nadie lo llama así.

Hubsi Lindner ronda los cuarenta años, está muy delgado y tiene unas manos muy largas, perfectas para tocar el piano. Bonitos ojos oscuros, casi no le queda pelo en la cabeza. Cuando sonríe se le arruga la piel del rostro y deja al descubierto una fila de dientes amarillentos y regulares.

—Encantado, señorita —le dice.

—Ay, no —dice ella—. Para un amigo de la familia soy simplemente Luisa.

La casa debe de tener un sistema de mensajería secreta, pues en ese momento aparece Addi Dobscher, abre los brazos y estrecha al regresado Hubsi contra su pecho.

—¡Hombre, Hubsi, viejo amigo! ¿Qué te ha pasado en el dedo?

—Lo metí donde no debía, Addi. Una bala me abrasó la punta del dedo y la infección hizo el resto… Estoy contento de que no tuvieran que amputarme toda la mano o el brazo… Pero toco sin problema, apenas molesta, solo tengo que practicar un poco…

Se sientan, y mientras lo miman, le dan palmaditas en la espalda, le obligan a engullir café y bizcochos, se le va la mirada hacia el piano. ¿Lo habrán afinado mientras él no estaba?

—De eso se ha ocupado la Künzel, lo ha tocado mucho. Y los domingos aquí hay baile con swing y jazz —exclama Hilde.

—Dios mío —dice Hubsi, acongojado—. ¿Aquí se toca esa música de negros?

El tío Heinz lo consuela enseguida. Puede tocar lo que quiera, como antes.

—Estaré encantado de volver a escuchar música decente. Y tus partituras siguen ahí.

Hubsi asiente y bebe café, come con hambre el bizcocho y asiente de nuevo. La tía Else regresa a la cocina y le prepara un panecillo con queso, que devora en un santiamén. Pobre tipo, seguro que últimamente ha comido poco. Luisa entiende que se alegre por tan cálido recibimiento en el Café del Ángel.

—¿Ya tienes donde alojarte? —pregunta Hilde—. Donde vivías antes está todo arrasado por las bombas.

Hubsi no lo sabía. Ha llegado esta mañana a primera hora con un transporte de repatriados a la estación de trenes y ha ido directo al Café del Ángel. ¡Qué impresión!

—¡Dios mío! Mis recuerdos. ¡Los libros! Las partituras. Y los álbumes de fotografías… ¡Qué horror!

Es soltero y ocupaba una habitación individual en una buhardilla del centro histórico. Los escasos muebles los heredó de sus difuntos padres, también los libros, la vajilla, los álbumes de fotografías, la cubertería de plata, su ropa... Él solo había adquirido las partituras. Y ahora todo ha ardido y se ha perdido para siempre.

Lo consuelan como buenamente pueden. Se alojará arriba, en el piso de August, ahí vive también Luisa, los Storbeck tendrán que ceder la sala de estar pero siguen disponiendo del dormitorio. Addi y Heinz le procurarán ropa, abrigo y ropa interior, Julia se lo arreglará para que todo le vaya bien.

—Alégrate por no haber estado la noche del bombardeo en tu habitación, Hubsi —exclama la Künzel, que también ha bajado—. ¡No estaríamos aquí tan contentos!

Deja que Sofia Künzel le dé un abrazo, y luego dice que ha visto tantas atrocidades que es capaz de encajar ese golpe del destino sin venirse abajo.

—La música es mi consuelo —dice con una sonrisa—. Si tengo un piano y unas cuantas partituras, no necesito nada más.

A Luisa le parece un tipo peculiar y enseguida le coge cariño. Además, le gusta que lo instalen arriba, a su lado, así no estará sola a merced de los Storbeck.

—¿Sabéis algo de Fritz? —pregunta Hubsi.

—Por desgracia, no —contesta el tío Heinz—. Pero espero que en cualquier momento aparezca por aquí.

Suena muy optimista cuando dice esas cosas. Ayer hablaba de sus chicos, August y Willi, y hacía planes para facilitarles el nuevo comienzo en Wiesbaden. Y eso que hace meses que no tienen noticias de ellos. Luisa espera que su tío no se engañe con tanto optimismo.

—Fritz es un músico con mucho talento —continúa Hubsi—. Para mí siempre era una alegría tocar con él. Es una lástima que envíen a un joven así a la guerra...

Hilde afirma que esa guerra es una infamia sin sentido que solo ha provocado desgracias a la gente.

—Pasado mañana vas al Taunus, Hilde —dice la tía Else—. Podrías indagar un poco. A lo mejor Fritz está con sus padres. En la granja donde producen leche y jamón...

—¡Qué valor tienes, mamá! Yo no puedo decidir la ruta. Ni siquiera sé dónde está ese pueblucho. ¿Cómo se llamaba?

—Lenzhahn. Justo al lado de Niedernhausen —interviene el tío Heinz—. Una zona preciosa para pasear. Díselo a tu teniente, a lo mejor te hace caso.

—Puedo intentarlo...

Luisa está confusa. Lenzhahn... Sí. Ahí viven los padres de Fritz Bogner... Fritz...

—Disculpad —dice—. ¿Cuál es el apellido de ese joven músico?

—¿De Fritz? —pregunta la Künzel—. Se apellida Bogner. Como los arcos de violín. Es un joven encantador. Tan tímido. Y con mucho talento. Aunque como es de pueblo llegó demasiado tarde a clase, de lo contrario ya estaría tocando en la orquesta del Teatro Estatal. Incluso podría tener una carrera de solista...

Luisa apenas los escucha de la emoción. El destino la unió a Fritz Bogner en Rostock, y ahora descubre que tocaba aquí, en el Café del Ángel. ¿Solo casualidad? No puede creerlo.

—Yo estaba loca por Fritz Bogner —dice en ese momento Hilde, exaltada—. Cuando tocaba los *Aires gitanos* de Sarasate me quedaba embelesada. Ay, creo que aún estoy enamorada de él...

Heinz

No, no se lo imaginaba así. Después del campo de prisioneros de guerra y de la horrible temporada en el hospital, Wiesbaden le parecía el paraíso. ¡Cuántas veces había añorado ese verano estar en su café de la espléndida Wilhelmstrasse! Y al frente siempre estaba su Else. Con un vestido oscuro y un delantal blanco con encaje. Tan guapa, tan enérgica y sobre todo... tan alegre. Else: su alma gemela, su amor, su esposa impetuosa y lista, el pilar de la casa... Ay, sí...

Ahora ha vuelto y todo es muy distinto a como lo soñaba. La guerra, la maldita y miserable guerra ha irrumpido en su vida, ordenada y bonita, y la ha cambiado a peor. Lo que más le amarga y le arruina el ánimo es la pierna. ¡Nada de «unas semanas más y luego caminará como antes»! El muñón se inflama una y otra vez, la cicatriz se abre, entonces le roza la prótesis y quiere gritar de dolor. Maldita cojera, se odia a sí mismo cuando baja la escalera quejándose como un viejo, un peldaño tras otro, y en cada uno debe luchar contra el dolor y el esfuerzo. No puede creer que de joven subiera y bajara a paso ligero, salvando los peldaños de dos en dos, y los tres últimos de un salto.

Es consciente de que los demás no pueden hacer nada, así

que procura controlarse. Por desgracia, nadie en la casa lo valora. Tampoco Else. Esa es su mayor decepción. Su Else, que siempre estuvo a su lado con tanto cariño, que cuando regresó se pasó media noche en sus brazos llorando de felicidad, se ha vuelto fría ante su sufrimiento, hace comentarios insensibles y por la noche, cuando están acostados, se da la vuelta en silencio hacia el otro lado. Si no fuera por Luisa, su querida sobrina de la Prusia Oriental, que no para de animarlo, haría tiempo que estaría desesperado.

También los viejos amigos le proporcionan consuelo, algunos visitan el Café del Ángel y comparten su soledad. El bueno de Hans Reblinger y Alois Gimpel, también Ida Lehnhardt y Jenny Adler. Y unos cuantos más, entre ellos el director de coro Klaus Firnhaber, que trabaja en la iglesia del Mercado y prepara en el Café del Ángel sus conciertos de Navidad. Pero la gente del teatro está toda desperdigada porque el Teatro Estatal no ha retomado su actividad. Los grandes artistas foráneos que antes paraban en el Café del Ángel, quedaban con conocidos y plasmaban su firma bajo sus fotografías, ya no están. Alemania está por los suelos, el arte alemán, la literatura, la música, el teatro, todo está en ruinas. En cambio ahora tiene que oír todos los domingos ese runrún americano del jazz en su propio café. Solo Hubsi Lindner sabe cuánto sufre con ello alguien que ama la música. Y esos saltitos que dan… ¡Y dicen que es bailar! Es lamentable, sin duda. Su pobre hija, su Hilde, tiene que criarse bajo esas influencias, y eso no le gusta nada. Por suerte, entre las fuerzas de ocupación siempre hay un hombre culto con quien se puede hablar, como ese teniente Peters. Sobrino del gran Eddi Graff, ¡quién lo iba a pensar! Eddi seguiría con vida si los nazis no hubieran tenido ese absurdo odio a los judíos. Qué locura. ¿Cómo consiguieron engañarnos esos criminales? Heinz está orgulloso de que por lo menos Julia Wemhöner se haya librado de ese cruel destino. Pero ¡qué sangría de arte y conocimiento! ¡Y a cuántos desgraciados ha devorado esa locura! Bien pensado, puede estar contento de haber perdido solo media pierna. Aunque sea todo menos divertido...

Pero hoy le ha caído una bronca de golpe y porrazo y ha sido la gota que ha colmado el vaso de su sufrimiento. Sin sospechar nada, se ha levantado, se ha vestido y ha bajado la escalera hasta el café con mucho dolor. Sin ayuda, porque Else salió de la cama a primera hora para ver si todo estaba en orden en la casa. Al llegar abajo ha gemido un poco, lo cual no es de extrañar dado el esfuerzo, pero su Else ha atizado el fuego en la cocina de carbón y ni siquiera se ha vuelto para mirarlo.

—¿Se ha ido otra vez la corriente? —pregunta.

—¿Y qué otra cosa va a ser? —gruñe ella—. Si no conserváramos la vieja cocina de carbón no sé qué sería de nosotros.

Está de mal humor, y piensa que es por el corte de luz. Por desgracia, ocurre con frecuencia, y nunca se sabe cuándo va a suceder.

—Sí, menos mal que tenemos la cocina de carbón —confirma en tono apaciguador—. Así en invierno siempre hay un calor agradable, ¿verdad?

Pasa cojeando por su lado hacia el salón del café para instalarse en su sitio junto a la ventana. El tiempo es nuboso, cae una llovizna desagradable en la calle, las hojas mustias se acumulan en la acera delante del café. Alguien tendría que barrerlas, y cae en la cuenta de que el año pasado se encargaba de esos trabajos el prisionero de guerra francés. ¿Cómo se llamaba? Jean-Jacques Pernot... no. Pernac... tampoco. En todo caso empezaba por «P». Era un buen chico, vigoroso y ágil, una lástima. Else le contó que huyó en enero, y según Wilfried Storbeck, lo pillaron y lo fusilaron. Hilde, su niña, se había quedado prendada de ese chico de rizos negros, en eso Else tuvo que estar muy atenta o al final habría pasado algo.

Lanza una mirada hacia la entrada de la cocina para ver si Else le lleva ya el café y una rebanada de pan con mermelada. No la ve. Bueno, estará colocando las tazas y la jarra en la bandeja, le gusta tomarse una tacita con él antes de seguir con el trabajo. Olfatea, pero no percibe el olor a café de verdad.

—¿Else?

Ella asoma la cabeza por la rendija de la puerta y ve, por el mechón de pelo que le cuelga en la frente, que está muy enfadada.

—¿Qué pasa?

—¿Hoy no hay desayuno, cariño?

No obtiene respuesta, pero le acerca una taza con un líquido transparente de color marrón claro.

—¿Hoy hay té?

—Café —dice ella con aspereza—. Sucedáneo de café. Los restos. No hay más.

—¡Ah! —Mira la taza—. Bueno, yo preferiría café de verdad.

¡Dios mío! ¿Qué ha hecho para que ahora lo mire con semejante furia?

—¿Preferirías café de verdad? —pregunta en un tono siniestro—. ¿Sabes qué? ¡Yo también!

Él sonríe para que se tranquilice, pero provoca el efecto contrario. Else respira hondo y se retira el mechón de la frente con un movimiento rápido de la mano.

—¿Qué tal un moka turco? —pregunta ella en un tono peligrosamente desafiante—. ¿Pastel Selva Negra? ¿De queso? ¿Bizcocho de almendras enrollado? ¿Quieres que vaya a la cocina a ver dónde están los huevos y la nata? ¿La harina blanca? ¿El azúcar glas? ¿La mantequilla para los pasteles navideños?

Está tan enfadada que su voz suena muy estridente. Heinz está asustado, nunca ha visto así a Else.

—Pero ¿qué pasa, cariño? —susurra.

—¿Que qué pasa? ¿Heinz el soñador me pregunta que qué pasa? —le replica, tan alto que seguro que se oye en los pisos de arriba.

Ya no entiende nada y cierra la boca para no alterarla más. Observa con preocupación su rostro ardiente. ¿No estará enferma? De pronto siente una impotencia absoluta. ¿Qué hará si Else se pone enferma? ¿O si muere de repente?

Pero Else no está enferma, tampoco va a morir. Al contrario, le sobra brío. Agarra una silla, la coloca dando un golpe y se sienta a su mesa.

—¡Ya es hora de que alguien te abra los ojos, Heinz Koch!

Él la mira confuso, pero no se atreve a decir nada. Mejor esperar, aguantar el chaparrón, luego volverá a la normalidad.

—¡Si crees que podemos seguir así estás muy equivocado! —empieza ella, y apoya los dos codos en la mesa—. ¿Has visto la despensa? ¿La bodega? Por supuesto que no. El señor Koch está muy ocupado con sus amigos hablando de arte y planeando los conciertos de la iglesia mientras toman café: «Else, tráenos unos cuantos canapés. Ponnos un poco de ese delicioso bizcocho tuyo. ¿Quedan galletas?».

Hace una breve pausa para tomar aire, y él se hace una ligera idea de lo que viene a continuación. Que sus amigos no pagan porque siempre los invita él. Así era antes y, bueno, le resultaría muy desagradable exigirles ahora dinero.

Sin embargo, Else guarda más cosas en la recámara. Lo mira a la cara, furiosa, y el mechón vuelve a caerle sobre la frente.

—¿Sabes que estamos sin nada, Heinz? La cocina y la bodega están vacías, en el armario de la despensa quedan cinco botellas de licor que no podemos despachar porque el señor Koch no quiere problemas con los americanos. Si hoy entran clientes en el café, ni siquiera puedo ofrecerles una infusión de menta. ¡Así estamos!

No suena nada bien. Hasta ahora nunca se había ocupado de las provisiones, ese es el terreno de Else, y están los cupones. Además, Julia siempre les lleva algo. Y la Künzel también.

—¿Quieres que hable con Sofia Künzel? —pregunta con cautela. Es una oferta generosa porque no le gusta tener que pedir nada, pero si Else está tan desesperada lo hará.

—¡No! —grita—. La Künzel ya nos ha traído bastante este mes. Y Julia también. No es suficiente, lo mires por donde lo mires…

—Pero tenemos las cartillas de racionamiento de cinco personas…

Alguna fibra ha tocado, porque Else explota del todo. ¿Es que no ha visto lo que hay en los cupones? ¿No? Por supuesto que no, el señor levita en las alturas. Un pimiento hay en las cartillas. Y encima caro. Doscientos gramos de pescado malo por semana. Ochenta gramos de manteca, pero nada de mantequilla. Pastillas de caldo. Sesenta gramos de queso. Una bolsita diminuta de azúcar y una bolsa de patatas…

—Con eso no se puede vivir, Heinz. Y menos alimentar a un montón de gente. Y, por supuesto, no se puede llevar un café…

—Pero… —interviene dubitativo—. Pero hasta ahora siempre ha bastado de una manera u otra, Else…

Se entera de que había guardado algunas provisiones, harina sobre todo, también azúcar glas y un saquito de azúcar. Pero han consumido hasta la última pizca.

—Si no compramos alimentos en el mercado negro, tendremos que cerrar el café —afirma Else, lapidaria.

¡El mercado negro! Ahí quería llegar. Debería haberlo imaginado, pero es un poco lento para esas cosas.

—No, Else.

—¿Por qué no? Todos van a intercambiar o a comprar.

—Está prohibido. Y es peligroso.

Else levanta los brazos al aire y le dice que no debería obrar así, que es demasiado susceptible. En eso no le falta razón, lo conoce bien. A Heinz le parece una deshonra comerciar en el mercado negro como si fuera un estafador. Además, no se puede saber si estás comprando productos robados. Seguro que te engañan.

—Pues muy bien —dice Else, en un tono tan calmado que resulta inquietante—. ¡Tú lo has querido!

Se levanta, sale por la puerta giratoria y cierra la puerta exterior. Luego vuelve, coge un papel y un lápiz, se sienta a la mesa y escribe unas grandes letras mayúsculas.

«Cerrado hasta nuevo aviso».

Él la observa horrorizado, pero de brazos cruzados. Ella agarra un lápiz rojo y pinta el interior de las letras para que el cartel llame la atención.

—No lo harás en serio, Else... —murmura él, impotente.

—¡Completamente en serio, Heinz!

Poco a poco empieza a sentir en su interior algo parecido a la ira. Si cree que puede presionarlo de esta manera, se equivoca. Nada de mercado negro. De ahí no se mueve. Hay que llevar el Café del Ángel con decencia. Como siempre han hecho. ¡Y no se hable más!

—¿Dónde está Hilde?

Else está rellenando la palabra «cerrado» y tarda en contestar. Mientras maneja el lápiz rojo tiene que apartarse varias veces el mechón que le hace cosquillas en la frente.

—Hilde ha salido con Addi. A buscar leña.

Heinz al principio no lo entiende. Luego recuerda que hace poco Else le dijo que se habían quedado sin carbón, así que los dos buscan en los terrenos llenos de cascotes restos de madera para los fogones de la cocina. Por si vuelven a cortar la corriente.

—Entonces tendríamos que pedir carbón —dice—. El invierno está a la vuelta de la esquina.

Lo dice con cautela y va a proponer ocuparse personalmente de la provisión de carbón, pero Else suelta tal carcajada que él la mira muy irritado.

—¿De verdad lees el *Wiesbadener Kurier* o solo lo usas para poner la taza de café encima?

Otro agravio que le hiere en lo más profundo. Se reclina en la silla y estira la pierna dolorida, reprime un gemido y lanza a Else una mirada de reproche.

—En invierno no habrá carbón que comprar —dice ella—. El que no haya hecho acopio de algo de madera pasará frío.

Tras esas palabras se levanta y lo deja ahí sentado. Sube al piso y baja un poco más tarde con el cartel terminado. Lo ha pegado en un pedazo de cartón y ahora lo cuelga en la ventana con un cordón para que se lea bien desde fuera. «Cerrado hasta nuevo aviso». Lo decide así, sin más, pasando por encima de él. No lo entiende. ¿Acaso no lo decidían todo juntos siempre? ¿No lo hablaban y encontraban una solución?

—Else... —dice a media voz cuando pasa por su lado en dirección a la cocina.

Ella se detiene y se da la vuelta.

—Sí, Heinz.

La mirada esperanzada de su mujer le molesta. Ella quiere ir al mercado negro, que él renuncie a sus principios, es lo único que espera. Pero él no está dispuesto. No así. No bajo presión. Tiene un sentido del honor que últimamente ha sido puesto a prueba, y ahora su Else quiere destruirlo para siempre. No puede permitirlo.

—Bah... nada...

Ella retira el maldito mechón de su frente con un brusco movimiento de la cabeza y se va. Lo deja allí solo, con un sucedáneo de café aguado y frío. Heinz mira la llovizna, a través de los plátanos medio desnudos de hojas se ve el teatro destrozado. Así que a eso se reduce volver de la guerra añorando a su amor con toda el alma. Hay que aguantar sermones, renunciar al sentido del honor, a los principios de una vida decente, solo porque no se puede comprar harina. ¿Dónde quedaron los buenos tiempos? ¿Dónde está el amor entre las personas? ¿La compasión? ¿La amistad?

Alguien llama a la puerta exterior y le hace un gesto. Es Hans Reblinger con un paraguas, sorprendido por el cartel. Heinz se pone en pie y se dirige cojeando a la puerta giratoria, logra llegar a la puerta exterior y la abre.

—¿Qué significa ese cartel? —pregunta Reblinger—. ¿Es que los yanquis os han cerrado el café?

—¡Qué va! —replica Heinz—. Es que... de momento estamos mal de existencias... El café se ha terminado... por desgracia... Pero pasa, tranquilo...

Hans Reblinger duda. Luego dice que tiene otra cosa que hacer y que tal vez vuelva luego. Y se va.

«Así que esas tenemos —piensa Heinz, decepcionado—. Si no hay café, se va. Esas son las personas que consideraba mis amigos». Suelta un profundo suspiro y cierra la puerta. Cruza de nuevo la puerta giratoria y comprueba que hace frío en la sala. No es de extrañar, el otoño ha llegado, hace tiempo que pasó el verano dorado. Piensa en Hilde, que ha salido con Addi a buscar leña, y se le encoge el corazón. Qué tiempos. No hay carbón ni corriente, de vez en cuando también cortan el agua un rato. La idea de que Else tenga razón en muchos de sus reproches avanza despacio en su cerebro, pero la descarta. No puede tirar por la borda sus principios solo porque haga un poco de frío en la sala.

El sucedáneo de café frío sabe a agua con polvo de la carretera. Considera indigno beber semejante porquería, prefiere agua sin más. Tiene que levantarse otra vez porque hoy se ve obligado a coger él mismo el periódico del buzón. Aún le cuesta caminar porque la pierna sana está débil. Tal vez debería andar más, soportar el dolor y reforzar los músculos. El médico se lo ha recomendado, pero a Heinz no le gusta pasear, prefiere estar sentado junto a la ventana charlando con sus amigos. Solo Luisa lo convence de vez en cuando para que camine un poco por Wilhelmstrasse. Buena chica. ¿Dónde se ha metido hoy?

—¡Buenos días, señor Koch! —oye tras él.

Hubsi baja la escalera, tieso como un palo de escoba y aún con sus pantalones deshilachados. Heinz se alegra de ver a alguien con quien poder conversar y lo invita a entrar con un gesto. Hubsi enseguida se sienta al piano, ayer ya estuvo tocando y practicando como un poseso para interpretar como es debido sus piezas favoritas sin el dedo índice derecho.

—Ay... —comenta cuando Heinz se está sentando con un leve gemido—. ¿No habrá un sorbo de café? ¿Y un bocado para desayunar? Ayer fui a buscar mis cupones y se los di a su esposa...

—Ya... —señala Heinz—. Mire si mi mujer está en la cocina.

—Ha ido a ver a Julia Wemhöner con la señorita Luisa —le informa Hubsi—. Pero si está su hija...

Heinz se aclara la garganta, no se atreve a decir que Hilde ha ido con Addi Dobscher a buscar leña para el invierno. Le da vergüenza. Así que se levanta de nuevo de la silla con otro gemido y se dirige a la cocina.

—Por Dios, señor Koch —se altera Hubsi—. No quería molestarle. Ya tiene suficiente con su pierna...

—No pasa nada —masculla Heinz—. Venga, puede echarme una mano.

La cocina está impecable y ordenada, en eso a Else no le gana nadie. Pero no exageraba: la despensa está en un estado lamentable, en el armario solo hay botes vacíos, en el suelo unas cuantas patatas arrugadas, en el estante una puntita de jamón, una lata de *Porc and Beans*, algunas pastillas de caldo, un paquete con tres terrones de azúcar. El recipiente de latón donde guardan el café está vacío, también el de café de malta, el sucedáneo de café hecho de bellotas asadas, la infusión de escaramujo, la manzanilla. Aún queda un pequeño resto de menta, mejor que nada. Heinz comprueba que el hervidor está lleno, pero el fuego de la cocina de carbón se ha vuelto a apagar.

—Coja dos tazas, platos, cucharillas y póngalo todo en una bandeja —le dice a Hubsi, que espera servicial detrás de él—. Y bájeme la tetera de la estantería.

En la panera encuentra dos cortezas duras, y no hay rastro de mantequilla, mermelada o sirope. Else no mentía; sufren una gran escasez de alimentos. Heinz se marea solo de pensar que Else tiene que preparar una sopa para ocho personas con esos restos. ¿Y los cupones de Hubsi? Bueno, los cupones están bien, pero hay que pagar los alimentos. No los regalan. En esta miserable vida no se regala absolutamente nada.

Coge unos cuantos trozos de madera y atiza el fuego de la cocina, coloca el hervidor y añade la menta. Pone los dos mendrugos en dos platos de postre y se los da a Hubsi, que mira pesaroso su parco desayuno pero lo lleva a la mesa junto a la ventana. Ya está. Y con tanto ir de aquí para allá la pierna no le ha dolido. No se da cuenta hasta que se sienta a la mesa con Hubsi, entonces el desagradable dolor le recorre el pie, y eso que es de madera, el suyo se quedó en Francia.

Hubsi moja con prudencia la corteza de pan en la infusión de menta. Fuera hay tres mujeres con paraguas mirando el cartel de Else. Hablan, niegan con la cabeza y se van. Heinz nota cómo la ira se apaga y una profunda tristeza se apodera de él. El café cerrado, la cocina vacía, Else no quiere saber nada de él. Está arriba, con Julia y Luisa, probablemente poniendo a las dos en su contra, y él ahí sentado, abandonado por todo el mundo, con una infusión de menta y pan seco...

Bueno, por lo menos Hubsi no le ha fallado, aunque no sea un gran apoyo. Mastica, sorbe el té caliente y no para de mirar a Heinz, afligido.

—Ya sé, señor Koch, que soy una molestia...

—¡Claro que no! —exclama Heinz, sorprendido.

—¡Sí, sí! No tengo nada, ni siquiera alojamiento, y mucho menos dinero...

—El dinero no importa en los tiempos que corren, Hubsi.

—Ya lo sé, señor Koch. Hay que tener cosas para intercambiar. Licor, gafas, zapatos, objetos de plata, joyas, alfombras... pero yo no tengo nada. Se perdió todo. Solo puedo tocar el piano... pero ¿quién necesita eso ahora?

—Muchos lo necesitan, Hubsi. La música puede ayudarnos a superar todas las desgracias...

—¡Oh! —exclama Hubsi, y hace un gesto desdeñoso con la mano—. Los jóvenes prefieren el jazz...

Heinz advierte cierta resistencia en su interior. Una indignación airada. No puede ser que no haya cabida en el mundo para un tipo extravagante pero adorable como Hubsi. ¿Qué será de él si el café tiene que cerrar?

—Tú te quedas con nosotros, Hubsi —afirma con vehemencia—. Ya vendrán tiempos mejores. Entretanto tal vez puedas barrer las hojas de fuera, no lo hago yo por la pierna...

Hubsi se alegra por la oferta, él ya ha pensado cómo puede compensarlos por la habitación que le han cedido.

—También puedo ir a buscar el carbón al sótano. Y patatas. Y botellas de vino...

—Claro... —gruñe Heinz—. Y caminar de vez en cuando conmigo, el lisiado, por Wilhelmstrasse. Tengo que reforzar los músculos de la pierna sana...

Hubsi vuelve al piano, y Heinz se siente bien consigo mismo por primera vez ese día. Qué va a ser un soñador. Para todo hay una solución. «Se necesitan buenas ideas, mi querida Else. ¡Las presiones y las acusaciones retorcidas no son el camino!», piensa.

Le corroe no poder hablar con ella. Antes siempre hablaban, le duele estar ahí sentado, tan solo. ¿Acaso van a seguir así todo el día? Si por lo menos llegara Hilde, porque nadie recoge la vajilla usada.

Se abre la puerta de la escalera y aparece la Künzel con una bata larga y el cabello envuelto en un turbante lila. Le sonríe, atraviesa a toda prisa el café, hurga en el montón de partituras del piano y saca dos cuadernos. Hubsi alza la vista solo un instante, no deja que lo molesten mientras toca.

—Buenos días, caballeros —dice la Künzel—. ¿Y bien? ¿Te has quedado soltero, Heinz? El aire se corta con cuchillo, ¿eh?

Esa mujer tiene la delicadeza de un leñador. Heinz mete la nariz en su taza vacía y no se digna a contestarle.

—Deberías hacer caso a Else. ¡Es una mujer inteligente, Heinz!

Y se va revoloteando con sus cuadernos de partituras mientras los dos hombres la miran atónitos.

—Ay, Dios… —murmura Hubsi, y toca unas notas de «La cacatúa verde»—. Eso ha estado mal…

—Pero qué dices… —replica Heinz quitándole importancia, aunque sin mucho convencimiento. Luego suelta un profundo suspiro.

Hubsi es una persona sensible, un artista. No es capaz de seguir tocando música alegre mientras su amigo y benefactor Heinz Koch está triste. Prefiere cerrar la tapa del piano y despedirse.

—Que tenga un buen día, señor Koch. Y la cabeza bien alta. Todo irá bien…

Acto seguido Heinz lo ve fuera manejando la escoba con torpeza. Casi hace caer a Hilde, que llega por la derecha con la bicicleta cargada de maderas; se la ha prestado su amiga Gisela. Addi la sigue a cierta distancia con el hacha en el cinturón y un haz a la espalda. Madera para el invierno. Dios mío, con eso solo tienen para un día. Heinz se desespera pensando qué será de ellos sin carbón…

Hilde deja que Addi guarde el botín y entra en el café. Su hijita está preciosa, con las mejillas rojas y esos ojos azules brillantes.

—Buenos días, papá... ¿Qué? ¿No te gusta el café?

¡Qué descarada! Antes no habría permitido que le hablara así. Se quita la chaqueta húmeda y entra en la cocina a lavarse las manos. Luego aparece con una cesta llena de madera y la deja junto a la estufa.

—Está cerrado —comenta Hilde—. Por eso la estufa está apagada.

Heinz guarda silencio, disgustado. Mira por la ventana la acera, donde Hubsi lidia con el viento, que no para de revolver una y otra vez las hojas acumuladas.

—¿Mamá lo ha puesto a barrer? —pregunta Hilde.

—No, yo.

Ella suelta un silbido como un pillo de la calle. Increíble. Su preciosa hija no se comporta como una señorita. Else tendría que haber prestado atención a eso...

—¿Tú, papá? —dice en tono de aprobación—. Buena idea. Yo también lo había pensado.

Le disgustan sus impertinencias, pero ahora se alegra de recibir sus elogios.

—¿Por qué no vas a ver a Storbeck y le pides el alquiler? —continúa ella—. Tiene un empleo como revisor de tranvía, puede pagar un alquiler.

Les das la mano y te toman el brazo. Pero su Hilde siempre ha sido así. Cuando apenas podía dar tres pasos ya daba órdenes a su hermano mayor.

—¿Yo? Con la pierna mala no puedo subir la escalera...

Hilde no insiste y recoge la vajilla para llevarla a la cocina.

—Mamá ya ha subido dos veces, pero ese canalla solo contesta que ella no es quién para pedirle nada, y que no tienen ningún contrato de alquiler.

Qué desfachatez. Heinz empieza a notar el instinto de

protección. Tendría que ponerse del lado de su mujer ante semejante insolencia. Sí, tendría que subir y cantarle las cuarenta a ese Storbeck. Arreglar el asunto de hombre a hombre.

—Bueno, en ese caso...

Hilde ya está en la cocina; Heinz oye correr el agua, está lavando los platos. Abre el periódico y finge leer, pero en realidad sopesa si debe subir a la segunda planta. Tal vez Wilfried Storbeck ni siquiera esté en casa. Entonces sufriría el tormento para nada. Por otro lado, así demostraría a Else que no es en absoluto un soñador. Y que no vive en otro mundo. Que hace cosas por ella y por su familia, y que no tiene motivos...

—En Kirchgasse, por una botella de licor te dan una libra de café de verdad... —dice Hilde desde la cocina—. También harina y mantequilla. Y huevo en polvo...

Un momento antes estaba dispuesto a hacer las mayores concesiones, pero ahora se enciende de nuevo la furia en su interior. Cortadas por el mismo patrón, las dos. Madre e hija van a una. El mercado negro. Siempre el mercado negro.

—Te pueden caer tres días de prisión —responde bien alto para que lo oiga—. Y entonces también pierdes lo que llevas.

—¡Tonterías! Incluso los yanquis comercian en el mercado negro. Van detrás de los cachivaches nazis. Condecoraciones, libros del Partido y uniformes, se los llevan a casa de recuerdo.

—¡No tenemos esas cosas! —ruge él.

—Pero sí tenemos licor.

—Basta. Ya conoces mi prohibición, así que respétala.

En la cocina se oye un portazo. Hilde sube la escalera haciendo ruido. Esa chica no se domina, tendrá que cantarle las cuarenta. En su casa no se dan portazos. Está temblando de frío, se abrocha la chaqueta de estar por casa. Debería haberse puesto un jersey debajo. Ahora es demasiado tarde, no tiene ganas de subir hasta el piso. Además no le apetece cruzarse con Else. Ay… qué día tan horrible. Mira por la ventana y ve a la gente pasar bajo la lluvia, con los sombreros bien encajados y los hombros encogidos. Todos tienen prisa, nadie se para a charlar con un conocido; tampoco nadie dedica una mirada al Café del Ángel.

Hubsi aparece en la puerta. Lleva una hoja mojada pegada en la chaqueta.

—Necesito una cesta, señor Koch…

—Creo que hay en el sótano… —dice Heinz, dubitativo.

Hubsi asiente con amabilidad pero no se mueve, y Heinz comprende que no ha estado nunca en el sótano de la casa.

—Espera… —murmura, y se pone en pie. La pierna sana le tiembla por el inusual esfuerzo—. Te lo enseño…

Es una decisión heroica, pues la escalera del sótano es angosta y no sabe cómo volverá a subir. Sin embargo, empieza a darle todo igual. Si lo encuentran abajo, en el sótano, muerto de hambre y de sed, lamentarán ese complot contra él.

No obstante, cuando va a abrir la puerta del sótano un ángel acude en su ayuda.

—¡Tío Heinz! ¿No irás a bajar? Puedes caerte por la escalera.

Heinz se da la vuelta y ahí está Luisa, con la vieja chaqueta de punto de Hilde. Su sonrisa es como un rayo de sol en su ánimo decaído.

—Hubsi ha barrido el follaje y necesita una cesta…

—Yo se la traigo. No me cuesta nada…

Pasa por su lado, baja la escalera del sótano y encuentra enseguida lo que busca. Es una chica lista. Unas semanas con ellos y ya lo conoce todo. Sube con una cesta de mimbre y se ofrece a ayudar a Hubsi.

—Tú ve al café, tío Heinz —dice al salir—. Ahora mismo estoy contigo.

Su voz dulce y alegre le sienta bien. Con qué destreza echa una mano a Hubsi, que tiene poca práctica. Su sobrina es un regalo. Y cómo se parece a su hermana. Ay, jamás volverá a ver a Annemarie, pero por lo menos el destino le ha enviado a su hija. Luisa. Un nombre precioso para un ser tan encantador…

Poco después entra en el café y enciende la estufa. Se extiende un agradable calor y Heinz tiene mala conciencia porque la madera es muy valiosa, pero aun así se lo agradece.

—Siéntate conmigo, niña…

Ella lo hace con gusto, pues quiere comentar con él algo importante, pero tiene que prometerle que va a escuchar con atención y no se va a enfadar de buenas a primeras. A Heinz no le entusiasma la idea, pero se alegra de que por lo menos Luisa esté dispuesta a comentar con él sus inquietudes. No como Else y Hilde, que deciden sin contar con él y quieren presionarle.

—Bueno, qué es eso que quieres contarme, Luisa…

Ella lo mira con candidez y Heinz piensa de nuevo en Annemarie. Tiene los ojos de su madre, solo que Annemarie era rubia. Luisa tiene el cabello castaño oscuro, un contraste maravilloso con la piel clara y los ojos de color turquesa. Ay, sí, sus dos niñas, Hilde y Luisa, son de una belleza insólita. ¡Lástima que no se soporten!

—¿Sabes, tío Heinz? —empieza dubitativa—. Veo que en casa prácticamente se ha terminado todo. Falta comida, pero también dinero. Por eso he decidido no seguir siendo una carga para vuestros bolsillos.

Heinz se sobresalta. ¿No querrá irse? No lo permitirá bajo ningún concepto.

—No eres una carga para nuestros bolsillos, Luisa —dice, y le agarra la mano.

—Sí lo soy —contesta ella con una sonrisa sosegada—. Pero eso va a cambiar, porque buscaré trabajo con los americanos. Puedo limpiar y lavar platos, ayudar en la cocina, y si tengo suerte tal vez consiga alimentos. La Künzel también lo hace…

Él se calma un poco al ver que no pretende irse a ninguna parte, solo quiere buscar trabajo. Pero tampoco está de acuerdo con eso.

—No, Luisa —dice con resolución—. No es buena idea. Una chica preciosa como tú no debe trabajar para los yanquis. Se oyen cosas, y una desgracia pasa rápido. No quiero que te pongas en peligro. Ya encontraremos la manera.

Ella, sin embargo, hace un gesto de desaprobación con la cabeza, afligida.

—Ay, tío Heinz… He visto lo desesperada que está la tía porque no sabe qué va a pasar. Y se me ha ocurrido que solo saldremos adelante si todos aportamos algo. Aunque sea difícil, lo haré, porque siento una felicidad inmensa de poder vivir con vosotros.

Heinz está profundamente conmovido, casi al borde de las lágrimas. Le aprieta el brazo, le acaricia el pelo y murmura que es un sol, la hija de su querida hermana Annemarie, su sobrinita, y que se siente responsable de ella.

—Pero no vas a ir con los yanquis. Encontraremos otra cosa… Voy a subir a hablar con Storbeck… No puede ser que no pague alquiler…

Luisa asiente, obediente. No desea hacer nada contra la voluntad de su tío, por eso quería hablar primero con él. «Qué amor de niña —piensa él—. Hilde debería aprender de ella».

Luisa lo acompaña a la escalera, luego él la despacha. Quiere arreglar la situación sin testigos, entre hombres, como debe ser. A fin de cuentas él es el dueño de la casa, aunque a Else le pertenezca la mitad.

Llega resoplando a la segunda planta. La pierna sana le flojea y tiene que pisar con la prótesis, no le queda más remedio aunque le roza la cicatriz. Antes de llamar a la puerta de la vivienda espera a recuperar el aliento para transmitir firmeza. Tiene suerte, la abre Wilfried Storbeck.

—¡Dios mío, señor Koch! Ha subido cuatro tramos de escalera con la pierna mala. ¿Por qué no ha enviado a Luisa? Habría bajado yo...

Heinz echa un vistazo al piso donde antes vivía su primogénito con su esposa, y ve que está pelado. Wilfried Storbeck cierra la puerta un poco.

—Vengo por el alquiler, señor Storbeck. Dado que usted no ocupa toda la vivienda, estoy dispuesto a bajar el precio. Digamos a la mitad...

Storbeck se lo queda mirando, luego hace una mueca con los labios y finge que todo le resulta muy embarazoso.

—Ah, sí, el alquiler... Nos bombardearon, señor Koch. Lo perdimos todo... ¿De dónde vamos a sacar el dinero para el alquiler?

Menudo sinvergüenza. Nunca ha soportado a ese tipo, ni siquiera cuando era tesorero municipal y Heinz tuvo que negociar con él el impuesto de sociedades.

—Según me han dicho, ha encontrado usted trabajo, señor Storbeck... Además, su mujer es la ayudante de la señora Wemhöner, así que no carecen de recursos, ni mucho menos...

Storbeck hace un gesto despreocupado con el brazo y afirma que lo suyo aún no está atado y que por el momento carece de medios. Y luego pasa al ataque por sorpresa.

—No obstante, si todo va como esperamos, mi mujer y yo le hemos echado el ojo a una vivienda de dos habitaciones en Seerobenstrasse. Pequeña pero nuestra, como se suele decir. —Sonríe a Heinz con sorna mientras se frota las manos como si se las lavara con jabón—. Se espera que lleguen desplazados, señor Koch. Personas que han huido de los rusos en el este. La ciudad estará obligada a alojarlos, ¿entiende? No se harán preguntas, la gente se plantará en la puerta y habrá que apretarse. Por supuesto, sin pagar alquiler, porque esa pobre gente no tiene nada. Como propietario, también tendrá que alimentarlos...

Heinz clava su mirada en él. ¿Está diciendo todos esos disparates para ablandarlo? ¿Para que no le exija el alquiler?

—Sea como sea, señor Storbeck —dice con vehemencia—, le enviaré el contrato de alquiler más tarde. ¡Para que nos entendamos!

Storbeck asiente con amabilidad y dice que solo hace lo que está en su mano. Luego cierra la puerta. Heinz tiene que agarrarse a la barandilla de la escalera porque le tiemblan las piernas. ¿Desplazados? ¿Acuartelamiento? ¿Y encima tendrá que mantenerlos? Si es cierto, ahora sí que no sabe qué hacer... Logra bajar una planta hasta su casa con sus últimas fuerzas. Se apoya en la puerta y busca la llave en el bolsillo de la chaqueta.

¿Ha llamado a la puerta? ¿Ha gritado? No, seguro que no, pero de pronto se abre y cae en los brazos de Else.

—¡Heinz! Por el amor de Dios, agárrate. Despacio...

Lo sostiene, le ayuda a llegar al sofá, le lleva una manta y le pone un cojín en la espalda. Luego se sienta a su lado y le agarra la mano.

—Imagínate... —murmura él—. Tendremos que alojar desplazados en casa... Y alimentarlos nosotros... Además Storbeck se muda... a una vivienda de dos habitaciones... Así no tiene que alojar a nadie, ese listillo...

—Lo sé todo, Heinz. Saldremos adelante... —dice ella en voz baja, y le acaricia la mano—. Hasta ahora siempre lo hemos conseguido...

—Y Luisa quiere trabajar con los yanquis —se lamenta—. ¡No puede ser!

Else no dice nada, pero Heinz se alegra de estar con ella, que le acaricia la mano y vuelve a hablar con él. «Saldremos adelante». Los dos... Ay, Else...

—Mañana Hilde se va al Taunus —dice ella—. Pasará por la granja de los Bogner. Traerá harina, mantequilla, huevos y esas cosas...

También está prohibido acaparar provisiones, pero Heinz sabe que todo el mundo lo hace. Cualquier cosa antes que morir de hambre con la cocina vacía...

—Entonces tiene que llevarles algo a cambio...

Else asiente. Va a darle a Hilde dos candelabros de plata para que se los entregue. A Fritz siempre le parecieron muy bonitos.

Heinz no protesta. Ha recuperado a Else, solo quiere que se enfrenten juntos a las adversidades. No volver a vivir tanta frialdad nunca más. Esa soledad. Es el infierno en la tierra.

—¿Una libra de café auténtico por una botella de licor? —pregunta Heinz—. ¿Es así?

Else no muestra con ningún gesto su victoria, pero él sabe que no se siente triunfadora, no es su estilo. Está aliviada. Tranquila. Él la quiere, hoy más que antes.

—Ayer era así —comenta ella—. Nuestra Hilde es una mujer de negocios muy hábil, Heinz. Una chica valiente. Cuando estabas prisionero, de no ser por ella...

Él estira los brazos y la atrae hacia sí. Le da un beso en los labios y le retira el mechón de la frente con una caricia.

—¿En paz? —susurra él.

—Ay, Heinz —dice ella entre sollozos—. No lo soportaba. Estaba a punto de bajar corriendo a buscarte...

Hilde

El Taunus, octubre de 1945

Este coche americano es muy ruidoso. Tanto hablar de la superioridad técnica de los yanquis, y traquetea como una fábrica de petardos; aunque es rápido, y también da unas buenas sacudidas. Bueno, a fin de cuentas Peters solo es teniente. Seguro que los rangos superiores disponen de vehículos más lujosos.

—Tenemos suerte con el tiempo —dice Peters—. Ayer estuvo lloviendo todo el día, pero hoy brilla el sol.

Va al lado de Hilde en el asiento trasero, Sammy está al volante y Gisela en el asiento del copiloto. Para conversar tienen que inclinarse los unos hacia los otros y alzar la voz para superar el ruido del motor. Muy distinto a lo que Hilde había imaginado que sería una excursión romántica al Taunus. Sin embargo, no está dispuesta a perder el buen humor.

—Sí... cuando los ángeles viajan, el cielo les sonríe —le dice a Peters.

Por lo menos Julia le ha estrechado la chaqueta de paño a cuadros, que queda muy bien con la falda de color beis con un ligero corte evasé. Solo los pesados zapatos de piel marrón, que en realidad son de su madre, cuelgan horrendos de sus pies. Encima lleva calcetines de lana gruesa para evitar que le salgan ampollas. Espera que a Gisela no se le ocurra enseñarles Schwallbach o incluso Schangenbad a los dos americanos. Allí haría el ridículo con esos pies de elefante.

¿Qué le dijo Gisela ayer?

—Oye, el teniente está loco por ti, Hilde. Creo que hasta tiene intenciones serias...

Esa última frase desconcertó a Hilde. En realidad ella no busca alguien con intenciones serias. Le apetece que la halaguen, un poco de diversión en estos tiempos revueltos y, sí, tal vez quiera demostrarse algo a sí misma. No es agradable que el gran amor de tu vida te abandone. Duele muchísimo, y encima tienes la sensación de ser un patito feo, horrible y arrugado, a quien nadie querrá. Sí, ahora lo que necesita es un admirador entusiasta para recuperar la autoestima olvidada. ¡Pero no con intenciones serias!

Peters va de uniforme, pero parece recién planchado y sus zapatos están lustrados. Sammy se ha cortado el pelo, ahora luce una pelusa pelirroja en la cabeza, pero Gisela dice que es muy sofisticado. Bueno, cuestión de gustos. Hilde casi se cae de los zapatos esta mañana al ver a Gisela con un precioso abrigo de lana azul cielo y unos botines a juego.

—Sammy ha recibido un paquete de su casa —le ha contado Gisela, orgullosa—. Son cosas de su hermana.

—Muy bonito... —se ha limitado a decir Hilde.

Sin embargo, ha pensado que ella no se sentiría a gusto llevando la ropa descartada por su futura cuñada. Menos mal que la madre de Gisela ya no se entera. Ahora duerme todo el día, y de noche tampoco vuelve en sí.

Pasan sin problemas varios controles y se dirigen al norte por el bosque. Bajo la luz del sol, el follaje brilla con miles de tonos otoñales, los árboles parecen cubiertos de oro, el rojo se mezcla con el marrón y el verde oscuro. Hilde olvida todas las incomodidades y mira fascinada por la ventanilla.

—*Indian Summer* —dice Sammy—. *What a beautiful landscape...* Hermoso paisaje...

Hilde no entiende lo que le contesta Gisela, pero ve que los dos se ríen con alegría.

—Su país es maravilloso, Hilde —dice Peters—. Sabía que Wiesbaden era una ciudad bonita porque mi tío me habló mucho de ella. Pero nunca mencionó el entorno...

—Eddi Graff solo vivía para el teatro, dudo que diera muchos paseos por el campo —comenta ella, y sonríe a Peters.

No, él no le devuelve la sonrisa, pero asiente y la mira pensativo. Ojalá Gisela se equivocara. En todo caso, no son miradas de enamorado.

—El Taunus es muy rural —añade Hilde—. Romántico. Hay muchas construcciones con entramado. Y las granjas pequeñas parecen de hace cien años. Puedo enseñarles una, no está muy lejos de aquí. En un pueblo minúsculo, de ensueño...

Ha conseguido desviar el interés hacia Lenzhahn con mucha habilidad. Si Gisela no fastidia los planes, sus dos protectores seguro que accederán.

—¿Conoce a los granjeros? —pregunta Peters.

Hilde decide dejar volar la imaginación.

—Sí. Antes íbamos mucho en verano. Cuando mis hermanos y yo éramos pequeños, nos gustaba ver los establos y acariciábamos a los terneros... Y siguen horneando el pan en un pequeño horno comunitario del pueblo...

Gisela ha oído la propuesta, se da la vuelta y mira a Hilde, comprensiva, luego explica que un horno comunitario antiguo es algo muy típico de Alemania y que no se lo pueden perder. Ay, es una amiga de verdad, Gisela.

—¡Pero primero caminaremos un poco por el bosque otoñal! —exige.

Sammy apunta que llevan una cesta de pícnic cuyo contenido hay que ganarse con un paseo. Hilde se resigna. Odia las caminatas. En las excursiones escolares siempre le salían ampollas en los pies, y no descarta que ahora ocurra lo mismo, pese a los calcetines gruesos. Por lo menos no tendrá que cantar a voz en grito esas canciones bucólicas de senderismo que tanto les gustaban a sus profesores. «Fueraaa de los muuuros griseees de la ciudaaad…».

Se meten por un camino forestal, ahí se demuestra la calidad del vehículo del ejército, pues va a trompicones sin problemas sobre plantas, piedras y raíces. Se detienen en un precioso claro. Sammy carga con la cesta de pícnic, Gisela coge con cuidado una manta, Hilde se estira los calcetines, Peters la observa y cuando ella lo mira le parece ver una sonrisa de satisfacción en su cara.

«Espera un momento —piensa—. Se está riendo de mí, sonríe para sus adentros, callado y en secreto. Vaya con el hombre serio…».

El paseo resulta ser de lo más placentero. Saltan charcos entre risas, encuentran bellotas y escaramujos, descubren una ardilla de color pardo que sube corriendo el tronco y los observa desde arriba con los ojos brillantes. Peters se mantiene siempre a su lado, espera con paciencia cuando ella se para a observar una seta o un árbol hueco.

—Veo que le encanta la naturaleza —comenta—. Pero no va mucho al bosque.

—¿Y usted?

—Hace años pasé todo un verano en Canadá. En una cabaña de madera en el bosque, junto al mar.

Ella se queda impresionada. ¿Le visitaron los osos? ¿Los grizzlies?

—De vez en cuando. Les gusta robar las provisiones. Pero había otros visitantes hambrientos que eran peores.

—¿Cuáles?

—Los mosquitos.

Ella se burla de él, que sonríe satisfecho para sus adentros. Cuando Hilde salta un charco ancho, él la agarra de la mano y la sujeta un momento. Luego le pregunta a Hilde por sus hermanos, si sabe algo de ellos. En Rusia… es difícil. Pero si alguno estuviera en un campo de prisioneros americano podría informarse.

—Sería fantástico. ¡Todos estamos muy preocupados por August y Willi!

—Supongo que su padre espera que uno de los hijos se haga cargo del café algún día, ¿no?

Hilde niega con la cabeza. August es abogado y quiere abrir un bufete, y Willi tiene el alocado plan de ser actor. Ya pasó las pruebas de acceso en la Escuela de Teatro de Fráncfort, y estaba muy contento porque había casi doscientos candidatos y solo aceptaron a seis.

—Tres días después lo llamaron a filas.

Peters suelta un suspiro compasivo y alza la vista hacia las copas de los árboles iluminados por el sol. El rojo y el dorado brillan en incontables hojitas relucientes.

—Pero ¿quién seguirá llevando el café? —insiste él.

—¡Yo, por supuesto! —exclama ella—. ¿Acaso no me ve capaz?

—¡Claro que sí!

Suena tan convincente que asiente, satisfecha. Luego lo interroga, quiere saber qué profesión tiene en la vida civil, si sigue viviendo en Nueva York y si sus padres están vivos.

—Mi hermano se quedó con la tienda de mis padres. Lo de vender pescado… no era para mí. Voy tirando como traductor y profesor de historia, viajo bastante, pero no me quedo mucho tiempo en ningún sitio…

—Vaya…

—¿La he decepcionado? ¿Pensaba que era jefe de una próspera empresa o funcionario del gobierno?

En realidad no había pensado en su actividad profesional, pero le resulta curioso que vaya dando tumbos como traductor y profesor.

—Siempre he sospechado que trabajaba usted en la policía

criminal —bromea ella—. Porque observa con mucha atención y puede llegar a ser muy vehemente.

Ella lo mira con picardía y se alegra de que sea tímido.

—¿Me lo va a reprochar eternamente? —pregunta él.

—Solo de vez en cuando. Por motivos pedagógicos.

Entonces él le agarra la mano y se para. Ella se detiene, sin saber qué pretende. Delante de ellos, Sammy y Gisela desaparecen tras un recodo del camino, el bosque los engulle y Hilde se queda a solas con Josh Peters.

—Me gusta que me provoque, Hilde —dice—. Me gusta su alegría, su energía, su ánimo. Y me gustaría mucho que también me quisiera un poco…

De pronto se crea entre ellos algo con lo que Hilde no contaba. Una especie de magnetismo. Una atracción de sus cuerpos difícil de resistir. Los ojos de él parecen acercarse cada vez más, la boca también se mueve hacia ella, que está como hechizada en medio del follaje otoñal que centellea, esperando. ¿A qué? Hilde no lo sabe exactamente.

—Yo… Me parece usted… muy simpático… —dice a media voz.

Entonces nota el brazo de él alrededor de la cintura y no se resiste cuando la besa. Es emocionante. El viento susurra entre los árboles, las hojas crujen, Hilde tiene que cerrar los ojos porque el sol la ciega. No es un principiante, el ermitaño del bosque canadiense que resulta ser un trotamundos. Al principio la besa con cautela y mucha dulzura y, al ver que ella no se aparta sino que participa, se envalentona, demuestra que puede ser apasionado y ella nota que se marea.

—Te amo, Hilde —susurra—. Desde el primer día que te vi. El amor nos vuelve necios. Aquella noche estaba celoso y quería evitar que uno de mis compañeros empezara algo contigo. Fue ridículo, luego me daba tanta vergüenza que me propuse no pisar el café nunca más. Pero tampoco lo conseguí…

Hilde guarda silencio. Su confesión la conmueve, de pronto él parece otra persona, expone abiertamente sus sentimientos, ya no se esconde tras ese gesto imperturbable. Sigue teniéndola entre sus brazos, aún nota la excitante cercanía de su cuerpo. ¿Eso es amor? ¿Pasión? ¿Un error? ¿Coqueteo? Un poco de todo.

Ella le rodea el cuello con un brazo y lo besa en la boca. Con suavidad, una respuesta dulce a su confesión amorosa y al mismo tiempo un recordatorio de que deben avanzar para no perder a Gisela y Sammy. Él lo entiende y la suelta, pero la sigue agarrando de la mano un buen rato.

—No me gustaría volver a perderte —dice—. Tampoco si tengo que irme. Cuando me trasladen.

—¿Cuándo será?

—No lo sé. Puede ser en cualquier momento. Dime si esto es serio para ti.

Ella está bastante confusa. ¿Qué se supone que debe decir? ¿Que su cercanía le resulta emocionante y sus besos le provocan mareos? Hasta ahora solo Jean-Jacques había provocado esas sensaciones en ella. Entonces, ¿estaba equivocada respecto a lo que pensaba que era su gran amor? ¿Es que cualquier hombre que sea amable y se comporte con cierta destreza puede despertar en ella sensaciones salvajes?

—Tengo que pensarlo. Aún es tan nuevo… no estoy segura…

Hilde nota su decepción sin necesidad de mirarlo. Con todo, responde tranquilo.

—Tómate tu tiempo, Hilde. Puedo esperar. Lo único que no me gustan son las mentiras, aunque sean bienintencionadas.

—A mí me pasa lo mismo —contesta ella.

Hilde siente un gran alivio cuando avista a Gisela y Sammy detrás de un recodo del camino. Se han instalado en unos troncos caídos, han extendido la manta y están sacando las cosas de la cesta. Hay delicias insospechadas en latas y platos para los hambrientos excursionistas. Pan blanco, carne de ternera cocida, queso y atún, de postre melocotones en almíbar y pastel de albaricoques. Además, una extraña pasta amarillenta que Hilde no conoce.

—Mantequilla de cacahuete —explica Gisela—. Tiene un sabor raro, pero no está mal. Pruébala. Se unta en el pan...

En efecto, sabe a cacahuete. Antes se podía comprar en Navidad en la tienda de productos coloniales. Sin embargo, esa masa pegajosa en el pan blanco a Hilde no le sabe muy bien. No hay comparación con la deliciosa gelatina de grosellas negras de su madre ...

Comen con placer, Gisela y Sammy están de buen humor, se lanzan bellotas entre risitas y comparten una botella de cerveza. Hilde prefiere beber limonada, Josh Peters se decanta por el té negro del termo. Están un poco apartados, y le nota aún más callado que de costumbre. Cuando Hilde le habla, él contesta, pero está un poco ausente.

«¿Qué esperaba? —piensa ella—. ¿Que le iba a jurar amor y fidelidad eternos? ¿Solo porque me ha besado?». No, él mismo le ha pedido que sea sincera, y lo ha sido.

—Ahora sí que no me entra nada más —dice Gisela, y se lleva la mano al estómago—. *Here ist no more space for food, Darling.* No más hueco para comida.

Sammy quiere comprobar si dice la verdad, pero ella se escapa hacia el bosque y sale corriendo tras ella. Se pelean entre risas entre los árboles, arremolinan las hojas, la maleza cruje bajo sus pies. Un poco más lejos, donde apenas los ven, se paran y luego se hace el silencio.

—¡Son unos críos! —comenta Hilde, y se pone a guardar los restos del pícnic en la cesta.

—Críos felices —dice él con cierta lástima.

Trabajan codo con codo, él recoge y ella lo va metiendo en la cesta. A veces se rozan las manos, otras ella lo mira a los ojos con una sonrisa y nota que espera algo, pero no está preparada para más confesiones.

Gisela y Sammy regresan, están sin aliento, y Gisela tiene sus preciosos botines sucios de moho y tierra.

—Bueno, ¿y vosotros dos? —pregunta su amiga con alborozo—. ¿Estáis bien?

—¡Genial! —replica Hilde—. ¿Volvemos al coche?

Esta vez Peters lleva la cesta y Hilde camina a su lado mientras Gisela y Sammy se adelantan. Josh Peters se ha recuperado. Le habla de su época en Canadá, cuando vivía de la pesca y la caza, y describe la belleza de los espesos bosques vírgenes. Hilde escucha en silencio y sopesa qué motivaría a un hombre a vivir solo un año entero en el bosque.

Delante del coche, Gisela se esfuerza a la pata coja en limpiar la bota derecha con un pañuelo de bolsillo. Sammy aprovecha la ocasión para beberse otra cerveza, y Josh Peters tuerce el gesto.

—Entonces ¿vamos a ese pueblo con el horno comunitario? —le pregunta a Hilde.

—Exacto. Está justo pasado Niedernhausen.

Peters ha sacado un mapa y lo despliega sobre el radiador del coche. Todos salvo Gisela se inclinan sobre él. Varios dedos se mueven sobre el papel, Peters es el primero en ubicar el sitio, también sabe dónde se encuentran y cuánto tiempo se tarda en coche. Bueno, como antiguo habitante de los bosques canadienses tiene que saber orientarse.

—*It is quite near...* cerca... *ten minutes...* diez minutos...

—Está aquí mismo...

Peters coge el volante, Hilde se sienta a su lado y sujeta con firmeza el mapa por si surge cualquier imprevisto. Sammy y Gisela se acomodan en el asiento trasero.

—Maldita mugre del bosque —se queja Gisela—. Mis botas nuevas se han echado a perder, esa cosa no se va.

Hilde reprime las ganas de decirle que no son nuevas, son botas americanas heredadas. Aunque con el ruido del motor tampoco lo habría oído. Josh Peters conduce despacio sobre el desigual camino forestal para no agitar demasiado a los ocupantes del vehículo. Cuando llegan a la carretera rural acelera, pero pese a la velocidad circula de manera tranquila. Josh Peters tiene algunas cualidades buenas. No obstante, Hilde se da cuenta de que no está enamorada de él. Es interesante y sabe besar. Pero eso es todo. No se puede comparar con Jean-Jacques.

Ahora tiene mala conciencia, pues les ha mentido un poco, a él y a Sammy. Podría decirse que ha maquillado la verdad. Es cierto que antes iban al Taunus de vez en cuando con sus padres, porque su padre tenía coche y le divertía hacer pequeñas escapadas. Pero nunca habían estado en Lenzhahn, en casa de Fritz Bogner, y la bonita historia de los terneros del establo se la ha inventado. En su momento paraban en alguna granja a comprar leche fresca y se comían un bocadillo en el coche. Solo una vez se asomó a un establo, pero estaba tan sucio y oscuro que se fue corriendo enseguida. Y el olor era horrible.

Fuera como fuere, hoy se trata de conseguir mantequilla, manteca y huevos. Sobre todo para el café, para que su madre prepare pasteles. Sin manteca, como mucho se pueden hacer ladrillos donde los clientes se dejan los dientes.

—¡Tiene que ser eso! —exclama Gisela—. Mirad las casitas de madera entramada. ¿No son monas?

El pueblo es minúsculo. Apenas entran, ya han salido. Ni siquiera hay iglesia, pero sí una casita un poco apartada de las granjas que, con el revoque desconchado, parece abandonada. Tiene que ser el horno comunitario, pues ahí dentro solo podría vivir una familia de enanos. Peters detiene el coche muy cerca y bajan para contemplar esa curiosidad. Hilde es la primera en advertir que la puerta no está cerrada, así que entran. Es estrecho, y las diminutas ventanas dejan pasar poca luz, pero se ven claramente las fauces de hierro del horno.

Sammy tira del mango y las planchas de hierro se separan. Detrás se ve un hueco de ladrillos, el horno de piedra.

—*Where is the fire*? ¿Dónde hacer fuego?

—Llenan el horno de leña y ramas secas y luego lo encienden —elucubra Peters, que interroga a Hilde con la mirada.

Ella no tiene ni idea de cómo se enciende el horno de piedra, pero asiente por si acaso. La boca del horno le recuerda al cuento de Hänsel y Gretel, pues es lo bastante grande para meter a una persona. ¡Uf, qué inquietante!

—Pero entonces dentro estaría lleno de cenizas —comenta Gisela, incrédula—. Los panes se ensuciarían.

—Cuando las piedras están lo bastante calientes, retiran las cenizas y limpian el interior —aclara Josh Peters—. Y luego meten los panes.

—Exacto —se apresura a decir Hilde—. Lo había olvidado, hace mucho tiempo que estuve aquí, pero ahora lo recuerdo.

Malditas mentirijillas. Una vez empiezas, ya no puedes parar. Iba a explicar que el pan hecho en el horno de piedra está buenísimo cuando la puerta chirría tras ellos. Una mujer los mira, salta a la vista que es una granjera, lleva un pañuelo atado a la cabeza y calza botas de goma, que están bastante sucias y huelen a vaqueriza.

—Buenos días… —saluda Hilde a la mujer, que los escudriña con desconfianza—. Somos de Wiesbaden. Soy Hilde Koch, del Café del Ángel. Queríamos visitar a los Bogner…

La mímica de la mujer pasa del recelo al asombro. Retrocede un paso, como si necesitara distancia para ver mejor a su interlocutora.

—¿Tú eres Hilde Koch? ¿La hija de Heinz Koch, de Wiesbaden?

—Sí, así es…

Hilde comprende justo a tiempo que esa mujer es la madre de Fritz Bogner o una pariente cercana, de lo contrario no sabría el nombre de su padre.

—Saludos de parte de mis padres. Queríamos preguntarle si había noticias de su hijo…

«Oh, vaya —piensa, y se muerde el labio—. Esa no era la pregunta correcta. Al final, el pobre chico cayó...».

Sin embargo, se dibuja una sonrisa en el rostro de la mujer y se le ven multitud de arruguitas. Le tiende la mano a Hilde a modo de saludo, una mano de una dureza increíble, callosa, como si llevara gruesos guantes de piel.

—Que Heinz Koch envíe a su hija para preguntar por nuestro Fritz... Bienvenida, señorita Koch... Y esos son sus amigos...

—Sí, mi amiga Gisela, su prometido, el señor Hill, y un buen amigo mío, el señor Peters...

Pronuncia los apellidos a la alemana, pero, por supuesto, la gente en el pueblo ha visto el vehículo americano.

—Venga con nosotros, señorita Koch. Por favor, venga. Y sus amigos también... Qué sorpresa. Y qué alegría...

Qué espontánea y cariñosa es la gente en el campo. Atraviesan la pequeña población hasta llegar a una granja, donde un spaniel alemán negro y mugriento les ladra sin parar, y Sammy está a punto de pisar una de las gallinas marrones. La casa es una construcción de madera entramada estrecha, alargada, con el tejado de tejas, que se usa como vivienda solo en el medio. A la izquierda se encuentra el granero, y al otro lado está el establo. La puerta tiene un picaporte, no está cerrada con llave, quien vaya de visita es bienvenido. Tienen que esperar un momento porque la señora Bogner quiere cambiarse las botas de goma con las que ha estado en el establo por unas zapatillas, así que se quedan en el pasillo estrecho un tanto cohibidos, inspirando el intenso olor a establo.

—Dios mío —murmura Gisela—. No me encuentro bien...

—¡Chist!

Cuando se abre la puerta de la cocina, el aroma rural golpea sus narices con más fuerza. Junto al gran armario de cocina, está la puerta que da a la vaqueriza. Muy práctico cuando hace mal tiempo y hay que dar de comer y ordeñar a las vacas al amanecer.

«El olor es horrible —piensa Hilde—, pero tienen vacas, así que aquí hay leche, mantequilla y nata».

Se sientan a la mesa de la cocina y la mujer les ofrece pan casero y mantequilla fresca, amarilla, además de salchicha ahumada casera, mermelada y miel. El café con leche es sobre todo leche, pero está recién ordeñada y tiene una gruesa capa de nata encima. Hilde lamenta estar llena aún del pícnic, pues en la ciudad no hay semejantes delicias.

—¡Sírvanse! —les invita la señora Bogner una y otra vez.

Toman café con leche, les pone rodajas de salchicha en el plato y los apremia a probar la deliciosa miel que ha hecho un apicultor del pueblo vecino.

—Voy a preparar un paquete para sus padres y sus hermanos... ¿Aún están en paradero desconocido? Que Dios los proteja y vuelvan pronto a casa.

Les cuenta que Fritz tocaba el violín. Un vendedor ambulante les vendió el instrumento cuando Fritz tenía cinco años y en cuanto lo cogió, ya no lo soltó.

—El profesor Alberti, en Niederseelbach, nos dijo que nuestro chico sería músico. A nosotros nos parecía bien porque Alwin, el mayor, se quedará la granja. Entonces Fritz estudió en el conservatorio de Fráncfort, de forma totalmente gratuita porque le dieron una... beca.

—Sí —dice Hilde con una sonrisa—. Fritz solía tocar en el café, a mí me encantaba escucharlo...

La señora Bogner le pone una gruesa rodaja de salchicha en el plato.

—Ya vuelve a practicar, señorita Koch —dice en tono de confidencia—. Ay, la guerra, le ha costado años de vida y casi lo deja ciego, pero no por eso olvidó su violín...

—¿Está... está aquí? —pregunta Hilde, perpleja—. ¿Fritz está en Lenzhahn?

La mujer asiente. Se le nota la alegría y el alivio, pero no hace grandes ademanes.

—Está con Alwin y los campesinos en los manzanos… Este año no hay mucho, pero patatas sí, puede llevarse algunas. También zanahorias y puerros. ¿Quiere también hierbas para la sopa?

Hilde cree estar en Jauja. ¡Qué vida la de la gente de campo! No pasan hambre. Pero el trabajo es duro, a juzgar por las manos de la señora Bogner. Y los olores…

—Eso… eso sería fantástico. Mis padres se llevarán una alegría —dice con diplomacia—. Yo también tengo un regalo para usted. Es para Fritz, pero seguro que usted lo disfrutará…

Sale, saca los dos candelabros de plata del maletero y los deja sobre la mesa de la cocina, entre la cesta del pan y el plato de salchicha. La señora Bogner está muy impresionada.

—Pero algo así es para la iglesia, señorita Koch…

—Claro que no, se pone en la mesa cuando se celebra algo, para darle un aire festivo…

—Objetos tan valiosos… Es demasiado para nosotros… pero tengo un jamón ahumado. Y mantequilla.

—¿Unos cuantos huevos? ¿Harina? ¿Un poquito de nata?

Eso es acaparar en toda regla, delante de las narices de dos militares americanos. Sammy arruga la frente, pero Gisela le da un golpe cariñoso en la espinilla y calla. Josh Peters no se inmuta, pero a estas alturas Hilde lo conoce lo suficiente para saber que la situación le parece más bien divertida.

—De haberlo sabido, habríamos venido en camión —dice muy serio.

Hilde está eufórica. Con todo eso el café tendrá aseguradas las provisiones durante semanas, y en su casa nadie tendrá que pasar hambre. El resto, el café, el té y el azúcar, lo intercambiarán por el licor. Gracias a Dios, se acercan épocas doradas. Y lo ha conseguido ella, Hilde. Está henchida de orgullo, aprieta el brazo de Gisela y sonríe feliz a Josh Peters. ¡Un camión! Qué gracioso, el señor teniente. Ay, le dan ganas de lanzarse a su cuello...

En ese momento se abre la puerta de la cocina y alguien entra empujando una gran cesta llena de manzanas. Le sigue una segunda cesta, luego se oye una voz que Hilde recuerda bien.

—Cógelas, madre. Aún faltan otras dos cestas y el cuévano...

—Saluda, Fritz. Tenemos invitados. Y luego ve a buscar a tu padre y a Alwin...

Hilde lo reconoce enseguida, pese a la venda en el ojo. Le parece más alto, tiene el cabello revuelto por el viento y las mejillas coloradas de trabajar al aire libre. Cuando él la ve, se sonroja como antes. Entonces ella tenía dieciséis años y le estiraba de los tirantes dados de sí.

—¡Hilde! —exclama sorprendido, y se corrige en el acto—. ¡Señorita Koch! Qué sorpresa...

Tiene que soltar las cestas, y ella se da cuenta de que le duele la cadera al hacerlo. La guerra. La maldita y miserable guerra. A Fritz le ha quitado un ojo y le ha provocado otras heridas.

Sin embargo, ahora que lo tiene delante y lo saluda, nota el calor de su mano y el apretón de manos es firme. Está más varonil, ha desaparecido de su rostro la expresión juvenil. Ese aire soñador inherente a él y que a Hilde le atraía tanto ya no existe. Queda su entrañable timidez y su carácter afable.

—Me alegro de verlo —dice—. Tiene que volver sin falta a Wiesbaden. Hubsi ya le está esperando. Y quiere organizar conciertos en Navidad...

Fritz se echa a reír y sus miradas se cruzan. Le gusta. ¡Dios mío, cuánto le gusta!

—¿A Wiesbaden? Bueno, aún tengo que practicar un poco con el violín. Para no quedar en ridículo delante de su padre. Tampoco delante de usted, señorita Hilde...

Jean-Jacques

Lo encuentran de noche. Pasan horas deambulando con faroles y linternas por los viñedos porque Pierrot no les quiere decir dónde ha dejado a su hermano. Pierrot ha regresado a primera hora de la tarde a casa como un poseso, ensangrentado, con el ojo izquierdo hinchado y roderas blancas alrededor de la boca. Al principio nadie entiende lo que balbucea, pero como no deja de mencionar a «Jean-Jacques», los padres comprenden que sus dos hijos se han peleado. La madre considera que el culpable es el mayor y se lamenta a voz en grito de que Jean-Jacques ha estado a punto de matar a su propio hermano, luego quiere lavar y vendar las heridas de Pierrot. Sin embargo, él se niega, se va a su habitación y se encierra. Se queda ahí durante horas, ni los ruegos de su madre ni las órdenes coléricas de su padre consiguen que abra la puerta. Tampoco obtiene respuesta Margot, que le suplica desesperada delante de la puerta que le cuente qué ha ocurrido. Entonces a su madre le entra miedo de que su benjamín se haga daño y obliga al padre a abrir la puerta por la fuerza. Tras dos hachazos en los goznes y una fuerte patada, encuentran a Pierrot acurrucado en un rincón, en el suelo, abrazándose las rodillas, con los ojos desorbitados como un demente.

—Mira, Margot… —dice con un extraño hilo de voz, señalándose la frente—. ¿Lo ves? ¿La señal?

Margot se desploma como una piedra, si el padre no la hubiera agarrado con rapidez, se habría golpeado la cabeza contra el borde de la cama.

—¿Qué dices, Pierrot? —exclama la madre, y lo sacude por el hombro—. ¿Qué señal?

—La señal del asesino… el estigma…

La madre suelta un grito y se queda mirando a su hijo. Luego niega con la cabeza.

—Eso no es cierto, Pierrot. ¡Di que no es cierto!

—Déjalo —ordena su padre—. Ocúpate de Margot. Voy a buscar a Jérôme y a los vecinos. Tal vez aún podamos salvarlo.

Más tarde cuenta que Jean-Jacques estaba pálido y ensangrentado como un muerto cuando la luz de la linterna se posó sobre él. Se arrodilló a su lado y le tomó el pulso, y dio gracias a Dios pues aún quedaba algo de vida en su hijo. Lo llevaron entre dos hasta la granja, atravesando los prados inundados de rocío, y de madrugada el mozo enganchó la yegua para ir a buscar al médico de Villeneuve.

Jean-Jacques está muy lejos, nada en un oscuro mar de dolor sordo, ve sombras azuladas que corren, interrumpidas por unos destellos estremecedores, oye el ruido incesante y amenazador de las olas. De vez en cuando sale a la superficie, y las olas lo zarandean de un lado a otro, lo balancean y le hacen girar hasta que las náuseas se apoderan de él.

—¿Cómo has podido hacerlo? —oye que susurra Margot.

—Es culpa suya…

—Ah, no. Es culpa tuya. Y mía. Sobre todo mía…

—¡No digas tonterías, Margot! Te quiero, lo sabes. Pase lo que pase…

—¡Fuera! ¡No me toques! ¡Asesino!

—Margot… por favor…

Jean-Jacques los oye hablar, pero no capta el significado de las palabras. Su cabeza es un espacio vacío, tan grande como la Tierra, tan vasto como el cosmos y tan silencioso como una piedra inmóvil. Percibe que Margot le da té caliente, escupe el puré que le mete en la boca. A veces ve los ojos de su padre sobre él, observándolo con atención, luego oye su voz y tampoco entiende las palabras.

—Tiene los ojos abiertos… ¿Ha comido algo?

—No…

De vez en cuando una frase penetra en su cerebro, enreda por ahí dentro, y convierte la piedra que es su cabeza en una masa dolorosa que flota. Con dificultad y lentitud entran las corrientes en su cerebro, producen pensamientos y empieza a comprender. Está en su dormitorio, tumbado en la cama, y Margot, su esposa, está sentada en el borde y le acaricia la mano, el brazo.

—Si no puedes hablar, apriétame la mano, Jean-Jacques. Para que sepa que me escuchas.

—Yo… sí que… te escucho…

La oye llorar de alegría, nota sus besos, siente la cálida humedad en sus mejillas y no sabe si son sus propias lágrimas o las de Margot. A partir de ahora todo va a mejor, regresa a la vida, puede hablar, beber, comer, pronto se pone en pie y baja sin ayuda al retrete. Margot permanece siempre cerca, también su madre; su padre menos. A Pierrot no vuelve a verlo hasta que puede compartir las comidas con los demás abajo, en la cocina. Su hermano ocupa su asiento en silencio, junto a su madre, echa el pan en la sopa, mastica la salchicha, se corta un trozo de queso, pero a él no lo mira.

Jean-Jacques descubre una cicatriz reciente bajo el ojo derecho de su hermano, y también calla. Aún le retumba la cabeza; con cada esfuerzo, con cada movimiento imprevisto el suelo se mueve bajo sus pies, y el remolino quiere engullirlo.

Cuando se levanta después de comer para subir al dormitorio, su hermano alza la vista hacia él.

—No te hagas ilusiones —dice—. ¡No te librarás de mí, Jean-Jacques!

La frase se queda flotando, fría y vil, nadie replica, nadie interviene. El padre se da la vuelta y abre la puerta del establo, la madre se pone a recoger los platos. Margot agarra del brazo a Jean-Jacques y él nota que le tiembla todo el cuerpo. Se impone un silencio aterrador en la cocina, lúgubre como una catástrofe.

Arriba, en el dormitorio, Margot le ayuda a desvestirse. Se ha acostumbrado a aceptar su ayuda, al principio porque la necesitaba, más tarde porque comprendió hasta qué punto a ella le hace feliz proporcionarle esos cuidados. A él le da lástima porque el embarazo la está afeando, está más delgada, solo la barriga le sobresale, y cuando se acuesta a su lado siente que el niño se mueve en su interior. Si fuera suyo, le agarraría la mano y la pondría sobre su vientre para que él también pudiera notarlo. Pero no es hijo suyo, sino de su hermano, y por eso él no quiere notarlo.

—Tu padre quería echar a Pierrot —le susurra Margot—. Dijo que no habrá paz en la granja si se queda.

—En eso lleva razón.

Tienen que hablar en voz baja porque las paredes son finas. A un lado está el dormitorio de los padres, y al otro duerme Pierrot.

—Pero tu madre no quiere que Pierrot se vaya lejos. Ha puesto un viñedo a su nombre.

—Lo sé...

Margot suelta un profundo suspiro. En la oscuridad, él cree ver un brillo en sus ojos. ¿Está llorando?

—Tus padres tuvieron una fuerte discusión —dice con tristeza—. No se hablaron durante días. Luego tu padre tuvo que ceder, y se ha puesto enfermo por eso.

Jean-Jacques se asusta. Su padre nunca se pone enfermo, incluso cuando está resfriado y con fiebre hace su trabajo.

—Pero... yo no le he visto nada...

—Es el corazón, Jean-Jacques. Tuvo que venir el médico, le dio unas gotas y dijo que no podía alterarse.

—¿Y mi madre? ¿Qué dijo?

Margot no lo sabe. Sus padres arreglan sus disputas entre ellos, hablan en susurros en su dormitorio por la noche, igual que Margot y él ahora mismo.

—Seguro que se asustó —supone Margot—. Pero se mantuvo en sus trece. Pierrot no se irá de la granja. No entiendo cómo puede ser tan testaruda. ¿Es que no se da cuenta de que nos está abocando a la desgracia?

Jean-Jacques no responde porque está luchando contra el mareo. «Nada de alterarse», le dijo el médico a su padre. El consejo también le sirve a él. Nada de alterarse o la cabeza empieza a hervirle y a darle vueltas. Todo gracias a su hermano, que le golpeó como un cobarde por detrás con un palo. ¿Quería matarlo? No lo tenía planeado, habría acabado en prisión. Sin embargo, una cosa estaba clara: cuando Pierrot estaba detrás de él con el palo en alto su único deseo era eliminar de este mundo a su hermano mayor.

«¿Qué hago aquí? —piensa Jean-Jacques—. ¿Por qué me quedo sentado esperando la catástrofe, paralizado como el conejo ante la serpiente? ¿No dicen que el más sensato es el que da su brazo a torcer? Entonces tengo que irme. Dejarle vía libre antes de que ocurra una desgracia. ¿Qué me retiene aquí? ¿Esta mujer a la que no amo y que lleva dentro al hijo de mi hermano? ¿La granja y los viñedos que me corresponden por derecho pero que, por voluntad de mi madre, tengo que compartir con Pierrot?». No vale la pena luchar por eso. No vale la pena que sus padres discutan y su padre enferme.

Pese a todos esos razonamientos tan juiciosos no se decide a abandonar la granja. Tal vez sea por la carta, esa carta precipitada y desdichada que hizo llegar a Wiesbaden y que a estas alturas ya habrá surtido efecto. O quizá sea la compasión por Margot, que lo quiere y se desesperaría con su marcha. Sin embargo, sobre todo es por terquedad. Su absurdo orgullo le impide ceder a la voluntad de Pierrot. Como cada vez que su madre interfería en sus peleas y decía que él era el mayor, y por tanto tenía que desistir. «No, hermanito. Tú tampoco te librarás de mí. Me quedaré, pasaré por alto la pelea y te demostraré quién es el dueño de la granja», se dijo.

El trabajo lo distrae de sus pensamientos sombríos. El vino tinto ha fermentado en el mosto, ahora se prensará y se guardará en barriles. Después se refina, se cuela y se trasvasa. Tiene que madurar, hay que vigilarlo sin cesar, supervisarlo y probarlo. Su padre ha decidido encargar veinte barriles nuevos porque algunos de los viejos están deteriorados y eso perjudica al vino que madura dentro. Un buen barril de roble cuesta mucho dinero, Jean-Jacques sabe que su padre no lo tiene, pedirá un crédito, se endeudará. No le gusta la idea, pues más adelante esos barriles conservarán el vino de su hermano, además del suyo, pero él tendrá que hacerse cargo de la deuda solo. No quiere pensar en ello hasta que se encuentre mejor, esperará a que ese desagradable mareo ya no le acose y esté en forma para todos los trabajos necesarios, también los pesados.

—¡Despacio, Jean-Jacques! —le riñe su padre al ver que está serrando los barriles descartados y tiene que limpiarse el sudor una y otra vez—. El trabajo no va a salir corriendo.

A Jean-Jacques le puede la impaciencia, se enfada con su cuerpo porque tarda demasiado en curarse, y con su hermano por haberle causado tanto sufrimiento. ¿Por qué no le golpeó él con más fuerza? A Pierrot le va mejor, está en el henil y lanza los haces de paja con brazos fuertes para que su madre los reparta por el establo. Es injusto, su hermano se merecía por lo menos una muñeca torcida o un ojo perjudicado. Él sigue teniendo dificultades en la escalera, cuando apenas ha subido tres travesaños el granero empieza a dar vueltas y tiene que sujetarse para no caer.

—Cada día estás un poco mejor —lo anima Margot por la noche, en el dormitorio—. En un par de semanas, un mes en el peor de los casos, todo volverá a ser como antes.

Él sabe que no es cierto, pero no la contradice. Últimamente Margot se evade en un mundo ideal de color rosa, sonríe para sus adentros y se acaricia la barriga con un ademán tierno. Jean-Jacques no le afea el gesto, incluso lo aprueba, pues entiende que la criatura que crece en su interior necesita esa alegre esperanza. El niño es inocente de todos los embrollos y deslices, no debe salir perjudicado, sino llegar al mundo sano.

Los días son más cortos, están a principios de noviembre, bajo la lluvia el paisaje tiene una apariencia triste, como el futuro. Jean-Jacques sigue sufriendo mareos, pero ha decidido ignorarlos. Cuando corta madera para las estufas, tiene que parar continuamente hasta que vuelve a ver con nitidez. Luego hace de tripas corazón y sigue trabajando mientras se tenga en pie. Solo si la pérdida de equilibrio le obliga a arrodillarse, desiste apretando los dientes y clava el hacha con furia en el tajo. Entonces llegan corriendo Margot y su madre para ayudarle a ponerse en pie, lo llevan a la casa y le riñen por haberse esforzado demasiado.

—Dejadme en paz —dice sin aliento—. Ya estoy bien. No necesito niñeras.

La barriga de Margot ha crecido mucho, parece tener vida propia, no encaja con su cuerpo enjuto. Tiene el cabello áspero, una calentura en la comisura de los labios que no se va del todo y sangra a menudo. Sin embargo, ella sonríe ensimismada y habla de que pronto tendrán que preparar una camita para el niño.

—Será un regalo de Navidad, Jean-Jacques —parlotea ella. Él está tumbado en la cama a su lado, cansado y sumido en sus pensamientos oscuros—. Tu madre ha subido a buscar los pañales que había guardado en una caja hace años en la buhardilla. También ha encontrado las camisitas y las chaquetitas de punto y las hemos lavado. Es práctico, así no tendremos que hacer unas nuevas cuando nazca el niño.

Él no es capaz de arruinarle esa felicidad, así que habla con ella un rato de ropa de bebé y de un carrito que le puede prestar el vecino. En realidad espera ese parto con sentimientos encontrados, pues no sabe cómo debe comportarse con el niño ni qué hará Pierrot. Desde hace unos días lo persigue un temor hasta entonces desconocido, se asusta con las sombras que ve en la pared, da un respingo cuando oye un ruido tras él. Estaba en la bodega probando el nuevo vino, sujetaba la copa con el líquido rojo contra la luz de la lámpara, a punto de llevársela a los labios, cuando notó un movimiento por detrás y se dio la vuelta como un rayo. Vio el rostro del hermano, con una sonrisa maliciosa, y luego el vértigo le obligó a agarrarse al barril que tenía detrás.

—¿Te doy miedo, hermanito? Ya lo sabes: soy tu sombra. ¡Te sigo allí donde estés, y no tendrás un minuto de paz mientras quieras quedarte con mi mujer y mi hijo!

Necesitó unos segundos para recomponerse y hallar una respuesta. Luego no le salió otra cosa que:

—¡Estás loco!

—¡No más que tú, Jean-Jacques!

—¡Margot no es tu mujer!

—Pero el que la quiere soy yo, mientras que tú piensas en otra.

—¡Eso lo dices tú!

—Lo sé con certeza, hermano mayor.

La ira se apodera de Jean-Jacques. Se abalanza a duras penas sobre su hermano, pero él lo empuja hacia atrás con facilidad, de manera que Jean-Jacques se tambalea y cae de espaldas contra el barril.

—Ten cuidado —masculla Pierrot—. Podrías darte un golpe y romperte del todo esa cabeza cuadrada que tienes.

Desde entonces le persigue la idea de que su hermano sería capaz de matarlo y presentar su muerte como un accidente. Lo piensa solo porque no puede fiarse de su cuerpo. Los mareos se apoderan de él con frecuencia y lo dejan indefenso.

—Eres un incauto —se queja Margot cuando descubre los moratones en sus brazos y su espalda.

—Solo me he caído en la escalera… —miente.

—No deberías bajar solo la escalera de la bodega.

—Pero no ha pasado nada, Margot…

—Ten cuidado, Jean-Jacques. Te lo ruego.

Se siente pesada por el niño, ya está en el octavo mes y a veces sufre dolores de espalda. Mantiene el buen ánimo, se sienta junto a la estufa y tararea una canción infantil, teje gorritos y patucos diminutos de lana verde. Junto con su madre han convertido una cesta de mimbre para la ropa en una cuna, y la han vestido con sábanas blancas y unos cojines de cuadros coloridos.

A finales de noviembre Pierrot enferma, tiene fiebre y tos, está sentado en la cocina y bebe leche caliente con miel que le prepara su madre. Jean-Jacques se va al granero sin decir palabra, quiere lanzar las pacas de paja desde el henil en lugar de su hermano. Ya es hora de que vuelva a hacer esa tarea. El mareo se apodera de él cuando se agarra a la escalera con ambas manos, pero dura poco, sube el primer travesaño, espera un momento y sigue subiendo. En el quinto travesaño tiene que parar, luego continúa. Arriba se sujeta al final de la escalera, se inclina hacia delante cuando pone el pie en el suelo de madera y se incorpora en el henil. No se marea ni una pizca cuando mira hacia abajo. Se da la vuelta y agarra varias pacas de paja que amontonaron a finales de verano. Luego se acerca a la abertura y lanza las pacas una tras otra. Con la última nota que la cabeza empieza a darle vueltas y tiene que sentarse.

—¡Jean-Jacques! —grita la madre desde abajo—. ¿Qué haces ahí? Podría haberlo hecho yo.

—No pasa nada, madre.

Odia que lo traten como a un enfermo. De acuerdo, aún no está curado del todo, pero no por eso su madre va a hacer su trabajo.

—¿Te ayudo a bajar?

—¡No!

Se pone de rodillas, maldice el balanceo y las vueltas que da su cabeza y se acerca al hueco donde está la escalera. Se agarra con cuidado, pone un pie en el penúltimo travesaño, se resbala y evita la caída por los pelos.

—¡Jean-Jacques! ¡Por el amor de Dios! —oye el grito de horror de Margot.

—No pasa nada… —dice, y busca el travesaño con el pie.

—¡Agárrate bien! —grita Margot—. ¡Voy a ayudarte!

Sus ademanes exagerados lo marean del todo, tiene que abandonar la escalera, sentarse en el suelo de tablones y esperar a que se le pase.

—¡Quédate abajo, Margot! —le ordena—. ¡Bajaré solo!

—¿Por qué lo haces, Jean-Jacques? —se lamenta ella—. Sabes que…

Su discurso se interrumpe, oye un golpe sordo y en un primer momento no entiende qué ha pasado.

—¡Margot! —grita su madre—. ¡Por el amor de Dios! ¡Margot! ¿Te has hecho daño? ¿Puedes levantarte?

De pronto Jean-Jacques ve con claridad y tiene la cabeza despejada. Baja la escalera sin fallar una sola vez, ve a Margot tumbada en el suelo, entre las pacas de paja, y se arrodilla a su lado.

—No es nada… —susurra ella, y le sonríe con impotencia—. Solo me he resbalado.

414

Él la ayuda a levantarse, entre su madre y él la llevan a la casa, le pone un cojín en la espalda cuando se sienta en el banco de la estufa.

—No os preocupéis —dice Margot a media voz—. Me encuentro bien...

La madre le lleva una manta, le da algo de beber, le acaricia el cabello.

—¡Todo por tu cabezonería, Jean-Jacques! —le reprocha.

Sin embargo, Margot la contradice.

—Ha sido solo mi torpeza. Jean-Jacques no ha hecho nada.

Él le agarra la mano, observa su rostro, que de tan pálido parece transparente, y de pronto siente una profunda ternura hacia esa mujer con la que se casó hace años sin apenas conocerla. Le quiere de forma incondicional, se preocupa por él, lo defiende ante su madre. Él lamenta lo ocurrido. Margot se merecía un marido mejor que él.

Por la noche empiezan las contracciones. Él corre bajo la lluvia y hasta la casa de la vecina para pedirle ayuda en el parto. La casa se llena de mujeres jóvenes y mayores, suben y bajan la escalera, se sientan en la cocina, hierven agua y té, comen pan, aceitunas y jamón, charlan, ríen, hablan tapándose la boca de cosas no aptas para oídos masculinos.

—¿Cómo va? —pregunta él una y otra vez.

—Tardará... Viene con un mes de adelanto, pero no importa... Todo llegará...

Pierrot se ha levantado de la cama, está sentado en un taburete junto a la cocina maldiciendo para sus adentros, tiene los ojos febriles. Ha intentado varias veces llegar hasta Margot, pero las mujeres defienden la habitación como si fuera una fortaleza infranqueable.

—¡Será culpa tuya si le pasa algo! —amenaza a Jean-Jacques. Luego sufre un ataque de tos que lo sacude de tal forma que no puede pronunciar ni una palabra más.

El padre saca la botella de pastís y sirve a las mujeres. También ofrece un vaso a sus hijos, luego la deja sobre la mesa y sale al patio con Jean-Jacques.

—Es mejor no quedarse en la cocina con las mujeres —dice—. Es como un gallinero alborotado y su parloteo me pone nervioso.

Le cuenta cómo fue cuando nacieron Jean-Jacques y Pierrot, cuánto tiempo tuvo contracciones su madre, cuánto sufrieron. Jean-Jacques apenas le escucha. No para de mirar hacia la ventana iluminada del dormitorio conyugal y en su corazón empieza a crecer un miedo absurdo.

—Entremos de nuevo, padre.

En la cocina solo quedan unas pocas mujeres, que evitan sus miradas.

—¿Qué pasa? ¿Ha nacido el niño?

No obtienen respuesta. Una de las mujeres mayores señala la escalera con su dedo nudoso. Ahí está Amélie, la vecina, con las manos agarrotadas y la pena petrificada en su rostro.

—Un niño… —dice con un hilo de voz ronca—. Muy pequeño, pero sano…

A Jean-Jacques le falla la voz, necesita dos intentos para plantear la pregunta.

—¿Y… Margot?

—No hemos podido ayudarla más…

Luisa

Sueña a menudo con su madre, habla con ella en sueños, y cuando se despierta la almohada está empapada de sus lágrimas. También hay otros recuerdos que penetran en su sueño, horribles, que jamás podría confiar a nadie y que desea olvidar lo antes posible. Lo único que quiere es no recordar. Lo pasado, pasado está. La vida continúa. Aún le queda mucho por delante. La vida es bonita.

Desde que Hilde volvió de su excursión por el Taunus cargada de provisiones, las cosas en el Café del Ángel han vuelto a su curso. Else se queda hasta tarde en la cocina preparando tartas y bizcochos que se sirven durante el día en el café. Incluso pudo hacer bizcochos con cobertura de nata porque Hilde, entre otras delicias, había traído una jarra con nata fresca. Corrió como la pólvora entre los clientes, que acudieron en manada pero no pagaron con dinero sino con otras cosas. Una caja de rapé con marquetería, un diapasón de color plateado, una hoja de música con el dibujo a lápiz de un gato hecho por el compositor Hindemith. Y Alma Knauss pidió cuatro porciones de pastel de nata a cambio de un saquito de briquetas que luego les hizo llegar con un empleado.

—¡Qué haríamos sin nuestra Hilde! —dice el tío Heinz

417

una y otra vez, y acaricia las mejillas de su hija—. Ayer trajo una libra del mejor café en grano. Y una vaina de vainilla... Hoy en día esas cosas hay que buscarlas con lupa. Qué chica tan lista...

Salta a la vista que Hilde está encantada con el elogio, pero nunca olvida mencionar que al principio se lo puso difícil. Por suerte, en la mesa hay ciertas personas que entraron en razón justo a tiempo.

—No tenses la cuerda, Hilde —le advierte la tía Else—. Todos estamos contentos de que ahora las cosas marchen bien.

El tío Heinz no es rencoroso. Sonríe cuando Hilde le toma el pelo por su miedo al mercado negro y luego aclara que en tiempos de carestía rigen otras leyes, no es lo mismo que en tiempos de paz. Y además...

—¡Han enviado a nuestros hombres a la guerra, pero quienes han demostrado más valentía son nuestras mujeres!

Al oírlo, Hubsi levanta su vaso de agua y exclama un «¡Vivan las mujeres del Café del Ángel!». Como todos ríen y brindan, el perro cree que se avecina un peligro y se pone a aullar bajo la mesa.

—¿Y qué pasa con mi futuro yerno? —pregunta el tío con una sonrisa—. Yo pensaba que seríamos parientes de nuestro querido e inolvidable Eddi Graff...

—¡Ay, papá! —exclama Hilde con un suspiro, y pone cara de desesperación—. Tendrás que esperar a que encuentre al hombre adecuado. Porque eso es asunto mío, ¿no?

—¡Ahí lleva razón! —exclama la Künzel al otro lado de la mesa, y señala al tío Heinz con la cuchara sopera—. La chica es preciosa y sabe lo que quiere. Yo en su lugar no me preocuparía.

—¡Opino lo mismo! —dice Julia, que se ha unido a ellos hace unos minutos—. Además, el amor cae donde cae, y nada se puede hacer contra eso.

Se acerca con una sonrisa de satisfacción al plato de sopa que la tía Else le ha guardado y evita la cara de pocos amigos de Addi Dobscher. Luisa sabe cómo están las cosas entre la pareja, pues Addi le ha abierto de nuevo su corazón. Le gustaría mediar entre ellos, pero Julia nunca ha compartido sus intimidades con ella.

—De acuerdo —gruñe el tío Heinz—. Si la fortuna ha querido que no sea ni franchute ni yanqui, tal vez te cases con un actor o un músico, Hilde. Y el Café del Ángel conservaría el aura de café de artistas.

Por supuesto, lo dice en broma, pero Hubsi se sonroja de todos modos, y a Luisa le sorprende lo del «franchute». ¿Hilde estuvo prometida con un francés? Addi añade que él no se negaría a una relación matrimonial, pero que le dan miedo las mujeres que tienen tan claro lo que quieren. Al decirlo mira a Julia, que de pronto se pone a remover nerviosa la sopa con la cuchara.

—Hija mía, con los músicos las opciones no son precisamente generosas —comenta la tía Else en tono jocoso—. ¿Qué te parece Alois Gimpel? ¿O el director de coro Firnhaber?

Hilde sigue la broma y afirma que el director de orquesta Gimpel podría llegar a gustarle. En todo caso más que Klaus Firnhaber, que es flaco y patizambo. ¡Si no fuera por ese apellido ridículo!

—Hilde Gimpel, ¿cómo suena? Como Else Boba. O Luisa von Cateta…

Mira a Luisa y se parte de risa con su ingeniosa broma. Luisa también se ríe, pero no le parece tan divertido. «Soy demasiado susceptible —piensa—. Seguro que Hilde no lo ha dicho con mala intención».

—Si tuviera que gustarme un músico espero que sea Fritz Bogner —anuncia Hilde, y rebaña el plato con el último resto de pan—. A él sí lo aceptaría. ¡Incluso sin lavar!

Cuenta que ha cambiado, se ha convertido en todo un hombre, pero no es rudo ni maleducado, sino un artista serio y sensible. Sigue siendo un poco tímido, pero eso le gusta.

Luisa escucha a Hilde y disimula los nervios como puede. No cabe duda, hablan del Fritz Bogner que le salvó la vida, con quien durmió aquella fría noche de bombardeos en unas ruinas, el que la llevó a la parroquia y la cuidó de una forma conmovedora cuando tuvo fiebre. Del mismo Fritz Bogner cuya carta aún conserva en la bolsita que lleva colgada del cuello, pese a haber quemado en la estufa y a escondidas los papeles de su madre y los suyos.

A Hilde le gusta Fritz Bogner. «No me extraña —piensa Luisa—. Es una persona encantadora, ¿a quién no le iba a gustar?». Calcula cuánto hace que no se ven, han pasado casi siete meses. Sí, le salvó la vida y se preocupó por ella. Pero sin duda lo habría hecho por cualquier otra. ¿Y qué significa la frase «Es una persona extraordinaria»? ¿No somos todos seres irreemplazables y únicos? No, nunca le habló de amor, tampoco por escrito. Eso fue una invención suya.

«Hilde sería la chica adecuada para él —piensa abatida—. Es dulce y reservado, necesita a una mujer como Hilde a su lado. Enérgica y decidida. Y si ella se pasa de la raya, él la hará entrar en razón a su manera, con calma».

Entretanto, hace tiempo que la conversación se ha desviado a otros temas. La tía Else está indignada con los Storbeck, que se mudaron la semana pasada y dejaron un «hueco vacío».

—Se han llevado hasta dos alfombras y los edredones —se lamenta—. Por no hablar de la cubertería de plata y la batería de cocina. Para mí es un misterio cómo lo han hecho.

El tío Heinz está consternado. El pobre siempre flota un poco por encima de las cosas y no cree capaz de ninguna maldad a nadie. Ni siquiera al señor Storbeck, por mucho que no se llevaran bien.

—¿Estás segura, Else? —comenta, negando con la cabeza—. ¿Lo habéis revisado todo?

—¡Ay, papá! —exclama Hilde—. ¿Crees que han escondido la cubertería de plata arriba, en la vivienda? Han entrado en plena noche para que no los viera nadie. Tomaron prestado un camión y se han llevado nuestras cosas.

—¿Y cómo lo sabes? —pregunta la Künzel.

—Porque me lo ha contado Louise Drews en la tienda. Una noche no podía dormir porque la pequeña tenía pesadillas y lloraba. Miró por casualidad por la ventana…

—¡Vaya gentuza! —refunfuña Addi—. He ayudado a Luisa a limpiar el piso y no se acababa la porquería. ¡Había telarañas sobre los fogones, y en el dormitorio el papel de la pared estaba sucio de sus mocos!

Un grito generalizado lo interrumpe. ¡Es asqueroso! ¡Eso no se cuenta en la mesa! La pobre Julia aún está comiendo, ¿no puede tener un poco de consideración?

Julia se queda con la mirada perdida. Deja el último bocado de pan junto al plato y asegura que no es por escrúpulos, es que de pronto no tiene más apetito.

—Lo siento mucho —dice Addi, abochornado—. ¡Mis más sinceras disculpas!

—No tienes por qué disculparte —contesta Julia con frialdad.

Se hace el silencio, se oye al perro mordisquear algo bajo la mesa, Julia le ha metido el pedacito de pan en ese morro que siempre mendiga. Addi se siente aún más culpable, a Luisa le da pena. En realidad es un tipo adorable, quiere proteger a Julia y se preocupa por ella, pero no se da cuenta de que su actitud es terriblemente paternalista con ella. Julia Wemhöner no es una niña, aunque a él se lo parezca.

—Bueno… —dice Addi finalmente, y se pone en pie—. Ya me voy. Una vez más, ha sido todo un festín, señora cocinera. ¡Mis felicitaciones!

Todos se unen a sus elogios, y la tía Else se pone roja de contento. No es nada especial, hace un puchero con lo que le llevan. Por supuesto, en los tiempos que corren es mejor que todos aporten lo que tienen y no que cada uno mordisquee lo suyo por su cuenta.

Addi tiene prisa y ya está en la escalera. Luisa quiere ayudar a fregar los platos, pero Hilde no se lo permite.

—Ya lo hago yo con mamá. Puedes irte, tranquila...

No suena muy amable, más bien parece que la esté echando de la cocina. Pero Luisa se mantiene cordial, sobre todo porque Else le dedica una sonrisa compasiva.

En la puerta que da a la escalera la espera Julia.

—¿Sabes coser? —le pregunta a Luisa—. ¿Hacer dobladillos, coser cremalleras, coser ojales?

Luisa no se lo esperaba. Claro que sabe coser, en Stettin se mantuvieron a flote una temporada gracias a la costura. Sin embargo, era su madre la que hacía la mayor parte del trabajo, Luisa se ocupaba de los clientes y preparaba los encargos.

—Yo... puedo intentarlo —dice con prudencia.

—Ya sabes —comenta Julia—. Marianne Storbeck tal vez no fuera del todo honesta, pero me quitaba mucho trabajo. Y ahora la echo en falta.

—No puedo prometer nada, pero me esforzaré.

Julia sonríe y le dice que seguro que lo hará bien. Lo ve en sus manitas suaves.

—¿Mañana hacia las nueve? Te pagaré ochenta peniques la hora.

Es un buen salario. Si Luisa fuera a limpiar, le pagarían cincuenta peniques por hora. Se ha informado porque no quiere ser una carga para el bolsillo de los Koch, pero aún no ha tomado una decisión en firme porque le preocupa que su tío se enfade con ella. ¡La propuesta de Julia sería la solución perfecta!

—¡Mañana a las nueve! ¡Ahí estaré! Y... ¡muchísimas gracias!

Julia sonríe y sube la escalera a paso ligero.

—¡Lo que faltaba! —oye el grito de indignación de Hilde desde la cocina. Por lo visto lo han oído todo—. ¡A ganar dinero en vez de ayudar en el café! ¡Mientras nosotros te damos de comer!

—¡Hilde! —grita el tío Heinz, enfadado—. ¡No quiero volver a oír algo así!

—¡Pues no escuches! —replica Hilde, que aparece en la puerta de la cocina—. ¿Es que a nadie le molesta que yo me haga cargo de todo el trabajo? ¿Y que la baronesa Von Tiplitz esté tan tranquila sentada arriba con la señorita Wemhöner, tome café con ella y encima reciba dinero a cambio?

El reproche es tan injusto que a Luisa no se le ocurre nada para defenderse. Oye la voz enérgica de la tía Else en la cocina que hace callar a su hija, el tío Heinz también se exaspera y los dos reprenden a Hilde. Con eso no hacen más que empeorarlo todo, pues ahora Luisa se siente culpable de una riña familiar. ¡Ay, ojalá Julia no le hubiera ofrecido el trabajo! Por otra parte, da igual lo que haga, Hilde siempre encuentra un motivo para quejarse de ella.

En la escalera la alcanza Hubsi, el pianista. Vive en su piso, en la sala de estar, y ella sigue en el comedor. Es un hombre encantador pero bastante torpe que solo piensa en la música. Todas las mujeres de la casa se han encargado de que tenga algo que ponerse. El tío Heinz le ha pagado un par de pantuflas y le ha regalado todas las partituras que se quedaron sobre el piano. Sobre todo fue ese último regalo el que devolvió la vida a Hubsi, pues su habitación de Webergasse se quemó en el terrible bombardeo, junto con todos sus libros y partituras.

—Hilde... —dice mientras sube la escalera junto a Luisa—. Hilde siempre ha sido un poco... impertinente. Es la niña mimada de la familia. Les daba órdenes a sus hermanos mayores, y ellos se lo consentían.

Luisa entiende que pretende consolarla, y le sonríe con

amabilidad. Hubsi le saca por lo menos dos cabezas. Se imagina a Hilde mangoneando a sus dos hermanos mayores, pero los dos están desaparecidos y nadie sabe si continúan con vida.

—Tal vez sea por el «von» —añade Hubsi.

Luisa al principio no lo entiende.

—Porque te apellidas Von Tiplitz —dice Hubsi, y la mira con una ligera sonrisa—. Eres de familia noble. Puede que eso le moleste a Hilde.

—¿De verdad lo cree?

—Quién sabe —dice Hubsi, y se encoge de hombros para indicar que es solo una suposición.

Cuando entran en casa, Hubsi le da las buenas noches y desaparece en la sala de estar. Es un alivio que la cotilla de Marianne Storbeck y su molesto marido ya no estén, ahora no pasa nadie a hurtadillas por delante de las puertas y no tiene que guardar sus cosas bajo llave en la cómoda.

«A Hilde le molesta el "von" de mi apellido —piensa cuando se estira en el sofá, bajo la manta de lana—. ¿Y por eso es tan despiadada conmigo?». Vaya, fue un error callarse su triste historia. De nuevo tomó la decisión equivocada, y todo por amor a su madre.

Al día siguiente baja temprano al café para fregar el suelo y sacudir los manteles, pues no quiere que le repitan que deja sola a Hilde con todo el trabajo. Luego sale a la calle, está lloviznando, la niebla cubre el teatro y las columnas derruidas, los plátanos de Wilhelmstrasse parecen gnomos negros hechizados. Recoge los últimos escaramujos rojos, corta hojas de abeto en el parque, y cuando vuelve al café reúne todos los jarrones y los llena de ramos otoñales. En cuanto termina, aparece Hilde en la cocina, se queda en la puerta de brazos cruzados y observa la decoración de las mesas.

—¡La próxima vez lo preguntas antes! —comenta con aspereza.

—¿No te gusta?

Hilde se encoge de hombros.

—Parece que ya estemos en Navidad...

Cuando la tía Else baja con el tío Heinz, Luisa recibe sus elogios.

—Se ve muy acogedor. Y huele a pino —comenta su tío, y le guiña el ojo.

—La harina se está acabando, y no queda sucedáneo de café —anuncia Hilde a voz en cuello desde la cocina—. Y no hay ni una pizca de jabón...

El tío suelta un gemido y comenta que sus dos mujeres, Else y Hilde, tienden a ser prosaicas, nada románticas. Si no fuera por Luisa...

—Pero la vida no consiste solo en...

Se interrumpe porque alguien llama a la puerta de entrada. Son las ocho y pico, no pueden ser clientes. Tampoco el cartero o gente conocida, ellos llaman al portal que da a la escalera, a la derecha del café.

Hilde y Luisa se acercan corriendo a la ventana.

—Una dama vestida con pieles —anuncia Hilde—. Y otra segunda mujer que lleva el equipaje.

Luisa tiene un mal presentimiento cuando coge la llave de la mano de la tía Else. Hay algo inquietante en esas dos mujeres, daría cualquier cosa por no tener que abrirles. La tía Else tampoco parece muy contenta, intuye que la armonía en el Café del Ángel por ahora se ha terminado.

La señora de las pieles está aporreando con los puños la puerta de entrada, y Luisa tiene que retroceder cuando abre para no llevarse un manotazo.

—¡Esto es demasiado! —le suelta la señora—. ¿Cuánto se hace esperar a la gente en la puerta en este país? ¡Con este tiempo! ¿Quieren que coja una pulmonía?

A Luisa ese tono le resulta familiar, suena en sus oídos como un mal recuerdo de su infancia. Su abuela hablaba así al servicio. Su tía también podía ser muy autoritaria.

—¡Buenos días! —dice con educación—. El café aún no está abierto, señora.

La mujer roza los sesenta años, el gorro de visón marrón claro oculta su cabello, el abrigo de piel ya está un poco gastado, pero seguro que abriga. En los cinco minutos que lleva en la puerta no ha pasado frío en absoluto.

—No me interesa el café —dice, y levanta la barbilla—. Mi intención es recibir alojamiento aquí.

—¿Aquí? —contesta Luisa, horrorizada.

—Este es el número setenta y cinco de Wilhelmstrasse, ¿no?

Luisa lanza una mirada de impotencia por encima del hombro y ve la cara de resignación de la tía Else. Los desplazados. Aquí están, justo como predijo el señor Storbeck.

—¡Ahora hágase a un lado! Qué invento tan absurdo, la puerta giratoria. Apenas puedo pasar con el equipaje... Ten cuidado, Grete, no estropees la maleta.

Luisa mueve un poco la puerta para que la dama de las pieles pueda entrar en el siguiente hueco, luego las dos mujeres se quedan encalladas. La señora empuja el cristal, echa pestes, patea con sus botas el rodapié pero no avanzan ni un centímetro, pues la mujer a la que se ha dirigido como «Grete» ha bloqueado la puerta por detrás con la maleta. Mientras la señora de las pieles grita órdenes airadas y golpea el cristal con los puños, la pobre Grete tira de la gran maleta, que siempre vuelve a la posición inicial. Al final Hilde sale a la calle por el portal y las libera sacando la maleta de la puerta giratoria por el otro lado, y Grete les explica que va a buscar los dos fardos y que enseguida vuelve.

Por fin gira la puerta, y la desplazada entra en el café empapada en sudor, roja de la ira y con el gorro de visón torcido.

—¡Espero que se hayan divertido! —exclama con sarcasmo.

Luisa no tiene ganas de reír. A la tía Else y el tío Heinz

parece hacerles gracia, aunque se esfuerzan por poner el semblante serio. Se abre la puerta de la escalera y entra Addi con la maleta en la mano, seguido de Hilde, que sonríe sin disimulo. La última en entrar es Grete, aún sin aliento, con un fardo en cada mano. Se detiene con la cabeza agachada en el umbral de la puerta y mira temerosa a la señora de las pieles.

—¡No hay otra más boba sobre la faz de la tierra! —le suelta la señora de las pieles. Cruza el café, roza a un sorprendido Addi con la manga de su abrigo y le da a la pobre Grete dos bofetadas.

—¡Por poner en ridículo a tu señora delante de todo el mundo y encima estropear la maleta!

Los presentes se quedan estupefactos, Addi estornuda con fuerza porque los pelos del abrigo le han hecho cosquillas en la nariz.

—¡Basta! —protesta el tío Heinz, indignado—. ¡En nuestra casa no se permiten esas cosas, señora!

La señora de las pieles se vuelve hacia él, adopta un gesto despectivo y aclara con aires de superioridad:

—Señor... Koch, supongo. Soy la baronesa Edith von Haack, y esta es mi sirvienta Grete. Nos han asignado una vivienda en esta casa.

Hurga en su bolso de piel y saca un papel doblado que entrega al tío Heinz, como si lanzara un hueso a un perro.

Hilde y su madre intercambian miradas de terror, Addi deja en el suelo la maleta con gran estruendo, Luisa tiene la sensación de estar viviendo una pesadilla.

—Hasta aquí es correcto —dice el tío Heinz, que ha consultado el certificado de alojamiento tras ponerse las gafas—. De todos modos, no puedo ofrecerle una vivienda entera, solo una habitación.

La señora no sale de su asombro.

—Como acaba de leer, tengo derecho a una vivienda entera, señor Koch. Y no voy a renunciar a ella. ¡En Altmark vivía en una finca con veinte cuartos y no estoy dispuesta a dormir en la misma habitación que mi criada!

¡En Altmark! A Luisa se le cae la venda de los ojos. Conoce la finca, recuerda que estuvo allí en una ocasión. Altmark no está lejos de Marienburg, su padre la llevó a una boda. Él todavía estaba medianamente bien de salud, y ella no tendría más de cinco o seis años. La visita se le quedó grabada en la memoria porque durante el camino de regreso su padre dijo que era una vergüenza celebrar algo con tanta pompa y luego no pagar el recibo de la madera ni la entrega de cereales. Edith von Haack... el nombre no le dice nada. Pero ¿qué más da eso?

—Lo sentimos mucho —interviene Else—. Las circunstancias exigen que todos nos adaptemos, señora Von Haack. Ahora mismo en la vivienda de mi hijo August están alojados el señor Lindner y la señorita Von Tiplitz, por eso solo queda el dormitorio.

Ya ha ocurrido. Luisa reprime un grito cuando la baronesa abre sus ojos grises de par en par al oír el apellido Von Tiplitz. Sin embargo, la dama está ocupada en su lucha por el piso que le corresponde.

—¡Eso no es posible! —exclama con vehemencia—. Si insiste, presentaré una queja en el ayuntamiento, pero aquí está escrito: ¡tengo derecho a una vivienda!

Se planta delante de la tía Else todo lo alta que es, que con el gorro de piel es bastante. Sin embargo, la tía Else nunca ha vivido en una finca noble y tampoco le gusta que le den órdenes, por eso se mantiene impasible.

—Como usted prefiera, señora baronesa —dice despacio—. ¡Sea usted tan amable de llevarse su equipaje!

No obstante, la señora baronesa no parece dispuesta a salir de nuevo a la calle con el mal tiempo, así que pasa a la negociación.

—Puede alojar a esas dos personas en otro sitio. Hay más viviendas en la casa, ¿no?

A Luisa esa propuesta le parece de lo más impertinente, pero se mudaría con gusto a donde fuera con tal de no vivir cerca de Edith von Haack.

—Está todo ocupado, señora baronesa —replica la tía Else con frialdad—. O acepta la habitación disponible, o se va a buscar algo mejor.

—¡Eso ya lo veremos! —estalla Edith von Haack—. ¡Grete! Coge el equipaje, nos vamos al ayuntamiento. Conseguiré esa vivienda. ¡Si es necesario, con una orden policial!

Sin duda Grete es una de esas chicas de pueblo que empezó a servir de niña en la finca. ¿Cuántos años tendrá? Es huesuda y de estatura mediana, con la expresión apagada, acostumbrada a la obediencia ciega. Su cabello, que sobresale por debajo del pañuelo, es de un castaño inmaculado, sin mechones grises. Puede tener veinte años o cuarenta, pero no más.

Cuando Grete agarra la maleta grande, Addi decide intervenir. Pone los brazos en jarras y lanza una mirada de reproche a la noble dama.

—Una palabra, si tiene la bondad, joven —dice con su bella voz de barítono.

Al parecer Edith von Haack es sensible a las lisonjas y a una voz viril y melodiosa, pues desvía la mirada hacia él.

—No querrá que todos nos apretemos para que pueda disfrutar de una vivienda de tres habitaciones usted sola, ¿no? ¿O la he entendido mal?

—Yo no he dicho eso, señor. Yo solo me remito a lo que dice este papel.

—Claro, claro… —Addi insinúa una reverencia a la que la baronesa corresponde con un gesto de la cabeza—. Adalbert Dobscher, primer barítono del Teatro Estatal de Wiesbaden.

La dama esboza una leve sonrisa. Addi se muestra muy caballeroso cuando adopta esa postura.

—¡Encantada! ¿Usted también vive aquí?

—Una planta por encima de la suya, señora…

—Vaya... —comenta ella sonriendo abiertamente—. Creo, querido señor Dobscher, que podremos... arreglarnos.

Su sonrisa es tan penetrante que Luisa teme por Addi. La tía Else sube con ellos para enseñarle a la dama el alojamiento. Grete agarra los fardos y Addi lleva la maleta pesada. Es de los que no puede ver a una mujer arrastrando peso.

Los demás están mudos, se han llevado un buen susto y necesitan recomponerse.

—Esta nos traerá muchas alegrías —dice Hilde por fin—. Es adicta a los hombres. ¡Ten cuidado, papá!

Heinz

—La época dorada pasó, querido —le ha susurrado en el oído Else a primera hora de la mañana—. Pero quiero pasar contigo también los días tristes. Si tú estás a mi lado.

Le ha conmovido porque Else rara vez dice esas cosas. La mayoría del tiempo le habla del gas, que sigue cortado, de la falta de carbón, de la harina, el azúcar y el café que Hilde tiene que conseguir en el mercado negro.

La ha abrazado y apretado contra sí. Y la ha besado, casi con la misma efusividad de antes, cuando eran jóvenes y a Else le preocupaba que los niños oyeran sus carantoñas matutinas.

—¡Nosotros dos! —ha dicho él—. Caminaremos juntos por el valle más oscuro hasta que los días vuelvan a ser luminosos. Y dorados. Dorados como el sol. Te lo prometo, cariño.

«Son solo palabras —piensa más tarde, mientras se afeita en el baño—. Pero valen más que las posesiones y el dinero. La esperanza es lo que nos mueve. La esperanza y el amor...».

Entonces se hace un corte en la barbilla y la herida le escuece con la espuma del jabón. Es un gran lujo, el jabón. Pero no se atreve a dejarse la barba. No quiere hacerle eso a Else, ir por ahí como un vagabundo, no puede caer tan bajo... Suspira y termina de afeitarse, se seca y contempla su imagen en el espejo. «Cuántas arrugas —piensa—. Sobre todo en el cuello. También en la frente. Arrugas de pensar. Y las cejas están cada vez más pobladas. Y canosas. Pronto pareceré Papá Noel. Ay...».

El triste clima de noviembre tampoco ayuda a levantarle el ánimo. Desde la ventana del baño ve las ruinas de los bombardeos, fachadas carbonizadas a través de cuyas ventanas se ve el cielo, escombreras, techos provisionales que la gente se ha construido para poder vivir en sus casas medio derruidas. «Tienen que estar helados», piensa. No hay carbón, queda poca madera y el viento azota los techos de chapa ondulada. La ciudad ha ofrecido viviendas de emergencia, pero muchos no quieren abandonar sus casas por miedo a los saqueadores.

Se dirige cojeando al dormitorio para vestirse. Aún le duele la pierna al caminar, la prótesis roza con el muñón, pero ya se ha hecho a la idea. Ahora el dolor forma parte de su vida, a cambio ha tenido la suerte de regresar a casa, un privilegio que se les ha negado a miles y miles. Ordena un poco, por lo menos lo intenta, luego se pone la chaqueta abrigada y baja al café. La escalera que comunica la vivienda con la cocina del café es más empinada y estrecha que la principal, pero puede agarrarse mejor a la barandilla de madera por ambos lados. No le gusta utilizar bastón, no es un viejo decrépito. Con todo, ya se ha resbalado dos veces en el suelo de la cocina.

Hilde le riñe.

—¡Mira que eres imprudente, papá! ¡Como te rompas la otra pierna tendremos que llevarte en silla de ruedas!

Su hija nunca tuvo pelos en la lengua. Gracias a su carácter alegre y encantador, muchos no se toman a mal que sea tan descarada, pero últimamente sus comentarios suenan duros y casi maliciosos, y eso no le gusta. Sobre todo Luisa, la dulce Luisa, es víctima de la lengua afilada de Hilde. Por qué, no lo entiende. Sería mucho mejor que se hicieran amigas de una vez, pero Hilde se ha cerrado en banda con su prima. A veces su hija consigue enfadarle de verdad.

—Está celosa —dice Else cuando están a solas—. Has acogido a Luisa como a una segunda hija. Hilde tiene miedo de perder su sitio.

—Pero eso es una tontería —se indigna él—. Mi Hilde siempre será la primera en mi corazón.

—¡Pues demuéstraselo!

De modo que ha dado su consentimiento para que la celebración de la boda de Gisela tenga lugar en el café. Sobre todo porque Hilde le dijo que Gisela era su mejor y única amiga, y que había hecho tanto por ella que era una indecencia negarle ese pequeño favor. En cambio, en esa fría mañana, se arrepiente de haber cedido. ¿Qué pensarán sus amigos y conocidos? Todos tienen que apretarse el cinturón, quién puede pensar en banquetes nupciales. Pero, por supuesto, cuando una alemana se lanza al cuello de un yanqui hay que celebrarlo a lo grande. ¡Con champán y caviar, como en los tiempos de paz! ¡Y que Heinz Koch se preste a eso! Hablarán de él a sus espaldas, y no les faltará razón. Pero ya no puede echarse atrás. Por desgracia.

En la cocina hay tres mujeres trabajando: Else, Hilde y Luisa preparan diferentes platos y dulces para el banquete. Hacia las once se celebra el enlace en el registro civil, luego la joven pareja debe presentarse ante el comandante municipal, el coronel Sansome, pero es una formalidad. El gobierno militar americano ha devuelto gran parte de su soberanía a las instituciones alemanas. Hacia las doce y media los asistentes a la boda, unas veinte personas, aparecerán en el café. Else y Hilde ya han dispuesto la sala del reservado, han juntado las mesas hasta formar una mesa larga y han colocado la vajilla. Sammy ha comprado vino, también habrá champán. El novio es miembro del ejército estadounidense, así que sabrá lo que se hace. Heinz se abre paso entre las mujeres para ocupar su mesa junto a la ventana, y de nuevo tiene esa terrible sensación de ser prescindible. Luisa le lleva el desayuno: pan blanco tostado, café de verdad y leche condensada, y un poquito de mermelada de naranja.

—¿Ya estamos en el paraíso sibarita de los americanos? —pregunta con sarcasmo al ver semejantes delicias.

—Lo he hecho para ti —comenta ella con una sonrisa cómplice—. Si vas a tener que soportar esta boda, tío Heinz, te mereces un buen desayuno.

—¿Y vosotras? —pregunta mientras ella le sirve el café—. ¿Habéis desayunado como es debido?

—No hemos tenido tiempo...

Él le acaricia la mano y le da las gracias, luego se dedica a su copioso desayuno, unta la crujiente tostada con mantequilla, le añade mermelada, inspira el aroma a naranjas maduras. Diablos, huele a lujo y bienestar. Bebe un sorbo de café y se deleita con la tostada, le da un pequeño mordisco, mastica, saborea, la moja con café. Pesca las últimas migas con el dedo índice y reconoce unos pasos en la escalera. Se acabó el desayuno sosegado, ahora empieza la lucha diaria con la desgracia que tienen alojada en casa.

—¡Café de verdad! —grita Edith von Haack en cuanto pisa la sala—. Eso es café del bueno. ¡Mi olfato nunca se equivoca, señor Koch!

—Buenos días, señor baronesa —dice Heinz en tono alegre, hace una pequeña reverencia y levanta un poco el trasero de la silla—. Espero que haya pasado una noche agradable...

Cuando se trata de café de verdad, la dama no atiende a los halagos. Es muy molesto, pero Edith von Haack tiene el extraño convencimiento de que el Café del Ángel es algo parecido a su comedor, donde solo tiene que dar una palmada para que la sirvan. Por supuesto, gratis, porque ella no es cualquiera...

—No he pegado ojo —dice con un suspiro, y se instala en

la mesa de al lado—. En Wiesbaden hace frío. No hay carbón para las estufas. Si esto sigue así, tendré que quemar los muebles...

Eso mismo le dijo hace poco a Else, y ella estuvo a punto de saltarle a la yugular. Los muebles son de August, su hijo, y como la señora Von Haack toque la pata de un taburete, le bloqueará el acceso al agua.

—En cuanto a los muebles... —empieza Heinz con cautela, pero la baronesa hace un gesto de desprecio.

—Dejemos ese desagradable tema, señor Koch. Ahora me gustaría desayunar. Café de verdad, leche condensada y... ¿Qué había ahí? ¡Ah! Mermelada de naranja...

La mujer tiene un olfato digno de un zorro. De hecho, tiene cierto aire zorruno con ese cabello rojizo erizado, la barbilla puntiaguda, los labios estrechos y los ojos de color mostaza un tanto rasgados. Está flaca, en su cuerpo no hay ni una pizca de carne, nada que ofrecer ni arriba ni abajo. Su marido, el barón Adolf von Haack, por lo visto era coronel en la Wehrmacht y está desaparecido. Hilde comentó con malicia que seguro que se entregó voluntariamente como preso de los rusos para escapar del yugo de su esposa. Ay, Hilde...

—Acordamos, querida señora Von Haack, que nos daría algunos cupones de alimentos si desayuna aquí a diario.

Lo habían pactado tras una leve disputa familiar, pues Else y Hilde opinaban que la señora Von Haack no tenía por qué desayunar en el café. Solo Luisa objetó que, si bajaba a desayunar, entonces Grete tendría unos minutos de tranquilidad para disfrutar en la cocina de un poco de pan con melaza clara.

La pobre Grete lo pasa mal. La baronesa no para de incordiarla, la acusa de robar, la insulta, incluso le pega. Hace poco la acusó de haber pasado la noche con Hubsi. El pobre tipo ya está de los nervios y se plantea buscarse otro alojamiento. Heinz lo entiende perfectamente, Hubsi es una persona con oído musical, el constante griterío de esa mujer es un suplicio para él.

La baronesa abre el bolso y saca dos cupones de una cartilla de racionamiento. Heinz ve a distancia que son de azúcar.

—¡Else! —grita hacia la cocina—. Ven...

A Else no le gusta que la interrumpan cuando hornea pasteles, aparece con el gesto torcido y no mejora al ver a la baronesa.

—¿Azúcar? Esto solo vale para hoy y mañana —dice, y coge los pedacitos de papel.

—Dos tazas de café de verdad, leche condensada, pan y mermelada de naranja... Y mantequilla... —exige Edith von Haack con insolencia.

Else se la queda mirando sin inmutarse.

—Claro. Y luego lomo de cerdo con lombarda y patatitas princesa, ¿eh?

Es obvio que la baronesa tiene una réplica afilada en la punta de la lengua, pero se contiene.

—Entonces devuélvame los cupones.

Else mira con desprecio los recortes, respira hondo y aclara:

—Dos tazas de sucedáneo de café, margarina, pan moreno y melaza clara. Eso es lo que valen... Solo son para cincuenta gramos.

Heinz ve cómo la baronesa se sonroja, solo la nariz sigue blanca. En efecto, se parece a un zorro. Quizá rabioso.

—Ustedes beben café de verdad a diario ¿y a mí me ofrecen aguachirle? —vocifera—. ¿Quiere que lo comunique a las altas instancias?

Heinz se asusta porque teme por Hilde, ya que compra con frecuencia en el mercado negro y está prohibido. Else, en cambio, no se deja amedrentar tan fácilmente.

—Haga lo que más le convenga, señora baronesa. Hoy

celebramos aquí una boda germano-americana, hay cosas que no se consiguen con la cartilla.

Con eso basta. La señora Von Haack opta por callar ante tan buenas relaciones con los ocupantes.

—Pero sí podrían traérmelo de segunda infusión…

Else se muerde el labio porque no le parece bien, pero recapacita. Siempre es mejor conciliar cuando hay que vivir en la misma casa.

—Por mí… pero solo hoy.

Se da la vuelta y regresa a toda prisa a la cocina antes de que la señora Von Haack mencione la mermelada de naranja.

Se hace el silencio durante un rato. Heinz se levanta, reprime un gemido porque la maldita prótesis se le ha desencajado de nuevo y le roza. Sale al buzón y recoge el *Wiesbadener Kurier*, que vuelve a imprimirse desde hace unas semanas, aún bastante fino, y regresa a la sala con el periódico. La señora Von Haack ha sacado del bolso un pañuelo, las gafas y unos cubiertos de plata envueltos en una servilleta de lino. Deja la cucharilla de café, el tenedor y el cuchillo sobre el mantel frente a ella, dobla bien la servilleta y la coloca en el medio.

—Es todo lo que pude salvar de la plata de la familia —explica, y levanta el tenedor—. Plata maciza. ¿Ven el blasón familiar? Los Von Haack están en este mundo desde 1450. Lino tejido a mano con las iniciales bordadas…

Heinz ya lo ha oído varias veces, pero admira con educación el tenedor que ella le enseña y comenta que hoy en día cuesta encontrar un trabajo tan extraordinario. Mientras lo dice, piensa afligido en los preciosos tenedores de postre y las cucharitas de café con el ángel grabado. No eran de plata maciza, solo bañados en plata, y casi todos han acabado en el mercado negro.

—Los había en todas las fincas. Se heredaban de madres a hijas… Ay, sí, siempre he querido preguntarle una cosa: la pequeña Von Tiplitz, ¿es pariente de los Von Tiplitz de Marienburg? Era una finca bonita. Con cría de caballos. De joven estuve unas cuantas veces…

Heinz arruga la frente. ¿Luisa no contó algo de Marienburg? Claro, la finca de Danzig.

—Es muy posible, señora baronesa. Mi hermana se casó con el barón Von Tiplitz, aunque este murió joven. Mi pobre hermana también nos ha dejado, pero estamos muy contentos de tener a Luisa con nosotros.

La señora Von Haack mira hacia el piano, pensativa, pasea la mirada de un lado a otro y se humedece los labios.

—¿Su hermana se casó con un Von Tiplitz? Interesante. ¿Sabe su nombre de pila?

—Creo que se llamaba Johannes. Por desgracia, Luisa perdió todos los documentos durante la huida, tal vez quiera hablar usted con ella…

En ese momento aparece Else con la bandeja del desayuno, y a la señora Von Haack se le ensancha la nariz al oler el café, que es de segunda infusión, pero al fin y al cabo café de verdad. Durante los minutos siguientes se entrega por completo al placer de esa bebida marrón, un poco clara, y Heinz se alegra de poder leer el periódico con tranquilidad. Cuando está a punto de anunciar en voz alta que tendrán gas a diario durante dos horas, se mueve la puerta giratoria y entra un cliente en el café.

—Buenos días, señor Koch, espero no molestar…

Fritz deja la pesada maleta en el suelo, luego se descuelga la funda de violín que lleva a la espalda. Heinz profiere un grito de alegría, abre los brazos y se levanta de un salto sin pensar en la prótesis.

—¡No! —contesta entusiasmado—. ¡No puedo creer que haya vivido para ver esto! Fritz Bogner. Ay, qué alegría se va a llevar Hilde. Y Hubsi. Por fin dos músicos en la casa…

Fritz se acerca presuroso a él y le da un abrazo, justo a

tiempo porque Heinz se mantiene bastante inestable y encuentra en él un fuerte apoyo.

—Deja que te vea, muchacho. Sí que has crecido. ¿Qué te ha pasado en el ojo?

—Ya no está, Heinz. Pero me queda el otro, estoy bien.

Fritz lleva un parche negro, y Heinz le dice que le da un aspecto muy «osado». Como un pirata. Hilde ya le contó que había vuelto a casa. Y que lo invitó a tocar en el café, pero es fantástico que haya llegado precisamente hoy, porque se celebra una boda.

—Lo sé... —dice Fritz con una sonrisa de satisfacción—. Hilde me envió un mensaje a través de Wendelin Staudt, el que siempre le entrega el licor. Recorre todos los pueblos y también pasa por Lenzhahn...

No puede continuar con sus explicaciones porque Hilde sale corriendo de la cocina, seguida de Else, y se abalanza sobre él. Luego se quita la chaqueta y se sienta a la mesa con Heinz. Hilde enciende la estufa pequeña, Else le da palmaditas en las mejillas, Hilde lo mira de arriba abajo y comenta que ha cambiado mucho. Ya se fijó cuando estuvo en Lenzhahn.

—Muy masculino... El parche te sienta bien, Fritz. ¡Casi podrías gustarme!

Heinz comprueba con asombro la facilidad que tiene Hilde para coquetear. Diablos, está avergonzando al pobre muchacho, se ha puesto rojo. Le gusta que se fije precisamente en Fritz, y por lo que parece a él no le molesta, ni mucho menos. Heinz observa con una sonrisa cómo Hilde se inclina sobre él, le pone una mano en el hombro y le habla con entusiasmo.

—¿Recuerdas cuando tocabas aquí el violín y yo te estiraba de los tirantes...?

—Ah, sí, no lo he olvidado, Hilde, porque me ponías en un aprieto...

Su hija se ríe y dice que ella tenía como mucho trece años y solo quería llamar su atención.

—Se me caía la baba cuando tocabas el violín, Fritz.

El muchacho suspira y dice que eso fue hace mucho tiempo. Antes de la guerra, todavía vivían en otro mundo.

—Estábamos en un capullo agradable y seguro, Hilde. Quién iba a pensar entonces que nos enfrentaríamos a una guerra tan cruel…

Hilde le acaricia el hombro y le habla con suavidad. Heinz comprueba perplejo que su descarada hija también tiene su lado maternal.

—Hemos sobrevivido a la guerra, Fritz —dice ella—. Y si nos mantenemos unidos, lograremos empezar de cero. Ya no será como antes, pero estoy convencida de que todo saldrá bien.

Él inclina la cabeza hacia la mano que le acaricia y sonríe, ensimismado.

—Eres una chica valiente, Hilde. ¡Te admiro!

—¡Qué dices! —exclama ella, y suelta una carcajada—. ¡Estos eran mis cinco minutos fuertes porque me alegro mucho de que estés aquí!

Dicho esto, va a la cocina para servirle el tentempié que Else ya le ha preparado. Una tostada con jamón y piña, huevos a la mostaza y un tazón de café de verdad.

—Qué afortunado —comenta Edith von Haack, que observa con interés el reencuentro y ni por un instante ha pensado en retirarse con discreción—. Debe de ser muy buen amigo de la familia para que le agasajen de esa manera. Que le aproveche… Por cierto: baronesa Edith von Haack. Mi finca se encuentra cerca de Danzig…

Heinz tiene ganas de conversar a solas con Fritz, pero no puede evitar que esa entrometida les moleste. Se pone a hablarle de sus tierras, de sus campos de centeno que llegan hasta el horizonte, el granero de Alemania, y que ahora pertenece a los rusos.

—Una lástima —comenta Fritz con educación—. Espero que pronto se adapte a Wiesbaden, señora.

Cuánta razón tenía Hilde cuando dijo que la señora Von Haack era «adicta a los hombres». No deja desayunar a Fritz Bogner, le pregunta si se gana la vida tocando el violín, si tiene estudios o es autodidacta, si piensa alojarse en la casa...

—Arriba tenemos poco espacio, pero podríamos apretarnos para encontrarle un sitio, señor Bogner...

Entonces Heinz decide ponerle coto de una vez. ¿Qué se ha pensado esa mujer? A juzgar por su dulce sonrisa tiene una idea muy precisa de dónde quiere alojar al pobre muchacho, en su propia cama. Como amigo paternal, debe evitar a toda costa que lo corrompa moralmente.

—Ni hablar —interviene—. En nuestro piso de la primera planta hay espacio suficiente, ya te encontraremos un lugar para dormir, Fritz.

Al principio Heinz no entiende por qué Fritz parece aún más turbado. ¿Qué le pasa? Es como un hijo para él, puede dormir tranquilamente en el lavadero, aunque esté justo al lado de la habitación de Hilde...

De pronto aparece Hubsi para tomar un sucedáneo de café rápido y comer un pedazo de pan, como todas las mañanas. Dios mío, cómo se alegra de ver a Fritz. Se sienta enseguida con él y los dos se enfrascan en una conversación sobre la música que van a tocar. Hubsi le dice que sus partituras se quemaron. El *Concierto para violín* de Beethoven. El volumen de *Canción y sonido del siglo XIX* sigue sobre el piano, podrían probar algo de eso. Ay, sí, el dedo índice derecho, al principio fue difícil, pero ya se las arregla, le va bastante bien. La marcha nupcial tiene que ser la de Mendelssohn. ¿Y el *Coro nupcial*? Ya. A Fritz no le gusta Richard Wagner, le parece demasiado pomposo, demasiado dramático, y *Lohengrin* también es muy triste. No se puede desear una noche de bodas con eso a una pareja de novios...

Los dos se echan a reír y Heinz se alegra de ver que Fritz revive. Abre la funda del violín y afina su instrumento. Cuenta que ha practicado día y noche pero que la mano izquierda sigue muy rígida porque lo ha dejado mucho tiempo. Entretanto Hubsi ya se ha sentado al piano y hojea las partituras, toca alguna que otra nota y Heinz tiene la sensación de que una luz dorada y cálida baña la sala de su café. Ay, los artistas. Sobre todo los músicos. Convierten una realidad gris en un ensueño colorido y feliz. Ya ni siquiera le molesta la baronesa Von Haack, que se quede ahí a escuchar siempre que tenga la boca cerrada. Se reclina en la silla, estira el dolorido muñón y observa atentamente. Fritz acaricia las cuerdas para probar, toca una melodía, vuelve a afinar, se coloca el violín y levanta el arco.

Sin embargo, no empieza a tocar. ¿Qué le pasa? Deja caer el brazo con el arco, baja también el violín y se queda tieso como una estatua. Tiene la mirada fija en la entrada de la cocina. ¿Qué está susurrando? Suena a...

—Luisa... ¿Es posible? ¡Luisa!

Jean-Jacques

El mistral es tan despiadado como el destino. Durante semanas sacude las tejas y los postigos de las ventanas, penetra en la ropa con un frío gélido y arranca las hojas secas de los árboles. De día y de noche se oye su persistente y monótono zumbido. Acompaña la vida de las personas, su trabajo, su sueño, sus anhelos, sus muertes...

Jean-Jacques se queda mirando la fosa rectangular que se abre ante él como un abismo. La muerte no le es ajena, ha visto a compañeros morir en la guerra, casi todos jóvenes, llenos de vida, de esperanzas y sueños. La mayoría falleció en pocos minutos, sin apenas enterarse, y se fue sin lamentos ni arrepentimiento, como se entra en un nuevo mundo desconocido. Con otros la muerte no fue tan benevolente, sufrieron, lloriquearon y gimieron de dolor, gritaron llamando a su madre, a sus hermanas, a su novia. Murieron luchando por Francia. «Murieron como héroes», dicen. Su muerte tuvo un sentido. Pero ¿qué sentido tiene la muerte de Margot? ¿Por qué Dios le quita la vida a una joven madre que debe cuidar de su hijo? Es un acto contra natura. Contra la creación.

Se mantiene erguido, ya no siente mareos, sostiene el sombrero en las manos y las palabras del cura pasan a toda prisa por sus oídos, se confunden con el mistral, que silba sin cesar en el pequeño cementerio.

—… los caminos del Señor son insondables… aceptarlos como Él dispone… soportar el dolor como Cristo soportó el sufrimiento del mundo…

«Palabras vacías. Bobadas», piensa. Jean-Jacques ha roto con la Iglesia y su Dios, está ahí porque no quiere avergonzar a sus padres con su ausencia en el entierro de Margot. Es el marido, de puertas para fuera es quien soporta la mayor carga de tristeza, luego están los padres de Margot, sus hermanas, los parientes. Pierrot espera al fondo, apoyado en la pared de la iglesia, con la cara hinchada y los ojos vidriosos. Está borracho.

El cura pronuncia la última bendición, bajan el ataúd de madera clara, con un adorno de hojas de pino y azucenas falsas, las ramas tiemblan cuando el ataúd desciende despacio, oscilante. En esa caja de madera está Margot, ataviada con su vestido de boda, con las manos sobre el pecho y el cabello bien peinado. La madre y dos mujeres de la familia han preparado a la difunta, han tardado horas, él no pudo verla hasta que terminaron. Le pareció bien. No quiso saber cuánto había sufrido, cuán dura había sido la tortura. Cuando le permitieron entrar en el dormitorio, ella estaba tumbada con las manos unidas en actitud piadosa, los rasgos rígidos, sin una sonrisa, pero tampoco vio una mueca de dolor. Se sentó en una silla para velar a la difunta unas horas, con la mente vacía, sus sentimientos estaban como anestesiados.

«¿Qué me pasa? —pensó—. ¿Por qué no puedo llorar? He perdido a mi esposa. Ha muerto porque estaba preocupada por mí, subió por la escalera para ayudarme y se cayó». Escuchó el silbido del viento que soplaba alrededor de la casa y sacudía la puerta del granero. De vez en cuando entraba una corriente de aire por la chimenea y aullaba dentro como un alma en pena que suplicara por su liberación.

Nota la mano de su padre en el hombro cuando el ataúd

444

toca el fondo de la fosa y los hombres se susurran instrucciones para subir la cuerda. Se forma una fila en el borde de la tumba para arrojar una palada de tierra que el mistral repele antes de que llegue al ataúd. Luego los ayudantes colocan la losa de granito claro sobre el reborde. La tumba familiar se vuelve a cerrar.

—Aún hay sitio para tres, cuatro como mucho —dice la madre cuando regresan a la granja en el carro—. Luego habrá que ampliar el panteón o comprar otro.

El padre calla, odia las conversaciones sobre la muerte y todo lo relacionado con ella. Jean-Jacques tampoco contesta. Se ha producido una discusión entre las mujeres porque la familia de Margot quería usar su propio panteón familiar. La más disgustada era la madre de Margot, según ella su pobre hija nunca fue feliz con los Perrier, había muerto de tristeza porque su marido ni la quería ni la cuidaba. La madre de Jean-Jacques se ha puesto hecha una furia, se han insultado delante de la iglesia y, de no haber sido por la intervención de las hermanas de Margot, habrían llegado a las manos. Una escena indigna que le ha provocado una profunda vergüenza, igual que a su padre.

Tras el entierro, todos los que han acudido al cementerio estaban invitados a pastel, café y una copa de vino en la granja. Los padres de Margot no han ido, solo las dos hermanas con sus familias. También numerosos parientes cercanos y lejanos, amigos y conocidos. Hay tanta gente que no tienen suficientes asientos, y eso que el día anterior bajaron cajas de madera y taburetes de la buhardilla. Una parte de los invitados está en la bodega, otros en el salón, pero la mayoría está en la cocina, en la mesa larga.

—Dios nuestro Señor se ha llevado a tu mujer, pero también te ha dado un hijo —parlotea Abbé Pagnol, el cura, a su oído—. Este niño te ha sido encomendado a ti, hijo mío. Es el legado de tu querida Margot, que te ha dejado una prenda de su amor inquebrantable...

Jean-Jacques asiente y reprime unas ganas absurdas de soltar una carcajada. «¿Me estoy volviendo loco?», piensa asustado. Se obliga a mantener la calma, lidia con las ideas malignas que lo asaltan. No quiere darle más vueltas. Lo ocurrido es absurdo, pretender entenderlo le haría perder la razón. Preferiría beber, como hace Pierrot, que vacía una botella de vino tinto tras otra desde que vio a Margot muerta. Sin embargo, Jean-Jacques no es de los que se evade con el alcohol. Sabe que debe enfrentarse a sus fantasmas, pero no ahora ni delante de los demás. Ya lo resolverá consigo mismo.

El hijo de Margot es diminuto, tiene la carita llena de arrugas, la boca ancha. Su pelo es negro, y a Jean-Jacques sus deditos le parecen delgados como fósforos. Su madre ha buscado un ama de cría, pero la criatura no quiere comer, grita desesperado con esa vocecita fina como si llamara a su madre.

—Ya comerá —dice Jeanne, la hermana de Margot—. Tu leche aún es demasiado fuerte para él. Solo tiene unos días.

—Tiene que comer —replica el ama, que tiene un niño de seis meses. Lo ha destetado con la esperanza de que el otro niño mantuviera el flujo de leche, pero si sigue haciéndose de rogar la fuente se extinguirá.

—Dadle un poco de infusión de manzanilla —aconseja una mujer de la familia.

—Ponedle una vela a la Virgen… —comenta otra.

—¡Qué dices! Mejor id a ver a la vieja Corizza, es gitana y sabe de niños…

Jean-Jacques recibe consuelo de todas partes, le explican que su hijo está sano, que ya encontrará su camino.

—Echa a todas esas mujeres de la habitación —le aconseja un tío—. Cuantas más toqueteen al pobre niño, más fácil será que lo lleven a la tumba.

Después de unas cuantas copas de vino, los invitados están alegres, se cuentan viejas historias, se habla de la victoria contra los alemanes, de los prisioneros de guerra alemanes, que ahora tendrán que trabajar en Francia. Es justo, al fin y al cabo ellos también retuvieron a soldados franceses y los obligaron a trabajar en sus fábricas. El pasado se amolda a los deseos de cada uno. Francia fue vencida y ocupada por culpa de una alevosa traición, todos los franceses estaban en la Resistencia, se libraron por sus propios medios de las garras del enemigo y ahora los alemanes tendrán que pagar tras perder la guerra. Igual que en 1918. Eso lo recuerdan bien los mayores, pero esta vez no tratarán a los alemanes con tanta consideración. Deben sangrar de verdad para que se les quiten las ganas de iniciar otra guerra.

Jean-Jacques está cada vez más callado. El parloteo, el triunfalismo y las fanfarronadas de sus familiares le molestan porque sabe muy bien que la mayoría han sido súbditos mansos del régimen de Vichy. No puede evitar recordar aquel día cuando en el Café del Ángel hablaban de los franceses. «Los franchutes», los llamaban, y se reían del ejército del general Gamelin. Los soldados franceses eran unos pusilánimes. Perfumados y de punta en blanco, iban tras las faldas de las mujeres, pero eran unos ineptos en el campo de batalla. A él le dolían esos comentarios, a menudo se ponía furioso, pero se callaba, no dominaba la lengua y hacía el ridículo con su tartamudeo. Sin embargo, sus amigos de Villeneuve no son mucho mejores que los engreídos alemanes de Wiesbaden.

Se levanta y sube la escalera, duda un momento y abre la puerta de su dormitorio. Cuando se llevaron a Margot, las mujeres fregaron el suelo, colgaron cortinas nuevas y cambiaron la ropa de cama. Aún se percibe el olor a incienso que dejó el cura, por lo demás apenas hay nada que recuerde a Margot. Jean-Jacques se sienta en la cama y apoya la cabeza en las manos. Hasta ahí llegan las conversaciones de los invitados, las risas, el tintineo del cristal. En el patio arden antorchas, preparan un carro. Bajo el brillo titilante ve a Jeanne, la hermana de Margot, con su hija pequeña; pese a ir envueltas en una capa, están congeladas por el viento helado. Cuando el carro está listo, el marido de Jeanne ayuda a subir a la niña y se van. Felicidad familiar. Jean-Jacques los sigue con la mirada hasta que deja de verse la luz de las dos linternas. Siente una náusea. Corre las cortinas y enciende una de las lámparas de noche. Qué raro se ve el lecho conyugal vacío. Las sábanas blancas y la manta bien estiradas, metidas por los lados; casi como en un hotel, igual de vacío y ajeno. El pequeño cojín de cuadros que Margot necesitaba para dormir ya no está. La manta de lana marrón que tejió para él. El librito gris, ya manoseado, con un dicho para cada día del año que Margot siempre consultaba antes de acostarse. ¿Dónde han ido a parar todas esas cosas? ¿Por qué se las han quitado?

Margot. La echa de menos. No, no la quería, pero ha sido una compañera leal para él. Estaba ahí, se acostaba junto a ella y la oía respirar. Hablaban en susurros en la oscuridad, a veces se reían, a veces él la tocaba, ella siempre estaba a su lado. Ahora está solo, la habitación se le cae encima y le cuesta respirar. No lo aguanta, sale del dormitorio, baja corriendo la escalera, pasa por delante de los invitados que aún están en la cocina bebiendo vino. En el establo, se acerca a la vieja yegua. Arrimado al cuerpo cálido y vivo del animal se siente mejor, le acaricia el cuello liso, le toca los ollares suaves y murmura incoherencias para sus adentros. Luego se acurruca en un rincón sobre la paja y se queda dormido.

Aún no ha amanecido cuando alguien lo sacude por el hombro. Es su padre, se inclina hacia él, intenta despertarlo.

—Vamos… No te dejes llevar, que el trabajo espera…

El tono es severo, pero la presión de la mano es suave. Jean-Jacques sabe que su padre quiere ayudarle, a su manera. No hay que dejarse llevar por la tristeza o estás perdido. Hay que seguir trabajando, encarar el destino, no dar opción a que se instale la infelicidad.

—Quería ver a la yegua… —murmura Jean-Jacques mientras se frota la cara con las manos.

—Está bien… Ayer había demasiado alboroto en la casa. A Bastian lo tuvo que cargar su hermano en el carro para llevárselo…

Jean-Jacques se levanta despacio y aguarda el mareo, que llega de inmediato pero pasa rápido. Los hermanos Gérond son conocidos por ser grandes bebedores. Siempre que hay algo que celebrar, ya sea una boda, un bautizo o un entierro, aprovechan para cogerse una borrachera a costa de otro.

—¿Has visto a Pierrot? —pregunta el padre.

—¿No está en su habitación?

—No, tu madre ha ido a verlo. Tampoco está en el granero.

Jean-Jacques intenta recordar cuándo fue la última vez que vio a su hermano. En el cementerio, estaba apoyado en el muro cuando bajaron el ataúd. ¿Y luego? ¿Estaba con los invitados en la cocina? ¿En el salón? ¿Con los jóvenes en la bodega? ¿Les explicó con orgullo en qué barriles se almacenaba el vino de su viñedo? La Médouille, el que su madre había puesto a su nombre. Por más vueltas que le dé, ayer no vio a su hermano en la granja.

—No lo sé…

Sigue a su padre cojeando, acaricia la cruz de la yegua y le lanza dos horcas de paja antes de cerrar el box. Al salir, el viento los recibe con pequeños granos de arena, tiene que entrecerrar los ojos e inclinarse hacia delante al caminar. Al este ya se ve una pálida franja de luz, las siluetas suaves de las colinas, las filas rectas de las vides. En la cocina de la vivienda hay luz. La madre está a los fogones, Berthe y las dos muchachas lavan los vasos, platos y tazas que se usaron ayer. En un plato han reunido los restos de pastel, además hay café con leche.

—¿Lo habéis encontrado? —pregunta la madre sin darse la vuelta.

Jean-Jacques comprende que se refiere a Pierrot. Solo el benjamín es objeto de preocupación, el mayor se las arregla. Jean-Jacques siempre se las ha arreglado solo.

—Ni rastro —murmura el padre, y se sienta—. Estará por el vecindario…

—O se lo llevaron los Bressot.

Son los padres de Margot. Se produce una discusión en la mesa del desayuno, la madre está enfadada porque los Bressot no asistieron al funeral y cree que han puesto a Pierrot en contra de su propia familia por pura maldad. El padre lo rebate con algunas frases, luego calla cuando ve que se ha metido en un callejón sin salida. Jean-Jacques no interviene en el cruce de palabras, ayer no pudo tragar nada y ahora devora el pastel y bebe café con leche en pequeños sorbos. Evita alzar la vista porque el sitio de enfrente está vacío. Ahí se sentaba Margot, lo miraba comer, le sonreía y se ocupaba de que su plato siempre estuviera lleno.

—Estará abajo, en la bodega, tumbado entre los barriles —comenta—. Ahora bajo…

La madre sigue furiosa. ¿Por qué habla así de su hermano? Pierrot no es un borracho…

—¿Lo has visto sobrio en los últimos días?

—Sufre por la muerte de Margot. Pierrot se lo toma todo muy a pecho…

«Sí, pobrecito —piensa Jean-Jacques con envidia—. Me arrea en el cráneo con un palo y casi me mata, pero eso no cuenta, porque el pobre sufre mucho». Se da cuenta de que sus celos están fuera de lugar tras la desgracia ocurrida, pero el odio hacia Pierrot es demasiado profundo. «Se merece su desesperación. Pierrot quería a Margot. No respetó que estaba casada, y ahora la ha perdido. Para siempre. Que sufra como un animal. Me alegro».

Solo oye la mitad de lo que dicen sus padres. El niño sigue sin comer, cada vez está más débil, hay que llevarlo a la clínica de Nimes o buscar otra ama… El cura quiere bautizarlo hoy para que su alma no acabe en manos del diablo si debe abandonar este mundo.

Se mete el último trozo de pastel en la boca y se levanta. Se limpia los labios con la manga y vacía la taza.

—Voy a buscar a Pierrot.

Sube a quitarse el traje bueno, que está lleno de polvo y paja tras pasar la noche en la cuadra, y se pone los pantalones de trabajo y una chaqueta gruesa que aguante el mistral. En la bodega agarra la lámpara y avanza despacio entre los barriles, mira en la sala contigua, busca en el heno del granero, en el cobertizo, donde aún hay dos carros viejos, espanta a las gallinas, echa un vistazo en la cabreriza. Nada. Se siente ridículo. Al final Pierrot estará en el desván, observándolo por el tragaluz. Sin embargo, en el desván tampoco encuentra a su hermano.

«Por mí que se vaya al cuerno. ¿Acaso soy su niñera?», se dice. Regresa a la cocina a tomar un trago de vino con agua, luego quiere ocuparse de la puerta de la cabreriza, vuelve a atascarse y hay que rebajarla un poco. En la cocina está Abbé Pagnol, el cura, comiendo jamón recién cortado, aceitunas y queso, y ya se ha bebido una copa de tinto.

—Que el Señor esté contigo, hijo —saluda a Jean-Jacques, y su gesto transmite un desprecio compasivo. A Abbé Pagnol le encanta consolar las penas de los miembros de su comunidad. Recibe a los corderitos con los brazos abiertos, pero con los que son felices no se entrega tanto.

Jean-Jacques saluda al invitado con el debido respeto, se sienta con él y coge un poco de jamón, reservado para las ocasiones especiales.

—Hemos bautizado a tu hijo con el nombre de Marcel y encomendado su alma al Señor —explica Abbé—. El niño está débil, es posible que hoy mismo siga los pasos de su madre…

Jean-Jacques lanza una mirada a su madre, ve las lágrimas en sus ojos. Su padre, que está sentado a su lado, también está afectado. Las desgracias nunca vienen solas. Cuando el Señor quiere castigar, lo hace con dureza.

—¿Cómo lo sabe? —replica con aspereza—. Usted es cura, no médico.

Abbé sabe tratar con personas desesperadas, es paciente y se mantiene amable.

—Claro, hijo, es solo una suposición. Aunque el ama coincide conmigo. La vida de ese niño está en manos de Dios…

—¡Entonces déjenos en paz con sus suposiciones!

Se ha equivocado de tono, ha alzado la voz, de modo que a Abbé le cuesta conservar su beatífica sonrisa.

—¡Jean-Jacques! —dice su madre, asustada, y luego se vuelve hacia Abbé—. No se lo tome a mal, Abbé. Es la pena la que habla.

—Lo sé. Hija mía…

Jean-Jacques nota que una rabia indomable va creciendo en su interior. Es como si se hubieran juntado todas las heridas, el sentimiento de culpa, la ira y la impotencia que albergaba en su interior, y derramara una potente ola sobre ese cura que le dice que el hijo de Margot va a morir hoy. Se levanta de un salto y la silla se vuelca tras él con un estruendo, y mira con los ojos desorbitados al otro lado de la mesa.

—¿Qué haces aquí sentada alimentando al cura? —le reprocha a su madre—. ¡Preocúpate del niño! Dale una infusión, ve a buscar a la gitana, llévalo a la clínica, lo que sea, ¡pero haz algo!

La madre se queda de piedra, jamás lo ha visto gritar así. El padre abre la boca para decir algo, pero Jean-Jacques no le deja.

—Voy a traerlo, vivo o muerto. ¡Lo juro!

Dicho esto, sale por la puerta y cruza el patio hacia el establo. Cuando levanta la silla de montar de la viga todo empieza a dar vueltas a su alrededor, su corazón palpita con fuerza, pero lleva la silla al box y se la coloca a la yegua. Aprieta bien la cincha, le pone la brida y sube. De pronto, la calma y la lucidez se abren paso en su mente. Comprende lo que puede haber pasado con su hermano. Tiene dos posibilidades, ir hacia Villeneuve o hacia el viñedo. Se decide por el viñedo, descarta el cementerio donde está enterrada Margot porque por ahí pasa gente que molestaría a Pierrot. Debe darse prisa, tal vez ya sea demasiado tarde. Pierrot no es una persona decidida, más bien es indeciso, pero es capaz de cometer actos irreflexivos. Sobre todo cuando está borracho. A la yegua le sorprenden las prisas, no está acostumbrada a que la monten, casi siempre la enganchan al carro. Inicia el trote de mala gana, pero cuando toman el camino que atraviesa los viñedos se anima e incluso se atreve con un leve galope. Luego llega un tramo cuesta arriba y vuelve a ralentizar el paso. Él le da plena libertad, sabe que no puede ir más rápido. El mistral sigue soplando, frío y perseverante, sobre la tierra, el tiempo está brumoso, el cielo se cubre con una capa de nubes que oculta el sol invernal.

En esta época del año las vides están desnudas, se yerguen como palos oscuros y nudosos unas junto a otras, cada una atada a una vara de madera clara. Desde el lomo de la yegua contempla todo el viñedo, pasa entre las filas, entrecierra los ojos porque el viento levanta polvo y al final ve una mancha oscura que no le encaja. Hacia la mitad de su viñedo, entre dos vides que lo observan como mandrágoras con los brazos estrechos y retorcidos, Pierrot está sentado en el suelo, con los codos apoyados en las rodillas y la cabeza hundida en las manos. El ruido sordo de los cascos de la yegua lo sobresaltan, se queda mirando al jinete y Jean-Jacques ve con terror la locura reflejada en los rasgos pálidos de su hermano.

—Se acabó… acabó… acabó… —le oye decir en tono cantarín.

Entonces algo brilla en la mano derecha de Pierrot, se desplaza de un lado a otro con un movimiento rápido y cae al suelo. Un cuchillo. Uno de los afilados cuchillos de viticultor que usan para cortar los brotes.

—¡Idiota! —grita Jean-Jacques.

No es rápido al bajar de la silla, la cabeza le da vueltas, oye un pitido y todo queda a oscuras ante sus ojos. Aun así, se precipita hacia delante, aterriza en el suelo, se levanta y ve, envuelto en una nube de polvo negro, que su hermano sale corriendo entre los viñedos. Va dejando un rastro de sangre clara sobre el ralo suelo invernal. Nota que recupera las fuerzas, vuelve a tener la mirada nítida, los ojos le obedecen y sale corriendo tras él, está a punto de agarrarlo varias veces, pero Pierrot le golpea y se escapa. Sin embargo, mientras él recupera las fuerzas, su hermano está cada vez más débil, lo oye toser, sus movimientos son imprecisos, tropieza y se queda clavado en el suelo polvoriento aferrándose con ambas manos.

—No... me... vas... a... —gime mientras Jean-Jacques se quita la camisa, la rompe en jirones y le venda el antebrazo. Cuando termina, Pierrot ya no se mueve, está exhausto, el pulso es lento y la respiración ronca.

A Jean-Jacques también le cuesta respirar. Nota un zumbido en la cabeza, las vides peladas bailan a su alrededor, no ve a la yegua, que se ha parado a cierta distancia y mordisquea la escasa hierba del borde del camino. Se acerca cuando él la llama, es un animal obediente, y se queda inmóvil mientras levanta a su hermano hasta la silla y luego monta.

Cuando llegan a la granja, su madre se acerca corriendo. Se tapa la cara con las manos del susto porque Pierrot cuelga lívido de la silla y Jean-Jacques tiene que sujetarlo.

—Haz que enganchen el carro —dice él, escueto—. A casa del tío Bertrand. Tiene coche y puede llevarlo a la clínica de Nimes.

Uno de los mozos se acerca corriendo, el padre sale del granero, la madre quiere saber qué ha ocurrido. Jean-Jacques no da explicaciones. Mientras se llevan a su hermano al carro, desmonta y conduce a la yegua a la cuadra. La libera de la silla y la brida, la frota con paja y le da heno y agua. Luego se tambalea hacia atrás, agotado, se agarra a la pared del box y se hunde en la paja.

Luisa

«¡Es él! Es su voz. No hay duda», piensa Luisa. Está en la cocina escuchando lo que ocurre en el salón del café, y de la emoción por poco se le resbala el cuenco con la valiosa mayonesa.

—¡Jesús, ha venido Fritz! —ha exclamado la tía Else—. Date prisa con los huevos a la mostaza, Luisa. Prepara otros para él...

Luisa remueve la mayonesa y la mostaza con las yemas de huevo cocidas, apenas sabe lo que se hace. Qué contento está. Y qué distinto de aquella vez, cuando huyeron juntos. Pero, claro, la guerra ha pasado y la vida continúa. Coge una cucharita y rellena las mitades de huevo con la mezcla, con las manos temblorosas; dos veces se le cae una mitad de huevo en el cuenco, pero consigue recomponer el plato. La tía Else vuelve corriendo a la cocina y pone tazas y platos en una bandeja, sirve café, prepara una tostada con jamón, queso y una rodaja de piña, y añade dos huevos a la mostaza.

—A los músicos hay que alimentarlos —le dice con una sonrisa—. Siempre tienen hambre.

En ese momento entra Hilde a toda prisa por la puerta de la cocina con el rostro iluminado, a Luisa le parece que se ha transformado.

—¿No te lo decía yo? —le susurra a su madre—. Todo un hombre, pero tan bueno como antes.

—Ha perdido un ojo, el pobre —comenta la tía Else, con un suspiro.

Hilde hace un gesto despreocupado.

—No me molesta. Mientras todo lo demás esté en su sitio...

Se le escapa una risita, agarra la bandeja y la lleva al salón. La tía Else suelta un profundo suspiro, niega con la cabeza y vuelve a los canapés. Coloca el rosbif, aún sangriento por dentro, sobre pan blanco con mantequilla, luego mete la mayonesa en una manga pastelera y los decora formando corazones. Luisa se queda mirando esas delicias: hasta hoy ni siquiera sabía lo que era la mayonesa.

Fuera se oyen alegres carcajadas, Hilde provoca a Fritz y él le contesta. Luisa presta atención. Son respuestas amables, un tanto cohibidas, en ocasiones reflexivas, pero no llega al tono jocoso de Hilde. Pero ¿qué significa eso? Por lo que ella sabe, no es de los que bromea con las mujeres, es demasiado tímido y serio. Ahora se suma Hubsi Lindner. Su alegría al volver a ver a Fritz resulta conmovedora, a Luisa se le llenan los ojos de lágrimas. Se seca las mejillas con el dorso de la mano, tiene las manos mojadas de lavar el cuenco vacío en el fregadero.

—¿No te apetece ir? —pregunta la tía Else—. Fritz es un amigo muy querido de la familia. Te gustará.

Ya ha afinado el violín y ha empezado a tocar una canción que ella conoce porque se la cantaba su madre. «Anita de Tharau». Dios mío, ahora sí que tiene que reprimirse porque se le saltan las lágrimas. Recuerda que de pequeña siempre la cantaba y eso le ayuda a combatir la tristeza.

—Anda, ve... —dice la tía Else, y la empuja fuera de la cocina—. Ya me encargo yo de lo que falta.

Cuando se planta delante de él y sus miradas se cruzan, es

un momento maravilloso y al mismo tiempo horrible. No, Fritz no la ha olvidado. Incluso deja de tocar de la sorpresa. ¿O es alegría? Ay, desea con todas sus fuerzas que se alegre de ese reencuentro.

—Luisa… ¿Es posible? ¡Luisa! —tartamudea.

Lo dice en voz baja, pero ella nota que está emocionado. Siente ganas de gritar de júbilo, chillar, saltar bajo el sol, pero se queda ahí sonriéndole.

—Sí, Fritz, soy yo. Es… es un milagro, ¿verdad? Me refiero a que volvamos a vernos aquí.

Se da cuenta de que tiene el arco y el violín en la mano y los deja con cuidado sobre el piano. De reojo, Luisa ve la cara de Hilde, que refleja perplejidad y un principio de ira. Entonces Fritz se acerca a ella con los brazos abiertos.

«No puede ser —se dice—. ¿Qué pensará Hilde? ¡Y sus padres!». Retrocede dos pasos y le tiende la mano derecha.

—Pero… si tocas de maravilla… —dice, y esboza una sonrisa suplicante. «Nada de abrazos», ruegan sus ojos. Por favor, que no la abrace.

Fritz se detiene y baja los brazos. ¿Está decepcionado? Seguro que sí, pero también es listo, tiene complicidad con la gente. Sonríe tímidamente y le da la mano.

—Qué va —comenta—. Antes tocaba mucho mejor. Pero todo llegará, solo tengo que encontrar tiempo para practicar.

Le aprieta la mano, la rodea con sus dedos cálidos, no quiere soltarla. A Luisa le gustaría quedarse así para siempre, agarrados con calma, firmeza y a la vez una ternura infinita.

—¿Es que os conocéis?

La voz de Hilde rompe el hechizo y devuelve a Luisa a la realidad.

—Así es —dice Fritz—. Realmente es un milagro que nos hayamos encontrado, pues nos conocimos cerca de Rostock. Fue en marzo, y la guerra aún causaba estragos…

El tío Heinz interviene. Está entusiasmado con esa «maravillosa coincidencia del destino», y comenta que esos reencuentros inesperados siempre significan algo.

—Siéntate con nosotros, Luisa —la invita—. Nuestro joven amigo iba a tocar. Las bellas artes, sobre todo la música, siempre exigen respeto. Más tarde podréis hablar todo lo que queráis de los viejos tiempos.

—¡Más tarde es la boda de Gisela, papá! —interviene Hilde, con insolencia—. ¡No lo olvides!

«Si las miradas mataran, yo ya sería un cadáver», piensa Luisa.

Hilde pasa por su lado, provocadora, y la fulmina por el rabillo del ojo.

—¿No tienes nada que hacer en la cocina? Comer y vivir gratis sí, pero nada de trabajar, ¿eh? —le suelta entre dientes.

Luisa no contesta, pero Fritz lo ha oído y ella se muere de vergüenza. Es una desplazada, no tiene nada, no pertenece a ningún lugar, debería alegrarse de que la hayan aceptado allí. Se refugia en la cocina y echa una mano, ayuda a la tía Else con la decoración de las bandejas y dobla servilletas de papel en forma de palomas blancas.

—Qué habilidosa —la elogia la tía—. A ti se te puede colocar en cualquier parte, niña. No te enfades con Hilde, es una deslenguada, pero tiene el corazón en su sitio.

Luisa no está tan segura de eso, pero calla. La tía Else defiende a su hija, es natural. Si su madre siguiera con vida haría lo mismo. Sin embargo, está sola y desamparada, nadie intercede por ella. Y Hilde es una consentida, una presuntuosa y una mala persona. Luisa se ha esforzado de verdad por entenderse con ella, se ha mantenido en un segundo plano, ha reaccionado a los ataques de su prima con una actitud amable, sin darse por aludida. Siempre que le ha sido posible. Pero lo que ha dicho antes es muy grave. Sobre todo porque lo ha oído Fritz. Jamás se lo perdonará a Hilde.

«Debería irme —piensa—. Buscarme un trabajo y alquilar una habitación». Aunque con la actual situación de la vivienda no encontrará una habitación para ella sola. Como mucho un cuartito en un piso abarrotado, en un frío desván o en un sótano húmedo. ¿En serio tiene que hacerlo? ¿Qué diría el tío Heinz? La ha acogido como un padre, no entendería semejante decisión y le causaría mucha tristeza. Ay, y la tía Else, tan cariñosa. Julia, Addi, la Künzel, en este tiempo se han convertido en una familia para ella. ¿Renunciar a todo solo porque su prima escupe veneno y bilis cuando habla?

La llegada de los invitados a la boda la arranca de sus lúgubres pensamientos. Hay que servir y ofrecer el champán en copas finas sobre bandejas de plata, el tío Heinz no permite que sea menos. Gisela, que ahora se apellida «Hill», aparece en la sala como una reina. Ataviada con su largo vestido de novia de satén, ajustado a su figura, con un escote abierto que deja entrever el comienzo del pecho. Una cadena de oro con un rubí, que brilla en su cuello como una gota de sangre. El cabello lo lleva rizado y fijado con laca, los labios rojos, en el ojo izquierdo se le ha corrido el rímel. Está muy alterada, habla a gritos, no para de reír y no se despega de su marido. A Luisa, Sammy le parece una criatura inofensiva, un niño que ha crecido demasiado y que juega a ser adulto. «¿Será feliz ese matrimonio? —piensa Luisa, dudosa—. Es Gisela quien lleva los pantalones, pero quién sabe si ese niño grande tan simpático necesita justamente una esposa así».

—Pasaremos las fiestas en casa de los padres de Sammy… Han puesto ya el árbol de Navidad y están deseando que lleguemos… *They are so happy…* Felices… *aren't they?* ¿Verdad, Sammy?

Sammy bebe una copa de champán tras otra y confirma todo lo que Gisela quiere que confirme. Los invitados son sobre todo compañeros suyos, y algunos han traído también a sus novias alemanas. Es una especie de mercado matrimonial germano-estadounidense. A Luisa le disgusta tanta afectación, la desconsideración con la que engullen esas costosas delicias. Cómo adoran las chicas a los soldados americanos. Para ellas todos son héroes, superhombres llegados de un mundo de tentaciones y libertad. Allí todo es fantástico, la vida es alegre, las tiendas están llenas a rebosar, las casas son bonitas y luminosas. No hay ruinas bombardeadas ni escasez de carbón ni cartillas de racionamiento. Probablemente todas esas chicas sueñan con casarse con un americano, igual que Gisela, y seguirlo hasta la tierra de las posibilidades infinitas. Luisa se muestra escéptica. El paraíso en la tierra, como anhelan esas cándidas criaturas, no existe. Tampoco al otro lado del charco.

—¿Esos dos no podrían tocar algo que esté de moda? —oye que refunfuña una de las chicas jóvenes—. Me estoy durmiendo...

—Tienen pinta de tocar en entierros...

Luisa se enfada. Espera que Fritz no haya oído esas bobadas. Lo mira con discreción, pero está enfrascado en su música. Coge una bandeja vacía de la mesa y se va a la cocina a buscar las últimas reservas. Mientras saca las bandejas preparadas de la despensa, oye una conversación a través de la puerta entreabierta de la cocina.

—¿Esta noche? Qué pena. Lo siento mucho, Gisela.

Es Hilde. Con qué amabilidad y compasión habla con su amiga. Sí, es cariñosa cuando quiere. Tiene el corazón en su sitio. Puede ser, pero no siempre. Sin duda no cuando se trata de su prima Luisa.

—Sí —contesta Gisela—. Justo anoche ha tenido que diñarla. Lo ha hecho a propósito. Mi madre no perdía ocasión de jugarme una mala pasada...

—Era una infeliz porque el mundo no funcionaba como ella esperaba. Y porque tu padre no regresó...

—¡Para! No quiero oírlo. No hoy...

—Tienes razón... Perdona...

—¿Tienes otra copa de champán para mí?

—Claro...

Hilde abre la puerta de la cocina y chasquea los dedos.

—¡Eh, Luisa! ¡Champán!

Luisa no está dispuesta a obedecer a su prima. ¿Quién se ha creído que es? ¿Su jefa? Pasa por su lado con las dos bandejas en las manos.

—El champán está en el alféizar —dice al salir.

—¿Has oído? —gruñe Hilde tras ella—. Ni que fuera la reina de Saba...

—La habéis alimentado demasiado bien...

Luisa se muerde la lengua, el comentario de Gisela le ha dolido más que la arrogancia de Hilde. ¿Qué clase de persona era Gisela? Su madre acababa de morir y ella estaba celebrando su boda tan contenta. ¿Hasta qué punto hay que ser fría para hacer algo así? Luisa se abre paso con cuidado entre los invitados, que ya están bastante bebidos, deja las bandejas sobre la mesa y recoge algunas copas vacías para lavarlas en la cocina. Los dos músicos hacen una pausa, Hubsi Lindner se sienta a una mesa y la tía Else le sirve vino con gaseosa. Fritz se lo agradece pero rechaza la bebida, prefiere un vaso de agua.

—¿Agua sola, como las ranas? Ahora te la trae Luisa.

Por suerte, su prima Hilde ahora está arriba con Gisela, enfrascada en su conversación. Luisa llena un vaso de agua del grifo y se la deja a Fritz en la mesa. Él levanta la vista, le da las gracias y bebe un trago largo.

—No te vayas, por favor —dice cuando ella se dispone a irse—. Me gustaría decirte algo...

Sin embargo, cuando ella se para y lo mira intrigada, él se cohíbe.

—Aquí no —dice—. Salgamos un momento fuera. A tomar el aire...

—Bien —acepta ella, y de pronto se le acelera el corazón.

Se abre paso entre los invitados y sale por la puerta que da a la escalera, que está en penumbra. Allí hace frío, el viento penetra por la rendija de debajo de la puerta exterior, además los bombardeos han destrozado los cristales de las dos ventanas del portal y no se han sustituido. Con todo, Luisa no nota ni el frío ni la corriente de aire. Él quiere decirle algo. Tiene que tratarse de algo muy íntimo, si quiere estar a solas con ella.

Fritz no se hace esperar. La luz del salón inunda la escalera, él mira y cuando la ve, cierra enseguida la puerta.

—Qué frío hace aquí... —Se quita la chaqueta para ponérsela a ella sobre los hombros.

—¡No! Ahora te resfriarás tú...

—Claro que no —dice él con una sonrisa—. Yo tengo calor. Es porque estoy muy feliz, Luisa...

Ella se queda quieta mientras la envuelve con su chaqueta. Con qué ternura le coloca la prenda y cierra hasta el último botón. Como un hermano mayor preocupado. O como...

—Escucha, Luisa —dice a media voz y a toda prisa—. Tengo que soltarlo, tal vez te parezca una tontería o incluso ridículo. Pero si no te lo digo, me voy a ahogar.

Tras ellos, en la sala, se oye un fuerte griterío, una chica chilla histérica y se sucede un ataque de risa. Fritz se interrumpe un momento, luego continúa. Habla rápido y de vez en cuando se atasca por los nervios.

—No he dejado de pensar en ti, Luisa. Cuando en abril me reincorporé de nuevo, recé por que Dios me dejara con vida. No porque tuviera miedo a la muerte, sino porque necesitaba volver a verte. Quería ir a Rostock a buscarte. Habría ido incluso a pie... Rusos o tártaros, me daba igual... Y ahora te tengo delante... Podría morir aquí mismo de felicidad...

Ella se siente abrumada ante esa confesión un tanto atropellada, aunque por eso mismo suena tan sincera. Absorbe sus palabras, extasiada, retiene cada una, le gustaría conservarlas eternamente en su corazón. Cuando él calla y la mira esperanzado, ella guarda silencio, el aluvión de sentimientos le impide hablar.

—Todo esto te parece estúpido, ¿verdad? —comenta afligido.

Entonces le sale, todo a la vez. Las lágrimas, la dicha, el dolor, el deseo, el amor.

—¡Ay, Fritz! Yo… Guardé tu carta y no paraba de leerla —admite entre sollozos—. Pero yo… no esperaba que… que nosotros volviéramos…

De pronto él la estrecha entre sus brazos y ella nota sus labios cálidos en las mejillas, su mano que le acaricia el pelo. Fritz la besa en la boca con ternura, y ella se acerca, le rodea el cuello con los brazos y se pega a su cuerpo.

—¿Es cierto, Luisa? —le susurra al oído—. Dime que es cierto. Dime que me quieres…

—Con todo mi corazón… —dice ella.

La respuesta de Fritz es un largo beso.

—Tenía que ser así, Luisa —murmura—. Estamos hechos el uno para el otro, tenemos que estar juntos… dame solo un poco de tiempo…

Una luz cegadora penetra en la escalera y se ven envueltos por una ola de risas y gritos: alguien ha abierto la puerta de la sala.

—¡Hubsi está buscando su violín!

Hilde suelta la frase, breve y fría, en la penumbra de la escalera, luego vuelve a cerrar la puerta de golpe. Luisa y Fritz se quedan de piedra, aún abrazados, pero la magia de ese primer y maravilloso encuentro amoroso se ha roto.

—¿Nos ha visto? —susurra Fritz, vacilante.

—Seguro.

A ninguno de los dos les hace gracia, pero ya no se puede cambiar. Se separan, Luisa se quita la chaqueta y se la da a Fritz, que se la pone por encima, se queda un momento indeciso y luego sonríe.

—No tenemos por qué escondernos, Luisa. Lo digo de verdad. Sigo siendo un pobre diablo que no tiene nada que ofrecer. Pero si me esperas, trabajaré sin descanso y un día el violín rendirá tanto que podremos casarnos. Si es que quieres como marido a un músico...

Quiere casarse con ella. Quiere como esposa a una desplazada.

—Un músico me parece perfecto —responde con una sonrisa.

Fritz hace amago de abrazarla de nuevo y sellar su promesa con un beso, pero oyen pasos al otro lado de la puerta. Una joven pareja sale a la escalera, están acalorados y hablan a gritos, él pasa el brazo por los hombros de la chica y la saca a la calle. Luisa y Fritz se han apartado a un lado.

—Tengo que volver a la cocina —dice Luisa—. La tía me echará de menos.

Él asiente, levanta con suavidad la mano y le acaricia la mejilla con dulzura.

—Luisa. Mi dulce novia...

Regresa a la sala por la puerta de la escalera mientras Fritz sale a la calle y entra en el café por la puerta giratoria. Es un juego del escondite absurdo, pero aun así lo hacen.

Ya pasan de las cinco, se ha hecho de noche, el cielo está encapotado y gris sobre la ciudad. La fiesta está a punto de terminar, algunas parejas ya se han despedido, dos chicas que no han encontrado compañero engullen los últimos canapés y no hacen ascos a la decoración de pepinillos en vinagre y mazorcas en escabeche. Gisela y su flamante esposo también se han ido. Fritz y Hubsi Lindner siguen tocando canciones antiguas, en la mesa junto a la ventana hay un puñado de invitados que están demasiado cansados o borrachos para emprender el camino a casa. Luisa recoge platos, cubiertos y copas, lo lleva todo a la cocina, donde la tía Else y Hilde están fregando.

—Aquí estás —dice la tía Else—. Ya te echaba de menos.

Luisa esboza una sonrisa culpable, pero no da explicaciones de su ausencia. Hilde está en el fregadero y trabaja con obstinación. No dice ni una palabra, pero Luisa nota que rumia algo.

—Son casi las seis —comenta la tía Else, salta a la vista que no se ha percatado de la tensión—. Los músicos también pueden terminar. Tengo el dinero preparado, puedes dárselo, Hilde.

Hilde levanta en silencio una pesada fuente de porcelana de la pila y la pone a secar en el fregadero. Luisa frota la bandeja del asado con mucha energía, como si quisiera abrir un agujero. Poco a poco, la tía Else empieza a sospechar.

—¿Pasa algo, chicas?

—No, tía Else.

—¡No! —dice Hilde.

Else mira a su hija y le dice que luego vaya a echarse un rato.

—Estás pálida como una sábana, Hilde. ¿Has dormido mal? —Al ver que no le contesta, se encoge de hombros—. Voy a ver qué hace papá.

El tío Heinz ha huido de los ruidosos invitados a la boda, y no quiere bajar hasta que «entre el aire». Cuando la tía Else sube a la casa, en la cocina se impone un silencio amenazador.

«Si esperas que diga algo, vas lista», piensa Luisa.

Hilde rasca una olla, la aclara con agua, vuelve a rascar, de nuevo la aclara con agua fría…

—¿Es que en la Prusia Oriental sois todas unas zorras? —pregunta sin darse la vuelta.

Luisa esperaba un ataque, pero da un respingo ante la rudeza de sus palabras.

—Claro —responde—. Si buscas trabajo en un burdel, ¡ve siempre al este!

Hilde suelta un silbido furioso, deja el trapo en el agua y

se da la vuelta. Sí que está pálida, y a Luisa le da la sensación de que se va a abalanzar sobre ella de un momento a otro.

—Te lo voy a decir una sola vez, mocosa de mierda —dice en voz baja—. Aparta tus manos de Fritz Bogner o vivirás tu propio infierno.

Sin embargo, Luisa no está dispuesta a plegarse. Hoy ya ha tenido que tragar suficientes impertinencias de su prima.

—No eres quién para decirme nada —contesta con calma, pero firme—. Fritz y yo nos vamos a casar. Ya está decidido.

—¿Casaros? —grita Hilde, histérica, y se echa a reír—. ¿En serio crees que Fritz se va a casar contigo? ¿Con una cualquiera? ¿O es porque tienes un título nobiliario? ¡No me hagas reír! Ja, ja…

Luisa nota que la rabia va creciendo en su interior. Esa bruja malcriada. Ha vivido sin apuros en Wiesbaden, nunca la han echado, perseguido, violado, no ha tenido que ver cómo su madre moría delante de sus narices. Bueno, pues la señorita Koch tendrá que comprender que no puede tener todo lo que quiera.

—Lo creas o no, es la verdad —dice con frialdad, y coge la sopera del fregadero para secarla.

Hilde ha parado de reír. Tiene los ojos clavados en Luisa, algo bulle en su interior.

—Por si aún no lo has entendido, Luisa von Tiplitz —dice con desdén—, Fritz Bogner y yo hace años que estamos prometidos. Fritz se quedará en el café, aquí tendrá un sustento económico y podrá dedicarse a la música tanto como quiera. Y si te ha contado alguna tontería, será mejor que la olvides.

Un estruendo las interrumpe. Luisa no sabe cómo ha podido pasar, pero se le ha resbalado la sopera de las manos y se ha roto al chocar contra las baldosas del suelo. Miles de añicos blancos salen volando en todas direcciones por la cocina, rebotan contra las paredes, los armarios, ejecutan una salvaje danza a los pies de Luisa.

—¡Mira, ya tienes algo que recoger! —comenta Hilde, pasado el primer susto. Sale de la cocina con la cabeza alta y deja a Luisa con el desastre.

Por supuesto, en ese momento la tía Else baja la escalera.

—¡Dios mío! —exclama, y da una palmada del susto—. ¡La sopera grande!

Hilde

Wiesbaden, al día siguiente por la mañana

Hilde ha dormido mal. De hecho, muy mal. Solo recuerda haber dormido peor durante las últimas noches de guerra, cuando temían que en cualquier momento sonaran las sirenas. No ha parado de dar vueltas en la cama, inquieta, lidiando con pensamientos sombríos que se abalanzaban sobre ella como una bandada de pájaros negros. Conoce esas aves nocturnas, esos espíritus malignos de voz ronca y picos afilados, sabe que no hay que dejarse llevar por ellos, pero esta noche lo ha hecho.

Por supuesto, de ahí no ha salido nada bueno. Por más vueltas que le dé, siempre es ella la que sobra. La que se queda con la carta mala. La que nadie quiere. Gisela es feliz con Sammy y ya está haciendo las maletas para su luna de miel. Que su pobre madre haya muerto la noche anterior lo asimila sin más, mañana será el entierro, y luego se irá en barco a Los Ángeles. Bueno, que sea feliz, es su mejor amiga y se lo merece.

Pero ayer estaban invitadas Gabi y Helene, compañeras de clase de Hilde que van todos los domingos al té con baile de los americanos. Sí, ellas tampoco se han quedado atrás, Gabi ya hablaba de boda y Helene también está saliendo con un yanqui. Allá donde mire, hay parejas felices. Es repugnante.

Pero lo de Luisa y Fritz... Es el golpe más duro porque Fritz le gustaba de verdad. Y porque se cree con derecho sobre él, a fin de cuentas hace muchos años que lo conoce. ¡Y va y se besuquea en la escalera con Luisa! Precisamente con su miserable primita, que ya le ha quitado a su padre. ¿Cómo lo ha conseguido? Fritz no es un chico lanzado, es más bien tímido. Luisa tiene que haberlo seducido haciendo uso de todas sus artes. Seguro que le puso ojitos, se hizo la mujercita dulce y abnegada y se dejó abierto por descuido un botón de la blusa. La señorita de noble cuna se las sabe todas. Jamás habría creído que Fritz caería en algo así, pero por desgracia funciona con los hombres. Les gustan cariñosas y tiernas, pero que no repliquen, que no hablen alto, que sean sumisas y agachen la cabeza, obedientes.

Pero hubo uno que era diferente. Siempre andaba con la mecha encendida y necesitaba a una mujer que la alimentara. Maldita sea, no quería pensar más en él. Ni tampoco en el niño. Eso fue lo peor, el niño que perdió. Ese recuerdo le corta la respiración y le duele como una herida. «Debes meterlo en una caja con siete llaves. Punto y final. No vale la pena. Y encima es un cobarde», se dice.

Se levanta pronto y es la primera en ir al baño, enciende la luz y se alegra de que haya corriente. No siempre es así. Abre el grifo, del que hoy solo gotea un caldo turbio, y vuelve a cerrarlo. No se puede tener todo. Por suerte, en el café sigue habiendo una segunda toma de la que sale agua clara. Antes de bajar con el cubo echa un vistazo rápido al espejo. Comprueba que está pálida. Lleva el pelo alborotado, no es de extrañar después de la noche en vela. ¿Y lo demás? Pues está bastante contenta con su aspecto. Cabello rubio rizado, ojos azules, nariz pequeña, labios gruesos. Es guapa, no solo lo dice Gisela, también se lo han dicho otras personas. Tiene

469

muchas opciones con los hombres, cosecha miradas de admiración en la calle, en el café hay alguno que la adula. Sin embargo, la cosa nunca pasa del coqueteo. También los hay que quieren acostarse con ella. Pero ninguno desea casarse.

Por lo menos, ninguno que le guste.

Bueno, sí, Josh Peters. Ese le gustaba. Y tal vez se habría casado con ella. Pero no era el hombre indicado, por suerte se dio cuenta a tiempo. No, Fritz es el adecuado. También porque su padre le tiene aprecio. Y porque es un tipo simpático y sincero. Y porque le tiene confianza de antes. Fritz es para ella, aunque él no lo haya entendido aún. Pero ya se lo hará entender. A Luisa que se la quite de la cabeza. ¿Qué va a hacer con alguien que no tiene nada ni aporta nada?

Baja a la cocina del café, pone el cubo en el fregadero y abre el grifo. En la basura se amontonan las esquirlas de la sopera grande. Su estado de ánimo mejora en el acto. Su madre se llevó un buen disgusto con esa pérdida, y Luisa tuvo que aguantar una reprimenda. Fue culpa suya, debería haber tenido más cuidado. Mientras se llena el cubo, echa un vistazo rápido a la despensa y comprueba que el banquete de boda de Gisela, pese a los alimentos americanos que ellos aportaron, se ha llevado un buen pellizco de sus reservas. No queda azúcar, se ha terminado la harina, el bote de manteca está casi vacío, solo hay un poco de pan y dos tarrinas de queso de untar. ¿Qué hay en las dos latas? Ah, sí: judías y *corned beef*. Con suerte la Künzel contribuirá con algo, de lo contrario la sopa de la cena volverá a ser clara. Al darse la vuelta para cerrar el grifo, a través de una ventana de la sala ve una imagen que la detiene. Es tenue, se ven negros y grises bajo la primera luz del alba, pero los ha reconocido en el acto.

Luisa y Fritz están delante del café. Están hablando, él la toma de la mano, ella la retira, niega con la cabeza. «Es increíble —piensa Hilde—. Se citan justo en nuestra puerta. ¿Qué se ha creído esa?». Fritz habla entusiasmado y gesticula. Ella dice que no, retrocede dos pasos. Se acerca el pequeño furgón de Wendelin Staudt, que siempre los provee de licor casero. A escondidas, se entiende; oficialmente trae leña a la ciudad. Se aloja en casa de su hermana en Sonnenberg y por la mañana regresa al Taunus. Vaya, el furgón se para cerca del café, y Fritz coge su equipaje…

Hilde tiene que girarse deprisa porque el cubo ya rebosa en el fregadero, y no se puede desperdiciar el agua. Cuando está cerrando el grifo entra en la cocina Grete, la criada de la bruja noble, también en busca de agua fresca.

—Buenos días, señorita Koch… Bueno, parece que hoy tenemos luz, la corriente no rechista. Esperemos que siga así…

—Buenos días, Grete… Ya puedes llenarlo. He terminado.

Hilde levanta el cubo lleno hasta el borde y al hacerlo derrama un poco de agua sobre las zapatillas de Grete.

—¡Ay, perdona! No quería…

—No pasa nada, señorita Hilde. Así ya me he lavado los pies…

—Pero las zapatillas están mojadas… ¿Sabes qué? Voy a darte un par de haces de leña, así podrás secar las zapatillas en la estufa…

Grete se lleva tal alegría que le da las gracias tres veces.

—Seguro que así la señora estará de mejor humor. Está que trina porque esta noche no ha podido pegar ojo…

Cuando Grete dice «la señora» se refiere a esa vieja zorra de la finca, Edith von Haack.

—¿Por qué no ha podido pegar ojo?

En realidad a Hilde le da igual qué le quita el sueño a la señora Haack, pero tal vez le dolían las muelas o la espalda. Lo tendría bien merecido.

—Porque la señorita Luisa no ha parado de llorar. Arriba, en casa, y como las paredes son finas, se oyen hasta los pestañeos. La señora me ha enviado dos veces a decírselo y también ha golpeado la pared, pero solo ha servido durante un ratito. La pobre señorita Luisa debe de sentir una pena horrible.

Hilde corre al sótano a buscar un par de haces de leña. Cuando vuelve, se los da a Grete y luego mira con discreción por la ventana. Fritz y Luisa ya no están, en su lugar pasan unas cuantas mujeres que van a comprar lo antes posible, antes de que en las tiendas se agote todo. El chico de la prensa llega en su bicicleta, frena con destreza delante del café y se dirige a la escalera a meter el *Kurier* en el buzón. El pequeño furgón de Wendelin Staudt también ha desaparecido, seguramente Fritz ya va de camino a Lenzhahn.

Hilde coge el cubo de agua y sube por la escalera. Quiera o no, ahora la persigue la mala conciencia. Parece que Luisa va en serio con Fritz. Mal de amores, durante toda la noche. Ella sabe muy bien lo que es. ¡Ay, si no hubiera mentido! Pero estaba tan furiosa que le salieron las palabras por la boca sin haberlas pensado. Por supuesto que no está prometida con Fritz Bogner. Solo lo dijo para hacer daño a Luisa. Para demostrarle que ella, Hilde, también estaba interesada y que sus derechos sobre Fritz eran más antiguos. Y más razonables, pues aportaría algo. El Café del Ángel. Con ella, Fritz podría llevar una vida de músico sin preocupaciones.

Pero ¿de qué le sirve si él ama a Luisa? ¿Acaso quiere tener un marido que la acepte solo por interés? No, no quiere. Y Fritz Bogner tampoco accedería a semejante trato.

Además... ¿es Fritz el gran amor de su vida? ¿Lloraría toda la noche por él? Lo cierto es que no. De hecho, estaba enfadada solo porque Luisa se lo había quitado. Visto así, ayer hizo una tremenda tontería. Qué absurdo. Qué rabia. Ahora lo más decente sería confesarle la verdad a Luisa, pero eso sería humillante. Deja el cubo de agua en el suelo del baño y coge un poco con un cazo para la cocina. Todo le parece agotador. Y complicado. Ahora que Alemania empieza a recuperarse, les viene un invierno gélido. Apenas hay carbón y la leña escasea. ¡Maldita sea esa guerra miserable que lo ha destrozado todo!

Malhumorada, se lleva el recipiente con agua e intenta encender la cocina de gas. No hay gas, no hay llama. Tendrá que encender la cocina de carbón, y gastar un combustible que luego les hará falta.

—¿Hay agua caliente? —exclama su padre desde el baño.

—¡Ahora mismo!

Su padre es un poco exigente. Mientras ella y su madre se lavan con agua fría, él necesita agua caliente para afeitarse. ¡Hombres! Llena la tetera y la coloca sobre la placa de la estufa, donde ahora arde con viveza un pequeño fuego. Su madre entra en la cocina en bata, parpadea somnolienta y empieza a poner la mesa del desayuno.

—Sí que has caldeado bien —dice sin ocultar su descontento.

Su padre quiere agua caliente, su madre ahorrar leña; haga lo que haga, siempre está mal. A Hilde le baja el ánimo unos grados más. «Vaya día —piensa—. ¿Es que no va a amanecer nunca? Tanta oscuridad mina el ánimo».

La conversación durante el desayuno tampoco ayuda a que aflore el buen humor. Su padre se queja del dolor en la pierna, su madre les comunica que hace semanas que no ganan nada con el café, solo cubren gastos.

—Si esto sigue así, ya no tendremos nada que intercambiar. Tienes que decirles a tus amigos que no les podemos fiar para siempre.

A su padre le desagrada la idea. Replica que el Café del Ángel es algo especial, un café de artistas y no un comercio. No se trata de ganar dinero con los clientes, sino de acoger a los discípulos de las artes escénicas, los expertos y amantes de la música, ofrecerles un hogar…

Hoy su madre no se deja enredar.

—Si esos parásitos siguen comiendo y bebiendo a nuestra costa, quebraremos —se indigna—. Entonces tendremos que vender la casa y se acabó el Café del Ángel. Y tus expertos y amantes de la música tampoco tendrán hogar. ¿Te entra en la cabeza? ¿Sí?

—¡Ay, Else! —exclama él, y niega con la cabeza—. Lo ves todo negro.

Su madre suelta un profundo suspiro y mira a Hilde en busca de ayuda. Su padre es un optimista empedernido y un soñador, la realidad siempre ha sido responsabilidad de su madre.

—Hablaré con Alois Gimpel y el director Firnhaber —dice Hilde—. Lo conseguiremos, mamá.

Empieza a clarear poco a poco, se ve el contorno de los plátanos desnudos, el enorme edificio del teatro se yergue en la penumbra. En Navidad, antes había representaciones de cuentos para niños, la llevaban a menudo con sus hermanos y entraban gratis. Se representó la ópera *Hänsel y Gretel* de Humperdinck, Hilde incluso actuó como «niña de la cocina» en la última escena. Qué época más bonita. Qué festiva. En el vestíbulo del teatro se alzaba un gran abeto con reluciente decoración navideña. En la ciudad, todos los escaparates estaban decorados e iluminados. ¿Y ahora? Los escaparates no pueden ser más sobrios. En Kirchgasse hay algunos comercios que venden abetos de Navidad, pero solo se lo pueden permitir los ricos.

En el café hace frío, el mostrador de los pasteles está vacío, salvo por unas cuantas galletas. Aun así, ya hay clientes en la puerta que esperan entrar en calor con una taza de sucedáneo de café. Su padre enciende la estufa mientras Hilde abre la puerta. Son Jenny Adler y Hans Reblinger. Se lamentan del frío y se quedan con los abrigos puestos porque el salón no se ha caldeado lo suficiente. Hans Reblinger sonríe y le entrega a Hilde un fardo envuelto en papel: dos briquetas. Un tesoro por el que a Hilde le entran ganas de darle un abrazo.

—Las he encontrado en la estación...

Su padre mete enseguida una de las briquetas en la estufa y se sienta con sus amigos artistas en la mesa junto a la ventana. La estufa arde y da calor, su madre anuncia desde la cocina que han conectado el gas. Bien. Y aún queda sucedáneo de café.

Justo cuando está sirviendo el café, Luisa entra en la cocina. «Madre mía, qué ojeras tan oscuras», piensa Hilde.

—Ten —dice, y le da un montón de billetes a su madre—. Julia me ha dado un anticipo. En pago por la sopera...

—¡Ni hablar! —replica su madre.

—Sí, quiero hacerlo.

Al final su madre acepta el dinero pero prohíbe a Luisa que pague nada más. No es costumbre entre parientes, si se entera su tío pondrá el grito en el cielo.

—¡Al fin y al cabo no lo hiciste a propósito! —zanja su madre la discusión, y le pone a Luisa en las manos una bandeja con tres tazas de sucedáneo de café.

Hilde busca en los estuches de la cubertería algo que intercambiar en el mercado negro, hace que está muy ocupada. En realidad sigue lidiando con su mala conciencia. Por una parte el dinero les viene muy bien, y por otra, ella tampoco está exenta de culpa en el incidente.

«Da igual —se dice finalmente—. Luisa tampoco se mata a trabajar arriba con Julia. Que pague...».

Se oyen pasos, se abre la puerta de la escalera y Hilde y su madre se miran. Suspiran las dos a la vez. La vieja bruja, la señorona. Es inconfundible.

—Es un suplicio que esa mujer nos invada todas las mañanas —murmura su madre malhumorada.

Ahora se oye también su voz penetrante en la sala.

—¡Muy buenos días! Qué calorcito más agradable. Sí, quien tiene buenos contactos tiene carbón. Lo han conseguido en la clandestinidad, ¿eh?

«Qué impertinente —piensa Hilde—. Viene a sentarse al calor y encima se queja. ¿Por qué nadie le ha retorcido todavía el pescuezo?».

—Buenos días, querida señora Von Haack —contesta su padre con educación—. ¡Me alegro de verla tan rebosante de salud!

Aunque lo diga con ironía, a Hilde le parece que exagera.

—No es mérito suyo, señor Koch. En su casa las paredes son de papel, y no he pegado ojo por los ruidos en la habitación contigua.

Por suerte interviene Hans Reblinger y dice que comparte el problema, pues él tiene al lado a un joven matrimonio.

—Me pongo un poco de algodón en los oídos, hace milagros. A nuestra edad se necesita dormir, ¿verdad, señora?

Su madre pone cara de desesperación, y Hilde tiene que reprimir una carcajada. Ay, ese Hans Reblinger, cómo es…

—El caso es que ahora necesito un buen café de verdad —dice la señora desde el salón—. ¡Camarera! También quiero una tostada, dos huevos poché, mantequilla, mermelada y una loncha de jamón.

«Por pedir que no quede —piensa Hilde—. Aparte de un mendrugo de pan y un poco de melaza, no hay nada. El tarro de mermelada de naranja lo guardamos para nosotros».

—Lo siento mucho, señora —dice Luisa—. Solo puedo traerle sucedáneo de café, el de verdad se ha terminado.

Hilde se asoma por la rendija de la puerta y ve la cara de indignación de la baronesa. Se ha puesto roja, hasta le han salido manchas en el cuello.

—¡Qué insolencia, mentirme de esa manera! —vocifera—. Ayer había jamón, tostadas, huevos a la mostaza y café de verdad. ¿Y ahora se lo ha tragado todo la tierra? Qué cuento es ese.

—Celebrábamos una boda, señora… —intenta explicarle Luisa.

—¡Cierra la boca! —interrumpe la señora Von Haack—. ¡Trae ahora mismo lo que he pedido! Y no me cuentes milongas…

«Recién levantada y ya está en plena forma», piensa Hilde, furiosa. Entonces interviene su padre, que no puede soportar que trate de ese modo a Luisa.

—Haga el favor de no gritar así, señora Von Haack. Esto no es su finca, y mi sobrina no es su empleada.

—¡Esto va mejorando! —exclama Edith von Haack con ironía—. ¡Primero me mienten y luego me riñen!

—La señorita Von Tiplitz no le ha mentido… —replica su padre—. Mi sobrina le ha hablado con educación, no hay motivos para acalorarse.

Su madre abre los ojos de par en par, de pronto su padre se comporta con coraje. Hilde también está perpleja, pero de nuevo siente celos. Su padre intercede por Luisa, ahí sí que se pone firme…

—¿Acalorarme? —exclama Edith von Haack, y suelta una risa histérica—. ¿Por semejante bobada? ¡Es ridículo! En cuanto a su sobrina, voy a tener que abrirle los ojos. ¿La señorita Von Tiplitz? ¡Ja, ja! ¡No me haga reír! Es una impostora…

—Pero ¿qué se ha creído? —se indigna su padre.

Sin embargo, Edith von Haack sigue hablando, y Hilde escucha con más atención. ¡No puede ser verdad! ¿O sí?

—Conozco bien los detalles. Era buena amiga de Ingrid von Kamm, la hermana de Johannes von Tiplitz. Es cierto que tenía una hija, pero ilegítima. Por supuesto, no se casó con la madre, una paleta de Rauschen. Así que si su sobrina es la hija del difunto Johannes von Tiplitz, es una bastarda y no tiene derecho a usar su apellido, ni tampoco a un título nobiliario.

Hilde ve la mirada de horror de su madre. Se ha hecho el silencio, la señora Von Haack ha escupido su veneno y su padre necesita tomar aire antes de contestar. «Cuánta maldad —piensa Hilde—. Eso solo puede habérselo inventado, ¿no?».

—Ahórrenos sus calumnias —dice su padre, colérico.

—¿Calumnias? —replica Edith von Haack, ofendida—. Solo digo la pura verdad. Grete puede confirmarlo, también conoce esa historia...

—Si afirma en público que mi sobrina es hija ilegítima, la llevaré ante un tribunal. ¡Por difamación!

Se escuchan los gritos histéricos de la señora Von Haack, y de pronto habla Luisa.

—No, tío Heinz —dice—. Por favor, no. No puedes denunciarla. Es la verdad.

Tras la confesión, se impone el silencio. Solo Edith von Haack deja oír un «Ahí lo tiene», satisfecha.

—Ay, Dios mío —le susurra su madre a Hilde—. ¡Es terrible!

Hilde no sale de su asombro. Esa sí que es buena. Luisa les ha mentido a todos. No pertenece a la nobleza. Es ilegítima. ¡La señorita Von Tiplitz es un fraude!

—Lo siento mucho, tío Heinz —se oye de nuevo la voz de Luisa—. Lo dije por la memoria de mi madre. No quería que pensaras mal de ella. Mi padre la amaba, por eso nos acogió en la finca. Y deseaba casarse con ella, pero estaba enfermo y era mi abuela la que decidía. Nos odiaba a mi madre y a mí...

Hilde está impactada. Qué horror tener una abuela así. Su padre está demasiado sorprendido para contestar. Edith von Haack, en cambio, recupera la palabra.

—Bueno, ya puede estar agradecido, querido señor Koch, de que haya sacado la verdad a la luz —dice con un deje de satisfacción—. De lo contrario seguro que habría seguido alimentando a esta embaucadora. Pues no dice con todo el descaro que es una Von Tiplitz... Y ahora me gustaría tomar mi café de verdad. Me lo debe, señor Koch.

De pronto Hilde siente una ira incontrolable. Esa mujer es una desalmada. Se sienta a la mesa y empieza a dar órdenes como si el café y la mitad de Wilhelmstrasse fueran suyos. Y su prima Luisa de pie delante de ella como una pobre pecadora, con la mirada fija en el suelo y las lágrimas corriéndole por las mejillas. No soporta tanta crueldad. Esa noble caprichosa se va a enterar.

Hilde coge una bandeja de madera, abre la puerta de la cocina y se dirige a la mesa de Edith von Haack. Cuando la señora levanta la cabeza esperanzada, Hilde deja la bandeja vacía sobre la mesa dando un sonoro golpe. Pasa tan cerca de la cara de la baronesa que esta tiene que apartarse.

—¡Ahí tiene! —le dice Hilde a la sorprendida dama—. Eso es todo lo que le debemos. Absolutamente nada. Luisa es una de las nuestras, sea noble o no, ¿a quién le importa? En todo caso, a nosotros no. Y como vuelva a ofender a mi familia una sola vez, bruja presuntuosa y engreída… ¡no respondo!

A Edith von Haack le cuesta reponerse del susto. Mira fijamente a Hilde, abre dos veces la boca pero no le sale ni una palabra. Al tercer intento lo consigue.

—Qué te has creído, descarada… Has estado a punto de herirme…

—La próxima vez apuntaré mejor —replica Hilde, imperturbable.

—¡Esto es una agresión! ¡Puedo denunciarte a la policía!

—Fuera.

Hilde se planta frente a ella con los brazos en jarras, parece dispuesta a ayudar a la dama a levantarse con energía. Edith von Haack lo entiende, así que se levanta presurosa y con un hilo de voz dice que habrá consecuencias.

—Iré al ayuntamiento. Denunciaré la mentira en la oficina de registro…

—¡Ahí está la puerta! —dice Hilde, y la señala con el pulgar por encima del hombro.

Edith emprende la retirada. Furiosa, abre la puerta que da a la escalera y la cierra de golpe. Se va. Se esfuma dejando un rastro de desgracia y azufre. Desde la mesa de la ventana se oyen aplausos, son Hans Reblinger y Jenny Adler, les ha parecido una actuación digna de llevarse a escena. Su padre se levanta y agarra a Hilde del brazo.

—¡Mi valiente hija! Le has dado su merecido. ¡Mi Hilde!

Su madre sale corriendo de la cocina y dice que se ha quedado sin respiración. Ahora esa ya no les molestará más.

—Pero tenías razón, Hilde. Yo he estado a punto de salir...

Todos rodean a Hilde y no paran de alabarla.

—Creía que ibas a tirarle la bandeja a la cabeza.

—Lo tendría bien merecido...

—¡Lástima que no le hayas dado, Hilde!

—¡Qué víbora, qué mala!

—¡Una persona odiosa!

Con tanto alboroto nadie se ha ocupado de Luisa, que sigue allí sin saber qué hacer. Al final se dirige despacio hacia la puerta para esconderse en algún sitio, pero Hilde la ve y adivina sus intenciones. Se acerca presurosa a Luisa y la agarra del brazo.

—No te vayas —dice—. Ahora ya se ha aclarado todo, ¿no? Además, sin título nobiliario me caes mucho mejor.

Luisa

Dos semanas después

—No puede ser. —Julia Wemhöner hace un gesto de desaprobación—. Lo siento, pero tienes que descoserla otra vez.

Luisa ya se lo imaginaba. Ay, la dichosa máquina de coser, siempre ha odiado ese chisme. Pero con qué rapidez y seguridad manejaba su madre la máquina de pedal. Traqueteaba sin más sobre la tela, y la costura quedaba recta.

—¡Nunca lo conseguiré! —exclama con gesto de preocupación—. Es la tercera vez que descoso esta cremallera. Creo que soy muy torpe, sin más.

Julia se sube las gafas desde la punta de la nariz y se aparta un mechón rojo de la frente.

—No —dice, y le da a Luisa el vestido que debe arreglar—. De hecho, eres muy hábil. Precisamente por eso soy tan escrupulosa, porque sé que puedes hacerlo mejor.

¡Ojalá la señorita Wemhöner no fuera tan tiquismiquis! En el fondo Luisa está muy a gusto con ella. Julia sabe confeccionar un traje de señora a partir de una manta de lana, o una falda elegante con unos pantalones de caballero. Coloca la prenda sobre la mesa, la observa un momento y empieza a cortar las distintas partes. Así, sin patrón. Y siempre queda bien.

Cuando se va la corriente y tiene que trabajar a la luz de una vela, Julia abre su maleta y le enseña a Luisa los maravillosos trajes que cosía antes para el teatro. Entonces empieza a contarle historias y las dos entran en un colorido mundo ideal, un país de las maravillas teatral donde unos animales salvajes danzan al son de una flauta mágica, unos príncipes apuestos luchan por sus amores y unas despiadadas brujas caen en el abismo del infierno.

Un poco loca sí que está, pero Julia también posee una inteligencia y una fuerza extraordinarias, y es una persona maravillosa. Luisa se entera de que tuvo varios amores antes de la guerra, pero no logró decidirse por ninguno. También estuvo perdidamente enamorada de Addi Dobscher. Por aquel entonces interpretaba a Don Giovanni.

—¿Y ahora?

Julia se encoge de hombros.

—Addi es muy simpático... y me gusta de verdad. Mucho. Pero... pero tampoco funciona.

—Qué lástima —dice Luisa con un suspiro.

—Sí, una lástima.

Trabajan en silencio durante un rato. Luisa cose la cremallera por cuarta vez y está muy concentrada. Cuando termina, sujeta en alto su obra y la observa con mirada crítica.

—No entiende que ya no soy una sombra —dice Julia—. Contribuyo al mantenimiento del café, ayudo a los Koch con alimentos. ¿Sabes lo orgullosa que me siento? Addi no ve nada de eso. Y si lo ve, no le gusta. Todavía me trata como a una sombra que debe proteger. Y dice lo que tengo que hacer. Eso no funciona. ¡En absoluto!

Luisa asiente. En cierto modo comprende a Julia. No es agradable depender de otras personas. Ella también se alegra de ganar algo de dinero y poder ayudar a su familia.

Su familia...

Desde aquel horrible momento en que creyó que todo

había terminado, sabe que tiene una familia. Y todos la apoyan, aunque haya cometido un error.

—Me has dejado de piedra —le dijo la tía Else, y la agarró por los hombros—. Eres una embustera. Madre mía, nos has tomado el pelo a todos. ¡Pero borrón y cuenta nueva! Lo hiciste por tu madre, y eso te honra.

El tío Heinz estaba una vez más al borde de las lágrimas. La abrazó y lamentó tanta desgracia. «Pobre niña», repetía.

—Por lo que has tenido que pasar, pequeña. ¡Ay, si me hubiera ocupado de vosotras en su momento! Pero yo tenía la cabeza en mis propios asuntos y dejé a Annemarie en la estacada. Mi hermanita… Todo es culpa mía.

Con todo, la mayor sorpresa se la dio Hilde. Se ha transformado. Ha pasado de ser la prima malvada y celosa a comportarse como una amiga valiente. Tiene buen corazón. En eso no le faltaba razón a la tía Else. Cuando quiere, Hilde puede ser una persona maravillosa. Luisa no acaba de fiarse de esa tregua, recuerda demasiado bien la otra cara de su prima. Tampoco esa reciente amistad está exenta de problemas, pues Hilde se lanza de cabeza a toda máquina y no logra hacerla entender que ella prefiere ir más despacio y con más cuidado.

—Oye, luego quiero ir a Langgasse. Necesitamos especias y azúcar, y unas cuantas cosillas más. Puedes vigilar mientras yo negocio…

Quiere que la acompañe al mercado negro. A comprar especias para los dulces navideños.

—No sé si puedo, Hilde…

Hilde levanta las manos y le asegura que es muy fácil.

—Pero no se lo cuentes a mi padre, o pensará que te llevo por el mal camino.

Eso aún le gusta menos. El tío Heinz es muy bueno con ella, no le apetece engañarle. Por otra parte, no quiere negarle a Hilde ese deseo. Esa amistad no puede romperse bajo ningún concepto.

—Pero hoy a primera hora tengo que subir con Julia...

Hilde se resigna. Entonces mañana. Mañana sin falta, si van las dos será mucho más fácil.

—Bien, mañana voy contigo. Espero no hacer el tonto...

—Solo tienes que poner cara de inocente. Eso lo haces muy bien. Nos has tomado el pelo a todos...

Las bromas de Hilde suelen ser cáusticas. Luisa ya ha comprendido que en realidad no dice las cosas con mala intención, es su humor, hay que acostumbrarse. A cambio puede ser muy sincera.

—Lo de Fritz... te mentí. No estamos prometidos, nunca lo hemos estado. Solo lo dije porque sí. Lo siento de veras, Luisa. Fui muy mala contigo.

—¿No estáis prometidos?

—No —mascula Hilde—. Te lo acabo de decir, ¿no?

«Dios mío —piensa Luisa—. Y yo le he cantado las cuarenta y le he dicho que no hablaría con él hasta que no arreglara su situación con Hilde. Que no quería quitarle el novio a mi prima». ¿Qué habrá pensado? Seguro que no entiende nada y ya no volverá a confiar en ella.

—Lo recuperarás —dice Hilde, que le ha leído el pensamiento—. Te quiere, Luisa. Volverá para el concierto de Navidad en la iglesia del Mercado. Entonces hablaré con él, te lo prometo.

El concierto de Navidad ya es mañana. El cuarto domingo de Adviento. Addi y Jenny Adler cantan, Alois Gimpel toca el clavicémbalo y dirige, Hans Reblinger toca la viola y Fritz el violín. Los Koch irán todos juntos, hace semanas que esperan esa velada.

—Tú también vienes, ¿verdad, Julia? —pregunta Luisa, como si nada.

Julia comprueba la cremallera con cien ojos. En un punto la costura está inclinada una pizca de nada y Julia entorna los ojos, pero luego pasa la alarma.

—Se puede quedar así… ¿Qué me preguntabas?

—Que si mañana vas al concierto de Adviento…

—Tal vez… —Julia alza la vista, soñadora—. Es increíble, ¿verdad? Hace un año aún duraba la guerra. Todas las noches pasábamos miedo por los ataques aéreos. Yo estaba aterrorizada por si alguien me descubría aquí y me denunciaba, porque no solo vendrían a buscarme a mí, sino probablemente a todos los que me ayudaban en la casa. Heinz Koch fue reclutado por la Wehrmacht poco antes de Navidad. Y Jean-Jacques aún estaba aquí…

—¿Jean-Jacques? ¿Ese no era el prisionero francés?

Julia asiente y vuelve a la chaqueta que está forrando con un trozo de seda.

—Solo lo veía de vez en cuando. Por la noche, cuando todo estaba a oscuras y podía bajar un ratito. Era muy guapo. Tenía el pelo rizado y oscuro, y unos ardientes ojos negros. Esos ojos asustaban. Pero a Hilde le gustaba.

«Vaya —piensa Julia—. Entonces hubo algo entre Hilde y el francés».

—¿Ella se enamoró?

Julia sonríe y coge las tijeras.

—Addi me contó algo. Yo casi siempre estaba aquí arriba. Por lo visto estaban bastante acaramelados, Hilde y Jean-Jacques. Y luego ella ayudó al francés a huir…

Si era cierto, Hilde lo arriesgó todo. Con los nazis eso se castigaba con dureza.

—Eso fue… espera… fue en enero. Pero Addi me dijo que lo detuvieron y lo llevaron al paredón.

—¡Dios mío!

¡Qué horror! De pronto Luisa ve a su prima con otros ojos. Estaba enamorada, arriesgó su vida para ayudar a su amante a huir a su país y por el camino él perdió la vida. ¡Tuvo que ser terrible para Hilde! Ay, puede imaginárselo. Ella también convenció a su madre para huir de Stettin, y esa fuga acabó con Annemarie Koch. Sí, es suficiente motivo para disculpar a Hilde. La grosería, la actitud a veces ofensiva de su prima tiene su explicación.

Al día siguiente por la tarde ocurren cosas emocionantes en el Café del Ángel. Media hora antes de que empiece el concierto, Alois Gimpel entra con tanto ímpetu por la puerta giratoria que por poco da dos vueltas.

—¡Qué desastre! —le dice a Heinz Koch, que está sentado junto a la ventana tomando el último sorbo de infusión de menta—. Fritz Bogner no ha venido.

Hilde y Luisa ya se han vestido para el concierto y están en la cocina guardando las galletas recién hechas en una lata.

—Cielo santo —susurra Luisa—. No ha venido por mi culpa.

—¡Qué dices! —exclama Hilde—. No conoces a Fritz. No dejaría en la estacada a sus colegas por ti. Menos en un concierto así. No, tiene que haber pasado algo.

A Luisa se le nubla la vista, ya ve a Fritz tirado en un callejón oscuro, apaleado. El tío Heinz y Alois Gimpel están más preocupados por el concierto que por Fritz.

—¿Dónde está la Künzel? —pregunta Alois Gimpel—. Tenemos que ponerla con el clavicémbalo. Así yo podré encargarme de la parte de violín con la flauta travesera...

Resulta que Sofia Künzel esta tarde toca el piano en una fiesta navideña del club americano.

—¡Maldita sea! Entonces Hubsi... ¿Dónde se ha metido?

—Arriba... Pero tienes que llamar fuerte. Lleva algodón en los oídos. Por la señorona...

—¡Las desgracias nunca llegan solas!

Al cabo de unos minutos Hubsi se está lamentando en la escalera. Dice que es un inválido. Perdió el dedo índice derecho. Y además la música sacra no es lo suyo.

—Pues lo tocas según la partitura, Hubert. Solo es algo de Händel, algo de Bach. Nada serio. Del *Oratorio de Navidad*. Y unos cuantos maestros antiguos…

—¿Es broma? ¿El *Oratorio de Navidad*? ¿Händel? ¿Y encima con el clavicémbalo?

—¿Nos vas a dejar plantados? La iglesia está a rebosar de gente. Hazlo por la música. Por el arte. ¡Por la humanidad!

Hubsi suelta un profundo suspiro.

—Si conmigo podéis hacerlo…

Los dos salen de allí a paso ligero. El tío Heinz cierra la puerta de la entrada tras ellos.

—Esto se va a poner divertido —dice la tía Else, que acaba de bajar. Lleva una chaqueta que heredó de su madre y que apesta a bolas de naftalina.

—Fuera hay seis grados bajo cero —anuncia el tío Heinz—. Abrigaos bien, chicas. Calcetines gruesos, gorros de lana… ¡Que no se me ponga ninguna enferma!

En la escalera se encuentran con Julia, que ha decidido asistir al concierto. Lleva una manta de lana en el brazo, Hilde también ha cogido dos mantas gruesas por orden de su madre. Ya está oscureciendo, los delicados copos de nieve bailan en el aire, se posan sobre la ropa sin derretirse. Una fina capa blanca cubre el adoquinado, convierte las casas bombardeadas en ruinas pictóricas, salpicadas de abrigos y sombreros con brillantes estrellitas de Navidad. Las torres de la iglesia del Mercado se elevan puntiagudas y oscuras hacia el cielo, las casas colindantes han sufrido los estragos de las bombas pero la iglesia sigue en pie.

Dentro hace un frío atroz, como era de esperar. Las preciosas vidrieras estallaron durante los bombardeos, el viento empuja con libertad los copos de nieve hacia el interior de la iglesia y se depositan en los bancos y en el suelo de piedra. Pese al frío, han acudido muchos espectadores, están sentados con sus abrigos de invierno, muy juntos, protegidos del frío con cojines y mantas. Delante, en el ábside, está el clavicémbalo marrón claro que han subido del sótano de la iglesia, además de varias sillas y atriles.

—Es cierto que no ha venido —susurra Hilde, mientras coloca parte de su manta de lana encima de las rodillas de Luisa.

Luisa guarda silencio. Fritz no es de los que dejan en la estacada a sus amigos, si no está, tendrá sus motivos. «¡Ay, Hilde! Ojalá no me hubieras mentido —piensa—. Fritz y yo nos hemos separado enfadados. ¡Por una pelea innecesaria, superflua!».

—¡Mira quién está ahí sentado!

La tía Else le da un codazo a Hilde y le indica la dirección con un gesto de la cabeza. Luisa tiene que inclinarse un poco para esquivar a una mujer con sombrero de piel, luego reconoce a Josh Peters. Está sentado dos filas por delante, y se ha girado hacia ellas. Hace un gesto con la cabeza a Hilde. Está muy serio. Hilde asiente, también muy seria. Pues no parece que se alegren mucho de volver a verse.

Empieza el espectáculo. El director Firnhaber se sienta al órgano, toca una pieza festiva de apertura de Mendelssohn. Luego el párroco Borngässer da la bienvenida al público y lee un versículo del Evangelio según san Juan. Es el turno de Addi con un aria del *Oratorio de Navidad*, que canta maravillosamente. Casi no se nota que Hubsi libra una dura batalla en el clavicémbalo; las flautas y la viola dan lo mejor de sí. El público está emocionado y aplaude tras cada pieza.

—Dios mío —susurra Julia, que está sentada dos asientos más allá, al lado del tío Heinz—. Canta igual que antes... Ay, Dios mío...

Lleva un pañuelo de lana en la cabeza y sin las gafas parece una cría. Una niña tan emocionada que está a punto de llorar.

Jenny Adler, que en el teatro siempre ha representado papeles de chicas pizpiretas, interpreta a Händel con una voz clara y luminosa, celestial como un chico de coro. Es una faceta de ella muy distinta. El tío Heinz está entusiasmado y aplaude con tanto ímpetu que la manta de lana se le resbala de las rodillas. Cuando termina el concierto, nadie quiere irse a casa, siguen aplaudiendo con energía, tienen que tocar y cantar más piezas. Los músicos acceden encantados aunque no lleven sus abrigos de invierno, pues tocan con traje oscuro, y Jenny Adler se está helando, pese a la estola, con su traje de noche rojo que deja los hombros al descubierto. Pero ¿qué son unos cuantos grados bajo cero comparados con la alegría de volver a actuar, encandilar al público con la música y que te recompensen con aplausos? Es una época dura. Algunos luego regresarán solos a un cuarto oscuro y frío, pero se llevarán consigo el brillo de las velas y la música navideña como una esperanza de días más luminosos.

A la salida de la iglesia, Josh Peters se acerca a Julia y se quedan un rato juntos.

—Tengo unos días de vacaciones —comenta él—. Pensaba pasarlos en Wiesbaden. ¡Qué concierto tan bonito! No sabía que el señor Dobscher siguiera teniendo tan buena voz.

—Sí, ha estado fantástico. Y Jenny también. Y Hubsi con el clavicémbalo…

Ella le cuenta las complicaciones surgidas antes del concierto y Josh Peters dice que el Café del Ángel vuelve a ser el hogar de los artistas.

—¡Así es! —exclama el tío Heinz, orgulloso. Dado que está de buen humor y Josh Peters no tiene dónde pasar la Navidad, le invita a pasar la Nochebuena en el Café del Ángel.

—Me encantaría —contesta Peters, y mira de soslayo a Hilde—. Pero no quisiera importunarlos…

Hilde tiene que decir algo, y Luisa teme que despache al pobre tipo, pero su prima hoy está tranquila.

—Venga, lo celebraremos todos juntos, le gustará.

Se despiden y los Koch emprenden el camino a casa. Se van deteniendo para saludar a los conocidos que han asistido al concierto, intercambiar unas palabras y desearles Feliz Navidad. Todos están contentos pero tienen prisa por llegar a casa, pues hace un frío atroz. La nieve los azota en la cara, muerde la piel, y el viento gélido penetra por la manta de invierno más gruesa.

—Ay, tengo los pies helados —comenta la tía Else.

—Pues yo tengo congeladas las piernas —dice Hilde entre risas.

—Yo solo tengo una pierna congelada —añade el tío Heinz—. Por suerte, la otra es de madera.

—¡Ay, qué cosas tienes! —exclama la tía Else entre risas, y lo agarra del brazo—. Ya vuelves a bromear.

Hilde y Luisa los siguen a cierta distancia y observan cómo caminan juntos. Se tambalean un poco porque el tío se ha acostumbrado a unos andares de marinero que a la tía le cuesta seguir. Sin embargo, se agarran con fuerza, charlan y se ríen, y no parecen notar el frío.

—Eh —dice Hilde—. Date la vuelta con disimulo.

Luisa tiene que aguzar la vista hasta que la pareja pasa por debajo de una farola y los reconoce. Addi Dobscher y Julia Wemhöner, charlando animadamente.

—Van agarrados de la mano, ¿lo has visto? —comenta Hilde con sorna—. Hoy es la noche de las parejas felices, primita. Vamos rápido a casa, no se nos ha perdido nada aquí.

Hilde

Nochebuena de 1945 en Wiesbaden

Por la mañana se han hecho con un abeto de Navidad. No es un ejemplar majestuoso: por debajo es espeso y ancho, en el medio translúcido y acaba en una punta larga y fina. Con todo, el experto es Addi, que le quite unas cuantas ramas de abajo y las ponga donde faltan. La primita Luisa es de más utilidad en el mercado negro que Gisela, puede lanzar miradas tan tristes que invitan a compadecerla, los vendedores se derriten. Incluso las mujeres. Hilde ha conseguido una buena pieza de tocino a cambio de diez servilletas rojas con bordados navideños. Las servilletas las ha cosido Julia con los restos de los estandartes de la cruz gamada, y Luisa les ha bordado unos abetos verdes. Hay que tener ideas en estos tiempos difíciles. El cerdo lo necesitan para el pavo que consiguió la Künzel en el club americano la víspera. El animal está desplumado y hueco, y la Künzel ha dicho que hay que poner también tocino en la cazuela o quedará demasiado seco.

Así que en la casa del número 75 de Wilhelmstrasse ahora huele a pavo y tocino ahumado, pues su madre ya lo metió al horno.

—Solo espero que no nos quiten el gas —gruñe—. Y tú sal de la cocina, ladronzuelo.

Se lo dice al perro de varios colores, que lleva desde primera hora sentado en la puerta de la cocina y aprovecha cualquier ocasión para colarse. Cada vez que coge algo, su madre lo echa por la vía rápida, pero da igual. El perro es perseverante. Ya tiene como botín dos pedazos de pan y las puntas de las alas del pavo, ¿cómo iba a darse por vencido?

Addi aparece silbando en el café a eso de las diez, ve el árbol de Navidad, que aún está en un rincón sin decorar, y mueve la cabeza con una sonrisa.

—Os han endilgado una porquería…

—La Cenicienta espera que llegue el hada buena con la sierra y la broca —le replica Hilde.

—Ya, claro… —dice él.

Sujeta el árbol con el brazo estirado y entorna los ojos. En ese momento entra Julia, pide una tacita de café y se queda al lado de Addi.

—Ahí abajo está demasiado espeso… —comenta al tiempo que señala con el dedo índice.

Addi asiente. Coge la caja de herramientas y saca la sierra pequeña.

—¿Puedes sujetarlo? —le pregunta a Julia.

—Pero no le hagas daño…

Addi se dedica con una sonrisa de satisfacción a su obra. Julia opina, le echa una mano, corta las ramas que sobresalen y cuando por fin los dos están satisfechos, su madre les pone delante de las narices la caja con los adornos navideños.

—Cosa de mujeres —dice Addi, y se sienta con el padre de Hilde junto a la ventana.

Julia se ríe y llama a Luisa, juntas decoran el abeto, que ahora está tan equilibrado que parece una pirámide de agujas. Luego Julia se sienta al lado de Addi y bebe un sorbo de café de su taza.

—¡Pídete uno! —refunfuña él.

Julia sonríe y le quita las hojas de abeto de la chaqueta.

—¿Me llevarás a la misa del gallo?

—Como quieras, pero solo canto el villancico de Cornelius.

—Da igual —contesta ella—. Quiero escucharte. Y luego te haré un ponche caliente en mi casa.

Addi finge pensárselo, después dice que tal vez acepte.

«La Navidad, la fiesta del amor —piensa Hilde con envidia—. Los ha unido. Los dos merecen haberse encontrado por fin. Nadie sabe si será para siempre, por supuesto, pero de momento son muy felices». Hilde abre con cuidado la puerta del horno para vigilar el pavo, baja el fuego y empuja la fuente más al fondo.

Ve que entra en el salón del café Alma Knauss seguida de Ida Lehnhardt. Hubsi se sienta con ellas en la otra mesa que hay junto a la ventana y se queja del concierto de ayer.

—Lo que hice fue una auténtica porquería. Me moría de la vergüenza delante de la gente...

Heinz explica que él no notó nada fuera de tono y Addi afirma que Hubsi fue un pilar para el grupo.

—En algunos puntos estaba completamente fuera...

—Nadie se dio cuenta...

—Ah, ¿no? Muchas gracias.

Los ingresos fueron de cincuenta y dos marcos del Reich, tres briquetas, veintiún haces de leña, un tarrito de manteca de cerdo, tres medios panes, un pedazo de queso curado, dos carretes de hilo de costura, una piel de zorro carcomida por las polillas y unas botas de piel del cuarenta y cinco.

—Madre mía, ¿quién tiene los pies tan grandes? —comenta su padre.

—La pregunta es quién puede soportar ese olor —dice Addi con una sonrisa—. Se las hemos regalado al párroco, para sus protegidos. Lo demás nos lo hemos repartido equitativamente.

Hilde sirve a Alma y Jenny una tacita de sucedáneo de

café y dos galletas. No pueden privarse de más, el resto es para el postre de la noche.

Entretanto ya han puesto los primeros paquetitos bajo el árbol de Navidad. Siempre lo han hecho así los últimos años: dejan el regalo debajo del árbol cuando nadie los ve, con una etiquetita con el nombre de la persona a quien va destinado. El autor del regalo se mantiene en el anonimato. Los paquetitos están envueltos con todo tipo de papel, incluso de periódico. El papel navideño de colores escasea, solo su madre tiene una reserva porque desde tiempos inmemoriales alisa con cuidado el papel de regalo usado y lo guarda en una caja. También las cintas y los lazos. Por tanto, todos saben cuáles son los regalos de los Koch.

—Chicas, vosotras podéis ir poniendo la mesa larga en el reservado —dice su madre—. ¿Tenemos suficientes cubiertos?

—Ya nos las arreglaremos...

Por desgracia, la mayoría de los cubiertos, sobre todo los tenedores de postre con el símbolo del angelito, han acabado en el mercado negro. Igual que el precioso candelabro de tres brazos, algunas jarritas y otras cosas de la época anterior a la guerra. Pero ¿qué importa? A otros les ha quedado mucho menos.

—¿Ponemos los manteles blancos? —pregunta Luisa.

—Tendremos que mezclarlos.

Los manteles grandes siguieron el mismo camino, pero aún hay algunos pequeños, y Julia cosió manteles rojos. El ambiente es colorido y alegre, le parece a Hilde cuando reparten platos y cubiertos. Por suerte solo hay galletas de postre, de lo contrario tendrían problemas con las cucharitas.

—¿Antes también celebrabais tanto la Navidad? —pregunta Luisa.

¡Ay, sí! Siempre lo han celebrado a lo grande. Sobre todo cuando Hilde y sus hermanos eran pequeños. En Nochebuena estaban muy impacientes porque el café abría por la mañana y sus padres tenían que trabajar.

—Pero cuando por fin se iban todos los clientes, era fantástico. Una vez me regalaron una bicicleta. A Willi y a August les tocó un tren eléctrico, pero la mayoría del tiempo era mi padre el que jugaba con él. Ah, y mi madre siempre recibía una joya de papá, y yo la escogía con antelación en la joyería. Un anillo o un broche. También elegí un collar de perlas... ¿Y cómo era en tu casa?

Luisa reparte los vasos, los empuja para alinearlos y luego se encoge de hombros.

—En la finca, cuando mi padre aún vivía, íbamos juntos a la iglesia en Nochebuena. Papá y la abuela se sentaban delante del todo en unos asientos tallados, y mamá y yo teníamos que sentarnos detrás, con los empleados. Pero luego íbamos un rato al salón, decorado para la Navidad, donde ardía un fuego en la chimenea y había un abeto en un rincón. Debajo estaban nuestros regalos, papá los había encargado. Una vez me regaló una muñeca a la que se le cerraban los ojos, y a mamá un pañuelo de seda de colores. Pero nunca podíamos quedarnos mucho, nos tomábamos un vaso de ponche y dos galletas, luego ella nos echaba.

—¿Quién? ¿Tu abuela?

—Sí. A menudo estaba también mi tía con su marido, y los señores querían celebrar la Navidad solos...

A Hilde le hierve la sangre de rabia. ¿Cómo puede alguien tratar así a su propia nieta? ¡Esa abuela era una bruja sin compasión!

—¿Y tu padre también participaba?

—Estaba enfermo, Hilde. Murió cuando yo tenía catorce años. Entonces mi madre y yo nos fuimos...

—Entiendo...

No quiere hacer daño a Luisa, pero en su fuero interno piensa que ese padre, enfermo o no, era bastante cobarde. Un hijito de mamá. ¡Pobre tía Annemarie! ¡Pobre Luisa! Para tener ascendencia noble así, no hay nada que envidiar.

Están colocando las ramas de abeto que han sobrado en varios jarrones cuando Grete asoma por la puerta.

—¡Ay, qué bonito! —exclama—. Es una mesa de Navidad muy festiva. Casi como en la finca…

—¿De verdad?

Hilde se percata de que su respuesta suena hostil, pero no le sale más que hablar mal de las mansiones y los señores nobles.

—Si tu jefa te da libre, puedes bajar con nosotros esta noche —se apresura a decirle.

—Con mucho gusto… Siempre hay algo que hacer en la cocina… y luego hay que fregar…

—No a trabajar, ¡a celebrar!

—Madre mía… ¿Y sentarme en la mesa con la gente elegante? —contesta Grete, asombrada—. Que el cielo me proteja. Prefiero estar en la cocina… Y muchas gracias… Aunque a mi señora, la baronesa, sí le gustaría acompañarlos. También me ha dado un regalo para que se lo dé al señor Koch…

Ay, cielos. Hilde y Luisa intercambian miradas de horror. Nadie quiere tener a la señora Von Haack a su lado esta noche, ¿qué se ha creído? Envía a Grete con un regalo, seguramente algún trasto que no sirve para nada, y piensa que así está todo arreglado.

—Sí —le dice Hilde a Luisa—. Esa mujer cree que el descaro le abre todas las puertas. Pero no te preocupes, primita. Ya la espantaremos.

—Ay… —dice Luisa con un suspiro—. Pero es Navidad…

«En algunos aspectos Luisa es igual de blanda que el bonachón de su padre —piensa Hilde—. Y su madre, la tía Annemarie, también era de esas». No, Hilde no lo va a permitir. Ella está hecha de otra pasta. La Navidad no da carta blanca para escupir veneno contra todos los de alrededor.

Al mediodía el café se cierra y solo quedan amigos y clientes invitados. Siguen charlando y tomando té un rato, luego los músicos deben irse, hoy tienen una gran actuación y esperan lograr grandes beneficios.

—Cenaremos hacia las siete —les dice su madre—. ¡Quien no esté aquí, se queda sin nada!

Hilde les ha pedido que pregunten por Fritz Bogner. No tienen noticias de él, ni siquiera se ha puesto en contacto con Alois Gimpel. Espera que no le haya pasado nada. Ay, precisamente ahora que lo ha aclarado todo con Luisa y pueden ser felices juntos, tiene que desaparecer. Lo de los hombres es una cruz...

—Imagínate, Hilde —dice su padre, y le sonríe como Papá Noel—. La señora Von Haack me ha enviado un regalo.

—No lo vas a aceptar, ¿no?

Él ve que su hija tiene el gesto torcido y extiende los brazos.

—¡Pero, niña! Es Navidad.

«¡Increíble! Esa bruja ha conseguido embaucar a mi padre —piensa—. Con un mísero regalo envuelto en un pañuelo que antes era blanco».

—Para mí no es Navidad si tengo que presenciar cómo esa persona engulle nuestro delicioso pavo. Se me ponen los pelos de punta... —se indigna.

Cuando está a punto de irse despotricando a la cocina para echar una mano a su madre y a Luisa, que están pelando patatas, llaman a la puerta de la escalera.

—Buenas tardes. ¿Puedo pasar?

Josh Peters viene cargado de bolsas y paquetes, Hilde tiene que cogerle algunos para que no derribe el árbol de Navidad.

—Son unas cuantas tonterías —afirma cuando Hilde le echa en cara que quiera inundarlos con regalos—. La mayoría son para la cocina...

Su padre lo saluda como si fuera un viejo amigo, su madre sale y se entusiasma al ver los alimentos, y Luisa también le da la mano, le sonríe y dice que se alegra de verlo. Por supuesto, acto seguido él se sienta con su padre a la mesa de la ventana, pero le da tiempo a echar un vistazo al reservado, donde ve la mesa preparada para la cena.

—Una gran familia —comenta pensativo—. Y muchos amigos. Es usted un hombre afortunado, señor Koch.

Su padre se emociona de nuevo, sabe que Josh Peters ha corrido mucho mundo, pero por lo visto no ha encontrado un hogar en ningún sitio. Hilde ya ve venir que en breve le dirá que pueden tutearse, y mañana durante el desayuno su padre le soltará que Josh Peters es el marido adecuado para ella. Nota que su ánimo festivo baja a cero. Será mejor que suba a su habitación a envolver unos cuantos regalos. Para Luisa tiene el traje de cuadros, que debería quedarle bien, como mucho tendrá que acortar un poco la falda. A su madre va a regalarle un par de guantes de piel forrados que están casi nuevos y que ha cambiado en el mercado negro por su reloj de pulsera. Para su padre ha encontrado un libro sobre cafés vieneses, antiguo, por supuesto...

—Espere, por favor, señorita Hilde... —la llama Josh Peters cuando va a subir—. Hay novedades. ¿Quiere ir a buscar a su madre? También debería saberlo...

«¿Y ahora qué pasa? —piensa Hilde—. ¿Nos van a dar una nueva orden? ¿O al final quieren alojar aquí a los yanquis y tenemos que vaciar la casa?».

Sin embargo, la noticia es tan maravillosa que no puede evitar estrechar entre sus brazos a su madre, que llora de alegría y alivio. Su padre también abraza a Luisa contra su pecho.

—Me lo han comunicado esta noche —aclara Josh Peters—. Wilhelm Koch de Wiesbaden está en un campo de prisioneros en Estados Unidos, y August Koch se encuentra ahora mismo en Gran Bretaña como prisionero de guerra. Así que los dos están vivos. Y no están en manos de los rusos. Son buenas noticias, ¿verdad?

Hilde actúa de nuevo de forma impulsiva, sin pensar, llevada por la emoción. Suelta a su madre y se lanza al cuello de Josh Peters.

—¡No puede haber un regalo de Navidad más bonito! —dice entre sollozos, y le da un beso en la mejilla.

No sabe si él se alegra de recibir ese beso fraternal, pues su madre abraza al teniente y su padre espera el momento de poder estrujar contra su pecho a Josh. Ay, cuánto tiempo llevaban esperando esa buena noticia, cuántos miedos ha suscitado la incertidumbre, cuántas veces se han desesperado.

—Los dos siguen con vida, Else —dice su padre, y su madre tiene que pedirle un pañuelo a Luisa—. Somos muy afortunados.

—Ojalá estuvieran ya con nosotros...

—No tardarán mucho, espero...

Se oyen rumores en la escalera. Los músicos han vuelto, cubiertos de nieve y helados pero eufóricos. Julia también viene con ellos, lleva la bolsa de partituras de Addi y entra con una sonrisa de oreja a oreja en el café, donde todos están quietos.

—¿Ha ocurrido algo malo? —pregunta Addi—. ¡Dios mío! Precisamente en Nochebuena.

—¡Claro que no! —exclama su padre—. ¡Josh nos ha traído un mensaje navideño maravilloso!

Addi mira primero a Julia, luego a Hubsi y a Hans Reblinger. No parecen afligidos.

—Vaya... Pensábamos que... Pero habéis llorado...

Todos estallan en risas y gritos de júbilo. ¡Es una buena noticia! ¡Los chicos están vivos! Josh tiene que explicar tres veces dónde está cada uno y qué posibilidades hay de que vuelvan pronto a casa. Cuando Sofia Künzel entra en el café, con el abrigo húmedo por la nieve y las botas militares empapadas, tiene que contarlo por cuarta vez, y la Künzel le da un beso en cada mejilla.

—Es usted un tipo singular, Peters —le dice—. Pero con buen fondo. Si no tiene dónde ir, puede quedarse conmigo arriba...

—¡Ay, Dios mío! —grita su madre, y se va corriendo a la cocina—. ¡El pavo! Casi se me olvida.

—¡Eso no! —dice la Künzel, al tiempo que permite que Josh Peters la ayude a quitarse el abrigo—. Esta noche es el protagonista.

«Es casi como en los buenos tiempos —piensa Hilde—. No, es más bonito porque ahora saben que Willi y August siguen con vida y pueden esperar un próximo reencuentro. Sí, la esperanza. Tal vez la esperanza sea lo más bonito. La luz que va por delante de ti. Su madre y su padre ahora ven esa luz. Para Addi y Julia está muy cerca, la llevan en las manos, por así decirlo. Y Luisa también puede albergar esperanzas... A mí, por desgracia, solo me queda un pequeño destello. Y se llama Josh Peters... Es un buen tipo. De verdad. Se ha esforzado mucho, eso hay que valorarlo. Pero de qué sirve todo eso si no soy capaz de amarlo...».

Decide que no puede arruinarles a los demás el ambiente festivo y hace una broma sobre las velas, que se suponía que no goteaban y ya han ensuciado los manteles rojos. Entonces entra la señora Von Haack, con una blusa de seda verde oscuro y un collar de perlas. Por lo visto pudo salvar unas cuantas cosillas de la vieja patria. Grete, que la acompaña, desaparece enseguida en la cocina.

La señora Haack se acerca a su padre y le tiende la mano.

—Esta noche nació el Redentor —dice, como si fuera una novedad—. Sellemos la paz, señor Koch. Estamos en el mismo barco, la humanidad debe ayudarse.

Ya se ha ganado a su padre, Luisa no dice nada y su madre está en la cocina, ocupada con las albóndigas de patata. Addi y Julia observan la escena sin hacer comentarios, Hubsi se mantiene lo más lejos posible de Edith, solo Hans Reblinger mira enfadado. Sofia Künzel tiene una relación especial con Edith von Haack desde que tuvieron un altercado en la escalera por una escoba olvidada. Se ignoran mutuamente.

—¡A la mesa!

Ocupan sus sitios, Luisa prepara un cubierto para la señora Von Haack y Hilde y Grete sirven la cena. Maíz y alubias en conserva, albóndigas de patata según la receta de su madre, salsa con mucho tocino y finalmente el protagonista: el pavo asado, dorado y crujiente. No parece muy grande, pero su padre consigue trocearlo en pequeñas lonchas para que todos puedan comer hasta dos veces.

—No es tan sencillo —aclara su padre—. Hasta ahora solo me había enfrentado a gansos de Navidad. Un pavo es algo completamente nuevo…

—Claro —comenta Addi con una sonrisa—. La anatomía de un pavo es muy distinta de la de un ganso. El pavo tiene cuatro patas y camina erguido…

—¿Me estás tomando el pelo?

—Jamás me atrevería…

La conversación es animada, están de excelente humor, y además entre los regalos de Josh Peters había varias botellas de vino del Mosela. Es muy raro poder comer hasta saciarse y que ya no te entre nada más. En realidad toman el café y las galletas de Navidad por obligación. En la cocina, el perro de varios colores se ocupa de que no quede ni una pizca del pavo.

Entonces llega el gran momento, cuando se reparten los regalos. La tradición marca que sea tarea de su padre, pero el año anterior tuvo que hacerlo su madre.

—Un paquetito para… ¿Dónde están mis gafas? Para… Madre mía, qué letra… Para Luisa.

Luisa sonríe a Hilde cuando lo desenvuelve, y por un momento ella es feliz de verdad. Por supuesto, Luisa sabe de quién es el regalo, y Hilde recibe un beso fraternal.

Se pasan un buen rato con los regalos porque todos quieren ver cómo los abren. Hubsi recibe una bufanda de lana y dos cuadernos de partituras. Paul Reblinger, calcetines de punto y una corbata. Para Grete, su madre ha puesto unas zapatillas abrigadas, y su padre recibe una fotografía del Café del Ángel con la firma de todos sus amigos. Es cosa de Hans Reblinger, que lleva semanas reuniendo las firmas.

Entonces su padre abre el regalo de Edith von Haack y no puede creer lo que sostiene en las manos. El cubierto de plata con el blasón de los Von Haack. La única pieza de la cubertería de plata de la familia que salvó.

—Hágame el honor de quedárselo, señor Koch. A decir verdad, a mí siempre me entristece verlo. Tenemos que mirar hacia delante y no hacia atrás, eso es lo importante.

Su padre se siente abrumado, necesita un rato para recuperar el habla. Cuando abre la boca para decir algo, se oye un estruendo en la escalera. La puerta se abre de golpe y un hombre cubierto de nieve, vestido con chaqueta y botas de piel, entra en la sala tambaleándose.

—Feliz... Na... Navidad —balbucea, se quita la gorra y da una vuelta. Luego se cae hacia atrás y Josh Peters lo sujeta por poco.

Wendelin Staudt. Como una cuba, como suele decirse. Solo el olor a licor haría que un enjambre de moscas cayeran muertas del techo de la sala.

—¡Wendelin! —le dice Addi—. ¿Me oyes? Soy Addi Dobscher.

El hombre levanta la cabeza y le sonríe.

—Addi Dobscher... ¿Te has creído que estaba borracho?

—¿Borracho? Qué dices, estás como una cuba...

—Sí —dice Wendelin con una sonrisa bondadosa—. Borracho hasta las orejas. Y de mi buen licor...

Se desploma, y Hilde le pone rápido una silla para que Josh pueda sentarlo.

—¿Qué ha pasado? —pregunta Addi.

—¿Dónde está Fritz? —interviene Hilde.

Wendelin está a punto de sumirse en un sueño profundo por los esfuerzos realizados. Tienen que sacudirlo con fuerza para que vuelva en sí.

—Déjame... estoy... cansado... —masculla.

—¡¿Dónde está Fritz?! —le grita Luisa al oído.

—Dadle algo de beber —aconseja Josh—. Eh, Wendelin. Ahí hay un vaso de vino.

Wendelin abre los ojos de par en par y coge el vaso medio lleno que le ofrece Else. Se lo bebe de un trago ansioso. El agua que Hilde le da a continuación la rechaza con rotundidad.

—Ayer a primera hora... en el primer control... los yanquis... las botellas de debajo de la madera... las encontraron todas...

—Me lo imaginaba —se le escapa a Hilde—. ¿Y luego?

Wendelin hace un gesto con la mano como si quisiera atrapar una mosca.

—Detenidos... interrogados... encerrados...

—¿También Fritz?

—Los dos... Contrabando... alc... alcohol...

Luisa lanza una mirada suplicante a Hilde, que decide que primero hay que aclarar la situación.

—¿Y qué ocurrió después?

Wendelin levanta las cejas y sonríe.

—Comprobación de pruebas... a catar... Primero nosotros, porque podía ser tóxico... luego los otros...

—¿Qué otros? ¿Los yanquis?

—La policía alemana... licor bueno... una botella... dos botellas... todas las botellas... licor bueno... producto puro... nada de matarratas...

—¡Dios mío! ¿Cuántas botellas eran?

—Veinte... y tres más de ciruela... Todas fuera...

Luisa quiere saber si Fritz también bebió. Sí, tuvo que hacerlo, y no poco.

—Esta tarde nos han soltado… La ana…

—Amnistía…

—Nistía… de Navidad, eso. Subo a mi coche, ¿y qué me encuentro?

—Déjame adivinar —dice Addi—. Se dejaron una botella.

Wendelin le sonríe como un bobo y se da un golpecito en la frente.

—Listo… eres listo… Addi Dobsch…

—Pero ¿qué ha pasado con Fritz? —lo apremia Luisa—. ¿Por qué no está contigo?

Wendelin se encoge de hombros, pesaroso.

—No quiso beber. Tampoco quiso venir en coche. Volvió a casa a pie…

«Ay, qué pena —piensa Hilde—. Por la nieve hasta Lenzhahn. Espero que calce unos buenos zapatos o se helará los pies». Luego agarra a Luisa y le da un abrazo.

—Ya ves, primita —le dice—. No le ha pasado nada. Seguro que ya está con sus padres celebrando la Nochebuena.

Wendelin ha entrado definitivamente en el país de los sueños. Lo acuestan en tres sillas, lo tapan con una manta y le dejan dormir la mona bajo el árbol de Navidad.

Jean-Jacques

Diciembre de 1945

De noche se despierta porque los padres han regresado de la clínica con Pierrot y en el pasillo, delante del dormitorio, oye una fuerte discusión.

—¡No quiero!

—Pero, Pierrot —suplica su madre—, el médico ha dicho que no puedes quedarte solo bajo ninguna circunstancia.

—No necesito ninguna cuidadora. ¡Vete!

Jean-Jacques oye un golpe sordo, y la madre suelta una exclamación de horror. Luego habla el padre, furioso.

—¡No vuelvas a hacerlo jamás! ¿Me has entendido? ¡Jamás!

—Lo siento. No quería... Pero no puede entrar en mi cuarto.

—Déjalo —dice el padre—. Es un adulto.

La madre llora. Pierrot debe de haberla pegado, presa de la ira, y ella se ha tambaleado hasta la pared. Peor que el dolor es el rechazo. Su hijo preferido la aparta de un empujón. Es duro de soportar.

Jean-Jacques está tumbado boca arriba, con los ojos abiertos, y escucha los ruidos del pasillo. La puerta de Pierrot se abre y se vuelve a cerrar. Oye cómo cruje la cama cuando se acuesta. En el otro lado, alguien entra en el dormitorio de matrimonio, seguramente el padre. Luego oye a su madre que pregunta a media voz:

—¿Come?

—Por desgracia, no... —susurra el ama de cría.

—Pues tiene que comer...

—Rece por él...

Se hace el silencio. Jean-Jacques está desvelado, ve en la oscuridad numerosos fantasmas, todos con su cara. Se abalanzan sobre él, y él se defiende, encuentra excusas pero sabe que no hay escapatoria. Tiene que enfrentarse a esos demonios.

«Soy yo —piensa—. Todo esto ha ocurrido porque me he quedado aquí. Porque me he obstinado en defender mi sitio, cuando hacía tiempo que estaba perdido. Si me hubiera ido, en algún momento Margot se habría casado con Pierrot, y habría dado a luz a su hijo con toda tranquilidad. Marcel, el heredero que tanto esperaba padre. Seguro que Margot me habría echado de menos, pero al final se habría decidido por Pierrot y su hijo. Pero todos nos hemos visto obligados a vivir una mentira. Margot. Pierrot. Yo mismo. Y también esa criatura inocente que ahora debe morir. ¿Por qué lo he hecho? Porque quería la tierra, los viñedos, la granja. Porque no quería dejar libre mi puesto. Por eso he hecho que seamos todos desgraciados. Por eso murió Margot...».

No puede evitar pensar que también hizo infeliz a Hilde. Su gran amor, perdido para siempre. Era pecado enamorarse de ella, pues había prometido fidelidad a otra mujer, pero el mayor pecado fue no reconocer su amor. Por codicia. Por envidia. Por soberbia. Por rabia. Sí, ha cortado con la Iglesia, pero conoce muy bien los siete pecados capitales. Se le pueden atribuir cuatro. Tal vez también la pereza. Entonces serían cinco. Su alma está perdida, es insalvable...

Sin embargo, no le preocupa su alma, sino las personas a

las que ha causado un sufrimiento que no podrá subsanar. Decide ir a ver a Pierrot y pedirle perdón. No le resulta fácil, pues su hermano también le ha hecho muchas jugarretas, pero se levanta a duras penas y llama a la puerta de su habitación. Al no obtener respuesta, empuja hacia abajo el pomo, pero Pierrot ha echado el pestillo. Regresa a la oscuridad de su habitación sin haber conseguido nada.

Marcharse. Dejarlo todo. Irse y empezar una nueva vida. Tal vez en ultramar. Luchar, trabajar mucho para rascar una minúscula pizca de suerte. No merece más.

Pero si el niño muere y Pierrot intenta hacerse daño otra vez llevado por la desesperación, él tendrá que quedarse con sus padres. Tomar posesión de la herencia. En el peor de los casos, volver a casarse. Tener hijos. Cumplir con su obligación.

Permanece despierto hasta que despunta el día, luego se queda dormido, exhausto. En sueños ve una calle ancha con montañas de escombros a ambos lados. Ruinas manchadas de hollín en las que aún hay llamas; en medio, árboles chamuscados, columnas caídas. Al fondo de la calle caminan dos personas cogidas de la mano, un hombre y una mujer. Ve el cabello rubio de Hilde brillar a la luz del fuego, el hombre que va a su lado lleva uniforme militar.

La voz de su madre lo arranca de la pesadilla.

—¿Es cierto? Déjame ver. Virgen santa…

Aún está aturdido, pero comprende que hablan del niño. ¿Ha fallecido durante la noche?

—¡Está comiendo! ¡Por segunda vez! No puedo darle demasiado porque lo escupe…

—Déjalo… Tiene mucho que recuperar… Jesús, María y José… Se le ve más fuerte… Ay, tesorito… Nuestro príncipe… Come, come…

«Está vivo —piensa Jean-Jacques, y se sienta en la cama—. Ha escogido la vida. Lucha. Ese minúsculo niño huérfano de madre tiene más valor que todos nosotros juntos».

Enciende la lámpara y se levanta. Se pone la chaqueta por encima y resiste el leve mareo que se apodera de él al incorporarse. ¿Qué hora será? Más de las siete y media, pero fuera sigue siendo de noche.

—Abre. Tengo que hablar contigo.

En el cuarto de su hermano no se oye nada. Le atormenta la idea de que Pierrot se haya hecho algo otra vez. Arrancarse las vendas. Abrirse los cortes. Ahorcarse con un cinturón. Aporrea la puerta con el puño.

—¡Abre o derribo la puerta de una patada!

Sabe que no tiene fuerzas para hacerlo, pero irá a buscar herramientas y la puerta tendrá que ceder. Pierrot también lo sabe, es consciente de la terquedad de su hermano. Jean-Jacques oye el crujido de la vieja cama cuando Pierrot se levanta. El sigiloso caminar de los pies desnudos sobre los tablones de madera. Luego Pierrot abre el pestillo.

—¿Qué quieres?

Está afónico, susurra más que habla, y observa a Jean-Jacques con los ojos entornados. Tiene el rostro chupado, las ojeras horriblemente negras sobre la piel pálida. Ayer perdió mucha sangre.

—Quería decirte unas palabras. No te preocupes, seré breve.

Empuja a su hermano a un lado y entra en su habitación, enciende la luz del techo y se sienta en la cama revuelta. Pierrot sigue en la puerta, las mangas largas del camisón de lino ocultan las vendas en las muñecas.

—Si vas a decirme que tengo que irme, no pretendo otra cosa —dice Pierrot en voz baja, y se aclara la garganta.

Jean-Jacques contempla la lamentable figura del que ha sido su eterno adversario. El enemigo con quien tuvo salvajes peleas en los viñedos. El hombre que se acostó con su esposa.

—Al contrario —dice con voz calmada—. He venido a decirte que tienes que quedarte. Soy yo el que se va.

Pierrot abre los ojos como platos, luego suelta una carcajada demencial.

—¿Tú? ¿Por qué ibas a irte?

—Porque así lo he decidido, Pierrot —replica Jean-Jacques—. Tu hijo ha elegido seguir con vida. Necesita a su padre, por eso te quedarás y heredarás la propiedad.

Pierrot mueve la cabeza de un lado a otro, incrédulo, da unos pasos vacilantes hacia su hermano.

—¿Tienes fiebre? ¿O se te ha aparecido el Espíritu Santo? Marcel es tu hijo. Ante todo el mundo y también para nuestros padres.

Jean-Jacques ha tomado la decisión, se mantiene sereno. Consigue incluso sonreír a su hermano.

—Los dos lo sabemos, Pierrot. Y nuestros padres también se enterarán. Lo demás es cosa tuya.

—Estás borracho, ¿no? Admítelo, has bajado a la bodega…

—Me voy de la granja hoy mismo. Para siempre.

Su hermano no le cree, sonríe y tiene un aspecto horrible al hacerlo, pálido como un muerto. Jean-Jacques se levanta y sale de la habitación pasando por su lado. En el pasillo se da la vuelta, justo a tiempo de evitar que Pierrot cierre la puerta.

—Tu hijo ya come —le dice a través de la rendija—. Ven a verlo.

Pierrot no reacciona, cierra y echa el pestillo. Así que Jean-Jacques va solo a la habitación infantil, llama y, como nadie contesta, entra. El ama está sentada en una silla con reposabrazos donde ha colocado cojines para estar más cómoda. El pecho derecho, enorme, inflado, está al descubierto, se le ven las finas venas azules bajo la piel clara, la punta rojiza está dura como una cereza arrugada. A su lado, en la cuna de madera, duerme el pequeño Marcel, rosado y satisfecho. El ama tiene la cabeza apoyada en la pared y ronca. Jean-Jacques sale y cierra la puerta con sigilo. Sube a la buhardilla a buscar una bolsa de viaje. Solo se va a llevar unas cuantas cosas: ropa interior, calcetines, una camisa para cambiarse y un jersey de lana. Dinero. Sus papeles. Nada más. Ninguna fotografía. Ningún recuerdo. Se quita el anillo de boda y lo deja sobre la mesa. Luego busca un lápiz y un papel para escribir una carta a sus padres.

Sale de la casa por la salida del sótano, y va a pie hasta Villeneuve, donde sube al autobús que va a Nimes. Es un día de diciembre tranquilo, el mistral ha parado, la tierra yace inmóvil bajo el cielo gris encapotado. Las filas de vides peladas pasan corriendo por la ventana, pueblecitos conocidos, granjas aisladas, un tiro de caballos cargado de barriles se mueve en dirección a Villeneuve. «Mi hogar —piensa—. Duerme hasta la primavera. Entonces los prados volverán a ser verdes, bajo el sol ardiente de la región del Mediodía olerá a lavanda y tomillo, y los viñedos brotarán. Pero yo ya no estaré aquí».

Tiene sensación de vacío, nota una extraña debilidad en todo el cuerpo y regresa a su estado de abatimiento, pero quiere. Ahora no puede enfermar. En Nimes atrapa unos cuantos rayos de sol y enseguida se encuentra mejor. Cuando dos conocidos lo saludan por la calle decide continuar el viaje lo antes posible, y compra un billete a París. El tren está lleno, falta poco para la Navidad, y muchos han decidido visitar a sus familiares. Algunos llevan mochilas llenas, quieren cambiar queso y salami en la capital por vestidos y zapatos, jabón, perfume, todo lo que cuesta encontrar en el campo. Su compartimiento está animado, hay niños pequeños que dan brincos, lloran, gritan, le tosen. Jean-Jacques tiene un terrible dolor de cabeza, el griterío y el alboroto son una tortura para él. Hacia el final del trayecto entra en un sueño ligero, apoya la cabeza en el lateral aunque el vagón traquetea y vibra con fuerza, y le parece oír un constante toque de campanas.

«Debería haberme despedido de ella —piensa—. Solo ella merecía que fuera a verla para despedirme. Margot, tan sola en su frío ataúd…». Sus pensamientos se confunden, levanta a una niña pequeña que se ha caído delante de él y llora a pleno pulmón. La madre le limpia la nariz a la pequeña y le da un caramelo, luego saca una *baguette* y comparte pan y queso con sus tres niños. Jean-Jacques recuerda que no ha comido nada en todo el día, pero, por extraño que parezca, no tiene hambre, solo siente un cansancio y un agotamiento indescriptibles. Llegan a la capital a última hora de la tarde y siente un frío tremendo cuando sale del tren. Estación de Lyon. La mayoría de los viajeros salen a toda prisa, desaparecen en trenes de enlace, en el metro o en la sala de espera. Jean-Jacques camina por la pomposa sala de la estación, sin saber adónde ir, nota una sensación imprecisa en la cabeza y un arañazo insidioso en el cuello. Al final sale del edificio de la estación, deambula por una plaza ancha bajo una luz tenue y vaga por las calles hasta que encuentra un hotel que no le parece demasiado caro. Un portero de noche de piel oscura le saluda adormilado y lo acompaña a una buhardilla diminuta y sofocante, exige el pago por adelantado y le pide que no abra la ventana porque la madera está hinchada y los cristales se pueden caer. Jean-Jacques está tan cansado que le da todo igual, la cabeza le pesa como el plomo y tiene molestias en el estómago.

—Buenas noches, monsieur…

Se queda dormido en cuanto se acuesta, por la mañana no recuerda ningún sueño pero se encuentra mucho mejor. Cuando sale a la calle lo recibe una fina lluvia de aguanieve, se sube el cuello y se encaja bien la gorra en la frente. En la capital hace frío, más que abajo, en el Mediodía, además el viento viene de todas partes y es casi imposible protegerse de él. Camina un rato por amplias avenidas, contempla con asombro las filas de edificios de varias plantas, las entradas protegidas con rejas de hierro, los ventanales que lo observan, oscuros y ausentes. En un bistró toma un café con leche y se come un cruasán duro que sabe a serrín, y encima es caro. Cuando se queja, el patrón se le encara. Le dice que por qué no se ha quedado en el Mediodía, en el campo, donde había suficiente para comer. En París, dice, cada uno tiene que buscarse la vida, y él no gana prácticamente nada con ese cruasán. Jean-Jacques le deja propina y sale de nuevo bajo la lluvia helada. Vuelven el dolor de cabeza y de garganta, pero no le preocupa. Un pequeño resfriado no es nada en esta época del año. La gente que abarrota las calles oculta su rostro bajo bufandas y capuchas, va con prisa, nadie dispone de tiempo para una sonrisa. Los mendigos y los tullidos de la guerra ocupan los portales de los edificios y le tienden un plato o la mano hueca. También hay niños y mujeres mayores. «El gran entusiasmo por la victoria se ha esfumado», piensa, y recuerda a toda esa gente que daba gritos de júbilo, loca de alegría, que encontraba por todas partes en abril. El día a día ha vuelto, falta de todo, y la vida no es fácil. Para nadie.

No tiene plan para empezar. Solo ideas vagas que no ha terminado de madurar. Viajar a la costa, embarcarse hacia ultramar. Sin embargo, para eso hace falta dinero. Encontrar un trabajo y quedarse una temporada en París. Aunque ahora ve que no es fácil encontrar un buen empleo. ¿Qué sabe hacer? Es viticultor y agricultor, en París no se necesita de eso. ¿Tal vez debería ir a Bélgica? ¿Suiza? O a Alemania…

Entonces se detiene y se queda mirando un cartel colgado en una entrada, protegido de la lluvia. Se ve la cabeza de un hombre de perfil, con los rasgos afilados y una mirada impasible y decidida. Un soldado. Lleva una gorra con visera y lo que parece un uniforme. De fondo se ve un paisaje desértico de color amarillo anaranjado, las siluetas negras de una caravana que se desplaza por las dunas, una figura femenina se vuelve hacia el espectador. Romanticismo desértico. «La Legión Extranjera te espera», dice debajo.

Ha oído hablar de la legión. Hay que comprometerse cinco años, se recibe una formación especial y te destinan a las colonias, allá donde existan conflictos. Algunos jóvenes de Villeneuve han querido presentarse, pero luego no se han atrevido. Decían que había muchos alemanes. Proceden de los campos de prisioneros de guerra, donde se morirían de hambre. Y los alemanes son apreciados porque son buenos soldados.

«Cinco años —piensa—. Luchar y desafiar al destino. Tal vez morir. Si sobrevivo, seré otra persona».

Abre la puerta del establecimiento y, para su sorpresa, se encuentra con una joven preciosa que le da la bienvenida con alegría y le ofrece una silla.

—¿Está decidido, monsieur? ¿O solo desea información?

Hace bien su trabajo. Habla de aventuras y países exóticos, de la reputación de la que gozan las tropas en todas partes, de la excelente formación y el buen sueldo. Que la tasa de supervivencia es del cincuenta por ciento no lo dice, eso lo sabe por los chicos de Villeneuve. A juzgar por lo que cuenta la empleada morena, como legionario extranjero le espera una vida llena de experiencias grandiosas y aventuras eróticas, y encima ganará un dineral.

Él lo ve de otra manera, pero no dice nada. Ella anota su nombre, la dirección de su casa, examina su documentación, quiere saber por qué no tiene los papeles de baja del servicio de trabajo en Alemania. ¿Huido? Lo respeta. Él no menciona su estancia en prisión.

—Aún le queda pasar una revisión médica. Pura formalidad. Por supuesto, no podemos aceptar a nadie que arrastre una enfermedad contagiosa o una merma física...

En la sala contigua aguarda otro aspirante, un joven espigado, moreno, con unos vivos ojos marrones.

—¿Sabes? —le dice a Jean-Jacques, al que tutea como futuro compañero—. Es una vergüenza cómo los alemanes hicieron papilla a nuestros soldados. Yo era demasiado joven, por aquel entonces aún no podía alistarme. Pero ahora quiero luchar y demostrar quiénes somos los franceses. Lo hago por Francia. Por la patria.

Luego lo llaman a la consulta de la revisión médica, y Jean-Jacques tiene tiempo de reflexionar sobre sus palabras. Suena muy noble. «Por Francia. Por la patria». Él solo lucha por sí mismo. En cualquier caso, no por Francia.

El joven sale pronto, se pone la chaqueta al pasar y hace un gesto con la cabeza a Jean-Jacques.

—¡Mucha suerte, compañero!

Jean-Jacques aún recuerda el procedimiento de la revisión. Después de desnudarse, auscultación, prueba del reflejo rotuliano, girar la cabeza a derecha e izquierda, revisión de los dientes, breve examen de agudeza visual. Aquí son más precisos. El facultativo, escuálido y con ojos saltones, le presiona los músculos del brazo, echa un vistazo a su sexo, recorre con el pulgar la columna vertebral y le palpa el cráneo.

—¿Tiene ataques de fiebre con frecuencia, señor Perrier?

—Nunca. Es un resfriado. También me duele la garganta.

La faringe está roja, y eso tranquiliza al médico.

—Tiene una inflamación en la nuca…

Jean-Jacques creía que el chichón le había bajado hacía tiempo, pero el médico tiene los dedos finos.

—Hace unas semanas tuve un accidente. Nada que valga la pena comentar. Ya pasará.

—¿Una conmoción cerebral? ¿Ha consultado a un médico?

—No me pareció importante —minimiza Jean-Jacques—. Me mareé un poco, nada más…

Nota cómo los dedos del médico se mueven hacia delante y hacia atrás con una suave presión sobre la inflamación, de pronto un dolor se dispara a través de su cráneo, caliente como un rayo, y él se precipita en un remolino oscuro una y otra vez. Se acabó todo. Solo vueltas en la oscuridad, asfixia, vómito, agotamiento.

Se encuentra de nuevo en una cama de hospital y solo recuerda fragmentos de cómo ha llegado hasta ahí: la cara del médico de ojos saltones muy cerca de él, alguien que le pone la ropa, probablemente la preciosa empleada, una camilla, paredes de edificios que pasan volando junto a él...

—Traumatismo craneal —le dicen—. Mucha calma. Debe tumbarse, relajarse.

La radiografía muestra una fina fractura, pero que casi está curada. El médico que lo ha hecho ingresar, el doctor Pontneuf, ha determinado que no cumple los requisitos físicos para ser legionario extranjero y por tanto se le deniega el acceso.

Pasa la noche en el hospital y sale a primera hora de la mañana. Los costes se comen una parte importante de su patrimonio, tarde o temprano tendrá que conseguir un trabajo si no quiere acabar de mendigo en el portal de una casa. La cabeza le va a estallar, solo de pensar en comida se le revuelve el estómago, pero no puede ni plantearse descansar, tumbarse y relajarse. Avanza a duras penas bajo la lluvia y el viento frío, respira hondo y con regularidad para que no le vuelva el mareo y, tras mucho vagar, se ve de nuevo en la plaza de la estación de ferrocarril. ¿Qué hace ahí? ¿Qué está buscando?

«He caminado en la dirección equivocada —piensa—. Notre Dame, el Louvre, el Sena: todo está más al oeste». Quiere ver el río, pararse en uno de los puentes, no se explica por qué, algo en su interior le dice que debe ser así. De manera que compra un billete y sube a un tren, al principio no encuentra sitio porque va bastante lleno, pero consigue un asiento de reserva en el pasillo. Es un trayecto infernal, ruidoso, con sacudidas, sibilante, repleto de malos olores. Tres veces tiene que ir al retrete a vomitar; luego, congelado y muerto de cansancio, se sienta en el pasillo. Está en medio de la corriente y ya no sabe adónde va. Hace tiempo que dejó atrás París, se dirige al norte, en cada estación suben viajeros que se abren paso por su lado, le golpean con el equipaje en la espalda, contra la rodilla. Al final se da cuenta de que el compartimento de al lado está vacío y se levanta cansado, tiene que hacer fuerza para abrir y cerrar la puerta corredera y se deja caer en uno de los asientos. Tiene que levantarse y librar la misma batalla con la puerta una segunda vez porque se ha dejado la bolsa en el pasillo. Luego se queda dormido, sueña con un desierto de arena, nota el viento caliente en la cara, que apenas le deja respirar. Tiene la boca seca, le quema el cuerpo, oye el silbido y el martilleo del viento, ve a lo lejos un río, el agua azul y clara centellea, pero por más que lo intente no puede llegar a él.

—Control de aduanas… Los papeles…

Abre los ojos, le da al empleado del ferrocarril su documento de identidad, mira un momento el rostro bigotudo del hombre con la gorra de visera y recupera los papeles.

—¿Viaje de negocios? —pregunta el ferroviario.

—Algo parecido…

—Bueno, ¡feliz Navidad!

—Feliz Navidad…

Ahora está despierto, se encuentra un poco mejor. Se levanta impulsado por la sed, encuentra a un matrimonio mayor en el compartimento vecino y pide un sorbo de agua. Los dos dudan, le preguntan si está enfermo, él admite que está resfriado. Vuelve a tener fiebre, seguramente por eso tiene sed. La mujer se apiada y le da una taza de manzanilla fría de una botella metálica, y él se la bebe de un trago.

—Gracias… ¿Saben dónde estamos ahora?

—En algún lugar pasado Saarbrücken, monsieur. No entendemos bien los carteles alemanes. Vamos a visitar a nuestro hijo, está destinado en Maguncia…

—Gracias, madame.

El viaje está lleno de imprevistos, el tren se para constantemente, cambia de vía, continúa a paso de tortuga. Solo han reparado parcialmente los daños causados por las bombas, sobre todo en los tramos donde se transportan mercancías y máquinas requisadas a Francia.

«Estoy loco», piensa cuando regresa a su compartimento. Pero tal vez tiene que hacerlo así. Pasar también esa página. Enterrar también esa esperanza.

Llegan a Maguncia al amanecer. La estación está destrozada, las bombas han roto todos los cristales, es un milagro que pueden transitar trenes por aquí. De pronto nota la cabeza lúcida, respira el gélido aire de invierno y ni siquiera tiene frío, sigue a la gente que camina entre los cascotes por estrechos caminos hasta llegar a una gran iglesia que se ha mantenido en pie, sana y salva, en medio de las ruinas. La catedral. Accede por una puerta lateral, unos imponentes arcos de medio punto de arenisca soportan la bóveda. Lo recibe la luz de las velas, el olor a incienso, se está celebrando un oficio matutino. Se queda un rato y escucha, observa las velas del altar, luego se marea con el olor a incienso y tiene que salir.

El río corre gris y helado delante de él, unas pequeñas olas centellean con la primera luz matinal, se dirigen presurosas hacia el mar para allí diluirse, encontrar por fin la calma. Hay un puente auxiliar que controlan soldados franceses a un lado y soldados americanos al otro, pero no quiere ver a nadie ni explicar nada, solo quiere pasar al otro lado. Siguiendo río arriba encuentra a un barquero que cruza a un grupo de personas que, a saber por qué, tienen que saltarse los controles de los ocupantes. El precio del pasaje es alto, y a Jean-Jacques solo le quedan unos cuantos sous. Se acurruca en el banco de los remos y se queda helado, los bandazos del bote de pesca le provocan náuseas, le duele la cabeza, y el vértigo lo asalta de nuevo. El bote da con una corriente fuerte en medio del río, se balancea, se abre paso entre las olas, que se resisten hasta que llegan a la otra orilla, y a Jean-Jacques se le ocurre que morir en esas aguas negras y revueltas podría ser una liberación. El barquero tiene que ayudarle a bajar, está débil como un niño, las piernas le fallan, le cuesta sujetar su bolsa.

—¿Adónde quería ir? —pregunta alguien en alemán.

Dice la dirección aunque no sabe si la casa seguirá en pie. Sin embargo, el hombre asiente y le indica que se siente en la carretilla de la que él tira.

—Si algún bobo pregunta, eres mi primo, y te llevo al médico. Y debajo de ti hay un colchón, nada más, ¿queda claro?

Tiene que repetirlo dos veces hasta que Jean-Jacques por fin lo entiende. Lo que aprendió de alemán solo le vuelve a la cabeza a trozos, pero ha comprendido que ese hombre que acaba de cruzar el río con él es contrabandista y que en la carretilla esconde alguna mercancía de contrabando. Le da igual, se sienta y el vehículo se tambalea, tiene unas grandes ruedas de madera que solo están sujetas con tiras metálicas. El traqueteo es tan terrible que durante el trayecto va completamente aturdido.

—Vaya —dice el contrabandista cuando se detiene—. Estás hecho un asco. Esta es la dirección, ahí delante. Pero aún no está abierto. Mucha suerte.

El resto es un sueño. Va dando tumbos hacia las ventanas iluminadas, tropieza y se cae, no siente dolor y se vuelve a poner en pie. Se agarra al antepecho de una ventana y se queda mirando la puerta giratoria que se ve al otro lado. La luz. Movimiento. Alguien cruza la sala, se detiene, lo echa con un gesto. Aún no han abierto. Se tambalea, se le cae la bolsa de la mano, se agarra al antepecho de madera. Todo da vueltas, la calle, las ventanas, las hojas de la puerta giratoria.

Entonces ve su rostro. Justo enfrente, separado por el cristal. Está petrificado, con los ojos como platos y la boca entreabierta. La oye gritar.

—No es cierto… Un fantasma…

Ella está fuera de sí, le centellea la mirada, se lleva la mano a la boca. Jean-Jacques quiere hacerle una señal, hablarle, pero está como paralizado.

—¿Qué haces aquí? ¡Vete con tu mujer! ¡Lárgate!

Está hecha una furia, llora, se va corriendo. Dentro se mueven unas sombras. Jean-Jacques quiere entrar, explicarle por qué ha venido. No quiere incomodarla, entiende perfectamente que tenga a otra persona. Quiere pedirle perdón, nada más. Pero justo ahora tiene que vomitar, y se desploma junto a la puerta.

—¿Dónde? —oye que pregunta una voz de mujer—. Ahí no hay nadie, Hilde. Te has confundido...

—Cierra la puerta, Luisa. Con llave.

La puerta se cierra de nuevo. Se acabó, no le quedan fuerzas. Se queda un siglo tumbado en el suelo frío, respira, tiene fiebre, nota cómo el corazón le martillea en el pecho. Cuando por fin se levanta, el cuerpo le pesa como si lo tuviera lleno de plomo. Todo ha terminado. Es hora de pasar página. Ahora sabe que está viva, que le va bien. Tendrá que bastar. Despacio, un poco inclinado hacia delante, vuelve a cruzar la calle. Paso a paso. La fiebre arde en su interior, le quema las entrañas, lo calienta, lo protege del frío...

—Espere... Debo preguntarle algo...

Reconoce la voz y se para. Una joven morena lo agarra del brazo. Tiene unos ojos muy bonitos, dulces.

—¿Es usted el prisionero de guerra francés que estuvo destinado hace unos meses en el Café del Ángel? ¿Se llama Jean-Jacques?

Habla despacio y claro, entiende cada palabra.

—Sí... —dice—. Soy... Jean-Jacques Perrier...

Ella le sonríe. Es una sonrisa cálida que le reconforta de veras.

—Entonces venga conmigo. Mi prima está un poco alterada, pero se le pasará. Lo sé porque a estas alturas ya conozco a Hilde...

El sueño llega a su final cuando traspasa la puerta giratoria. Oye el grito de Hilde, asustada.

—¡Jean-Jacques! ¡Dios mío! ¿Qué ha…?

Luego se apodera de él el remolino negro. Lo engulle como de costumbre, lo retiene un rato en las profundidades para luego escupirlo. Empieza un nuevo sueño. Tal vez un sueño real. La verdad parece un sueño porque su cerebro sigue agitado.

Está tumbado en una cama, tapado, con la cabeza acomodada en cojines blancos. Hilde, con una taza de un líquido humeante en las manos. Ha llorado, aún tiene las mejillas mojadas, los ojos rojos e hinchados.

—Nos has dado un susto de muerte. ¿Qué haces aquí? ¿Cómo has venido tan de repente? ¿Dónde está tu anillo de casado?

—Muchas preguntas…

Ella deja la taza. Se sorbe los mocos. Se pasa la mano por la cara. Se inclina hacia él.

—¿Quieres… quedarte aquí? —susurra.

—¿Tienes a otro…?

Ella le pone las manos en las mejillas y lo besa en la boca.

—No hay nadie más —dice entre sollozos—. Maldito canalla. Solo te quiero a ti…

Heinz

En cuanto uno se da la vuelta, hacen lo que les da la gana. Pero ¿cómo evitarlo? Si hasta su Else lo aprueba, no le queda ninguna opción.

Así que no se producirá el esperado enlace entre su Hilde y el amable yanqui Josh Peters. Lástima. En Nochebuena pensó que podía surgir algo porque su hija llegó a darle un abrazo y le besó, pero desde que apareció ese harapiento, ese francés oportunista que incluso puede que haya introducido en la casa una enfermedad contagiosa, desde entonces su impetuosa Hilde no se mueve del borde de la cama. Alimenta a su amor, charla con él en alemán y en francés, le da la medicina, infusión caliente, galletas dulces. Prefiere no saber qué otras cosas hacen.

—Tortolitos —le dijo Else con una sonrisa—. ¡Ay, cómo me alegro!

Sacaron de la cama al pobre doctor Walter para que examinara al francés. Le recetó reposo estricto, calor, beber mucho y un medicamento para bajar la fiebre. Por lo demás hay que esperar, el joven está en las mejores manos.

Luisa también sonríe y asegura que es el mejor regalo de Navidad para Hilde. Merece ser feliz de una vez.

Ay, las mujeres. A todas les asoma una sonrisa bobalicona cuando hablan de Hilde y el francés. La Künzel dijo que no hay nada más bonito que un amor de juventud. ¡Bueno, ella sabrá! Solo Edith von Haack hizo un gesto de desaprobación, y luego afirmó que es de sobra conocido que los franceses no sirven para nada. Y encima tienen esa enfermedad... Sin embargo, cuando lo dijo, Else le prohibió que siguiera hablando. ¡Diablos, Else! Se puso hecha un basilisco, ahora sabe de dónde ha sacado su hija ese temperamento. De él seguro que no.

Ayer pasó Josh Peters a despedirse. Regresa a Estados Unidos, viaja a Nueva York porque su padre está enfermo, pero tiene pensado volver a Alemania.

—Este país no me deja escapar —dijo—. Mis raíces están aquí, mis antepasados vivieron aquí y voy a averiguar por qué se fueron de Alemania.

¡Ay, es tan correcto, tan decente! Le entregaron cartas para Willi y August, que él les hará llegar. Si lo consigue. Así por lo menos sus dos chicos tendrían una carta navideña de su familia. Por lo demás, solo pueden esperar. Esperar con la ilusión de que en algún momento los dos se planten en la puerta, sanos y salvos.

Por lo menos su sobrina Luisa le da alegrías. Se ha arreglado con Fritz y, si lo que Hilde le ha contado entre susurros es cierto, esta noche anunciarán su compromiso. Bueno, a Heinz le parece bien. Un músico en la familia, eso le gusta. Pobre Fritz, llegó anteayer, hizo a pie todo el camino desde Lenzhahn hasta Wiesbaden porque ya no se fía de Wendelin. Toda esa historia del licor le da una vergüenza terrible, le aseguró varias veces que solo bebió por obligación y que detesta el alcohol. Luego los tres, Hilde, Luisa y Fritz, se metieron en el reservado y trataron asuntos de los que por lo visto él no podía enterarse. Qué rabia. No soporta que tengan secretos con él. Aunque luego le abrazaran y le besaran en las mejillas al tiempo que decían que era el mejor tío y el mejor padre del mundo. Pero eso da igual, lo importante es que quiere hacer uso de sus contactos para que Fritz reciba cuanto antes una buena formación como violinista. Lo ideal sería la Escuela Superior de Fráncfort, pero sigue en ruinas, y primero tienen que volver a levantar los estudios. Mientras tanto quiere tantear el terreno en el Teatro Estatal de Wiesbaden. Si Fritz consigue más adelante un puesto en la orquesta del teatro, se quedarán en Wiesbaden y no tendrá que separarse de su querida sobrina.

En la cocina, las mujeres ya están otra vez trabajando sin descanso. Gracias al regalo de despedida de Josh Peters podrán recibir el nuevo año con una copita de champán. Y hay canapés con deliciosas salchichas caseras que Fritz trajo en su mochila. Sí, los yernos, los de verdad y los que ya no lo serán, contribuyen bastante a llevar una buena vida. Por desgracia no es el caso del francés, que lo único que hace es estar tumbado y dejar que lo cuiden. Esta noche quiere bajar con ellos, eso le ha anunciado Hilde, y además le ha preguntado si iba a ponerse los pantalones de color marrón oscuro y la chaqueta de punto marrón; resulta que quería prestarle su ropa a Jean-Jacques. Cuando estaba a punto de decirle que no puede prescindir de esas prendas, Else se le adelantó.

—Puede quedárselo, Hilde. Papá ya no lo necesita.

Y eso en un momento en que cada prenda de abrigo vale una fortuna. Pero con él pueden hacerlo...

Ya entran los primeros invitados. Jenny con Hans Reblinger, Alois Gimpel, también la Künzel tiene el día libre y quiere celebrarlo con ellos. Hubsi ya está sentado al piano, esta vez toca Schubert; Addi quiere cantar unas cuantas piezas y tienen que practicar. Julia lleva un vestido azul marino con el cuello de encaje que resalta su cabello rojo. Sonríe a Addi y luego desaparece en la cocina para entregar unas «minucias» que ha preparado para la velada.

—¿Qué pasa ahora con esos dos? —susurra Jenny en la mesa—. ¿No decían hace poco que querían casarse el año que viene?

La Künzel se encoge de hombros y comenta que en todo caso es emocionante.

—Ahora vuelven a estar peleados —anuncia a media voz—. Porque Addi quiere derribar la pared que separa las dos viviendas, pero Julia opina que debe mantenerse, al fin y al cabo tienen la puerta de conexión.

—Es absurdo —gruñe Heinz—. No puede derribar la pared porque el entramado del tejado se vendría abajo. Luego se lo digo...

—Bueno, entonces problema resuelto —se alegra Hans Reblinger.

La Künzel sonríe con sorna y comenta:

—Ya encontrarán otro motivo para pelearse.

—Los que se pelean, se desean.

Más tarde baja el francés, saluda a Else, luego a Heinz, a continuación a todos los demás, y Hilde le indica que se siente a su lado. «Tiene mejor aspecto», piensa Heinz. Cuando lo recogieron del suelo pensó que Hilde merecía algo mejor porque daba lástima cómo llegó, pero ahora le gusta. Es guapo, aunque está muy delgado. Aún tienen que alimentarlo un poco, pero sabe comportarse. Muestra respeto hacia los futuros suegros y se esfuerza sinceramente por hablar alemán. Es viticultor, bueno... Sabe algo de vino y champán. Pero esto es un café, no un bar...

—Lo siento mucho, señor Koch... —le dice ahora a Heinz—. Ha perdido la pierna con minas... Eso no era correcto... Cómo se dice... no es honesto por parte de los franceses...

Heinz le aclara que fueron los alemanes los que minaron la zona...

—La guerra hace que hagamos *des choses mauvaises*... cosas malas...

—Es verdad. Brindemos por la paz.

Jean-Jacques le pide por favor que lo tutee; Else ya lo hace, igual que los demás. No puede quedarse atrás en eso, no es su estilo. También tiene rasgos amables, y Hilde parece estar locamente enamorada de él.

¡Y cómo se alegran los dos cuando Fritz se levanta y anuncia su compromiso con Luisa von Tiplitz! Bueno, sigue siendo una Von Tiplitz, es lo que pone en sus nuevos papeles, y cuando se case con Fritz de todos modos llevará otro apellido. Todos brindan por la joven pareja y Heinz se emociona al pensar en su pobre hermana Annemarie, que ya no puede presenciar la felicidad de los jóvenes.

Más tarde, cuando han terminado de cenar y están sentados a la espera del cambio de año, de pronto siente un enorme agradecimiento. ¡Qué año han pasado! Qué comienzo tan horrible, todo lo que han vivido. La prisión, los bombardeos, una grave mutilación, la llegada de los ocupantes, el miedo, el hambre y el frío... y ahora están todos juntos, contentos por la felicidad de tres parejas y sabiendo que Willi y August están vivos. El destino es bueno con ellos.

A medianoche oyen las campanas de la iglesia. También se oyen disparos, pero sin duda son los yanquis, que no tienen escrúpulos en celebrar la llegada del nuevo año con ruidosos petardos y salvas. Al menos en el Café del Ángel nadie tiene ganas de fuegos artificiales, aún está demasiado reciente el recuerdo de los «árboles de Navidad» ardientes, mortales, que caían del cielo.

Se quedan un rato fuera, delante del café, se reúnen con los vecinos, como todos los años por Nochevieja. Louise Drews está con los niños, también Andreas Teubert, que antes era vigilante antiaéreo. Walter Brand les desea un feliz año nuevo y les cuenta que su hermano Joachim está en Francia y tal vez regrese a casa. Está herido, así que tiene opciones de volver pronto. Reparten el último resto de vino y finalmente vuelven helados pero contentos al café. Else mete en la estufa dos haces de leña para estar un rato más juntos, hay infusión de menta caliente, y Heinz comenta que el año nuevo solo puede ser mejor.

—A partir de ahora todo volverá a ir viento en popa —exclama—. En Alemania. Y para todos nosotros. ¡Y en el Café del Ángel, por supuesto!